鐵血湘西

邓宏顺 著

作家出版社

黑夜里闪亮的星星，太阳一出来就都走了……

——题记

目 录

第一部

第二部

第三部

第四部

第一部

0 / 遍地枪炮

过江轮渡吐着浓烟，将笨重的身躯掉过头来从县城这边的中南门码头出发，横过宽阔的沅水朝丹山寺那边靠近。甲板刚把小路口的斜面码头沙沙磨响，还没有完全咬紧，一阵急促的枪声就从附近的大酉观上空撒落下来。站在轮渡上的枣红马立即惊起前蹄，但主人似乎还嫌它不急，在它后臀上加击一掌。枣红马浑身的肌肉棱子一阵拱动，很快上了码头，站立在那一树开得正旺的桃花下。主人跃上马背，花影下又生出一声鞭响，一路蹄鸣，人和马飞起来，经辰溪电厂、潭湾、麻阳，向凤凰县城一路扬尘远去……

这是张玉琳所派的专人快马去给“湘西王”陈渠珍转达宣战书信！

一九四九年的春天，桃花里裹满着枪声！在大湘西，一个事变接着一个事变：二月二十八日，麻阳龙飞天攻下了麻阳县城；三月二日，永顺的汪援华一部出白河入沅水，血洗了沅陵县城；三月五日，辰溪人张玉琳迫不及待地带兵打开了抗日战争时期从武汉搬迁到辰溪县的汉阳兵工厂；三月二十五日，“双龙头大爷”杨永清夺取了芷江县城；三月二十八日，“楚汉宫少帅”潘壮飞又趁乱杀进黔阳县城；三月二十九日，徐汉章攻占了泸溪县城……整个大湘西已是遍地枪炮！数年来一直要为父母兄长报仇的张玉琳，带兵打开汉阳兵工厂之后，一夜之间号称拥有了三万人枪，宣布成立了国防军第一军，自任军长。于是，他写下一信，信中虽言辞婉雅，但无处不闪亮着刀光剑影，其意是要血洗凤凰县城，拿“湘西王”陈渠珍的人头来为父母和兄长作祭……

1/灭门死仇

在张玉琳心里，陈渠珍与他结下的是灭门死仇，此仇不报，他死不瞑目；而在陈渠珍看来，除掉张玉琳的父兄则是理所当然！

此前二十年的一九二九年，农历已巳年。陈渠珍斜躺在自家院内的靠椅上，透过弧形拱门望着门外被秋风抹红了的那一树的柿果，翻来覆去地苦苦思索：这个属蛇的年份，似乎是毒蛇执年，总是天灾人祸不断！夏季，长沙飓风吹毁房屋一千余栋，吹翻船只无数，不少人活生生葬身鱼腹；而秋天，整个湖南蝗灾、旱灾、水灾、瘟疫流行，稻田又颗粒无收，为数十年所未见；仅会同广坪、地灵一带就死亡一万余人，各处田土放荒者十有四成。因数灾相加、饥寒交迫，百姓已苦不堪言，大湘西尤其兵荒马乱、天怒人怨，流过县城的沱江也不再有往日的灵动和清澈，若有若无的细流成了平民的泪水和呜咽。自己虽身为湘西屯边使和国民革命军第十九军独立师师长，但日子过得真是窝囊：湘赣两省“剿共”指挥部在萍乡成立后，代总指挥何健大肆捕杀共党的同时，总是追问他亲手拟制的湘西各县“清共计划”为何受阻不能彻底实现。尤其贺龙带领的红军像一根锋利的楔子打进了湘西，将他与何健分得越来越远。

当初，闻讯贺龙率领的红四方面军到达桑植县后，他即奉新任湖南省主席兼清乡司令部司令何健之命，指示驻扎在永顺的向子云带领团防武装进攻桑植，结果中了贺龙红军的伏击，几乎全军被歼。仗打得实在丢人，连负责指挥的团副周寒之也被击毙，倒在长满野芹菜的水渠里。

说实话，他内心里也并不真想剿灭贺龙的红军，从个人交情上讲，都是湘西人，北伐时贺龙又曾是他的部下；从时局来看，湘西越乱，才越需要他这个“陈统领”，灭了贺龙的队伍，兔死狗烹，反而对自己不利！但不打贺龙，何健那里无法交差。面对盘旋在头上的食人鹰何健，他只得再令向子云亲自带人攻桑植红军，结果又被红军围歼。向子云败逃至河边，河里正发洪水，因其不识水性，身陷绝境。他急中生智，慌忙将战马牵到河中打马过河，自己抓住马尾巴跟着马泅河欲生，无奈洪水却不肯饶他，在河心将其吞没，尸骨未还。

陈渠珍虽无心剿灭贺龙，却也不愿让贺龙瞧不起，两仗连败，他已如鲠在喉。正在此时，贺龙派人与他通信，说明自己不犯陈的地盘，希望陈不要为何健当炮灰。他前后一想，何健终不是一条道上的人，又认为贺龙将来必成大器，于今于昔于未来，此时都应是他放贺龙一马的最佳时机，故也暗暗作出回应，只要不犯他的地盘，表示可以心照不宣、平安相处。于是，当何健指示大军再向红军进攻时，他借故将陈策勋一部调回凤凰休整，以缓解贺龙的危境。

本来就把陈渠珍当作眼中之钉的何健，更是抓住此事不放，在蒋介石面前上奏，说他“为保存自己，已在湘西养匪纵匪……”有乌云的天就不会有太阳！有何健坐在上头，陈渠珍就担心自己苦心经营的湘西难保朝夕。自民国初就出任湘西巡防军统领兼辰、沅剿匪总指挥，接替田应诏在湘西的军政大权以来，自己也细细研究过山西王阎锡山治政、督军的经验，也一直坚持“保境安民”，大讲军人良心论，军心民心均无相违，论势力也可谓如日中升，真还从未遭遇过如此内外交困。

为消解这一年来诸事不顺的烦恼，他常常和刚从日本留学归来的陈方谁论道对弈。不料这天正为一局僵持到夜深人静时，向宽银匆忙来报：“张贤乐准备今夜反水！”

向宽银是张贤乐的部下，两人又同为辰溪老乡，此人来报，陈渠珍不得不放下棋子端坐起来问道：“他准备反水？”

陈方谁见陈统领尚有疑虑，便要向宽银一一说起张贤乐准备反水的细节。陈渠珍听后从躺椅上站起来说了四个字：“此话当真？”

向宽银说：“愿以脑壳担保！”

陈方谁说：“宽银是我安插在张贤乐身边的耳目，你不用怀疑！”

陈渠珍这才说：“忘恩负义！”

他的话音不重，但掷地有声！

陈方谁知道陈渠珍这回真要下手了。

陈方谁还在陈汉章手下做谋士时，就与张贤乐不和，此时，陈方谁还想激怒一下陈渠珍，又说：“对付张贤乐，你可不能手软！”

陈渠珍说：“这些日子，我狠狠地训斥过他父子违犯军纪，还以整编名义缩减了他的编制，现在我虽然封他为游击司令，但实际已经只剩下一个连的兵力！我还手软吗？”

陈方谁说：“他肯定是对你这些做法不服，才要反水！”

陈渠珍捋着山羊胡子笑笑说：“他张贤乐与其长子张玉昆原率一股武装常在辰溪、沅陵交界处打家劫舍、涂炭生灵，驻防当地的省保安旅陈汉章部奉命将其打得落花流水、溃不成军之后，他才率残兵败将前来投靠于我，掩面而哭地跪拜在我面前，表示要悔过自新、不再为匪，愿在我属下建功立业。我见他可怜，又念及他的兄长曾是我的部下，故将其收留，封为游击司令，还将其同来的长子张玉昆也封为警卫营长，他还不满足？他张氏父子投靠我之后，不受我部的军纪制约，明军暗匪，杀人放火，奸淫掳掠，当地百姓已时有告发。单凭这些，我就可以将他严处！但我还只是严斥了他们父子，令他们改邪归正：若再违军纪，定军法从事！我是给他留有路可走的。”

陈方谁说：“这些日子，我观察他对你陈统领早有取而代之的野心！此时不除，日后或许为他所擒！”

陈渠珍想起一些往事，觉得陈方谁言之有理，当即命令警卫旅长戴季韬率两个团将张贤乐一部的驻地层层围住，令其缴械听训。

张贤乐也已经料到，陈渠珍肯定是听了陈方谁的编排，在一天一天地吃掉他，于是，他才与其心腹密谋：干掉陈渠珍，取而代之！让他没有想到的是，消息会走漏得如此之快，让他在毫无准备中束手就擒。

戴季韬完成任务回来时，陈渠珍问道：“抓来多少人？”

戴季韬回道：“只抓来张贤乐父子，其余官兵都在原地听训。”

陈渠珍捋了几把胡子，很有几分得意地说：“请他们父子进来！”这个“请”字说得刀枪味十足！

陈渠珍对张贤乐的这种复杂情感还出于对张贤乐身世的熟知。张贤乐为辰溪茶田垅人。茶田垅地处偏远，崇山峻岭，交通闭塞，民性强悍，视死如归。早在辛亥革命时，袁世凯的北兵南下就在此丢下了不少枪支。这些枪支先是被当地人用于抗匪打猎，或者行侠仗义，后渐渐衍变为地方宗族武装势力。张贤乐一家算是玩枪起家最早的，这些年，他趁时局之乱，大肆扩张势力，重用亲族，在茶田垅、龙泉岩、火马冲、王安坪、长田湾一带小半个县的境内加紧修筑寨堡，已是称霸一方。凤凰人谭自平在辰溪任县长时，张贤乐就借口治县不力准备造反夺权。谭自平是陈渠珍的手足兄弟，这笔老账陈渠珍已经记下多日；特别是曾因战事需要，陈渠珍亲自下令几次调他助战，他都以各种借口婉拒不动。陈渠珍知他存有异心，但当陈汉章将其打败溃散之后，又还是网开一面，宽容接纳，这一是望张贤乐能有悔悟之心，二是能将张贤乐握于掌中也是好事。

将陈方谁所言和往事前后联想起来，张贤乐果然是禀性难移。陈渠珍心里一沉：此人不除，必为大患！

张贤乐及其大儿子张玉昆被带进门来，父子军容不整地跪下。张贤乐涕泣满面地说：“陈统领，贤乐错了！贤乐罪该万死！”

陈渠珍说：“你在陈汉章面前战败来投，我好心收留重用你们父子；你身为军人，不战死沙场，反而起心害主，你该当何罪？”

张贤乐说："陈统领于我有恩，我一时糊涂！请饶我一命，日后愿效犬马之力！"

陈渠珍深知除掉张贤乐父子，今天已有最佳理由，也是最佳时机！他本想大骂一通张贤乐，但一想，已属多余！看来，张贤乐真是个恩威不化之人。他反而显得非常沉静地说："有德无才是君子，有才无德乃小人！你在陈汉章面前丧师失地，为无才之辈！今又要害主谋反，为无德之辈！无才无德之人留你何用？推下去！"

张贤乐自知哀求已为枉然，但要年纪轻轻的儿子陪他丧命，实在于心不忍。为救儿子，他双膝拖地朝前跪行至陈渠珍面前再次求道："陈统领，贤乐死而无怨，请你放我儿子一条生路。他还年轻，日后也好为统领效力。"

陈渠珍声调不高，但口气不软，"他并非年幼，而是我军一营之长！一个军人不战死在沙场，而跟着父亲谋反，当是不义之辈，同罪同斩毫无冤枉！"

陈渠珍朝两边列队一使眼色，来人将张贤乐父子扭住推往门外。张贤乐又哭又喊："陈统领，我求你放了我儿子！求你放我儿子一条生路啊！我求求你！求求你——"儿子张玉昆两眼含泪，却咬住嘴唇不出一声，直到门外才硬气地说："爹，死就死！不要求人！十八年后我又是一条好汉！那时我们再会！"

陈渠珍转过身来两眼一定，为张玉昆此话吃惊，心里更加坚定了杀掉他们父子的决心！此儿不杀，只除其父，日后必为心头之患！但陈渠珍却举起手来说："慢！行刑前一定要好酒好菜，让他父子饱餐一顿。"

喧哗声在街巷里渐去渐远。

走到城门下，张贤乐顺手摸了一把古老的红砂岩城墙，想起自己的妻儿家人，他哭了。在生命最后的时间里，世上的一切都亲切难舍，包括自己天天看着的这古老的城墙和流淌的河流！

几声枪响划破沱江上的天空，飞落到陈渠珍的院子里。朱漆大门的枢纽磨出一声长长的鸣叫，陈方谁将大门推开，让陈渠珍走出门外。一股带着淡淡血腥味的河风吹动着陈渠珍半旧的丝绸裤子；乌鸦的叫声把他的视线拉上了天空。天空叫着的乌鸦正从县城的北面山上飞到南边山上，天边云下似有大雁成人字队伍往南飞归……

行刑的军人沿着石级从河滩跑上来站在他面前报告：执行任务完毕！陈渠珍知道张贤乐父子此时已经命归阴曹，心里一阵释然，缓缓捋过自己的山羊胡须说："买两副十合的杉木棺材给他们父子。"

执行任务的两个军人不理解他的深意，一脸犹豫。陈渠珍解释说："谋反，罪该处死，此为军法；然身为我军军官，我厚葬于他乃治军治心之举。"

陈方谁说："难怪陈统领幕下人才济济。"

陈渠珍说："现在就派人通知他亲属前来运灵柩回去。他亲属到时，你们不要领来见我，但你们一定要待之以礼。语言宜平和谦让，不可稍露粗暴怠慢之色；称谓宜如家人之序齿，切勿失当忘形！给他的丧葬费我已另有安排。”

两军人领命而去。

陈渠珍似乎取得一次重大胜利，重返案前又研习起他那本阎锡山治晋经验；那本本来不厚的书，已经翻卷得很厚了！

凤凰县城一时传开了湘西王寻棺厚葬张贤乐父子的善举，而少有人知道湘西王除掉张贤乐父子的真正原因；为稳定军心，对外只说他父子奸淫掳掠犯了军法，而只字不提他“反水”一事。这样做要达到的效果是：不弃马之遗骨者，方有良骥可获！

第二天，张贤乐的妻子、亲族以及巫师乐手等来到凤凰。他们自然要求见陈统领，当面问问张贤乐犯的何罪。陈渠珍最为担心就是张贤乐老家人来凤凰为族亲报仇，他早已告知手下人一面善待张贤乐亲族，一面在城内外各处布满岗哨，进入作战状态。

陈渠珍下属遵嘱，与张贤乐妻子好言相劝，说是陈统领本想好好安慰张司令亲属，无奈战事、政事紧急，已去省里开会，实不能相见。陈统领只是依照军法，秉公办事，并无家仇私怨，要怪也只能怪陈汉章攻乡掠地，逼着张司令父子投奔凤凰，否则，也不会落此下场。还说陈统领与张司令感情甚好，为给张司令父子找一副好棺木，令下属找遍了整个凤凰县城。于是，又将陈统领交代的给张家的安葬费交与张贤乐家人。

家人一听这番好言，虽有不服，也无理与陈渠珍计较，更无力与陈统领抗衡，只得去河滩上安排后事。

河风飘起孝子们身后长长的孝帕和道士身上的宽袖道袍，道帽在风里不停地划着弧线，哀锣哀鼓声就撒满了河滩。棺盖一合拢，人就处入了殓。做过入殓和开路的法事，两具灵柩在哭声中热热闹闹上路。

张贤乐妻子因怕在凤凰遭遇不测，将二儿子和小儿子留在家中，不让他们同行，此时，就只有她在灵柩前拿着引魂旗引导亡灵，其他族亲在后面抬着灵柩随行。

出了凤凰县城，往辰溪茶田垅方向行进。

一路上凡过庵堂庙宇、乡村土堂，都由在灵柩前提篮者奠酒、烧纸化钱、通报逝者姓名和所归乡村，以示买路，求请神灵放行。

凤凰县城离张贤乐老家说远不远，说近也不近。护柩队伍行至中途一哨所前面，突然闪出一班人马，拦住去路。张贤乐妻子上前一一说明，守哨人照旧不依，说陈统领有令，近几天过往行人一律要严加盘查，尤其辰溪人！

张贤乐妻子说：“两副灵柩，一目了然，还要盘查什么？”

持枪哨兵不由分说，强逼过去，一定要开棺查验，说是近来棺中暗藏枪弹武器过关者时有发生。抬柩人全为茶田垅一带的乡亲，个个脾气暴烈，有人便与哨兵争吵起来。一哨兵将子弹推上枪膛开始瞄准。一旦扣动扳机，现有尸体尚未进屋，又不知有多少人要做新鬼。人到弯腰处不能不低头，到底张贤乐妻子善断事之粗细，连忙下跪改口求饶，叫抬柩人放下灵柩，接受查验。

灵柩缓缓放下，两哨兵即来开棺。

撬开张贤乐的棺盖时，只见张贤乐躺在棺底睁大血红两眼，似乎是要迎面朝开棺者扑来，为首的一个哨兵吓得连忙后退，因脚后水坑一虚，倒在路边。哨卡里又冲出几个人来，争相撬开张玉昆棺盖。推开棺盖时，张玉昆两手摊开，口溢鲜血。哨兵没有经验，去翻动张玉昆身子时不注意，张玉昆的手掌划过来正好打在了哨兵脸上，那哨兵也立即吓得直往后撤。

连续吓退两人，哨卡不再有人敢来验棺，哨兵们在一旁议论一番之后，连忙集合列队，只叫抬灵柩的赶快过关。

灵柩穿过长长的黑夜，抬到茶田垅已是夜半时辰。一狗叫，众狗叫，全村狗叫，静静的深夜，狗叫声如山洪暴发。早已列队等候在村外的张贤乐亲属和部下，见灵柩已到，燃放鞭炮，跪迎亡魂，哭丧里又大呼誓死杀掉陈渠珍，坚决要报仇雪恨！

2 / 雄一天算一天

张贤乐父子死后，其部下虽被陈渠珍编散到其他各团、营、连，但大都不约而同地逃离军营，潜回茶田垅。为壮士气，张贤乐的部下和家族把张贤乐父子的后事有意办得很有气派，灵柩在堂屋停放了七天，门内门外白纸白布白花白带，如被一场白雪覆盖。为防事变，日夜由成排列队的荷枪士兵守灵，村外各山头也明岗暗哨，首尾相连。灵堂里，每日有和尚、道士来为其诵经超度亡灵，锣钹木鱼声不绝于耳。二儿子张玉心、小儿子张玉琳在灵堂里不分日夜上香焚钱。

到了夜里，先是道人打灯绕棺，然后，唱丧歌的唱到鸡啼天明。丧歌一夜一个内容，有罗通扫北，也有薛丁山征西，唱的都是英雄好汉。灵柩上山的前夜，从田湾请去的向歌师唱得最为动人，声音和歌词都盖过所有歌师，充满了人生离世的深情。

他唱的内容不是英雄好汉，而是世情人心：

> 唱亡灵来道亡灵，想起亡灵好伤心。
> 只想新亡百年寿，今朝又做木内人。
> 我今想你如松柏，何做南柯一梦人。
> 仙家也要脱凡体，逍遥快乐做神仙。
> 亡灵只有今宵晚，明日为坟在山岭。
> 八大金刚来抬起，开路先锋往前程。
> 旗锣鼓乐多热闹，铳炮连天响沉沉。
> 引子幡子前引路，麻衣孝子齐后行。
> 白鹤仙神来看地，九天玄女下罗针。
> 葬得龙头出天子，葬在龙尾点状元。
> 亡灵葬在龙口里，子子孙孙坐朝廷。
> ……

和尚、道士的经文如天语难懂，而哀歌却感染了灵堂的亲人弟兄，他们不禁想起张贤乐的英武和世事的复杂纷纭。

出殡时更是队伍壮观，亲族披麻戴孝在前，部下荷枪实弹随后而行，八仙吹打，鼓乐哀鸣……

张贤乐父子安葬之后，其部下如散席一般，各寻出路，有的远走他乡另图新主，有的在本地集中人枪另立山头。

张贤乐妻子原本苦于多年来为夫、为子担惊受怕，热闹过后，倒落得一份安静，打算守着二儿子和小儿子靠家中良田租谷过平常日子，教后人读些圣贤之书，做个平常人。

然而，张贤乐的下属张牛脑壳见张贤乐父子被湘西王除掉后，想趁势而起，夺取张贤乐的家产、人枪和地盘。一番分析之后，他觉得自己没有势力，就投靠了驻防辰溪的陈团长。

陈团长为凤凰人，又是陈渠珍本家亲族，要除掉张贤乐的家人，陈团长还能不让陈统领支持？

作为与陈团长的见面礼，张牛脑壳提供了一个重要情报：张贤乐尚有二儿子张玉心和小儿子张玉琳在家，将来必蓄势待发，也必不放过陈统领这杀父灭兄之仇。最好是趁张贤乐新去，其家中势力不振而斩草除根！

陈团长大喜，感到自己在陈统领面前立功机会已到。他到内室里去了一时，转身出来就跟张牛脑壳说，他已在电话里将这一建议转告给了陈统领，陈统领表示同意。

陈渠珍的确为除掉了张贤乐父子高兴过，但一听陈团长如此报告，忧虑复起；然而，要除掉张贤乐两个年幼的儿子，他想了想，下不起这个狠心。但他既怕自己判断不准，又恐挫伤陈团长的积极性，于是，只得交代陈团长说：“你看着办吧！”

陈团长正要按照自己的意思，周密谋划挑选行事人手时，张牛脑壳又自告奋勇。陈团长如获至宝，但一想，又恐他为张贤乐部下，不可轻信，如果他是明为投营，暗藏杀机，岂不进了他的圈套？于是，便反复进行盘问试探。张牛脑壳反复说张贤乐曾对他如何不好，他内心只想占有张贤乐的家产、人枪和地盘，但怕张贤乐家人和部下不服，所以，只想趁现在有利时机除尽张贤乐一家老小。

陈团长听后觉得言之成理，又感到与自己不谋而合，就细问张牛脑壳：“张贤乐的两个儿子你能对付吗？”

张牛脑壳说：“二儿子张玉心，今年十三岁，小儿子张玉琳，今年十岁，都是羽毛未丰的小鸟，团座不用为我担心！”

陈团长情感复杂地“噢——”了一声，然后说：“你既想得到张贤乐的家产、地盘和势力，那好办，我这个团防可为你撑腰壮胆！”

张牛脑壳一听这话就心花怒放，说：“有陈团长此言，我就放心了。日后在茶田垅有事，陈团长只需发话就是！”

张牛脑壳回到茶田垅就只想早日成事，伺机行动。为掩人耳目，他常常装成关心张贤乐后人，去观察他们一家人的踪迹，寻找下手机会。然而，拖队多年的张贤乐连家人也特别机警，无论妇幼，对任何人皆不少戒备；张贤乐父子被杀后，全家人更是小心谨慎，如鹿如麂。别说夜间早早就四门紧闩，即使白天，也关门闭府，张牛脑壳实在是难寻下手机会。

又到秋天，稻子收割了，稻草都在田脚地边堆成了一排排金黄的草葫芦；红高粱砍回来扎成把，晾晒在木楼的栏杆上，红成一排排一行行；剥了壳的包谷串高高地挂在屋柱上，闪射着秋天碎碎的阳光。虽然这是一个歉收年，但土地还是以各样果实报答人们的辛勤，只是一阵阵带着寒意的秋风似乎来得太早，让张牛脑壳一天比一天着急。

愿望让日子过得很慢，但想象又总让日子过得很快。冰雪又带着冬天来了。先是下了砂雪粒儿，接着又下泡儿雪，复又下起砂雪粒儿，然后就层层冰冻。

这一年的冬天真是长得难熬。饥饿的山羊跑下平地，蜷缩在家里的狗就追了出来，逃命的山羊在冰雪地里跑得太久，四蹄儿让冰壳割得流血，然后让人活活捉回来，就像这里背枪的人从别的村子捉来的小姑娘。

自入冬到过年，太阳没有真正地露过脸，所有的冰雪都积累在那里，人也就少了很多活动。直到过了年，张牛脑壳还没寻找到最佳的下手机会，而张贤乐的妻子和两个儿子好像越来越对他加强了防备，总是深居简出，总是见他就躲。他怀疑这一家人发现了什么。

青蛙在水田里开叫的日子，春天终于把太阳带来了。小草醒过来就赶快发芽，花枝醒过来就赶快开花。陈团长已经等待了几个月，春天的到来使他有些躁动难安，使他不再有耐心，于是，他将张牛脑壳叫到辰溪县城，限定了他的办事时间。

张牛脑壳返回茶田垅，就由“守株待兔”改为“引蛇出洞”。他赶了一头黄牯，扛着一架弯弯犁，大模大样地到张贤乐家的田里犁田，身上背着枪，子弹也上了膛，就等着张贤乐家人出来说事。

最早发现张牛脑壳前来寻衅闹事的是张贤乐家的长工细个子。细个子也是本地人，了解张牛脑壳的为人，也知道张牛脑壳的真正意图，但他不敢跟张牛脑壳说话，跑回家悄悄把情况告诉给了张贤乐妻子。

张贤乐妻子赶到田畈上一看，张牛脑壳果然使着黄牯在她的田里一来一回，开满草籽花的犁坯翻过来打在白花花的水浪里，他就像犁自己家的稻田一样。

她问张牛脑壳："这田是谁叫你来犁的？"

张牛脑壳说："我张牛脑壳本人在这儿呢，还有谁叫我来犁？当然我自己要犁的嘛！"

张贤乐妻子说："这田一不卖你，二不佃你，你干吗犁我的田？"

张牛脑壳说："从今儿起，这田里结的谷子、长的油菜、养的鲤鱼，就都是我张牛脑壳的！"

女人没有想到他会这样说话，感到欺人太甚，气得两腿打战，半天才又说出一句："张牛脑壳，贤乐在时，你跟他称兄道弟这么多年，他哪样对不住你？他才去多久，你就这样欺负我们孤儿寡母？"

张牛脑壳说："你也不早问问你贤乐，他哪样对得住我？老子为他卖命这么多年，他给了我什么好处？一个团长都不让我当，还动不动骂我这也不行、那也不行！难道还是我亏了他不成？"

女人见他如此翻脸无情，就逼近他，指着他鼻尖说："你今天是要强占我家良田是不是？"

张牛脑壳硬了脚腕升高自己说："是！又如何？"

女人说："那我就和你拼了！"

张牛脑壳说："嫂子，你们家的男人也都是玩枪的，应该明白玩枪的规矩！你千万别靠近我！要是我不小心，这枪走了火，那你可就别怪我！"

张贤乐妻子跟随张贤乐这么多年，深知玩枪人心手如枪，她不得不停下脚来，但仍大骂不停。如依张牛脑壳平常的脾气，他早就枪子出膛了，但此时他出奇地镇静，说："你骂吧，你骂得越毒，我听起来越有味！"张牛脑壳是在等待她把事情闹大，等待着她两个儿子张玉心和张玉琳都赶来帮腔，等待着将她全家一梭子弹全都放倒！

果然，十四岁的张玉心来了。他一听张牛脑壳说话如此欺人，就帮着母亲和张牛脑壳对骂。

张玉心骂道："你这见风使舵的小人！"

张牛脑壳说："见风使舵那才是好舵手！你爹不看风使舵，怎么被陈汉章打败了又去凤凰投靠陈统领？"

张玉心骂他："你小人得势，雄不了几天！"

张牛脑壳说："我雄一天算一天！谁能保证自己雄一辈子？谁知道自己什么时候两手傍腿？你爹、你哥，在世时不是称雄吗？谁知道自己会死在凤凰县城，冷尸抬回茶田垅？你知道？"

张玉心气得心如刀绞，将自己变成一只大黄蜂就朝张牛脑壳扑上去。张牛脑壳放了手上的弯弯犁，走到田塍上忍耐着，让张玉心在他身上撕扯，他不开枪，也不还手。他还要等待，等待张玉琳的到来。

天渐渐地晚了，张玉心的母亲见张牛脑壳今天如此反常地冷静，明白必是不祥的预兆。加之天色暗黑，为防意外，她一把将玉心抱住往回拉，不让把事态扩大。她说："儿啊，我们现在孤儿寡母的，让他一步天宽地阔！我们回去！他恶有恶报，只是时候未到！"

可张玉心不听母亲的劝阻，母亲越劝他表现得越凶，见自己空手打不过张牛脑壳，就说："好，张牛脑壳，你等着！老子我回去取了枪来！我要看着你嘴巴咬土！"

张玉心边说边转身往家中跑去，这让张牛脑壳别无选择；如果真让他取了枪来，那谁死谁活也就难说。茶田垅的男人无论年纪大小，用枪都如用锄头草刀一样，别看他才十三四岁，已经玩枪多年了！张玉心刚转过身往家跑了几步，背后枪叫了。张玉心转身一看，母亲叫了一声"玉心快跑！"就栽倒在坎下盛开着草籽花的水田里。张玉心再次变成一只大黄蜂，猛朝张牛脑壳扑过去，张牛脑壳又是一梭子弹，一道红光从少年的胸前钻进去，但张玉心没有倒下，如飞一般到了张牛脑壳的面前，抓起张牛脑壳的手就咬在嘴里，他全身的毒素一下子都集中到嘴里，并注射到张牛脑壳身上。张牛脑壳痛得丢枪大叫，但他怎么也推不开张玉心的身子，怎么也扳不开张玉心的嘴巴！

等到张玉心嘴巴被撬开，张牛脑壳的两节指头已咬在死去的张玉心嘴里抠不出来！

张牛脑壳剧痛难忍，但想起张玉琳还没有被干掉，马上用衣服将血手裹住，气势汹汹地直奔张贤乐家中寻找。他先是楼上，然后楼下，里里外外，箩筐背篓，全都翻过来搜了个遍；别说是一个小孩，就是一只老鼠也该被发现。然而，怎么搜也搜不到张玉琳的踪影，家中除了细个子再无别人。张牛脑壳在行动前探得一清二楚，今天张玉琳是在家的，那么，他躲到哪里去了呢？张牛脑壳的枪筒顶在细个子的咽喉上问："他小儿子哪儿去了？"

细个子颤抖着全身回应他："我也正好找他找不着呢！"

张牛脑壳见细个子害怕成如此模样，又怕耽误时间让张玉琳逃跑，只好放了他说："全村我都要挨家挨户地搜！免得让别人给藏了！"

的确是细个子把张玉琳藏了。当时，两声枪响拐进大门时，外面就有人传话进来，说张玉心母子已被张牛脑壳打死。张玉琳一听便大叫要去报仇，细个子赶紧封了玉琳的嘴说："你千万别去送死！家里就你这根独苗了，赶快躲起来！"

见张牛脑壳追到村口，细个子灵机一动，把张玉琳塞进一个鸡屏里，告诉他："任何人喊你，你都不能答应！"

这里的鸡屏为四柱四壁，高齐人腰，深有数尺，像个小型集装箱，只有一头开有小门让鸡们出入。张玉琳将身子一缩，按照细个子的主意钻进了鸡屏深处。

尽管鸡屏放置在满是鸡粪鸭浆的肮脏处，张牛脑壳还是没有放过。他果然搜到了藏有张玉琳的鸡屏边，他偏了头，将那只没有受伤的手伸进鸡屏去搅摸了一阵。细个子感到那只手仿佛在搅摸他的心肺，把他的心提到了嗓门口。只要张牛脑壳抓到张玉琳，这家人就一定死绝！幸好天黑鸡已进屏，一只大公鸡受了惊，扑出门来，溅了他一脸的鸡毛和鸡粪，还撞痛了他那只受伤的手，他一声“哎哟”站起来愤愤地说：“既然有鸡在里面，肯定就不会有人在里面！我到别处去搜！我就不相信搜不出他张玉琳！”

张玉琳到底是个聪明人，一进鸡屏他就将身子蜷缩起来贴紧在最里面，然后把鸡们都赶到门口挡着。这一招使他死里逃生。

为了引开张牛脑壳的注意力，细个子又故意四处打听张玉琳的去处，还打着火把到村外田头地边高声大喊张玉琳回家，并故意跑回来报告张牛脑壳：“听人说张玉琳得知他娘和哥哥死了之后，吓得往大水田方向逃了。”

因为找人着急，张牛脑壳又带人往大水田方向追去，并跟细个子说：“如果张玉琳回家，一定要向我报告。如果把张玉琳带到我面前，赏一根金条！如果知情不报，就要杀头治罪！”

细个子二话不说，一连串地点头称好。

待张牛脑壳往大水田方向追去之后，看看已无人注意，细个子到张玉琳家抱了一床被子，说是去给张玉琳母亲和哥哥收尸，趁机将张玉琳裹在被子里送出了村外……

3 / 我张玉琳杀的

张玉琳出村之后，跑到了龙泉岩他姨家中藏匿起来。从此，张玉琳消失了。尽管张牛脑壳四处打听，却再也打听不到张玉琳的任何消息！

张玉琳的姨也不敢把张玉琳藏在家中，她悄悄地把张玉琳送到了沅陵县城读书。

沅陵是大湘西通江达海的门户，城内有千年学府龙兴讲寺，对岸有风景如画的凤凰山和凤凰寺。张玉琳读书之余，一有空闲便和同学到这些地方游玩。歇息时，便对着家乡的方向扶栏远望，忆起鸡屏逃生、深夜出村，忆起自己的父母兄长全死在别人手下，总是默默地咬牙切齿！他记起父亲未死之前有一次带他到过屋后那棵老梨子树下跟他说过："儿子，爹生逢乱世，我不杀人，人必杀我！我也是为生存走上了这条拖枪之路。人在枪子里来回，何时生何时死都没有个定数。儿辈们你最小，我担心自己有一天遇了不测，而你又还未长大成人，不知你在这个世如何谋生。爹今天告诉你：待你长大后，如逢太平盛世，定要好好读书做个有学问之人，千万不要玩枪，免得日夜担惊受怕；如还处乱世，你无路可走时，可以挖开脚下这个粪凼，这底下自有你想要得到的枪支！"

这也是他童年心灵里一个藏得最深的秘密，他不能跟任何人说起。

刚进学校，老师们并没注意这个长得白白胖胖、肥头大耳、显得有些木讷的张玉琳。后来上体育课时，他无论跑、跳，同年级的同学竟无人能与之匹敌，这才引起老师们的注意。特别是他读书用心，记忆力过人，老师点读的书都能在别人之前背诵，因此，他很快就成为老师最器重的学生。但他因心事太重，总不大和同学们交往，也难免有同学嫉恨。清明时节，学生们都在草坪里放风筝，几个学生来争夺他手里的那架风筝，因互不相让打起架来，结果，几个对手都被他一一放倒在地。一个留八字胡的中年人正好从那儿路过，先是看着他好笑，后来忍不住高兴地走过去摸摸他的头说："你叫什么名字？"

他带着气愤说："我不告诉你！"

那个留八字胡的中年人一听他说的辰溪话就夸他说："好角色！好角色啊！看

你是个木讷样子，干起架来倒很英雄！”又从衣袋里摸出一块糖来压在他手心里说：“这是奖励给你的！”

这个八字胡走后，张玉琳把他一直深深刻在脑海里！

张玉琳小学毕业后考入省立沅陵八中。

沅陵八中是大湘西最著名的中学。他在那里读书时，不仅学业优异，还非常注意锻炼身体，自求全面发展，尤其练得一手好书法，双手可同时走笔写不同内容、不同字体，如有两个脑袋两套神经供他同时使用。

张玉琳从八中毕业时正逢多事的一九三六年。这年十月，正逢蒋介石五十寿诞，何健早早就致函各县县长交款，准备给蒋介石献上一笔厚礼。张玉琳在报纸上看了这消息，一肚子的不满，“献寿礼有人，这乱糟糟的世界却无人看见！为什么就没人起来造反？”

不久，张玉琳坐在河边码头的老榆树下和渔民闲谈，一个担脚的挑夫跟他的伙伴们说：“要翻天了！湘西龙云飞领头，正在搞‘抗日、革屯、倒何运动’，起义军烧屯仓、杀屯官、武装抗租，现在已蔓延到湘、黔、川、鄂边境，何健在湖南的统治怕是搞不下去了！”张玉琳把这话听进了内心深处，默默地赞叹：龙云飞真是英雄！

但张玉琳又在报上看到消息说，贺龙领导的红二、六军团离开湘西之后，何健还在疯狂屠杀政敌，永顺被杀掉四百余人，龙山、大庸各被杀掉一百五十余人，桑植县仅洪家关被杀掉的就达六十余人……

杀来杀去，杀到了这年年底，何健又通电全省声讨张学良、杨虎城发动的“西安事变”。但因全国抗日情绪高涨，大湘西各种军政势力争斗更显激烈，为保境安民，湘西各县相继成立“社会军事训练总队”。张玉琳深知自己面前这个社会还是离不开枪炮，于是，他怀着要出人头地、为父母兄长报仇的志向，考进了常德“社训总队”。

社训队下设分队，负责组织训练壮丁，由县长兼任总队长。刚满二十岁的张玉琳从社训队学习结业后，回辰溪任分队长，被派到合组、惠民煤矿对矿里和附近的壮丁进行操练。张玉琳虽然年轻，但书读得好，自小又得其父拖队伍的耳濡目染，讲话办事既礼貌又果断，所以，训练壮丁很有一套，也很受上司看重。

可有一天，一个乞丐来到他的训练场外，蹲在一棵老梧桐树下，一动不动地看着他在那里操练。他感到非常奇怪，散了操，他走过去看了看。那乞丐突然在他面前站起，一言不发地死死抓住他不放，直将他往避人处拉去。张玉琳不知这乞丐是为何事，直到乞丐拿掉头上的半边斗笠，他才认出是他家原来的长工细个子叔叔。

张玉琳惊叫道：“老叔，是你？”

细个子像当年一样堵住他的嘴巴，告诉他："你别说话！快想办法逃走！"

张玉琳说："出什么事了？"

细个子说："你忘了多年前杀你父母兄弟的事了吗？"

张玉琳说："我没有忘！"

细个子说："现在张牛脑壳已打听到了你的下落。凤凰、辰溪、茶田垅都安排了要暗害你的人！"

张玉琳想了想说："既然他们还要杀我，我躲过了初一，也躲不过十五。"

细个子说："你现在已经长这么大了。如果你是雄鹰，那天下就大得很哪！"

张玉琳说："还没有为父母兄长报仇，我独自一人外出逃命，算个什么男子汉？"

细个子说："留得青山在，不怕没柴烧！君子报仇十年不晚！"

张玉琳略加思考，便坚定地说道："老叔，我已是二十岁的大人了，既然他们放不过我，我现在也可以和他们拼了！"

细个子劝道："人不可以和牛是一样的脾气！你父亲和哥哥都是一时不忍酿成大祸。你现在还力单势薄，哪是他们的对手！鸡蛋不能拿去碰石头！"

张玉琳说："我虽然现在还没有自己的人枪，但得人心者得天下！我读了这么一肚子的经书，我知道如何带兵治军。不出三年，我就会拥有超过我父亲的人马！我就可以报仇雪恨！"

细个子说："你家现在就只剩下你这么个独根！你不能和人家这么拼！再说冤家宜解不宜结，你退一步，天宽地阔。"

张玉琳说："好吧，老叔，你回去。你已经尽心了。你是我第二次救命恩人！"

集合哨声响了，张玉琳只好继续训练兵丁。

从此，张玉琳日夜百倍警惕，往事和面临的危境使他日夜难眠、心神不宁。

果然一天深夜，窗外有异样响声，张玉琳悄悄起来，把衣服行头塞进被子里做成有人睡觉的假象，自己则躲到床下悄无声息。不一会儿，一个如魔的黑影轻轻来到床前，手持马刀，照准人头一阵猛砍。同窗人惊醒，一阵大叫，黑影跳窗而逃。张玉琳从床底下出来一看，被子和里面的衣服行头都被砍成了碎片，如果当时他躺在床上，此刻已是碎尸数段、一团血浆！

大难不死，张玉琳觉得这个魔影下手如此准确，必有内鬼。看来，杀他的人已到身边，弄不好就命在旦夕。父母兄长全都被杀，别人还放不过他张玉琳，他感到自己已无路可走，身处绝境，能让他拼个出路的只有去玩枪拖队伍。

古历八月十六日傍晚，张玉琳往背包里塞了几个桐叶粉糍粑就上路了。月光很好，他凭着年轻气盛，趁夜潜行，连夜赶到了茶田垅自己家中。深更半夜，他马上找来了自己的亲族弟兄，说了有人已对他下手，要斩草除根的经过之后，就商量他这次回来如何拖队伍报仇。

城门失火殃及池鱼，这些亲族弟兄自张贤乐遭灭门之灾后，也受张牛脑壳等这些人的欺负，一直是在忍气吞声地做人，一看张玉琳已长成这么一个大青年，又谈吐不凡，满腹经纶，看上去还一脸的“官相”，自然就都愿意聚集在他的麾下，尤其张玉德、张玉久等兄弟更为他鼓劲助威，都说自己也正要出出这口恶气，说：“这些年，真是要憋拉尿了！”

然而，组织报仇队伍的枪支哪儿来？大家正讨论如何集中枪支时，张玉琳说：“枪支的事你们不用发愁，只需扛上锄头跟我后面走就是！”

一伙人赶快取来锄头，跟着张玉琳往屋后的山上走去。天上突然出现的乌云像黑色的棉团，连月光都挤不出来。

到了梨树下的一个粪凼边，张玉琳站住说：“你们下去，把这个大粪凼的底子翻过来。”

弟兄们都不明白张玉琳的意思，说，你这是要干什么？挖这个粪凼有什么意思？

张玉琳指着粪凼说：“你们别管这个，只顾挖就是！”

一伙人影忙碌起来，看不清这土层里到底掺和了什么，只感到板结得铁硬，挖下去的锄头几乎要弹起来，再使劲也只能翻过来一点点儿土块。幸好，这硬结的土层不深，挖下去不到两尺就出了浮土，然后就碰到了木板；把木板撬开，里面是一层棉絮；将棉絮扯掉，下面是一个大木箱。

此时张玉琳却发话说：“停！大家慢点挖！”

大家又不知他这是要干什么。张玉琳走到一个土丘上说：“当年，我父亲说，待我长大后，如逢太平盛世，一定要我好好读书做个学问人，千万不要玩枪，免得日夜担惊受怕；如还处乱世，我无路可走时，可以挖开屋后梨树下这个粪凼，那下面自有我想要得到的枪支。这个世道不仅不太平，而且越来越乱。我本想遵父母之嘱好好读书做个学问人，但现在连命都保不住了，做学问人已成南柯一梦，唯有玩枪拖队伍才可以充当强者，报仇雪恨。现在我最想得到的就是枪支，我要看看父亲在这大粪凼底下埋了多少枪支。大家把木箱揭开！”

把木箱揭开，长枪、短枪和子弹就出现在面前。全场人欣喜若狂，张玉琳跳下去，抓起长枪来举在头顶长叹：“天不灭我也！”又横枪跪下去祷告：“知儿莫如父啊！”接着他拿了一长一短两支枪，咬着牙在月光地里瞄起准来。这种枪，他父亲在世时，他就多次玩过，虽然那时候他才十岁，但十年后的今天，他仍不生疏。他把枪盒往身上一挎，短枪往身上一插，父亲当年的威风在他身上复现。张玉琳给在场人每人分发了一支长枪，然后，叫大家把剩下的枪、弹搬回家藏好。

有了这么多人枪，现在，他不怕谁发现他张玉琳回来了！

他连夜找来一些愿意跟着他干的亲族兄弟，把枪、弹分发给了他们。这些亲族弟兄，想想自张贤乐死后这些年，他们也是种田种地为生，但不断遭到土匪的抢劫，家无宁日，人无宁日！我不欺人，人要欺我；我不抢人，人要抢我！我不杀人，人要杀我！既然张玉琳有枪了，倒不如跟着他干！跟着张玉琳干，虽然也过不上好日子，但至少还能不受别人的欺负。

张玉琳让大家背上枪站成队列，然后他说："这些枪，你们都会用吗？"

大家说："这都是以前用熟的东西！拿起来就可以收拾人！"

张玉琳说："从现在起，你们这些人就是我最信得过的兄弟，以后，有我张玉琳一口饭吃，就有大家一口饭吃！有我张玉琳一口汤喝，就有大家一口汤喝！我张玉琳读了这么多年书，也明白什么是良心、什么是好丑！除了为我父母兄弟报仇，我绝不做伤害其他百姓的事情。我们要保境安民，为我茶田垅人造一份安宁！大家说，好不好？"

大家感到张玉琳比他父亲英雄多了，他父亲从来没有说过这样的道义，就应着他说："好！地方上这些年实在不得安宁，有这话，我们就干定了！"

张玉琳话锋一转："那好！事不宜迟，现在就跟着我干！我要先杀尽张牛脑壳一家，为我母亲和二哥报仇！然后，待我队伍壮大，再去凤凰向陈渠珍讨还杀我父亲、灭我大哥的血债！"

于是，队伍在张玉琳的口令里齐步走了一个圆圈，让他进行检阅。检阅后，张玉琳发令："出发，取张牛脑壳人头的时候到了！"

时值凌晨，张牛脑壳全家人正在熟睡。

在大湘西，狗是家庭最忠实的哨兵！因为狗叫得凶猛，张牛脑壳起来一看，队伍已经把他家全部围住。他哪会料到张玉琳一夜之间就有了自己的队伍？哪会料到张玉琳会突然来到他家里报仇？他赶快起来摸枪跑上楼去问道："哪里的队伍？快通报一声姓名！"

张玉琳原也暗暗告诫自己：只为报仇，不要声张。但此时一听到张牛脑壳的声音就忍不住大吼一声："老子是张玉琳！"

双方的枪几乎是同时响起。张玉琳的手下人立刻打开张牛脑壳家门，无论老小，一律剿灭。他们有的听到枪响还刚刚起床穿衣，有的还在被子里睡着就梦里过河，全都一命呜呼。张牛脑壳在屋楼上反抗了一阵，为了逃命，他跳下楼来，结果被张玉琳的一个弟兄打断了一只脚，缴了他的枪，那弟兄正要再开枪毙他时，张玉琳赶到了，说："慢！让我来问问他，好让他死个明白！"

张玉琳把张牛脑壳踩在脚下说："你先看看，我是谁？"

张牛脑壳转断颈根地抬起头来看了一眼张玉琳说："玉琳，我错了。我和人串通一气杀了你母亲和你二哥，还要害死你，我错了！我有罪！我该死！"

张玉琳说："你会错？你为了霸占我们家的财产，占有我父亲的人枪和地盘，你才和人串通一气灭了我们一家。你有勇有谋，你错哪儿了？要说错也错在我父亲不识人，错看了你这个翻脸不认人的狗东西！”

张牛脑壳乞求说：“玉琳，只要你今天饶我一命，日后我一定做牛做马报答你！”

张玉琳担心夜里张牛脑壳安排替身，就说：“把你右手伸出来我看看。”

张牛脑壳伸出右手，果然是少了两个指头，那是张玉琳二哥临死前咬断的！

不是替身，是真正的张牛脑壳！张玉琳说：“你先叫我三声张玉琳！”

张牛脑壳不明其意。

张玉琳的枪口顶着他脑袋说：“快叫！”

张牛脑壳叫了一声：“张玉琳。”

张玉琳说：“声音大点！”

张牛脑壳只得叫重一些：“张玉琳！”

张玉琳说：“再大声一些！”

张牛脑壳只得再大声叫道：“张玉琳——”

张玉琳大笑起来说：“好汉做事好汉当！我没有别的意思，只是想让你死个明白，只是想让全村人都听到、都知道，你全家人是我张玉琳杀的！你，更是我张玉琳杀的！”

张玉琳的枪对准张牛脑壳的后脑连扣数枪，张牛脑壳的脑袋炸开了花。张玉琳踢了踢张牛脑壳的屁股说：“你现在的脑壳才像个牛脑壳！弟兄们，把这个头割下！包好！我要用它祭祖！”

一个弟兄就将张牛脑壳的头割下来包好提在手上。

之后，张玉琳带着队伍仔细检查了屋里屋外的每一个角落，特别是鸡屏；又要熟悉张牛脑壳家里人情况的弟兄清点了打死的人数，证明他全家一个不漏。

张玉琳这才说：“弟兄们，初战告捷，已报一仇！我们回去好好庆贺！”

队伍回到张玉琳家里，天已经大亮了。张玉琳将张牛脑壳的头放在中堂屋的八仙桌上，然后点了香烛，烧过纸，叫队伍两边站着，自己作了三个大揖之后说：“父亲，母亲，大哥，二哥，玉琳今日杀了张牛脑壳全家，为你们报了一仇！日后我还要拿了陈渠珍的头来祭奠你们。你们在九泉之下安息吧！”

大祭之后，张玉琳从衣袋里抓出几把亮晃晃的银元放在桌上说：“弟兄们，你们去买牛买猪买鸭——但不许买鸡，鸡是我的恩人——再抬几缸好酒来。我们大宴三天，以示庆贺，并昭告天下：无论先后，无论族乡，凡愿投我张玉琳者，皆为兄弟！”

于是，张玉琳家里门庭若市、热闹非凡，为报私仇的、为饱肚子的、为要女人的、为发财的，还有张贤乐的老部下，闻讯来投者络绎不绝，队伍壮大甚为迅速。

4 / 日子还怎么过

张玉琳在家里大宴三天，除了鸡肉以外，乡下能弄到的荤菜都弄齐了，谁都可以去喝酒吃肉，这在茶田垅见所未见、闻所未闻！于是，消息传得很快，周边数县皆有耳闻，说张玉琳真是将门虎子，才二十岁就已胜过他父亲，只怕湘西王陈渠珍也难逃他手心！

在大宴三天开席时，张玉琳布置好岗哨，喝了几大碗米酒，然后大睡，不管人事。这一是因他这些天来心神太累，二是他初次报仇雪恨成功，实在感到痛快。

黄昏时分，张玉琳猛然大叫一声在帐内惊坐起来，连忙叫人。原来是梦见张牛脑壳带着队伍来到他的雕花床前，向他讨还血债。猛然醒来的张玉琳满头大汗，众兄弟打来冷水，让他擦洗后，才告诉他已经睡过一天。

张玉琳狠狠摇头才彻底清醒，稍坐之后就觉得肚子饿得如抠如洗。叫人送来饭菜后，连他自己也想不到会吃空八个大碗。

饭后，他命令手下人集合队伍。报数过后，已有一百二十余人，刚好把他父亲留下的枪支配发完毕。于是，他在欣慰中精神抖擞地发表讲话：

“弟兄们，我不知道自己已经睡了一天，更没有想到一觉醒来竟有了这么多兄弟！

是一场噩梦把我惊醒！我梦见我的仇人张牛脑壳带队来向我讨还血债！

又是一场美梦让我高兴，我一觉醒来竟有了这么多情同手足的好兄弟！

我并非害怕一个张牛脑壳，现在我有这么多好弟兄，有父亲给我留下的这么多好家伙，即使三五个张牛脑壳，也不在话下！但我是读书人，必须明白一些道理：一个人，单凭自己这点儿力量杀来杀去，最后都没有个好报应。‘三国’‘水浒’里英雄好汉本事大不大？又有几人能成大业？何况我辈？大家既然愿意跟着我张玉琳，就要有远大志向和长远目光。尽管现在正处乱世，但我张玉琳也要给大家找一条出路！大家说，好不好？”

下面齐呼说好！又夸赞说，到底是读书人想得远！

张玉琳说，我现在想带着大家就近去投靠熊桂清，你们说如何？

手下的张玉琢说：“此人过于狡诈，反复无常，实不可靠，不可以作为主子投奔。”

张玉琳毕竟在外读书多年，对这些人事不是很了解，他觉得还应当听听其他兄弟们的意见。他跟张玉琢说：“为兄所说，何以为证？”

张玉琢说：“民国十年，辰溪大旱，饿殍遍野，为谋生，盗贼蜂起，打家劫舍者不分日夜。这年秋收过后，熊桂清家也未能幸免，土匪将他家洗劫一空不算，还奸杀了他母亲。熊桂清悲愤之下，怀着报仇抱负，跑到当时甚为繁华的洪江商城，投到‘蜈蚣王’陈汉章部下，当了个小小班长。这之前的确令人同情，但此后，他却忘了报仇，只想花天酒地。有一次，熊桂清在洪江街巷里听到一首民歌唱道：‘头上一点点中间，两朵乌云罩住天。对付上下两张嘴，太师椅上赚大钱。’这歌唱的是陈汉章身上那个‘官’字。熊桂清非常羡慕陈汉章整日花天酒地，觉得自己如果这样寄人篱下，等着一步步被提拔重用出人头地，不知要到何年何月，他没有那个耐心。他想的是要尽快过上陈汉章那样阔绰的生活。一天深夜，趁人不备，他拖走十几条人枪返回长田湾。以此为本，随后招募得李癫子等一百余人枪过上了绿林生涯。”

张玉琳听完这些话反问张玉琢说：“熊桂清想报仇、想过好日子有什么不对？”张玉琳想起自己的父亲就是被陈汉章打败才投奔凤凰陈渠珍，就更加坚定地说：“恰是因为他能在陈汉章营里釜底抽薪，我倒要高看他一眼！陈汉章也不过怀化应虎坡的一个普通人嘛，不过何健为扩大势力，将他所部收编，封为师长，后来一举打败霸占洪江的黔军收复洪江，才得尽享富贵嘛。以我之愚见，熊桂清乃真英雄也！”

于是，张玉琳派人与熊桂清联系，熊桂清认为人枪也是多多益善，表示非常欢迎。

两人见面后，熊桂清见张玉琳方头大脸，又小他二十余岁，已是儿子之辈，甚为高兴。酒席上，熊桂清特地要厨师做了两只大大的猪前腿和两只肥鸡端上桌来，熊桂清给张玉琳面前的盘子里放上一半，然后自己享受一半。熊桂清捧起一只肥鸡来又撕又咬，张玉琳却迟迟不肯动嘴。

熊桂清说：“吃鸡啊！”

张玉琳说：“我不吃鸡！鸡是我的救命恩人！”于是，张玉琳跟熊桂清说起自己逃生的经历。

熊桂清听完哈哈一笑说：“义气！义气！那你吃猪前腿！”

张玉琳见猪前腿太大，犹豫半天不知从何处下嘴。熊桂清说：“吃呀，怎么不动嘴？猪也是你的救命恩人吗？”

张玉琳笑笑说：“猪不是！好，我吃！”张玉琳为讨熊桂清高兴，也学着熊桂清的粗鲁样子撕咬起来，弄得满嘴油腻、一脸光闪。

熊桂清果然高兴了，说：“这才像来跟我合伙的嘛！在我们这个道上，斯文了你就活不下去！老子对大户人家‘绑票’和‘吊羊’，不问三七二十一，先把人捆了再说！落到我手里的瘦狗也能榨出三斤油！没有三五百块光洋就别想我放人！有一次，我们在沅水河的下水木排上‘吊’了一个常德的木材商，一次就到手一千五百块光洋！后来我们到了辰溪县城对面的大路口‘吊羊’，还放话要攻打县城，弄得全城人心惶惶，县长不得不特令团防局徐副官带兵进剿。徐部在向家园一带被我伏击，溃逃到辰河边上的装粮铺渡口，争船渡河时，老子一枪就把他打落水喂鱼了！其余官兵更是死伤无数。县府不服，火速上报省府，请求派兵征讨。省府派沅陵县团防局张局长率大队人枪向辰溪进发，但张局长得知我部神出鬼没，实难对付，不敢深入，只是小心谨慎地在辰溪大路口一带放了几炮，就撤返沅陵。省府无奈，只得电令凤凰陈渠珍对我进行招抚。陈统领赶到三塘驿，命辰溪团防局用大兵压境，对我进行招抚，当面封我为团长，并令我将部队带至凤凰进行整编。老子率部到达凤凰后，队伍被陈渠珍横改编、竖整顿，结果全部解散了，把老子封了个中校咨议官。我这才恍然大悟，自己的势力不知不觉已被陈统领吃掉，我只剩下光人一条。老子当时联想到你父亲和你大哥就是死在陈统领手里，我就暗自串通家族亲信逃回老家，重又招兵买马，复得这几百人枪。日子又过得油水不少！”熊桂清说完得意地哈哈大笑。

张玉琳听得两眼发痴，连连点头，很有敬佩之意。熊桂清兴致不减，越说越来劲。他舔了舔两手香喷喷的猪油和鸡汤，又接着说：“此后，辰溪县府又几次授命团防局剿我，但均损兵折将，失败而归。那年醴陵人何吾珍来当辰溪县长就更有意思，他不仅不剿我，还亲自与我砍香拜把，结为生死兄弟，封我为辰溪县义通大队大队长，连我手下兄弟也一并进行封官委职。老子有了这个合法地位后，趁机很快发展到四五百余人枪！”

张玉琳终于忍不住跷起大拇指说：“真英雄啊！”

熊桂清却摆了摆头说：“但是，队伍壮大了，困难也来了。县里没有财力养活我这支队伍，我部下只好到处派捐加税，收款到了门上，还加收点‘草鞋钱’，这就弄得怨声载道。不料时来运转，这年的十一月下旬，贺龙的队伍从沅陵进入辰溪，省府有令，要何县长在辰溪派兵进攻贺龙，何县长就把这狗屁事推到我头上。连湘西王陈渠珍也害怕贺龙三分，我哪敢与他为敌，我与何县长一商量，把人马拖到火马冲照顶界保命，当贺龙离开了辰溪时，我速派全部人枪，在县城对面一带朝红军屁股后头狠放一阵乱枪，枪子儿全都落在河里喂鱼了。我们就说把红军打跑了。”熊桂清想起这些事得意地哈哈大笑起来说：“红军走后，何县长急忙向省府报捷，大夸我在辰溪赶走贺龙、打败红军之功。省保安司令部信以为真，将我部作为雄师请入省保安部队，纳入正式编制，委任我为少校营长，领队在长沙易家湾一带驻防。省城里才真是那个灯红酒绿、美女如云啊！我将军务托付手下，自己则长住在戥子桥胜湘旅馆吃喝玩乐。本来我的日子过得神仙一般，但我部下皆是绿林出身，嫖赌逍遥、闹事开小差者不断发生，已经有人私下里怀疑我、议论我。我一想，省城还是水太深，并非自己的长久享福之地，长此下去，罪责难逃，后果不堪设想。老子见好就收！我挂印弃官，重又潜回长田湾招兵拖队。这让省保安司令部刘司令大怒，下令彻底解散我所部不算，还大加责备何县长保荐不力，连何县长的乌纱帽也受到威胁。”熊桂清说完这些，又得意地仰脸大笑！

在别人眼里，熊桂清是剿抚不吃、无法把握之人，但张玉琳得知这些情况后，反而坚定了投靠熊桂清的决心。他的理由有四：一是熊桂清也是因母亲被人所杀，赌气出门走上背枪拖队之路；其二，他从洪江带回来的是陈汉章的人枪，而陈汉章就是与他父亲争地盘、打败他父亲、致使他父亲死在陈渠珍手下的老冤家；第三，他能在陈渠珍手下死里逃生，多次化险为夷，说明此人智勇双全；四是团防如此三番四次地进剿均未能剿灭，说明此人御敌绝非一般。

张玉琳想想自己剿杀了张牛脑壳一家，这笔血债不会就此了结，如县团防局将其作为土匪进剿，谁是他的依靠？如若被剿灭，往后如何到凤凰去向陈渠珍讨还杀父母灭兄长之血债？张玉琳端上酒碗举在头顶说：“老叔令晚辈敬佩！请接受老侄敬意！以后在带兵打仗、处事应变方面，还请老叔多多教诲！”

熊桂清见张玉琳说话不多，但出口成章，便如获至宝，将张玉琳待为上宾，也回敬了张玉琳一碗作为见面礼。

此后，这一老一小，配合默契，绑票、吊羊、打劫，无不满载而归。

可是，随着日本侵略者的铁蹄踏过黄河、踏过长江，一九三八年，全国抗日呼声一浪高过一浪，武汉失守之后，湖南成为抗日中心，大湘西也无处不在为抗击日寇而努力，辰溪的抗日救亡运动尤其轰轰烈烈。

辰溪地处沅水中游，终年可以通航的沅水和辰河在县城南面丹山寺悬崖下相汇，城脚碧水荡漾，百舸争流，上云贵，下洞庭，水路交通极为便捷，实为水上之“云贵锁钥”，更是大湘西重要的古城快乐镇，这里因为商贾云集，所以思想活跃、文化发达，仅民间创办的报纸就有数家。

屋里烧了一堆烤焦膝盖的大炭火，严冬天的寒冷已感觉不很明显。熊桂清躺在罗汉床上过完了大烟瘾，见张玉琳还坐在炭火边一张又一张地认真看那些从县城里弄来的报纸，又不断地拍脑袋长叹惋，就问：“报纸上都写些什么狗屁事情？”

张玉琳告诉他，国民党为阻止日寇西进，先是在河南花园口挖开黄河大堤，并用两门平射大炮轰射，决口宽达三百七十米，导致黄河改道，淹没十七个县，数十万人死亡，一百四十多万灾民无家可归。现在武汉失守，抗日中心已向湖南转移，在湖南的党、政、军、文、工、学、商等机关都准备迁往大湘西的沅水两岸，全国各地难民也正逃往湘西。湘西的抗日救亡运动正日甚一日。湖南大学和桃源女中已迁来辰溪，老师和学生们组织的抗日救亡宣传声势浩大空前。

熊桂清听得非常入神，见张玉琳不说了，又意犹未尽地催问："就这些？"

张玉琳说："说不完。你自己看看这些报纸吧。"

熊桂清说："老子斗大的字也识不得一箩筐！老子要是像你一样能看报纸，那我就不是今天这个样子！"

张玉琳说："内乱不治，外敌又入侵，我们这日子还怎么过啊！总有一天，我们怕是也要开到前线去抗日。"

熊桂清说："抗日？要我们去抗日？日本鬼子要是打到辰溪来了，老子就去收拾他们！不打到辰溪来，老子就不去抗日！老蒋养着几百万军队，要我们去抗日，他们是吃饭屙粪的？"

张玉琳笑了一下，不置可否，内心里还是蔑视熊桂清这种浅见；对于抗日，他觉得自己作为一个中国人责无旁贷，家仇国恨岂可偏废？

张玉琳喜欢看报，熊桂清对于外面的事情，都是听张玉琳读了报纸后跟他一一说起，如龙云飞在凤凰组建"湘西革屯抗日救国军指挥部"，宣布"抗租、抗日、倒何（健）"以及攻克了乾城；新四军军部在南昌成立，军长是叶挺，等等。

这天傍晚，张玉琳坐在梨树下读完一张报纸说："看样子，国民党是要在湘西有什么救局大计。"

熊桂清说："又有什么新消息了？"

张玉琳说；"张治中出巡湘西，视察了沅陵、辰溪、芷江、麻阳、凤凰、乾州、永绥、泸溪、常德、临醴、澧县，共十一个县。"

熊桂清说："他一定是在家里坐闷了，出来散散心！"

张玉琳说："绝非你说得如此轻松！"

没过多少日子，张玉琳就告诉熊桂清，国民党中央军校第二分校迁到了武冈，国民党湖南省政府迁往沅陵，张学良由郴州苏仙岭移禁到沅陵凤凰山。迁至辰溪的有国民党中央海军办事处、海军渔雷营、海军陆战队、湘西工厂联合会、国民革命军陆军通讯兵团、新编陆军第三十师第三十二旅，以及宪兵第十一团、鄂西军粮局第十二仓库、军政部重伤医院等十多家单位；相继迁来辰溪的工厂有华中水泥厂、复兴玻璃厂、复兴化学工艺厂、汉阳兵工厂、汽车修理厂、济民炼铁厂、国记翻砂厂、建国印刷厂、华日皮革厂、力生纱厂等。因为工业用电需要，国家资源委员会又投资十余万元法币在沅水和辰河的交汇处小路口建起了发电厂。随着沦陷区和战区的扩大，军事机关和厂矿企业还在不断迁往辰溪，此前不足万人的辰溪县城，现在一下子猛增至十余万人。

张玉琳提醒熊桂清说：“辰溪乃至大湘西的地位已越来越重要，我们身边的政局也必有大变，必将变得更为复杂、更为难料。”

熊桂清倒显得轻松地说：“老子过一天算一天！过一天快乐一天！过好今天莫管明天！”

张玉琳笑了，不说话，心里想的是：燕雀岂知鸿鹄之志！看来熊桂清也难作为自己的最终依靠！

5 / 千万别落到他们手里

形势果不出张玉琳所料，远在晋西北抗日根据地的贺龙派他信得过的部下陈策潜回了辰溪县城。

雨水节过了，惊蛰过了，清明也过了，大地却还没有湿润，频乱的枪声将春雨吓得迟迟不敢降临湘西。陈策来到辰溪县城近郊的大伏潭河边，看着这一带的景况，他实在心寒。

他就是这里的人。童年时家贫，又因父母早亡，十岁辍学，只跟着爷爷一边读些杂书，一边学习谋生。二十三岁时他离家到长沙警察局当差；二十八岁时，他跟随岳叔张定国到湖北黎天才部当兵，并进随军军事学校学习；军事学校解散后，他只好回辰溪在辰阳小学当教书先生。后来组建辰溪县团防局，各届民主人士推举他当了局长，负责带兵剿匪。一九二四年贺龙的北伐队伍路过辰溪，他和同事向石宇随贺龙从军。河南驻马店一役，他右掌遭子弹打穿，被送到武汉养伤。此时，向石宇也已升任国民革命军第二十军驻汉口办事处主任，他在武汉养伤期间，与向石宇天天在一起纵论国事。可是，他伤口未愈，南昌起义爆发，国民党查封了汉口办事处，到处都听到剿杀共产党的消息，他无法在武汉养伤。但又不知自己部队的去向，只知道起义部队已离开南昌。他和向石宇商定，还是回到自己的家乡，待打听到部队后再归军营。向石宇回到辰溪后，潜入了驻防辰溪的陈汉章部。而他则一边烧石灰、开煤矿、做生意，一边等待时机的到来。一九三五年，贺龙率红二、六军团长征再次路过辰溪时，他和向石宇一前一后，又再次跟随贺龙北上，他还带上自己十几岁的儿子爬雪山过草地，一直到达陕北……今天他又回到了自己的家乡。

这一回贺龙将他派回辰溪，是要他趁全民族抗日运动的到来从事地下革命，建立共产党的地下武装，为抗日和取得中国革命的最后胜利蓄积力量。他昨晚和向石宇已进行了长时间密谈，觉得办好这件事比在前方打仗还要困难！

自一九三五年再次跟随贺龙队伍离开家乡，他已有几年没有回家，对于家乡的现实情况，他难免有了些陌生。他非常想念自己的亲人，但又不敢很快去亲近，向石宇跟他说：“地方上的人都知道你是跟着贺龙的队伍走了，现在你这么只身一人回来，那些被你当团防局局长时追剿过的人能放得过你？你不能不对这里的一切作一番细心的观察。”

望着从云贵高原下来的沅水河，望着两岸原本肥沃的田地，看着稻田正干旱得黄红开坼，地里的春收庄稼更是枯萎得张不开脸来，麦子矮得不过脚膝，满目死黄，而且穗儿枯小，还大多是黑如鼠粪的颗粒。油菜只有很少的荚子，枝尖上的花都没有完全张开就早早地谢掉。没有插上支撑寨的萝卜种从腰中间枯断了，红红的杆子折伏在地上，白嫩的瓤儿从破口处露出来，都长着绿霉绒。田地里吓老鼠和鸟雀的稻草人以及套在木棒上的芭茅标却密密麻麻地立着不少，但老鼠并不在意人的这些办法，为了生计，它们还是在稻田中间四处打洞，忙着将豌豆荚拉回洞中，将一堆堆黄土盘出洞口……

陈策心里涌过一阵一阵的酸楚！黄色土地上的阡陌像地图上的河流从田埂上弯弯曲曲地延伸到河边和山上，但却少有乡亲们路过。牛羊也没有，倒是背枪的来往不断，成队成列。陈策为了入乡随俗，昨日已在县城向石宇家中要了一顶中方出品的尖顶斗笠戴在头上。此刻，为了不让背枪的怀疑自己，他将斗笠低低地耷拉在眼前，把脸罩住。一路看着这些焦人的萧条景象，往家门口越走越近，已经能看见家门口那棵老樟树和屋背后山上那一片还飘着白幡的坟墓，陈策思绪万千，他的亲人就葬在那里。现在这种苦日子，还要老百姓打仗？可是不打仗又怎么办呢？日本帝国主义的钢刀和枪炮在中国的土地上屠杀中国人民，现有的腐败政府治不出一个太平天下，湘西地方各股土匪相互残害，烧杀掳掠百姓，国家和人民哪有宁日？

昨晚向石宇嘱咐过他，为安全起见，他不能急于回家。于是，陈策要先去河对岸老寨村他的老庚汪老大家探听一下当地社情，摸摸自己的那些冤家对头如今有些什么动态。

陈策过家门而不敢入，他走过田畈，走下斜斜的河岸，来到一个很小的乱石码头上。小码头下半截潜入河水，上半截衔进田坎。陈策看见这亲切的河水，忍不住蹲下去搅起一些水花。童年牧牛时，他常在这里趴在牛背上过河，到对面的老庚家吃粽子和西瓜，吃饱了又趴在牛背上回家。

河边的杨柳不缺水，已经吐出了长长的丝绦，被春风梳理的柳条在水面上舞动跳跃，婀娜多姿的河岸景色与干旱的田地形成了鲜明的比照。如果不是春旱，这时的田畈上也该有绿油油的秧苗，也该有水汪汪的稻田，也该是蛙声如鼓的喧闹……

此时，一个女人的声音从什么地方飘过来：“快上船！”

陈策不知这声音从何而来，环视四周，并无藏人之处。

一只篾篷小船撞破柳帘冒出来朝小码头上靠近。陈策一看，在船尾上使劲划桨的竟是一位大姑娘！

陈策说："姑娘，刚才是你喊话？"

姑娘说："快上船！追兵来了！"

陈策机警地往远处一看，果然有几个背枪的团丁朝这边赶来。他一脚跨上船，低头往船舱里走去，正好船上有一截茶树蔸，他将外衣脱下来，罩在树蔸上，俨似一个人卧倒在那里。

船到江心，姑娘才告诉他："地方保安团已有人发现你潜回家乡，要将你抓去邀功请赏！千万别落到他们手里！落到他们手里，你就没命了！这些年，不知有多少被怀疑是共产党的人被抓去悄悄杀掉！"

果然，背枪的人追到了码头上，对着河中的小船高喊："鬼婆子，把小船划回来，船上有我们要抓的人！"

陈策在船舱里说："姑娘，连累你了！"

姑娘说："别理他们！他们谁也没有看见我船上装着你！我死不认账，他们拿我奈何？"

码头上有人对准小船上那个披着衣服的茶树蔸响了好几枪。衣服从茶树蔸上掀了下来，显然是中弹了。

陈策说："姑娘你不怕？"

姑娘说："这些年听枪声就如听放鞭炮！没有枪响的时候倒感到不热闹！"

姑娘一点也不急慌，一桨一桨地划着船，若无其事地过江。

静静的水面上发出咝咝的剪破水面的柔声。

陈策就更不在乎，但他看得清姑娘的手上还是使了暗劲，越来越加大了划桨的力度，船也越走越加快了速度。

码头上放枪的人又喊道："还不把船划回来，我们要你的命！"

陈策说："姑娘，只怕你不好交差啊！"

姑娘说："这年头只要你碰上背枪的，就没有好交差的！我不怕！脑壳剁了也就碗大个疤！"

陈策眼睛一亮，明白这姑娘不是一般的姑娘！

两人说着，小船在一片杉林下靠岸。陈策上岸回过头问："姑娘，你是哪里人？叫什么名字？"

姑娘将脸朝天一昂说："我叫向瑚，就是这附近的人！"

陈策说："你怎么知道他们要来抓我？"

姑娘说："我是受人之命，把船划到这儿来等你的！"

陈策说："受谁之命？"

姑娘说："快上船！追兵来了！"

姑娘说："你别问！快走你的路！"

陈策只得说："那就太谢谢你了，姑娘！"

姑娘说："别啰嗦，快跑！他们过河来了！"

陈策说了句"后会有期"，身子一闪，消失在了深深的杉树林。

在杉树林里，他先是朝着老庚家相反的方向走，走不远，他把外衣脱下来丢在地上，以示自己慌忙逃走的去向，然后他才折转身子朝着老寨村汪家人的老庚家里跑。

追捕的人一边追一边放枪。觅食的鸟儿从河湄草丛里惊慌地乱飞，也不明白要飞到哪里去，翅膀一阵乱拍又降落在另一片树林和草丛里。向瑚把船靠在河岸上，然后把白嫩的双脚伸进水里逗鱼玩水，近水的花朵便在她搅动的涟漪里摇晃闪动。

小渔船很快划过河面，来到了向瑚面前。一个团丁把枪口对着向瑚胸口问："你把陈策渡哪儿去了？"

向瑚慢条斯理地说："什么陈铲新铲，我听不懂你在说么个！我这里连把烂铲都没有！我只晓得在这儿划船好玩！"

一个团丁说："你要装苕（傻），我毙了你！"

向瑚说："这年头啊，反正不是你们来杀人放火，就是别人来杀人放火，做人还不如做鬼！你开枪吧，你毙了我，我转世做二道人也变个背枪的男人好杀了你们！"

团丁说："看你嘴巴比我枪还厉害！别啰嗦！说，他往哪儿跑了？"

姑娘说："你们要逼着我说假话，那我就告诉你：他往杉树林里跑了！"

团丁们互相商量起来："追人要紧！别让这鬼姑娘给缠住了！抓住了陈策，回头再找她算账不迟！"

于是，团丁们朝杉树林里追去。

团丁不走，向瑚不怕。团丁一走，向瑚倒害怕起来，因为他看见陈策好像走路时右脚有点不太灵便，虽然不是很跛，但明显地力不从心。如果他走得太慢，就会被追上，只要被追上，就会没命了。她常常听城里人说，有人杀地下共党还不让人知道！

团丁没中陈策的计，他们把陈策丢在地上的衣服捡起来一看，虽然发现有枪洞，但相信他没有朝着那个方向逃，说陈策这是在调虎离山、蒙骗他们。团丁里有熟悉陈策的人，知道陈策从小就在老寨村认了汪老大作老庚，断定他是朝老庚家跑了。于是，他们朝汪老大的家里加快了追赶的速度。

陈策没有想到，还没有回家就遇到如此危险，真要被抓住了，那他搞地下武装的事也就完蛋了！心里这么想，脚下尽力加快了步子。

跑到汪老大门口，汪老大正在劈柴，一见跑得满头大汗的陈策突然出现在面前，就问：“老庚？你是鬼还是人？怎么突然出现在这里？这是怎么回事？”

陈策说：“老庚，今天你要救我一命！”

汪老大说：“遇什么事了？”

陈策说：“抓我的人追上来了！”

汪老大站直身子朝门外田畈上一望，果然是追兵快到了。他灵机一动，放下斧头就喊他堂客：“大珍，你快打盆水提进房去洗澡。把房门闩上，一定要脱了衣服蹲在盆子里真洗。我要把老庚藏在房里！”

陈策说：“老庚，这不行！”

汪老大说：“别的办法才不行！只有这样！——老庚，你赶快躲在床底下去，我用烂棉絮把你封起来。”

汪老大的堂客还有些木讷，汪老大催她说：“救命要紧啊！快！他们追来了！慢一步就来不及了！”

汪老大一把将陈策拉紧就往房里推，又帮着大珍把水倒进澡盆里，让她赶快脱衣服。

陈策说：“老庚啊，这就太为难同年嫂了！”

汪老大说：“什么时候了，还说这个！你快啊！”

陈策见大珍已开始脱掉外衣，只好往床下躲了进去。汪老大用柜子里几床烂棉絮把床底下塞满，盖好陈策，然后出门来，拿上斧头继续使劲地在门口劈柴。他显得非常镇静，斧头也变得特准，一斧头劈开一块松树柴，可心里的惊涛骇浪总在翻滚不停！他想，要是团丁今天把他老庚抓走，他就只好用这把斧头和他们拼个死活！砍掉他们一个脑袋，他算是得了本，砍了两个脑袋可就连本带息了！

汪老大刚劈过几块松木柴，团丁就到了。其中一个认识汪老大的人劈头盖脸就问：“你把陈策藏哪儿去了？”

汪老大只顾劈他的松树柴火，那人连问了两句，他才直起腰来说：“你是在问我？”

团丁说：“你是不是想我用枪筒子给你耳朵挖挖耳屎？不问你我问谁？”

汪老大说：“你是要找茅厕？这村里到处都有。”

团丁极不耐烦了，“就是你大伏潭那个老庚，当过县团防局局长，后来跟贺胡子走了的那个陈策！”

汪老大说：“啊，你这么一说我就明白了。你是说陈德铨啊，他几年前不是跟贺龙跑了吗？他到处打仗，谁知他把别人打死在哪儿、他自己打死在哪儿了？只怕是骨头都能打鼓了！”

团丁说：“你装什么苕！刚才过了河往你这儿跑来了。”

汪老大往手心里吐了把口水，在斧头柄上搓几下，把斧头捏得更紧，扬得更高了一些劈下去，又直起腰来笑笑说：“你们说这个话要是真的，我今天可要请你们喝酒！他是我老庚！我们从小在一起搬着梆硬的小鸡鸡比谁的尿射得高；六月天，我把他屁股槽里吐些口水、他把我屁股槽里糊些稀泥。你们今天要是真给我带来这么个好消息，我老庚还活着，我现在就捉鸡煮饭，让你撑得像老鸭婆走路！”

另一个团丁说：“别听他云南北京扯龙门阵！我们自己搜！”

汪老大说：“是嘛！你们自己搜！还费那么多口水跟我说什么！”

于是，几个团丁就四处翻找起来，先是搜了堂屋、灶屋和火塘屋，后又搜了猪栏茅厕鸡屏鸭棚，因为动作难免有些过急和粗重，就弄得胆小的鸡鸭到处飞扑，又怕又恨的狗们躲在仓库底板下汪汪乱叫。

忙了一阵，没有结果，认识汪老大的那个团丁见汪老大一脸泰然，就嬉笑着脸说：“汪老大，你不要高兴得太早！你以为我们不会搜你这间房屋是不是？告诉你，我们就是要留下这间房屋最后搜，以便我们集中人员把房屋包围起来！我看，这回陈策就是长了翅膀也飞不出去！”

汪老大心里一紧，他没有想到，这帮人先不搜这间房屋原是这样一个毒计！果然城府不浅！要真是被他们搜出老庚来怎么办？这时候在房里洗澡的大珍把澡盆里的水搅得哗哗响起，还在房里喊道：“谁要来房里搜？我在洗澡！”

大珍这么一配合，汪老大心里又多了几分把握，他平静了一些说：“是啊，我堂客刚从山上背了柴回来，正在洗澡。”

团丁说：“洗澡？骗谁？我得看看是不是真在洗澡。”团丁说着就往窗户逼近。

汪老大也往窗户边走近一步扬了斧头说：“谁要看我女人洗澡，我一斧头下去叫他脑壳变成西瓜瓣！”

大珍也在房内说：“谁敢朝我房里看，我让他挨冷炮子！不得好死！”

当兵的人最怕女人骂他挨冷炮子。团丁更火了，说：“不行！一定要搜！你要这么说，肯定有鬼！真洗澡假洗澡，我们一定要看了才算数！”

汪老大说：“我问你：你娘、你堂客、你女儿、你媳妇洗澡能让一个大男人躲在房里吗？这么简单的事你都弄不懂？”

那个带队的团丁一斜眼，几个人就往窗户扑上去，窗棂上贴的是连色纸，纸上贴有“福禄寿喜”的红色窗花。其中一个眼疾手快地一下捅破了窗纸，大珍趁机拼命地惊叫一声，骂道：“剁脑壳的，悖万年时的！流氓兵痞！冷炮子打的！”

几个团丁果真看见女人脱得精白，颤动一对奶子坐在盆里洗澡，于是，阴阳怪气地挤眉弄眼小声议论起来，一个说：“真白啊！”一个说：“我还第一次这么清楚地看见女人洗澡呢！”

汪老大本想老庚没事了，他也就息事宁人算了，但一见那几个背枪的阴阳怪气议论自己的女人，又担心不把这几个背枪的赶快撵走，还可能会夜长梦多。他把脸突然黑下来问道：“你们都看清楚了吗？”

团丁们说，看清楚了，的确是在洗澡。

汪老大再次问道：“你娘洗澡，你堂客洗澡，你女儿媳妇洗澡，房里能让这么一个男人藏里面吗？”

领头的团丁说：“那当然是不会，当然不会！我们只是要查清楚你堂客是真洗澡还是假洗澡。是真洗澡，我们就放心了。别见怪，我们也是执行公务！既然人不在你这儿，我们再往别的地方找去。”

汪老大脸上突然飞来一阵乌云，说：“你们想就这么走人？我堂客惹你们了？我惹你们了，我堂客就该你们这么白看了？现在该我找你们了！你们看好了，我斧头吃肉来了！”话没有说完，汪老大手里的斧头就朝着那个捅破窗纸的团丁飞过去，银闪闪的斧口在空中翻飞出一道闪闪烁烁的弧光。那家伙头一偏，帽子就被斧头柄打下来掉在地上。汪老大追过去，捡了斧头还要再砍，几个团丁已跑得远远的，再也不敢回头。汪老大一直追到村外的田畈上骂道：“狗团丁！我日你老母亲！我要到县衙门去告你们这些流氓兵痞！”

汪老大骂是这么骂得伤心，心里却一阵轻松。他站在外面一直看着团丁们走远了，才回家叫陈策从床底下出来。

陈策抱紧了汪老大，两人都高兴得流泪。

陈策说：“今天要不是你，我就见阎王了！”

汪老大说：“小时候我们在河里骑牛过河，那牛尾巴刷伤了我的眼睛，我差点溺死在潭里，还不是你拖着我过河，救了我的命啊！”

两人说着，拉了手进屋坐下。汪老大深深地慨叹着：“现在辰溪土匪与土匪打来打去，土匪与国民党打来打去，上头的民国党和共产党说是在搞合作抗日，但在辰溪，只要查出共产党就还是悄悄地杀，辰溪乱哪！整个湘西乱哪！”

陈策也跟汪老大悄悄说起这次回来的任务是贺龙要他回到辰溪来建立党的地下武装，积极支持抗日和为共产党在大湘西最后夺取政权蓄积力量。

汪老大说：“你要在这个地方干这些事，那是要提着脑壳啊！世态这么乱啊！”

陈策说：“不乱我回来干什么？就是因为乱我才回来！我回来就是为了治乱！”

汪老大迫不及待地说：“你回家看过了没有？”

陈策说：“还没有。幸好我今天不回家！”

汪老大说：“那你得赶快回家去看看。你爹、你堂客都是为你而死！”

陈策惊呆了，半天说不出话来。汪老大又叹了句：“死得好惨啊！不知他们的生命都能换来些什么！”

6 / 这个军权我们一定想方设法弄到

陈策只得深夜悄悄来到离别了几年的家中。

家已经完全不是当时那个家了，他们父子跟随贺龙走时，家中留下他的老父亲和妻子，可现在父亲和妻子都不在世了。没人照料的木屋，瓦面已满是天洞，椽皮和桁条都长了一圈圈灰白的鸡毛菌子。堂屋神龛上的香炉碗也掉进了瓦片，地上已有一层软软的树叶，阴湿处杂草丛生，荒若野外……陈策知道，自己不能哭，但是，情感的洪流不断冲垮理智的堤防，想起老父亲，想起可怜的妻子，泪水还是忍不住一串一串地流出了眼角。

在一位老人的引领下，他来到了村外的山头上，来到父亲和妻子的荒坟前。几度春秋，坟上都已杂草青青。陈策顺手从附近的灌木丛里折了两把树枝，一把放在父亲坟前，一把放在妻子坟头，然后，他在父亲和妻子的音容中跪了下去，沉浸在深深的夜色里，久久地不肯起来……

老人跟他说："你带着儿子跟着贺龙走后，县里来了一大帮背枪的，说你是共党，将你妻子抓走。你父亲扬起锄头和背枪的拼死，挖伤了一个背枪的还不罢休，背枪的一气之下扣了扳机……你父亲被村民扶起时已经无法救治……你父亲死后只等着儿媳妇回来料理后事。可第三天，你妻子被一个矿工用板车拖回来时，身上盖了一块稻草毯子。村民揭开稻草毯子一看，她僵硬的尸体遍体鳞伤，看样子已经死了好长时间。家里无人做主，是向瑚姑娘到这个家里来和村民一起料理完你父亲和你妻子后事……"

陈策又听到了向瑚这个名字！

在两座坟前磕完头，他站起来，身体像是高大到顶天立地！他一言不发地从山上下来，直往县城里走去。

天一亮，县城的工人、学生、商人等各界人士纷纷上街庆祝成立了抗日救国会，在学校、机关、厂矿、街头张贴宣传抗日救国的标语。在北门阁的城墙转角处，很多县民围在一起不知在看什么新鲜。陈策也走近去看，原是城墙上张贴了国民党湖南省政府主席张治中颁发的《自卫团暂行条例》。围观的县民纷纷议论，根据这一条例，辰溪也要筹备成立民众抗日自卫团。陈策心里闪过一线亮光，这应该是他建立地下武装的一次绝好机会！

最后一道晚霞从塔湾那边斜斜地照过来，夕阳的余晖让柳树湾的石板街像涂上一层浅浅的蛋黄，被脚板磨溶的石板似乎有了一层薄薄的透亮。陈策和老搭档向石宇走过柳树湾老街沿着陡码头下到辰河港。悬崖下的河滩上横横顺顺地躺着在长河里累病了而等待修理的大小船只，离开了河面的船只躺在沙滩上，像秋季里农民家门口的桐筛里晒着的干鱼。不少船工在那里修船，扎葛渣，涂洪油，绷梆子，下钳子，斧头、刨子和凿子奏出的音响被河对面丹山寺下的悬崖又反回来，整个河谷被这铁木声塞得严严实实。河边还有堆成无数山峰的辰溪煤炭，煤山的下脚有洪水留下的浸泥，看来，是放了很久没有销出去。河港里更是泊满了上洪江下常德的各种船只，桅杆如林，风帆如云。落日余晖在船与船之间的水缝里浮光耀金。在丹山寺与县城之间来往的轮渡总是不知疲劳地来去……为不让别人听见谈话，陈策和向石宇走到河港最外边的船头上坐下。

陈策说："这次县里要成立抗日自卫团，这是一个再好不过的机会。这个军权我们一定要想方设法弄到手！这对于我们将来起码有两大好处：一是有了合法身份开展组织武装活动，一些地方团丁不敢再来加害；二是有了这个本钱，日后才好进一步扩大武装。"

向石宇说："我也在想这件事情。能拿到这个军权当然好，但绝不那么容易！现在辰溪多少人都盯着，布告刚贴到城墙上，听说就有不少人送金递银在买这个职位。"

陈策说："就是摘星星，我们也要努把力！当年我们搞团防局时靖匪保民，还在上上下下留有很好的口碑。我们不靠官方，也不送钱，还是可以像当年一样，请当地社会名流来保荐我们。"

向石宇说："如今已不是当年。当年孙中山先生刚推翻帝制不久，地方官吏都在接受新思想，都在尝试民主；而如今，这些官吏见上面一会儿推翻皇帝，一会儿又出了新皇帝，老皇帝新皇帝也都相差无几；一会儿国共合作，一会儿生死冤仇，说好就好，说坏就坏，也没有什么规矩。他们也都把中国的政治看白了，表面对上面说好听的，暗里都只忙着为自己捞钱。他们以为最实惠的就是自己捞到钱！"

陈策说："官员捞钱是事实。不过，在钱与乌纱帽之间作一选择，他们还是会选择乌纱帽。钱是毛，乌纱帽才是皮，皮之不存，毛将焉附？如果有一位可以威胁辰溪当地官员乌纱帽的人出面做县长的工作，我想这事还是有成功的可能。"

向石宇说："那就只有去找向绍轩校长，只有他才有这个分量，也只有他才可能真心帮助我们。"

向石宇与向绍轩同为辰溪向家园人。向校长是孙中山手上的国民党元老，曾留学英国，从事资本主义土地经济和孙中山平均地权思想研究，是全国著名的学者、教育家。向石宇在武汉明德大学求学时，就受到当时的代理校长向绍轩的影响。近因华北被日军侵占，武汉失守，日军进逼湖南，长沙大火，常德桃源濒临沦陷，省立桃源女子中学为避战乱，已迁到离辰溪县城不远的潭湾镇野猫州一带，临时校舍都坐落在辰河岸边。此时，向绍轩正任桃源女子中学校长。

第二天，陈策和向石宇从中南门码头过河到大路口，往潭湾去请向校长出面周旋。

辰溪县城正像吹气球一样地膨胀，不仅熊首山下的主城区人口拥挤，河对面也是人口稠密，上了小路口码头就是电厂，沅水和辰河交汇处的犁头咀上有造船厂，造船厂至龙头垴一线有纺织、机械等大大小小数家厂矿。过了电厂就到大西观，再往前就到南庄坪兵工厂；从兵工厂至马路坪、咸池坳以及潭湾一线，到处涌动一片军黄，驻的全是国民党的新编陆军三十二旅。

一路上很多学生在作抗日宣讲，有的在工厂里讲解抗日形势，有的在驻军医院里教唱抗日歌曲，有的在路边写抗日墙报。陈策有些激动地说："这一定是向校长的学生！"

向石宇说："还有湖大的学生。只有有这样的学生，中国才有希望啊！"

到了潭湾，两人走进桃源女中大门，"读书不忘救国，救国不忘读书"的校训迎面而立。

"这是向校长的亲笔！"向石宇说。

陈策说："这字里行间真是铮铮骨气！"

两人找到向校长办公室里，向校长不在，只见几张简易的桌凳。经人引领到建校工地，陈策和向石宇老远就看到了那一头银发。向校长正在指挥工人修建教室，见陈策和石宇到了，将他俩招呼到一片橘林旁，在一棵杉树下坐下，谈起抗日救国的事情。陈策对桃源女中的学生大力宣传抗日备加赞赏。

向校长说："中华民族已到了生死存亡的重要关头，我们不仅在国内要团结一切可以团结之力量，共赴国难；还要加强国际统一战线，联合一切反法西斯力量。只有这样，才能战胜法西斯暴行！"

陈策很敬佩老校长的见识，说："我了解到的辰溪抗日形势很好，尤其是桃源女中和湖南大学迁来后，抗日呼声越来越高。现在辰溪正在筹备成立抗日民众自卫团，不瞒您老，我和石宇都想争取在这个抗日自卫团里谋个职务，也好真正为抗日多做些实事。"

向校长毫不犹豫地说："这很好嘛！你们都是行伍出身，以前在县团防局任职时对各乡武装势力也是治理有方，辰溪人现在还说你们那时干得不错。你们又正当年富力强，正好为国家为地方人民效力嘛！”

向石宇说：“当时在团防局干的事，都已时过境迁。这些年国民党对共产党视如洪水猛兽。我们两人先后两次跟随贺龙的队伍，如今又从陕北那边回来，就怕他们嘴上谈合作，心里信不过我们，害怕我们，戒备我们。”

陈策说：“所以，我和石宇就来请向校长帮忙周旋。我们想，只有您出面疏通县长，我们才有希望。”

向校长说：“中华民族都到这个时候了，他们怕你们什么？大不了就是你们积极主张抗日嘛！这错了吗？我们国民党里面坏就坏在层层贪污腐化，日寇打到家门口来了，我们还在剿共；解放区好就好在经济廉洁，哪怕过再苦的日子也要抗日！所以有权有势的国民党作为执政党倒不如在野的共产党得人心了！用人要唯贤嘛！我看，你们在县抗日民众自卫团里担任职务就很合适！”

陈策说：“那就烦劳向校长在县长那里多美言几句。”

向校长笑笑说：“这个事我可以答应你们！我也是辰溪人，算我为辰溪人民抗日做件好事。不过，儿大不由爹，女大不由娘，如今的国民党地方官也不一定听我的。但尽其在人，成其在天，能不能办成，我都要去努力一把！”

陈策说：“没有想到向校长如此慷慨！”

向校长说：“一个人要不被时代淘汰，就必须思想不古！‘常新今范，永播坤风’为我之努力目标。不瞒你俩说，我们学校这些思想激进的学生，我都非常喜欢，我不管她们是什么党派！我乐意在这所女中当校长，就是要寻求妇女解放之道路。我想：民族解放是妇女解放的前提！当前，妇女解放的首要任务，就是为争取中华民族的彻底解放而斗争！”

志趣相投，话如泉涌，不知不觉就谈了很长时间。三人起身走到学校体育场，几个女学生正在跳“跛跛脚”比赛。一个学生说：“我们欢迎向校长也来和我们比比赛好不好？”陈策和向石宇以为向校长会感到为难，会婉言谢绝，不料向校长欣然同意。他虽年届六旬，但仍捆住一只脚，用另一只脚拼尽全力向前跳去。同学们早早地到达终点，但他不急不慌、不弃不舍，老老实实地按规矩跳完全程，然后气喘吁吁地站直身子说：“做任何事都是一样，不怕慢，就怕停！一个人能否做成大事，就看他是否老实勤奋，是否能持之以恒！游戏比赛我是输家，但在比赛中让你们懂得坚持不懈这个道理，我作为老师和校长就是大赢家！”在场的同学们都被说得点头称是。

陈策说：“向校长，您老真是处处可育人、时时在为师啊！”

向校长说：“我这所学校虽然条件艰苦，但同学们那种爱国求学精神，使我感到她们非常可爱。我生活过得很充实！”

三人分别时，向校长说：“你们俩放心回去，你们托我的事我一定努力！找几个好人在抗日自卫团任职，这不是为我个人的私事！应视为我之抗日责任！”

陈策和向石宇一走，向校长就回到自己的办公室里思考推荐方案，他要从抗日的紧迫感入手，把陈策和向石宇的身世、才能说给县长听；万一不行，如县长要他作保，他愿意不顾一切！

想完事，他研墨写了一幅书法作品，因对县长的志趣爱好不甚了解，别的内容也不大好写，只有借用岳母刺在儿子背上的四个字。于是，他写下了“精忠报国”的镜心，待墨干后，便卷起来拿上赶往县城。

走过三十二旅的营区到小路口码头过河，再下船上中南门码头一直往前走，向校长到了县府。

新县长虽到辰溪上任不久，但向校长早已在他掌握的“护官符”之中，知道此人在国民政府里可谓一言九鼎。两人一见面，县长给他又是沏茶又是递烟，向校长将自己的那幅“精忠报国”的镜心赠予县长作为见面之礼。县长也是读书人，一看内容和笔力，果然很是喜欢。谈话便从民族危亡谈到辰溪民众的抗日形势，从湘西局势谈到辰溪民风。向校长抓住机遇问起县长：“听说县长正在组建辰溪民众抗日自卫团？”

县长说：“民众抗日情绪势不可当，省府张主席新近又颁发了这方面的条例，不搞不行啊！”

向校长说：“此乃大好事！常言道，国家兴亡匹夫有责！自北至南，看着我中华大片领土任日寇长驱直入，肆意践踏，谁不痛恨在心！我们桃源女中的学生天天都在宣传抗日。县长组建抗日自卫团大得民心！不知现在团里职员是否已有人选？”

县长说：“尚没有。按省府规定，县长一定要担任团长，专职副团长一定要选一位既懂军事、又有声望、还要办事能力强的人来充任。听向校长此话，可有合适人选？”

向校长说：“我正是为此事而来。我向你推荐陈策和向石宇两人到自卫团任职。此二人都是辰溪本地人，对辰溪社情民意非常熟悉，又都是行伍出身，熟于军事，善于治军带兵。十几年前，他们就在县团防局任过职，靖匪安民很有一套本事。县长不妨个别私访一下城乡百姓。”

县长说：“向校长，您老这话就见外了。您教书育人这么多年，您说话我难道还敢怀疑？您保荐的人，我难道还敢不信任？”

向校长说：“那我就先谢谢县长了！”

县长话锋一转：“这就不敢当了，向校长！您老谢早了。我这里没有问题，只是上面能否通过，我不敢包言。”

向校长说：“只要你同意，上面我还可以找人保荐。”

县长说："看样子，这回向校长是志在必得啊！"

向校长说："别人我不敢说，此两人我了解，我愿意保荐！"

县长说："这年头社会动乱，人心难测，谁还敢为别人如此作保？既然向校长愿到上面疏通，那就好办。"

向校长知道，县长这话是要把套子下在他头上了。向校长也想好了，他不怕县长下这个套子，大不了陈策和向石宇是共产党员；大不了他们积极抗日，积极靖匪安民；大不了和国民党辰溪县府坐不到一条船上。这些于己于天下又有何害呢？有益无害啊！

事后，县长也有犹豫，对于陈策和向石宇，他的确是心里无底，但向校长出面把话说到这个份上，如不给面子，向校长要是到上面去参他一本，他这个县长的乌纱帽还保得住吗？在这样的乱世里，在辰溪这个土匪四起的县里，谁能保证把县长当得人人满意？什么时候找不出县长不称职的把柄？天时不如地利，地利不如人和！最后，还是觉得顺其自然，听听上面的风声再说。

不久，就有省府的人按照向校长的意见打招呼下来，于是，辰溪抗日民众自卫团在县城刘家祠堂宣告成立时，团长由县长兼任，专职副团长为陈策，向石宇为军事参议室主任。成立仪式很是热闹，地方商贾、各界名流，纷纷捐款放鞭炮祝贺，又是敲锣打鼓，又是张灯结彩。出席成立大会的官员和各界代表不少。

热闹过后，自卫团的军权实际上就掌握在了陈策手里。

陈策和向石宇每天认真训练团丁，大讲抗日，大讲靖匪安民。他们打算把自卫团训练有素后再开始大的行动。

但因陈策和向石宇为向校长所荐，并非自己亲信，县长脑子里那根弦始终没有放松，他常去自卫团视察和询问，实际上就是暗里进行监督。县长是江苏人氏，喜欢江南美女的纤纤细手弹拉哼唱。有一天，他听说自卫团有文艺表演，就兴致勃勃地赶去观看。但演出的节目却是《国家至上》《放下你的鞭子》《送郎上前线》《大刀向鬼子们的头上砍去》《古城怒吼》和《杏花春雨江南》这些充满火药味的合唱和话剧。原来这是湖南大学和桃源女子中学的抗日演出，演出前后，她们还在自卫团里挥舞标语，打出横幅，高呼口号：

"打倒日本帝国主义！"

"把抗战进行到底！"

"抗日救国，人人有责！"

演出现场没有江南美女，只有硝烟弥漫，群情愤激。县长深感不安，虽说国共合作，共同抗日，但国民党上峰好像不想让把民众的抗日情绪弄得如此愤激。

刀磨得太快，也容易自伤！加之他通过了解，已得知陈策和向石宇都是跟随贺龙北上、然后从陕北回来的人。

演出结束后，县长问陈策：“这个演出队是你请来的？”

陈策说：“是他们自动来义演的。”

县长说：“那就是他们擅闯军营了？”

陈策怕演出的学生们受牵连，连忙转了话说：“当然是我同意了。我以为我们是辰溪县抗日民众自卫团，学生演的节目又是抗日内容，正好和我们的抗日目的一致，所以就让他们来了。”

县长想了想，无别的话好说，只交代：“文艺演出应让人享受愉悦，这种演出和战场练兵有何两样？我看是有过之而无不及。下不为例！”

向石宇出面缓和了一句：“以后有这样的大活动，我们一定先请示县长。”

县长说：“这是应该的！”

县长的内心长出刺来了。陈策和向石宇交换了眼色赶快把县长送走。

下一步怎么办呢？这到底还不是自己搞起来的武装，县长还兼着团长，又监督得这么严格！陈策说：“我们还是要尽快建立真正属于自己的武装！”

向石宇说：“是的，我们现在要趁辰溪民众抗日情绪高涨的大好时机，团结一切可以团结的进步力量，扩大自己的武装。”

陈策说：“我们可以利用自卫团的名义，直接把各乡的武装集中起来，加以改造。”

向石宇说：“这件事我们以前不是干过吗？也是说起容易做起来难。”

陈策说：“这要看乡里的武装头儿如何。”

向石宇说：“说句不好听的话，哪个乡里的头儿能真正服从县里自卫团？他们都想各自为政，自己在自己灶上做饭。”

陈策说：“听肖洪量说，后塘乡有一位叫涂先求的人，他前年考入湖南一师读书，去年在学校参加了学生抗日民族解放先锋队，今年年初到了延安，在陕北公学学习，在延安就参加过抗日游击战。他最近回到了后塘，在乡里组织了一百多人的‘抗日梭镖鸟枪队’。他们的队伍对老百姓秋毫无犯，只打土匪保一方平安。我们应该主动与他取得联系。”

向石宇说：“这事我早就知道。我也一直在想，有这种背景的人，他会更加不信任我们县自卫团，我们一定要谨开口慢出言。”

陈策说：“人以群聚，物以类别，说不定也能一拍即合。如有这么支队伍和我们合起来，我们就可以直接扩大武装。”

向石宇说：“那就托肖洪量带信给涂先求试试。”

7 / 按陈团长的意见办

周围的高山和树木在月影里变幻如魔，垅田里秋收时扎起的稻草垛全都像士兵一样站立得成行成列；打禾的扮桶覆了过来，桶底变成了简易的讲台，面对草垛们演讲的是一位高高瘦瘦的年轻人。他一遍又一遍地对着那些稻草兵阵说："乡亲们：日本帝国主义已发动了全面侵华战争，平津危急！华北危急！中华民族危急！只有全民族实行抗战，才是我们民族的出路！才有我们民族的胜利！……"

这个年轻人已经面对他的稻草兵演讲了两个夜晚，这是他演讲的第三个夜晚，他在训练自己的演讲胆量和能力！虽然他的学生腔还没褪尽，但他的举止已经很像一位指挥者。他的演讲刚一结束，突然从草垛里冒出一群青年人，他们走到演讲者面前说："我们也要抗日去！"

这位演讲的年轻人就是陈策和向石宇想联络到的涂先求。

涂先求自陕北回到后塘组织"抗日梭镖鸟枪队"，就从这一夜开始。这些参加抗日鸟枪队的年轻人在各村一招呼，不几天就聚集了一百多人枪！

鸟枪队编成小分队，日夜为当地乡村站岗，不让土匪进村，不让胡乱派捐，一心专保老百姓过平安日子。当地百姓跷着大拇指夸赞这个鸟枪队是"太平军"！

但是，这也让当地挨户团派捐索款没有了理由，更让团丁们伤心的是，砸了他们的"金饭碗"。于是，挨户团暗里谋划，决心要吃掉这个"抗日梭镖鸟枪队"，首先要吃掉涂先求这个抗日梭镖队队长。

秋天，是乡村最富有的季节，也是最有情感的季节，更是乡下喜庆最多的季节。涂先求岳父家娶儿媳这天，当地有探子探明涂先求的确在他岳丈家赶人情，于是，挨户团派人打入娶亲队伍，化装成吹打乐器的八仙师傅，企图接近涂先求，然后以"靖匪"为名对他下手。

娶亲的队伍被小路挤成弯弯曲曲的长队，走在最前的是吹打乐器的八仙师傅，然后是抬新娘的花轿，然后是抬嫁妆和送亲的队伍。一路吹打着欢快乐曲，又是放鞭炮，又是放铁炮，还不断地往天空中甩一种叫"震天雷"的土大炮，尤其是双唢呐吹得山摇云飘。因为这帮八仙的挑唆，抬花轿的轿夫又故意颠轿，让新娘头晕呕吐；然后，又在中途茶亭上放下嫁妆，闹着问新娘要喜糖。这一切都是打入八仙队伍的探子为了多耽误一些时间；因为按规矩，男方家要等到新娘到了才能开正席，新娘迟迟不到，男方家里就会秩序疲乱，而乱了秩序才是他们对涂先求下手的绝好机会。

新娘抬到男方家时，果然家里已等得很不耐烦。法师在大门口烧过香纸，杀过大雄鸡，回过神，新娘进了屋，八仙也就跟着新娘后面进屋。

八仙一进屋就盯上涂先求，但涂先求的贴身保镖叫德友，非常机警，他们难以下手。于是，他们分别装着斜靠在各道门上喝茶闲聊，其实是把守了各个门口。涂先求并无察觉，一位厨师趁上菜之机有意把涂先求的衣服上泼了些汤水，然后一路道歉顺势把他拉到外面换衣服，趁机告诉他情况危急，叫他从厨房窗子跳了出去。不料窗下早已有人把守，只听一声大喊“抓住他！”厨师急中生智，拿起铜勺在大锅里舀了一满勺开水照着窗下追赶涂先求的人头上浇下去，还跟着大喊一声:“抓住他！”

涂先求跑了，追赶涂先求的人被那勺盖脑开水烫得尖叫。几个抓涂先求的人就来找厨师的麻烦，但厨师说他拉涂先求出来是因为在他身上泼了油汤，浇开水是发现涂先求跑了帮他们抓人，至于烫在后面的人头上，他根本就没有想到。厨师说得合情合理，加之又都是本土本乡人，说不定哪天自己家里有红白喜事也还要请厨师去掌勺，也就唠叨一番了事。

涂先求的名声就这样在后塘一带大起来，来投奔他的人也越来越多。到了这年的端午节，在一边吃粽子，一边集合队伍时，涂先求点数自己的队伍已近两百人枪。

正在涂先求看到自己的队伍一天天扩大，迫切希望与上级党组织取得联系的时候，肖洪量托人悄悄告诉他，龙头庵成立了中共辰溪县地下党支部，支部书记米庆轩是溆浦地下党负责人谌鸿章发展的党员。

大雁飞过蓝天的晴好日子，涂先求只身一人找到了龙头庵。

龙头庵地处沅水河边，土地平旷，是湘西重要的原棉和水果产地，该地商业发达，离后塘只半天路程。通过熟人打听，涂先求在龙头庵米氏宗祠即龙岗小学找到了米庆轩。

尽管他是秘密行动，但当地团丁还是发现了他的行踪，于是，准备在涂先求从龙头庵返回后塘的路上将他干掉。

龙头庵的棉花正炸棉桃，雪白的棉絮大片大片地映亮着天际。棉花地里到处有人采摘棉花，涂先求和米庆轩会过面后往后塘返回，从棉田间走过时，米庆轩突然追来告诉他:“你千万不能走原路回后塘，路上有人要害你！”

涂先求在那些装满了棉花的高高的布袋间转了几个圈，然后进山往相反的方向走山路返回。他是本地人，对这一带山水非常熟悉，天未黑就赶回了家里。走上家门口的码头，抬头一望，八字大门内正站着一个肖洪量。

涂先求说：“什么风把你吹到这儿来了？”

肖洪量说：“这季节还能有什么风？金秋之风啊！”

肖洪量又名肖湘潮，是离后塘不远的五保田村人，曾就读长沙育群中学，现在辰溪县城柳树湾的杨医生家招郎上门，米庆轩就是他的表兄。他和涂先求是老熟人，涂先求一到辰溪县城就必在肖洪量家吃住，但两人最近也有好长时间没有见面了。

两人进屋坐下，涂先求说：“听说这两年你生意做得红火啊？”

肖洪量说：“谈不上红火，赚了点小钱。这要仰仗我岳父大人！我先是利用岳父家宽敞的房地开设一家面粉厂，生意不错；然后利用所赚的钱又投入到煤炭和石灰的贩运，再用赚的钱又到龙头庵河边购置地产，雇人种植柑橘、棉花，家产也算是滚雪球，滚大了一些。”

涂先求说：“黄溪口一带的人下县城，都在你家吃住，你经受得起吗？”

肖洪量说：“财散人聚嘛！何止黄溪口一带的人，像陈策、向石宇这些县城里的有识之士也都是我的好朋友。”

涂先求说：“我倒是很想见陈策一面。”

肖洪量说：“我今天正为此事而来！陈策也很想见你一面，他有要事相商。”

涂先求喜出望外，“那我们现在就起程！”

凭着年轻，两人连夜起程，第二天早晨就赶到辰溪县城。

柳树湾街巷窄得担东西的扁担都不能横行，似乎是刚够两人相遇，因此有人也把这小巷叫摸奶巷。但巷子里非常热闹，临河一面全是吊脚楼，茶馆、烟馆、饭馆、旅馆、青楼，一家挨紧一家，各色人客在小小门里来往不绝，有如玩魔术一般。

两人走进杨医生家，只见一满桌客人正在喝酒吃饭。涂先求机警地看了看周围环境，肖洪量悄悄告诉他：“你放心，在老兄家保你安全！”涂先求果然听出自己熟悉的“上辰溪”土话来了。他笑笑说：“老兄家里可真名不虚传啊！”

肖洪量说：“夜夜做贼不富，朝朝待客不穷嘛！凡辰溪的党、政、军、教、商各界人士，无论公事私事，在我这里吃住，我都不收他们分文。所以，我有什么事儿，他们也都争着为我帮忙。”

涂先求说：“那我以后就更要常来了。”

肖洪量说：“以后，你把这里当成你的家。”

说着，肖洪量的妻子杨俊端了茶来，涂先求接了茶问过嫂子好，肖洪量就把他带到了楼上一个临河的房间说：“陈策一会儿就到。”

从临河的窗口望出去，悬浮在对面一方赤色石崖上的丹山寺下有一些摩崖石刻，但距离太远，看不清字迹；古松掩映下是丹山寺飞檐翘角的多层建筑群。白鹭和乌鸦不停地在古松虬枝上飞落，接连不断的帆船就在丹山寺脚下来往穿梭……

脚步声从楼梯间响了上来。因为见面前相互对对方的身世有所了解，又因米庆轩和肖洪量的关系，陈策和涂先求一见如故。

陈策握了涂先求的手说："听说你在后塘搞得不错嘛！"

涂先求说："也才两百多人枪。我刚从吕梁山区过来，那边正在打游击，抗日形势逼人哪！我打算有需要的话，就拉上这些人马建立罗子山根据地。"

陈策说："我今天约你来见面，就是要谈谈这方面的事情。根据形势需要，建立罗子山根据地打游击放后一步再说。眼下，我想利用我在县抗日民众自卫团任专职副团长的有利条件，尽快壮大武装势力，把你的队伍编入自卫团第四联乡大队，你任大队长，由此，我也就有理由提议要你任县里军事参议会参议员。这有几大好处：第一，我们能名正言顺地在一起合作共事；第二，你的队伍也有了正式的名分，免得常遭追剿；第三，你的队伍先进来，我下一步也就好把其他各乡的地方武装都统管起来。不知你愿不愿当这只领头羊。"

涂先求说："一只筷子容易折断，一把筷子就难折断了！就按陈团长的意见办！这只领头羊我乐意当了！"

陈策本是饱经枪林弹雨、不易激动的人，但此刻，他再次握住涂先求的手说："有你合作，我们就会如虎添翼！"

涂先求说："合则吃掉敌人，分则被敌人吃掉！何乐而不为！"

两人大笑。在楼下看风的肖洪量忍不住上楼来问："什么事如此高兴？"

陈策说："还有什么事比这更高兴？"

肖洪量说："两人谈好了？"

涂先求说："真是一拍即合！"

肖洪量开玩笑说："好！我们辰溪人就是这样：好就共一个脑壳；不好就门脚上剁狗卵——一刀两断！"

谈完事，肖洪量已备了酒菜，三人又小酌了一杯。席间自然谈起辰溪局势，几人无不慨叹。

涂先求说："各乡武装现在都在以'挨户团'为名，行土匪之实，各立山头，各报私仇，在民众强烈要求抗日的情形下，还是在你争我夺，相互杀戮，一日三劫，民无宁日！"

陈策说："我自卫团此后有两大任务：一是准备力量上前线抗日；二是想方设法靖匪安民！"

陈策握了涂先求的手说：“听说你在后塘搞得不错嘛！”

肖洪量说："你们二位一联手，辰溪必有希望！"

陈策说："你可要当好我们的后勤部长啊！"

肖洪量说："只要我肖洪量衣袋里还有一块铜板，这块铜板就不是我个人的！"

正说着，门口进来一位姑娘找杨俊。陈策一看，这不是那次渡他过河脱险的恩人吗！陈策借着淡淡的酒意，扬了扬筷子喊道："向瑚！"

向瑚红了脸说："陈团长真是好记性！"

陈策说："上次我过河遇险，是你救了我，后来我一直没有见到你，我还没有问明白，你到底是受谁的命来救我呢？"

肖洪量说："除了向石宇还有谁会想得这么细？"

陈策说："幸得他妙算，不然，我陈策已成新鬼！"

肖洪量说："向瑚和杨俊亲如姐妹，常代我们外出完成重任。你父亲和堂客的后事，也是向石宇派她去处理的。"

陈策说："我听村里的老人说过。"

向瑚低下头不再说话，拉上杨俊进了内房。

陈策说："这姑娘不错，真是谁娶谁有福啊！"

肖洪量开玩笑说："陈兄是不是有点意思？"

陈策笑道："岂敢岂敢！我是佩服这姑娘的聪明和机智！"

陈策的话，引起了涂先求的同感，他也说起自己在后塘两次脱险的情况。他们说，虽是在家乡，但土匪乡霸仍容他们不下，危险也是无处不在！好在上苍有眼，到哪儿都有人暗暗保护。

8 / 违者剿灭

陈策以抗日自卫团的名义迅速开展工作，决定将各乡挨户团收归县抗日民众自卫团统管。

寒意的风已在拍打着窗户，落叶捎来了冬天的寒冷。

会议室不大，陈策正在会台上宣布："各乡挨户团全部收编为四个联乡大队和一个常备大队，由县抗日自卫团统管！一大队驻防修溪口一带，二大队驻防火马冲一带，三大队驻防王安坪一带，四大队驻防黄溪口一带，直属常备队驻防县城和潭湾一带。每个大队下设二至三个中队，驻防到各个乡村。各乡挨户团不管是否愿意接受，都要按刚才宣布的决定执行！这已报请县长同意！"

涂先求按预先商定的方案，第一个表态："坚决服从陈团长决定！"

但其他挨户团团长均不表态，三大队的张玉琳还冷笑说："你们一唱一和，是在演戏吧？"

陈策站起来说："军令如山！谁要是不服，我明天自有办法解决！"陈策把枪抽出来放在面前的桌上。

各挨户团团长不得不改口表示同意。

收编会算是平平安安地结束，但隐患还是明显地存在。会后，陈策又把涂先求和向石宇找到自己的房间说："我觉得应该把我们的抗日自卫团拉出去打几仗才行！不然，这个强行组拢来的队伍，让我们心里没有底细，不为靖匪安民做点事，也就会是空有其名，没有影响力，难聚人心！"

向石宇也说："是得打仗才能看出问题，才能对症下药，才能把队伍带出生命力！"

涂先求说："先打谁呢？"

陈策说："先打陈吾的队伍。"

向石宇说："陈吾部盘踞辰溪多年，能赶走他们吗？"

陈策说："正因为他在辰溪这些年来作恶多端，老百姓才对他恨之入骨！"

向石宇说："调直属大队去打，考验一下。"

陈策说："应该调三大队张玉琳部去。"

向石宇马上明白陈策的用意，说：“这是招高棋！”

陈策说：“陈吾是陈汉章手下的队伍。当年就是陈汉章争夺张玉琳父亲的地盘，打败了张贤乐，张贤乐才投靠陈渠珍，最后才父子俩命丧凤凰县城。张玉琳为报杀父母灭兄长之仇，必拼命与之决一死战。”

果如陈策所料，张玉琳年轻气盛，报仇心切，得县自卫团之命剿灭陈汉章的部下，恨不能一刀将陈吾劈成两半！于是，他在营地的古枫树下备上好酒好菜请熊桂清来仔细商讨灭陈之计。

熊桂清先是只顾喝酒，只听张玉琳布兵论战，一言不发；至半酣半醉，却泼了张玉琳一瓢冷水，“小老弟啊，此乃陈策调虎相斗、借刀杀人之计。如依我言，你以坚守不出为上。”

张玉琳不服，说：“不管陈策是何用意，我要报这杀父母灭兄长之仇！此仇不报，我死不瞑目！这是个绝好机会：于公，陈吾部在辰溪为非作歹，我是受自卫团之命进剿；于私，我是将计就计，为父母兄长报一箭之仇！此时不用兵，更待何时？”

熊桂清见劝其不回，只得说：“这可是你小老弟独自带兵打的第一仗，我只想听你传来捷报！是雄鹰你就高飞吧！”

张玉琳抱拳一谢，“即使提不来陈吾的人头，我也要将他赶出辰溪地盘！”

熊桂清说：“好！老子好汉儿英雄！”

于是，张玉琳领兵在辰溪至怀化一线与陈吾部打得尘土如烟，到处只见张玉琳的快马青年来回冲杀，迅猛之势让陈部毫无所知。张玉琳一直冲杀在前，队伍士气高昂，陈部有的还在罗汉床上抽大烟就梦里过河，一命呜呼。一仗打下来，张玉琳大获全胜。

张玉琳得胜回营，熊桂清问：“你怎么不去县城自卫团请功领赏？你跑回来干什么？”

张玉琳说：“我何功之有？第一，我是为父母兄长报仇；第二，我没有提来陈吾的人头。”

熊桂清不再说话，只是不停地笑。他始终觉得张玉琳还是嫩了一点。

这一仗之后，张玉琳稍有稳定，陈策着手对付熊桂清。

熊桂清已是陈策的老对手。十多年前，陈策在任县团防局局长时就和熊桂清较量过，知他狡猾无比，软硬不吃。陈策这次决计非除掉他不可！

刚好碰上宪兵调防，新司令到任，陈策就去献剿熊之计。

驻辰溪宪兵十一团司令部戒备森严，陈策进了大门又被近身卫兵挡住，问找谁，陈策说：“拜见李司令。”陈策写上一张纸条当名片交给卫兵递了进去。

李司令是国民党驻辰溪宪兵十一团团长兼辰溪警备司令。他内心里有些看不起县里的自卫团，但辰溪社情十分复杂，自己刚刚到任，也想笼络地方势力，见了面还是显出热情来招呼陈策说：“陈团长大驾光临，有失远迎！”

陈策说：“手足之间何用客气！李司令，你这里是三步一岗、五步一哨，想见您真不容易！治军之严，真是可见一斑！”

李司令说：“兄弟过奖了！最近一段时间，你们团不是也人马大增，已有一千三百人枪吗？”

陈策一惊，知道这个李司令一来就盯住他的自卫团了。此话是在告诉陈策：自卫团家底儿他清楚，别乱来！陈策说：“民团乡勇，野性难训，不过是给李司令在辰溪保境安民当个差而已。”

李司令说：“哪里哪里，强龙都难压地头蛇啊！不知陈团长今日有何吩咐？”

陈策说：“李司令的谦逊真让人无地自容！我今儿来一是登门拜访，也算是攀攀同僚之亲；二是有件事要听听司令高见。”

李司令说：“李某初来乍到，对辰溪情况陌生，陈团长有何见教直说无妨。”

陈策说：“长田湾有个熊桂清，李司令一定有所耳闻。”

李司令说：“听说过此人，略知一些。”

陈策说：“此人狡猾无比，不服统管，匪性严重，作恶多端，在乡间‘绑票’‘吊羊’不算，还曾扬言要打进县城抢印掌权。如不剿灭，辰溪难有宁日！”

李司令说：“陈团长有何高见？”

陈策说：“俗话说，新官上任三把火！如李司令一来，就能把熊桂清剿灭，此乃全县人民之期盼，辰溪人民会拍手称快！日后你必将深得辰溪人民之爱戴。”

李司令内心有些高兴，但怕陈策有意激他出兵，将他哄上高树，然后抽梯看他的难堪，他只冷静地回道：“陈团长在辰溪身负众望，我哪里敢贪此大功啊！”

陈策说：“我们兄弟间不说外话。自卫团已对他无可奈何！李司令的队伍兵强马壮、训练有素，如果我们自卫团利用本地人熟悉地形的优势，你我联起手来，我想定能除此祸患！”

李司令深思一会儿问道：“看样子，陈司令是成竹在胸、稳操胜券了？”

陈策说：“保你旗开得胜、向上报功！”

李司令也很想尽快在辰溪站稳脚跟，如能真如陈团长所言，在靖匪安民方面旗开得胜，那自然是上上下下都能高兴。于是，他问：“陈团长能否详谈一下剿熊方案？”

陈策谦虚了句：“愿闻李司令高见。”

李司令说：“我可以建议将熊桂清的队伍编入国民党二十八军部下，让他当个营长，然后要他开赴前线抗日。用兵之计，全兵为上，不战而屈人之兵上之上也！这样，我们既不杀他，又不费一兵一卒就可调虎离山，保辰溪平安。如若他在抗日前线杀敌有功，日后也有理由饶他一命，岂不两全其美？如他不服抗日命令，我们再行剿灭，岂不天公地道，让他无话可说？”

陈策原本就有此想法，经李司令说了出来，陈策不禁一惊，但他不敢说英雄所见略同，只得赞道：“李司令真是运筹帷幄，决胜千里！除了李司令，谁也不可能有此妙计！”

李司令说：“靖匪安民，不仅是你我的事，县府也责无旁贷啊！还得跟县长谋合一下。”

陈策：“这是帮县长除害，是求之不得的好事，县长不会反对。”

不几天，李司令和陈策带队到长田湾宣令：熊桂清部编入国民党第二十八军陶广部，任熊桂清为营长，开赴前线抗日。违者剿灭！

熊桂清在肚子里骂道：“我日你个老母亲！”但表面还是不敢违令，只得赶快集合队伍往前线开去。

队伍路经辰溪县城时，见湖南大学和桃源女中的学生在街上拉横幅贴标语，熊桂清要自己的人也跟着高呼抗日救国口号，让城里人看见，让自卫团和警备司令部的人知道他们已经奔赴抗日前线。

属下张玉琳看出熊桂清并非真愿去抗日，在路途休息时，他悄悄试探熊桂清，“老叔，我这一去要是回不来了怎么办？”

熊桂清说：“抗日救国，为国捐躯，无限光荣！小侄何愁之有？”

张玉琳说：“我们一家人别说两家话。打日本，为国捐躯，我张玉琳绝无后悔。只是我还没有亲手杀了陈渠珍，没有为父母兄长报仇，我死不瞑目！我如不为报仇，当初恐怕也就不会走上背枪拖队伍这条路！”

熊桂清一脸烦恼，“就你玉琳比别人聪明？就你玉琳有仇没有报？我熊桂清没有？我娘不是被土匪杀的？记住：一泡尿憋不死活人！”

张玉琳听不清熊桂清最后要说个什么意思，但是，他注意了熊桂清的一言一行。

队伍行至沅陵官庄天色已晚，宿营下来。夜半时分，熊桂清大叫肚子痛，令属下去附近寻找医生。到附近打听医生的人回报说，过了河有位张医生医术不错。于是，他起身过河就医。

张玉琳认真看了熊桂清脸色，其脸上并无真正痛苦状，他想起熊桂清白天说过“一泡尿憋不死活人！”知道熊桂清并非真的有病要医，而是想借机开溜。于是，张玉琳提出要护送他同去。熊桂清果然说：“你不能去，我带上勤务兵去就行，一会儿就回。”

熊桂清离开军营时，张玉琳一看他的眼神就明白他不会回来。于是，他也趁机溜出了营房，离开了队伍，又潜回了茶田垅。

熊桂清离开队伍过河后，连勤务兵也丢了，叫他们自谋生路，自己一路逃回辰溪。

连夜走到离辰溪城不远的磨鹰桥处，他实在疲惫不堪，便在路边一朋友家中稍事休息。朋友见他一副邋遢样子，便问他何故如此，熊桂清也不隐瞒，就说："娘卖髀，李司令把老子的队伍编进正规部队，要老子带队去前线抗日，老子不去！国民党养着几百万部队是吃屎的？要老子这些破人破枪去抗日，他想得美！老子的私仇都还来不及报呢！老子从官庄溜回来了！老子队伍丢了，回去还可以再拖！"

朋友警告说："你千万别说这话！今天县城里刚刚枪毙了一批人，就是由县里送到前线抗日又跑了回来的。这里离县城太近，不是你久留之地，你赶快上路逃命吧！"

熊桂清大惊失色，不敢再出一声就出门上路。走不远又回过头来问朋友要一套便衣、一双草鞋换上，还戴上一顶棕篾斗笠。出门走几步站住一想，如果这个朋友为了领赏告发了他，追兵一来，他岂不死路一条？于是，他折回身去问朋友借点盘缠。朋友进房去拉开柜门找钱时，他拿块石头砸了朋友的后脑勺。朋友不再动弹，他又跪在朋友面前说："难为你了！"然后他才继续赶路。

他不敢再过县城，而是上山经大伏潭过河，经小黄埠向长田湾方向潜回。

逃到王安坪时，离自己的老巢长田湾近了，他心里有一种踏实；看到自己地方上的田土、庄稼、牛群和牧童，他感到有一种亲热，心里说："老子熊桂清又回来了！又捡得一条生命！"

走到石溪坳时，见有人在那里训练兵丁，他想看个究竟。走近一问，原是宪兵在训练乡村壮丁。壮丁里有一张熟悉的面孔，他记起来了，此人曾在他手下当过连副，叫金长发。金长发做连副时常发些对他不满的怨言，是他把金长发踢出去的。他怕金长发认出自己，将脸一侧就急步而过。不料金长发立即向宪兵报告了这一发现，宪兵出动一排人，围追堵截进行抓捕，熊桂清虽连续跳下数道田坎，无奈寡不敌众，被五花大绑押解到了辰溪县城，囚禁于警备司令部。

七月的一天，骄阳似火，熊桂清被警备司令部的人押到书院背后西园荒草坪里枪毙。他绝命时突然大喊一声："金长发——你不得好死！我为母亲报仇的事还没有完成啊！"

熊桂清被除掉之后，县城人无不叫好称快。李司令忙着上下表功，陈策也高兴地约了涂先求、向石宇到柳树湾肖洪量家里一叙。

肖洪量把自己从沅陵官庄买的好茶叶拿出一盒，让杨俊给每人泡了一杯端上楼去。因为大家心情都好，茶也变得异样的清香悦心。

从楼上窗口望出去，月亮悬浮在丹山寺上空，电厂和小路口码头那边一片银星点点，河中帆船睡在夜幕下静静地沐浴着河风。

肖洪量说：“这回你们可是立了大功！这熊桂清一除，全县人民都叫好！算是为老百姓打死一只恶虎啊！”

向石宇幽默一笑说：“这功劳都记在李司令头上了，不算我们的。”

涂先求说：“功劳记在他头上更好！功劳记在谁头上，隐患也就埋在谁脚下。我们只要替老百姓除掉这个祸害！”

陈策说：“说实话，这件事，我还是高兴不起来。”

肖洪量说：“怎么高兴不起来呢？要不是你给李司令出主意，熊桂清哪里就能被灭了？要知道，陈渠珍都没能整掉他熊桂清啊！”

陈策说：“熊桂清逃回来了，张玉琳能不跟着逃回来？只是现在还没有人举报，我们还不清楚情况。”

涂先求感到还是陈策想得深远、斗争经验丰富，到底是大一些年纪，又经历过战争的磨炼。

肖洪量风风火火地说：“熊桂清都剿灭了，他张玉琳算老几？什么时候想开荤，带人去剿了他就是！”

陈策说：“别以为张玉琳年轻，他可不是那么好对付的家伙！看他打陈吾部就很有一套。如果张玉琳逃回了茶田垅，没有了熊桂清，他的势力很快就会扩大，只怕是打掉了老虎，狼狗又要长大。”

向石宇说：“我们是不是要马上派人查明张玉琳的情况？如张玉琳真的逃回了茶田垅，我们再给李司令进一言，要他趁势进剿，不让他有喘息之机。”

陈策说：“不！除掉了熊桂清，张玉琳肯定不会很快现身。如现在操之过急，必欲速则不达。张玉琳如果回到了茶田垅，不久定会有人发现，定会有人向我们告发，到那时再行动不迟。我们现在的首要任务还是要进一步壮大自己的力量。这方面有很多工作要做：我们把自卫团搞起来了，也在靖匪安民方面做了不少事情，但还很不够。我们当务之急是，要弄一批枪支来改善我们的武装，我们从现在起就要做好开往前线抗日的充分准备；再说，我们不能就这么独打鼓独划船，一定要和上级党组织取得联系；还有最为重要的一点，就是要尽快培养自己靠得住信得过的骨干力量。”

涂先求第一个支持陈策的意见，向石宇和肖洪量也表示赞成。于是，当场决定派涂先求和向石宇两人去长沙完成两大任务，一是和中共湖南省工作委员会取得联系，二是弄一批枪支回来。

9 / 人枪必须分开

涂先求和向石宇在大路口车站找到去长沙的汽车。他俩一路不敢多说话，只是听着旁人的各种议论：有的说国民党湖南省政府搬到了沅陵县城；有的说国民党中央军校武汉分校迁到了武冈，共产党也在武冈塘田办起了战时讲学院；有的说湘西革屯军集结两千多人宣布“抗租、抗日、倒何”，已攻占了乾州城，弄得专员和保安司令都不敢到任，何健的省主席也坐不稳；有的说湘西新编第三十四师改编为一二八师后开赴抗日前线，在浙江省嘉善作战可勇敢了，与侵华日军浴血奋战七天七夜，全师官兵伤亡两千八百余人！这些伤亡官兵全为湘西苗族、土家族、回族和汉族儿女……

一路上不说只听，倒听了一肚子议论。进了长沙城，涂先求和向石宇在穿着烂棉衣的报童手里买了些《观察日报》和《抗日战报》来看。《观察日报》是中共湖南省工委办的报纸，《抗日战报》是田汉和廖沫沙主办的报纸。报上也果然证实了一些在路上听到的消息。

涂先求和向石宇按陈策预先说好的旅社住了下来，等待来和他们接头的人。

陈策在辰溪不得不为涂先求和向石宇去长沙执行任务担忧，毕竟时局过于复杂，路途又很遥远，就怕他们路上遇到意外。

陈策找到肖洪量家楼上喝茶，跟肖洪量诉苦说：“回到地方来干点事，远没有跟随贺龙打仗的日子那么痛快！那次我在驻马店与敌军作战时，右手掌被枪子儿打穿了也不下火线，仿佛不是伤在自己身上，只知道冲锋陷阵。后来，贺龙从一二零师选拔一批优秀骨干进入晋西北打游击，我也是其中之一。我在宋时轮支队里当一名游击大队长，由于我灵活利用地形，灵活利用作战时机，争取群众支持，在图门沟那条七八里长的山沟里将日军一个骑兵团全部包围，就如诸葛亮火烧司马懿，缴获敌枪三百余支，战马若干。领导为了表扬我，还将这个战绩制成图片巡回展览……而现在身处这种复杂环境，总感到有些不好使劲，拳脚伸不开！”

肖洪量说：“带兵打仗就像是男人的力气活，而搞地方工作就像是女人家务活。两手功夫都要嘛！”

陈策说：“想想当时情境，现在我才真正感到在贺龙队伍里的温暖。那年在长征路上，我因腿伤住进医院，贺龙和任弼时在我病床前跟院长说：‘这是个好同志，你们一定要把他带到陕北，生要见人，死要见尸！’后来在医院转移途中，我骑在骡背上，因雪山草地上行军很慢，结果掉队很远，是院长重又将我找回了队伍；要不然，我早已是长征路上的白骨一堆。那时候，组织和领导就在身边，而现在呢，找都难找到他们。我真希望涂先求和向石宇能顺利找到省工委。”

肖洪量说：“你也别太着急，他们总会带回好消息的。”

向石宇和涂先求在旅馆里一直等到天黑才有人来敲门。

向石宇按照预先约定，让涂先求去开门说话。

来人说：“请问二位是不是向老板和涂老板？”

涂先求按照陈策的交代回他：“对不起，我们不是。我们是煤老板和灰老板。”

来人说：“那正好，我想用粮食换你们的煤炭和石灰。”

涂先求说：“对不起，我们不收粮食。”

来人说：“噢，我带的是现金。”

三人相视一笑，涂先求说：“梁书记，可找到你了。”

向石宇握着梁春阳的手说：“天黑了，还不见你来，就怕你找不到我们啊！着急哪！”

梁春阳说：“陈策交代得明明白白，哪能找不到呢！”

涂先求急着问省城形势如何，梁春阳说：“自七月开始，中共湖南地下省委根据中央指示，提出了‘猛烈发展党组织，建立各级党的领导’，到现在，全省党员迅猛发展，各级组织也处于半公开化状态。”

涂先求说：“我们辰溪也已经有了地下党支部，我就是在那里入的党。”

往下就谈到这次他俩长沙之行的任务。梁春阳说：“你们领了枪支后，我想办法帮你们运回去。”

涂先求说：“我们这次来还有一个重要任务就是找到中共湖南省工委，我们要详细汇报一下辰溪目前的地下党活动情况。”

梁春阳说：“这我知道，陈策说过。待你们把领枪的事办完后，我就带你们去找人。”

向石宇说：“我们可不可以先去向省工委汇报，然后领了枪，再押枪回辰溪？”

梁春阳说：“那不好！人枪必须是分开走，以防万一！人枪分开，危险就减少了一半！”

第二天，涂先求和向石宇办完领枪手续，开出通行证，由梁春阳设法将枪托运到辰溪，然后，带他俩去省工委汇报。

三人行至湘春街，梁春阳放慢了脚步。一家店铺门口挂着“合记肥皂店”匾牌，梁春阳左右看了看，见没有别人跟踪就走进了店内。店里只一位老婆婆在座。老婆婆说：“客人是要肥皂还是要香皂？”

梁春阳说：“不，我是来打煤油的。”

老婆婆说：“那你走错门了，往那边走吧。那边有煤油。”

老婆婆带着梁春阳往左拐，然后上楼，楼上是一位中年女人。女人迎上来说：“梁老板，这两位就是辰溪来的老板吧？”

梁春阳说：“是的，想跟聂老板谈谈生意。”

一个中年男人在楼门上出现，握了涂先求和向石宇的手说：“快到屋里坐！”

四人坐下，梁春阳说：“这位就是你们要找的省工委委员、军事统战部部长聂宏钧同志。”

于是，向石宇和涂先求一一汇报了辰溪发展共产党地下武装的情况。聂部长听到辰溪自卫团已有一千三百多人枪，又是陈策任专职副团长，直接掌握这支武装时，就迫不及待地说：“陈策是我长征途中的亲密战友！”

向石宇忍不住插话：“我也是贺龙派回辰溪建立地下党武装的。我在陈团长之前先回来半年。现在我在县军参会任主任，主要协助陈策同志工作。”

聂宏钧说：“那更好！我们就都是贺氏部下的战友了！湘西现在形势很乱，看样子，将来还会越来越复杂。我党在湘西有了这支地下武装，将来会大有作为！希望你们随时与省工委保持联系。目前，你们的任务是蓄积自己的力量，以备党在湘西工作的需要。我党湘西工委很快就会成立，你们多与春阳同志联系。辰溪现在的党组织情况如何？”

涂先求说：“目前还只有龙头庵支部和自卫团支部。”

聂宏钧说：“辰溪是大湘西重镇，县城现在已有十余万人口，湖南大学、桃源女中、江苏失学青年工读团这些文化单位都迁到了辰溪，还有汉阳兵工厂、华中水泥厂、力生纱厂、万利纱厂、安徽烟厂、中国植物油厂、汽车修理厂、公大钢铁翻砂厂，以及一大批印刷、制革、化学、造船企业，都相继从外地搬到辰溪。根据这一形势，我们将很快建立中共辰溪县委，以便开展党的工作，为抗日救国和未来湘西的革命斗争做好充分准备。”

涂先求和向石宇这回长沙之行任务完成得非常圆满，回到辰溪传达省工委的指示时，说起聂宏钧就是省工委军事统战部部长，陈策更有了意外之喜。

从省里领回一百多支枪，自卫团武装力量迅速扩大。这时陈策发现缺少中层骨干，没有自己信得过的中层骨干，这支队伍怎么能一切行动听指挥？他和涂先求、向石宇商定，马上创办干部培训班。

于是，在自卫团和各乡挑选了一批读过书、思想又进步的年轻人进行培训。

陈策是干训班的军政教官。这天中午，他刚到干训班里讲完课回房，就有一青年前来拜见。青年说他叫张成栋，现在国民党新编三十三师下面任连长，这次是从保靖回家来探亲。陈策手边正缺军事人才，谈话中见这青年人对国民党当时抗日不力很有看法，又听他言语里很有报国大志，就说："我手下正少你这样年轻的军事人才，不知你能否放弃原任，来我团屈就？"

张成栋说："不才晋谒团座，正有此意。"

陈策说："请你担任我团干训队军事教官如何？"

张成栋说："谢团座如此看重！愿效微薄之力！"

张成栋于是来到自卫团任军事教官。

干训班每天用三分之二的时间学军事，三分之一的时间学文化。文化课里又以大讲国际、国内形势和抗日救国、靖匪安民为主要内容。教官全是地下党员和进步人士，学员们的思想一天天刷新起来，精神面貌一日不同一日。

正在干训班办得轰轰烈烈的日子，一天晚上，陈策走出自卫团大门，一个熟悉的身影出现在面前。陈策先是一惊，看了好一会儿才一把将其搂抱起来。他竟是聂部长！

生死战友的握手久久不肯松开。

陈策将聂部长带到肖洪量家里，涂先求、向石宇因为上次见过面，也都聚在了一起。聂宏钧问他们第一件事是："队伍怎么样了？"

陈策说："人数在不断增加，但都是临时凑来的，真要有行动，恐难保得心应手。因此，我们正在办干部培训班，加紧培训骨干。"

聂宏钧说："好！老战友，还是当年打仗的劲头啊！抓到点子上了！有了这么一批骨干，我们的队伍就好指挥了，也容易扩大了。"

陈策说："组织党的地下武装，要比在部队打仗复杂得多啊，老战友！当年只要把仗打胜就行，现在可不一样，我们身边到处是眼睛盯着，到处都有陷阱等着！我们要靖匪安民，县政府和警备司令部表面上还表示支持，一提到抗日，他们表面上不反对，暗里却在排云起雾耍花拳。我们如果进行一些其他进步活动，他们就更加盯紧了。上次，我让湖南大学和桃源女中的学生来自卫团演些抗日节目，县长不仅是脸色很不好看，还向我发出了禁令。"

聂宏钧说："抗战以来，很多省机关都在往大湘西迁移，湘西的战略地位越来越重要。你们一定要把辰溪的事情做好，辰溪在大湘西的政治、军事地位现在已非同小可！你们要想方设法尽快扩大势力，等待时机。"

陈策说："一定按省工委的指示办！"

聂宏钧说："我把你的组织关系已经介绍给了中共湘西工委，中共辰溪县委不久即将成立，以后你们工作和联系会更加方便。"

陈策说：“我们就盼着这一天！”

聂宏钧走后，陈策着手加紧扩大自己的队伍。

一批从板桥娄家店弄来的步枪又悄悄地运进了自卫团。大家为此高兴地在肖洪量家里小聚，米庆轩把这些日子在外面得到的消息转告给大家，说聂宏钧回长沙不久，就在长沙八路军办事处开会宣布成立中共湘西工作委员会，工委机关设沅陵，梁春阳为湘西工委统战、军事部长。陈策说：“中共湘西工委一成立，中共辰溪县委的成立也就快了。”

一眨眼，后山上的栎树叶黄了，枫树叶红了，桃树叶落了；对面大酉山也是层林尽染，又是一派深秋的萧瑟。但城脚下的沅水河却是更加碧蓝一片，上下船只仍是来往不断。陈策每天都起得很早，他喜欢清晨沿着河边一边散步一边想些事情，觉得此时的头脑最为清醒。

尽管辰溪的情况复杂，但他的工作开展还算顺利，争夺自卫团的专职副团长时，因得向校长的力荐，顺利成功；剿灭熊桂清的计划也已经曲线实现；自卫团的人枪也多起来了；又同省工委取得了联系；干部培训班也办起来了；还和老战友聂宏钧见了面。如果真按聂宏钧所说，中共辰溪县委能够很快成立，那下一步的工作就会更加顺利……他沿河边走完一路，那些放排、划船、担煤做小生意的是如何辛苦，露宿街头的难民是如何生存艰难，街头墙上又有人写了些什么抗日新标语……又一一沉淀在了心头。

和每天一样，他又在中南门码头上一家油糍粑摊子上停下，炸油糍粑的老头儿热情地叫他买油糍粑，他笑着摇了摇头。他虽没有在老头儿那儿买过几次油糍粑，但对这老头儿的印象却非常深刻，总感到这老头儿待人非常亲切。

陈策刚回到自卫团，涂先求就悄悄告诉他：“今晚开会，在马房巷。各自单独去。”

陈策问：“谁让你通知的？”

涂先求说：“一个不认识的老头儿，说是梁春阳同志要通知的。”

陈策猜想一定是梁春阳来辰溪组建中共辰溪县委了。

马房巷是深幽处的一个小院子，一栋长长的矮木房，门口有一个小土坪。陈策走进门一看，涂先求已经到了。梁春阳站起来同陈策握手，陈策说：“上次涂先求、向石宇到长沙联系工作，多亏你帮忙。”梁春阳说：“自己同志，不说这些！”

陈策看了看与会者，那位穿着一件破棉袄、天天在中南门码头上炸油糍粑的老头儿也来了。这样的会议又不能相互打探身份，他只好坐下来等着开会。但是，这位穿破棉衣的老头儿却主动走过来握了陈策的手说：“陈团长，你不认识我了？”

陈策笑了笑说：“我怎么能不认识你呢？中南门码头上炸油糍粑的老头儿！”

两人这么说着，会议开始了。梁春阳宣布：经湖南省工委批准，中共辰溪县委成立，县委由何良、米庆轩、程今吾、潘独清四人组成；何良任书记，米庆轩任组织部长，程今吾任宣传部长，潘独清任青工部长。梁春阳又特别解释了一句："自卫团里同志为了便于隐蔽，都不在县委任职。" 接着就提出县委的主要任务是积极建立发展组织，组建抗日力量，开展救亡活动。

参加这个中共辰溪县委成立大会的已有龙头庵、辰溪县城、自卫团、江苏失学青年工读服务团，以及湖南大学、桃源女中等多个党组织。

成立大会过后，陈策满脸笑容地看着何良说："天天早晨从你炸油糍粑的摊子边路过，还买过你炸的油糍粑哪。"

何良笑笑说："以后你就不用买了。"

陈策说："白吃可不行啊！一旦让别人发现我是白吃，我们就要付出更高的代价！我真没有想到你是我们自己人！"

何良说："想不到才对！什么事都让人想得到，那就坏了！"

大家笑着散了会。

10 / 家仇要服从国恨

陈策刚在团部办公室坐下来，向石宇就来跟他说："陈团长，果如你所料，县府得信，张玉琳已经逃回茶田垅。熊桂清一死，我们又不惊动他，他的队伍现在是越拖越大了！"

陈策说："我早就料想会有这一天！"

向石宇说："恐怕还是归我们去抓他。"

陈策一笑，说："李司令收拾熊桂清不是很有办法，也很有成绩吗？"

向石宇说："李司令跟县长说，自卫团不能光动嘴不动人！这回他们不出兵，要看看自卫团的人枪子儿往哪里飞。"

陈策说："噢，那就是李司令放不过我们了。他怕我们长大，想趁早折断我们的翅膀！"

向石宇说："我们是不是也跟县长说，还是让警备司令部的人去打张玉琳呢？"

陈策说："不，这回我们要主动请战！"

县长、警备司令和自卫团专职副团长在县府研究抓捕张玉琳时，陈策真的主动请战。他说："靖匪安民，严惩抗日逃兵，自卫团责无旁贷！此时不用兵更待何时？我们一方面连夜将自卫团带到龙泉岩张氏宗祠周围山上埋伏好，一方面以辰溪县抗日民众自卫团副团长的名义写下手令，通知张玉琳按时到龙泉岩张氏宗祠听命。如违令不到，将予彻底剿灭！"

县长一想，如能既不损他的自卫团，又能平息张玉琳一部，岂不两全其美？忍不住赞赏："此乃全兵之计！我看很好！"

县长对陈策的赞赏让李司令顿生嫉妒，李司令说："不入虎穴，焉得虎子！"

陈策一笑，还是坚持按自己的计划进行。

张玉琳接到陈策手令大吃一惊，按序列形式上说，他仍是属于自卫团属下的队伍，陈团长下令召他属合情合理；但他知道自己和熊桂清一样是抗日逃兵，应召而去必是有凶无吉。去还是不去呢？他虽也有主张，但还是想听听别人的意见。

张玉琳召集自己的弟兄合议，不少人都反对他前往，说此去必为陈策所擒！

陈策说："民族危亡，抗日事大，你作为中国男儿，岂能临阵脱逃？"

张玉琳三思之后说：“我一人死不足惜！我如不去，弟兄们必受连累！我决定要去和陈策见面。如他有善意，我必从之；如他有恶意，我必见机行事，拼个死活！”

手下人说：“既要去，你一定要带上队伍！”

张玉琳毫不犹豫地说：“不行！我只带五个弟兄！如带人过多，陈策疑我有反心，必先发制人！一旦发生战事，我自知现在还不是他陈策的对手。我们万不可夜郎自大！知己知彼，方能百战百胜！”

张玉琳的这番话说得手下人口不服但是心服。

张玉琳按照陈策的手令，遵时赶到龙泉岩的张氏祠堂门口拜见陈策。

陈策早在祠堂外的一张八仙桌上方坐好。张玉琳一见陈策那八字胡就情感复杂起来。陈策上次和李司令一起来长田湾宣布将熊桂清部编入正规部队令其抗日时，张玉琳见过陈策，但那是远距离看见，不像今天这样热面对热面。陈策的八字胡一直留在张玉琳童年的记忆里，从他在沅陵读书至今，八字胡从未在他记忆里消去！他鼓足勇气走到陈策面前立正行礼后说：“报告陈团长！张玉琳奉命前来报到！请陈团长训示！”

陈策也是第一次这么近距离和张玉琳对面说话，他示意张玉琳坐下。

张玉琳坐下，但是陈策却说：“我们又见面了！”

一个“又”字让张玉琳心里一紧，自知陈团长此话是在影射他和熊桂清一样，从抗日的队伍里逃了回来。这按照规矩可定死罪！张玉琳灵机一动，想起了金蝉脱壳之计，说：“我还是第一次见到陈团长尊容。”

陈策说：“你忘了我上次来宣布你们去抗日的事了？”

张玉琳说：“上次我还没有见陈团长的资格，我只是熊桂清的属下。熊桂清在官庄连夜逃走后，我还指挥部队继续前行。后来队伍实在不听我指挥，不几天全都逃散不知去向，我怕担当责任才逃回了家乡。逃回家乡，我并无别的想法，只是陈渠珍杀我父母、灭我兄长之仇未报，我心里实在难平！陈团长，你是南征北战，见过的世面多，大人大量，我张玉琳是年轻气盛，有做错的地方，万望海量。”

陈策明知此为狡辩，但此次不为剿灭张玉琳而来，又听他说话近于情理，就稍微缓和了一下口气说：“逃避抗日该当何罪，不必我重复跟你说了吧？但你知错也算是件好事；不过知错还要改错，亡羊补牢未为晚矣！你说说，你现在怎么办吧？”

张玉琳自知还未将陈策此来真意完全弄清，就想在感情上拉近一步，他说：“陈团长，你可记得在沅陵一个学校里用一块糖奖励过一个打架的小学生？当年你从学校走过，见几个学生抢一个学生的风筝，这个学生打败了那几个抢风筝的学生，您当场给这个学生奖了一块糖饼。这个受奖的学生就是我张玉琳！你也许记不起这件小事了，但我永远都会记住这位留八字胡的大人！”

陈策其实依稀记起这件事来了，心里还是喜欢那个勇敢的学生，但他说：“今天我公务在身，无暇谈闲。”

张玉琳紧张起来，说：“愿闻陈团长训示！”

陈策说：“民族危亡，抗日事大，你作为中国男儿，岂能临阵脱逃？你既从小勇敢，今天如何不像宁死不屈的湘西男人？”

张玉琳低下头说：“玉琳自知理亏！”

陈策说：“不仅是理亏，而是有罪！现在没有别的路可走，我今天特来见你，就是要你重返抗日前线！”

张玉琳马上抬起头来说：“不是我不愿抗日，看到日本人这么侵略中国，我岂能不恨？但我家仇未报啊，陈团长！如果我今天亲手杀了陈渠珍，我明天就带队开赴抗日前线！如能多杀日寇我自然高兴，如我被日寇杀了，也死而无怨！我明白死在抗日战场，作为中国男儿是何等光荣！如像熊桂清一样，哪有脸见我父老乡亲？请陈团长宽容时日，待我报了家仇再报国恨！”

陈策说：“不行！年轻人可要知道，国恨为大，家仇次之，家仇要服从国恨！在带队抗日这个问题上，你只需说：答应或是不答应！”

张玉琳心里又是一紧，他当然不愿答应，但他从眼角余光里已经看到周围山头上布满了伏兵。只要他说不答应，他和他的弟兄会不会死于此地？留得青山在，不怕没柴烧！先活下来，日后的事再作思量！他稍思片刻就说：“既然陈团长如此说，我张玉琳服从。明天我即整队出发，往前线抗日！”

于是，陈策告诉他的队伍编入的部队和开往的地方，并说：“三天后如不开拔，我再来找你时，就绝没有这么客气！”

回来的路上，有人跟陈策说：“张玉琳必不会去前线抗日。”

陈策胸有成竹地说：“他不去抗日，自有人收拾他！”

出人意料的是，第三天，张玉琳就将他的队伍开往前线，经过辰溪县城时，张玉琳特地到自卫团向陈策报告，又将队伍集中在辰溪县城西园大操坪检阅训话，大讲抗日救国如何重要、为国捐躯如何光荣。话说得滔滔不绝、入情入理，连周围民众也跷起大拇指说张玉琳这回真算得上是条湘西汉子！

陈策又鼓励他一番，要他好好在前线抗日杀敌，为民族立功！

但是，张玉琳将队伍开到湘潭易家湾时，他溜了回来，潜回了自己的家乡茶田垅。

这个消息报告到陈策那里，陈策不以为奇，他似乎早有预料。陈策马上找到县长和李司令，大讲一通张玉琳瞧不起自卫团那几条破枪，说得好好儿的事，队伍开出去又逃了回来。这明明是说自卫团拿他无法。倘若当初警备司令部的人和自卫团的人一起去震慑他，谅他也不敢如此猖狂！

县长要陈策拿主意，陈策说：“别看张玉琳年轻，此人绝不可小看！如能招安实为上策，如不能招安，必要趁早除之；若待其羽翼丰满，必为大敌！”

县长问陈策：“如派自卫团再去剿灭如何？”

陈策说：“单靠自卫团的人不行，单靠警备司令部的人肯定也不行。只有警备司令部和自卫团联手行动，才能将其剿灭。”陈策明白，把自卫团和警备司令部放在同等重要的位置上，李司令肯定不服。

果然不出所料，李司令马上接话反驳：“什么叫单靠谁不行？合伙作战不便于指挥。要么，自卫团去进剿；要么，就我们警备司令部去进剿！”

陈策顺势说：“李司令，我可是为你好啊！我们自卫团败在张玉琳手下不要紧，你是堂堂宪兵团长、警备司令，如你们败在张玉琳面前就太没有面子了！自卫团也绝无贪功之念，的确是因为张玉琳之部不可小觑，单靠警备司令部的人实在不行！”

李司令说：“一个人可以说自己不行，最好少说别人不行！”

县长也怕自卫团遭张玉琳重创，趁势拍了桌子说：“好！李司令真乃气节之人，那就请李司令麻烦一趟！”

李司令说：“既然县长有令，那就出兵吧！”

但事后，警备司令部的政治部主任曹云溪找到李司令的办公室说：“李司令，我看陈策是想坐山观虎斗。”

李司令沉静下来一想，也觉得自己是凭一时之气中了陈策之计，但碍于面子又不肯承认，只是以拖延进剿时日来应对。恰在这些日子里，张玉琳又聚集了大批人枪，做好了应对县里前来进剿的准备。

李司令找到县长说，还是让自卫团去剿张玉琳吧。县长也是血浓于水，自卫团是他自己的家业，损失了就是割自己身上的肉；而宪兵团和警备司令部不属他直接指挥，那是“别人的儿女”，相比之下，他当然不愿让自卫团去损兵折将。他笑着说：“李司令，像我们这种身份的人，最忌讳的就是朝令夕改！这件事既已定下，就还是要按原计划进行；不然，那陈策会说你害怕张玉琳，我们以后还怎么说话办事？其实，一个张玉琳有什么可怕？”

李司令也明白县长最后这句话是激他的，但他此时没有退路。如说不怕，那就去剿张玉琳；如不去进剿那就是心里害怕，这还有什么理由辩说？李司令只得说：“一个老奸巨猾的熊桂清我都不怕，我难道还怕他一个嘴巴无毛的张玉琳？”

县长要的就是这句话，一下子高兴得笑起来说：“是嘛！堂堂警备司令还怕一个占山为王的黄毛草寇吗？”

李司令说：“既然县长这么说了，我就去剿吧！”

县长说："去！你虽然一到辰溪就在保境安民方面立下赫赫战功，但一个人的功劳还怕多吗？"

李司令连夜整顿队伍，发表誓师讲话，大讲上次剿灭熊桂清的胜利，又嘉奖了一批官兵，用以鼓舞士气。于是，队伍连夜急行军向张玉琳老巢茶田垅进发。

到达茶田垅时，天还没有亮，李司令不让再靠近村子，更不让开枪；张玉琳的队伍都是本地人，对地形十分熟悉，而警备司令部的人恰恰缺少这个有利条件。所以，李司令要天亮看得清地形了才能开战，以防张玉琳趁天黑逃掉。

但是，张玉琳的哨兵发现了情况，提前开了枪，双方打了起来。

一番激战直到天亮，双方死伤无数，警备司令部的人慢慢地缩小了包围圈，张玉琳因毫无准备，加之人员大都为新聚的乡民，还来不及训练，武器也稍逊一筹，越来越抵抗不住。警备司令部的人一下冲进了村子，包围了张玉琳家的房子。但没有搜到张玉琳，只是抓住了张玉琳的妻子。

张玉琳妻子穿着一身孔雀花旗袍被押出房门，推到村中间用棕绳绑在一棵老梨树干上。二十几岁的女人，又刚养过娃儿，丰满的胸脯被绳子一压，更突出一种震撼人的旺盛生命，那些士兵都望着她不停地咽口水。李司令亲自赶来审问，问她张玉琳躲哪儿去了，她说："我一早听到枪响就起来，一起来就没有看到张玉琳，真不知他逃到哪儿去了。"再问，她也就这么一句话重复着回答。

李司令知道，抓不住张玉琳就没有达到目的。他笑着跟张玉琳妻子说："你是愿死还是愿活？"

张玉琳妻子说："谁不想活？但事已至此，岂能由我？"

李司令审了半天一无所获，有些情感复杂地走开了。他手下人问："李司令，干掉她算了！"

李司令说："让我走远一点。"

手下人说："司令是……"

李司令说："我看着这么年轻漂亮的女人死在枪下，我心里不好受！"

手下人说："那带她到城里去服侍司令？"

李司令说："混蛋！如果你杀了这个女人，张玉琳只是伤心，但这种伤心是会有时限的，他有了新欢就会忘掉；而如果把他的女人占有了，他会拼尽全力和我们干一辈子！这种利害你们都不懂？天下的漂亮女人多的是！天下的仇人越少越好！"

李司令走远后，一声穿过肉体的闷枪响过，李司令知道这个年轻美丽的女人已经处理好了。他走回来，正准备集合队伍返回城里，张牛脑壳的一个亲族走到李司令面前报告："李司令，我有重要情报。"

李司令跟随他走到一边，听他耳语了几句。原来他是告诉李司令，张玉琳的儿子被人藏在屋后一个红薯洞里。李司令眉头一皱，叫人去开了薯洞把那小孩子抱来。

抱来的是大约一岁多的小男孩，李司令摸了摸他的小脑袋逗他说：“你是张玉琳的儿子？”小男孩还不会说话，但他笑了，一边一个小酒窝，又虎头虎脑。李司令一脸复杂的表情。手下人说：“李司令，我有一计可让他张玉琳自己现身。”

李司令说：“快说！”

手下人说：“将这孩子用箩筐装着，吊在这棵老梨树上，然后，我们来喊话，张玉琳要是不出来，我们就杀掉他这个儿子！只要张玉琳还躲在这附近，他必定出来投降无疑！”

李司令说：“这倒是个办法！不过当年楚汉相争时，项羽欲使刘邦投降，威胁刘邦说：‘如你再不投降，我就要煮你父亲吃！’刘邦反而回话说：‘我们当年结拜兄弟，我的父亲也是你的父亲，你们煮父亲，请给我分些汤喝。’打仗和搞政治的人，有时候是不认亲的，心硬哪！”

手下人说：“杀儿子和杀父亲是不一样的。死儿子要让父亲伤心得多！尤其是这么幼小的儿子！”

李司令说：“那就试试吧！”

于是，有人很快找来一只箩筐，把小男孩放进箩筐里，又搬来长梯将装小男孩的箩筐挂在老梨树半腰上。然后，叫了几个大喉咙喊话：

“张玉琳——你儿子吊在这梨树上了——你快来看看——”

“张玉琳，虎毒不吃儿肉，有种的你出来——”

“张玉琳，只要你出来，我们就放了你儿子——”

“张玉琳，你要是不出来，就别怪我们对你儿子下手了——”

他们大喊大叫一通又看四周山上有没有人出来。这样重复了多次都不见有效果，李司令说：“朝老梨树上放几枪，但不许伤着孩子！”

于是，一阵枪响，梨树叶片像雪片落下。小男孩在半空中放声大哭起来。

李司令说：“你们再喊话！”

几个大喉咙又喊：

“张玉琳，你再不出来，你儿子就没有了！”

“张玉琳，你不是人，你女人不要了，儿子也不要了吗？”

喊了一阵，又朝四周的山上和田地里观察一阵，还是没有人出来。

李司令想，张玉琳也可能逃到远处去了，并听不到这些喊话；也可能就在近处听之任之，死不出来。现在让他为难的是，如果挨到天黑，张玉琳的人来偷袭，那就不好收场。李司令思前想后，决定将队伍撤回县城。

有人说：“小男孩怎么办？”

李司令说："他娘不是在树下守着吗？"

李司令刚集合队伍离开村子，背后响了两枪，小男孩在半空中"哇"地叫过一声，就再也没有了声响。李司令转身一看，一条长长的血带从老梨树上的箩筐底下直泄而下，落在他母亲身上。这时已死在树下的张玉琳妻子突然奇怪地喷出一口血来，这女人把这口气憋了这么久！整个村子都仿佛罩在了血红里！

李司令问刚开枪的人："是你开的枪？谁给你的命令？"

那人说："司令，留着他，二十年后他会杀掉我们，为他母亲报仇！"

李司令抽出枪来对着刚才开枪的人说："你看见老梨树下那一片血红吗？"

那人说："看到了。"

李司令说："你就留在这儿继续看吧！"

砰的一枪响，朝小男孩开枪那个兵倒下了。李司令又对准梨树下的一个人要开枪，队伍里有人说："那是刚才告诉我们小男孩藏在薯洞里那个人。"

李司令说："这就对了！"

李司令的枪响了，那个人也应声倒下。

队伍里的人说："他于我们有功啊！"

李司令说："张玉琳不在，他害张玉琳的儿子；张玉琳回来了，他必定又要害我们！这种小人是从来只顾自己的！"

队伍里开始有人议论：李司令今天像是气疯了！

几天之后，张玉琳才回到村里。他是慢慢靠近村子的，当他确定没有埋伏时，才进村给他妻子和儿子收尸。他把儿子从老梨树上放下来，把妻子解了绳子，然后把他们母子俩放在一副板木里，掩埋在他父母和兄长的旁边。他一声不吭、一声不哭，把新坟垒好后，看了好一会儿躺在一起的几个亲人的坟茔。

冬天里，山上一派死黄，迎面吹来的风摇响着干枯的叶铃，像很多人的哭泣。他仰天躺在坟堆里，看着天上层层叠叠的云在心里发问："是谁让我走上这条不归路啊？是谁让我的亲人一个又一个地早早死去？是李司令吗？是张牛脑壳吗？是陈渠珍吗？或者是别的人吗？都是！也都不是！当年在沅陵八中读书时，他也想过要做学问家，但是，为什么就走到了这一天？难道就真的走不回来了吗？"

11 / 生死肖家溪

张玉琳布置好岗哨，在家里睡下。

睡醒后他问卫士："我睡了多久了？"

卫士说："才一个时辰。"

张玉琳说："我梦见抱着我的妻儿哭啊！"

卫士说："是的，你是哭醒的！我们一定为你报仇！"

张玉琳摆了摆手说："不！杀我父母兄长，杀我女人，我只有仇恨，但是，我儿子被杀，我反而开始忏悔！儿子死在那只箩筐里，我把他放下来时，他就像睡着了一样。他根本就不知道人世间的事情！可怜哪！如果他父亲不是我这种人，他就不会落此下场！此罪在我，不在别人！"张玉琳眼眶潮红了。

另一个卫士说："我们一定要杀了李司令！"

张玉琳又朝他们摆摆手说："不要再说这些杀来杀去的话！你今天去肖家溪，把我的老同学陈格东请来，我要跟他说件重要事情。"

晚饭时候，卫士把陈格东请来了，张玉琳备了好酒好菜招待。两人落座后，陈格东却吓得不知如何是好。张玉琳说："老同学，想起我们在沅陵八中读书时，也是满怀报国之志啊！可如今，我张玉琳成什么人了？成抗日的逃兵，成茶田垅的土匪头子了！警备司令要剿我，自卫团要剿我。今天，我请你来是为一件好事，你别害怕！我张玉琳杀仇人可以不眨眼，但我绝不会对老同学无礼！"

陈格东说："老同学，有什么事你说出来，我可是经不起事的人啊！"

张玉琳说："我们俩先干三杯酒再说吧。"

两人连干了三杯。

张玉琳说："这次请老同学来，是想你帮个忙。你老兄陈庆东不是在中和乡当乡长吗？据我所知，他和县里的头头脑脑走得近。我呢，想来想去，自己还这么年轻，就这么你杀我、我杀你，终不会有个出头之日，我想找条好路走。正好现在县里换了新县长，我想到县里去投诚，免得他们再来剿我，连累我的亲族弟兄和后人。但是，新来的县长我也不知道他会是个什么态度，想请你老兄先去县长那里给我探个口风。”

陈格东这才如释重负，挪了挪屁股说：“哎呀，帮人向善，胜造浮屠啊！君子成人之善，不成人之恶。老同学，我一定请我老兄帮你这个忙！”

张玉琳说：“那就一言为定！听你消息了。”

陈格东说：“三五天之内，一定办到。”

两人又干了几杯。

散席后，陈格东马上回到肖家溪找他老兄陈庆东说起此事。陈庆东第二天即到辰溪县城找县长禀明。

新任县长虽然刚来辰溪上任，但他对辰溪的匪情早有了解。这天，他正坐在院子里喝茶赏花时，陈庆东提着一大袋礼品来了。急于立功的陈庆东心里难以平静，一进门就跟县长说了张玉琳想到县里投诚。县长担心张玉琳反复无常，投诚后必是后患，眉头一皱说：“好啊！这是求之不得的好事嘛！”于是，就跟陈庆东密授机宜：要他表面上欢迎张玉琳投诚，暗里将其诱骗到肖家溪，在家宴上除之！事成后定有重赏。

陈庆东没有想到县长会这样出招，他感到这有违自己的良心，不太乐意地说：“县长，张玉琳和我老弟情同手足，要我来做这种事，恐怕良心上过不去；就是我能下手，我老弟也会和我作对！”

县长立刻板下脸来，“那么，你是愿背上‘通匪’的罪名？你是一乡之长，县议会的议员！张玉琳打死张牛脑壳一家，又多次与县府作对，还从抗日的队伍逃回来。于国，他是逃兵！于民，他家世代拖枪，为非作歹，杀人无数！你不思剿灭，还讲良心？何谓良心？”

陈庆东不再说话，他万万没有想到无意中自己给自己挖下了陷阱！县长的话已让他没有回旋的余地，他将利弊得失思量一番之后，不得不答应说：“好，县长，我陈庆东照办就是！”

县长说：“我就等着你的喜讯了！”

陈庆东回到肖家溪，心里不顺，但开弓没有回头箭，县长的话他不能不执行。备好酒菜，设好伏兵，讲定下手暗号，然后写了朱红请帖送给张玉琳，说是县长欢迎他投诚，请他特来肖家溪家中商议细节。

张玉琳想到此后将可以改弦更张、重新做人，心里不无喜悦；但事情办得如此顺利，他也害怕陷入别人的诱杀之计。细想他与陈格东自沅陵八中同窗，至今已交往多年，又向来无仇无怨，陈家何苦要害他张玉琳呢？他又自信不会。

弟兄们听说张玉琳要投诚，都找到他表示反对，不让他去。张玉琳说：“我这样做，一是我这几年心神不宁，想寻一条好路走；二也是我为弟兄和后人们考虑，大家跟着我总得有个好出息，不能老跟着我这么担惊受怕！再说，我也总得给我将来的妻儿后人留条生路吧！”

张玉琳决计要去，弟兄们又都摩拳擦掌要跟着他去，张玉琳不让，说：“我去陈氏兄弟家赴宴，如访友省亲一般，大家不必担惊。”

但临行时，张玉琳一点也不疏忽，精心挑选了七个贴身卫士带上，以防万一。

陈家在当地也算是大户人家，八字大门，烽火围墙，步入大门就是宽敞的禾场，一担柴式的房屋建筑群全是雕花门窗，家宴设在陈氏大院的中堂。

鸡鸭归笼的傍晚时分，村口一阵狗叫，张玉琳一行到了肖家溪，陈氏兄弟马上到大门口恭迎。

迎进中堂后，张玉琳顺手推了推几个耳门，发现连通左右厢房和后院的耳门已被闩死，他顿生疑虑，倘若设的是个鸿门宴，中门一旦被人所堵，岂不成了瓮中捉鳖？他暗示七名卫士，四人把守中门，两人在大门口放哨，一人在屋外流动察看，一有情况马上接应。这实际上就已经是三层岗哨，加之这七人个个壮实机灵，平时练枪法都是在百步之外的真人头上摘灯，张玉琳也就自以为没有什么可怕了。

各自就位落座后，中堂里谈笑风生，红烛放亮。陈格东并不知道老兄陈庆东已设计要除掉张玉琳，但发现来中堂里送菜、酌酒、烧火、端茶的人全都是陌生的彪形大汉，全都不是往日村里办红白喜事常来帮忙的人，就把陈庆东悄悄叫出去问内情。

陈庆东说：“来端茶送菜的人都是从县城里请来的大师傅和至交好友。”

陈格东说：“这中堂屋是我们祖辈的基业，儿孙拜堂、老人仙逝、结拜兄弟才可以在这里举行大礼，你若要在这中堂屋里行杀人害命的不义之事，我现在就叫张玉琳先杀了你！”

陈庆东吓得满头大汗，要陈格东万万不可走漏风声！

有陈格东这种阻梗，陈庆东又发现张玉琳对他似有察觉，便一直不敢发出下手暗号。这一则害怕灭不了张玉琳，反被张玉琳所灭；二则，老弟所言不无道理，如此时动手，血染中堂，以后这祖传屋场还怎么住人？他又临时生出一计：倒不如明日在张玉琳返回的路上布阵，于山中野外将其灭掉更为恰当。于是，他渐渐平静下来，只和张玉琳喝酒叙说如何见县长如何说起投诚之事，还说起陈渠珍在小溪创办“三一纺织厂”，一百余部木机已快运到厂房。张玉琳不愿意陈庆东用称颂的口气说陈渠珍的这些政事，听到陈渠珍这个名字，他就心里冒血！于是，他有意和陈格东去说沅陵八中的往事。

陈庆东为讨好张玉琳，又夹起一只鸡腿要放进张玉琳碗里，张玉琳马上谢绝说：“我自十岁以后，从不吃鸡肉！”

陈庆东说:“这是何故?”

张玉琳说:“鸡是我的救命恩人!”

陈格东想起在沅陵读书时,张玉琳和他说起过鸡屏里逃生的事情,马上举起酒杯说:“老同学真是义气,来敬你一杯!”

陈庆东只好又换了话题,说湖南各县武术界九百多人组成第十九集团军特别挺进大队,由张向武率领奔赴了抗日前线。

关于抗日的话也是张玉琳的痛处,张玉琳接了话说:“老兄今天该不是羞辱我张玉琳吧?”

陈庆东说:“老弟何出此言?”

张玉琳说:“老子的队伍两次编入部队开往前线抗日,我都中途溜了回来。想起来也是有愧国人啊!”

陈庆东说:“哎呀,那就要请老弟多多恕罪,我是万万不知道这些!”

张玉琳也自找台阶地说:“老兄既然不知也不为过。”

陈庆东说:“我看张老弟额宽脸阔,乃大忠良之脸相啊!”

张玉琳说:“说实话,若不是我家仇未报,老子早就想去前线打日本鬼子了!”

席间热闹到了深夜,一直未见陈庆东发出行动暗号,就有人将陈庆东叫出去问原因,陈庆东跟他们说了下一步计划后,那些准备行动的人才蔫蔫地退去。

陈庆东再回到席间就说:“天下没有不散的筵席,今天各位辛苦了,好好休息。”

散了席,陈庆东几乎是全身瘫软,不光是张玉琳难对付,还有他弟弟随时要跟他翻脸,这些准备行动的人又都是县长派来的,如他们求功心切,不听招呼又如何了得!真是抱着一颗炸弹吃过这餐晚饭!

但事情再复杂,也还要想办法达到县长的目的,不然,他这个乡长和议员就别想再当!他以连夜送大厨和朋友回城为名,在半路上又暗里布置明天在哪里设伏、哪些人出手、先打谁后打谁。好在今天虽然没有除掉张玉琳,但参与行动的人都认识了张玉琳,这对明天的行动无疑又多创造了一个有利条件。

因怕天亮后行动不便,也怕张玉琳提前返回,行动组又趁深夜进行预演。

张玉琳果然是天不亮就起来道谢要走,陈家再怎么留,他都不听。于是,他带上七个贴身警卫告辞出门。

张玉琳一行离开肖家溪大约一刻工夫,陈庆东听到山里传来一阵枪响,且没有听到还击的枪声,他断定事情应该做成了,就泡了一杯深茶端上,坐在家里为自己的周密安排而暗喜。但过了一会儿又担忧起来,因为没见人来报喜。这说明情况还有万一。万一张玉琳死里逃生,那可就伤虎难防啊!

在路途伏击张玉琳的人,选在一个小路狭窄且高低不平的关卡,行人到此必要放慢速度,伏兵又恰好是居高临下、一览无余。果然,枪一响,张玉琳一行八

张玉琳已在山腰的一块巨石上站着高声大喊："告诉你们：老子我张玉琳丝毫无损！"

人因挨得太紧，又毫无准备，来不及还手就全都倒进草丛。但让他们没有料到的是，在草丛里只找到七具尸体，不见张玉琳。当他们开始围追堵截时，脚上已挨了一枪的张玉琳已在山腰的一块巨石上站着高声大喊：“告诉你们：老子我张玉琳丝毫无损！我与你陈庆东一无仇、二无冤，你为什么要置我于死地？昨天晚上你不能得逞，今天你们在这里打伏击。有本事你跟我刀对刀、枪对枪！你们回去告诉陈庆东，七天之后，我带人来血洗肖家溪！我要他陈乡长的大院顷刻化为灰烬！”。

离得太远，枪子已经够不着，只得看着张玉琳逃走。

打伏击的人回来把这些情况向陈庆东一一说明后，陈庆东连忙带上家人跑回县城躲避。连他弟弟陈格东也有口说不清，只得跟着哥哥逃命！

陈庆东到县长家里请县长为他家人生命财产作保，县长说：“张玉琳未除，我也不敢为你担保，唯一的办法就是继续剿灭张玉琳！”

陈庆东说：“县长，搞行动的人都是你派去的，该我做的工作已经天衣无缝，除不掉张玉琳也不是我的错！”

县长说：“我并没有追究你的责任，你倒反打我一钉耙！不错，搞行动的人是我派去的，但你为什么迟迟不发行动暗号？你要是在先天晚上下手，他往哪儿逃？你分明是私重于公，不愿在自己家里除匪，说轻一点你是优柔寡断，说重一点你是曲意抗令！放匪纵匪！”

陈庆东一家人从此如对伤虎，有家不敢归。

张玉琳重选人生之路的希望破灭了，这是继沅陵八中毕业后的第二次失望。人生之路告诉他：他回不了头。这次血的教训，使他开始不相信所有的人，从此宁愿我负人、不愿人负我！

第七天中午，张玉琳的大队伍来到了肖家溪陈氏大院。他把队伍集中在禾场坪里说：“弟兄们，七天前，就是住在这里的陈庆东乡长要在这个中堂里除掉我张玉琳！当天在宴会上没法干掉我，他设计第二天在路上打埋伏，打死我七位弟兄！我本想要他家加倍偿命，但今天，陈家一个人都没有，我们只能让这个大院化为灰烬！让这里的冲天火光为我的七位弟兄作祭奠！弟兄们，报仇的时候到了，放火！”

柴草、篾片、衣被都被找出来引火，很快，整个大院就浓烟滚滚，烧爆了的枪子儿带着火星乱飞。北风吹来，把浓烟和爆炸声带得很远。

张玉琳站在已经烧倒下来的陈家大门外放了三枪，大喊一声：“陈庆东，是角色你就回来和老子一决雌雄！”

然后，他集合队伍走了。

张玉琳又开始训练他聚集起来的队伍。

人枪又越聚越多。

他家的一个佃户和张牛脑壳有点沾亲，他害怕张玉琳也对他家人下手，就跑到辰溪县政府将张玉琳人枪猛增的情况告了密。县长也深恐张玉琳复仇，督促宪兵团再次重兵进剿。结果把张玉琳的队伍全部逼到山上包围起来，打的打死，投的投降，跑的跑掉，最后还是找不到张玉琳。

待宪兵团撤走后，张玉琳才从一个木炭窑里钻出来，一身大汗，满脸炭灰，完全认不出他是张玉琳。

张玉琳口干如煎，到田角找了水喝，然后坐在废炭窑边的石头上想了想，想起前几天有人提醒他说，他家的那个佃户到县里，是不是将他聚集人枪的事告了密。当时他还不大相信，现在他相信了，不然，县里不会这么快就出动如此大规模的宪兵团进剿！于是，他两手各持一支快慢机回到村里，冲进那佃户家里说："是你到县里告了我的密吗？"那佃户也是个铁汉子，说："是！你聚集人枪杀人放火，我……"话音未落，张玉琳的两支快慢机一齐扣响，佃户一家人被打死得一个不留。

张玉琳在屋里查看一遍，见全家老小都已死尽，然后，他冷笑一下，在这个佃户门上平静地坐了一会儿又站起来说："以后，谁要敢到县里去说我张玉琳的事儿，我就这么'感谢'他！我张玉琳是有恩报恩、有仇报仇！绝不含糊！"

奇怪的是，此后，张玉琳在茶田垅销声匿迹了。

12 / 别让人家卖了你

张玉琳没被剿灭，只是不知了去向。

张玉琳不再在茶田垅拖队伍，县里也算是暂时少了一份不安；但不知张玉琳的去向，又意味着更大的隐患。

陈策想，张玉琳是个年轻有能耐的人，怎么就不能扭他到正道上来呢？照说他最大的仇敌只是陈渠珍。陈策还是想能有机会招抚他。

在几次进剿张玉琳之后，陈策的自卫团渐渐被李司令冷在一边。这正是陈策所希望的结果，他抓住这个有利时机尽快壮大自己的队伍，又暗暗配合中共湘西工委梁春阳积极策动和组织爱国青年近千人参加抗日部队。在老百姓的一片赞扬声中，急于求功的李司令这才突然明白过来：陈策钻了他的空子，得了民心，占了大便宜。李司令对陈策越来越不满。

涂先求去后塘整训自卫团黄溪口大队，向石宇在军事参议室有事，陈策和肖洪量自柳树湾坐了小船过河去湖南大学。鹅毛大雪切碎了天空，熊首山下的辰溪县城以及河对面的大酉山、丹山寺和刚刚迁来辰溪的湖南大学以及沿河一带的多家工厂，一眼望去，全都白茫如棉，屋檐下那些黑门窗，就像深深的洞穴。下雪天永远黑不下来，但能看见远处偶尔有电灯亮起，如淡星剩在远远的天边。沅水和辰河仍是两匹浩阔而碧蓝的缎带，只是隆冬时节，河中船只稀少了许多。在河中四顾，这一切给陈策一种内心的宁静。这种宁静，使他感到多了一份安全。他们今天是到湖南大学看看师生们的抗日情形。

新迁来的湖南大学建在县城对河的龙头垴一带，校舍除借用当地民房外，还依山傍水建了一大片崭新的校区，远看去是一片新白，近看才知原是竹木为骨、泥沙糊壁。

尽管这是严寒深冬，尽管这是简陋的临时校舍，但师生们生气勃勃，崭新的墙壁上布满了抗日专栏，贴满了抗日标语和漫画。学生们有的是刚到什么地方写完标语回校，有的还刚刚拿了标语和糨糊准备出去，还有剧社正在礼堂排演抗日节目。

陈策说：“湖大和桃源女中给辰溪带来的抗日影响力真是难以估量。”

肖洪量说：“青年是希望所在！这些学生是国家的栋梁，中国的希望就寄托在他们身上。”

两人正在湖大了解情况时，看到一位据说是《新华日报》的记者也来到了湖大。陈策听说这些日子辰溪来了位记者，到过桃源女中以及在辰溪的大部分工厂，他走到哪儿认真问的都是关于学生运动和青年运动的详细情况，跟大家讲的都是中共中央青运工作会议精神。大家所说的是否就是眼前这位？

陈策肖洪量站下来，看着那位记者在湖南大学的学生中就像一块磁铁，他到哪儿就有一大堆青年学生围到哪儿。陈策跟肖洪量说：“这个人非同一般！”

这位记者正和湖大学生聚在一起讨论问题时，几个宪兵向会场走来。学生们正要疏散，这位记者却沉静地跟大家说：“大家不要疏散！你们都是湖大的学生，我现在就是你们的老师，大家跟我一起读英文单词。”

宪兵走过来问：“你们聚在一起干什么？”

这位记者要理不理地只顾带着学生读英语单词。

宪兵问了几遍，没有搭理，又听不懂他们的英语，只得扫兴而去。

几天后，陈策经过何良的油糍粑摊前，何良告诉他：“前几天到辰溪来的那位新华日报记者，是受陈云委派从延安来的中央青委干部胡乔木同志。他是来宣传抗战时期青年工作的基本任务的。”

陈策得意地笑了，“那天在湖大看到的那个人应当就是胡乔木！但上级怎么就不能先告诉我们一声？”

何良说：“形势复杂，辰溪到处都是军营、警营，少一个人知道就少一份危险！我也只能躲在别人看不到的地方保护他。”

陈策说：“他对辰溪的抗日形势有何评价？”

何良说：“评价不错！”

虽是清晨，两人也不敢多言，见有人来，陈策走了。

陈策刚从河边散步回来走进自己房间，向石宇就极为神秘地告诉他说：“李司令和曹云溪最近有些不对劲，你要多加提防！”

向石宇得到的消息是对的，曹云溪在李司令那里说，陈策值得怀疑。

在进剿张玉琳的几个回合上，李司令初以为自己占了上风，过后才知是得不偿失，讨县长欢心却吃了陈策的暗亏。削弱自卫团，排挤陈策，李司令图谋已久，但自卫团毕竟是按照省里颁发的条例建起来的，县长又兼着自卫团团长，李司令也不敢操之过急，怕和县长闹翻脸，让陈策在一旁坐收渔利，只得暗暗地等待时机。

为对付李司令，陈策把陈庆东约到茶馆里说：“家门，听说你最近日子不好过啊！”

陈庆东说：“那边惹怒了张玉琳，这边得罪了县长，家里一个大院被张玉琳一把火烧成了灰，一家人现在无家可归，天天如火烧油煎啊！”

陈策说：“不就是除掉张玉琳失手了嘛！”

陈庆东说：“是啊！就因这事儿被县长怪罪！”

陈策说：“他李司令出兵多次不是也没有剿灭张玉琳吗？谁又治他李司令什么罪了？”

这话让陈庆东眼前一亮，立刻精神起来。当天他就找到县长那里说：“说我陈庆东没有干掉张玉琳是无能，他们宪兵团又如何？警备司令部又如何？自卫团又如何？不照样窝囊废嘛！李司令三番五次地去剿张玉琳，最终都是无果而终，还把除掉张玉琳儿子的两个人枪毙了，这是何用意？”

县长仔细一想，陈庆东的这一番辩解也不无道理。

只要县长和李司令有了隔阂，李司令就会没有精力对付陈策。陈策要陈庆东到县长面前去鸣冤叫屈，其意即在于此。

县长也是周旋老手，他悄悄地把曹云溪找来做试探，跟曹云溪说：“李司令最近在忙些什么？听说他结交很广啊！”

曹云溪和李司令多年来是多一个脑袋的铁杆，他一听就明白县长的话实有所指。作为宪兵团的政治部主任，得罪县长不好，得罪李司令他更不愿意。曹云溪说：“李司令最近不是一直在忙着进剿张玉琳吗？自进剿张玉琳以来，他是历经艰险；虽张玉琳未灭，那是天不灭他，人算不如天算！如果说李司令没有功劳，那苦劳是实不可没！倒是自卫团的陈策副团长在一旁坐山观虎斗，另有小算盘，趁机壮大自己的势力。依我看，县长倒是应该问问陈策最近在忙些什么，听说他才是真正的结交很广哪！”

曹云溪的这几句话，一是为李司令辩解，二是要打陈策一棒子，三是在提醒县长对陈策多加防范。但县长还是说：“自卫团是本人当团长，建立也好，壮大也好，本人都理应担当首责。曹主任此话是否对本人有什么好的建议？”

曹云溪冷笑一下说：“县长，别让人家卖了你，你还帮人家数钱！你清楚陈策最近的一些行为吗？”

县长说：“与曹主任相比，我是孤陋寡闻了。愿闻其详。”

曹云溪说：“据我所掌握，陈策现有十大罪状：其一，对张玉琳只抚不剿，意在自留后路；其二，陈策办干训班，意在培植亲信，以图日后；其三；从板桥娄家店私买枪支，意在蓄势待发，野心勃勃；其四，干其余事他均精神不振，唯有抗日他才拼尽全力，意在和共党保持一致，获取民心；其五，他常去湖大和桃源女中，意在联络中共组织；其六，他与向绍轩关系密切，向系国民党元老，他意在寻找保护伞；其七，他常在柳树湾肖洪量家出没，而肖洪量思想激进，与他相好或有亲族关系的米庆轩这些人都是激进分子，他有政治嫌疑；其八，陈策在肖洪量家常和一女青年向瑚混在一起，作风不正；其九，他和李司令貌合神离，明争暗斗，居心不良；其十，他还和中共湖南省工委聂宏均有密切来往！”

县长听曹云溪口若悬河地数下来，几近目瞪口呆！其中有些罪名，县长也知道是莫须有，但是，“私买枪支”“和中共湖南省工委聂宏均有密切来往”这两大罪名可不是好说的啊！县长本想为陈策辩解几句，但一想，倘若这两件事有证据为曹云溪所握，他就会卷进陈策的是非旋涡不能自拔。曹云溪可不好惹啊！小不忍则乱大谋。他忍了！

过后县长彻底一想，即便他不为陈策辩解，如果真像曹云溪所说，陈策作为自卫团副团长，而他是自卫团团长，他也有不可推卸的责任。为保全自己，他还是要提前找陈策详细了解一下情况。

他把陈策叫到自己办公室，按照十大罪状一一盘问，陈策告诉他，这十条罪状纯属臆断和诬陷，并逐条解说得天衣无缝。县长找不出理由反驳陈策，又担心谈话惹怒了陈策，只得说：“这些都是我们私下之言，说明之后，绝不可外传。”

陈策说：“谢谢县长信任。”

山雨欲来啊！陈策知道，李司令迟早要和自己干起来。

县长从自身威信出发，很想站在陈策一边，毕竟陈策是他自卫团的副职；但就眼下情势来看，他倒应该站在李司令一边，毕竟李司令的势力要强大得多；就算陈策通共，在辰溪的共党又有几人？又还都在地下不大敢完全冒头；贺龙又远在西北，鞭长莫及……县长的下一步策略渐渐明晰起来：既不死搭哪只船，也不脚踏两只船；他不上船，只做岸上观火人！

形势严峻了，陈策首先想到了带自卫团起义。

但认真一想，时机还不成熟。辰溪的地下党组织还刚刚成立，武装势力非常弱小，自卫团人员复杂，如果宣布起义，内部势必发生分裂，坚持下去的中坚力量也会是孤军奋战，被扼死在摇篮。如果地下党组织出面相助，那会损失更惨。与其欲速则不达，弄得全军覆没，还不如暂时保存实力，等待时机。虽然形势紧迫，李司令的枪口很可能就对准他了，但他一个人被关被杀，能保存党在辰溪的地下武装，保全辰溪地下党组织，他也值了！

穿过月夜的柳树湾小巷，陈策来肖洪量家里和涂先求、向石宇、肖洪量商量，他们也都表示不能盲目起义，还要等待时机。

陈策说：“我们以后也要少来洪量家，别人已经盯上我们了。”

肖洪量说：“我怕什么？我不怕！”

陈策说：“不是怕不怕的事。你人缘好，你能潜伏下来对大家都有好处！如果把你抓走了，我们就成了一群没窝的燕子，取个联系都没有地方！”

向石宇说："是不是把这个情况跟何良书记说一声。"

陈策说："也许他们已经知道这些情况，还拿不出好的解决办法。我们再去说这些，就会给地下县委增加压力。"

涂先求说："我们是不是另外搞一个联系点？"

陈策说："我正有此想法。我想叫向瑚组织几个人，成立一个女子刺绣店，明里做绣品生意，暗里作为我们今后新的联系点。"

涂先求说："不知向瑚是否愿意。"

向石宇说："我们叫她做的事，她从未说过'不'字！他是向绍轩校长的亲侄女，她只要明白我们的用意，就肯定会同意。"

肖洪量说："那我给刺绣店捐一笔钱。"

陈策说："怎么好要你一个人出钱呢？我也捐一些。"

涂先求和向石宇也要捐，陈策说："你们俩就不用了。我和洪量兼做了点生意，赚了些钱，你们哪来钱呢！"

肖洪量说："那我夜里找条船，你和向瑚到船上去谈谈。"

陈策说："行！"

肖洪量就在自己家的吊脚楼下租了一只篾篷小渔船。向瑚在肖洪量家吃过晚饭和杨俊说了会儿话，陈策就来了。

一弯新月刚刚升起，北风在河面上吹得很冷。小船摇晃了几下，蹲在船帮上的鸬鹚咕咕地叫了几句，小渔船就向河心驶去，一直到丹山寺下的悬崖下，渔船老板找了一个蜂窠眼，将船系住后就屈进船篷里。

陈策和向瑚谈妥了办刺绣厂的事后，船老板又送他们回到这边的吊脚楼下。

吊脚楼下很黑，下船时向瑚抓了陈策的手，她发现陈策的衣袖破了缝子，心里隐隐一酸说："也该有个女人照顾你才好！"

陈策说："这年头，自己都生死难保，别连累人家！"

向瑚说："你这话不对！"

陈策说："你还不懂这个事。"

向瑚说："是你不懂这个事！"

话说到这儿，陈策有些明白过来，是不是肖洪量今天一箭双雕了？既让他和向瑚谈刺绣店的事，也让向瑚和他谈谈个人的事？即便如此他也不能答应，虽然向瑚是大姑娘，又还没有对象，他也喜欢向瑚，但他跟随贺龙长征，已经把自己的女人连累死了，已经深深地愧对一个爱他的女人了，他不能再愧对第二个女人，他现在随时都有坐牢杀头的可能！他不能把自己的救命恩人给害了，她还年轻！

上岸走上码头时，陈策跟在向瑚后面说："我要感谢你代我处理父亲和妻子的后事，感谢你救我的命。”

向瑚说：“你应该感谢向石宇和肖洪量叔叔。是他们安排我做的。”

陈策说：“感谢他们，更感谢你！”

不几天，向瑚就把有亲戚关系的汪珍和傅英等几位姑娘邀约到一起，很快就租了住房和铺面。陈策买来一块大楠木板刨平磨光，约了当地著名书法家米子和来题写匾额。室内烧了一盆大炭火，米子和飘着齐胸的银须，在炭火上烤暖了手，口咬一支狼毫蘸饱了墨，一挥而就，在披了红绸的楠木匾额上写下“女子刺绣店”五个大字。然后，放了一挂长鞭炮，将匾额挂上刺绣店门楣，就正式营业了。

刺绣店里不仅有本店人的绣品，还面向社会收购绣品，陈策和肖洪量在外面做生意又带回些外地绣品，绣花鞋、绣花帽、绣花枕头、绣花被子、绣花帐檐、绣花手绢、绣花匾额、绣花四条屏以及扇面、镜心，妇孺老幼、文人雅士所需，一应俱全。绣花鞋上都是飞蜂舞蝶的四季花草，绣花枕头上绣的多是“和合二仙”和“并蒂莲花”之类，匾额多为“富贵牡丹”或“指日高升”，四条屏多为花中四君子梅、兰、竹、菊，有时也为县城文人定绣一些“携琴访友图”或者“竹林七贤图”之类。不买成品的姑娘也喜欢到店里来看看鞋、帽、枕头、帐檐等绣花剪纸底样和购买各色绣花丝线、针架用具，店里生意称得上红火。

来店里看热闹的人很多，来得最频繁的就是老道湾的“米神医”，他几乎是每天都带着他的小女儿来店里坐坐。小女儿只顾观赏绣品，看不懂却喜欢指指点点。米神医就喜欢坐在店里和向瑚她们聊天讲故事。

这天，向瑚要他讲讲他亲身经历的辛亥革命故事。米神医说：“你别看我们辰溪地处湘西，人民的思想确实不古。辛亥革命时就出了‘湘省四杰’之一杨任。杨任就是我们这儿柳树湾人，走过去几步就到他家了。我就是经他介绍加入了同盟会。推翻清朝政府后，我是辰溪第一任国民党书记长。你们最喜欢听我说故事是不是？那我跟你们讲一件最有味的事情。”

向瑚把一杯浓茶端来递给米神医。米神医喝了茶，声音就变得更加洪亮。“我任国民党书记长时，辰溪知县勾结北洋军阀，阻挠我的革命活动。有一次，我和知县在县府门口面对面地论理，县长论理不过，想仗势欺人，唤衙役对我动粗，我凭自己的一身武功，当众将知县一掌推出丈余，众衙役见状无不纷纷退去。因此，知县怀恨在心，在袁世凯称帝时密谋一计，将我骗至省城长沙强行关进监狱，伺机杀害。一日五更天，狱卒突然来唤‘米神医’，我自知不是好事，故意不作回应，正好同狱的一个叫糜圣一的人误听为是唤他，便应声而出，结果悄悄押上刑场被斩……”米神医说完这故事哈哈大笑，说自己命大，有别人替死！

向瑚说：“杀人的事也这么乱来？”

米神医说：“这算什么？这些年来，杀错人的事我见的多哪！”

向瑚又问："米伯伯，别人都说你为贺龙的侄儿治好了病，贺龙还送你一副对联，真有这回事吗？"

米神医说："真有！这事说起来话长。我本来是湖南第一师范毕业，应该去当教书先生，但我特别喜欢医药学，对行医治病简直达到痴迷程度。在临床中，我自己慢慢地摸索总结出了一些医药奇术，所以，别的医生治不好的病常常找到我。当时贺龙的队伍驻扎在浦市，他侄儿重病，据说是下至沅陵、上至洪江，所有名医都请遍就是不见疗效，最后才请我去看。我一见此人既有身病，也有心病，就虚实兼顾。一方面下药治他身病，一方面同他聊天治他心病。我们谈中国前途，谈湖南的形势，谈湘西的未来，谈得很投机，不到十天，他的病即痊愈。所以，贺龙和我就成了最好的朋友，我家建新房时，贺龙还送了我一副对联。"

傅英说："米伯，听说邮政局有一对不生育的夫妇，终年吃药都没用，是你一剂药让他们喜添贵子？"

米神医说："他们差点离婚了。我一剂方子下去，他们连添两子。这种事多了，不足挂齿！"

汪珍说："米伯真成送子观音了！听说你还治好一个国民党军官？"

米神医说："那是国民党军队驻辰溪留守处一位宋处长。他久病不愈，我们县商会谢会长带他到我堂里就医，我只用了两服药他就大愈了。他送了我一副中堂，写的是：'虽无相国位，终是治民臣。'"

汪珍说："国民党的军官下次有病，米伯你别给他们治。他们坏！"

米神医说："那可不行！行医不能这样！更何况世上的人没有全好，也没有全坏！国民党军官也有好有坏！我行医多年从不问身份，只看病情。曾经有个叫花子在县政府门口搂着肚子大叫痛得要命，我仔细诊了他的病，开了方，还为他煎了药送给他喝，不到一天就康复了。"

向瑚她们不仅喜欢米神医来店里给她讲这些故事，还喜欢他那个翘着一对羊角辫的小女儿。小女孩也非常喜欢听父亲讲这些故事，听得入迷时瞪着两眼一眨不眨。小女儿每次到来，都给向瑚她们带来快乐。有一次向瑚问她叫什么名字，她笑着两个酒窝说："我有两个名字，你问的是哪一个？"

向瑚说："两个都想知道。"

小女儿跷起两个指头说："一个叫米月娥，一个叫琳云。"

大家都为她这个稚气而认真的回答好笑。

刺绣店的生意好得大出陈策意外，陈策很高兴，也常去店里跟她们聊天，有时也讲他跟随贺龙打仗和长征的故事。陈策说，他和儿子一起长征，后来在途中分开，一年后部队会师，他和儿子才再次见面。陈策问儿子的第一句话是："你怎么还活着？"长征途中若干身强力壮的人都饿死了、冻死了、累死了，他一个十几岁的小孩子怎么还能活下来？儿子回父亲："是首长让我们活下来的！"

陈策说："你偷过别人的东西吃吗？"

儿子说："没有！"

陈策说："那你怎么活得下来？"

儿子说："是首长把一个牦牛腿给我们几个小战士抬着，饿了就割一块肉下来用火烧着吃。"

陈策一把将儿子紧紧搂进怀里掉泪了！

刺绣店里来往人多，也就成了陈策和地下党见面的地点。

有一天夜里，陈策走后，傅英问向瑚：你看陈策这个人怎么样？

向瑚说："他啊，木脑壳！"

傅英说："要不要我当个讨嫌的媒婆？"

向瑚说："他不懂这些事。"

汪珍说："你自己跟他说过了？"

向瑚说："鬼才跟他说这事呢！"

傅英知道向瑚在婚姻问题上受过气。她原和一富裕人家的儿子订了婚，婆家还给她做了衣服。但有一次为一件小事，婆婆错骂了她，她在婆婆面前解释了几句，婆婆说她不守孝道。向瑚赌气要回娘家，婆婆就要她脱下婆家给她的衣服。向瑚一气之下，当即脱下衣服跑回了娘家。此后，就和这家人断了婚姻关系，时过几年也不再嫁。但傅英看得出，向瑚对陈策已经有了那层意思。

13 / 只要你是陈策

近来辰溪似乎是一片红色。一家“新知书店”里出售了大量进步书刊，有《毛泽东传》和刘少奇的《论政党》《辩证唯物主义》等，这些书影响很大，在民间已广为流传。江苏失业工读团组建了浦市镇妇女会，趁“三·八”妇女节的纪念活动，将浦市四千多妇女组织起来进行集会，号召大家投入做军鞋、献寒衣、募粮捐款，支援抗日前线，与浦市邻近的潭湾镇也积极响应，桃源女中的学生在陶蒲生等人组织下，利用赶场人多的机会，到街上多次演出《古城怒吼》等话剧，每场演出之后，总要号召群众呼喊“打倒日本帝国主义”等口号。

潭湾是湘黔交界的经济和军事重镇，此处以铜山一带农民自织的家机布最为出名。铜山肥沃的沙壤最适宜棉花生长，那里的棉花好，织布女人的手艺也巧，每逢赶集日，各地商家都来采购这里的家机布，从河边街到场顶上，全镇人山人海，这里的抗日活动还影响到了周边川、黔，形势对共党越来越有利。

这肯定与中共辰溪地下党有关，与陈策有关。但在陈策头上的事非常难办，他跟随贺龙多年，是久经沙场的家伙，又是辰溪本地根基深厚的知名人士，曾先后两次经营过县自卫团；加之县长也在暗中作梗，一直要对陈策下手的李司令也不能不三思而行。

正在李司令感到时局好像越来越不由国民党驾驭、越来越为一种看不到的势力所左右时，一个重要会议在他干枯的心田浇上了一勺肥水：湖南省政府改组，张治中被免职，薛岳任湖南省政府主席，新主席的“溶共”“防共”“限共”“反共”的工作方针，让李司令感到大为振奋。

李司令开始筹划“防共”“限共”和“反共”。

他的第一个目标当然就是抓捕他的心腹之患陈策。但如何抓捕陈策，抓捕后又怎么办，他不得不和政治部主任曹云溪密商。

全面部署到位后，李司令派专人通知陈策去警备司令部开会。

陈策预感到这个通知来得有些突然，联系到张治中离任和薛岳上任后的湖湘政局，他虽然爽快地答应马上就到，但送会议通知的人一走，他立即改变主意，委托涂先求代他与会。

涂先求走进司令部一看，果然壁垒森严、杀气腾腾。

李司令一见是涂先求代陈策来开会，知道失算，脸额黑如锅底。但陈策没有进网，他又还不能过早暴露真实意图，只好强忍怒容，表示热情欢迎。

涂先求解释说："李司令，陈团长刚准备起身赴会，不料向绍轩老校长到访，他只好接待，因怕耽误了李司令的开会时间，要我来代他与会。他特地要我向你说明。有何训示，他一定照办！"

李司令听说是向绍轩到访，也不多说什么，就叫卫士给涂先求上茶。

李司令马上启动第二套方案：一边跟涂先求谈自卫团应该如何靖匪安民，一边派人立刻赶到陈策住处抓捕陈策。

陈策也料到李司令会突然来袭，把一些绝密资料毁完，刚从自卫团走出大门，李司令的人到了，陈策迟了一分钟。

陈策被捕了。

陈策说："你们有什么理由抓我？"

宪兵说："走！我们李司令会跟你说明！"

陈策被扭送到了李司令面前。李司令大喜，本想把涂先求也扣了，但他要在自卫团抓的人还很多，最好是先不要打草惊蛇，以便日后一网打尽。于是，就叫涂先求走人。

李司令说："陈团长，不是说向绍轩教授来了吗？向教授呢？请他过来让我也分享点荣耀？"

陈策说："向校长刚走。我是准备到你这儿来的，走出大门，你的人就这样对我无礼！"

李司令说："他们是奉令完成公务！你别怪他们，要怪也只能怪我李司令！"

陈策说："那你一定是抓错人了！"

李司令说："只要你是陈策，我就没有抓错！你这个老共党分子！"

陈策一笑："你把我作为共党来抓，那你真是以鹿为马！"

李司令说："你在贺龙那里当那么大的官，你不是共党谁相信？你不是共党谁是共党？"

陈策严正一下脸色说："共产党和国民党不一样！是共产党员不一定当官，当官的又不一定是共产党员！"

李司令说："你以为我不知道你这些事吗？"

陈策说："我相信你是蓄谋已久。"

李司令说："你说错了，我这是深谋远虑！"

这时候，湖南大学和桃源女中的学生正在县城游行，到处都在高呼："我们既要打倒公开的汪精卫，也要反对暗藏的汪精卫！打倒日本帝国主义！”

陈策说：“你听到高墙外面的口号声了吗？那是民众的抗日洪流！你剿匪无能，抗日消极，搞我们抗日自卫团倒是很有一套本领！我身为抗日民众自卫团专职副团长，受各界人士推荐，政府任命，你有何权力抓我？”

李司令说：“这个还需要我多费口舌吗？难道你自己还不清楚吗？辰溪抗日民众自卫团专职副团长的职务你都能弄到手，我难道还不知道你陈策的厉害？既要抓你，自然不会缺少理由！要捉你这条毒蛇，我手上就不缺雄黄！”

陈策说：“县长知道你这些理由吗？”

李司令说：“你为什么不问丹山寺里面的菩萨知道这些理由吗？要是省府主席薛岳知道这些理由可不可以？”

陈策说：“你说，是什么理由？”

李司令说：“你还要问理由？你自己从实招来！”

陈策说：“你要我招认什么？”

李司令说：“你这些年都干了些什么好事，你一五一十都给我说出来！”

陈策想了想说：“那好，我就从头说起。我童年家贫，又因父母早亡，十岁辍学，只跟着爷爷一边读些杂书，一边学习谋生。我二十三岁时到长沙警察局当差。那时，我在别人手里的一张报纸上看到了孙中山在南京就任临时大总统，读到了大总统在受任典礼上宣读的誓词：‘颠覆满清政府，巩固中华民国，图谋民生幸福，此国民之公意，文实遵之。以忠心于国，为众服务。至专制政府既倒，国内无变乱，民国卓立于世界，为列邦公认，斯时文当解临时大总统，谨以此誓于国民。’”

李司令瞪了眼说：“你记忆力倒是惊人啊！谁要你说这些事？说后面的！”

陈策说：“好，那我说后面的。后来，我走到长沙街巷，只见男人剪辫子，女人解缠脚，还有三五成群的人在议论皇帝退位。再后来，耳闻目睹的是朝野内外似乎都还不会过没有皇帝的日子，朝廷高官各执己见、恩怨不断、任免频繁，动荡难安。社会上像漫溢着兴奋剂，到处有结社、有集会。我新到省城，对一切都感到新鲜，于是，大量阅读新书和报刊。二十八岁生日那天，我收到岳叔张定国的一封来信，说湖北黎天才师长反军阀割据正需扩军。于是，我不顾一切，欣然前往……”

李司令又打断陈策的话说：“你难道不知道我不喜欢听这些话吗？这些事不要再说了，说后面的！”

陈策说：“那好，我再往后说。当教书先生时，正逢新任县长为灭匪患，恢复生产，在县城各处张贴布告，要选一位既懂军事、又热心地方事业的人来组建辰溪县团防局。经县里各界名望推荐，进过军校的我为最合适的人选。于是，我走马上任，由三尺讲台转到带兵剿匪。那时，我三十出头，正要施展才华，一心想为保境安民大干一番事业。当时县团防局不过一百多人枪，而县内各股土匪武装猖獗。我坚持从严治军，量力而行，剿抚并用，分散瓦解。不久，‘消灭匪患，恢复生产’的效果极为明显，深得县民夸赞。但我没有想到，地方官员早与匪部暗中勾结。我深感此业不是自己希望所归，正好，一九二四年贺龙的长征队伍路过辰溪，我深夜不辞而别，随贺龙从军。”

李司令刚听出兴趣，陈策不说了。李司令说：“怎么不说了？”

陈策说：“我以为你没有兴趣听了呢！”

李司令说：“不要耍滑头，关节点上你就不想说了？”

陈策说：“只要你愿意听，那我就继续说。在贺龙手下做事真爽快！有一次，好几位军官被派到汉寿、安乡等处催收军饷，其他几个副官都多报了差费，只有我如实报领。贺龙获知此事后，大加赞赏，不久即将我提拔为营长。当上营长后，在河南驻马店一役，我冲锋在前，右掌被打穿仍不下火线，直到取得最后胜利。战后，贺龙提拔我当团长，并送我到国民革命军第二十军驻汉口办事处养伤。可是，我伤口未愈，南昌起义爆发，国民党查封了汉口办事处，时局紧张，我无法在武汉养伤，又打听不到自己部队的去向，只知道起义部队已离开南昌，我只好回到自己的家乡烧石灰、开煤矿、做生意。一九三五年，贺龙率红二、六军团长征再次路过辰溪时，我带上自己十几岁的儿子第二次跟随贺龙北上，我爬雪山过草地，一直到达陕北……”

李司令摆了摆手说：“照你这么说下去，三天三夜也说不完！我今天没有时间！到了军事法庭上，自然会有人听你说完，也自然会有人把抓你的理由一一宣读给你听。到时候，你可要听好、听分明了啊！带下去，关牢！”

几个宪兵扑上来时，陈策正了一下身子，“我走自己的路，还用你们带吗？闪开！”陈策转过身，边走边说：“煮豆燃豆萁，豆在釜中泣。本是同根生，相煎何太急！”

李司令故作轻松地笑笑说：“陈词滥调！迂腐至极！我今天不煮你，你明天就会煮了我！我还是先煮了你为好！”

涂先求回来把陈策被捕的消息通知了何良书记和米庆轩、肖洪量、向石宇以及女子刺绣店的人。地下党和女子刺绣店组织了很多人到县府门口游行示威，强烈要求放出陈策。但县长仍以隔岸观火的姿态说：“人不是县府抓的，我也和大家一样，不知道为什么抓了陈副团长，我也正在问宪兵团要人呢！”

游行示威的队伍又到李司令那儿要求放人，李司令一直深居不出，叫曹云溪出面应对。曹云溪说：“你们游行示威是对的，陈副团长积极抗日、靖匪安民，哪样做得不对？不过，我要跟大家说明：人虽然是李司令抓的，但李司令也只是例

日本飞机来了！大家快躲起来！

行公务。大家都知道军令如山，上面有令，他岂敢违抗？人抓了之后，李司令对陈副团长这位好朋友一点也不敢怠慢，马上送给了浦市陆军第六监狱。据说军事法庭将对陈团长进行审判，你们要人，应该到那里去要！我们支持你们去浦市要人！”

游行的队伍走后，李司令悄悄地跟曹云溪说：“老弟给李某人的圆场打得可是真有水平！”

曹云溪说：“中国老百姓嘛，好对付得很！封建统治久了，老百姓都把皇帝的话当真理，随便找个理由说是上面压下来的，一趟洪水就过了！”

游行示威的人们只得在私下里议论，说那姓曹的把话说得比蜂糖还甜！其实比毛兔儿还奸！

骂归骂，但人还是救不出来。

通过内线打听，陈策当时并没有送往浦市第六监狱，而是被李司令秘密关在丹山寺的钟鼓洞审讯了几天几夜，审讯之后，才押往了浦市国民党陆军监狱。

辰溪地下党在马房巷何良书记家召开会议，决定想方设法营救陈策；女子刺绣店由向瑚提议，决定搬往浦市，一边继续经营刺绣店，一边设法营救陈策。

农历三月十一日，辰溪城临河的石崖上，老树刚刚吐出一团团嫩绿，山上桃梨花像鞭炮一样盛开，向瑚领着女子刺绣店的姑娘们正忙着把行李搬到中南门码头，准备去浦市营救陈策，忽然听到远处传来天摇地动的轰鸣声。不一会儿，天空出现了三队飞机，一队三架。九架飞机排成阵势一齐飞临了辰溪县城上空并开始盘旋侦察，天黑了大半边，县城人还从未见有如此多的飞机。

县城居民正在看稀奇时，熊首山巅上飞出三颗信号弹划过靠山临河的县城上空。有人明白过来，知是汉奸给飞机指示目标，于是大声喊着：“飞机来了！日本飞机来了！大家快躲起来！”

飞机很快俯冲下来，对着这座毫无防备的县城猛烈投弹和扫射，全城到处是巨大的爆炸声。

向瑚、汪珍和傅英从码头跑进县城，街两旁的青瓦木楼屋壁上被燃烧弹溅满了火团，中山路至县政府前、新市街以及沿河至柳树湾街，立刻一片火海！人民被烧得大声惊叫，哭喊声、呼救声史无前例！街道本就不宽，重磅炸弹落在街中间砸下的深坑已经超过了街面，到处是残缺不齐的尸体，砖石下还在流着鲜血。坐落在县城北边的北门阁万寿宫里驻有义勇常备队，常备队队长因手中人枪太少，害怕壮丁趁机逃跑，命令所有人不许外逃，都躲往戏台底下，结果，一颗炸弹命中戏台，壮丁和警士死伤五十余人，队长也未能幸免。残破的戏台上到处飞落着断脚断手，后台的壁上也飞溅着流血的肉块。新市区妓院着火，因老鸨和龟爪不让姑娘逃跑，共活活烧死妓女四十余人。县城一片混乱，惨不忍睹！向瑚她们帮助挨了炸弹的人家收过尸体，到了傍晚才离开辰溪县城前去浦市。

船至江心，汪珍还在不寒而栗地说：“炸死这么多人啊，炸毁、烧毁这么多房屋，真是造孽，有人连尸身都找不全了！”

傅英说：“李司令那悖时剁脑壳的死哪儿去了？打日本人没本事，抓陈叔叔倒有本事！陈叔叔是共产党又如何？他保民剿匪错哪儿了？他发动全县人民抗日错哪儿了？他要熊桂清和张玉琳去抗日错哪儿了？”

向瑚说：“李司令那冷炮子打的就是这，他容不得共产党做这些事！”

三人说着话，辰溪县城在身后越来越远。

船在浦市大码头靠岸。她们搬了行李和绣品，走上热闹的街头，四处寻租做刺绣的店面。

因为目的是来营救陈策，所以开店的地方不能太显眼，只得选在既临街又要偏僻一点的巷子里，一边熟悉情况，一边等待时机。

李司令抓了陈策，又派人盯住了何良，一天深夜，李司令突然派人将马房巷四号何良的家包围起来，但打开门一看，已经人去屋空。

执行任务的人回报何良已经逃走时，李司令一屁股软在自己的办公椅上，两眼瞪直地说：“共党个个都是老狐狸！所有值得怀疑的地方，都要当作共党的老巢，趁早下手，弄他个底朝天！”

省工委派人从长沙专程赶到辰溪，已将何良偕夫人连夜接往了重庆。为不中断辰溪地下党工作，中共湘西工委改派李英华为驻辰溪的特派员。

战乱和贫困并不影响有钱人的追求，“新生活”仍是社会流行的时髦，李英华以湖南新生活促进会妇女工作委员会宣传部长的身份来到了辰溪。

李英华在丹山寺召开紧急会议宣布，为便于隐蔽，中共辰溪地下县委书记由本地人米庆轩同志担任。因他是小学教员，出入县内外有合法身份。陶蒲生为组织部长，俞文化为宣传部长，江亚菁为妇女部长。他们都分别潜伏在桃源女中、湖南大学和江苏工读团。

在李英华的推促下，辰溪新生活促进会妇女工作委员会很快成立，为不引起李司令的注意，成立大会特意选在国民党县党部礼堂举行。妇委会主任必须实行公推，李英华力主中共积极分子朱启畴担任这一职务。朱启畴的丈夫是程潜的儿子，又是刚迁辰溪来的河南农工机械厂厂长，李英华知道，县长当然很想和程潜攀上点关系，所以她抓住这一点跟县长做工作，县长就力荐了朱启畴任新生活促进会妇女工作委员会主任。

抓了陈策后，李司令冷静地观察着辰溪的政局，但据他所得到的各方情报，共产党的地下活动好像有增无减。

晚饭后，李司令突然命令集合队伍出发，将已监视多日的新知书店团团包围，进行严格抄检。果然查出了一批《联共（布）党史》《唯物辩证法入门》《论游击战》《毛泽东传》等一些进步书籍。在一大堆“罪证”面前，书店华经理无法做出让李司令满意的解释，他还没有把话说完就被抓捕带走。

辰溪新知书店为重庆总店的分店，华经理是中共从重庆派来的地下党员。华经理捕走后，辰溪的《逐日新闻》、长沙的《观察日报》等中共在湘的各大报纸都做了报道。周恩来闻讯，电告在辰溪的翦伯赞等文化名人出面进行营救。

华经理被营救出狱后，只得离开辰溪。他站在船头上面对这座山城感慨万千：“这里真像一个小重庆！”他既是说这里的地形是两江相汇与重庆相似，也是说这里各派斗争的复杂与激烈和重庆相似。

一张《逐日新闻》作为重要情报被人送到了李司令的办公桌上。报上有两条消息让他非常关心，一条是继湖南省政府由沅陵迁往耒阳后，国民党省党部也迁往耒阳；另一条是国民党驻平江第二十七集团军总司令派兵包围了嘉义新四军办事处，杀害了办事处主任涂正坤和湘鄂赣特委书记罗梓铭，制造了震惊全国的“平江惨案”。随后又在平江、浏阳、铜鼓和修水大肆杀害中共党员。李司令看完这两则新闻，猛喝了两口浓茶，他有些兴奋不已，把曹云溪叫来说：“曹主任，你看看这两条新闻。”

曹云溪拿起报纸就说：“这些消息都老得长胡子了！”

李司令说：“我原还有些害怕抓了陈策，会有一场暴风雨。现在看来，外面的形势对我们越来越有利了！我们这样干是对的！”

曹云溪说：“既然别处都在下手，我们也要趁早彻底解决自卫团的问题。”

李司令说：“云溪啊，你是政治部主任，你以为自卫团最有可能起事的是哪些人？”

曹云溪说：“第四联乡大队大队长涂先求、参谋长欧阳清、常备大队大队长谢彬和第二联乡大队常备中队长曾凡义，这些人都是可怕分子！”

李司令说：“一网打尽！然后解散自卫团！”

曹云溪说：“应该这样！”

李司令说：“那县长会怎么看呢？”

曹云溪说：“据我分析，县长不会反对。第一，这个抗日民众自卫团是张治中在湘主政时要搞的，现在薛岳主席搞的根本不是这一套！时局已经变了！从县里来说，也是上一任县长建起来的自卫团，人也都是上任县长用的，他能放心？第二嘛，我们把自卫团搞掉后，再设一个由现任县长任团长的挨户团，他何乐而不为？”

李司令说：“那你先跟县长说一下。”

曹云溪说：“行。”

果如曹云溪所料，县长没有反对他们计划。李司令行动很快，再也没有任何遮掩。他集合了大队人马，吩咐一部将自卫团包围，把当时在自卫团团部的骨干都抓捕起来，另派两队人马，一队去火马冲取曾凡义人头，一队去后塘取涂先求首级。

夕阳还在城西塔湾上空没有完全落窝，派往火马冲刺杀曾凡义的人提着一颗人头来到了李司令面前，“报告司令，曾凡义的人头到！”

李司令说：“好！将曾凡义人头吊在新市街示众。”

几个人把人头提出门去。

李司令说：“现在就只等涂先求的人头了！”

涂先求知道李司令要对自卫团下手，他提前回到了后塘家中。

一个宪兵班到达后塘宣湾村后，躲在村外的树林里商量起来。宪兵班长说：“这个涂先求可不好对付啊！他是从延安那边回到家乡来搞地下革命的，别看他年纪轻，和国民党搞斗争很有经验，尤其他身边有一位身手不凡的贴身警卫。”

宪兵班副说：“我们一个宪兵班，还怕他一个贴身警卫？”

班长说：“万不可轻敌！据我了解，涂先求这个贴身警卫叫涂德友，是这附近的观洞溪人，为人处世十分机警，与狗赛跑，可先让狗跑出丈余，然后能随时追去扯住狗尾；又练得一手刀棍功夫，三五人是绝对近不了身；还有玩蛇功夫，唤蛇驱蛇如农妇养鸡；尤其他的乌鸦掌起得很准，什么事可预测得八九不离十。”

班副说：“你别把人家吹得神乎其神了！”

班长说：“不可小看山村，高人常在民间！大家都先换上老百姓服装扮起来再进村察看地形，夜里才能行动。”

宪兵们立刻换上自带的农民便服，然后陆续走出林子深入涂先求所在的村子。他们了解到涂先求确实在家后，又探查地形，寻找进出村的路口。

正好，这天村里有人被蛇咬伤，一个人正在施法术疗伤。只见蛇医先给伤者吃了药敷了药，接着就念了些咒语，再弄了一碗水到处喷洒，于是，山林里、田地里、屋檐上、水里、草里，各个地方大小不一、颜色各异的蛇都朝他溜来。它们都低着头，非常温顺。数不清的大蛇小蛇围着这个蛇医团成一个圈，然后，蛇医说了一些话，让咬人的蛇留下，其他的蛇都离开。

蛇医把那条不敢溜走的咬人蛇拿来，让伤者辨认，伤者认定的确是那条蛇咬的之后，蛇医朝它喷了一口涎水，那蛇溜去不远便翻白而死。

这个蛇医就是涂先求的贴身警卫德友吗？化装抓人的宪兵暗自有了几分敬畏。

夜里，宪兵已经监视到德友和涂先求同睡在一个房间，于是，这个房间被慢慢地包围起来。

德友起了乌鸦掌之后跟涂先求说：“今夜我们不能入睡！必须离开这里！”

涂先求说：“今夜在自己村里、自己家里，夜又这么深了，外面还设了岗哨，何凶之有？”

德友只好睡了下去，但只一会儿他又起来说：“今夜必定有凶，你还是趁早躲起来吧。”

德友连劝三次，涂先求不能不起来从屋檐上溜出去躲了起来。

德友将他床下的一条大蛇放在涂先求的热被窝里躺着，然后，他才放心睡下。

不一会儿，果然来人踢开了房门，来到德友床前，摁住被子一看，没有看到涂先求，只看到睡着的德友。明明探得清清楚楚，涂先求怎么就不翼而飞了？宪兵问德友：“涂先求呢？”

德友睁开惺忪的睡眼看了看，又闭着眼不慌不忙地说：“这是我的床，他睡在对面那张床上！”

宪兵说：“床上没有人！快告诉我们，人哪儿去了？”

德友说：“他就睡在那张床上，你们还问什么？揭开被子一看不就看见了嘛！”

宪兵哗地掀开被子，一条大蛇唬的一声，把头高高昂起，直吓得揭被子的人倒在地上又马上爬起来逃走。

德友坐起来对那伙宪兵说：“我告诉你们，涂先求他是个蛇精，这条蛇就是涂先求！要抓他，你们就把这条蛇抓住带走！明天早上它就会变成一个大活人涂先求！”

宪兵们一边逃一边说：“既是精怪，我们别惹！惹怒了精怪，没有好结果。这年头啊……这年头我们今儿杀他，指不定他明儿又来杀我们。为上面卖命值得条卵儿！还是自己逃命要紧！”

德友说：“涂先求可是在这儿啊，你们现在不抓，过后，你们可就别找我麻烦！”

执行任务的人回到县城向李司令报告这些经过时，又添油加醋地说得活灵活现，还说当地人证明，涂先求平时解了衣服，就全是一身蛇鳞。李司令也听出几分畏怯，但嘴上却说绝不相信，还骂道：“都是些酒囊饭袋！一定是涂先求耍的什么诡计！哪有什么蛇精狐精？都是胡编的鬼话！”

14 / 我愿意死了

该杀的杀了，该抓的也大都抓了，李司令宣布自卫团解散，重新组建了挨户团。但涂先求没有抓到，他老觉得还是余患未除。涂先求在自卫团身居要职，又年轻老到，尤其和陈策如同手足，此人如若不灭，日后必东山再起。

但李司令也越来越感到这个涂先求还真不好收拾。他的队伍都是他的乡里乡亲，又忠勇无比，如用收拾自卫团其他人的办法去收拾涂先求，恐难有个好结果，弄不好还会损失惨重、得不偿失，最好是兵不血刃，以巧计灭之。

曹云溪提醒他说，可用湘西蛊毒除之。

李司令高兴得击股而起，说："你对湘西蛊毒了解吗？"

曹云溪说："不太了解，只听别人说得很神秘。"

李司令说："用这个办法来收拾涂先求真是一绝！"

曹云溪两眼射出一道亮光，"司令真乃当世诸葛孔明也！气候风云草木山水民俗，皆可为所用之兵啊！"

李司令心里高兴，但却故作谦态，"你别只跟我说好听的。这个办法好是好，只是耳听为虚，我也对蛊毒不太了解，不知到底是否可行。"

曹云溪说："听说这一带有苗女很精通这套本领。"

李司令说："只要真有这种苗女，哪怕大海捞针，你也一定要给我找到。"

曹云溪说："就算找到了这种苗女，也还不知道她愿不愿干。苗家人最信善良，从不愿做害人之事！"

李司令说："你只管把人找准了，我自有办法让她从命！"

曹云溪在宪兵团里找了十几个本地人，要他们化装成本地百姓，跋山涉水，深入山村，四处去打听，只说是要招募会放蛊的人到抗日前线去对日本人放蛊。苗民们听说是对日本人放蛊就把各地最会放蛊的苗女都推荐出来。

半个月后，宪兵们带上一位三十多岁的漂亮苗女来到李司令的办公室。苗女还带有一个三四岁的儿子在身边。李司令一见苗女那一身能随脚步发出朗朗银声的苗装，真是有些花眼，再看那苗女的脸额就像红熟的水蜜桃，水亮里渗着淡红，朴实里显着健康，真有些不同寻常。

李司令说：“大妹子会放蛊？”

苗女说：“会放。我娘教的。”

李司令说：“噢，你那个蛊毒真会致人伤残吗？”

苗女说：“会！”

李司令说：“会毒死人吗？”

苗女说：“会！”

李司令说：“又可死，又可伤，你放蛊时如何把握？”

苗女说：“蛊有虫蛊、血蛊、情蛊和巫蛊。虫蛊里又有百虫蛊、金蚕蛊、痟蛊、花草蛊、蚂蝗蛊、夷人蛊；血蛊中有采生蛊、经血蛊、小鬼蛊、丧心蛊；巫蛊中有篾片蛊、女巫蛊、蛰蛊、符咒蛊、草标蛊、石头蛊、措蛊、乌鸡蛊、蛇菌蛊、鱼泡蛊、癫狗蛊、草蛊；情蛊中又有乳燕蛊、恋药蛊、绝情蛊。蛊有多种，要死要伤，巧在放法、解法上。放足分量必死无救，减少分量只伤不死；如全解就能无死无伤，如半解就只伤不死，如不解就必死无救！”

李司令这才满意地点头对手下人说：“带她去吃好住好！”

晚上，李司令悄悄来找苗女，还给苗女的儿子买了“猴儿爬树”的玩具逗母子高兴。苗女儿子玩得高兴时，他又给苗女一根金条。苗女说她不要，李司令三番五次劝她收下，苗女懒得多言，将金条顺手丢在床下。李司令说：“苗妹子，你白天说了多种蛊，我现在想听你详细说说蛊到底是个什么东西。”

苗女说：“这我不能说！”

李司令说：“苗妹子，在家里你只要守规矩就是好女子，到我们军队里来，只有听我的命令，你才是好女子！你要明白，军令如山！我是这里的司令，你不听我的话，后果你自己想想。”

苗女这才感到有些不对劲，脸一下子吓乌了起来。

李司令说：“你不用害怕。第一，我是军人，对于保密是说话算数的，你说的，我绝不外传；第二，我只要你说出一种蛊就行，其他蛊，你有规矩可以不说。我的目的是要听听你讲的这种蛊是不是有道理。苗妹子，你是聪明人，话说到这儿就不能再往下说！你和你的儿子总还是想好好来、好好回吧！你说出其中的一种好不好？”

苗女说：“那司令你点。”

李司令说：“你真是聪明人，一说就开窍了。那我就点啊？你说说这‘经血蛊’是怎么回事。”

苗女说：“这种蛊非常毒。会放蛊的年轻女人，在山中捉来蜈蚣或者蝎子，用有盖的罐子装回家，偷偷地用自己的经血喂养很长时间，待这种毒虫养大后，将它焙干研成粉，需要放蛊时就藏在自己的指甲缝里，趁人不注意，只要向人家的茶碗水杯里一弹，蛊就放好了。弹一指毒性最轻，弹两指较重，弹三指四指就十分阴毒了，属于不治之毒。”

李司令听完后，觉得这个并不神秘，不大相信。苗女也自然是不会把真正神秘的蛊毒完全讲出来，她跟她娘学放蛊毒时，娘就告诉过她，万一别人问得下不了台时，也只能说到这个样子！

李司令也不再为难她，说：“耳听为虚，眼见为实，你今天晚上就给我做一个实验。我要看看你的蛊毒灵不灵验。”

苗女说：“你这里抓有日本人？”

李司令说：“没有！但这里有的是宪兵，你愿意放谁就放谁。由你方便！”

苗女说：“我不能对好人放蛊！”

李司令微笑一下说：“那今夜如有人对你有坏心，你能放吗？”

苗女说：“我会放。”

李司令说：“那好。明天我们再说。”

第二天早晨，李司令去问苗女放了蛊没有，苗女指着一个人。这人原来是曹云溪。但是曹云溪行走说话和平日没有任何区别。李司令说：“他中蛊毒了吗？他不是好好儿的吗？”

苗女说：“中午就会发作。”

果然，刚到中午，曹云溪腹痛剧烈，所有急救方子一概无用。司令部又赶快派人到“保安康药店”里把米神医请来下药，也不见有效。李司令也不说是中了这位苗女的蛊毒，只是说：“还是请那位苗女来看看，看她有什么绝方子没有。”

有人把苗女请来，苗女只到厨房里转一会儿，端了点水，手在水上面划了几下，然后把水给曹云溪喝下。曹云溪立马止痛。大家都说感谢苗女神方，曹云溪却突然抽出枪来顶在苗女的脑门上问道：“是你对我放了蛊毒吗？老子一枪毙了你！”

李司令一手拍开曹主任的枪，大喝一声：“曹主任且慢！别怪苗女，是她不知道你的身份。”

事情平息后，人们纷纷猜想，昨晚上一定是曹云溪对苗女行了无礼，不然，苗女不会对他放蛊。

苗女被曹云溪用枪吓了一大跳之后，再不愿留在宪兵团里，死活吵着要回家。李司令怎么说好话都没用，最后，他要曹云溪亲自去跟苗女赔不是，苗女才又勉强留下。

蛊毒的作用得到验证后，李司令就想抓紧时间把涂先求除掉。李司令把苗女交给了特务连，而把她的儿子交给别人“照管”；交给谁了，又不告诉苗女。李司令说：“苗妹子，他们叫你毒谁，你就毒谁，不要问原因不要问姓名也不问身世。你要是还想再见到你儿子，你就必须听话！”

直到这时苗女才明白这些人一定要把她儿子一同带来的真正目的，但已悔之晚矣！

苗家人无论男女，都不缺少勇敢，也不缺少智慧！苗女心里一痛，明白这些人很可能不是叫她去毒日本人。但苗女不出声，很平静地点着头，表示她接受这些安排。

苗女脱了苗服换上汉装，由特务带到后塘住下来寻找执行任务的机会。

机会终于来了。特务探明德友要在涂先求家里举行婚礼，涂先求必然在家料理。于是，特务化装成百姓，苗女化装成乞丐，然后通过内线混进了婚宴里面。特务暗里告诉苗女对那个高个子四方脸的人下蛊。苗女照办，走近那个高个子四方脸，向他讨钱，趁他放下茶杯在衣袋里给她掏钱之机，她只一挥手就放好了蛊毒。

完成放蛊任务，特务把苗女交给了李司令。

苗女说：“把我儿子给我，我要回家。”

李司令说：“回家？你任务还没有完成呢！”

苗女说：“蛊，我已经放了，你们还要我干什么？”

李司令说：“放了？怎么能证明蛊已经放了？已经过了一天，还不见任何效果。”

苗女说：“三天之内蛊毒必发！”

李司令说：“是死是伤？”

苗女一想，放蛊前有人跟她说过，放得越毒越好，于是她说：“中了这种蛊，必死无疑！”

李司令终于得意地笑了一下说：“好！苗妹子干得好！把她儿子带来。”

特务把苗女儿子带来，苗女搂着儿子只流泪不敢哭。为了自己的儿子，她做下了人生中第一件亏心事，心里十分难受。

李司令说：“看看，任务一完成，你们母子就团圆了吧！只要三天后，你放的蛊毒确实发作了，我马上就放你母子回家！”

第三天，从后塘赶回的特务报告，涂先求暴病，卧床不起，命在旦夕！

李司令大喜，端了茶杯在屋子里踱步停不下来，对汇报情况的人说：“好！几次他都死里逃生，还说他是什么蛇精。这次他没有想到会命丧蛊毒！”又想到这苗女非常听话，事情办得很好，对手下人说：“把苗女母子放了，给她十块大洋，让她母子回家。”

苗女走到李司令面前，把金条和十块大洋还给他说：“带这金条和大洋我们母子不安全。我们苗家只要一把锄头一把刀，土里有吃不完用不完的金银财宝！”

李司令接了金条和大洋放进自己抽屉说："这可是上面给你的奖赏！你不要那就是你的事了。"

苗女拖着儿子一出李司令的大门就跑了起来。一直跑到河边坐上船离开辰溪县城才敢松了一口气。和她居住的那个山寨相比，这个辰溪县城实在是可怕！满街都是流浪的难民棚子，到处都是穿各种各样制服背枪抓人的兵，到处都是可怕的情景……

涂先求暴病不起之后，米庆轩、向石宇都偷偷地到他家里去探望，特别是肖洪量又带了自己老岳父去给他号脉开方。他老岳父是辰溪著名的中医，但处方也都未见疗效。米神医在县城得知这一情况后，想起曹云溪那次暴病的事情，马上带信给涂先求家里人说，是不是被人放了什么蛊毒。

但是，后塘、罗子山、上蒲溪、苏木溪、黄溪口一带离县城一百几十里路程，多为蒲、刘、丁、沈、石、陈、梁之七姓瑶民居住，并无会解蛊毒的苗女。后来通过多方打听，找到了会放蛊的苗女，但弄不清到底放的是哪种蛊毒，苗女也不敢乱下解药，怕反而加重病情。一拖就是好几天，涂先求已是朝不保夕、生命垂危。

涂先求认定自己是活不下去了，他别的都没有担心，只是天天念叨陈策关在浦市监狱里还没有营救出来，不知道哪些人在设法营救，用什么办法营救；又嘱手下人一定要把陈策营救出来！

过了好几天的一个深夜，突然一个穿着十分讲究的苗女来到后塘宣湾村，在涂先求家门口的柿树下神神秘秘寻找什么。为涂先求站岗的德友要她站住，问她从哪里来、有什么事，那苗女不说话，只抱着家门口那棵老柿树转来转去地找。她果然在老柿树枝丫上找到了自己藏在树洞里的那颗银挂扣。她笑了，说："就是这户人家！"

德友大叫一声："干什么？快举起手来！"

苗女举起手来说："这户人家现在可有个病人？"

德友说："你怎么知道这里有个病人？"

苗女说："大哥，你快让我见见这个病人！"

涂先求病成这样，已交代不接待任何陌生人。德友说："一个女人你多什么事？"

苗女说："再不让我见，这个病人就会死掉。"

德友说："你再说这种不吉利的话，老子把你踢出去！"

苗女说："你现在绝不能踢我出去！现在踢我出去，那个病人就救不活了！你快带我去见这位病人！"

德友凶道："你快滚！"

苗女一骨碌跪下说："大哥，前几天这里有人结婚办喜酒，有个女叫花子来过，你是否还记得？”

德友感到奇怪，“你到底是什么人？”

苗女说：“你是不是记得当时那个女叫花子在这地方向这个病人讨过钱？”

德友更加感到奇怪，想起那天真是有一个女叫花子向涂先求讨过钱。德友说：“你说这话什么意思？”

苗女说：“我是来赎罪的。我一定要见到这个病人！大哥，你就让我去见他吧！我不是坏人！我是好人！”

德友一看这苗女的确不像是坏人，既然这么迫切要求要见涂先求，他还是请示一下再说。就说：“你站这儿别动！听我过会儿回话！”

德友叫人来顶了岗，看着那苗女，自己就去涂先求那儿请示，涂先求听德友详细说了情况之后说：“反正我已命在旦夕，让她进来，说不定是天不绝我，是救命的人到了！”

德友将那苗女带到涂先求面前，苗女一见涂先求就流泪，也不说话，到厨房里去了一趟，端着一碗水出来叫涂先求：“你快喝下！这是你的救命药！”

德友不让涂先求喝，怕她下毒。涂先求说：“不喝也是死！”说完，他接过水喝了下去。

德友不让苗女远离一步，说：“你就坐在那儿陪着！如他有何危险，你将同归于尽！”

苗女这才笑笑说：“我当然会坐在这儿陪着。”

只一袋烟工夫，一身剧痛像被人拿掉了一般！涂先求坐了起来，开始说话，开始要饭吃。待涂先求吃过一碗饭后，苗女这时才要走。德友马上明白过来，问道：“是不是你放了蛊毒？”

苗女说：“是。”

德友将枪对准了苗女的胸膛说：“老子毙了你！”

苗女泰然地说：“你现在可以毙了我。蛊女本是不能有后的，我养了儿子，我早就该死了！”

涂先求说：“德友，不得无礼！快请大姐坐。我有话问她。”

苗女坐了下来。涂先求说：“我们无仇无冤，你为何要向我下蛊？”

苗女说她本是大山上的一个苗女。宪兵团的人说，要选一个会放蛊的人到抗日前线去对日本人放蛊，乡亲们就把她推选出来。她没有想到是要对好人放蛊。她本是不肯干的，但李司令把她的儿子押在宪兵团，说她不按命令行事就处死她儿子。她为了救自己的儿子就做下这亏心事。不过，她放蛊时留了一手。她从宪兵团里出来后，就一直想来下解药，但她送回自己的儿子往这里赶路时，好几次走错了路，所以，今天才赶到。

在场人这才理解了苗女，端来好饭好菜，将她作贵客相待。

涂先求说：“大姐，你要是不来给我解蛊毒，我的一切都完了。宪兵团的人心狠哪！以后再要你放蛊，你可要注意啊！”

苗女说：“他们以后再也找不到我了！我再也不回那个村子去住了！”

苗女说完这话就走了。

第二天，后塘人发现从宣湾到前塘的大路旁，有一个打扮得非常漂亮的苗女吊死在茶林里。德友知道后，马上赶去将她放下来，因不知她是何处人氏，只得买来棺木将她就地安埋，为了永远记住她，又将旁边的一棵小松柏移栽到她的坟前。

15 / 应该好好庆贺

曹云溪坐在李司令的办公室说："司令，抗日民众自卫团的头脑人物一个个都被除掉了，自卫团也被解散，心腹之患已经铲除。近段时间，弟兄们完成的任务可不少啊！你作为司令，总得犒劳一下大家吧？"

李司令将脖子上的风纪扣解开，又使劲将衣领左右拉松起来，让肥实的颈项感到舒服了才说："怎么犒劳？现在军费这么吃紧，正当开支都得靠在地方上磕钉打杵才能勉强糊过去，哪还有现洋来犒劳弟兄？"

曹云溪诡谲地笑笑，"犒劳的方式很多，不一定就是发钱！喝酒、吃饭、聚会，或者玩乐玩乐，都是犒劳。你是警备司令，犒劳大家更用不着现洋，只要说句话就行！"

李司令说："嗬，世上还有这等便宜事？"

曹云溪说："不仅有，还非常好！"

李司令显出几分高兴来，"你说说看。"

曹云溪说："有不少弟兄家属都不在身边，都想去玩玩'堂班''窑班'。'堂班''窑班'里的姑娘又都是你们警察局发证，要她们关关门还不容易？"

李司令说："什么堂班、窑班，不就是妓院吗？"

曹云溪说："辰溪人不叫妓院，叫'堂班''窑班'。"

李司令若有所思地说："让弟兄们去那里玩玩倒是个办法。你先了解一下那里面的行情再说吧。"

曹云溪说："情况我已经了解过了。辰溪这个地方是沅水和辰河的交汇处，上洪江、贵州，下常德、岳阳、洞庭湖，这里都是必经之道，排客、船工和往来这里的生意人不少，原本堂班就多；加之一九三五年湘黔公路通车后，这里更成交通要道。尤其抗战以来，军、政、商、学、工，以及难民都往这里迁，人口剧增，从各地来辰溪从事堂班业的有好几百人。从事这个行业的都集中在两个地方：一是米家滩，二是老道湾。当然也还有不少是不固定的'半掩门'。堂班主要在米家滩一带，老道湾都是'窑班'，至于'半掩门'嘛，街头巷尾，到处都有。

不过‘半掩门’我们军人不能搞，倒不是有损身份，主要是容易传病，大家都染了病，我们这队伍哪还有战斗力？其余的要选什么地方、什么档次，就看你司令的热情了。”

李司令有些兴奋起来，“看来曹主任对这门学问钻研得很深啊！”

曹云溪说：“为人一世，上为嘴巴，下为鸡巴！这是辰溪人的一句俗话。我看这句俗话说得真是到位！要说男女方面的学问嘛，深不可测！我只能说略知一二。辰溪的政治形势如此复杂，我作为驻辰宪兵团政治部主任，不能不了解这个领域。这是工作需要，不熟悉这些，工作起来就会很不方便。”

李司令说：“是啊是啊，这些地方也是重要交际场所，说不定共党分子就利用这种特殊地方谈重要情报。不了解这些地方的内幕就等于在这些地方留有盲区和漏洞。这些妓女的从业证件都是我们警察局发出去的，我也应该熟悉这里面的业务才是，得好好向你学习啊！”

曹云溪说：“司令别客气。”

李司令说：“你先跟我说说‘堂班’‘窑班’‘半掩门’的内幕到底都是怎么操作的。”

曹云溪说：“这其实是就档次而言。堂班档次最高，班里的妓女都能说能唱能琴棋书画，有的还能边弹边唱。她们每人都配有专门的琴师和管理人员。这些人，凭着你们警察局发的那个有本人相片、籍贯、年龄、姓名的红本本，可以到辰溪任何一家大旅社、大酒楼里公开出堂，只要按等级向管理机构缴纳‘花捐税’就行。窑班就有区别了，班中姑娘只卖身，不擅琴棋书画，也不抚琴陪唱，她们没有为首的掌理，而是三五十人相邀，自愿组合到一起，只公推一名年龄稍长者为头，各自接客，收入各自归己，只有需要公共开支时才由班中姑娘分摊。她们从业的对象主要是中下层人士。手续也简便，没有管理人员，杂费少，客人一入门，一经付钱就可以关门行房事。她们不分日夜地接客，一个姑娘最多的一天一夜接客达三十多人。因为接客过多，大部分姑娘患有性病。她们又都带病接客，容易传病。”

李司令说：“那窑班姑娘为什么不到堂班里去？不会琴棋书画可以学嘛。”

曹云溪说：“这一方面是她们才艺不够，另一方面，她们不像堂班里的姑娘，有鸨母的严格监管，她们自己赚钱自己花，没有卖身契约的束缚，无人干涉，图的是一份自由。这可能就是窑班姑娘所得的最大好处。”

李司令说：“那‘半掩门’就比窑班更低一等了？”

曹云溪说：“李团长，你真是‘告诸往而知来者’，要成孔子最喜欢的徒弟了，说了前面你就知道后面，真是触类旁通、举一反三啊！‘半掩门’实际就是野鸡姑娘，是一种没有登记的暗娼，她们没有院、班组织，只有一鸨母牵头，常站在街头巷尾，以飞动媚眉妩笑，或用言行勾引行人过客招徕生意。她们接客的方式分‘过夜’和‘关一下门’两种。当然，要价比堂班、窑班都低。这些姑娘我们的人最好不要去玩，因为她们收入少、接客多、性病多，看上去花枝招展，实如行尸走肉。”

李司令说：“这么说，要玩就只有去玩堂班里的姑娘了。”

曹云溪说：“那当然。”

李司令说：“堂班在辰溪有多少家？”

曹云溪说：“名气大的有黄家、卢家、李家等十多家。但各方面条件都好的，恐怕还是黄富贵的堂班。黄家堂班的姑娘最多，有姗姗姑娘、珍珠姑娘、蝴蝶姑娘、爱桃姑娘、九妹姑娘、八岁红姑娘、燕飞姑娘等。一共有几十位能琴、棋、书、画、唱的姑娘。这些姑娘又非常地会疼人，她会用她的玉臂做你的枕头，让你在她怀里睡得舒舒服服。”

李司令说：“曹主任，不是给你说好听的，我以前真是有些看不起进出妓院的人，经你今天这么一说，那里面还很有些文化味。”

曹云溪说：“那当然，有关这方面的书都大本大本地出。”

李司令说：“那明天你借我一本这方面的书让我先看看？”

曹云溪说：“还是先进堂班里去试试。光看书有什么用呢，这不是看书能解决的问题。书上说的和自己体验的完全是两回事。”

李司令说：“我一直觉得自己还是不去这些地方为好。”

曹云溪说：“嗯！比你官大的，比你官小的，和你一样官职的，凡到辰溪来，还有谁不玩堂班？还有谁不逛窑子？县长不也在玉华洞的中正堂叫条出局嘛。”

李司令说：“什么叫做‘叫条出局’？”

曹云溪说：“就是客人写条子送到堂班点名叫某某姑娘到他那里去玩乐。”

李司令说：“照你这么说，于公于私，我都还是开一回戒为好喽？”

曹云溪说：“那当然嘛！我们把陈策抓了，涂先求也毒得快死了，自卫团的那几个得力干将也都干掉了，自卫团也解散了，心腹之患没有了，我们应该好好庆贺一下。不然，就成母鸡无晨了！”

李司令说：“那好！不过，这要分批暗里进行，要是所有的弟兄们都进堂班、窑班去，都去半掩门，那我们这个队伍不就乱套了？外面人知道了，会把我们说成什么东西了？要说犒劳首先也该我犒劳你！如果不是你发现陈策私买军火的证据，如果不是你首先发现他与共党省工委的聂宏钧有来往，我们说不定现在还蒙在鼓里。”

曹云溪说：“这倒也是。那我先陪司令到黄家堂班里去试试。然后再让下面的弟兄们分期分批去，保证玩乐、军事两不误！”

李司令说："那行，就这么办。"

晚饭后，曹云溪就把李司令带到了黄富贵堂班。

大门正上方悬有三个大红灯笼，大红灯笼上依次贴有三个金亮的大字："富贵堂"。灯笼里向外放射的灯光把三个大字映得非常红亮。走进大门上了二楼，更是灯红酒绿、娇声柔语、热闹异常。等待生意的姑娘们都在过厅长长的廊椅上成排地坐着，打扮得袒胸露腹、玉腿颀长，见有男人到了就眉目飞情，柔情绵绵地引惹挑逗，被男人看上的就娇滴滴地拉了男人的手，得意地扭动着蜂腰肥臀往房间里走。曹主任示意让李司令看新鲜，李司令的眼神里却表现不出一点新鲜感；不过，曹主任和他说起这里面的事情，他还是连连点头称奇。曹主任一眼就看出李司令此前都是在假装无知，其实他对这一切都很熟悉。

李司令在武汉、长沙时去过不少这种地方，但在辰溪他还真没有到过这里。"富贵堂"里面的场面、设施和姑娘，不得不让李司令感到确实不错，甚至与长沙、武汉的相比也是有过之而无不及。

客嫂熟悉曹云溪不熟悉李司令，见曹带来的客人气宇举止非同一般，马上跟着献媚眼，和他调笑。

一个姑娘精心打扮后跟着一个手提马灯、胳肢窝里夹一把胡琴的半老男人往外走，李司令斜了一眼，明白这应该就是曹主任说的被人"叫条出局"。

曹云溪将他带上楼折进内房，李司令突然说："先不要到内房里去，我要各处查看一下。"曹主任马上意识到，的确是该查看一下，这种战乱年代，应当安全第一！

两人往里转到一个僻静处，只见一帮子小姑娘正在那里接受调教，有学书画的，有学琴棋的，有练形体的，有学走步的，有练音容笑貌的。

李司令说："这个黄老板管理得还真有一套啊！哪家堂班还像他这样认真地培训姑娘啊！"

跟在后面的客嫂说："那是啊！我们老板的眼光就是不一般！做事也是不一般！都是往高处看！"

曹云溪说："不过，这地方的姑娘虽然好玩，但一个个都艺高胆大，脾气不小，得理不饶人！"

李司令说；"女孩子到了这地方，她还能发什么脾气？"

曹云溪说："狗有狗的咬法，蛇有蛇的咬法啊！前不久，这里就发生这样一个故事。有一个蝴蝶姑娘，潭州人，精通书画，工清音兼胡琴，倨性清傲，风姿万种，色艺超群。一次，她被一位有钱公子叫条出局，这位公子不守规矩，蝴蝶就得罪了他。过几天河边一家酒楼上有人设宴，点名叫蝴蝶的条子。蝴蝶偕同琴师登上酒楼，在约好的房间一看，房内仅一乞丐坐在桌旁，别无他人。蝴蝶知道这是那个有钱公子花钱买了乞丐故意侮辱她的人格、损她身价。她一时气愤难忍，打开窗子跳楼投江自杀！”

李司令问：“这种事，在这里多不多？”

跟在身边的客嫂马上妩媚地笑着纠正：“不多！我们老板有的是办法把这些姑娘们整服帖！要是蝴蝶姑娘不死的话，她也会慢慢地变得很服帖！”

上上下下地查看了一番，客嫂把他俩带进了内房。曹主任跟客嫂耳语了一番，大约是告诉她今天带来的贵客是何等身份，要她叫一位真正的黄花闺女。

然后，曹主任去了隔壁房间。

客嫂去了一会儿，就引着一位小姑娘进来。客嫂飞动媚眼说：“哟，司令，让您久等了。这姑娘叫小芙蓉，可是真正的黄花闺女哪！”

姑娘有些不高兴地走到李司令身边站着，李司令想拉拉她的手，姑娘反应非常冷漠，他一眼就看出了姑娘还含着泪水。

接着就有人送糖果点心、揩脸擦手的毛巾。李司令沉默了好一会儿才跟小芙蓉说话，“怎么，不高兴？”

小芙蓉说：“大官人，你要是喜欢小芙蓉，你就明天再来；你要是不喜欢小芙蓉，现在就放了我。”

李司令说：“此话怎讲？”

小芙蓉说：“我才十四岁，是黄花闺女。按照我们堂里的规矩，我与客人‘挂衣’（黄花闺女第一次和客人同房）前，你得设宴请我的朋友来坐坐，还得请我的姐妹们来唱几曲，凑个热闹。做我们这一行的，一辈子就这一次最值钱。这一夜之后，就永远也没有这个热闹了。可大官人，你今天一来，我们妈妈就要我和你……”

李司令说：“今天睡了，明天再设宴，请朋友们来喝一喝、唱一唱，不行吗？”

小芙蓉说：“大官人，我是苦出身，我这一辈子恐怕就这么一点要求，你就不能满足我吗？”

李司令说：“那今天要是不能满足你呢？”

小芙蓉说：“那你可以强迫我，但是，我的心是不服的，我只能像死尸一样任你摆弄！”

这里的姑娘果然脾气不小啊！“死尸”两个字让李司令想起来很恶心，他经历的黄花姑娘何止一个小芙蓉，他不再有这个兴趣，慢慢站起来走出了房门。曹主任听到隔壁声响不对，马上追了出来。鸨母赶过来拉住李司令轻声说：“一定是小芙蓉不听话得罪了司令吧？你千万不能走，你千万不能走啊！你坐这里看着，看我们怎么制服她！”

李司令也很想看看怎么整服这个不听话的小东西，鸨母和曹主任一拉，他就往回走。走到一个大而简单的房间里坐下，马上又有人给他送来了点心和香茶。

鸨母说:“把小芙蓉拉来！打猫！”

几个“龟公”“龟婆”把小芙蓉推拉进来，将她仰天按倒在一张没有被子的空床上，先检查她的确是没有穿内裤后，将其脚手捆牢在床架上。然后，捉来一只大活猫放进小芙蓉的裤裆内，以专用绳子捆死裤头和裤脚，再由“龟公”用竹片使劲地打猫。猫受痛后在裤裆内拼命挣扎，四只锋利的爪子在她的下身乱抓乱抠，弄得下身皮开肉绽。小芙蓉开始一声不吭地咬住牙忍着，随着打猫的人越打越凶，猫也越抓越凶，她终于忍不住痛得全身痉挛抽搐、哭喊爹娘、大汗淋漓，贴紧肉皮的裤子已被血汗浸湿。“龟婆”问她:“你服不服？”小芙蓉说:“我服！我服！”

李司令看不下去了，说:“你们放了她吧！”

鸨母说:“司令是不是要换个姑娘？”

李司令又重复了一句:“你们放了她吧！”

“龟公”“龟婆”不好违令，说:“今天算你遇到好人了！要不，你三个月也治不好下身！”

“龟公”“龟婆”解开小芙蓉身上的绳索，大活猫嘭的一声从裤头上蹦出来落在地板上，伸出舌头，张开爪子，忙着清理糊在头上、身上的血汗。小芙蓉坐起来，捂着脸大哭一声，然后躬着下身，鬼魂一般走了。

曹主任跟李司令说:“司令，我要客嫂再给你换个姑娘！”

李司令说:“不用了。我算是开了一回眼界！知道整人的办法永无穷尽！我原以为请苗女放蛊毒就是最好的办法，我看今天‘打猫’这个办法真是更有水平！让我受到很多启示。将来捉了女共党，要是她不肯招供，我们也可以用这个办法。”

曹云溪说:“司令真是到哪里都不忘工作啊！”

李司令说:“管衙门吃衙门，管茅厕吃大粪！干一行就得爱一行！”

16 / 你们哭什么

涂先求因为年轻，体力很快恢复，趁深夜，他从黄溪口坐船潜入了辰溪县城。

因为离开县城好些日子，不知县城政局的深浅，他故意不剃长发，还戴上假胡子。从中南门码头下船后，先到马房巷四号何良家远远地观望了一阵，见在何良家出入的都是陌生人，就折身去柳树湾肖洪量家打听地下党的活动情况。

他在肖洪量家门口站住，看到了肖洪量，但肖洪量已经认不出这位高个子“老年人”。涂先求叫他：“洪量兄！”

肖洪量定了半天神，还是不敢回应。涂先求将长胡子慢慢扯掉，肖洪量才一把将他搂住。

上了楼，关了上下两层门，肖洪量问：“先求啊，这些日子我们都以为你死了！”

涂先求笑笑，“马克思说，我从延安回湘西的任务还没有完成，不收我，又放我回来继续工作！”

肖洪量说：“这些日子辰溪的形势紧张得不得了！抓的抓，关的关，杀的杀，跟踪的跟踪！何良离开辰溪去重庆后，米庆轩刚接任中共辰溪县委书记，李司令的人现在又盯上他了，他差点被害。组织上为了解危，把米庆轩送到南岳游击队干部训练班去学习了，接任书记的是湘西工委直接派来的李英华，女的。为加强辰溪的工作，湘西工委的机关联络点也由沅陵迁到了辰溪。现在没有固定地点，一时在柳树湾，一时在华中水泥厂附近的装粮埠。李司令对集会盯得特别紧！前不久，为了召开一次湘西工委扩大会议，李英华只得以结婚的名义，在柳树湾把大家召集拢来。会议分析了时局，传达了省委的指示。鉴于形势严峻，决定把党转到更为秘密的地下状态，要求党的领导机关要完全隐蔽起来，干部要职业化，工作要社会化。根据这一指示，辰溪县委对所属支部进行了整顿和检查，湖南大学支部一些党员因参加活动过多，身份已经暴露，立即进行了调离；工读团浦市社会服务队支部发现有党员出卖组织，县委决定将这个支部解散。”

涂先求说：“没有想到发生了这么多事情，真是如梦一般！”

肖洪量说：“虽然李英华是以结婚的名义召开了湘西工委扩大会议，当晚，还是被宪兵团的人盯上了。他们来了突然袭击，全城戒严，检查户口，幸好与会的人散得早，没有落入他们手中，只是新知书店里有职工被抓走。李英华虽然没有被抓走，但身份已经暴露，为安全起见，她又调往沅陵工作。辰溪现任的县委书记是从泸溪抗日书店调过来的傅景三，现在在华中水泥厂附近的装粮埠辰萃小学教书。”

涂先求沉思了好一会儿说：“情况越来越复杂，我只想早点儿去浦市营救陈策，只要他出狱回到辰溪，我们党的地下武装就有重建的希望。”

肖洪量说：“陈策已被国民党军事法庭以‘盗卖军火罪’判刑十五年，关在国民党陆军第六监狱，向绍轩校长和很多人都在想办法营救，女子刺绣店向瑚她们已将刺绣店搬到浦市的大码头安营扎寨，准备从长计议，做好营救工作。”

涂先求说：“那我到浦市去先找女子刺绣店联系，然后设法营救。”

肖洪量说：“浦市离辰溪县城太近，很容易被发现。”

涂先求说：“我改个名字，去浦市先当老师。我是湖南一师出来的，当个老师，估计不会太引人注意。”

肖洪量说：“这个方案说起来应该可行，但也要特别警惕！”

涂先求来到浦市，只见大码头一带和辰溪是一样的混乱，到处是难民，到处是宪兵，到处是摊贩，到处是乞丐。他背了青布包袱，夹了把油纸雨伞，在浦市的繁华街上转了一趟，在饭店、茶馆里听了议论，得知浦市不仅有国民党中央陆军第六监狱，还有国民党通信兵第一团、陆军第二十二医院、四十三后方医院和省立高等农业专科学校、战时国立第九中学等。有了这个大体了解后，涂先求就开始寻找女子刺绣店。但街边众多的店子没有一家挂这个门牌，涂先求这时才记起自己忘了问肖洪量，这个女子刺绣店搬到浦市后是否还叫女子刺绣店。直到傍晚他在一个巷子里发现了一家叫作“妇女生产合作社”的店子，里面挂有绣品，他走进去一看，才一眼看到了向瑚。

向瑚不说多话，只叫涂先求到后房先坐，不要在外面走动，说浦市离辰溪太近，情况和辰溪差不多复杂。

等到天黑，店子关了门，向瑚、傅英、汪珍她们才围坐到一起。涂先求说他这回来的主要任务就是营救陈策出狱。向瑚说：“这不是一下就能办到的事，要从长计议。湘西工委、辰溪民众，还有浦市当地人都在想办法营救，但现在时机还不成熟，大家又不便公开联合，只能单线努力，所以力量都有限。”

涂先求说：“这方面情况肖洪量已经跟我说过一些。我打算以教书为职业，在浦市潜伏下来，寻找机会，开展营救。”

向瑚说：“以后，我们有什么情况就及时跟你联系。”

涂先求说：“为了安全，从今往后，我就改名叫涂西畴，不叫涂先求了，你们可要记住！”

涂西畴当夜在女子生产合作社住了下来，第二天一早就出门在街上找工作。正好大码头上贴有一张振华补习学校招老师的公告，他去应聘时顺利通过。于是，他在这所学校潜伏下来。

涂西畴开始打听浦市地下党情况，听说浦市有潜伏在国民党军事机构的地下党员，但联系不上。

涂西畴找到向瑚说：“你们什么时候带我去和陈策见一面。我非常想见到他。”

向瑚说：“必须等到清扫监狱时，亲属才可探监半小时。”

涂西畴说：“可以探监时你们邀我一起去！就说我是陈策的姑表弟。”

向瑚答应了。

到了可以探监的这天，向瑚、汪珍、傅英和涂西畴早早地一起去了监狱。第一层门就检查得十分认真，到了第二层门就等于是搜身了。到了第三层门时，汪珍没有注意，鞋底下沾了半截废纸烟盒，虽然纸上面没有查出一个字，但狱警几乎要抓人，汪珍被扣下，没能进去。

到了探监时间，陈策出来了。他戴着脚镣手铐，头顶被剃得精光，但脑后却留着一撮三角形长发。这就是说，虽然军事法庭以“私买军火”罪判他十五年徒刑，但在监狱，他还是被当作政治犯从严看管，因为只有政治犯脑后才有那撮三角毛。

和每次一样，向瑚和傅英看到他这个样子就哭，涂西畴看到陈策，想起自己和陈策分别后被李司令下了毒手，差一点儿两人就不能见面了，鼻子一酸，禁不住热泪也滚了出来。一向严肃、沉稳、寡言的陈策反而又乐观又轻松地说：“你们哭什么？我不是很好吗？虽说在这里行动不大方便，但这也可以帮助我练一练坐功！我这个人有点儿毛手毛脚，缺的正是静坐功夫嘛！”

涂先求告诉陈策：“我现在改名叫涂西畴，就在浦市振华补习学校当老师。我们仍在一起战斗！”

陈策暗自高兴地说：“你自己多加小心！”

向瑚趁机悄悄告诉陈策，涂西畴是专门为营救他而来浦市当老师的。湘西工委和辰溪人都在想办法营救他，要他耐心等待。

说不上几句话，探监时间到了，他们只得分手。

正在涂西畴营救陈策有点眉目时，有一天汪珍突然跑来跟他说：“辰溪县城有人告诉我，李司令知道你被救活了，现在在浦市教书，他们要派人来捉拿，说是活要见人、死要见尸！”

真是普天之下到处都有李司令的眼睛！涂西畴估计李司令不会马上就派人来抓，至少还有个侦察过程吧，只要还有几天时间，说不定，他营救陈策的计划就能在向瑚她们和其他人的配合下得以实现。

夏天的傍晚，涂西畴只身去了江东古寺，因为营救陈策的具体环节中有件事由江苏失学青年工读团地下支部的人来做比较方便，这个支部在浦市时间较长，应该熟悉浦市情况。但又记起肖洪量说过，这个支部因有人出卖组织，已被解散。到底工读团地下党的活动情况如何，他得去驻地看看。

涂西畴是第一次来到江东寺。江东古寺就坐落在浦市对面的沅江岸边。寺后茂林修竹，群山叠翠；寺前玉带环绕，垂柳如屏；寺内古松挺拔，正殿前，梅成行桂成列，河风一来，竹唱松吟。沿中轴线有三进建筑，前为金刚殿，中是大佛殿，后即寿佛殿。大佛殿正门有长联一幅："木鱼敲落山边月，觉觉觉，觉先觉，觉后觉，无非觉觉；金钟撞破岭头云，空空空，空色空，空相空，总是空空。"中轴线两侧的配殿前也梅竹相映，配殿柱上也各刻有诸如"问花笑谁；听鸟说甚"之类的木刻楹联。寺内有一座转轮幢，幢高十余米，以斗大的铁轴相承接，幢上五百二十四个佛盒里，每一盒都有一尊精雕的金身佛像，举止各异，神态生动，只需稍稍用力拨动转轮，大幢便徐徐转动，而窗口射进殿内的光轴又不停地轮流照射在每一尊佛像身上，使佛像不停地闪耀金光，使人感到目不暇接、佛法无量！走入殿内真如佛界仙境。寺里香火很旺，即使战乱年代，仍是人来人往，木鱼声、诵经声早晚不绝于耳，弥漫沅江。

涂西畴刚在寺里转了会儿，还没有与江苏失学青年工读团的人取得任何联系，一个戴着博士帽的人悄悄走到他身边重重地掐了他一把说："快跑！跟踪的人已到身边！"他朝周围一看，果然有几个行迹可疑的便衣正慢慢朝他靠近。涂西畴一看地势，上山无路，只有下水可活。他朝河边飞跑下去，果然那几个人也不再遮掩，跟着紧追。涂西畴跑入河中，追的人站在岸上抽出短枪对着涂西畴下水的地方狠打一阵。河边水草中的野鸭和寺后古松上的白鹭群在天空中惊飞起来，地面和天空一片惶恐。枪声压过普度众生的木鱼声，老和尚只得出来站在门口，见未有杀生，才闭目念道："善哉善哉！阿弥陀佛！"

涂西畴憋足一口气拼命往下游，估计离江东古寺远了，追捕者已对他无可奈何才抬起头来看了看，觉得安全了才上岸。他躲在河岸的草丛里想了想，抓他的人一定会沿河往下追，于是，他租了小渔船反其道往上走了一段，再上山沿小路直奔后塘。

到了后塘，德友告诉他，县里宪兵团给各乡挨户队下令：见了涂先求不要向县里报告，可以立即抓捕或击毙！

涂西畴不敢回家，在附近的亲戚家躲了几天，但觉得这不是个办法，他跟德友说："我要去寻找新的革命道路。"

17 / 砚盖上这六个字

李司令正襟危坐，全部神情正随着手里那本书而冒烟燃火时，一个报告情况的人几乎是不拘礼节就闯进门来，“报告司令！在芷江县城发现张玉琳！”

李司令手里的书一下惊落在地上，因为这是有关妓女生活的书，他怕下属看见有失体面，就赶快用脚踩住封面，然后将书拾起锁进抽屉说：“你惊慌什么？有话慢慢说嘛！”

报告情况的人很不好意思地说：“是！”

李司令说：“说啊！”

报告情况的人说：“据可靠情报，张玉琳是投靠了谷正伦手下的韩团长。”

李司令等着继续往下听，报告情况的却站在那里哑着。李司令问：“怎么不说了？”

报告情况的人说：“目前知道的就这些。”

张玉琳一怒之下火烧陈庆东的院子，又枪杀了举报他的佃户一家之后，就在辰溪消失得无影无踪。这对李司令和辰溪县长来说，倒是一件捡来的好事；没想到，刚平静了些日子，这个张玉琳又现身了！

李司令如坐针毡。韩团长的上峰是大权在握的谷正伦，张玉琳一旦成气候，岂能放过他这个杀妻害子的李司令！他得趁早说服县长想办法除之。

李司令也知道，对付张玉琳只有陈策，但陈策被抓了，还在浦市监狱里，那么，他现在还有什么别的更好的办法呢？正愁灭张无法时，县长来了。从脸色看，县长心里高兴，李司令就没告诉他刚刚得到的消息。果然县长说：“怀化黄岩发生的动乱已经平息！”

怀化黄岩乡农民因对宪兵第七团特务连抓丁和在老百姓家里淫掠行为不满，在雷子明、田老满等人组织下，联合了新建、杨村、泸阳、下坪各乡数千农民揭竿而起，持火枪、长矛、大刀攻打特务连，锐不可当，打死宪兵二十余人。

李司令听后却无比高兴地说：“那一定是派了重兵镇压！”

县长说：“是的！起事的十六个农民首领已被处决。”

李司令面呈县长说：“黄岩事件虽已平息，但造反起事的影响远播城乡、深入人心，我想起来还是心有余悸，尤其我们身边还有定时炸弹！”

县长说：“难道李司令发现辰溪也有农民起事迹象？”

李司令说：“张玉琳被我们围剿多次未灭，现已在芷江现身，日后必与我们为敌。此敌乃顽敌，宜趁早除之！如若待其东山再起，那将远不止黄岩农民起事之害，我们不仅无法收拾，还将我为鱼肉、他为刀俎！”

县长一想，和李司令不无同感，说：“谷正伦我不敢挨近，但可以看看在这个韩团长身上是否还有计可施。张玉琳投靠的那位韩团长叫什么名字？”

李司令说：“这个韩团长叫韩楚义。”

县长马上轻松起来说：“准确吗？”

李司令说：“百分之百准确！”

县长脸上掠过惊喜，禁不住一笑说：“是楚义老弟啊！我真是没有想到！”

于是，县长和李司令密商起来。

韩团长虽得了辰溪这边送去的一笔好处费，但计定后他又开始犹豫。人不可以无义，既然张玉琳投到他帐下，就是对他的信任，他岂可失信于人？如此下去，还有谁相信他韩楚义？但县长和他私交太深，相比之下，他还是觉得情重于义，县长也重于张玉琳；而且县长将来未必就不做专员，未必不做省官，到时候，恐怕还可以助他韩楚义升迁之力；何况收下了县长送来的好处费之后，也不好反悔！再说，也只需他设法把张玉琳带到辰溪县城就行，后事一概不用他管。这在旁人看来，也并不显出是他韩楚义不讲道义。一番加减乘除，韩团长心里才又渐渐顺畅起来。

韩团长找了一个执行公务的机会，带上张玉琳到了辰溪县城。

他这次下榻旅社后，无论吃住，一概自己负责，不接受辰溪县官方、军方的任何宴请，以防张玉琳生疑。

县长特派县府韩秘书私请张玉琳到县府一叙。韩秘书按县长之计，找到张巡官说：“你带六位警察去交通旅社，就说是我韩秘书请他张玉琳来叙旧，如若先礼不成，那就趁势抓捕！这回千万别让他逃生！”

张巡官立即带人到了交通旅社，敲开房门，张玉琳果然和韩楚义住同一房。见面打过招呼，张巡官对张玉琳说：“家门，我们县府韩秘书听说你来了，请你到县府去坐坐，你们是老熟人，他要和你叙叙旧。”

张玉琳一眼就看出形势不对，既来请他何需警官？他努力平静自己说：“你回去告诉韩秘书，我谢谢他的好意！今晚我和韩团长有重要事情要办，改日我再行拜见。”

张巡官说：“我们来时，韩秘书有话，要我们一定把你请到！”

张玉琳马上装出一脸苦难说：“实在对不起，我今天肚子很不舒服。即使有时间出门也不方便。”

张巡官说：“我们只是执行公务，有话你见了韩秘书再说！”

张玉琳听张巡官说话是如此口气，就很想韩团长给他撑腰，但韩团长却在床上蒙着头假装入睡，一言不发。张玉琳立刻明白韩团长带他到辰溪来是要将他送入虎口。此刻，跑是没法跑了；只要一跑，六人的枪口会对他齐发，一个小小房间，他必死无疑！只有来个缓兵之计，待出了这个房门再说。

张玉琳沉静地想了想说：“那行。既然是你们韩秘书盛情邀请，我岂能丢下我的团长一人独行？要请就请韩团长和我一同前行。”

张巡官说：“韩秘书没有说请团长，只说请你！”

张玉琳想，如果韩团长一同前行，万一遇险，他可以将韩团长作为人质。他请求说：“韩团长，他们不请你，我请你同行！”

韩团长睡在被子里仿佛怕张玉琳看见他的真实脸色，连盖着半边脸的被子也没有揭开就说：“堂屋门前三尺硬土！回到辰溪了，你还怕谁？他韩秘书和我同一个家族，和你也是多年交情，未必他还能对我手下的人不讲礼义？你只管去，要不我派两个卫士随同你？”

张玉琳明白，如再派两个卫士只能多两把对准他的枪口。张玉琳说：“那倒不必！”

张玉琳无法再推脱，只得跟着张巡官走。

张巡官要张玉琳走前，张玉琳说：“你走前，不然，我会走错路的！”

张巡官说：“走错路了，我们会告诉你！”

张玉琳说：“等你告诉我，那就走远了！”

张巡官怕夜长梦多，只得走前带路，张玉琳走在张巡官之后，最后面是六个警士紧紧跟着。

张玉琳为麻痹张巡官，就若无其事地跟张巡官谈家常，问他哪里人，从警多少年；又问，听说湖南大学和桃源女中的地下共党活动越来越猖獗，是不是有这回事？一路聊着就到了奎星阁拐弯处。此处为三岔路口，向上有巷子直通西园公园和后山。张玉琳深知，如果自己走进县府，必为他们所擒，此刻即是九死一生，也一定要冒险一拼！死了，是今天活该；不死，他就大赚了！他瞄准张巡官斜挂在身上的左轮枪，一把夺下，连毙张巡官和两个警士，边打边往后山跑。后面的警士见张玉琳枪响人倒，又不敢追得太近，便赶紧找掩体对张玉琳放枪。张玉琳又一次死里逃生。

待李司令和县长集中人枪追捕，张玉琳已从后山往下走，过了塔湾，在李子溪过河，然后，经杀人溪过潭湾，从潭湾过辰河到石马湾，又逃回到老家茶田垅。

他知道李司令和县长必定会马上派兵追剿，惊魂未定，又立即重新聚集家乡的人枪。

他站在刚刚聚集起来的队伍前说：“我张玉琳是死里逃生，又回到家乡来了！大家别以为我们的队伍太小，我们茶田垅的人枪就像茶田垅的溪水，永远也取之不尽、用之不竭！”

张玉琳这一次认定古话真是没有说错：知人知面不知心！他好心投奔韩团长，韩团长却对他暗设陷阱。韩团长也好，陈庆东兄弟也好，他以后谁也不再相信！

果如张玉琳所料，李司令又派重兵来剿。

因为时间过于仓促，张玉琳聚集的人枪不多，双方对阵不久，张玉琳的队伍就被包围在了果盘山上。

果盘山一带山势和地形，就像一只大盘里放着一只果子，山为独山，山下又很平阔。李司令的人层层包围了果盘山一带，张玉琳多次突围都未能冲出包围圈，双方激战了整整一天，被打死的人血喷射出来，果盘山下的溪中流血映天，天空也变得一片血红。

渐渐地看不清远处的树干，有鸟如箭一样地射过深谷，天黑了下来。枪声停了，张玉琳笑着说：“弟兄们，只要老天一闭眼，就是我们的生路！你们听清楚了：实者虚之，虚者实之！你们人多的地方不要响枪，人少的地方要尽量多响枪，把狗娘养的李司令当儿子耍耍！”

李司令见天色已晚，急于想收拾了张玉琳好赶回县城，就命令队伍朝枪声密集处猛攻。张玉琳终于带人从不响枪的地方冲出了包围圈。冲出后，他要手下人朝另一个方向边放枪边跑，而他自己独身一人一枪不放地朝相反的方向跑了。

天完全黑下来后，无法继续作战，李司令占领了所有山头，但没有搜到张玉琳，才知道中了张玉琳的调虎离山之计，只好收兵回城。

张玉琳左掌已被打穿，他连夜逃到了细面垅老庚家中躲下来养伤，因不敢买药，只好在家里用草药医治。

在养伤的日子里他闭门不出，任何人不见，只是要老庚到县城里弄些新老报纸来读。他在报上看到了陈渠珍不再任沅陵行署主任，第九战区长官部已任命陈渠珍为新编第六军军长，但陈渠珍拒绝就职，嘲笑那只是个空壳木瓜！

仇人的任何不幸都会让张玉琳获得高兴！

报上又载：湘西已有药厂，生产“一天膏”“痔疮粉”“痢疾丹”“淋病断根丸”以及“百根冰药酒”等，张玉琳很想在报上找到治枪伤的好药广告，如几天就能治好他的手掌，那该多好！但翻遍了报纸都没有这种消息！报上还说，日军出动飞机二十七架在永绥县境内散发“告重庆政府书”；古丈县警佐室改为警察局后，原在县警佐室做事的巡官张平因移交不清，遭省府明令通缉，张平拖枪盘踞到本县李家洞。报上还说，经过一个多月抗战，第九战区各部恢复原有阵地，先头部队抵新墙河；蒋介石致电薛岳等人，祝贺湘北大捷，并向参战部队颁发奖金十五万元，至此长沙会战结束，日军共伤亡一万三千人，第九战区部队共伤亡二万五千八百多人，现在整个大湘西正征调数万民工修建芷江飞机场，为在湘西对日作战做准备……张玉琳把这些新老消息都看完之后，他最关心的事还是芷江机场。他断定湘西的政治、军事地位会越来越重要！国民党、共产党、各股地方武装以及侵华日军必将在湘西这块土地上发生更为激烈的较量。

张玉琳觉得这乱世年月本应是自己大显身手之时，但总感到事与愿违、处处受阻。他要在本地发展势力已不可能，家里几代人与乡民和官方结怨太深；要使自己有条出路，还得要远走他乡。树挪死、人挪活嘛！

鸡叫三遍之后，天还没有全亮，张玉琳起来，在床上放下几块大洋作这些天养伤的火钱，他担上一个货郎担，摇着一只拨浪鼓上路了。他在老庚家养伤这么多天，他心里很感谢，但他不能和老庚打招呼。

走村过寨，他叮叮咚咚摇响拨浪鼓叫卖，像个地道的高商。他这是要经麻阳投奔湖北恩施的第六战区刘嘉树部队。

一路上因怕人认出他来，张玉琳不敢投宿村庄，只住庙宇庵堂。一天深夜，他在一个破庙里入睡，没想到来了几人谋财害命。张玉琳与他们打斗起来，幸得一过路汉子相救，才保下性命。事后，张玉琳问得这救命恩人名叫胡震，麻阳人氏。张玉琳无资谢恩，只得许愿："谢好汉救命之恩，日后我如有出头之日，一定涌泉相报！"

张玉琳回想自己的人生，杀人放火，他几乎都没有后悔，因为那大都是为自己或亲人报仇雪恨；唯有一事他觉得自己有些内疚，那就是两次从开往抗日前线的队伍里逃回。现在，他到了第六战区，如有机会一定要为抗日奋斗一番，以正男儿之名。

刘嘉树正需实战员抗日，他接纳了张玉琳。

在刘嘉树部下，没有人知道张玉琳的前嫌。在抗日战场上他真的很勇敢，在一次战斗中，他还凭自己的好枪法，打死了几个日本鬼子。战斗结束后，他内心有一种从未得到过的慰藉：老子总算是为自己曾经当抗日逃兵雪了耻洗了恨！

可正在他要洗心革面、重新做人时，他的真实身份又被人揭露。刘嘉树见张玉琳这回在抗日战场上勇敢作战，不忍断送张玉琳前程。一天早晨，张玉琳被押上铁厢的军车内，铁锁咣当一声锁得车厢内无一丝光线。他彻底死心了！他像被人突然抽去筋骨，死猪般横躺在铁厢里，任由车子如何颠簸，撞得他头破血流，他也懒得坐起来保护自己。这回，他的尸首不知要被丢在哪里！

车内没有昼夜之分，也不知车子走了多久。他恍惚听到车门开了，有人叫他起来。他半天没有动静，有人拉了一下他的脚，他才动了一下。

拉他的人说："到了！下车！"

他有气无力坐起来看了看车外，好几个军人站在那里，认不清到底是谁，也懒得认清到底是谁！行将死去，还认清谁是谁干什么？

他下了车来跟着别人走。路上他看到了一块牌子：湖南省第九专署。他顿生疑问：自己是被拖到了沅陵县城？

到一个房间门口，领他那人说："你，就住这儿。"

张玉琳一看这个房间就精神大振：一张四柱床、一张五屉桌、一张圆凳、一个雕花脸盆架、一个角柜，还有一张高束腰花几，花几上摆了一盆兰花。但他站在房门口不敢进去。他站了好一会儿才说："你刚才说我住这儿？"

那人说："是！"

张玉琳说："你没有弄错吗？"

那人说："没有！"

张玉琳大步走进房间，知道自己不会死了！要死的人不会被安排到这地方来住！莫非是刘嘉树叫人用军车秘密将他押送到沅陵只是虚晃一招、掩人耳目，暗里还有什么恻隐之心？莫非刘嘉树和韩楚义是完全不同的两种人？如果这样，那他投奔刘嘉树部就算是选对了。但现在这样想又还为时尚早。陈渠珍杀他父亲和长兄之前，不是也给死者一顿好酒好饭享受吗？他刘嘉树难道就不可以像韩楚义和辰溪县长一样，来个什么私下约定将我除掉？

送他进房的人说："衣服在那个柜子里，你先洗个澡，等下，我们陈专员要找你问话。"

张玉琳问："陈专员要找我问话？哪个陈专员？"

那人说："就我们第九专署的陈专员！"

张玉琳虽不明白这是怎么回事，但开始忙起自己的事来。

张玉琳换上新军装，又把头发梳得服服帖帖，对着雕花洗脸盆架上的镜子一照，自己像是换了个人。没有残杀的安宁日子那该多好啊！可惜右边颧骨处在军车里撞青了一块。他渐渐地记起来了，第九专署的专员不就是陈迪光吗？那么，陈专员会问些什么呢？是问家世吗？是问人生经历吗？是杀人罪行吗？是问未来的志向吗？无论问什么，他现在都愿意如实禀报。他家已是三代人拖枪拉队伍，是军还是匪，实在说不清！说是军嘛，又烧杀掳掠过百姓；说是匪嘛，又入过政府收编的序列。如果要问人生经历，他要从陈渠珍杀其父兄开始讲起，他是多次死里逃生，只为将来报仇，说起来足可以写一部大书！如要问他的志向，他可明明白白地说，他再也不愿做没有名分的"土匪"，他愿意为国家效力……

说不上想得周全，但是见了陈迪光，他还是不慌不忙。

陈迪光让他坐，他坐成正规军人。

陈迪光看了看肥头大耳的张玉琳，除感到有些粗蛮之外，印象还是不错。陈专员别的都没有问，只问张玉琳："小伙子，以后想做点什么？"

张玉琳这一时又不敢把自己的真实想法说出来，只是说："一切听从长官安排！"

陈迪光说："看你如此年轻，为何在家为匪，屡遭进剿？"

凭这句问话，张玉琳知道陈专员清楚他的来历。张玉琳说："如今年头，刀枪已不认人。我已不知何为军、何为匪。"

陈迪光说："此话怎讲？"

张玉琳说："如果说我父亲杀过人放过火有罪，他该杀；可我母亲没有罪，她为何也遭杀？如果说我大哥跟着父亲跑，他有罪，他该杀，可我二哥还小，他没有罪，为何也遭杀？我当时才十岁，我何罪之有，他们为何连我也要杀？"

陈迪光说："好啦，别说了！世道不由你我来论！你家的这些事我都知道！男子汉当先记国恨再说家仇！我想问，你这辈子最想做的事是什么？"

张玉琳说："如是和平年代，我最喜欢做的事就是读书做学问和研究书法；若是战乱年代，我最喜欢的还是带兵打仗！"

陈迪光对外面叫道："备好文房四宝。"

外面人应了，过了一会儿又说，备好了。

陈迪光将张玉琳带进里面一间大书房，指着案上的文房四宝说："你写几个字我看看。"

张玉琳到底年轻气盛，也不客气，铺好两张宣纸，舔好两支毛笔，左右各握一支，双管齐下，一边写："还我河山"，一边写："冷面热肠"。两幅字同时写完。他将笔放在青瓷笔枕上说："学生见笑了，请陈专员多指教！"

陈迪光心里一阵敞亮，仔细看完两幅字，从起笔、走笔、收笔、间架结构、吃墨落款和整章布局的方方面面来看，透出的是一种险硬强蛮又坚固平稳之韵。此人一生必定凶险不断，但无短命之兆。陈迪光没有当面夸他，只是说："当前正需人用，你就到我的军事科工作，在李师鲁科长手下当一个科员。"陈迪光又从书桌下取出一方早就准备好的高浮雕双龙抢宝砚台递给张玉琳说："这方砚台送给你做个纪念。这可是一方出自芷江的明山砚啊，尤其砚底这六个字，你可要时时记住！"

张玉琳受宠若惊地站直行了一个军礼示谢，说："谢陈专员器重！"

张玉琳仔细看了砚底上那六个字是："后有定，可言强。"这是《论语》上的一句话，他在沅陵读书时背过，还记得。

他不仅不会死，还得了陈专员起用，激动得热泪涌动，站了半天不走。又想起这六个字真是意味深长！

陈迪光说："去吧！年轻人要好好做事！"

张玉琳再敬了一个军礼，说了声"是！"这才转身离开。

18 / 谁是共党

向瑚去跟向校长汇报营救陈策的情况，说起抗日民众自卫团在组织民众出人出钱出物资支援抗日前线和靖匪安民方面已成辰溪人民心中的希望，特别是陈策治军严明，对老百姓秋毫无犯，深得辰溪全县民众赞誉，而李司令后来组建的挨户团不仅于抗日无所作为，其官兵还不断骚扰民众，丑闻不断，辰溪各界反应十分强烈。

向校长听后忍不住说："已有不少人跟我说起这些事情，总有一天我会和李司令这些人闹翻！"

向瑚说："陈策还在他们手里捏着，我们还是要委曲求全。"

向校长说："当然还是不闹翻天为上策，可到时候情之所至，恐怕就由不得我了！"

十月十日这一天夜里，桃源女中在地下党员陶浦生、丁时进等人的策动下，发动了桃源女中学生、潭湾集镇居民，以及由桃源女中学生创办的民众夜校学员，组成了浩浩荡荡的游行队伍，每人手上提着一盏烛光纸灯笼，在潭湾街道上举行"双十节"提灯游行晚会。

一盏灯的光亮是微弱的，而无数盏灯的光亮就动人心魄了！灯光排成曲曲折折的长龙，在夜间壮观无比，一时间，万人空巷，老老小小的居民、农民全都上街参与。参加提灯游的人一路上高呼：

"团结抗战！"

"把抗战进行到底！"

"打倒日本帝国主义！"

喊声撼彻黑夜的天空，面前的高山在灯光里往后退去。

这是解散抗日自卫团以来，发生在辰溪最具影响的一次集会活动，活动得到了湖南大学的师生和全县人民的积极响应，从县城到乡村，以及国民党和军政机关，抗日情绪空前高涨。

桃源女中军训部杨主任提醒向校长："这种活动，最好我们学生不要去搞。"

向校长说："抗日爱国的活动都不能搞了吗？我多次说过，读书不忘救国，救国不忘读书！不关心国家，不关心民众，读书何用？我们学生们能组织这样一次有很大影响的大活动，我为之骄傲！我为之高兴！”

这一活动的巨大影响搅动了县里的头头脑脑，宪兵团和县府、国民党县党部深恐不安。越是抗日救国活动搞得轰轰烈烈的地方，就越是共党活动频繁的地方！这是他们总结的规律。

第二天，宪兵团和警察局派人来到桃源女中，也不明白他们和学校里的什么人有什么关系、掌握了什么情况，连工作程序和沉着风度都忘了，首先不找校长，进校就要抓人。

向校长在办公室听到学生们闹了起来，他走出办公室赶到教学楼前，见有兵、警在抓人，就指着他们的鼻子说：“你们是什么人？敢在我的学校里随便抓人？我是这里的校长，不通过我，任何人休想抓走我一个学生！你们还懂不懂规矩？”

这些背枪的也有知道向校长身份的人，一个宪兵私下跟另一个宪兵说：“向校长是国民党中央监察委员，是留学英国的著名经济学家、法学家、著名教授，我们最好是不惹他！”另一个宪兵就站出来讨好说：“向校长，多有得罪！多有得罪！我们也是履行公务。有话你到县里去跟我们县长、县党部书记和李司令去说。你和我们这些背枪的粗人说，太费你的口舌了。”

另一个宪兵给这个说话人作介绍说：“这是我们罗队长！”

向校长说：“我没有事要找他们！我的学生在这里读书读得好好的，你们为什么要抓走？请罗队长转告你的上司，我的学生犯了哪条哪款？”

罗队长把向校长拉扯到一边悄悄说：“向校长，你就别说这个硬话了。‘双十节’这么大的提灯游行晚会，全县各处都在响应。这不是共党在里面提桶子是搞不起来的！据可靠人士透露，陶蒲生、丁时进等同学是中共地下党支部负责人，就是他们在潭湾这里开办民众夜校、演出文艺节目、举办庆祝‘三八’活动，办阅览室，办校刊、班刊，组织订阅《新华日报》，搞演讲比赛，一天到晚搞得热火朝天！”

向校长说：“至于谁是共党，我不清楚；不过，你说的这些活动，我都知道，也是我们学校允许的，是经我同意的！办民众夜校，组织抗日宣传活动，错在哪儿了？要说错，那就首先是我当校长的错了！要抓人你们也得先把我当校长的抓走！”

罗队长想了想说：“向校长，您老别生气！既然您都出面了，我们还能说什么呢？我们撤回去就是。有您这个话，我们也好交差！”

罗队长马上把人带出校门。学生们围着向校长欢呼起来。

向校长说：“他们不会就这样走了，还会再来的！”

于是，向校长把陶蒲生和丁时进叫到自己办公室里说："你们俩要赶快离校！千万不要落入他们手里！反正也快要毕业了，学校就算你们学业已满，颁发给你们毕业证书。"

陶蒲生、丁时进离开母校时，向校长又暗地里特批另几个同学也提前离校，有师生不理解，问向校长这是为什么，向校长只是笑笑。

罗队长在向校长面前把话说得篾刀切豆腐两面光，回到县里汇报却说："只要他向绍轩还在桃源女中当校长，谁也别想抓到共党分子！谁敢惹他这个老国民党中央监察委员呢？谁敢惹他这位曾经留学英国的大教授呢？"

县党部杨书记长说："看来，桃中是已经完全被赤化了！我看不仅要抓陶蒲生、丁时进，还要抓一大批！"

李司令说："如依我看，这个向绍轩恐怕就是老共党！我们要好好运筹一下，上下沟通，把各方面都疏通了，然后，要像抓捕陈策那样，把向绍轩这条大鱼也捞了！"

校内的形势也复杂起来。辰溪县城举办声讨汉奸汪精卫大会时，桃源女中的学生代表发言说："我们不仅要声讨公开投降的汉奸，还要警告准备投降敌人的汉奸。我们炎黄子孙，宁肯站着死，不愿跪着生。谁要投降就叫他灭亡！"学生代表发言后回到队伍里，军训部的杨主任嘲讽她说："你简直就是共党的代言人！"向校长听到了，马上鼓励这个学生代表说："你讲得很好，很受欢迎！"这弄得杨主任很不好下台。向校长早就发现这个杨主任和县里通着，是放在学校的一颗炸弹，桃源女中的不少内情很可能都是他出卖的。

夏日的早晨，辰河两岸的柳树和竹林都有了深深的翠绿。上贵州下常德的风篷船一早就在辰河里航行。向校长想着面前的复杂形势，看着这些船只心里非常复杂和沉重。武汉失守后，桃源女中连遭日本飞机轰炸，得知全国很多高校都往湘西迁移，为避战火灾难，他毅然决定将桃源女中西迁到辰溪潭湾镇。因条件所限，他和六百多名学生只能乘坐数只窄小民船溯沅江而上，在数百里水路上艰难航行数日。一路上经过无数风浪险滩，还要躲避日本飞机的炸弹。他和同学们一样，就像压缩饼干挤在一起，腿不能伸，身不能翻，整天唱着《流浪三部曲》寄托悲愤和对未来的希望……当民船驶过丹山寺，拐进辰河口，转过野猫洲大河湾到了潭湾镇时，他当时那种如释重负的感觉，真是难以言表。为让学生们尽快上课，他苦口婆心地乞求当地大户人家让出其花园、仓库，还买了当地乡民的一些田土，迅速建起了教室、宿舍、办公室和一幢供教师们课余休息的"绿漪楼"。为在战乱年代不耽误当地孩子的教育，他在诸多困难压头的情况下，在潭湾的万寿宫办了附属小学，还分别在附近的报木洞、向家园、岩地等乡村办起小学分校……想想这些日子，想想这些事情，他只觉得太苦了自己的学生，太累了跟着他来到这所学校执教的高异群、沈均、陈倚石、田云龙这些著名的好老师。

他在河边散过步就往学样操坪里走，他要和同学们认真地道个别。今天，又一届毕业生要走出这所学校走向社会，这是学校西迁后的第一届毕业生，他心里有些激动；往届毕业生他没有这样做过，对本届毕业生他似乎有着特殊的情感，想起大家一起挤在窄小的民船上吃苦受罪，他心里有着深深的歉疚！

学校晨唱队和每天清早一样，整队沿着潭湾街道高唱着《大刀进行曲》《生死已到最后关头》《抗日救亡进行曲》……晨唱队唱进学校操场时，向校长就给她们打拍子。

很多学生拿着自己精心准备的小册子来请向校长签字留念。顾碧仙同学是向校长最喜欢的勤奋学生之一，他在她的留言纪念册上即兴画了一幅兰花图，并题诗一首："一撇一撇又一撇，三朵间两叶，莫怪花多叶片少，只缘勤奋花不歇。"

大家正高兴时，有学生急忙跑来报告："有一大帮宪兵和警察来了！"

向校长摸了摸满头银发笑笑说："我知道他们还要来的！我正等着哪！"

向校长走出办公室，主动朝那些背枪的人迎上去。

没说几句话，背枪的人就要向校长交出陶蒲生和丁时进。向校长说："真是不凑巧，这两个学生都因家里遭日本飞机轰炸，提前回家了。"

罗队长站出来说："向校长，上次我来这里时，你说谁是共党你不清楚。你不清楚怎么会单单放了她们两人先离校回家？真是此地无银三百两啊！如你是有意放纵共党，那这个话就不好说了！"

向校长说："照你罗队长这么说，我这个老国民党党员是在帮共党做事喽！这样的战乱年代，日本飞机天天都在我们头上丢炸弹，难道你不知道？难道她家被炸弹炸了，亲人不在了，让她们提前回家去看看也错了？请问罗队长，是谁告诉你我单单只让陶蒲生和丁时进提前回家？还有好几个学生都因同类情况提前回家，怎么就没有人告诉你呢？看来，你们的情报也还是不算准确啊！"

无言以对的罗队长从衣袋深处摸出一个名单来给自己壮胆，说："向校长，我们今天来的人，你自己看看，县党部的、县政府的、警备司令部的、宪兵团的，各个方面的人都有，有什么事我们也用不着请示，当场就可以决定。根据我们所掌握的情况，这十六个学生我们今天一定要带走！"

向校长接过名单一看，心里一紧：这些学生全都是平日里思想进步、积极参与抗日宣传的学生。向校长看了看校外，到处都有人把守着。他知道硬顶肯定是不行了，就说："你凭这张名单就要抓我的学生？她们到底犯什么法了？外敌不御，内煎有余，此民族之大患矣！"

罗队长说："老校长，你是法律专家，犯不犯法要审了才清楚。"

这句回答提醒了向校长：绝不能把学生交给这些人去折磨！但是，今天他们

向校长说：“外敌不御，内煎有余，此民族之大患矣！”

如果抓不到人，肯定不会罢休。向校长眉头一皱计上心来，“这样吧，这些名单中还有十个同学在校，我负责给你们找来。但我要先到县党部去见了你们的杨书记长，然后才让你们带她们走。”

罗队长想，只要自己手心里捏着这十个学生，他就不怕！他说：“那好，你把人找来，我们就在这里等你到县党部见了杨书记长再带人。”

向校长马上叫人把十个学生全都叫来集中在办公室里坐着。向校长跟学生们说：“你们就在这里坐着别动，我到县里回来，就同你们一起走！”

向校长交代完这些事就起身去县城。

他直接找到县党部杨书记长。

向校长来得的确突然，杨书记长毫无思想准备，但他曾是向校长的学生，只得泡了茶端来放在向校长面前说：“向老师请喝茶。您老今天大驾光临，一定是有事见教。”

向校长将茶杯往外推了一下说：“既然你还承认我这个老师，我就要跟你说件事。”

杨书记长说：“一日为师终生为父。哪能不认老师呢！有什么事您尽管明示。”

向校长说：“一大帮警、宪在我们学校，要抓十个女学生。这事儿你知不知道？”

杨书记长说：“如果我说不知道，那就是说假话；在老师面前，我不敢说假话！不过，如果去执行公务的人有什么失礼之处，还请多多原谅。”

向校长说：“面对这些人我还能谈‘礼’吗？他们能听得懂‘礼’吗？对我个人没有礼，我无所谓，只是他们凭什么要抓这十个女学生？不可理喻！”

杨书记长说：“这个，向校长您应该清楚。这些学生实在是过分了，天天不读书，都卷在政治里面，难免有共党嫌疑。”

向校长说：“只是嫌疑吗？”

杨书记长说：“只是嫌疑。”

向校长说：“那好办！我也不为难你，只求你答应我一件事：我把这十个女学生带到你们县党部来，一个不少！由你来给她们办一个女子集训班，我来陪她们。你们给她们上政治课，我来给她们上文化课。无论她们有无异党嫌疑，青年人都重在教育嘛！如果我们国民党动不动就抓人，把老百姓，尤其是把年轻人都推向共党一边，那我们这个党还有什么希望？你如果答应这件事情，大家都好办；你如果不答应这件事，那大家可能都不好办！”

这些日子，县里不断发生师生闹事，已经很不安定了，上面已经不给辰溪好脸了。杨书记长想了想说：“好，老师既然开了这个金口，我答应您。我这就跟相关领导通气。”

向校长说：“你通完气，还得给我一个把柄让我拿回学校去给你手下那帮人。”

杨书记长打完电话跟向校长说：“您既然答应把人带来，我这就写个条子您老拿去给罗队长，他一看就知道该怎么办了。”

向校长说：“那就感谢你了！”

向校长回到潭湾把杨书记长的条子给了罗队长，罗队长走了。

第二天，向校长带着十个女生来到了县党部，找到杨书记长报到。女生们都带上了行李，完全是受训的样子。

杨书记长把女生们带到一个与外面隔绝的屋楼上住下，四壁只有很小的窗户，唯有一个楼梯与外面相通。

向校长问：“你让我们住这种地方？”

杨书记长悄悄告诉校长：“我在别的地方特地给您老租了一套好住房。”

向校长说：“我哪儿都不去！就住在这楼梯口拐弯处守着我的学生！我倒要看看她们到底有无共党嫌疑！”

向校长说完就把自己行李解开，在地板上铺起床来，弄得杨书记长无可奈何而走。

向校长一直在楼梯口守着学生睡地铺。任何人也不敢对女学生无礼。县党部天天派人给女学生训话，女学生不出声；到了晚上，向校长就给她们讲《大学》新解，把“大学之道在明德，在新民，在止于至善”和读书与抗日救国结合起来，大家你一言我一语，听得乐此不疲。有时县党部或者警察局来人探情况，向校长又给大家唱京剧《战马超》：“高卧南阳岁月深，为酬知遇出山林；隆中料就三分势，奠定西川拒大兵……”

一个月集训结束后，向校长倒问杨书记长：“你看看，这都是些老老实实的爱国学生，哪有什么异党嫌疑？你们如果还不相信，我愿意为这些学生做担保。”

杨书记长被弄得无计可施，只得接受向校长担保，放了这些学生。

19 / 各种刑都已经用过

杨书记长在向校长面前感情用事，挨了宪兵、警察、县府和上司的指责，但他心里不服，面对向绍轩老师，谁能做得像他这样既有人情味又教训了这些学生？但往深处一想，这些指责也不无道理。辰溪由于迁来的军政机关、工矿企业、大中专院校很多，流浪人口剧增，政治形势也的确是越来越严峻，中共的地下活动正日益智慧化。为了不授人以柄，他暗里派人对湖南大学和桃源女中盯得更紧。

但桃源女中的“异党”问题查无下落，杨书记长只望在湖南大学弄些收获，以便将功补过；没有料到湖南大学也先发制人，让潘独清他们休学疏散了。在湖大和桃源女中都没有捞到油水的杨书记长又只得调整目标，重点盯住中共辰溪地下县委。

河雾也能给人一种安宁！傅景三清早起来走出辰粹小学，站在河雾中的装粮埠码头上看了看不远处的华中水泥厂，高大的烟囱正冒着浓烟；看了看脚下的河面上，装了水泥、粮食的帆船在朝霞映红的河面上缓缓来往。早起的渔民正在那涟漪里收起昨晚放下的渔网，小渔船在渔民膝下缓缓前行，鸬鹚蹲在船边上摇摇晃晃，显出几分疲劳过后的悠闲。收过了渔网的渔民就在小船里欣赏自己一夜的收成，但互相询问鱼价时，又传出一声声长长的哀叹。

傅景三看着河里的景色，感到一种从未有过的急切！他从泸溪抗日书店来辰溪任中共县委书记后，总感到有很多工作迫不及待，但又力不从心。他一直想到桃源女中去同向校长进一步商量营救陈策的行动，但一直没有去成，因为国民党盯得很紧，加之这一个月向校长又在县党部保护那十位女生，无法接近。现在，向校长已经回校，时不等人，他今天一定要成行。

河那边划过来的小渡船在他脚边停稳，他上船过河，从石牌码头上岸，然后沿田畈中间的石板大路赶往潭湾镇。

古历七月下旬，肥沃的土地上正是包谷黑须、黄豆壮子、稻穗吊边的季节。这天正好是潭湾逢场，路上行人不少。傅景三选择这样的日子去潭湾，自然也是安全起见。

石牌与三甲塘交界处有一栋青瓦茶亭，两旁各置一块长长的枫木坐板，因为逢场，坐板上坐了很多赶场人，担箩筐的，担箢箕的，背背篓的，扛猪的，赶牛的，买菜的，什么人都有。傅景三走进茶亭，想坐下来和老乡们聊聊天，但一看有背枪的人紧随其后，只得一步不停地走过茶亭。但没有等到他走入潭湾集市的复杂环境里，几个背枪的人追上来已将他捉住。

身边的包谷、黄豆和水稻都没有说话，只是静静地看着他被绑着押走。

硬硬的铁门撞击声一直留在傅景三的记忆里消散不去，在这种撞击声里还一直闪现着大门口“辰溪县警察司令部”那几个白底大黑字。

讯问时，他什么都不说。为了让他开口，警察局所有的刑具都用过了，但在他身上都不起作用，掏不出任何有用的口供。

情况汇报到了县党部杨书记长那里，杨书记长笑了一下，说：“我就不相信他真是钢铁铸成的！”

审讯官说：“坐老虎凳、烧烙铁烫、皮鞭抽、扯燕子扑水、吊半边猪，各种酷刑我们都已经用过，他就是不承认自己是共党。”

杨书记长说：“我告诉你一个土匪整人的小方子，说不定就很灵。你只需削十根五寸长的青篾竹尖儿，放在火上把尖端烤硬，然后一根一根往他指甲缝里慢腾腾地打进去，每根指头上打一根，一定要慢慢地打！你们要明白，把痛苦传到心里是需要时间的，打快了就容易被承受。这个办法不会把他弄死，但比死难受得多！十指连心哪！这办法还有一大的好处就是，不损害他头脑的清醒，他的每一句话，都是有用的！”

审讯官马上叫人照办。

刚开始，傅景三还不把小竹尖放在眼里。当第一根竹尖沿着指甲根打进去，他只觉得无数根神经牵着心肝剧烈地绞痛，几乎痛得炸裂！不几下，裤裆就尿湿了。行刑的人得意得开怀大笑，想不到这么个不花钱的小东西这么灵验！直夸杨书记长名堂多！

打到第五根，傅景三就承认自己是中共党员。但他无论如何不承认自己是中共辰溪地下县委书记。于是，行刑人又在他的另一只手扎下几根竹尖。最后一根还没有扎到头，他浑身汗水流泉般冒出，大声地叫喊着：“我要死！我愿意死！”行刑人当然不让他死，又慢慢地往里敲竹尖。他实在受不了，又承认自己是中共辰溪地下县委书记。

审讯官大喜，叫道：“快拿酒来！”

傅景三以为拿酒来是赏给他喝，此刻能有酒让自己醉死下去那该多好啊！他没想到是行刑的人为审出这个重大突破而要喝酒庆功助兴。

审讯官的最终目的是要他供出辰溪的地下县委和地下党员名单。现在，他们虽然还没有得到最后的结果，但已找到灵验的方法，所以，也就不很着急。既然傅景三承认自己是中共辰溪县委书记，其他地下党的名单自然也就不成问题。这是一般的逻辑！

有人提来两瓶酒，送来几道菜，他们先是慢慢地喝，不跟傅景三说话。喝到半酣时，才又拿了小锤子把竹尖继续打进去。傅景三痛得都崩溃了。审讯官问他："既然你是中共辰溪地下县委书记，那么，哪些人是中共辰溪县委？"

傅景三说："这一届没有设县委，就我一个光杆书记。"

审讯官说："不可能！辰溪的机关、厂矿、学校、难民这么多，到处都有共党的地下活动，连个完整的组织都没有？谁相信？"

行刑人又把傅景三指头上的竹尖依次扎进一轮。

傅景三还是说，本届只设书记，不设县委，主要是考虑辰溪斗争形势严峻，不设县委便于行动和保密。

看样子，傅景三说的是真话。于是，审讯官就问最后一个问题："那你说，在辰溪哪些人是中共地下党员？"

傅景三说："不知道！"

再把竹签往深处敲一轮，再审，他还是说："不知道！"

傅景三像突然吃了块铁下肚，什么也敲不出来了。

杨书记长只得将审讯情况汇报给警察局李司令，李司令脱口问道："打猫了吗？"

杨书记长没有反应过来，李司令又重复一句："富贵堂教妓女的那个办法很好嘛！"

杨书记长听懂了，笑笑说："还是李司令思路广阔办法多啊！"

李司令对审讯官说："到富贵堂去借只猫来。"

杨书记长对审讯官说："借只锋牙利爪的大公猫！"

审讯官到富贵堂借了只大公猫，在傅景三身上狠狠地玩了一回"打猫"。让他们没有想到的是，在男人身上玩"打猫"，比在女人身上玩"打猫"更惨痛、更有效，阴茎和阴囊几乎被大公猫抠得体无完肤，甚至能看清里面的睾丸！

傅景三在痛得昏死的时候说出了十二个人的名字。审讯官拿出一个单子对了一下，笑了。又问："你还有人没有说出来！"

傅景三说："和我有联系的就这些人。"

审讯官说："好！感谢你今天的积极配合！"

审讯完毕，傅景三从此消失！

又一批中共地下党员被抓、被关、被杀；没有被抓、被杀的也转移到了其他地方。此后，辰溪的大部分党员按照省工委和湘西工委的要求，又进入"长期埋伏、积蓄力量、等待时机"的阶段。

熊首山沉默了！沅水河沉默了！辰河沉默了！只有日本的飞机来得更加频繁、炸得更加猛烈，因为搬到辰溪的工厂、学校和军事机构很多，辰溪已成湖南抗日的重要基地之一。

向瑚再次来辰溪联系营救陈策的行动方案那天，是初春的一个大晴天。县城后面的熊首山上一片嫩绿，桃花、梨花、油菜花、野花和庄稼花大片大片地盛开，刚被春天气息唤醒过来的县城，一早就拉响防空警报。

有了被日本飞机轰炸的沉痛教训，人们再也不像以前那样幼稚地相信日本飞机不炸平民百姓、只炸军事设施的谎言，听到警报，全城人都往后山的防空洞里跑。

然而，这群日本飞机从县城上空掠过，一个炸弹也没扔。

一个多小时也不见有飞机飞来，人们以为飞机不会来了，于是，洞内的人纷纷出洞，开始经营一天的生计。

正在大家毫无防备时，日本飞机突然来到头顶，人们还没有完全反应过来，一颗炸弹就落在眼前炸响，出了防空洞的人全都折身蜂拥进洞，万人相挤，势如洪水。

战争与灾难的到来，首先是弱者受害！数十名老弱病残，在惊呼中丧命！

向瑚目睹这一现实，爱莫能助，欲哭无泪！她回到浦市，在监狱里探望陈策时跟他说起了这一悲惨情景，很少激动的陈策咬了牙说："辰溪的县政府哪儿去了？警察局哪儿去了？宪兵团哪儿去了？解散我们抗日自卫团他们有本事，对付日本飞机没有本事了？要是老子还在抗日自卫团，我用地牛角（辰溪土制大炮）安在后山顶上也要把日本飞机轰几炮，打不下来它，我也要把它赶快吓跑！至少人民躲飞机要有组织和秩序嘛！辰溪的地下党呢？怎么也都不出来活动了？"

向瑚说，现任辰溪地下党县委书记傅景三被抓后，供出了十多名地下党员，来不及转移的都被关的关、杀的杀。地下党已转入全隐蔽状态。

陈策说："那向石宇呢？他不是还在县军事参事室吗？"

向瑚告诉他："自卫团被解散后，他是任何权力都没有！"

陈策慢慢地又冷静下来，"你给我带个信到辰溪，要向石宇再来看我。"

向石宇再去看望陈策时比别人更为谨慎，因为稍有不慎他就会被作为异党抓捕，而辰溪现在的情况是不能没有他，他只能潜得更深！旁边就有狱警，他也不敢跟陈策透露地下党的任何情况，只能用暗示和一语双关来交流些看法。陈策很理解向石宇，他们是老搭档。现在，他虽然还以民主人士的身份留在县军事参事室，但已完全被闲置和监控。

向石宇说："现在天气很冷，你要多保重身体，熬过寒冷，春暖花开就好了。"

陈策点点头，表示知道他这话的意思。

腊月的一天，向石宇再去浦市探监，他要跟陈策说说辰溪县城被日本飞机炸得最惨一次的情景。

在监狱里见到陈策时，语言未起泪先湿襟了。向石宇说："深秋早上，县城还沉浸在一种宁静之中，我起来像往常一样往熊首山登高，刚到山顶，防空警报叫了，居民纷纷逃到后山下的防空洞躲避。我数过，这回来九队二十七架日本飞机。这些飞机在县城上空盘旋两圈后，好像对这个地方没有兴趣，一枪不放，一弹不屙，朝西边芷江、贵州的方向走了。城里居民有了年初防空洞踩死四十多人的教训，所以，即使飞机朝西去了，居民也仍躲在防空洞里不出来，怕这些飞机故技重演，突然又转回来轰炸。居民直到下午两点多钟，还不见飞机回来，因为饿得难受，只得回家找吃的。不料十八架飞机突然返回到县城上空，人们来不及跑回防空洞，飞机就铺天盖地屙下了一批炸弹，接着又是机枪扫射。小小县城的街道被炸翻得地皮朝天，房屋是一片火海，全城呼儿唤女、哭声震天，后山脚下有防空洞的地方，北门阁、柳树湾一带人口稠密处最为悲惨。"

陈策因过度愤怒，脸色青紫地说："是可忍，孰不可忍！"

向石宇说："我从熊首山顶上跑下来，走到姨表兄胡喜儿家门口，见房子已经完全炸塌，土墙炸成了一摊黄土，将房屋埋了半截。我叫了几声喜儿哥，没人应，一个小男孩儿在深处轻轻地哭泣。我随着哭声寻去，六岁的小侄子被埋在炸垮的房屋里。我用一块木枋把土墙撬掉，将他抱出来，问家里人都在哪儿，小侄儿已经听不见人说话，一双耳朵已经聋了，只是指着那一堆倒塌的砖木土堆说：'爸爸，妈妈——'我移开那一堆东西，果然看见里面四口人全都死成一堆。怀孕几个月的表嫂死时还双手捧着自己的腹部，下身是一摊鲜血……"

陈策说："国家如遭侵略，国民必遭屠杀！这就是人间的逻辑！"

向石宇擦了擦眼角的泪水继续说："我在灾区走了一路，惨不忍睹！监狱里刚捉来的四五十名犯人全被炸死、烧死；海军鱼雷营后面的晓园附近，炸死炸伤不计其数；晓园内防空洞洞口已被炸塌，海军机关的官兵和妇女、儿童全部堵在里面窒息而死；北门阁胡裁缝一家全都遇难了，胡裁缝至死还手里拿着针，嘴里咬着线；住在胡裁缝隔壁的书法家唐人鉴一家三口也全都惨死，唐书法家满脸墨水，还拿着那张还没有写完的宣纸不放……"

向石宇说完这些，陈策两眼潮湿地沉默了很久才说了四个字："我要出去！"

四个字从他嘴里出来时，是一串子弹！

向石宇要走时，陈策一再叮嘱："我关这里出不去，辰溪有一个人，你一定要给我盯住！"

向石宇说："你是说李司令吧？"

陈策说："不是！"

向石宇说："那是曹云溪？"

陈策说："也不是！"

向石宇不知他说的是谁，陈策告诉他："张玉琳！"

向石宇说："这个人好像销声匿迹了。"

陈策说："这个人不管他到哪儿，你一定盯住，除非他不在人世！"

向石宇说："我尽力打听。一有消息，我就告诉你。"

陈策说："好，这个人不是我们的挚友，就是我们的劲敌！李司令和曹云溪这种人，只要国民党大势一去，他们就是秋后的蚂蚱，蹦弹不了几天；而张玉琳不一样，他是本地人，又年轻，又有野心！"

向石宇说："我明白，你想得很远！"

20 / 陈策这个人我喜欢

向石宇自浦市坐船回辰溪，一路上谋划着定要尽快把陈策营救出来，但要营救成功，除了靠省工委、湘西工委和辰溪地下党发动人民群众以外，最好还要得到辰溪各界名流的声援。船至县城对面的梅花村下，向石宇突然跟船老板说："请给我靠岸，我要下船去拜访马公武先生。"

果树与花丛中建了好些新房，白墙黑瓦，清静典雅。向石宇走到马公武的白云山庄门前驻足，正被一副对联吸引："雪虐风饕愈灿然，花中气节最高坚。"题款为"罗峰八十八髯翁书"。在楼上的田老师见有客人到访，便下楼迎接。向石宇通报自己的姓名身份之后就说是特来拜访马先生。田老师将向石宇迎进客厅，向石宇一看家具全是一派日本风格，便知马公武对他的日本夫人十分钟情，同时也生出一种失望的情绪！田老师泡了茶之后说，马先生已去湖南大学聘请老师，估计也快要回了。正说着，棕笠草履的马公武出现在门外，向石宇起身到门口抱拳施礼，马公武说："向参事大驾光临，欢迎欢迎！"

"马先生如此热情，真让我向某人诚惶诚恐！"

"我现在是一介平民，向参事何出此言？我们只是朋友相见，不必客气！"

两人在客厅坐下，家事国事天下事，无所不谈。

向石宇哀叹道："看来，中国不把日本鬼子打回去，势必国将不国！"

马公武说："老蒋有他的小算盘，他一心害怕共党长大了和他争天下。这些年，我是把他看透了！一九一九年我在北大读书积极参加'五·四'运动，后来我怕当局加害而东渡日本。先在日本东京大学学经济，后又在日本陆军士官学校炮科学习。所见所闻，让我对蒋介石治国不抱希望，所以我回国后在蔡廷锴部下任中级军官，反蒋情绪严重。我知道蒋介石不会放过我，我辞别军界去中山大学教了一段时间的书。但眼见战事不断，我又入粤军陈济棠部，与蒋介石作对。一九三六年，陈济棠部被蒋介石击败，我被迫遁逃香港。'七·七事变'后，全国出现了抗日高潮，我离港返回广州，本想为抗日救国效力，没想到，刚到羊城就被人告密，蒋介石手下的干将将我抓捕后押往南京陆军监狱囚禁。到年底，因全国人民抗日救国声浪日高，迫于时局，蒋介石才不得已而释放了一些政治犯，我因有人保释，幸得出狱。我出狱后，一直找不到我的日本妻子和两个儿子，不知他们母子去了何处、身在何地，和他们失去联系几年。”

向石宇说：“战乱年代苦了多少人，毁了多少家庭啊！”

马公武说：“所以我坚决不再从政！不再从军！”

向石宇说：“是啊，这年头谁愿意提着脑壳从政、从军呢？也都是看着人民这日子过不下去了，才不得已而为之。比如陈策，他的煤炭和石灰生意本来就做得不错，难道他自己愿意坐国民党陆军监狱？”

马公武问道：“陈策近况如何？”

向石宇说：“刚到浦市看过他。他就是想出来组织力量抗日。”

马公武说：“英雄啊！陈策比我英雄！我出狱后，何应钦亲自召见我，要我去福建、浙江任游击总司令，自组人枪，我当着何应钦的面谢绝说，空头支票好开，无本生意难做！无一人一枪，要我去组军，恕不能从命！我当时想：如果信任我，为何几百万正规军里就不能给我一席之地？这岂不是对我设下陷阱？”

向石宇说：“陈策只想早日出狱啊！”

马公武说：“我完全理解陈策！国民党陆军监狱可不好待啊！我只在那里面坐过一年，体质急剧下降，所以，我执意回乡为人民做些好事善事，以图心境平和，安享晚年。”

向石宇站起来，走到窗户边遥望着对面的县城说：“马先生现在应该是如愿以偿，这里真是神仙之地啊！”

马公武兴致很高，就邀向石宇游览他的园林。

马公武的老家本在县城柳树湾临河一面，但为明志创业需要，他毅然决定以县城对面的丹山寺西南面一大片山地为园，修了住房，周围遍种梅花和修竹，又大面积栽植各种果树，因家资丰厚，梅花、果树全都为大树移植，竹种也植得较密，技术上又是从武汉请的高级农艺师来指导，几年时间，在县城远望就见半山上四处梅花盛开、翠竹青青、花果飘香，形成一大新的景观；加之此处又与丹山寺衣带相连，构成自然与人工之美的绝佳画面。于是，城里人都喜欢把对河马公武的住地叫作“梅花村”。

马公武说：“我现在无官一身轻，倒是想做神仙，只是日本飞机常来轰炸县城，真是惨不忍睹，良心难过！”

向石宇说：“你虽是在这里想当个苏联的米丘林，但心还系着人民啊！”

马公武说：“哪里哪里！从‘五四运动’到东渡日本，从与蒋介石作战到解甲归乡，我算是越看越明白：一个腐败社会必须要进行彻底变革，不然，没有指望！而要彻底变革，必靠中国之青年！我回乡后，一不入军，二不从政，我现在要专下心来，为辰溪的教育事业尽一份力。先办一所中学，就叫‘楚屏中学’，然后，我要慢慢地发展为幼儿教育、小学教育、中学教育和大学教育都齐备的一所完整学校。我现在要走教育救国之路！”

向石宇敬佩地点了点头说：“原来马先生有这样一番雄心啊，难怪建这么多新房。”

马公武说：“现在，我已建好了礼堂、教室、办公室、学生宿舍、教师住房、仓库、厨房共十几栋房子。今天到湖南大学聘请老师，再过一段时间，一切准备就绪，就开始招生。”

向石宇说：“那好啊！到时候，我想到马先生手下来讨口饭吃，不知能否给个面子。”

马公武说：“你堂堂县军事参事室主任，我这个小庙，哪容得下你如此大的菩萨啊！”

向石宇说：“那都是往事了！马先生别拒我于千里之外！辰溪抗日民众自卫团陈策副团长被李司令抓捕交了军事法庭，最后以‘私买军火’罪判了他十五年徒刑，连自卫团的几个中队长李司令也没有放过，杀的杀，关的关，后塘的涂先求也被他们放了蛊毒。虽然，我未在自卫团任职，没有被害，但他们把自卫团彻底解散了，成立了挨户团，军事参事室早已形同虚设。”

马公武说：“这些我都知道。这些人做事就是如此！陈策兄可是我的好朋友啊！”

田老师说外面又有人来访。马先生请客人进来。

原是潭湾白岩祠小学的教导主任刘明裕，他上次来过马先生家。马先生热情地说：“我和向先生还有话说，估计一下子也还说不完，请刘主任你有事先说。”

刘明裕对马先生印象极好，就直说：“我这次来是受马路坪刘中悟之托。这次乡里要换乡长，刘中悟代表乡民写好了一份给县长的呈文，要求由他出任乡长，很多人都签了名、盖了手印，他想请您也在呈文上签个大名。他说，您在辰溪影响大，一言九鼎，有了您的签名，县长会十分重视。他自己又不敢出面，就一定要我来代他说明。”

马公武说：“地方上的事应该由地方人民自己去办，我绝不插手！再说，要我在这样的呈文上签字，岂不是把我当作一介乡民，向区区县长下跪求人？你回去照直转告他刘中悟，不要以为自己毕业于中央军校长沙分校就有什么了不起；不要以为自己做过戒烟所所长、警察队长就有什么了不起！我马公武瞧不起他！他是个什么东西我还不清楚？简直就是个流氓地痞！你叫他屙泡尿照照自己，看看自己是人或是鬼！”

刘明裕本就是被迫而来，此时，毫无脸面地起身告辞。马公武送别刘明裕时又缓下口气说：“刘主任，你还年轻，不要为这些人去跑腿。有正当的事儿，你还可以来找我。我们仍然是朋友！”

马公武秉性刚直不阿，向石宇今日又得一见！

刘明裕走后，马公武又问向石宇："陈策身体如何？"

向石宇说："身体状况不错！他是个乐观人。就是去探监的人跟他说起辰溪乱抓人、乱杀人，县城多次遭日本飞机轰炸，很惨，他就特别想出狱！他也要我给您带信，看能有什么办法救他出来。"

马公武说："陈策这个人我喜欢！我和他在生意上有过交道，性情也相合。他做生意恪守信用，从无欺诈。他担任自卫团专职副团长期间，对老百姓秋毫无犯，只用力靖匪安民，积极组织民众抗日。我非常乐意帮他出狱！国民党的陆军监狱难蹲哪！我在南京、武汉蹲过，我那么好的身体，一下子就垮了。回到辰溪，在这花果山上一劳一娱，才又恢复过来。"

向石宇高兴地说："马先生真是爱憎分明！有您这句话我今天就不虚此行！"

马公武说："具体方案还要认真斟酌一下，不出重拳，恐难救陈。"

向石宇说："还请马先生多指教。"

马公武说："待稍过几天，我要在辰溪最好的酒楼里摆上宴席，请辰溪商界巨头以抵制日货为名，全部关门停业。逼使当局做出抗日的具体措施，顺势把保释陈策出狱的事列入其中。"

向石宇说："我一定再找向绍轩校长和湖南大学的师生进行配合，再发动社会各界人士采取各种形式进行呼应。"

马公武说："好！如果他们不答应释放陈策，我就让辰溪所有的商店关门停业，来他个政局大乱！"

谈完这些事已天色不早，向石宇起身告辞，马公武不让，说："晚饭后我送你过河。"

田老师将两菜一汤，外加一擂钵芫荽（香菜）辣椒端上桌来。马公武从橱柜里拿出一只精制方嘴白瓷酒壶，将两人满上一杯，边饮边随意聊天。

酒过几巡，马公武说："如果不是日本入侵中国，我马某人妻子团贺、儿孙绕膝，生活在这么一个好地方，那才是一个乐天乐地小神仙！哪会弄得我今天妻儿不保，经常借酒浇愁呢！"

向石宇说："是啊，国破山河在，城春草木深！"

马公武也随兴吟诵起来："记得当年，我爱秦淮，偶离故乡。向梅根冶后，几番啸傲；杏花村里，几度徜徉。风止高梧，虫吟小榭，也共时人较短长。今已矣！把衣冠蝉蜕，濯足沧浪。无聊自酌霞觞，唤几个新知醉一场。共百年易过，底须愁闷，千秋事大，也费商量。江左烟霞，淮南耆旧，写入残编总断肠！从今后，伴药炉经卷，自礼空王。"

向石宇闭目听完说："此乃《儒林外史》中的结尾词曲。马先生此时此地吟诵起来，更觉得是抒情达意之好文啊！”

兴之所至，马先生又将那精制酒壶举到眼前，让向石宇欣赏那上面几行字：“晚节不嫌知己少，香沁如为故人留。”

向石宇连说：“真是好酒、好壶、好诗文啊！”

马公武说：“就是难得有你这样的知己。还望向参事多来寒舍。”

向石宇说：“我哪里好常来搅扰先生啊！马先生要办这么大规模的教育事业，经费筹措，人员选用，若干工作要做，时间金贵哪！”

马公武说：“哪里哪里！经费嘛，现在不成问题，我家原来开在柳树湾的湘西物产公司，经营桐油、茶油、菜油和粮食，这几年生意不错。近来又在大路口和麻田这边办了洪昌机器锯木厂、洪昌砖瓦厂，在梅花村这边又开办了果木场和天民山牧场。这几年这么多工厂、机关、学校、医院都相继迁来辰溪，一个小县城猛增至十余万人，我所经营的又都是些生活必需品，所以真应了我柳树湾湘西物产公司门上那副对联：有道财恒足，趁时货自高。我知道，这都发的是些国难财！我必须把这些钱财用到办教育上去，慢慢弥合我们这个民族的伤口！”

向石宇说：“人之高下，志趣相分！马先生的思想境界令石宇敬佩！”

马公武说：“向参事过誉了。”

因马公武答应出面营救陈策，向石宇也多喝了几杯，两人酒至半酣，马公武才送向石宇下山。

此时，河对岸的县城已是巨大的黑暗里掺着些沉迷点点的灯黄，船在黑暗中朝着黄灯驶去，马公武站在河岸的码头上，看不见船，只听得桨声一下一下地愈去愈远……

21 / 强烈要求释放陈策

县城里因数遭日机轰炸，触目就是一片混乱，还没有被炸毁的人家，还是想尽量活出几分过年的气氛。正月初一，有几处稀稀拉拉的鞭炮响起，偶尔也还有一只“震天雷”在天空炸响。傍晚，向石宇、米庆轩如约到了肖洪量家中。这时候宪、警、特也在过年，所以安全。向石宇把拜访马公武的情况细细说过一遍，三人最后商定采纳马公武的想法，以爱国抵制日货为由，把湖南大学、桃源女中和全县人民发动起来，为营救行动做好造势，一旦国民党县党部和警、特、宪开始打压，就要趁势造成全县大乱无法收场，从而惊动省府的局势。

米庆轩说：“然后，我们请向绍轩校长出面，以维持辰溪安定为名，保释陈策出狱。向校长那里还是要请石宇你出面，跟向校长说这些事，你是请向校长出面说话最适合的人选。”

向石宇说：“上次为陈策当自卫团副团长，我和陈策拜访向校长时，他是尽了最大努力。那时候正讲国共合作，现在呢，政局比那时候更为恶劣，国民党对共产党已经下了狠心，关的关，杀的杀，他刚保过桃源女中的一批进步学生，现在又要他出面保释陈策，不知向校长有无难处。如为难他了，我就不好意思开口。”

肖洪量说：“这样吧，你要向瑚和你一起去，保释陈策的事，要向瑚先开口。她是向校长的侄女，她和陈策的关系也很好。你最后只需说，如果时机成熟，国民党方面一定要有声望的人担保，就请老校长顺势成全。”

向石宇说：“这个话，我说得出口。”

米庆轩因为被国民党盯得太紧，不能出动，向石宇和向瑚去桃源女中拜访向校长，肖洪量就去联系湖南大学地下党。

马公武原想在县城华北酒楼设宴，但他怕城内人杂，将事情过早泄漏，就改在梅花村家中宴请，凡辰溪县城名店名铺的老板，他都发了大红请帖，正好梅花村盛开出大片大片的红梅和白梅，他在请帖上就写了“请来家中赴宴赏梅”。

马公武站在家门口盛装相迎。“龚恒兴南杂号”“张恒兴药店”“泰记油行”“德记油号”“恒益油店”“谢源长槽坊”“春茂隆药行”“泰和绸缎铺”“宝元古董行”“四海盐行”等二十余家老板全都如约而至。客人们大赞马公武的梅花村真如仙境一般，尤其夸赞家门口那副“雪虐风饕愈灿然，花中气节最高坚”的对联，真是写得极好。马公武兴致勃勃地领着各位贵客游于梅园赏梅。北风虽不失寒意，但赏梅兴奋已是如入春天。

龚恒兴南杂号老板第一个触景生情吟起梅花诗来：“折花逢驿使，寄与陇头人；江南无所有，聊赠一枝春。”

马公武问：“你一定是有亲人在远方吧？”

龚恒兴南杂号老板叹道：“唉，在西北抗日啊！”

泰记油号老板应吟道：“众芳摇落独暄妍，占尽风情向小园。疏影横斜水清浅，暗香浮动月黄昏。霜禽欲下先偷眼，粉蝶如知合断魂。幸有微吟可相狎，不须檀板共金尊。”

马公武评道：“你才是赏花的好心境！”

泰和绸缎铺的老板接着吟道：“吾家洗砚池头树，个个花开淡墨痕。不要人夸好颜色，只留清气满乾坤。”

马公武评道：“真是书香门第啊！”

宝元古董行的老板吟道：“三月东风吹雪消，湖南山色翠如浇。一声羌管无人见，无数梅花落野桥。”

马公武评道：“可见你内心也有孤独。”

到这时，大家都说，请马先生来一首。

梅花诗虽然多，但大家已经念过了四首，马先生不知自己该念哪一首。稍一回忆，就记起郑思肖的那首来：“有怀长不释，一语一酸辛。此地暂胡马，终身只宋民。读书成底事，报国是何人？耻见干戈里，荒城梅又春！”

大家为之叫好，说还是马先生的这首最合此时此情此景。

游过梅园，马公武邀各位到家中宴饮。

三桌宴席设在安静雅致的宴会厅里，几盆炭火，烘得温暖如春。进门处摆了八扇雕花洒金落地屏风，屏风上雕的八仙过海，每扇屏风上只雕一位神仙，仔细看来，眉目有神，须发可数，栩栩如生。一张八仙桌配四根板凳，这是辰溪常用的请客摆设。泰和绸缎铺的老板感到奇怪的是，有一堆日式的矮桌凳被堆放在门角，他问道：“马先生向来以这套日本家具来怀念日本太太，今日为何把这日式餐具都闲在一边？”

马公武说：“等会儿我自然要向大家禀明。”

各位落座，马公武举杯发言：“各位仁兄义弟，我马公武从北平去东洋，又从东洋回中国，从战场到牢狱，又从牢狱回家乡！今天还能和各位一起品酒赏梅吟诗，已是一生之荣幸！这几年，我马公武的生意做得红火，全仗各位鼎力相助。

今天，我备了薄酒一杯，一来是感谢大家帮忙，请大家品酒赏梅，二来也是要跟大家说件事情。这件事情嘛，要酒过三巡之后我才告诉你们。现在先请大家举杯同饮！”

大家兴致正好，说：那就干！

连干了三杯之后，马公武说：“不知各位注意到了没有，我们每桌席上八个菜，但只上七个菜，还有一个是空碗！这个空碗就是对日本侵略者的控诉！一九一九年，我参加‘五四运动’时，只想政治报国，后来，我又想以军事报国。目睹时局之变，这两个梦都已经破灭！如今，我想以教育报国。但是，日本飞机把我们县城炸得稀巴烂，房子是倒的倒、烧的烧！一个小县城就有成百上千人死的死、残的残！只要日本飞机一来，整个县城就成了无头苍蝇。这样下去，我们还如何做生意？孩子们还如何读书啊？还如何谈得上教育救国？我记得陈策在担任辰溪抗日自卫团专职副团长时，除了靖匪安民以外，把那么多抗日活动组织得有条不紊，捐助那么多钱、物支持抗日前线；而他们把陈策抓了之后，现在辰溪的抗日就全成了口头上的抗日！说来也是凑巧，他们把陈策一抓走，日本飞机就来得如此频繁！我这里记载有一个数据念给各位听听：自一九三九年四月十一日，日本飞机第一次轰炸辰溪县城，到一九四零年十月十一日，日本飞机共轰炸辰溪九次，有针对全城的，也有针对学校的，有针对军事基地的，也有针对工厂的。最残酷的一次炸死三百多人！躲飞机时被踩死的老弱病残和防空洞炸塌后活活闷死在防空洞里的妇女小孩，我这里还没有统计。我自己也是被这场战争弄得妻离子散！今天来的都是辰溪商界名人，我要建议大家共同向上级请愿：坚决抵制日货，强烈要求释放陈策！陈策负责抗日自卫团以来不仅无罪，应是有功！大家同不同意这个请愿？”

大家都说马先生说得在理，越是战乱岁月，越是需要有能力的人来组织县民自治，保证有秩序的商贸和生活！陈策在自卫团时，自卫团的人无论对商铺也好，对平民也好，都是秋毫无犯；而现在，宪兵团的人也好，挨户团的人也好，吃喝嫖赌，无所不干，还放工休假专门玩堂班，每天都有人来店铺里明赊暗抢、强讨恶要，真是忍无可忍！

马公武说：“那好，既然大家都有同感，我这里准备了一份请愿书，就请大家在这上面画个押、签个大名。”

大家将请愿书传阅后，一一签名认可。

马公武说：“好！谢谢各位同谋！我明天就将请愿书送上去。三天后如无答复，我就把我这一堆心爱的日货拉到北门阁去焚烧，到时就以我烧日货为号，大家以抵制日货为由，一起关门停业，让辰溪城变成一座死城！大家赞不赞成？”

大家都举手赞成！

马公武说："好！谢谢各位同谋！"

散席后，各位老板提着灯笼下到河边，酒意和激愤让他们不觉已是深夜。大家上船抱拳作别时，马公武还站在江边吟诵：

夜饮东坡醒复醉，归来仿佛三更。家童鼻息已雷鸣，敲门都不应，倚杖听江声。长恨此身非我有，何时忘却营营。夜阑风静縠纹平，小舟从此逝，江海寄余生。

岸上与船上的道别声渐小渐远。

三天后，辰溪城传开惊人新闻，留学日本的马公武先生在北门阁焚烧他的日式家具，并打出横幅要求抵制日货，释放陈策出狱，继续组织力量支援抗日前线！

全城各大商行店铺如得军令，全都关门停业，全城生活物资告急！湖南大学、桃源女中师生也纷纷进城游行，打出横幅标语，高呼口号：

“坚决抵制日货！”

“陈策抗日靖匪有功！”

“强烈要求释放陈策！”

“组织力量支持抗日前线！”

大批居民也自发地参与游行，县城街巷情绪沸腾。著名的“张癫子”通宵不眠地在县城新市街自编自唱了三天三夜。他在骂日本人的同时，也借古讽今地骂国民党当局，诉说陈策当自卫团副团长所做的好事，要求释放陈策。很多流离失所的难民都把“张癫子”围得水泄不通，听他整天整夜地唱诵，还不时为他叫好助兴。

县城店铺连续三天关门，令县长坐立不安。他与宪兵团商量后，马上发出布告，勒令各商行店铺立即开门！

但布告贴出几天，毫无反应，商行店铺照样关门停业。这让国民党县党部、县府、宪兵团、警备司令部和挨户团全都手足无措，应对不及。军警主张武装施压，但党部和县府惧怕涉及面过大，尤其有商界名人参与其中，这些人又与全国各地都有关系，弄不好就会愈演愈烈，无法平息。

县里只得将情况如实上报。上级明令：为暂时平息事态，同意保释陈策，但保人必须有足够身份，并需报请上级批准。

果如向石宇、米庆轩和肖洪量所预想，该请向绍轩校长出面了。

县府、宪兵团只好为陈策寻找合适的保人。这时，向石宇水到渠成地向县长进言：能合上级要求做陈策保人条件者，算起来只有县长、李司令和桃源女中向绍轩校长。

县长立刻拒绝，并把这一麻烦推给了警备司令，李司令又岂会保释仇人！县长只好说："我看，只有向绍轩校长最适合做陈策的保人！他是国民党元老，影响大；另外向校长还是辰溪本地人，只有他出面才容易平息辰溪本地事态。再说，向校长向来肯做善事。"县长又点了向石宇的名说："向参事，你和向校长是同村人，这个任务就交给你去完成。你跟向校长说，县里有难处，请他保保陈策，为我们解解这个难题。以前在他面上的事，能放一马的，我们也还是放了他一马。"

向石宇故意说："县长，这个任务我实在不能完成。我虽和向校长同村，但我们往来极少，我即便愿意去，也可能要吃向校长的闭门羹。县长，这事只要你出面，保证能成。"

县长想了想，自己如真能说妥此事，也算是于上于下立了一功，就说："那好！全城这么多商行店铺一齐关门，生活无法进行，那还了得？必须尽快解决。既然你们都不愿去，我做县长的责无旁贷。我派人去把向校长请来，跟他面谈。"

县长派人派车把向校长接到自己办公室里说："老校长，今日能与你一叙，真是十分荣幸！您老真德高望重，一言九鼎！现在县里商行店铺全都关门停业，还有学生和县民天天游行，都要求抵制日货，释放陈策出来组织县民支持抗日前线。如果我们不想办法答应，辰溪将长期混乱下去。这当然不行！但要放陈策出狱也不容易，他犯的'私卖军火'罪！现在，上面为解辰溪的燃眉之急，也同意保释陈策，只是保人要符合身份。我们县能担保陈策的人，您老是排在首位。所以就和您商量，恭请您老做这个保人。您看是否可行？"

向校长冷冷一笑说："县长，照说，你县长开了这个口，我是不能推辞，但上次为桃源女中的十位同学，我已做过担保，只怕这次再做陈策的保人是不行啊。"

县长说："这我已经跟上面说过，上面说没有问题。"

向校长说："照这么说，我是只能从命喽？"

县长说："当然希望向校长给我这个面子。"

向校长说："那好，我就给县长这个面子！"

县长说："那就太谢谢向校长了！"

县长叫人把写好的保书拿来让向校长看，原是要用全家财产和生命作保。向校长本是心里有数，向石宇已经跟他说过，但此时还是说："哎呀，财产都不在乎，反正我只是个穷教书先生；只是要全家人性命都搭进去，我得回去考虑考虑、商量商量。"

县长着急地哄着向校长说："这事儿太急，要不也就不请您到这里来了。其实呢，纸上是按要求必须这么写，事实上没有这么严重！"

向校长说："既如此，县长何不做这个保人？"

县长说："这个嘛，我和向校长比起来，哪里还轮到我来担保呢？别的不说，身份也不够啊！"

向校长又冷笑一下说："照县长这么说，这个保人就非要我当不可喽？"

县长说："向校长言重了。在向校长面前我们哪敢说这个话。"

向校长说："那好，我现在就给你办了这事！"向校长在保书上签过字问道："交了保书何时能放人？"

县长说："三天之内。"

办好保释手续，向校长走出县府，正好碰上了向石宇。

向石宇说："老校长，您签字了？"

向校长说："这个字哪能不签呢！"

向石宇说："等陈策出来，我们来拜访您！"

向校长说："但愿陈策能如期出狱！"

第二部

22 / 都给你准备好了

每一天其实都是平常的，之所以某一天不平常，那是因为有了不平常的人和事！

又盼到了探监的日子。每一个探监的日子，对于向瑚她们来说，都是喜忧交加。向瑚领着女子刺绣店的人刚刚准备出门，辰溪县城的“张癫子”突然出现在门口。他把一个沉甸甸的黑布袋丢在向瑚脚下说：“你拿着这个救陈策出狱吧！”

向瑚说：“你这是什么？”

张癫子说：“这年头，没有这个哪里都走不通！什么事都办不好！”

向瑚将黑布袋提起来捏了捏，是一袋银元！她非常感动地说：“老张兄弟，这坚决不行！”

张癫子不高兴了，“不行？生我者父母，知我者陈策也！想当年，我常德西路法政学堂毕业，总以为自己精于法律，熟于‘四书’‘五经’，于诗词书画也很有造诣，只想凭自己的才能从政来光耀门庭，但进辰溪县府充任法官不久，就见同僚皆为贪赃枉法之辈，遂不愿与之为伍，弃官回村。因家中贫寒，我便离家到五湖四海游历名山大川，常拜古刹名士为师，画些梅花、兰花卖钱为生。后因自觉如此下去终非长策，还是回到故乡，带上子、侄入辰溪县城做点小买卖营生。那时谁瞧得起我，都认为我是癫子，都叫我‘张癫子’！只有陈策见我贫贱不移、威武不屈，将我收留在他家中吃住，并帮我在老衙门口购得简易房屋一间，专营烟酒糖果生意，如果不是陈策，哪有我今天？我今天为营救他出点微薄之力，你还说不行？”张癫子说得泪流满面。

向瑚解释说：“我知道，陈策被抓后，你离开县城去火马冲靠自己做砖制瓦，创办了一所小学，教育学生要崇文尚武、思危度难、发奋图强，为国家繁荣昌盛而努力学习。你在办学之余，每月都来浦市看望一次陈策，我们已经感激不尽。你家没有积蓄，办学都靠自己劳动建校，哪来这么多钱？”

张癫子说：“现在全辰溪人都在为营救陈策出力，我更不能袖手旁观！我已把家业全部变卖，所得收入专门留给营救陈策之用。”

向瑚执意不肯收下，张癫子说：“如你认定我张癫子是个通情达义之人，你就收下；你如认定我张癫子是个无情无义之人，你把钱退我，我马上走人！如你要置我于无情无义，我将永不上你家门！”

向瑚为之感动，只得收下说：“那好，我就代陈策谢谢你了！”

“张癫子”转身要走，向瑚又为他担心，说：“老张兄弟，进屋坐坐。”张癫子才进屋坐下。

“张癫子”因与陈策交往甚密，对腐败政府深恶痛绝，天天收过生意摊子，就在万寿宫秉烛设案，唱诵不绝。开头几段为讲经释佛，之后的内容全是借古讽今，谩骂贪官污吏。又因他饱学善言，故听众日益剧增，大家席地而坐，彻夜不肯离去。这引起了官场人士的极端不满，但又慑于他无私无畏、深得民心，不敢妄加陷害，只好说他是“癫子”“神经病”，令县民不要听他胡言。

向瑚嘱咐他说：“老张兄弟，因你和陈策关系太好，背后有眼，出门在外可要多加小心！”

张癫子说：“除了每月来看一次陈策，平时我已不大出门。”

向瑚说：“来看陈策你更要特别小心！时局太乱，人不惹狗，狗要咬人！”

向瑚稍稍准备了一下，就和张癫子一起去探望陈策。

在探监室里，向瑚跟陈策说起张癫子卖了城里房产，把全部所得拿来营救他了。陈策流着泪一把抓住了张癫子的手说：“华夫子，你真是一根肠子到底！”

向绍轩校长给陈策做担保时，县长说是三天即可放人，而事实上，是县城店铺开门营业后半个月才有释放陈策的消息。

肖洪量租了一只小木船，约了向石宇和被宪兵团软禁几个月刚刚获释的米庆轩，一起前往浦市接陈策出狱。

三年多来，自辰溪县城至浦市，他们几人不知走了多少遍，但今天的感受非常特别。梅花村的梅花还有碎碎点点的余色，辰溪城背后，熊首山的桃花又红出一大片。冬天里变得枯瘦的沅水河突然像少妇一样青春丰满，乳汁一样的河水在两岸的树丛和庄稼地里浸润，高树、矮草和庄稼都喂得青翠而肥壮。岸柳那面的房屋时隐时现，从翠绿的枝叶里挤出来一点点晾晒在走廊上的衣被如花如胭。田地似乎突然长大了，长成了大片大片金黄的油菜花、紫蓝的草籽花和绿色的麦苗；天上的云朵也好像突然醒了过来，在天空中飘浮漫舞……

晴朗也把天空间扩大了，陈策走出监狱，发现外面的世界是那么的广大和晶亮：路和房子亮得一闪一晃，树木和小草的叶片亮得光芒四射，来来往往的行人都全身耀眼反光……他的眼睛怎么也装不下这些东西，但这些东西又不由他拒绝，都挤进他眼睛里，在他眼里膨胀，两眼撑得直痛！站了好一会儿他才让眼睛适应过来，慢慢地，他看到了门外不远处站着米庆轩、向石宇、肖洪量以及女子刺绣店的傅英、汪珍等十多人。他激动不已地大步走去同迎接他的人一一握手。

握到最后一个人时，陈策问道：“向瑚怎么没有来？”

大家不约而同地一笑。

傅英说：“她先回辰溪去布置新房了。”

陈策怅然若失地又问道：“她要结婚了？”

汪珍诡异地笑笑说：“人家这么大年纪了，还不该结婚？”

陈策盯着傅英说：“她跟谁结婚？”

傅英故意说：“不知道！你问这个干什么？这不是你该管的事！”

陈策有些不自在地拍了拍脑后那一绺三角形头发，极不情愿地反复说着：“这是不该我管！她是该结婚了，她是该有家了……”

傅英觉得自己为向瑚出了一口气才显得高兴起来，但陈策却感到傅英今天说话怎么这样尖锐，往日她不是这个性。向瑚最近到底发生了什么事情？

走下热闹的浦市大码头，大家上了开往辰溪的小篷船。

傅英她们早已把绣品和缝纫工具放上了船舱。

船老板竹篙上的铁嘴“当”地在石头上响过一声，船头掉过来驶向河面。陈策有些激动地站了起来，他下意识地又摸了摸脑后那一绺三角形头发。他想，在浦市国民党陆军监狱这三年，坐在里面真慢，出来一回想，真快啊！他睁大两眼要好好看一眼浦市！

船在篙桨声中沿河边逆沅水而上，大家你一言我一语地跟陈策说起了他被抓捕后，辰溪地下党的严峻情况。其实这些事，平时探监时，大家也都跟他零零碎碎地透露过，现在似乎是一次整合。

米庆轩说：“自你被捕后，辰溪地下县委连换了几任书记，但都被盯紧，最后还是把傅景三抓起来施尽了毒刑，让他供出我们十多名地下党员。来不及转移的都被抓、被关、被杀了！辰溪地下党组织受到严重摧残。”

肖洪量说：“听说你在监狱吃了不少苦？”

陈策说：“他们虽然是以私买军火抓我入狱，但你们看看我脑后这绺三角形头发就明白，分明是把我当政治犯关押！能用的刑他们都在我身上用过了，但我就是不承认自己是地下共党。他们老问我，你在贺龙那里当了那么大的官，怎么会不是共党？我还是那句老话回他们：共产党和国民党不一样，共产党员不一定当官，当官的也不一定是共产党员！因为他们拿不出真凭实据，所以，只能抓住我私买军火不放。另外，我一直感到监狱里面有地下共产党员在暗处帮我的忙，因为几次有人加害我时，总有人让我化险为夷。但这个人到底是谁，至今我不得而知，也许永远也不会知道！”

向石宇说：“让你知道了那不是好事！省工委，湘西工委，肯定都在为保你出狱秘密地工作；不然，尽管有我们辰溪这边在为你的出狱做多种努力，也不会有这么顺利。你可是让国民党害怕的人啊！”

陈策不无愧疚地说：“是啊，我大事还没有办成，倒连累了同志们。”

米庆轩说：“你一出来，我们就好办了！我们还是说说下一步怎么办吧。”

几人坐得更紧了一些。陈策说：“坐了三年牢，想了三年问题，最终就是一句话：这年头，没有枪杆子，什么事都搞不成！孙中山就是因为没掌握足够的枪杆子，才落得那种悲壮的结局！我回去还是要抓枪杆子！手里有枪的人，说话才不用高声！”

向石宇说：“是这个道理！”

肖洪量说：“我们那个自卫团看着成气候了，不料被李司令和曹云溪他们搞垮了！真是太遗憾！太可惜！”

陈策说：“李司令和曹云溪这些小跳蚤哪能搞倒我们？这是中国大局不利我们。也没有什么遗憾，复杂的革命斗争必然像拉锯一样！这不，出了牢门，我们又可以再干！现在干起来，我们就更有经验，革命的形势也会越来越有利于我们！”

向石宇说：“是的，我们现在更有经验！辰溪的革命基础还是很好，自辛亥革命以来，就有‘湘省四杰’之一杨任先生；共产党的地下组织在辰溪活动也较早，特别是贺龙的队伍几次路过辰溪，对辰溪影响很大；加之现在湖南大学和桃源女中，还有那么多工厂都在辰溪，进步青年很多。这次如果不是辰溪人民积极响应我们的营救措施，你也不会这么快就能出狱。”

陈策说：“我们现在只有把地下党组织尽快恢复起来，在抗日救国、靖匪安民和消灭国民党反动势力方面，多做些实事来报答人民！”

船到一碧深幽的塔湾潭就看见耸立在辰溪县城西边的锦岩塔，再前行，辰溪县城渐渐出现。陈策站在船头上凝神远望，辰溪城已被炸得破烂不堪，心头有了层层沉痛。老百姓真是灾难深重啊！他在监狱时，只听来探监的人间接说起县城被炸，他没有想到会炸得如此之惨！

船在柳树湾吊脚楼下靠岸。肖洪量跟陈策说：“今天，大家都在我家里聚会。”

大家提了行李往肖洪量家里走，但陈策却在肖洪量家门前放下行李不进屋，沿着小街巷继续前往城内。米庆轩一把抓住他说：“你要到哪里去？”

陈策说：“我要去看看这小日本把我们县城炸成了什么样子！”

米庆轩笑了一下说：“你快回来！你摸摸你后脑勺那绺三角毛！那是政治犯的标志，你还不回来，宪兵会把你当作越狱政治犯又抓进去！”

陈策摸了一把后脑勺，只得笑着往回走。

理发店离肖洪量家不远，肖洪量将陈策拉进店里跟师傅说：“戴师傅，麻烦你给我老兄理个发。”

戴师傅一看他那绺三角形头发就跟肖洪量说："你老兄吃了几年钵子饭？"

肖洪量说："三年多！李司令和那个曹云溪说他私买军火。"

戴师傅说："噢，那你就是辰溪人常说的抗日自卫团的陈团长喽？"

陈策一笑说："过去是，现在不是！现在你就叫我陈老板。从明天起，我就老老实实做我的生意。"

戴师傅说："那可不行！全县人民都盼你回来组织大家抗日，靖匪安民，搞垮国民党！湖南大学、桃源女中，连从来不大肯理政事的马公武这回都出面说硬话要当局放你出来。我们这些从安徽逃难过来的也都参加过声援游行。"

陈策说："是吗！照你戴师傅这么说，我还泄不得气喽？"

戴师傅说："那当然！"

陈策看见自己在镜子里笑了一下。

戴师傅说："胡子剃不剃？"

陈策说："下面的胡子剃掉，上面的蓄着！"

戴师傅说："那不行！那就像个日本佬了！"

陈策说："老子就是要像日本人他爷爷！"

理好发，陈策要付钱，戴师傅说："今天给你理这个发，我不收钱！"

陈策说："那不行！"

戴师傅说："张癫子都在为你出狱尽力，我总不能连张癫子都不如吧！"

肖洪量在一边说："好，算啦算啦！戴师傅这人你不知道，他说不收，你再给，他就要生气了！"

陈策道了谢走出理发店，又往城内走，肖洪量怕他去得太久，就跟着他走。

一路上，陈策看见一个个巨大的炸弹坑和一栋栋倒塌的房屋、一截截翻散的城墙。走进文庙，尤其令他痛心。他站在残垣断壁的进门口叹惜道："这座文庙建于宋代，其形制是仿金銮宝殿的。洪量你看看，这建构是何等精良？雕梁画栋，金碧辉煌，是辰溪城内最好的建筑。整个建筑群自下而上共分八级，现在都被炸毁了，真令人痛心！几千年的古建筑哪！这就是日本人的'皇道乐土'！这就是日本人的'大东亚共荣圈'！以前，我每年都要到这里面来过无数趟，我虽不信佛，也不拜菩萨，但非常喜欢在这里面走走看看，欣赏这里的文化。我记得第一级为万仞宫墙，墙内空坪宽敞，东有礼门，西有义门，门额一为"德配天地"，一为"道贯古今"。第七级为正殿，内供奉有孔子牌位，正面有康熙御书'万世师表'、雍正御书'生民未有'、乾隆御书'与天地参'、嘉庆御书'圣集大成'和道光御书'圣协时中'等匾额。现在这些匾额全都被炸毁在一堆倒塌的砖木里，其中的泮池和小桥也被倒毁的房屋覆盖了。日本的炸弹来了可不认皇帝不皇帝！我们中华民族永远都不要忘记这一幕！"

陈策说："好，今天我按你们说的做。"

肖洪量说：“全城像这样被严重炸毁的地方不少，连妓院、戏台也未能幸免！”

陈策沉痛地摇了摇头，不再说话。

肖洪量说：“明天你再细看吧，今天我们得回去。”

回到柳树湾肖洪量家，两桌酒席已经准备就绪，来了一屋客人，向绍轩校长也在座。陈策谦恭地走到向校长面前一鞠躬，说：“向校长，这回让您老为我费心了！”

傅英终于耐不住性子说：“你今天应该把向校长叫伯父大人！”

陈策莫名其妙地笑着说：“我怎么能把向校长叫伯父大人呢？你真是乱来！”

傅英的两眼有了浅浅的泪花，她说：“你也太对不住向瑚姐了！”

陈策说“我什么地方伤害过她了？”

傅英说：“你坐了三年牢，她等了你三年！你今天还不知道她跟谁结婚？这回可就由不得你了！”

大家也都说：是啊，这回就由不得你了！

陈策这才恍然大悟，“这事我不是不同意，只是一直觉得不是时候！”

米庆轩说：“到什么日子才是时候？等到全世界人民都天天跳舞唱歌的时候？现在就是最好的时候！我们都给你准备好了！”

陈策不再出声，高兴、沉思、忧愁……什么情感似乎都有。

在一阵笑声中，傅英和汪珍她们把陈策推进了内房，要他换上已经准备好的新郎服装。自三年前傅英给陈策和向瑚提起婚事开始，陈策就没有反对过，也没有答应过，此刻他也还是这种态度。傅英怕向瑚伤心，就跟陈策说：“向瑚可是全心全意地跟定你了啊！你别这么把高兴藏在心里！要拿出来跟向瑚分享才是！”

陈策仿佛是猛醒了一下，耸了耸肩笑了一下说：“我要怎样才能使她高兴？”

傅英说：“这几年我们都听你的，今天，你得听我们的！你按我们说的做，她就会高兴！”

陈策说：“好，今天我按你们说的做。”

被傅英她们精心打扮之后的陈策，显得年轻了许多。傅英和汪珍又把新娘向瑚引到陈策身边站成一排。几年来，向瑚在陈策面前总是大大方方地说话做事，这会儿，换上婚装的她反觉得不敢抬头看陈策。

肖洪量就开始司仪：“大牢关不住！炸弹毁不掉！有情人终成眷属！陈策先生和向瑚小姐结婚大礼开始！

“一拜天地！”

陈策和向瑚面对窗外蓝天一拜。

肖洪量继续说：“今天向校长就是你们双方长辈的代表，你们面朝向校长。二拜高堂！”

两人给向校长深深一拜。

肖洪量又说："夫妻互拜！"

两人相视一笑，互相谦谦一拜。

入座。

大家频频举杯祝贺！陈策和向瑚也举杯一一答谢大家这几年的真诚帮助，又特别敬了向校长一杯。

散席后，陈策和向瑚由米庆轩、肖洪量、傅英、汪珍他们送到新布置的陈策家中。

房屋本已残破，但向瑚已用纸张裱糊了一间像样的新房。

大家都走后，陈策坐在床上想了一会儿，他想起自己死得太惨的妻子和还在陕北那边跟着贺龙的儿子。他说："向瑚，我们第一次见面你就是我的救命恩人。我一直在心里喜欢你。可是我结过婚、有孩子，更重要的是，我这辈子怕是离不开革命！你跟着我，福可能享不到，祸却不会少。所以，此前不管你是自己的意思还是傅英她们的意思，我都没有答应过你，就是怕你跟着我吃苦！"

向瑚抬起头来，恢复了往日的情态，"我不怕！"

陈策说："我自己明白，我还有更加艰苦的工作要做。"

向瑚说："我陪着你做！陪到底！"

陈策看着向瑚，朝她坐近了，一手搂紧她的肩膀说："有你这话我就放心了！"

向瑚将身子一转就搂紧了陈策，多年的压抑、抗争和期盼，今天都变成了幸福，她终于等来了自己的终身大事，终于等来了这一天，她终于等到自己喜欢的人！她融进了陈策的怀里……

23 / 我们在前面挡着

陈策越来越感到自己有了一位得力助手，向瑚也感到自己有了从未有过的充实和希望。两人商定，将女子刺绣店尽快地继续在辰溪县城开办起来。这不仅可以增加一点收入，重要的是可做辰溪地下党可靠的联系点。联系点就是地下党的一个窝，这个窝很重要，中共辰溪地下县委书记曾经被抓，很可能就是"窝里"出了什么问题，至少是没有做好掩护工作。

陈策关在牢里时，辰溪各界人民闹得国民党县党部和县政府以及宪兵团、警备司令部不得安宁；现在，陈策保释出来了，他们又更加感到不安。陈策是一只猛虎，既不能关住他，那就只有把他看死！

陈策出狱不几天，县长就通知他去面谈。

县长说："陈先生，辰溪人民对你曾经负责抗日民众自卫团的工作非常怀念。你能出狱，我们县党部、县政府、宪兵和警备司令部都是出了大力的。现在你应该无条件地和我们一起合作。"

陈策问："合作干什么呢？"

县长说："组织力量一起抗日啊！"

这是陈策没有想到的话题。县长以这个话开谈，自然是用心良苦，但陈策知道这是让他出了牢又进笼子。陈策说："既然你们对我这么好，当初不抓我不就没有后面这些麻烦事了吗！"

县长说："你也明白，现在各方面的情况都很复杂，过去的事儿就不要再提，聪明人只往前看！我们说今后。今后你一定要和我们在一起抗日。"

陈策说："真正的抗日，无论在哪儿都可以，不一定要和你们在一起！"

县长说："你想一个人另外组织力量抗日？那当然不行！"

陈策说："我给抗日自卫团添置几支枪，李司令就以私买军火的罪名抓捕我，军事法庭还判了我十五年徒刑。我对你们有天大的意见！现在又要我同你们一起抗日，难道你们不怕我陈策釜底抽薪，拖走你们的队伍？"

县长一听这话，沉默了好一会儿才问："你既然不愿和我们一起抗日，那今后你打算干什么呢？”

陈策说：“我未到自卫团就职前是做煤炭和石灰生意的。我只是个做生意的料。这个战乱年代，从军、从政都太没有意思。马公武先生不是也不愿从军从政，回到梅花村办实业，过自由自在的生活了？”陈策一语双关地说：“今后，我重操旧业！”

县长想，难道陈策坐了三年牢真的脱胎换骨了？以后就真去做生意了？他不太相信，这不是他的个性！也不是辰溪人那种认死理的个性！还是得等着往后看。

谈话不欢而散。县里的警、宪、特只好暗里对陈策加紧监视。

一天，汪珍跟陈策说：“国民党好像设了暗哨，雇了暗探在监视你。我天天看见有怪里怪气的人在我们家门口转悠。”

陈策想了想说：“我知道他们会这样。我们还是下决心离开县城，搬到我老庚汪老大的村里去。”

于是，他贴出告示，要将县城的房产变卖。

但来看告示的人说：“房子地段倒是好，但战乱年代，吃了早饭不知能不能吃到晚饭，说不定日本人一颗炸弹下来，自己就脚手分家了！还是有好吃的多吃些，有好玩的多玩些！谁还买房产，那就是蠢屙牛屎了！”

告示贴出去不少日子，还是没有人来买。

县城里买得起房子的只有那么几户人家。这天，张中宁的哥哥从那儿路过，陈策认得他，就劝他买下，但得到的回答也是摇头。陈策就顺便托他给张中宁带了个口信，请张中宁将这房产买下。

张中宁哥哥说：“陈老师给中宁带信，中宁肯定会买。”

当年陈策从湖北回辰溪后在辰阳小学教书时，张中宁跟他读过书，所以，张中宁家里人都称陈策为陈老师。

张中宁原是县城下游不远处的张家溜人。张家溜在沅水河南岸，有一大片肥沃的土地，盛产荸荠、白菜和萝卜。张中宁家里原也并不富裕，但随着他的不断升迁，家里人生意也越做越顺手，家中的经济状况很快好转，家中虽在县城已有房产，但完全有能力再添置这点产业。

陈策要给张中宁带信还有一个感情上的原因，陈策教书时，总是结合时代，赋予新的意义，而张中宁接受新思想非常快，小小年纪，志存高远，常常出言不凡，孙中山、列宁等人都成了他熟悉的名字。陈策当时就断定这孩子将来必定非同一般，一直很喜欢张中宁。张中宁也常说自己在读小学时受陈策的影响最大，所以，他在南京中央政治大学读书时将自己的原名张宏枚改为张中宁，意思是崇拜孙中山和列宁。

张中宁一向怀有治国平天下之志，并不想在辰溪这个小小县城里多置房产，虚图显赫。但当他得知是他崇敬的陈策老师有难，需将房产卖给他时，他马上托人带回书信：“请陈老师不必变卖房产，如有困难，学生张中宁可为您解决燃眉之急。”

陈策回信寻了个理由：“我并非生活困难，而是已经讨厌城市喧嚣生活，尤其怕日本飞机轰炸，想到农村看个豆肥稻黄，过个安宁日子。如要房产，我们两厢情愿；如不要房产，我不接受任何施舍！”

张中宁一心想助老师之力，趁回家探亲之机，在华北酒家约见了陈策。

见面时，中宁虽官职在身，但对老师仍非常恭敬。他敬了陈策三杯酒之后才说：“陈老师，多年未见，很是想念！想起来，还是一九二七年我们见过面，一晃都十好几年了！那时候，您在武汉养伤，我去看您，您问我以后想干点什么工作，我正从武汉军事学校编散下来，我说我很想去南京投考学校，但没有路费。陈老师，您二话不说，就将压在病床下的那个装钱的布袋子翻出来递给我。那可是您的全部家当啊！就是那一次我考上南京中央政治大学。毕业后，被派到汉寿、江苏、长沙等地任职。如果不是陈老师您给我资助路费，哪有我张中宁今天？既然老师想到乡下生活，手头不便，又不肯接受学生的报恩，要卖掉房产，我就圆了老师这个理想之梦。价格也以老师说的为准，绝不踩压一分。还有，房产只能算是暂留我的名下，什么时候如果老师需要，随时收回即可。”

陈策与张中宁武汉一别多年未见，只听说他年轻有为、仕途通达，没有想到中宁如此重情。陈策说：“君子一言，快马一鞭，卖了就绝不存在以后还要收回！”

散席后，张中宁如数给陈策付了房产钱，然后，亲亲热热地握手道别。

陈策变卖房产后，带上所得光洋搬到老寨村住下。

老寨村离陈策的老家大伏潭不远，隔着沅水南北相望。这里依山傍水，又有老庚汪老大做他的后盾。他用变卖房产的钱租了一栋两层青瓦木房，楼上让向瑚、傅英、汪珍几人继续开办刺绣店，楼下就做米酒厂。周围都是农村，进原料买粮食很方便；离城又不远，绣品和米酒搬下码头就上船，船行下水，轻轻摇一会儿桨板，就能在县城的码头靠稳，将绣品和米酒搬上码头就有人购买，出门是货，回家就是钱，日子过得悠然自得；尤其是有沅水河如天然屏障，河那面一旦发生不利情况，河这边又还有个应对的缓冲时间，实在是安全了许多。

因为店里价廉物美，店子越开越旺。很多乡间姑娘也来学刺绣、学做酒。一楼到处堆满了粮食和谷糟，陈策就要老庚汪老大把那谷糟分给农户养猪，不收分文。晚上，两老庚常常小喝一杯，免不了又谈起他三八年回辰溪那一次在这里脱险的情景。如果不是向瑚及时渡他过河，他很可能一潜回辰溪就被抓捕；如果不是汪老大巧施妙计救他，他也已成刀下鬼魂。真是日月天地都有眼！

向石宇、米庆轩、肖洪量他们也常来这里，还有其他中共地下党员来找陈策联系。这又引起了警、宪、特的注意，他们常派人来侦探，但因陈策住的房间在楼上，进出必须通过楼梯，而向瑚她们就坐在楼梯口把关，凡不认识的人，谁都无法上楼，这就给监视陈策添了不少麻烦。

一天，两个警察以核捐税为名，不听拦阻，冲上了二楼，向瑚同他们缠磨一阵后，陈策已经做了应对准备。结果，他们什么证据也没有捞到，只得悻悻而回。

太阳到哪儿，阴影也会到哪儿。几个月后，陈策跟向瑚说："如再有地下党的同志们来，就告诉他们：我们要转移！"

向瑚说："在这里干得好好儿的，又要搬家？"

陈策说："这里已不安全，必须搬家，必须转移！已经有人发现我们的秘密。"

向瑚说："在这里，有我们在前面挡着，我看你很安全。换个地方难道他们就找不到了？"

陈策说："现在不是我的安全问题，而是涉及很多来跟我联系的同志的安全！换个地方他们当然也会找到，但他们找到了，我们可以再换！"

于是，刺绣店又搬到了装粮埠对面的白沙咀。

白沙咀在潭湾的石牌村，地处辰河南岸，往东走不远就是桃源女中，往西走不远就是汉阳兵工厂，大路口汽车站、湖南大学、辰溪电厂、丹山寺离这儿都不远；码头对河又是华中水泥厂；尤其是邻近的潭湾、三甲塘、石牌、枫香冲、南庄坪一带全为辰河冲积平地，是一望无际的良田，也是辰溪的粮食主产区，每年收割后，大量的粮食从这码头上装运上船，然后上贵州下常德，运往各地，"装粮埠"之名也由此而来。这里粮源充足、交通方便，销货也极方便，是做烧酒和做刺绣的好地方！

陈策租下的是一个农家小院，小院就在白沙咀码头附近，和装粮埠老码头对面相望。白沙码头老柳成荫，柳林掩映下是一座龙船亭子，亭中间放有一只被桐油油得透亮的翘尾巴龙船。往来不绝的过路人歇气、带口信和闲谈，都喜欢坐在这里，陈策他们想打听各方面的消息也很方便。

在新地方果然平静许多，除了来往密切的几个地下党员，其他人一时还找不到这里来。

小院里仍然开一个刺绣店和一个米酒厂，收入也芝麻开花，一天高过一天。

几阵冷风过后，老柳树落叶了，雪花把冬天带来了，但院里仍热火朝天。不出两月，这里的名声又大了起来，来找陈策的人又日渐增多。消息传到县城，警、宪、特的头头脑脑们又轮番派人来进行侦探。

陈策经常天一亮就早早地离开白沙咀，到桃源女中、汉阳兵工厂、湖南大学以及县城里去拜访曾为救他出狱尽过力和以前在自卫团共过事的故交老友，这也是为了引开那些侦探的视线。

大寒期间，下了一场大雪，陈策用绣花红绸子封了两缸好米酒，然后戴上斗笠，用箩筐担着往梅花村去拜访马公武先生。

走不远，他又得放下担子抖掉斗笠上厚厚的积雪。

走过村庄，再经大酉观上山，然后下坡，就到了那片梅园。陈策一见盛开的梅花，就将两缸好酒放在梅花树下，以扁担为凳坐下慨叹起来："真是有其人必有其境啊！"

背后突然有人应道："哪位知己冒此大雪来赏梅？"

陈策转身一看，竟是马先生。他惊喜地给马先生抱拳施礼说："马先生，为救我出狱，你是费了大劲，老弟今天特将自己所酿的头道好酒担来两缸作为酬谢。请马先生一品！"

马公武大喜："哎呀，陈老弟，你这就见外了！能救人于坑坎之下就是活菩萨，能脱身于牢笼之中就是真英雄！你出狱乃全县人民所望，我马公武何能？不过是说动商行名铺一些老板附和一下，哪当得起你如此重谢！这么大雪冰冻，快进屋暖和暖和！"

陈策欲将两缸酒担上，马公武不让，双手将两缸酒提起来往家里走。陈策说："马先生真是好力气！"

马公武说："我是行伍出身，现在又天天挥锄弄斧，精神已不文明，体魄倒已野蛮！"

陈策说："马先生真是高人！"

两人进屋，田老师端出果盘，又泡了上好的沅陵碣滩毛尖以示欢迎。两人都有从军打仗和在国民党监狱里坐牢的经历，同时又都是辰溪本地生意人，谈话十分投机。当马公武谈到筹办楚屏中学时，陈策灵机一动，说："马先生此举真乃辰溪人民之所需，中华民族之所需，当今时代之所需！待你正式招生开课时，老弟可否推荐几个朋友到你麾下讨口饭吃？至于教学能力嘛，马先生尽管放心，肯定不是滥竽充数！我也是教过几年书的人。"

马公武说："不瞒你说，将来我要把这所学校办成一所从小学、中学到大学都齐全的一所完整楚屏学院。现在看来，教师是个关键问题，我已到湖南大学几次，联系聘请老师之事，现已基本就绪。你陈策老弟推荐的人才，我一定优先录用。"

陈策说："那我就先谢了！"

两人谈到天晚，马公武留陈策吃晚饭，陈策说是家里有个女子刺绣店，全是女人，晚上不放心，天黑前一定要回去。

陈策回到家门口，天本已晚，但莽莽白雪映照得四野仍是满目空明，他将屋前屋后扫视一遍，没有可疑行迹才推门而进。

一位陌生的年轻人坐在火塘边正和向瑚她们说话。陈策心里一紧，是不是侦探？向瑚马上将一封书信递给陈策，陈策一看就说："这是涂西畴的手迹啊！"

信中说他当年从江东古寺逃生后潜回老家，然后由德友护送，日伏夜行，沿笋岩山至新华几经曲折到了广州并考上了中山大学，现已毕业留校任教。此外再不谈别的，只问陈策现在何处。信末落款是"田寿"二字。陈策明白，田寿就是一个"畴"字！

因几年失去联系，互相已不明下落，此为初次带信，陈策大喜不已地反复说："终于知道他的下落了！终于知道他的下落了！"

陈策问起这位带信的年轻人身世。年轻人说他叫谢斐然，现在中山大学读书。他不仅是米庆轩和肖洪量的同乡，还与他们是亲戚关系。

陈策在自卫团就职时常到黄溪口、龙头庵和后塘一带训导自卫团下属的大队，对米庆轩、肖洪量、涂西畴的家乡故事知道不少。他问道："你既是涂西畴的老乡，我倒要问你一件事情。离你们那里不远处的龙头庵有一个叫米同登的人，你可知道？"

谢斐然说："米同登是龙头庵塘冲人，辰沅一带有名的书法家。有一次辰州知府请他去沅陵写州府衙门匾额，天天美酒佳肴待他，并派一书童专为他铺纸研墨，任他自由自在，醉醒不管。数日后，米同登竟将书匾一事忘到九霄云外。家里来人催他回去时，他上了船才想起府衙匾额未写，于是，掉转船头上岸，匆忙下船来到州府，挥毫作书'南天镇钥'四个大字。字字金戈铁马，气势磅礴。州府衙门的人都说，此等字只有米先生写得出！"

陈策渐显释然，但又问道："米同登还有个绝壁写字的故事你可知道？"

谢斐然说："那是说米同登在肖家河对岸石壁上写'山水苍泱'四个大字。那四个大字每字一丈见方，是扎了高台才能书写的。写完最后一个"泱"字时，他故意留下左边最末点未写，待拆下高架后，他将大笔醮饱浓墨，运足底气，握笔用力往石壁上投去，其点位置、大小、姿态均恰到好处！众人见此无不惊叹！但米同登因用心用力太过，当场吐血而死。"

陈策点点头又问："黄溪口与后塘分路处，有一座不大的石拱桥，叫作'不如桥'，你可知道来历？"

谢斐然一笑，"这就是米子和的故事了。那年米子和在长沙当省参议员，他家和富人为争一棵老松树打起了官司，他父亲写信要米子和出面对阵。米子和说：'你们打算拿多少钱打这场官司？把钱都给我，我包你打赢！'当家里人把打官司的钱给他后，他根本不去打官司，而是在进村的要道上修了那座石拱桥，叫作'不如桥'。桥修好后，他写了一块碑记，大书打官司不如做好事的道理。后来，来往行人不用过溪，走上这座桥都要骂与米子和家争松树的那富人。天长月久，大家越来越明白，在衙门里赢官司只赢得一时，这众口分善恶将是亘古千秋！”

陈策不再问，对这个年轻人印象很好，叫向瑚：“炒菜上酒！”

一切疑虑消除后，两人边喝边谈。谢斐然说起广东的革命形势，说根据工作需要，受党组织委托，涂西畴加入了中国民主同盟会，任中山大学同盟会领导小组组长，他积极组织盟员参加地下党组织的革命活动，把中山大学师生“反饥饿、反内战、反迫害”的游行示威搞得轰轰烈烈。

陈策兴奋起来，“还是当年那个涂先求啊！你回去告诉他，我已经出狱一年多了。我们辰溪的地下党组织虽然这几年受到了严重破坏，但我们一定会尽一切努力，尽快恢复，尽快建立地下党领导的武装力量！为抗日和最后解放大湘西做好准备。”

谢斐然说：“我明年正月开学回校，一定把你说的这些情况转告给他。”

陈策说：“那你以后就当我们之间的联络员。寒暑假回来一定要先到我这里来说说情况。”

谢斐然说：“我非常乐意！”

陈策说：“我看你是个不错的青年，毕业后回辰溪来，我们一起搞革命！辰溪正需你们这样有文化、有理想的年轻人！”

谢斐然说：“那我们就一言为定！”

陈策说：“你下次回来，我们如果不在这里，你就打听女子刺绣店。女子刺绣店在哪里，我们的联系点就在哪里。”

谢斐然说：“好，我记住了！”

24 / 官，我是不想再做了

宪兵团的人从潭湾执行任务回城，在中南门码头过了河就气呼呼地冲进县府，跟等着他们汇报的县长和李司令说：“桃源女中的共党分子一个也没有抓到！”

同行的警察局罗队长也说：“只要还是向绍轩在那里当校长，那里就是铁板一块！谁去都只能是碰得一鼻子灰回来！”

县长皱紧眉头看了看坐在一旁的李司令是何反应。李司令不急不忙地问：“怎么回事？是不是向绍轩又出什么鬼主意把人藏起来？或者是通知她们逃离了？”

宪兵团的人说：“何止是鬼主意？何止是把人藏起来了？何止是通知她们逃离了？简直就是和我们公开对着干！”

李司令说：“坐下来，慢慢说清楚！”

于是，执行任务的人说：“以前我们还有体训部的杨主任给我们提供内情，现在，向绍轩把那个杨主任给开除了。今后，我们对桃源女中的情况就成了聋子、瞎子！今天我们进校去抓了几个学生，向绍轩知道后坚决要我们放人，还发动学生围攻我们，他还说：‘可以把我当校长的抓走，但不能抓我的学生！’”

县长说：“听听，赤化了！完全赤化了！”

李司令补充说：“不仅学生赤化了，校长也赤化了！整个桃源女中都赤化了！湖南大学也赤化了！整个辰溪都要赤化了！”

县长说：“我们呈给省里的报告，怎么还不见有响动？对于这样的校长，难道党国还有什么难以割舍的吗？”

李司令说：“我最近对向绍轩这个人做了过细的了解，自卫团专职副团长这个职位，本来辰溪有不少人竞争，就是因为向绍轩提了陈策的名，才引起全县各界的响应，才使陈策阴谋得逞；后来呢，陈策出狱，又是他以全家性命财产作担保。他和陈策的关系我看不那么简单，他们都是贺龙的好友，现在，向的侄女向瑚又嫁给了陈策，陈策成了他的侄女婿。据我观察，陈策是共党分子无疑，只是抓不住他的把柄。向绍轩和陈策现在已经穿一条连裆裤子，我们还要手软什么？他几次不让我们去抓他学校的共党分子，想方设法保护他们学校的共党分子，甚至连自己的身份都不顾，宁愿睡在学生的楼梯口，为他的共党学生保镖，这难道还不算‘通共’？我看，我们完全可以把他抓起来关了！甚至枪毙都不过分！”

县长说：“李司令说得十分有理。要把向绍轩抓起来关了也不难；不过，这种人好抓不好放！抓陈策只是辰溪一个县的人找我们闹，要是抓了向绍轩，那就有可能是全省、全国人找我们闹。他是著名的经济学家、教育家，在武汉任过明德大学副校长，省主席唐生智也请他做过师政治部主任，周佛海是他在江苏省教育厅时的同事，他现在又是桃源女中的校长。他的影响绝不可小看！如果我们只顾头不顾尾，到时候只怕是泥菩萨过河，连自身也保不住！”

李司令终于软下来说：“问题是他给我们带来的都是负面影响！我看县长是怕抓了向绍轩影响自己的乌纱帽吧！”

县长深感李司令最后这句话说得太粗，但他还是平静自己说：“向绍轩的这些问题，我们在给省里的呈文里都说得清清楚楚。我倒不是怕丢乌纱帽，就怕陈策的事刚平息下来，又烧把更大的火，烧得我们焦头烂额。你要明白，上级可是只乐意抱笑娃娃，而不乐意抱哭娃娃！要是辰溪的乱字不断，恐怕就不是我一个人的乌纱帽问题，而是你我都不好跟上级说话。当然，你是警备司令又是宪兵团长，你说声开拔，队伍就走了，我这个当县长的可没有那么洒脱！这可是我的内心话！”

李司令说：“好吧好吧，我们自己的事少说！我是说，你应该把向绍轩通共的事实一条一条都列出来，把我们每一次到他学校抓共党分子时，他的言行都具体写出来，弄一个很全面的情况呈上去。我就不相信上面不引起重视。恕我直言，县长，你是不是也是得过且过，并不真心想把共党分子惹恶？”

县长说：“李司令这就言重了。我们之间难道还要分出手足吗？给上面的呈文绝对是言辞恳切！感情真切！要求迫切！”

李司令说：“既如此，要不要再向省里递交一份呈文催催？”

县长说：“稍等几天吧。既然上面还没有答复，那就说明我们的意见没有被否决。要知道我们和向绍轩直接对着干，远没有把上级推到前面和向绍轩对着干的效果好！后者才是高手！”

李司令面有难色地说：“你们地方上就知道搞这些弯弯绕消磨时间！”

县长说：“这没有办法，弯弯曲曲才成河嘛！稍等等，会有消息的！”

李司令说：“那就等吧！”

没过多久，省里果然来文免去了向绍轩的校长职务，调其去省教育厅高教科任科长，专管全省高等教育工作。这可是个肥缺啊！工作条件和待遇自然也都比桃源女中好了许多，可见，尽管向绍轩有“通共”嫌疑，上面对他的安排也还是曲尽人意。县长这么一想，就觉得自己不直接招惹向绍轩完全是对的！

向石宇最早得知这个消息。他和陈策、向瑚带了一坛好酒来到潭湾看望向校长。

向校长到潭湾街上买了一大包花生米，又到家中拿了四个酒杯，提上那坛好酒，把陈策他们带到河边的野猫洲马鞭草坪里，四人边喝边聊。

自云贵高原上艰难流来的辰河到这儿已经变得成熟和壮实，进入农历五月，又正是水丰河绿。辰河上没有大船，但从沅水河进来的小船，上吕家坪到凤凰县直至贵州，或者是从辰河出去的小船入沅水下洞庭，上下船只如风吹叶片飘飘悠悠地都从这儿经过，河面是一片繁忙。有牧童骑牛过河，往河边西瓜地走近。西瓜已经成熟，一瓜农在守瓜的小茅棚门口忙碌。下滩的水声在时空中流得非常悠远，称得上大音稀声，不听即无，细听则极为响亮，真为天籁之音。

向校长给每人都倒上一点酒。向瑚说："伯父，您知道，我不沾酒的。"

向校长说："瑚儿，今天伯父要你喝一点酒——只用舌头沾一点就行！目的是在这个辰河边的草坪里留个难忘的记忆！"

向瑚说："伯父，我们得知省里免了您的校长之后很难过。我们都知道，您是为我们才被免职的。"

向校长说："不是为你们，是为国家、为民族！为中国人民！这有什么难过的？说实话，谁是共产党，我根本就没有去问、没有去查！没有那个必要！这是个人信仰问题，他们有选择自己信任的党和政府之自由和权利！我只相信正义代表光明、青年代表未来这条真理！如果一个执政党败坏到了没有了青年的拥护，没有人民的拥护，那无疑将逼近末日！我看到我们这个民族有这么强烈的抗日爱国精神我高兴啊！我不保护他们，谁保护他们？我当初参加国民党，不就是为反封建吗？为什么只允许我们自己这一代进步，不允许我们下一代进步？这是什么亡国逻辑？"

陈策说："老校长，我想了这么久没有想清楚的事，您几句话全都说清楚了！来，请接受我敬您一杯！"

向校长喝干敬酒后又添了一杯说："我也要敬你一杯，在国民党牢里坐了三年多，还是威武不屈、意志坚定，真不容易！我没有看错人！"

向瑚说："他在牢里时，我们去探监，他看见我们流泪还劝我们想开些、乐观些！"

向校长说："这才像男人嘛！瑚儿，你也没有看错人！"

向石宇说："老校长，如果没有您以全家性命财产作保，只怕陈策今天还在牢里坐着。"

向校长说："我也只是顺应潮流，要不是各方面的力量起作用，我一个人作保又有何用？他们也根本就不会要我作保！真正值得记住的是辰溪人民和像马公武这样的各界名流。公武先生本是不再愿意招惹政界军界，一心想回乡过世外桃源生活，这我非常清楚；但为你出狱，他说动商行店铺关门示威，你想想，他下了多大的决心？冒了多大的风险？”

陈策说：“所以，我担了两坛自己酿的好酒到他家拜谢。他还答应我楚屏中学开学时，要聘用我给他推荐的老师。”

向校长说：“识时务者为俊杰！我看马公武这个人够朋友！”

向石宇说：“老校长何时去省教育厅就职？”

向校长说：“我现在不跟他们说何时去就职。尽管这个职务别人很羡慕，但我是不去就这个职的！这一辈子我都想好了。要不，我就办学培养人才；要不，我就专门去做学术研究；官，我是不想再做了！做个愚弄人民的官，有何意思？”

向校长凝望着天上的云彩，过去的岁月像天空飞下来的画片落在向校长面前：

一九三五年他在江苏省教育厅任主任秘书兼第一科科长，管高等教育……

“华北自治”和“七君子事件”后，国内民众强烈要求抗日，而国民党却坚持“攘外必先安内”……

上海、江苏相继沦陷时他愤然辞职，并写下一首诗：“江南自古人文薮，武力摧残剧可哀。洗尽繁华秦淮水，空余壁垒雨花台”……

沅陵的周佛海来江苏教育厅任厅长，以老乡的名义留他继续任职，他也婉言谢绝……

回湘后，湖南省教育厅朱厅长推荐他任桃源女中校长，他欣然赴任……

在桃源时，日本飞机轮番轰炸，他只得领着几百学生坐小船从桃源逃亡到这里……

伤痛未愈的岁月让向校长深深地叹息了一声：“唉，刚把学校建得有点规模，学生们刚刚有了安定的学习环境，他们却要把我赶走！”

向瑚说：“伯父，这年头无理可说。顺者昌，逆者亡！”

向校长说：“我有三件事情得罪了当局：一是和陈策走得太近；二是没有让他们在学校抓到‘共党分子’；三是开除了他们安插在学校的耳目。三件事都是我乐意做的，别说是免了我的校长职务，就是把我关进牢里，我也至死无悔！”

向石宇说：“老校长，这三件事，都是最让他们伤心的！”

向校长说：“不伤心，他们能把我赶走吗？”

西下的夕阳把河里撒满了金色的云彩。一位赤膊瓜农担着西瓜从他们身边路过。向校长说：“老乡，买个西瓜可以吗？”

那瓜农看了看向校长，放下担子，捧出一个最大的西瓜放在向校长面前说：“向校长，想不到是您在这儿啊。这西瓜给你。”

向校长说：“多少钱？”

瓜农说：“你要跟我算钱？”

向校长说：“战乱年月，你们的日子过得这么艰难，怎么能不算钱呢！”

瓜农说："我这一辈子恐怕都还不清欠你的钱哪！"

向校长说："老乡，你怎么说这话？"

瓜农说："我是张旺儿的父亲啊。我女儿没钱读书，就是您一直在资助她。您说，我还能收您一个西瓜钱吗？"

向校长高兴得哈哈大笑，"原来是旺儿的父亲啊！那就不给钱了！"

向石宇捧了西瓜到河里洗干净，用锋利的石片剖成几块，红红的西瓜也像天上红红的云彩，带给他们另一种兴奋。

这是一次特别的聚会，在每一个人的情感里都像一次诀别的聚会。

向校长是要悄悄离开学校的，但消息还是不胫而走。

船只已悄悄地雇好，搬运工也悄悄地请好。第二天一早，行李（主要是书籍）就从后门的码头上悄悄搬运到船上。

这一天是农历五月十八，是潭湾的赶场日，是潭湾每年划龙船的最后一天，也是潭湾最热闹的一天。

黄泥滩把辰河卡出一碧宽阔的河湾，在潭湾镇外漫开，下至洞堖上的岸嘴，上至鸬鹚滩，一碧万顷，波澜不惊。从张家溜、麻田方向，从倒伏、木洲、牛溪、大伏潭方向，从枣子林、报木洞、曾家坪、龙埠江、石马湾方向赶来的无数只龙船聚集在了河面上，它们以潭湾为中心，按照五营四哨的方位给龙船插上青、红、白、黑不同颜色的旗帜。因是最后一天划龙船，所以，一早就锣鼓震天，你追我赶，鞭炮不断。一会儿这里有人"抢红"，一会儿那里有人"上礼"。得到的喜红和礼钱越多越有脸面，所以猪头、粽子、喜红和礼钱，每只船上都放着一堆。

河两岸的沙滩上和树荫下到处人山人海。

浓浓的粽子香弥漫着河面。

这搅动了向校长的乡情，他突然有了一种意想不到的难分难舍。向校长的老家向家园离这儿不远，过了河往怀化方向走几里就可以到家，然而，现在他不能回家。

正要催船起航时，河岸上来了很多学生，她们站在码头上一声接一声地喊着：

"向校长——"

"向校长——"

"向校长——"

向校长向她们挥手作别："同学们再见了——同学们，好好学习——同学们再见了——"

学生们哭着喊道：

"向校长，您慢走！"

划龙船的人有节奏地齐声高喊着："向校长，好走！"

“向校长，一路平安！”

“向校长，再见！”

河面上突然宁静下来，没有一丝锣鼓声，没有一丝说话声，甚至连一丝风声也没有！

片刻之后，河面上传来议论：

“向校长被上面撤职了。”

“向校长可真是好校长哪！”

“向校长为保护学生得罪上面的人了！”

“向校长为保护好人得罪县里、省里的人了！”

河面上忽然又锣鼓齐鸣，吆喝四起，龙船跃动。所有的龙船自动排成了两行，把向校长的小船护在中间，向校长的船慢慢上行，所有的龙船就在他两旁护航。在热闹的锣鼓声中，划龙船的人有节奏地齐声高喊着：

“向校长，走好！”

“向校长，走好！”

“……”

向校长一边挥手，一边回应着：“老乡们好！老乡们好！”

向校长这一去，不是到省教育厅就职，而是去重庆北碚国立编译馆去任特约编纂。他这一去，不知道自己还能不能再回来看看自己的学生、看看自已的家乡、看看这里的龙船，他毕竟已年近花甲！

他终于哭了……

25 / 我们又被盯上了

陈策在县城里卖完酒，在茶馆里坐了坐，听过些街谈巷议就来到中南门码头准备过河回家。两岸各个码头到处堆的是煤山，到处集中着运煤工人，也到处是乌黑的煤船，煤船像是被两岸的蝉声缠住，行动得非常缓慢。

过了渡，他到小路口煤洞口和一些挖煤工人交谈，先问了问煤价，后又问了洞里的煤层和作业安全情况。煤矿工人说话时，只听得见声音，但不知这声音到底是从谁嘴里出来的，一个个黑得看不清脸，分不清你我。

“煤层越厚，煤价越好，我们越是死得快！”

“前不久，一个洞子挖通了大河，一下子淹死了三十多人。至今连尸首也无法找回。”

“死一个人不如死一只狗！”

“想想一个人活着真是没意思！如果不是为了养活家中老小，谁愿意来这里送死啊！”

陈策说：“是啊，进洞子是鬼，出洞子才是人！开煤矿的老板又有几个不黑心？”

陈策做过煤炭生意，和他们说起话来很内行、很投机，但工头来了，他们又只得下井去挖煤。

陈策走到南庄坪，见一位菜农正在用绳儿把长长的冬瓜吊在一人高的棚架上。陈策和那菜农打招呼：“今年这冬瓜长得好啊！”

菜农说：“嗨，冬瓜还没有脱毛上灰，卖冬瓜的钱早就用光了！”

稻穗刚刚灌浆壮籽，这个季节正是农村的“荒月”。

陈策说：“你还想让冬瓜在架子上荡秋千？”

菜农说：“冬瓜要吊起来才长得又大又长。它多长两斤肉，我就多有一口饭吃！”

陈策说：“你这算盘打得不漏水了！”

菜农说：“算盘再好也没有用！你算我算都不如官算！政府的捐税又多又重，还要挨土匪抢！这日子过得太没有想头了，如果不是舍不得儿女堂客，我早就跳到潭里见龙王去了！”

几个担粮食的农民走过瓜园，菜农说："你看看，他们都是从富人那里借粮过黄月的。现在借一担，秋后就要还两担啊！"

陈策说："这么重的利啊？"

菜农说："人家还说肯借出来就是开恩哪！"

回到白沙咀，陈策就将带回的一大堆报纸摊开在饭桌上，有辰溪本地的报纸，也有从湖南大学和桃源女中的学生那里买来的《新华日报》《抗日战报》等。他坐在四合院里慢慢地翻阅。一条"常德会战"的消息映入眼帘。驻武汉日军调集约十万兵力，分三路会攻常德，先是西路军进犯石门、慈利、澧县等十多个乡镇，烧毁房屋近千栋，屠杀平民一千余人，后又继续进犯常德、桃源。中国军队与日军进行几天几夜的激战，打过外围阻击战，又进入城垣保卫战；最后，中国军队与日军又进行了激烈巷战。常德先是沦陷，接着日军败退，中国军队收复常德……这是一场多么惨烈的激战！陈策久久地拿着这张报纸不肯放下，手有些微微颤抖。多日来只听说中国军队和日军在常德那边打得激烈，在这张报上才看到些准确消息。他是带过兵打过仗的人，在这则消息里他深知这一仗中国军队的损失！向瑚从来没见他这样激动过，问他："你看到什么消息了？"

陈策说："中国军队在常德与日军浴血奋战，这一仗打得太艰难了！"

于是，傅英、汪珍她们也都围拢来，听陈策讲常德保卫战的消息。

向瑚说："日本鬼子打到常德了，离我们越来越近，总有一天怕是不光派飞机丢炸弹，那些扛太阳旗的强盗还会打到我们家门口来啊！"

陈策说："只要日本鬼子敢来，我就是组织人摸黑，也要把他们一个一个杀光！"

陈策又指着报上另一则消息说："你们看看，已经国无宁日了！安徽沦陷后，国立八中搬到我们湘西乾城县所里镇来了，四千多学生，高中一部和初中一部设在四川秀山，高中二部和初中二部又设在永绥，而高中三部设在洪江，高中、初中女生部设在乾城，初中五部远设在麻阳。想想看，学校各部分散得像天上的星星，相隔遥远，相当于一个省的地盘了；还要师生们自己动手造粉笔、制肥皂、织布，这哪里还像个学校嘛！哪里还谈得上读书嘛！整个民族的后代读不成书了，这意味着什么？这意味着我们这个民族完蛋了！想想这日本侵略者可恨到何等程度！"

放下报纸，陈策心情非常沉重，一直在院里踱圈子，天快黑的时候，他才踱出门在河边码头上走走。

他一走出门就发现房子周围有几个人，又不像农民。陈策以为他们是汉阳兵工厂的工人，他走近去想跟他们聊聊天，问问汉阳兵工厂的情况，但那几个人马上散开，不跟他会面。陈策知道，自己又被警、宪、特盯上了。

陈策折回到家里跟向瑚说："我们还是把刺绣厂搬进县城去。"

向瑚说："怎么又要搬家？"

陈策把向瑚拉到窗子边，指着窗外田畈上那几个人说："你看看他们是干什么的？我们又被盯上了！"

向瑚说："盯上又能把我们怎么样？"

陈策说："我们好办，问题还是来我这里联系的同志们不安全！随时随地都有被他们抓捕的可能。我们必须马上转移，搬进县城去！"

向瑚说："汪珍不是说过县城里不安全吗？"

陈策说："那是说我出狱的时候，现在我已经出狱一两年，情况我已摸清了，该联系的人也都联系上了，虽然，警、宪、特还在监视我，但我是向校长担保的人，只要我不公开出面组织什么大活动，他们就不好对我公开下手。我们回城去，主要是方便同志们来联系，免得他们冒险走这么远的路到这个乡下来。另外，我要同米庆轩、肖洪量和向石宇他们商量，尽快成立一支抗日青年队伍，日本鬼子已经打到常德来了，离我们这里还有多远呢？一旦要人，我们就要开赴抗日前线；还要安排几个人在马公武先生的楚屏中学里潜伏下来。这都要求我们必须住在城里才方便进行。"

陈策又跟汪珍说："你明天就去城里找找，看看哪里有合适的房子可租。"

汪珍第二天一早就进了县城，一整天不停脚地转，到处打听。逃亡到辰溪的难民骤增，城里房子紧张。汪珍也找到过出租房，但不符合陈策的安全要求。汪珍最后找到了住在城西街的刘本禄，刘本禄愿意把自己的房子让出来。汪珍看过房子，感到满意，离县府和警备司令部比较远，且后靠熊首山，前临沅水河，西通玉华洞，东接主城区，出去办事方便，遇险撤离也快。

房子是两层楼，楼上做刺绣店和陈策夫妇的住房，楼下为其他人的住房和烧酒店。

陈策刚搬家安顿好，向石宇来了，跟陈策说："我打听到张玉琳的消息了。"

陈策脑子里紧了一下说："这些年他藏哪儿了？"

向石宇说："他最后一次死里逃生，逃到湖北恩施向刘嘉树部投诚后，刘嘉树把他送到沅陵交给了专员陈迪光'管教使用'。陈迪光对张玉琳颇为赏识，委任他为军事科科员，又被保送到重庆军官学校学习。"

陈策"噢"了一声，稍一思索就说："张玉琳这个人和熊桂清他们不是一路货。我还是那个想法，对付张玉琳的上策是能为我们所用；中策是不与我们为敌；下策才是除之！"

向石宇说："有道理。他年轻，书也读得不错，打仗也很有一套。"

陈策说："这个人军官学校毕业回来后，必受重用。从现在起，我们就更要盯紧他。"

说完这些，向石宇要走，陈策和向瑚留他吃晚饭，说：“刚搬了新家，正好又多做了几个菜；酒嘛，在自己的酒缸里舀就是！大家热闹热闹！”

吃过饭，送走向石宇，陈策回到自己的房间。推开窗户，月亮刚从大伏潭那边升起来，有鸟在丹山寺的古松树上鸣叫，整个县城上空像落了一层霜，灰灰蒙蒙，看上去是那样寂静，而寂静的屋檐下却暗藏着那么激烈的生死斗争。他想起远在陕北的贺龙、远在长沙的聂宏钧、远在广州的涂西畴，想起他自己委任的被李司令他们杀害的几位自卫团大队长……在国民党监狱里坐了三年牢，出狱后又在乡下避了两年的难，现在才算又回到这座县城。日本鬼子打到家门口来了，辰溪上千人惨死在日本飞机的炸弹之下，国民党对付日军显得力不从心，而扛着屠刀不让共产党长大却气势汹汹。现在是该出手的时候了，但党的地下组织被破坏还没有完全恢复，没有了中共辰溪县委，又该如何出手呢？陈策轻轻自语了一句：“还是要从抗日开始！”就关了窗户。

中秋节本是辰溪人吃鹅吃鸭的节日，家里虽然人多，但买不起一只鹅，只买了一只鸭子；为让大家高兴，向瑚用最好的糯米和黄豆粉做了桐叶粑。陈策就把米庆轩也找来过节，说：“今天你喝我这杯酒可有个任务啊！”

米庆轩说：“是不是要我带人去打日本鬼子？”

陈策笑了，“算你猜对了！我们自卫团被他们搞掉了，我现在刚从国民党牢里出来，还被严格监视，不能公开出面搞武装。你马上出面组织一个辰溪青年抗日中队。上面虽没有人布置我们，但日军已打到我们家门口来了，我们不准备不行！”

米庆轩说：“这个任务我很快就能完成！”

陈策说：“这个抗日中队平时要绝对保密，战时又能拉得上去！平时不保密就会被县里搞掉。”

米庆轩说：“这个不难。我叔父一九三七年就组织过抗日团，投入国民党三十一集团军，开赴前线抗日。我和肖守谦、刘本禄、舒少卿、谌炽等人都是这个团里的骨干！后来我叔父见这个集团军消极抗日、积极反共，才愤然离职归乡。我叔父组建这个团时已经年近花甲，但他还是抗日救国壮志不已，我现在正年轻力壮，组建一个抗日中队算什么？”

几天时间，米庆轩就将一份辰溪青年抗日中队的名单给了陈策。陈策很满意，但跟米庆轩说：“现在国民党对我们盯得很紧，绝不会允许我们建立自己的武装，我们无法集中训练，但你平时加强和他们联系，可以采取为地方维护秩序等办法，让他们经常分小组集合一下队伍，千万不要弄得太显眼！”

米庆轩说：“这我有办法对付！”

过了一会儿，陈策又问：“你那个小老乡怎么还不见回来？”

米庆轩有些蒙了，说：“你说的是谁？”

陈策说："那个在中山大学读书的小谢啊。"

米庆轩这才明白过来。

陈策说："现在暑假已过，新学期又快要开学。真盼望涂西畴能再从广州给我们带来些好消息、好主意。"

米庆轩说："这年头，生死难料啊！如果国民党发现谢斐然'通共'，在路上杀害了他也有可能。"

让陈策没有想到，第二天谢斐然就出现在他家门口。

陈策说："你怎么这么晚才回来？"

谢斐然说："在广东那边协助涂西畴做了些工作，就快开学了才回来。"

陈策迫不及待地要谢斐然上楼进密室里谈话。

谢斐然转达涂西畴的意思是，中国正处黎明前的黑暗、分娩时的阵痛，要辰溪地下党团结在以陈策、米庆轩同志周围开展斗争，要想办法建立自己的武装；蓄积革命力量，等待革命时机，为党在辰溪和湘西的工作打下一个良好基础。谢斐然还说，涂西畴特别想再回辰溪一趟，见见辰溪地下党的同志们。

陈策跟谢斐然说："你回去一定转告涂西畴，辰溪的同志们也特别想他回来一趟。"

涂西畴的这些消息和意见让陈策感到他们好像仍在并肩战斗。陈策为了从长计议，又去拜访了马公武。

楚屏中学已经开学，陈策走进校园，进门正对面是一方自然巨石，石上刻有校训"书剑报国"四个大字。陈策一喜，忍不住感叹说："留过洋带过兵的人办学校，毕竟风格不一样，很现实！很壮气！"

往里走，同学们正集中在礼堂里教唱歌曲：

大哉楚屏，自由之血。卧薪尝胆，国仇未雪。生聚教训，培育士杰。武士魂，美人魄，慷慨悲歌关山月！

大哉楚屏，宏开人文。筚路蓝缕，以启山林。宪章五典，祖述三坟。万卷书，三尺剑，精神发扬古国魂！

大哉楚屏，义路礼门。乃文乃武，必忠必信。产业革命，文艺复兴。英雄泪，女儿情，快挽狂澜慰苍生！

大哉楚屏，自由之花。书剑报国，耕读传家。志安社稷，气吐烟霞。醴无源，艺无根，沅水今日藏龙蛇！

马公武见了陈策就远远地迎了上来。陈策说："你们学生唱的什么歌？我怎么从来没有听到过？"

马公武哈哈大笑说："让老弟见笑了！这是本人为这所学校所撰的校歌。请多多指教！”

陈策也笑着说：“难怪只听得‘卧薪尝胆、国仇未雪’‘书剑报国、耕读传家’啊！好歌！好歌啊！”

马公武说：“不敢当啊！论办校教书，我还得要向你老弟学习啊！”

陈策说：“我只是在辰阳小学吃过几年教书饭，哪敢当啊！看你把学校办得这么好，我真羡慕！敬佩！”

马公武说：“你看看，湖南大学就办在我们家门口，但因为辰溪没有高中，所以就没有几个人能考进湖大。现在只有大兴教育，启迪民智，才是振兴邦国之上策。”

陈策说：“马先生所见甚是！我也只想助老兄一臂之力！”

马公武说：“若你老弟能来，我马某人深感荣幸！”

陈策说：“我现在是国民党看得很紧的人，到您这里来，怕给您添麻烦。为我出狱，您已尽力，我再不能来连累你！我已经和湖南大学胡校长有约，到他们那里去做事。”

马公武说：“那就不敢高攀了，我这是刚办起来的新学校，哪能和湖大相比？”

陈策说：“其实各方面条件，湖大都比不上你这里！”

马公武说：“老弟过奖了。你前次所说，愿为本校举荐些青年人才，可还记得？我这里正缺师资。”

陈策说：“记得记得。今天就是为此事而来。”陈策从衣袋里摸出一张名单交给马公武。马公武一看他们的基本情况，都是大学毕业的青年人，点了点头说：“好，这几个人我都要了！”

陈策说：“那就太谢谢您了！这年头，兵荒马乱，要找口饭吃不容易。他们都是受过良好教育的青年人。”

马公武说：“只有这些人才能培养出有用的人才，才能贯彻我的教学理念！我就是需要这些有知识有思想的青年人！叫他们明天就来学校报到。”

陈策告别梅花村回到家里，心情非常好，跟向瑚说：“马公武真是开明，我推荐肖洪量、肖守训、米西成四五个人给他，他全都接受了。”

向瑚说：“马公武跟别人搞不到一起，但对你向来特别！”

陈策说：“这些进步知识青年潜伏下来了，我就去了一块心病。我和米庆轩准备潜伏到湖南大学去。”

26 / 来时还是去时路

因为坐牢对辰溪很多事情留下的空缺现在又被填补起来。于是，陈策把女子刺绣店和烧酒店交给了向瑚她们经营，自己又主要从事地下活动。

他今天要去见湖南大学的胡校长。他沿着沅水河边柳树下的泥沙路往龙头垴走，沿途只见大河里的船只比辰河里多了许多，船体也庞大得多。上行的船只有纤夫在岸上成排成行地背纤，远看像一长串蚂蚁抬虫，近看就是一片光着的脊背和屁股。转弯处和高低不平的山石上，总被纤缆磨割出数道细滑如玉的深槽。河面上，夹在船只中的还有从洪江下来的大块木排。木排上少不了一个门朝后开的尖顶小木屋，木屋顶上升着斜斜的炊烟，那是排古佬居家的旗帜。排古佬很苦，木排从沅水河到洞庭湖，不知要走多少日子，如果在哪里搁了浅，那就要待到第二年涨水；如果过滩打散了木排，那将财尽人亡。所以，能吃就吃、能玩就玩，是他们的人生信条！

几个排客从排上那个小屋里出来，一丝不挂地站在排头向河边码头上洗衣濯菜的女人们摆弄鸡巴撒尿。大河的卵，无人管！已经习惯的河边女人不仅不责怪他们，还对准这些排古佬的鸡巴浇一把泥水，为他们添一点乐趣。陈策站下来还没有看够，很快就时过境迁，看着不大流动的大排，一会儿就到丹山寺下面的塔湾潭。

陈策是受胡庶华校长之邀而去的。他朝胡校长的办公室走，正好遇上一个女学生对面走过来，女学生停下来笑着叫道："陈叔叔，你到这里来找谁？"

陈策不认识这个女学生，问她叫什么名字。她笑着说："陈叔叔你连我都不认识了？"

陈策不好意思地说："你说出名字我不就认识了吗？"

她说："我叫米月娥。"

陈策认真地看了看她说："你有两个名字，还有一个名叫琳云，是不是？"

米月娥笑起来说："陈叔叔还记得我小时候的事啊！"

陈策说："米神医的女儿，我哪会不记得！那年我们女子刺绣店刚开业，你父亲就常带你到我们店里来凑热闹，给你向瑚阿姨她们讲辛亥革命的故事是不是？”

米月娥说：“是的是的。”

陈策感慨起来，“唉——几年不见，你都长成大姑娘了。我们也该老掉了！”

米月娥说：“有六年没见面了吧？我都是中学生了！”

陈策说：“你在哪所中学读书啊？”

米月娥说：“湖大附中啊！”

正说着，胡校长来了。

陈策说：“胡校长，陈策前来报到！”

胡校长捋了一把长须说：“快到办公室里坐。真是军人出身哪！没想到你来得这么早！”

陈策说：“打搅你了。”

胡校长说：“今天就来上班吗？”

陈策说：“家里没事干，还要养家糊口啊！今天就来上班。您看具体安排我做些什么？”

胡校长说：“安排给你的这个职位，主要是针对校内公共财物的看管而设。凡是损坏校内公共财物的事，你都可以管。这可是辛苦事、脚头活，委屈你了。”

这个差事看起来没有具体任务，其实看管范围广，很容易让人不满意。但陈策想了想，觉得这份工作流动和自由性大，他即使四处活动也有正当理由，无可指责，就说：“我是个尖屁股，坐不住，这个差事很适合我。”

胡校长说：“陈先生过谦了。那就这么定下。”

几天工作下来，陈策果然对这份工作感觉特好，湖大内外任何地方他都可以去，这真是一份难得的自由！

陈策首先去找此前就已来湖大中学部工作的米庆轩。走到中学部，又看见米月娥和他的同学在张挂抗日标语，陈策问道：“月娥姑娘，知道你庆轩叔在哪儿吗？”

米月娥说：“当然知道呀！”

陈策说：“你带我去看看他。”

米月娥张挂好标语就带他去见米庆轩。

米庆轩在办公室里正和几个人讨论什么事情，米月娥跟米庆轩耳语了几句，米庆轩走出办公室跟陈策说：“见过胡校长了？”

陈策说：“见过了。从今天起，我们又在一个战壕了。”

米庆轩说：“具体干什么工作？”

陈策说：“看管湖大的公共财物。很自由！”

米庆轩说：“这可是个好差事！只怕是胡校长专门为你设置这么个职位，以前没有过。”

陈策笑着说：“从今天起，我就是这个学校的齐天大圣！”

米庆轩陪陈策在教室、学生宿舍、各种试验室、食堂、办公室、礼堂转了一路，校区共有好几十栋临时房子。即使这些临时建起的木板房也没有逃过日本飞机的轰炸，办公室、矿冶室、无线电室、机械工厂、大教室的一角、体育部办公楼、教员宿舍和传达室等多处房屋都被炸毁过，有的已经补修了，有的还残破依旧。

两人在湖大的防空洞里坐了下来。没有外人，米庆轩就谈起湖大地下党组织前前后后的情况。他说：“湖大原有中共地下党支部，领导着民族先锋队、明日社等先进组织，湖大学生江亚青还担任过中共辰溪地下县委妇女部长，公开身份是明日社的成员。在地下党的领导下，湖大师生为抗日前线捐款多次，数以万计。他们还在辰溪街头绘制日军侵占中国形势动态图，演出抗日剧目。学生们还就近深入中国军队开展代写书信、谈话、缝纫等劳军活动。和全国一样，‘皖南事变’后，薛岳在湖南更加疯狂清查‘异党’，即使湖大的民先队和明日社这些党的外围进步组织也受到了摧残。”

米庆轩的话引起了陈策的痛苦记忆。陈策说：“我被关进监狱那年，湖大还刚搬来不久。我对湖大这几年地下党的活动情况不是太了解，所以，我这次一定要到湖大来。我想，湖大原来有这么好的工作基础，虽然现在地下党组织被破坏，但我看湖大师生们今天的抗日爱国热情还是有增无减！”

谈完话，出了防空洞，两人朝不同方向走，以防被发现。

陈策刚进校工作不久，胡庶华校长就奉令要去重庆高就，教育部指派了湖南省党部主任委员李毓尧来湖大接任校长。

这一消息的到来像是平静的水面击进一块大石头，校区一夜之间到处张贴着工学院声讨李毓尧的檄文，说李毓尧这个政客进湖大，不是为昌明学术，而是为了当官，他绝不可能把湖大办好。

李毓尧弃教从政后担任湖南省党部主任委员期间，在长沙弹压过学生运动，所以，湖大师生们坚决不让其进校，要誓死保护思想活跃、昌明学术的湖大校风。

事情越闹越大，师生们又组成了“拒李团”，校内到处布满了“驱李护校”的标语横幅，还在大礼堂召开了“国立湖南大学驱李护校大会”。辰溪城乡以及整个大湘西到处都在传说湖大校长进不了学校。

如果就这么个声势，李毓尧倒也还可以勉强入校，最大的问题是，师生们在大会上宣布“学生全部请假待命”，实质上就是罢课！

为了扩大影响，学校还印发大量的驱李护校“快邮代电”散发到全国各地，在重庆的蒋介石也收到了一份。他看过这份“快邮代电”之后说：“李毓尧留学英国，毕业于伦敦大学皇家学院地质系，回国后，担任过北京大学、湖南大学教授和湖南大学工学院院长，这样的人都不行还有谁行？什么‘驱李护校’，必为共党所幕后操纵！”

于是，内部下令对湖大严加清查，对“闹事分子”坚决查办！

查来查去又查不出有哪位共党在直接领导，但总不能用罢课来迎接李毓尧校长吧！

李毓尧进不了湖大，共党分子又挖不出来，这让党首政要很没有面子，也让李毓尧想不通。论学历，他毕业于伦敦大学皇家学院地质系；论资历，他担任过北京大学、湖南大学教授和湖南大学工学院院长；更让他伤心的是，震惊省内外的“驱李护校”运动，最早竟是由他任过院长的湖大工学院发起。

于是，他也不服气，赌气上书教育部，言辞恳切地请求支援，他是非进校不可！

教育部当然非常理解他，也很愿意为他撑腰，于是决定派黄督学专程赴辰溪处理“湖大学潮”问题。

为稳妥和不失体面起见，黄督学偕李毓尧也不贸然进校，先在县城住下，天天和辰溪的党、政、军要员互拜礼请，联络叙话，想从中打听到内幕真情，寻求各方力量支援。

但这似乎也于事无补。二十多天后校长还不能进校，教育部就不得不电催。黄督学也不好交差，于是，李毓尧和黄督学精心商定：还是先退一步，把师生弄进学校上课，其余事下一步再说。

黄督学先入校，说李毓尧已经辞职，全校师生自即日起必须“销假上课”；又苦口婆心地个别劝说师生，叫学生不要荒废学业，要好好读书，多接受知识，将来才能报效国家。

校园气氛平和了两天，但湖大师生一打听，李毓尧并未辞职，于是，又坚持以“请假待命”来“驱李护校”。

假辞职之计被湖大师生识破后，李、黄更加陷入困境，两人通过深入分析，觉得不能再遮丑自辱，只有再向教育部报告，说湖大师生为共党暗中操纵，校长无法就职，学潮无法平息，如不趁早平定，必造成更大混乱，误校乱国。

国民党重庆中央政府接到教育部所转报告后，只得电令辰溪驻军进行武装护送李毓尧入校。

收到电令后的独立三十二旅和宪兵团真枪实弹来到湖大校园，校外严密布防，校内军乐奏鸣，庞大的武装队伍护送李毓尧就职。

迟迟入不了校、就不了职的李毓尧，这下让上级给足了威风和体面！在湖大历史上有哪位校长享受过如此礼遇？更显得他是国民党的要员和红人！也更显出国民党高层对他很是看重。

只要入校就职，李毓尧就不怕，管好一所湖大，他自信是轻车熟路。湖大这些人的底细他是了解的，在学术上自然是各有一套，至于玩政治，他李毓尧的经历比他们丰富得多！

李毓尧第一把火是以学生要好好读书为由，取缔一切社团活动，解散社团组织，不得罢课，禁止任何壁报和刊物发行。但这一套在湖大似乎不灵。取缔社团活动后，学生们仍三五成群地聚在龙头垴农民家里以及田头地边声讨李毓尧，公开的壁报没有了，私下里传阅进步报刊有过之而无不及。

这期间，陈策又把米庆轩和米月娥找来，要他们在附中那边多做工作，多支持湖大师生。米庆轩说，附中一直都在积极响应。米月娥是附中的积极分子，她说："白天不好贴标语，我们就夜里贴！学校不好贴，我们就到县城里贴！我们一定要把'驱李护校'运动进行到底！以前我不知道这个姓李的是个什么人，这回看他进校后的所作所为，真是该把他驱除出去！"

李毓尧第二把火是找学生个别谈话，要他们围攻和批评学校的几位教授。但被谈话的学生不仅没有按他的意图办事，还把这些事实的真相公布出去。这更加引起湖大师生的强烈不满！

李毓尧斯文已经用完，眼看没有了退路，剩下的办法就是动用校长手上的权威！他也并不想与学生作对，但形势逼着他拿学生开刀，杀鸡给猴子看。于是，他将吴子佩等三十四名学生做出停课和记过处分。

校方将这张停课和记过的学生名单张贴出后，湖大师生和李毓尧的矛盾达到白热化程度，到处有集会，到处人有呼喊"李毓尧滚出湖大！"的口号，闹得李毓尧坐立不安、如煎如烤。

李毓尧虽然如坐沸锅，但要他就这么败在湖大师生手里，灰溜溜地走人，他绝对不干！通过入校后这一段时间的观察，一个姓刘的学生与别的学生表现得不一样，平时见面不无亲切。李毓尧找到他谈话，深问后才明白，他早就和自己是一条船上的人，只是不能暴露身份。李毓尧只恨相识太晚，真是如获至宝，就要姓刘的学生在学校里弄出点事儿来。姓刘的学生心领神会，于是，趁夜深人静时纵火烧了注册室和一间教室。然后，李毓尧说是"驱李护校"的学生所为，姓刘的学生就为此作证。李毓尧有了这个"把柄"便大做文章，向教育部报告，教育部又将此报告转至中央政府。

很快，当地军、警如临大敌，将浩浩荡荡的队伍开进湖大校园，并宣读蒋介石手令："查湖大学潮，延续数月，近更变本加厉，绑架同学，纵火烧屋，捣毁仪器……"

纵火诸罪终于强加到了学生头上。

于是，军、警拘押七十七名学生接受军事审讯，又宣布另外七十六名同学分别给予开除、退学、停学处分。一时间，校内刺刀闪亮、杀气腾腾、满天乌云！

为让学校焕发出一些生气来，宪兵三十二旅重又组织官兵，张灯结彩，再一次武装列队护送李毓尧进校。

李毓尧再次进校后，认真总结了几个月来与师生们斗争的失败教训，他认定，事情发生在学生身上，根子还是在教授们身上。李毓尧心一狠，将支持学生的矿冶所周主任、矿冶系黄主任、法律系李主任、政治系伍主任四位教授解聘。同时勒令六十九位同学限期离校。

这之后，师生们的集会反抗还在进行。几天之后，学校又勒令八十二位同学限期离校。

战乱年代的湖大学生本来就不过千人，陈策和老师们谈起这么多学生被勒令离校、退学、被抓、被关时，大家心里就流血。

迫于高压手段，师生们只好改明斗为暗斗，等待时机。

傍晚，陈策和米庆轩、米月娥三人坐小划子过河回家，陈策说："斗争这般残酷，湖大的师生就是不向国民党低头！真是难得！"

米庆轩说："斗争可能还要相持一段时间。湖大的师生们说了，一定要坚持到最后取得胜利！"

米月娥说："我们学生印制了很多传单，今夜里我就散发出去，向社会公开李毓尧大肆迫害师生的真实面目。"

陈策说："好！我们要让县内外社会各界声援湖大师生。李毓尧的这些做法实在是过分了！国民党真是被鬼摸脑壳了，为一个人争面子，竟不顾这么多师生！"

米庆轩说："其实，李毓尧光彩入校已不是他个人面子，而是国民党的面子，这个面子国民党丢不起！"

经师生们调查，被军、警拘押的七十七名学生只释放了二十九人，还有四十八人被押送芷江交给宪兵看守。这批学生成了失去自由的"囚徒"。

不久，学校接到通知，周桢和廖谦英死于狱中。

湖大师生为两位牺牲的同学举行了隆重的葬礼。师生们都来灵堂里悼念、守灵，陈策和米庆轩、米月娥通知的辰溪城乡名人、居民和附近农民也纷纷前来悼念。出柩时，长长的队伍一直把两位同学的灵柩送到龙头垴的小山丘。

李毓尧听姓刘的学生跟他说，辰溪的各界名流都来为死去的学生凭吊送行了。李毓尧也很想去做做悼念的样子，但又不敢去接近这些师生和群众，只得将自己的房门关起来，在窗口看着外面送学生灵柩上山的浩大队伍！

不知在房间里转了多少圈儿，他站到窗台边推开所有窗户，看着雄伟而险峻的熊首山下那座辰溪县城，看到湖大校园，他深深感到一种苦痛！上任湖大校长一年，是和湖大师生斗得喘不过来气的一年！被自己解聘的四位系（所）主任都是教学、科研骨干，是思想最为活跃的知识分子，被自己开除和勒令离校的学生也都是些最有活力的学生，把这些人都除掉了，学校已一潭死水、怨声载道；尤其是这两个学生死在宪兵看守的牢里，这怎么向社会解释？一个当校长的把学校治成了这样，还要别人说什么？继续当下去又还有什么意思？别的都不说了，只怕是连自己的脑袋都保不住！既有今天何必当初？当初如不是自己死要面子，而顺应潮流不来当这个校长，也不会陷入这种困境！何去何从该是自己做出决断的时候了！

湖大真成了一块让他啃不动的硬骨头！他已经啃得非常非常累了！他想起刚来辰溪入不了湖大而与党、政、军要员游丹山寺时，刻在丹山寺门口的那副对联："来时还是去时路，进步不如退步高。"他心里一亮，不知这是哪位高人写的此联，此时正如为他所撰。他决定：一是向芷江宪兵团呈上报告，请宽待在押学生；二是自己辞职，另谋高就。

不久，由芷江宪兵看守的四十八位同学，有十位因病获保外就医，其余三十六人转送到"洪江战时青年训练团"受训，总算慢慢有了人身自由。

27 / 饭菜飘香

李毓尧向教育部辞职，悄悄离开了湖大，离开了辰溪，带着伤心、带着悔恨走了。在上车临走时，他回头望着湖大，对他身边的亲信感叹道：“我本是想来湖大干一番事业，没想到事与愿违！仕者之大事：众怒不可犯，人心不可违也！”

“驱李护校”运动为时一年，老校长胡庶华在一片欢呼声中，又重来湖大继任校长。

在全校师生大会上，胡校长宣布：“凡因‘驱李护校’运动而受处分的师生全部撤销处分，解聘的教授全部续聘，被勒令退学、离校的学生一律回校复课。”

湖大经过一场洗礼，更显勃勃生机。新学期开学的校园里，学生日增，抗日歌声天天和朝阳一起升起。

陈策找到米庆轩，两人来到沅水河边，在河里畅游了一番，就坐在一块礁石上聊天。太阳把河水和沙滩照得亮白，这个季节的河风也开始捎来秋天的凉意。

陈策说：“这一年来，我真为湖大师生们捏把汗啊！国民党中央政府也是饥不择食，有什么必要把这么多军队开进手无寸铁的校园里抓人？”

米庆轩说：“‘唯楚有材，于斯为盛。’此处下手，才能杀一儆百！湖大真不愧为千年学府！我目睹师生们如何不畏强权、不怕刀枪而追求真理。他们的牺牲精神，真令我敬服！”

陈策说：“湖大和桃源女中师生同国民党的斗争更清楚地告诉我们：必须要尽快建立我们自己的武装，没有武装力量的斗争，仅是‘秀才造反’，只会让我们自己吃亏！”

米庆轩说：“可是，现在国民党绝不允许我们建立自己武装，他们的武装力量我们一时又无法打进去！”

陈策说：“我们现在只有想办法把自己的力量寄生在他们的队伍里，成气候时，我们再拖出来独立！”

米庆轩说：“谁的队伍能让我们寄生呢？”

陈策说：“我们只要和省工委加强联系，相机而行，机会肯定会有的。”

日落月升的辰河港内，一大片桅杆和风篷摇晃着一天行船的疲惫。陈策和米庆轩坐船来到县城脚下的港湾，坐在船上又继续他们的话题，直到夜深他们才各自回到家里。

陈策一进屋，房主张必禄就告诉他：“马公武老师带来口信，要你明天去梅花村一聚。”

陈策很高兴，“这些日子，我也正想和马先生一叙。”

陈策走进楚屏中学校园，正好遇了胡庶华校长，同行的还有长着一副白圆脸的年轻教授杨树达先生。三人拉起手来哈哈大笑。

胡校长学着辰溪土话说：“今天公武先生约我们，一定又是来他家品尝自己种的地萝卜。”

陈策说：“谁还不知道他这里的地萝卜是又脆又甜？定是嘴巴沤臭了，想找人说话！”

三人走至马公武家门口，马公武早在那里迎候，“哎呀，家里人手少，忙不过来，有失远迎，实在不好意思！”

胡校长说：“我们算是你家常客，不用这么客气嘛！”

马公武说：“您这回是重来湖大，梅开二度，意义可不一般哪！”

大家走进会客厅，客厅一侧挂有一条幅：“翰墨丹心在，知音岁月长。”胡校长一看这是他上次所题写，便指着那条幅说：“马先生这是想出我的丑吧？”

马公武说：“胡校长的手迹让我马某人如获至宝！挂在寒舍增光添彩，实在是高攀了。您不会在意吧？”

胡校长说：“马先生此言一出，我就无地自容了。您的诗文和书法我当好好学习啊！”

马公武说：“胡校长如此抬举，马某人实在汗颜。”

田老师端了一大盘地萝卜放在桌上，他问马公武要不要放点白糖，马公武说：“不放白糖了，来个原汁原味！”

杨树达教授最先品尝，他也学着辰溪土话说：“马先生的地萝卜甜得真是可以当白糖吃了！”

陈策说：“年年都吃马先生的地萝卜，但今年的最甜！”

胡校长说：“心情好，胃口就好，吃什么东西都甜！”

马公武说：“湖大一年来弄得李毓尧焦头烂额，现在总算是风平浪静了。大家心情当然好嘛！”

杨树达教授说：“马先生原是今天要为我们胡校长接风？”

马公武说：“不敢当啊！胡校长何等人也，我一介平民岂敢奢谈为胡校长接风？”

胡校长说：“在辰溪谁不知道马先生？有马先生厚待，胡某人深感荣幸！”

陈策说："马先生所言极是，湖大一切恢复正常，我们大家都应当高兴！"

杨树达教授说："那就是为湖大师生庆功喽？"

马公武说："接风也好，庆功也好，反正我今天特别高兴！来，大家都别只顾说这些客气话，加油吃！吃过地萝卜我们再慢慢地去山上游玩，吃过中饭我再送你们回去。"

一大盘地萝卜被吃得精光，杨树达还端着盘子将汤也喝了，说："我们这些穷教授，学识少，肚子大啊！看看，这么大一盘地萝卜都吃完了！"

大家哈哈大笑，出门上山。

湖南大学在长沙岳麓山下时，胡校长也常在闲暇时和杨树达教授他们去岳麓山游玩，现在湖大迁到了辰溪，又能和好友们一道游玩梅花村所在的大西山，也是一份难得的快乐。辰溪县城地势奇险：城后的熊首山高耸险峻、怪石嶙峋，如男人般伟岸，为县城终年遮挡北风；而大西山却坡势舒缓、翠绿如缎、面城而卧，像女人般温柔；两山之间如轰然断开，各有数丈悬崖，辰河与沅水奔流到这里相汇后，自两岸悬崖间摩抚而下，因而，古人又把这里叫作龟蛇锁江。在山上极目远望，锦岩塔、广恩寺、北门阁、米家祠堂、文庙、奎星阁、城隍庙，以及密密挤挤的民房，包括河这边的电厂、大西观、造船厂、力生纱厂等，辰溪城的全景真是一览无余。胡校长驻足环望，然后将目光落在东边的湖大校区，想起自己重返湖大，终于让被解聘的教授复聘，使被开除、劝退的学生复学，恢复了湖大的生气，心里的确是如释重负，有一种情不自禁的心旷神怡。

马公武先生走前，一行人先来到了丹山寺。丹山寺为千里沅水第一悬寺，整个建筑悬在如刀砍斧削般的数丈赤色悬崖上，远望去，如托于云上、浮于雾中，飞檐惊空，翘角连天，古松盘绕，水花映壁。进门处的对联是："来时还是去时路，进步不如退步高。"胡校长和杨树达教授都说这副对联真是写得既合地形也合人生。寺里香火很旺，来往香客不断。胡校长一行四人站在丹山寺的悬空楼廊上，风掀得衣衫啪啪作响。马公武随意诵起一首诗来："远眺疑无路，幽踪只在山。危桥穿石罅，飞阁耸云端。潭俯千寻碧，凭栏六月寒。丹池如可觅，欲共老僧看。"

胡校长说："好诗啊！"

马公武说："此诗乃雍正时期辰溪本地人唐进士所作。"

游至寺内丹山洞，洞宽一丈八尺有余，高近一丈，呈圆形向内延伸十余米，然后缓缓而下，黑幽深邃。四人不能前行，只得投石探幽，石头滚下很长一段时间才传回击破水面的回声。马公武介绍道："据说此洞与沅水河相通。"

四人退出后再游钟鼓洞。丹山寺共有四大洞、数小洞，钟鼓洞比丹山洞稍小。进入洞内，马公武先生指着两块怪石说："这两块石头可敲出钟鼓之声。"胡校长和杨树达教授欣然各击一块，果然钟鼓般响声此起彼伏，盈于洞内，溢于洞外。游人同赞是为奇景！

马公武说："王阳明曾与友人游此洞时作有一诗。"

胡校长说："你快诵读，让我们一饱耳福！"

马公武背诵起来："兄说水南多异迹，岸头时有钟鼓声。空余峭壁千年在，未信丹砂九转成。远地星辰联北斗，虚窗明净坐深更。年来夷险浑忘却，始觉羊肠路亦平。"

胡校长说："果然不凡！虚实绝佳！"

马公武说："胡校长和杨教授和一首吧？"

二人都说，岂敢！岂敢！

见陈策久不发言，马公武问道："陈老弟今日为何沉默无语？"

陈策苦笑一下说："往事难忘啊！三九年李司令他们抓了我，最初的几天就是关在这个钟鼓洞里审讯。"

胡校长说："躲在这样的神仙洞里整人，真亏他们想得出！"

杨树达教授说："日暮途穷，其心才狠！"

几人从洞里出来，再游果老丹池。马公武说："果老丹池传说是八仙之一张果老炼丹之处。沅水流域都传说张果老是力大无比的放排人，所以两岸还有他煮饭的'火烧溶'，有他放锅子的'撑架崖'，有他撑排使劲时留下的'脚板崖'，有由他的草鞋变成的'草鞋洲'……"

四人在丹池边游一圈，又到善卷祠和善卷墓。善卷为尧舜时的大贤达，他从北方来到南方，隐居在沅、辰两河的交汇处——大酉山。冬衣皮毛，夏衣葛绒；春耕种，冬收敛；日出而作，日落而息；逍遥天地之间而终其一生。此地后人仰慕其高尚品行，为其建了善卷墓和善卷祠。

杨树达教授说："难怪马先生爱慕这片土地，原来这里是神仙相聚、厚德载物之地！"

胡校长说："前圣后贤皆汇于此。"

马公武说："我岂敢与圣贤相比。"

胡校长说："天旋地转，月隐日现。前圣可敬，后贤可交。观你为人，威武不屈，富贵不淫，谦敬有嘉！现又倾其所有，为县民创办学校，教书育人，开启民智，此不为贤何为贤？"

陈策说："胡校长所言极是。马先生虽在党、政、军里谋过职，但都是过眼烟云，恐怕只有你开办的教育事业将永志史册。"

四人游到山腰一棵老梨树下，忽闻一股饭菜香辣扑鼻而来。杨树达先生问马公武："未必此处还有人家？"

胡校长激昂起来说：“日军越来越逼近我们湘西，正在准备抢夺芷江机场。”

马公武一笑，“没有人家，就不可以有饭菜飘香？”

杨树达教授说：“没有人家何来饭菜？”

马公武指着老梨树下说：“请杨教授看！”

原来早已有人担了饭菜等候在梨树下的石桌旁。

这是马公武特意为大家安排的野餐。本已上下爬山游了小半天的胡校长、杨教授顿失倦意，兴致陡涨，朝着饭菜争先恐后，一路跑得气喘吁吁，只有陈策在后面从容步行。

陈策和送饭来的田老师早就认识，远远地就相互招手示意。

马公武向胡校长和杨教授介绍说：“这位送野餐的先生姓田。田先生乃凤凰县名流，是应我之邀才到楚屏中学任教。今天特请他来送这个野餐，意思是让他来见识一下我们胡校长和杨教授。”

田先生忙着摆饭菜，胡校长和杨教授去跟他握手致意时，弄得他有些手忙脚乱，不好意思地抱拳鞠躬一拜说：“早慕二位大名，今日得见，果然名不虚传。请受我一拜。”

胡校长马上扶他一把说：“你们凤凰人太讲礼仪！”

田先生说：“‘弟子入则孝，出则悌’嘛！”

杨树达教授说：“马先生这里真是‘往来无白丁’啊！”

石桌上三菜一汤，大家围桌而坐，每人一个饭碗、一只酒杯。菜盘、饭碗和杯子都是少了边和缺了口的，大家不明其意。马公武说：“今天特请几位在此野餐，一是要庆祝湖大‘驱李护校’大获全胜；二是要庆贺楚屏中学开学招生成功；三是盼我中华抗日捷报频传！至于这少边缺口菜盘饭碗的酒，都是特意从县城那边买来的，这都是日本飞机轰炸的见证！饭菜简单，不成敬意。来，为此三意，我们先干三杯苦酒！”

三杯之后，互相敬起酒来。

脚下就是楚屏中学的朗朗书声，对面是雄奇的熊首山和依山而建的辰溪县城，被日本飞机炸毁的地方，清晰可见。

胡校长激昂起来说：“六月以来，一支日军占领平江、沅江、益阳、浏阳、宁乡、湘阴、长沙；另一支日军占领株洲、湘潭后向衡阳突进。日军越来越逼近我们湘西，正在准备抢夺芷江机场。”

杨树达教授说：“国民党军队真让我想不明白。说他们不真心抗日嘛，也和日本鬼子打过恶仗，前不久还把第四军军长张德能以保卫长沙不力而在重庆判了死刑。说起来也和日本鬼子打了七八年，为什么就这么没有战斗力、一败再败呢？让日本鬼子打到我们这地方来了呢？”

陈策说："依我看，国民党军队最大的失利就是脱离人民！一个脱离人民的军队，要想立于不败之地，那是'伐根以求木茂，塞源而欲流长也'！"

马公武说："是这个道理！国民党政府也是如此！"

田老师说："只怕我们在自己家门口迟早要和日本鬼子干一仗！"

陈策说："那就让小日本来尝尝湘西人的火药味吧！"

谈兴不减，但天色已晚。马公武只得送大家下山上船，各自回去。

28 / 一定要狠狠地打

春节刚过不久，家门上的大红对联还没有褪色，抗击日本侵略者的仗就已经打到了雪峰山下，打到了湘西人的家门口，湖大校园的青年学生无不热血沸腾！

陈策协助学校组织学生拉好抗日标语横幅后，又和师生们一道将部分重要图书和仪器搬上河边的木船，因为日军向湘西逼近，学校准备再向黔东南疏散。

忙碌一天后，陈策和米庆轩晚上才过河回家，沿街只见湖大的学生们还在街头用土广播做抗日宣传演讲："老乡们：日本侵略者的末日就要到了！日军发动的豫、湘、桂战役虽然占领了河南、湖南、广西、广东及贵州的一部分，但是整个战争形势对日本十分不利。世界反法西斯战争已转入战略反攻和战略决战阶段，美国军队已攻入日本本土军事基地，并派大量飞机轮番轰炸东京、神户、大阪等地。日本所谓的'绝对国防圈'已经面临崩溃！在中国战场上，中、美空军用芷江机场和豫鄂边境老河口机场，不停地出动飞机对日军占领区的铁路、公路、水路、飞机场等进行轰炸，使日军交通线路和军事设施濒临瘫痪。因此，日军为解除我芷江空军基地对湘、桂、粤汉铁路及长江航道的威胁，发动了以争夺芷江机场为中心的会战。日军纠集了八万兵力从宁乡、益阳至邵阳、新宁四路西犯。虽然日军向西推进了近百公里，但日军已陷入各个山谷。中国数十万军队和中国人民已做好最后一战的充分准备！还有陈纳德将军率领的美国第十四航空队一部配合中国空军作战。我们正在进行的是正义的战争，这场正义战争在大湘西人民的直接参与和积极支持下，一定会取得最后的胜利！"

大街上聚集了不少人在听着学生做抗日宣讲，议论着抗战局势，附近的居民有的给学生们递茶水，有的给学生们送凳子。

陈策和米庆轩走到柳树湾街上，米月娥拿着贴标语的糨糊刷子突然出现在面前，"报告！陈叔叔，米叔叔，告诉你们一个好消息！"

陈策说："什么好消息，让你这么激动？"

米月娥说："我今天看见中国军队押着一车日本俘虏往芷江去了。"

陈策说："这一仗中国军队必胜！日本鬼子窜到我们湘西的雪峰山里来，他们就死定了！”

米月娥高兴地举起手中的糨糊刷子，说了声“是！”小辫子一甩，又回到她贴标语的队伍里。

陈策见很多学生把柳树湾街道两旁贴满了抗日标语，心里兴奋，就跟米庆轩说：“我们辰溪抗日青年中队要赶快拉上前线去，现在是为抗日尽力的时候了！”

米庆轩说：“我准备这么久，就等着这一天！三天内我们到西园集合，到时请您和我老叔训话！”

陈策说：“我一定到场，但讲话还是你老叔最合适！我还是暂时不公开露面为好。”

第三天，辰溪抗日青年中队集中了近千人，有来自县城的，也有来自乡村的，上辰溪的龙头庵、后塘和黄溪口、上卜溪、罗子山一带来的最多。

米庆轩集合好队伍说：“各位热血青年，抗击日寇，保家卫国，人人有责！现在我们大湘西各县都在自发组织抗日力量支援中国军队抗击日寇，今天，我们这支队伍就要开往抗日前线！临行前，我要请一位曾经组织过抗日队伍的老人——我的老叔——给大家讲几句话！”

一头银白发须的老人健步走上讲台说：“我这个老头子，有的人认得，有的人不认得！我叫米贤松，龙头庵人。熟悉我的人都叫我‘米司令’！叫我‘米司令’是有来历的。有人说我的亲戚朋友都是共党分子，说我和溆浦的谌鸿章有联系，说我营救米庆轩很积极，说我‘通共’，这些我都不怕！到了我这个年岁的人，黄土已经堆到脖子上了，我还怕什么？哪天挨了枪子儿，比病死在床上还痛快得多！英雄得多！我不管什么共产党、国民党，只要你爱国爱民，我就和你是朋友！否则，我就把你当敌人！对敌人，我历来恨之入骨！一九三七年我已年近花甲，我和梁春阳、米庆轩、肖守谦、刘本禄、舒少卿、谌炽等人组织了一个抗日团开往前线抗日。遗憾的是，我们团被编入的这个国民党集团军搞的是消极抗日、积极反共！我姓米的不吃那一套！我带着队伍是抗日去的，你要我不抗日搞剿共，我就把队伍解散，叫大家回去种田，我也回家种田来了！我就这个牛脾气！所以，我的抗日壮志一直未能实现！八年之后的今天，抗日的仗打到我们家门口来了，我们杀日本鬼子方便了！我看到你们这个中队的年轻人，我真羡慕！你们到前线去，见了日本鬼子，一定要狠狠地打！多搞死些没有人性的日本强盗！无论用什么办法，搞死得越多越好！给我好好出出这口气！你们有没有这个信心？”

下面齐声呼道：“有！”

米庆轩走上台去举起手来呼喊：

“誓死保卫祖国和人民！”

“打败日本侵略者！”

大家都跟着举起手呼喊起来。

米庆轩说："好，是不是英雄好汉，我们战场上见！我们一定要给父老乡亲带回好消息！"

队伍由米庆轩带领，从西园出发，往溆浦龙潭前进。

陈策站在西园门口久久地目送着他们。

县城街头站满了欢送他们的居民。

从通过县城的汽车可以看出，前方打得很激烈！来来往往的车辆，有的满载着中国军队开往战场，有的装有中国伤员运往医院，有的装着缴获的枪炮，有的装有日本军队的俘虏。几个月来来往往的车辆不减。

三个月之后一个中午，陈策在湖大校园里巡视，突然被人从背后拍了一掌肩膀，他转脸一看，竟是米庆轩！

陈策说："你活着回来了？"

米庆轩说："带去的人一个不少！都回来了！"

陈策说："你们没有上前线？"

米庆轩说："哪能不上前线呢！我们在龙潭找到我的入党介绍人谌鸿章，他安排我们在前线医院、食堂、运输队，帮助前线的中国军队做后勤。"

陈策说："后勤是战争胜利的重要保障！我在陕北时搞过后勤，后勤就是战斗力啊！什么时候跟我们讲讲你们这次抗日故事？"

米庆轩说："那可就多了！"

这时候，米月娥跑过来站在他面前说："米叔叔，你回来了？"

米庆轩说："日本鬼子都打趴了，我还不回来干什么？给他们收尸啊？"

米月娥说："跟我们讲讲这次抗日的故事吧。"

同学们听说米庆轩刚从抗日前线回来，都要米庆轩讲讲抗日前线的故事。

米庆轩说："你们都知道日本裕仁天皇下了'终战诏书'，宣布无条件投降了吗？"

大家说，知道。

米庆轩说："张发奎、卢汉、王耀武、顾祝同、汤恩伯、何应钦、萧毅肃都要到芷江来，中国正准备接受日本投降。很快各大报纸都会有这方面的新闻和故事出来，让你们看不完！"

米庆轩抑制不住激动，又在陈策肩上捶了一拳说："今天你得请我喝一杯。这几个月真累！"

陈策说："行！古来征战几人回？今天灌醉你！"

两人过河，经柳树湾到了陈策家里。

走进家门，陈策就叫道："向瑚，你们看看是哪路英雄来了？"

向瑚她们都还在楼上做刺绣品，赶下来一看是米庆轩来了，就都围着他坐了下来，问起他们打日本鬼子的情况。米庆轩故意卖关子："先泡茶、做菜、上最好的酒！打日本鬼子的故事我等会儿再说。"

向瑚说："居功自傲！"

陈策说："你们今天还能服侍他一回，那是你们的福气！当初，他带领抗日青年中队从县城出发时，我就没想他活着回来！"

向瑚一边忙着做菜，一边说："我们什么时候欠了他的酒饭？"

米庆轩笑笑说："没有打过日本鬼子的人服侍打过日本鬼子的人，这是应该的！"

陈策说："你别把我也放在她们里面说啊！我打死的日本鬼子可是记不清数了。我在陕北打死日本鬼子时，你还在学校里念'学而时习之'吧！"

米庆轩说："我哪是和你比？我是同她们比。"

陈策说："她们为抗日的人服务，也是功劳啊！"

米庆轩说："你这绝对是在讨嫂子的好！"

一壶酒和一盘黄豆炒鸡蛋端上桌来。

米庆轩说："就这么一个菜？"

向瑚说："这菜还少吗？半斤黄豆两只鸡婆啊！"

向瑚、傅英、汪珍她们都不喝酒，陈策就陪米庆轩喝了几杯。

米庆轩一边喝酒一边跟大家讲了一个他自己的故事："这回的仗打得激烈哪！我在山上背着一个伤员往医院里跑，我那天正好拉肚子，背到中途忍不住要大便，就把伤员放下来，去林子里石崖上方便。这时候正好有一个被打散而迷了路的日本鬼子从石崖壁下面经过，他东张张、西望望，我看他手里还拿着枪，刺刀亮晃晃的，我连裤子都没有穿好，就悄悄地搬起一大块石头，瞄准后使劲地朝那家伙头上砸下去。石头正好将他的脑袋砸成一只扁柿子，他两脚蹬了好一阵子才死在地上。"

大家一阵欢笑！从来不喝酒的向瑚夺过陈策的酒杯和米庆轩的酒杯碰了一下说："来，敬你一杯！算你有功！"

米庆轩说："这有什么了不起？你们知道吗？这一回，中国军队打到哪儿，我们湘西的老百姓就支援到哪儿，抬伤员，运子弹，搞后勤，提供运输工具，带路搞侦察，还用鸟枪梭镖直接打击小股敌人。我看到一个约七八岁的孩子都在战场帮忙。国军十八军十一师师长杨伯涛你们听说过吗？他是我们芷江人，这回他也回到离别十多年的家乡来打日本鬼子了。乡亲们听说他是带兵回来打日本鬼子，都抬酒、抬猪、抬羊去慰问。加之这回又有美国空军支持，湘西会战这一仗，中国人打得真威风啊，打死打伤日本鬼子起码有两万多人！现在日本人不投降都不行！你们看看，过两天的报纸就会公布这些情况！"

陈策默笑。他多少年来都没有这么高兴过了。于是，一杯接一杯和米庆轩干杯。向瑚劝他别喝了他都不听，他说："今天我想醉一回！"

两人已有醉意，但不减谈兴，在小院里说了一通宵的话。

天亮出门走在街上，辰溪城里真像换了天地。人人喜笑颜开，到处都有《新华日报》《逐日新闻》《晨报》《中国晨报》等各种报纸送给民众看。

送走了米庆轩，陈策走到新市街口站住了。米月娥正在那里向民众散发报纸，她一边散发一边喊道："看报看报啊，一分钱不收的报纸！号外啊号外，日本鬼子在我们湘西被打败投降了！看报啊！报上有好多打死日本鬼子的好故事！"

陈策走近米月娥，米月娥说："陈叔早啊！"

陈策说："给我来一套报纸。"

米月娥给了他一沓报纸，陈策说："这报纸是真的不要钱？"

米月娥说："这是我们湖大和桃源女中的师生们集资买来向社会做宣传的，不向读报人收钱。"

陈策朝米月娥狠狠地跷了跷大拇指！

米月娥说："抗战胜利了，把日本鬼子赶出中国了，我们将来就可以好好读书、好好过日子了。做这么点事算什么！"

陈策点点头说："不过，月娥，我要提醒你，我们还不能高兴得太早啊！"

米月娥说："陈叔叔，你好像还有心事？"

陈策说："是啊，我昨天和你庆轩叔叔高兴地谈了一个整夜。我现在担心的是，日本鬼子打败了，但我们要过上好日子，可能还有一个艰难的过程！"

米月娥说："日本鬼子都打垮了，还有什么艰难？"

陈策说："兄弟打架比和外人打架还要让人伤心！有些事，你慢慢才会懂！"

有人向米月娥要报纸，陈策走了。

一轮崭新的太阳像是梅花村那边的鞭炮迎来的，接着县城以及周边乡村到处都响起了鞭炮。不多久，县城公园、机关、厂矿、学校，甚至酒楼、客栈、妓院到处都张灯结彩，比过年还热闹，街上到处有学生扛着横幅游行，庆祝抗战胜利！

傍晚，湖大师生们从龙头垴校区至大路口轮渡码头，排起长长的队伍。他们过河后和县城人民一道举行庆祝抗战胜利的提灯游行。队伍从北正街开始，到汽车路结束，途经南正街、大道路、新市街等大小数条街巷。提灯游行队伍中，有人扎的是鲤鱼灯，有人扎的是猴儿灯，有人扎的是老虎灯，有人扎的是狮子灯，有人扎的是喜鹊灯，有人扎的是送瘟神，有人扎的是踩莲船，还有人扎的是龟灯、蟹灯和虾灯。沿途民众不断燃放鞭炮迎送游行队伍，不少人想起自己被日本飞机炸死的亲人，饱含着泪水尽情欢呼胜利。整座山城成了不夜之城！

这是湖大师生和辰溪人民一道欢庆胜利的夜晚！

这是湖大师生和辰溪人民一道分享喜悦的夜晚！

更是湖大师生和辰溪人民难分难舍的夜晚！因为，抗战胜利了，湖大肯定要迁回。

果然，胡庶华校长到重庆参加教育部会议回到辰溪后就找到陈策商量：“湖大要准备返迁长沙，很多事要请您多帮忙。”

陈策说：“只要我能做到，胡校长您发话就是！我们是老朋友了！”

湖大返迁只有水运，但千里沅水上有三洞九堖十八滩，处处都是鬼门关！因此，返迁工作最重要的就是确保行船安全，而船只安全靠的就是好舵师。陈策因为自己经常雇船下常德、武汉做煤炭和石灰生意，他知道，辰溪最好的舵师就是住在离湖大不远的客塘村的杨福祥师傅。

陈策找到杨舵师家门口，杨舵师正忙着清理一些铜丝铁锭。

陈策说：“杨师傅，哪里来的这些废铜烂铁啊？”

杨舵师说：“从塔湾潭里打捞上来的。”

陈策说：“塔湾潭可是三斤蚕丝也吊不到底啊，你也敢钻底下捞东西？”

杨舵师说：“要养活家里人哪！干我们这一行的，还能有什么办法？”

陈策说：“杨师傅，这回要请你帮个大忙啊！”

杨舵师皱起深深额头纹，憨厚地笑笑说：“我知道你是为湖南大学返迁的事吧？”

陈策说：“杨师傅，你不仅在水上是神仙，在岸上你也是神仙！”

杨舵师说：“这肯定要很多船才行，这么大的船队，又装的是这么重要的人和物，我这些日子一直都在想，这万万不能出事！”

陈策说：“既然杨舵师早有谋划，又知道我是为此事而来，那就算我跟你说定了。我是受胡校长所托，特来请您。你就千万别再答应别人出船。到时候，你开头船，大家可就跟着你走了。”

杨舵师说：“行！一言为定！”

陈策说：“那就太谢谢您了！”

杨舵师说：“谢什么？这也是我谋生所需！”

沅水上行船多年的人说话就如竹篙上的铁咀咬在礁石上那样铿锵和简练！

陈策向胡校长报告请舵师的情况时，胡校长说：“湖大的家业全在这些船上啊！我不是当地人，对杨舵师也不了解，全拜托陈先生了。”

陈策说：“这位杨舵师叫杨福祥，祖辈靠给人在沅水里行船谋生。他十五岁时便在沅水上拉纤，最熟悉从洪江至洞庭湖这段河道，其中所有暗礁险滩他皆能铭记在心，他驾船去长沙、汉口和沙市不知多少次，从未翻船出事。有一年，洪江一位大老板请了五只船从洞庭湖区运棉花，结果过洞庭湖时被风翻了四只，只有杨舵师的船平安到达洪江。下货时大家发现杨舵师在船底装了很多石膏，就问杨舵师，这是为什么？杨舵师笑笑说：‘如果不装这些石膏，我的船也会翻在洞庭湖！’有杨舵师领头行船，胡校长绝对可以放心！沅水两岸的人有句称赞他的顺口溜：‘客塘杨家人，使舵觉船轻；沅水险滩上，也如平地行！’客塘即杨师傅住地，也就在我们湖大附近。”

胡校长说：“有你这话，我就放心了！”

当学校的设备和师生行李搬上船准备起航时，陈策、向石宇、米庆轩、马公武和米月娥等很多辰溪人站在河边送行。胡校长饱含泪水向前来送行的辰溪人们频频挥手说：“湖大在辰溪度过了最为艰难的六年，我们是患难之交！谢谢你们啊！谢谢辰溪的老乡们！”

阳光在泪水里闪动。只听得头船一声吆喝，所有船只都起锚掉顺船头，依次前行。胡庶华、杨树达等湖大的领导和教授们也站在船上招手挥别。

群山和县城缓缓后移；丹山寺、梅花村、辰溪城、锦岩塔在船后越来越小、越来越远……

米庆轩说：“也不知哪一天他们才能到达长沙，到达岳麓山下的湖大校园。”

陈策目不转睛地远望着船只说：“有杨舵师行头船，他们会平安到达，我们可以放心！”

29 / “凤喈亭”

湖南大学返迁了，桃源女中返迁了，一些工矿企业也相继返迁了，为避战乱而逃亡到辰溪的数万难民也开始返回家乡，抗战胜利后的辰溪县城，很快变得像出过蛾子的老茧，到处都是空落和残破。陈策走到街头上，心里有了一种说不出来的滋味。他为抗战胜利而高兴，也为未来而忧虑，心里有了一种莫名其妙的空虚。他朝向石宇的住处走去。正好向石宇在家，两人相邀过河，沿陡峭曲径到了丹山寺，在钟鼓洞里坐下。

陈策摸了摸屁股下那块石头说：“当初李司令抓了我，就是把我绑在这块石头边审讯了几天几夜。”

向石宇说：“我知道。但是，我没有直接出面为你说情。我现在才明白，做地下工作的人，有一种别人难以理解的痛苦！这种痛苦，连自己都不能说，甚至哭泣和流泪都没有权利！那是一种非常残酷的自我心灵折磨！”

陈策说：“你做得很对！你在他们的眼皮底下，比我更难为人。我因为审讯中巧言以对，没有暴露自己的真实身份，你也没有暴露自己的真实身份，这为我们下一步开展工作留下了本钱！”

向石宇说：“这些年，看着辰溪很多同志为党的工作牺牲了，我心里特别难过。我为党做的工作太少，总觉得力不从心。”

陈策说：“这是多么恐怖的年月啊！我们能潜伏到今天，这就是个大胜利！为党工作的时间还长、机会还多，随着形势的发展，我想，不要多久，就有我们大显身手的时候！”

向石宇说：“抗战胜利了，大中专院校、军政机关和企业都相继迁走，辰溪县城人口锐减，我们的人更会加引起国民党的注意，也会更难隐蔽。”

陈策说：“我们要马上和上级党组织取得联系，明确行动方向！蓄积力量，待时而发！你还是在县军事参事室不动，那是一个很重要的岗位，平时看来作用不大，关键时刻了解敌人的动向总会先人一着！湖大返迁后，米庆轩要转移。别的地方可能不安全，我想再找马公武先生帮忙，他把米庆轩安排到楚屏中学去教书。上次我已把肖洪量、米西成他们几个插了进去。马先生是个爱才之人，米庆轩原来在龙潭教书就名声很大，这次又是湖大附中出来，估计他会接受。”

向石宇说：“我们的骨干都潜伏在马先生手下，这行吗？是不是也有危险？一旦被国民党发现，岂不倾巢暴露？”

陈策说：“这都是暂时的。目前这种局势，只有在他手下最安全。他表面上既不偏向共产党也不偏向国民党，但他心里有好大一本良心账！他在辰溪各界名流中威信这么高，他身边还有个姓田的老师说不定就是我党的地下工作人员。我在浦市坐牢时，总有人把一些消息通过各种方式转到辰溪和浦市，向瑚总是收到各种各样的消息，但就是找不到送消息的人，我猜想很可能就是那位姓田的老师；因为那次马公武先生邀请胡庶华校长、杨树达教授和我一起游大西山，那位姓田的老师来送饭时，我听田老师说话，看他的眼神对我就非同一般。”

向石宇说：“要果真如你所说，那我们的同志就更安全。其实，湖大返迁了，你也可以到马先生那里谋个饭碗。”

陈策说：“只要庆轩安排好了就行。我不能再连累马先生。我还是重操旧业，做我的煤炭和石灰生意。”

米庆轩进了楚屏中学才知道，楚屏中学也不平静。学校名声越办越好，学生越来越多，也越来越引起国民党县党部的警惕。

学校开动员会这天，县三青团田干事又来到学校找马公武，要在学校筹建三青团组织。马公武把肖洪量、肖守训、米庆轩等一批年轻老师找来商量，这些年轻老师都说，楚屏中学不吃那一套！马公武本就因为坐过蒋介石的大牢，又目睹这些年国民党在辰溪的所作所为，就和这些青年教师若合一契。他当着操场里众多师生回绝田干事说：“我马公武办学校只培养人才，不培养政客！请你谅解，今后也不要再来说起这类事情！”

田干事大失所望，只得灰溜溜地下山走人。

马公武当然知道这件事情不会轻易结束，于是，当天晚餐之前，趁学校集合师生整队进入食堂就餐时，他当众训话：“老师们，同学们，大家都知道，今天县里那位姓田的三青团干事来我们学校发展三青团组织，被我当场拒绝了！一个有气节之人，宁为玉碎，不为瓦全！一个政党腐败透顶了，还让我的学生给这个腐败透顶的政党当帮手，我马公武不干！你们现在最最重要的是专心致志地多学些实际本事，将来好报效祖国、报效人民！当政客，搞投机钻营，湖大的李毓尧就是前车之鉴！他做学问做得好好的，却要在官场去投机钻营。结果呢，要军队送他去湖大当校长！强权最终压不了民意，就是老蒋要军队给李毓尧开路，也争不回这个死面子！到头来，还得夹着尾巴滚出湖南大学！人可以猖狂，但违不过天理！读书做官的人，下贱到李毓尧这样子也就差不多了！我这样说、这样做，肯定要得罪国民党，但是，既然我是办学校，我就得有校规！就得有追求！我决心在将来的日子里，把我们楚屏中学办成一个有幼儿园，有初、高中部，有大学，这么一所完整的学校！我要培养一批具有高尚人格的人才输送给社会！”

马公武的训话让师生们激动不已！

没过几天，向石宇就跟陈策透风：“县党部和县政府议定，说楚屏中学未经省教育厅备案和批准，属私人非法办学，要勒令停办。”

陈策马上要米庆轩把这一消息转告了马公武。

马公武得此消息气愤至极，“果然是下手了！孩子读不上书没人管，办了学校让孩子读上书了，现在倒有人来下令了！几个月前，学校就已向省教育厅几次呈递报告，要求备案批准，但时过数月，行或不行，都始终未获批文。这事却没人来管！没有批准办学，这责任在我吗？这完全是省教育厅的行政不作为，难道还能责怪我们？”

米庆轩劝马公武冷静下来，“人到屋檐下，不得不低头。意气归意气，该办的手续还得有耐心继续去办。”

马公武已把办学育人视为他后半生之唯一希望和安慰，为加快办事进度，马公武又不得不忍气吞声亲自去省教育厅求人，打听到底是何原因迟迟不办批文手续。

教育厅回答很简单：校产基金欠足。

马公武决定破釜沉舟，一定要拿到这个批文！他赶回辰溪带上自己家中所有田土房产文契又去省厅，除向教育厅公开呈明校产基金外，又动用了一笔现金银票进行个别拜访和打点。

这一回终于有了效果，虽然批文未下，但楚屏中学迎来了教育厅特派的邓督学。

数栋校舍整齐一新，图书仪器齐备，所需设施无一短缺，校园风景胜似花园；又见学生纪律严明，犹如军人一般作息，个个朝气逼人；查阅学生作业和学习成绩，样样满意。特来“查明情况”的邓督学大有意外之喜。但邓督学回到长沙后，办学手续仍不见音讯。

第二年初春，王厅长出巡湘西教育，路经辰溪时，马公武又特将其接进梅花村，白天陪他赏梅吟诗作对，晚上酒饭过后又请汉戏院的主角为他做辰河高腔的专场演出。王厅长如在桃花源仙境，不知不觉就已小住了好几天。他非常满意这里宁静的环境和学生们浓浓的学习风气，以及井然不乱的教学秩序，但王厅长一直不露喜色，马公武仍心存忧虑。

学校突然来了一群工匠，又运来了一批砖石木材堆在大礼堂外面的石咀上。王厅长问马公武：“这是要搞什么工程？”

马公武说：“王厅长，为纪念您来我校视察，我已决定修建一座六角凉亭，把这个亭子叫做‘凤喈亭’！”

王厅长字“凤喈”，自然明白马公武之良苦用心，他说：“这万万不可！”

马公武说：“我不是说客气话，您能来我们学校视察，我马某人无比荣幸！建‘凤喈亭’并非为您个人树碑立传，而是我们学校想借您的大名提高声望，排除地方干扰，铺平办学之路，以利我进一步把这所学校办好。”

王厅长似乎理解办学之难，慈善地笑了笑，“那我要是不同意，就是不支持您兴办教育事业喽？”

马公武说：“我想王厅长大人大量，一定不会不同意。说实话，这个‘凤喈亭’一建，县里就没人敢随便到学校来兴风作浪了！”

王厅长说：“马先生，你办学很有一套办法，对付官场也有不少妙法啊！”

马公武一拱手说：“我已是赋闲之人，不敢与厅长奢言官场。所作所为，都为一时所兴。不过我也明白：以上压下，乃治官的唯一良法！”

王厅长一笑：“你真是个大实人！”

王厅长走后不久，“凤喈亭”刚刚修成，楚屏中学的批文下来了。一时间，辰溪的几种报纸上都刊登了建“凤喈亭”纪念王厅长视察学校和省里关于同意该校办学的批文。这些大幅专版宣传广告，马公武是花了重金的；他要为自己出口气，也要鞭打一回县党部！

事实果如马公武所料，县党部再无人敢来楚屏中学说三道四。

然而，天意不顺世情，这一年整个湘西遭遇了春、夏连旱，连续五十多天不下一滴雨，山田无法插秧，插了秧的田也所收无几；连松林也毒蛾成灾，松叶全被吃光后，还殃及村民家中，只要一开门，毒蛾便招架不住扑进门来；城乡又都麻疹、天花流行；加之连年战乱，苛捐杂税过重，民不聊生。到了秋后，辰溪和大湘西各县一样，饿殍遍野。往田湾方向，往修溪方向，往潭湾、火马冲方向，往浦市方向，只要到路口上看看，随时随地都能看到头顶草标要出卖的儿女和横躺在路边被活活饿死的尸体。特困时期，慕此生路而来楚屏中学读书的学生猛增。

陈策找到马公武时，马公武满头大汗从果树林里出来，为节省家用，马公武布衣草鞋，减了园林工，开始自己收拾果园。

但见了面，马公武一个字儿不提困难，直跷着大拇指跟陈策说：“你给我推荐来的几位年轻老师真的不错！不计报酬，不怕困难，一心一意地帮助我办学！真是多亏了他们！”

陈策说：“物以类别，人以群聚！有什么样的土地才长什么样的庄稼！你好，别人才会好嘛！”

马公武说：“人到困难处，才知朋友在！”

陈策说："听说你的公司、厂、场最近的效益都不太好，所以过来看看你。"

马公武说："现在，县城居民锐减，开在柳树湾的湘西物业公司、办在麻田的洪昌锯木厂、砖瓦厂以及果木场、牧场，都相继告急，难以为继；倒是学校学生猛增。按照办学章程和奖学金制度：凡学生各科期考成绩达九十分者，伙食费、书籍费、课本费、学费、杂费实行全免；凡学生各科期考成绩在八十五分以上者，实行半免；八十分以上者，奖大米三斗五升。每一学期期末应得奖者数百人；加之老师们的教学奖，这笔巨大开支越来越让我难以应对。收入猛减，开支猛增，我只好把过去的老本不断地往里面填进去，往后一想，实在不无担心！不过，虽没有以前的日子好过，我还是能挺得过去。何况，现在省教育厅的批文一下，没有人敢随便来捣乱，只需好好管理学校就行，这就使我有了最大的快乐！再说，无论如何也不能让国民党县党部看我马公武的笑话吧！"

陈策说："有你这句话，我就宽心了。最近和胡庶华校长还有联系吗？"

马公武说："胡校长刚寄来一首诗，其中有两句专写我们那次相聚：'丹山是我重游地，欲赋归余别一牵。'"

陈策说："湖大和桃源女中一走，我的心里一大片空虚。"

马公武说："湖大和桃源女中有一批师生真是非常优秀！与他们交往，真可日进一境啊！"

因见马公武很忙，陈策道了别往丹山寺而上。

不知何故，今天丹山寺来了不少香客，走进山门一看，原来大家都在围着寺里的曹和尚争抢他手里拿着的黄草纸印刷的"救命单"。陈策也拿了一张来看，纸上四角盖了佛印，上面写的全是草根、树皮的吃法：

冷树皮用碓舂碎，拌观音土做粑煮熟，可食。难消化。
纱婆树叶装入布袋，搓揉成豆腐状煮熟，可食。易消化。
蕨根用碓舂碎或碾磨成糠，做粑煮熟，可食。易消化。
曹木树叶用碓舂碎，做粑煮熟，可食。易消化。
野麻叶用碓舂碎，做粑蒸熟，可食。易消化。
糯麻叶切碎，做粑蒸熟，可食。久食皮肤发黄。
青蒿草切碎，做粑蒸熟，可食。久食皮肤发黄。
黄花草切碎，做粑蒸熟，可食。久食皮肤发黄。
地菜切碎，煮熟，可食。味苦。
青蒿沸水煮熟，可食。味苦易消化。
杜鹃花沸水煮熟，可食。味涩能消化。
蒲公英沸水煮熟，可食。味涩能消化。

土茯苓磨粉做粑，蒸熟，可食。难消化。

油蜡树皮用碓舂碎，做粑蒸熟，可食。难消化，已致死甚众。

白蒿用碓舂碎做粑，蒸熟，可食。味苦不消化。

夏枯草切碎，煮熟，可食。久食皮肤发黄。

地菜花切碎，煮熟，可食。久食皮肤发黄。

银蒿草切碎，煮熟，可食。久食手足浮肿。

雷公菌拌菜叶，煮熟，可食。久食身现斑点。

糠粉和菜叶，煮熟，可食。久食大便不通。

蚕豆叶炒食或做粑，蒸熟，可食。可勉强充饥。

苎麻叶沸水煮熟，可食。味涩能消化。

另有水桐花、甜树叶、茅根草、牛巫婆、野萝卜菜、苦麻菜、蜘蛛叶、野葱、野蒜等数种树根草叶的吃法，和后果记载。

结尾处又有“大善菩萨，普度众生！”八个大字。

由于民众生活极度困苦，刺绣和烧酒生意都大不如从前，陈策一家的生活也成了问题。他带上这份救命食单回家就躺在床上，向瑚告诉他：“今天的报纸已经买回来了。”他也没有反应。

向瑚问他遇了什么不顺心的事了，他只嚷了一句：“现在这是什么政府？饿死这么多人却视而不见，真是连个丹山寺的曹和尚都不如！”

嚷过后，陈策又还是忍不住拿起报纸来看。各地关于饥饿和疫病的消息像苍蝇蝗虫一样布满眼前。

一则消息报道：湖南死于饥饿和疫病的已达四百万人！

报上还有一系列救济机构成立的消息：联合国救济总署驻湘办事处成立；湖南省救济公署成立；湖南救灾会成立；难民服务队成立；急赈工作队成立；儿童保育所成立……

陈策看得心烦，放下报纸。这时肖洪量来了。

肖洪量刚在外跑生意回来，陈策就把这些救灾机构成立的消息指给他看，跟肖洪量说：“说政府不管事嘛，机构又成立了一大堆！”

肖洪量说：“你以为救灾组织就是救济人民的？你知道这些组织都在干些什么吗？他们在干两件事：一是宴请招待上面下来的各级官员，二是盗卖救灾物资，自己捞钱！邵阳有一个救济机关，每月所用的宴会经费竟然超过上面下拨的赈灾经费一倍！宁乡县洋泉乡第九保得赈灾款三千元，而招待放赈委员们的吃喝费用却花去五千多元！”

陈策心里刚亮起一丝灯光又被肖洪量带回的这些消息给浇灭了。

陈策说:“看来，官员无不腐败，也已无药可治！现在人民的唯一希望，就是推翻他们！”

肖洪量说:“还没跟你说完呢。常德救济分署储运站一次就向沅陵卖掉赈灾面粉十一吨。所得款项储运站的人都私分了。现在国民党内部已是叫花子的火——各扒各的了！这些官员表面上说得冠冕堂皇，内心里都知道国民党是靠不住了！不顾民众疾苦、只顾官员赚钱的政府，不灭亡才是怪事！”

陈策说:“我们的军队不知打到哪儿了，就盼着他们早来啊！老百姓这日子真是过不下去了！”

30 / 要枪有枪

一道流星从天空中亮亮地滑落到大西山巅，向瑚马上抓紧陈策的手吃惊地喊道："你看你看！一块陨石落在了大西山上。"

陈策站住，望着黑暗的夜空默无一语，不知此为何兆。

身边的河塘水田里一片蛙声。

三天后陈策收到电报：向绍轩先生不幸于五月十九日在长沙过大椿桥铁道时，触车身亡，后事已处理完毕。

陈策含泪回到家中，把电报递给向瑚时，向瑚手中的刺绣针一下掉在空中晃荡。

痴呆了好一会儿，向瑚才清醒过来，忍不住颤抖着嘴唇，哭着跑进卧室翻出向绍轩先生的照片捂在胸口，想起最后一次见面是在桃源女中的草坪里饮酒畅谈，她忍不住大声哭喊起来：

"伯父——"

刺绣店的人也蹲在向瑚身边哭泣不止。

陈策和向瑚把家中挪出一间空房设了悼念堂。米庆轩、肖洪量、谢斐然、肖守训、米庆舜、米西成、马公武、向石宇、李涛、张承栋等一大批认识向先生的人都来悼念。县城里闻讯前来悼念的人一连几天络绎不绝。大家相聚回忆起向先生治学和为人的高尚品德，尤其以身家性命担保和营救陈策，保护桃源女中的学生和辰溪的进步青年，令人交口称赞。

悼念进行了七天。陈策天天坐在悼念堂里，如守灵一般！

在悼念堂里，陈策见到了不少人，也得到了不少的新消息。革命形势的迅猛发展，让他越来越着急，他决定到外面去跑一趟，了解一下外面的革命形势。

他到朋友们那里借了些钱买了一船煤，原想跑趟常德，一可以赚些活动的经费，二可以打听到一些关于党组织的情况，没想到去请龙头垴的杨福祥当舵师时，杨舵师已被别人雇走，他只得另请舵师。

这天，向瑚她们到街头上卖绣品和烧酒，傍晚才回。见陈策蓬头垢面地躺在家门口，向瑚大吃一惊，"怎么会是你？你不是押煤船去常德了吗？"

陈策头也不抬，甚至连眼睛都懒得睁开说："船在青浪滩打了。一船煤都喂鱼了！幸好我抓住一个木盆子，还算保得一条命回来。"

向瑚说："只要人回来了就好！你怎么不进屋呢？"

陈策说："没有钥匙，四门都锁着。"

向瑚开了门说："怎么不早来找我？"

陈策说："走不动！"

陈策几乎是向瑚背进屋去的，软得真没有一点儿力气。

他睡到第二天中午才醒，起来后，左眼皮跳得特别厉害。他自言自语地说："左眼皮跳应有好事。舍了这么大的财还跳左眼皮，真是怪事！"

向瑚说："你跟谁说话呢？"

陈策说："跟我自己！"

向瑚说："跟自己有什么好说的？"

陈策起了床，先活动了一下身子骨，还好，没有留下什么伤痛；又饱饱地吃了一顿，精力又慢慢恢复起来。

有人敲门，陈策迎出来，是张中宁家的人来请陈策，说是张中宁回辰溪来了，请他现在就赶到梁园酒家赴宴。

向校长的去世和青浪滩翻船，已使陈策深陷沮丧之中，他不知道自己该如何回答来请他赴宴的人，他从没经历过这种犹豫。当年，他抛下亲人两次跟随贺龙闹革命，他没有犹豫过，现在倒为学生请他吃一顿酒饭犹豫起来。

张中宁刚调任第八专区专员，陈策不想和国民党的官员坐在一起喝酒吃饭，尤其是走得很红的官员；更何况如此饥荒之年，饿殍遍野，哪还有心情去享这种口福？但反过来一想，他还是决定去！见了面，他还得尽力劝一劝中宁，无论自己是什么党、什么派，为官都要多关心百姓，面对这么大的饥荒灾难，这么艰难的日子，现在国民党的官员想自己的事太多了，想民众的事太少了！一个不为老百姓着想的党和政府，老百姓还要这个党和政府干什么？

陈策折身告诉向瑚："张中宁回辰溪来了，请我去赴宴。"

向瑚说："你刚刚经历一场灾难，精神还没有恢复啊！不去不行吗？"

陈策说："我认真想过，去比不去要好！我要好好劝一劝中宁，在地方上做官要多考虑人民！"

向瑚给陈策找了半天衣服，说："没有一套体面衣服了。"

陈策说："我们结婚当新郎新娘都不讲究，吃餐饭讲什么排场嘛！"

向瑚说："出门见客是不能太随便的。我常听伯父说，'随处体认天理，出门如见大宾'。伯父每次出门参加什么活动，无论家中如何艰苦，他都要认真地换一下衣服，新的旧的他不讲究，但特别讲究整洁。"

陈策说："我哪能和向校长比呢！"

向瑚说："见贤就该思齐！学到什么程度那是另一回事。张中宁虽是你的学生，但他现在是专员，你总不能在他面前太寒碜。太不讲究，也是在他面前的一种失礼！"

陈策说："作为学生，张中宁一直对我敬重有加，所以他既托专人来请，我不去不好，也是怕老师在学生面前失礼。"

向瑚把找好的衣服和礼帽拿出来让陈策换上，陈策又抖擞起精神出门。

张中宁早已在梁园酒家门口恭候。他虽年轻得志，但在陈策面前十分谦敬，躬身握了陈策的手说："陈老师，您好！实在不好意思。我刚回到辰溪，马上又要起程，只有现在请您出来坐坐。请得急忙，没有亲到府上拜望，万望见谅。"

陈策说："中宁啊，你太客气了！"

"陈老师，中宁再客气也赔不起你的情！"

"中宁言重了！"

走进包间坐定，酒菜上来了。

陈策说："客人呢？"

张中宁说："都到齐了！"

陈策说："就我们两人？"

张中宁说："我专门请您。多一个人那就是有二心了！"

陈策不无感动地说："哎呀，那就太让你破费了。"

张中宁说："老师怎么这样说呢！当年我在武汉落难，您不顾自己治伤所需费用，慷慨解囊助我去南京报考学校。没有您那次支持，我哪有今天？"

陈策说："那只是师生间平常之情，不足挂齿！"

张中宁说："这对我太重要了！决定了我的一生！"

张中宁连续敬了陈策三杯，陈策也以三杯祝贺张中宁调任八区专员。

陈策说："中宁啊，湘西匪患和战乱这么多年，又加今年春夏连旱和瘟病流行，民众饿死者不计其数，你身为专员，可要多为民众着想。不然，我们师徒俩坐在这里喝酒吃肉，我心里不安！"

张中宁说："老师还是当年的脾气！记得当年您在讲解'君为轻，民为重'的时候就说过，历史是人民创造的，为政者只有顺应民心才能得到人民的拥护，只有得民心者才能得天下！我从中央政治大学毕业后，在汉寿做过县党部干事，在武汉做过平汉铁路党部视察员，在江苏江宁县做过民政科长和太湖湖田清理处长，做过武进县税务局长、江苏省财政厅视察员、湖南省民政厅秘书，后来在会同和湘乡做县长，又被远调到甘肃天水做专员。抗战胜利前夕，才调到中央组织部当财务处长。抗战胜利了，现在又调我到永顺任第八区专员。这些年，我一方面感到上级对我很器重，另一方面又感到有些事也是天要下雨、娘要嫁人，由不得我！但请老师放心，为政为人，我都不会给老师丢脸！您老好好保养身体。”

陈策说：“吃饭都没有资格了，哪还谈得上保养！”

张中宁说：“刚回辰溪就打听到老师这几年过得不容易。不知老师眼下有何困难？”

陈策说：“我原是在湖大做管理员，月薪还是够一家人吃饭；现在湖大迁回长沙，我闲在家里吃空饭。想做点生意，但县城人口锐减，刺绣少人买，烧酒少人喝；在朋友那里借了点款，运了一船煤下常德，不料煤船在青浪滩打了。往后，也不知怎么办才好。”

张中宁想了想说：“永顺那边有一个转运站，专门转运军粮，正缺站长，陈老师如愿意去，中宁愿意保荐。”

陈策想，这年头，这个岗位倒是肥缺，但自己是受贺龙派遣潜回辰溪建立党的地下武装的，他不能离开这块土地。他找了借口说：“我是几次离家，几次还乡，外面的日子我已经过腻了，现在哪儿都不想去！真是金窝银窝不如自己的烂狗窝！”

张中宁又说：“如永顺太远，泸溪县尚缺征粮处处长，老师如愿意，我也可以出面保荐。”

陈策也婉言谢绝：“国民党的官我是不想做了，也不能为你添这个麻烦。将来如有条件，我还是想重操旧业，做点煤炭、石灰营生。”

张中宁也不多说，毫无勉强之意，散席时只告诉陈策：“老师既有如此打算，容学生再想想别的办法。我也有可能调往九区这边来，如调九区这边来，想帮您就更为方便。”

张中宁走后三天，辰溪商会谢会长就来拜见陈策，把一张银票递给陈策说：“这笔钱是让你做生意的本钱。”

陈策看了看银票的票面说：“这是不明不白的钱，我陈策不能要！”

谢会长说：“是张中宁要我们辰溪商会暂借给你的。发财了你还我们就是，不发财就算我们捐助给你，这总可以吧。”

既是这样，也算是言之成理。陈策拿着这些钱又开始做他的煤炭和石灰生意。

他和杨舵师有约，每次下常德都请杨舵师驾船，因此，次次顺利到达，趟趟生意赚钱。陈策不仅把商会借款如数还了，还积累了一笔活动经费。

更重要的是他到外面跑的次数多了，听到的各方面消息也多了，也更加了解外面的情形。

陈策约了向石宇、米庆轩到丹山寺沟通情况。

米庆轩说：“我得到的消息是，中共湖南省地下工委已派人赴南京，向中共代表团汇报了工作，董必武指示了十六个字：‘隐蔽骨干，长期埋伏，积蓄力量，以待时期。’”

陈策说："这十六个字非常好，也正契合我们辰溪现在的情况。"

向石宇说："听说解放军中原解放区突围出来的部分队伍，组成了江南游击纵队，先头部队已过长江进入湘西，在澧县、石门、大庸、慈利、临澧和沅陵等地开展活动。最近，我们这一带的国民党内部非常紧张。"

陈策说："我在常德也听到了这方面的消息。好啊！我们这里的革命力量正在悄悄壮大啊！"

向石宇说："国民党现在是集中精力对付共产党了。"

陈策说："是的，日本鬼子被赶走了，国民党又集中精力对付共产党了！最近，国民党成立了川黔湘鄂边区绥靖公署，共五个绥靖分区，管辖二十九县。张中宁是第一绥靖分区的保安司令。听永顺那边的人说，张中宁已把黄溪口的米昭英弄到他手下去当保安副司令了，张玉琳也从沅陵投奔了张中宁，还当上了保安司令部第十三大队的大队长。这个大队长可不一般，是省里直属的大队。这三个人搞到一起了，只怕将来还有好戏唱！我们一定要特别关注他们的行动。"

米庆轩说："他们八区的人在永顺那边，一时可能还扯不到我们九区的事。"

陈策说："区域是死的，人是活的。何况我还听说张中宁有可能要往我们九区这边调。他一调，米昭英、张玉琳又有可能跟着他到我们九区来。那时候辰溪的武装力量就会操控在他们手上。我们建立自己地下武装的时候，就会和他们产生直接矛盾！"

向石宇说："说得有理！我们必须从现在起就要有所准备。"

三人从丹山寺出来，正好曹和尚在那里给香客们分发"税、捐、费单"。陈策、米庆轩和向石宇各要了一张坐在走廊上看。

单上公布国民党政府的税、捐、费，具体项目有：

所得利税、综合所得税、过分利得税、新所得税、香烟税、烟酒税、存款利息所得税、店员薪给报酬所得税、营利税、营利牌照税、使用牌照税、一时所得税、商场营业税、马路摊贩营业税、货物税、公平市场税、箔税、盐税、糖税、进口税、出口税、转口税、货物登记税、屠宰税、新屠宰税、矿产税、硝磺税、印花税、地价税、土地税、土地增值税、契税、遗产税、交易税；田赋征实捐、征借捐、军粮捐、娱乐捐、筵席捐、房屋捐、房租捐、公用事业附加捐、市政建设捐、卫生捐、房井捐、旅栈捐、购枪捐、地亩捐、保甲捐、冬防捐、寒衣捐、殷实捐；自治费、壮丁费、壮丁安家费、慰劳将士费、建校费、派夫费、防疫费、胜利费、棚户照费、调查户口人员酒筵费、卫生费、国民身份证费、手续费、保护费、治安费、保安费、驻军马干费、公益费、行政费、监印费、过道费、航空费、培修公共所费、堤防费、堤防维护费、中心国民学校费、保国民学校费、油亮费、被条费、草鞋费、巡查费、办公费、服装费、县长及委员来乡招待费、保长受训费、自卫队服装费、尊师费、国民劳动服务代金、戡乱建国费……

阿弥陀佛。普度众生！

陈策三人看过税、捐、费单相互一笑。曹和尚走过来说："这年头可是真难看到像你这样的笑脸了！"

陈策说："你看看，这么多税啊捐啊费啊，谁看到了不哭着笑啊！"

曹和尚自语道："诸恶莫作，众善奉行。浩气在胸，明心见性。自觉觉他，度己度人。"

陈策说："这曹和尚还真是有点意思。上次见他在发放'救命单'，专讲草木树根的吃法，这次来他又在发放'税、捐、费单'。"

向石宇悄悄说："这个曹和尚的言行已经引起国民党注意了。"

陈策说："他向民众发这个'税、捐、费单'比直接向国民党开枪还厉害！"

三人走下丹山寺，混在桐湾溪卖瓜菜的农民中间过河时，米庆轩意外地遇见了涂德友。陈策见是德友就急着问他有没有涂西畴的消息，德友说，一直没有他的音讯。

陈策说："如果有了涂西畴的消息一定尽快告诉我。"

德友说："其实我这次来也正想找你们打听一下他的消息。"

此后不久，涂西畴回了一趟辰溪。

他回辰溪那天，柳树湾的老柳树绿过了春夏，满街是一片倦意，柳树上长长的蝉声挤过壁缝绕到街巷人耳里。爱热闹的孩子们端了碗聚成一伙一伙在街边上边吃饭边说话；一不小心，碗里好吃一点的菜就被别的孩子用筷子夹去，不见好菜的孩子就哭闹起来，于是，父母出来为孩子的事争吵起来。父母要把孩子拉回家去，但孩子不知道记仇，他们又玩到了一起，父母只好吓唬不肯回家的孩子说："再不回去，日本飞机丢炸弹炸死你！"

涂西畴看看居民碗里的食物，就明白了日子的艰难。

他走到肖洪量家门口，药铺还是挂着原来的招牌，但生意已显得萧条。他敲敲门，肖洪量出来一眼便认出是涂西畴，两人高兴得抱搂起来。进了屋，肖洪量说："上次你化了装来找我，让我认不出来，这回倒让我一目了然！"

涂西畴说："上次我是逃命啊！这次不一样。我已经离开辰溪几年了，突然回来一次，估计没人注意。"

肖洪量说："陈策和我们几个老念你哪！说你为什么还不回来，还不托人带好消息来。”

涂西畴说：“你现在就带我去见陈策。”

肖洪量说：“他前天去常德做生意去了。你多住几天，他就会回来。”

涂西畴说：“那不行！这回我是到武汉招生，顺路到辰溪来看看你们。我明天一早就走。”

肖洪量说：“那怎么办呢？”

涂西畴说：“你现在就想办法把米庆轩、向石宇、米西成、谢斐然几个人找来，我要同他们见面。”

肖洪量说：“既这样，我马上想办法。”

肖洪量要杨俊去简师叫谢斐然，他自己划船去梅花村叫米庆轩、肖守训和米西成。

涂西畴没有时间叙旧，他说：“这次我是奉华南局指示，和中山大学几位地下党员以去武汉招生为名，来湘研究工作。现在我们党的军队在战场上已经取得许多重大胜利，估计一年左右就可以把国民党的有生力量打垮，全国解放的日子就要到来。但是，各地斗争形势不平衡，湘西地处偏远，又是重庆的天然屏障，国民党迫于解放大军压力，各种势力都会向湘西转移，对革命力量的打压也会更加猛烈。辰溪是大湘西的大县，自抗战以来，湖南省工委和湘西工委都非常重视辰溪地下党的组织工作，辰溪的各派力量斗争也十分复杂。黎明前是最黑暗的时刻，现在辰溪的同志一定要团结在陈策和米庆轩同志周围，要团结一切可以团结的进步力量，抓住一切机会，组织武装力量。”他最后强调说：“迎接解放需要武装力量，要千方百计地搞枪搞武装，要依靠武装斗争来保存自己，打击敌人，迎接湘西解放！一旦湘西有乱，要做到要人有人、要枪有枪！陈策回来后，一定代我向他问好，并由米庆轩同志将我的意见转达给他。”

涂西畴对形势的分析使大家心里一紧，也使大家眼前一亮，大家对全国和湘西的形势看得更加明白。

第二天一早，涂西畴走了。

31 / 在大街上干掉他

陈策从常德回来，听了米庆轩转达涂西畴对辰溪地下党工作的意见之后说："几年没见涂西畴了！我走他来，我来他走！我就这么没有福气啊！"

米庆轩说："他也非常地想念你，一到辰溪首先是找你啊！要不是他特别忙，他会住两天等你回来。"

国民党越来越严密封锁共产党方面的消息，在辰溪，外面的大局势越来越难了解。陈策把涂西畴的意见仔细一想说："是啊，一个把枪口对准人民的统治者，除了用武装去推翻它，还能有什么更有效的方法呢！当年贺龙要我回辰溪来搞党的地下武装，准备做长期斗争，也就是看透了这一点，应该也就是为了今天！这些年，我们虽然努力过，也在抗日自卫团里搞出了点眉目，但还没有真正成气候就被人家打垮了，我想起来就愧疚啊！我们还是太脆弱了！我跟随贺龙打仗，可是从来没有败过！看来，组建党的地下武装比直接与敌人打仗还要难！我们要进一步考虑方法问题，上一次我用的是'移栽法'，准备把自卫团直接移栽成共产党的地下武装，结果失败了；这一回，我们得来个'寄生法'。"

正在这么议论时，向石宇来了，他说："我刚得到消息，张中宁从永顺专区调到我们沅陵专区任专员了。"

米庆轩一下子把目光集中在了陈策身上，不无惊喜地说："你和张中宁有师生关系，这回恐怕是个好机会，你可以在他手下谋个职位。"

陈策却一脸沉郁地说："以前我们是师生关系，现在，我倒是和你想得相反，只要他到我们这块地方来主政，我们师生之间很可能难免一场较量！面对这个病入膏肓的社会，他们要坚持服用无效的药方，而我们要坚持用刮骨疗伤。我和他都会以各自的理由坚持下去！我们必须趁早准备！好在我早就在马公武的楚屏中学蓄积了力量。"

米庆轩明白了陈策的意图，说："不知何时有我们过河的机会。"

陈策说："时机快要来了。张中宁是个绝顶聪明的人，这年月，他一定会重用心腹抓住武装，以巩固自己的地位。到时候，他必定会把米昭英和张玉琳这两个亲信带到我们沅陵专区这边来扩大武装。那时，我们就可以趁机派人潜伏进去。”

米庆轩说：“洪量和张玉琳是同学，以前关系也不错。我和守训是昭英的同乡，以前我们又常在洪量家里聚会，更是好得不分你我。”

陈策说：“我们现在对辰溪的时局要敏于其变，择时而动，既不可贻误时机，也不可操之过急！”

向石宇说：“现在的主要问题是，辰溪的实权还掌握在军事科长向忠良手里，这个人与我们没有任何联系，没有我们进去的门缝。”

陈策抹了抹八字胡说：“卧榻之侧岂容他人酣睡？只要张玉琳来了，他必以辰溪为他的军事基地，而当年张玉琳父亲张贤乐在凤凰准备谋反时，就是向忠良的兄长向宽银到陈渠珍面前告的密。向忠良是凭借其兄向宽银的势力从挨户团上来的，最近才被县长任命为县政府军事科长，只要张玉琳回到我们九区，他必然要除仇敌，向忠良迟早会栽在张玉琳手里。”

事情果如陈策所料，张中宁到沅陵专区上任不出一月，就把米昭英和张玉琳带到了沅陵，并委任米昭英为辰溪自卫总队副总队长，张玉琳为省保安司令部直属大队大队长，两人都跟随张中宁驻守沅陵。

张玉琳虽驻守沅陵，却虎视辰溪，尤其对掌握县城军权的向忠良步步盯紧。向忠良凭借自己拥有的实权，对米昭英、张玉琳这一帮新官也心存不服，常常放出些闲言碎语。经人传报，这些不好听的话又到了张玉琳耳里，新怨旧恨使张玉琳只想一枪毙了他，但一时又还找不到最好的机会；他现在是省保安司令部直属大队大队长，再不能像以前在茶田垅拖队伍可以随意杀人。

不久，张玉琳来辰溪查问保安工作，听辰溪县长说，城郊谢家垴有一顽匪叫谢宽口，几次进城夺枪，连伤人命，又实难剿灭，请保安大队支持。张玉琳心里一动，要辰溪县长责令向忠良去剿灭！

向忠良对谢宽口心存畏惧，但县长有令，又听说是张大队长授意，感到得罪不起，只得违心从命。

受命后又想，如能除掉谢宽口，减少一大后患，保住一方平安，将会得到县民的好评，再说，也算是在县长和张大队长面前新立一功。

研究进剿方案时，县长说：“向科长，谢宽口的底细你可了解？”

向忠良说：“这种人我作为军事科长怎能不了解！谢宽口是城郊乡谢家垴人，家里祖传仅有一点残林和薄地。中年时妻死妹嫁，他便独自度日。白天除了做阳春就是背上火枪上山打猎，晚上老喜欢到隔壁一户姓颜的有钱人家玩牌解闷。时间一长，姓颜的便怀疑谢宽口勾引其妻，于是，买通四条汉子进行暗杀。不料谢宽口早有防备，暗杀未成。谢宽口逃命到柳界庵堂后，托人购得一支套筒枪，决意报仇泄恨。有一次，谢宽口探得姓颜的要去别人家喝喜酒，便暗藏路途打埋伙。他喜爱打猎，本来枪法不错，但那次他肯定是因为激动，响枪后，竟没有把姓颜的打倒，只是将其打伤。于是，结下生死冤仇！姓颜的岳父是老保长，他到县官、乡官那里一番打点后，就在全县到处通缉捉拿谢宽口。在追捕中，谢宽口又打死了乡长的弟弟。结果，谢宽口的房屋、山林全被乡长家里人烧光。回头无路的谢宽口只得寻访江湖好汉，纠集人枪去当绿林老大。不久，就有十来人带枪和他入伙。势力渐大的谢宽口，连续几次抢夺附近乡公所、汉阳兵工厂仓库武装班和海军鱼雷营一个武装班。抢枪得手后，谢宽口胆子更大，趁辰溪赶集日公然抢到了驻大伏潭的工兵营。工兵营在双溪、大坪一带进行烧山追剿，但进剿二十多天，交过几次火，谢宽口却死里逃生，仍未被抓获。”

县长拂了一下袖子说：“一个工兵营都剿不灭他一个谢宽口？”

向忠良说：“谢宽口完全不同一般土匪，真是不好对付！他出没于山村中，只杀仇人，不伤百姓，还专门打富济贫，和当地穷人保持着友好关系。青黄不接时，他带队路过进马溪村，村里饿死了一些人，而县城富豪还有大量租谷囤在村中仓库，谢宽口开仓放粮，叫穷人担去稻谷度过饥荒。因此，谢宽口现在有不少本地耳目，越来越难以剿灭。”

县长说：“照你这么说，县里是拿谢宽口没有办法了？”

向忠良说：“我也知道县长很为难，张大队长的令不可违。”

县长说：“不仅是张大队长有令，县城这些富豪因储存租谷的仓库被谢宽口打开，蒙受重大财产损失，也在向县府施压，定要县府去坚决剿灭！于官于民，我们都没有退路，你是军事科长，只有你带队去进剿！”

向忠良把这些事前后一番回忆分析，觉得一个工兵营都未能剿灭他谢宽口，凭自己这点儿势力蛮剿肯定凶多吉少；一旦失算，不仅不能在县长和张玉琳这些人面前得宠，反会让人幸灾乐祸。但县长已经下令，他又不能不去。他最后决定，除掉谢宽口不宜硬打，设法诱杀方为两全其美！

向忠良精选弟兄五十余人装成被排斥打击的落难队伍，进驻谢宽口的老巢马家人村子，然后，三番五次地托他平时最为信赖的人送去书信，力劝谢宽口下山来结拜弟兄、合作共营。

谢宽口虽处境艰难，但绝不轻易就范，于口信、书信置之不理。

向忠良也深知要征服谢宽口绝不能心急，慢慢蒸煮才能熟透。他又修一长书说：“我家兄向宽银曾在陈渠珍面前告发张玉琳父兄谋反，致张贤乐父子被陈渠珍所杀。现在张贤乐儿子张玉琳来沅陵专区当了省保安司令部直属大队大队长，公报私仇，处处迫害于我，请兄赶快下山来密谋策划。”

谢宽口虽感向忠良言之成理，但仍不下山见面，还是等待观望。

三个月后，向忠良不仅丝毫无扰谢宽口迹象，还与县府来进剿谢宽口的人打过一仗。谢宽口不知这是一场假打，开始担心自己有负于向忠良的诚意。于是，他派人下山与向忠良定下见面时的人身安全条款。

此后，谢宽口仍不下山，向忠良一如既往，虽相距不远，但各自队伍互不惊扰，有时还为谢宽口送一些补给，密报一些重要信息。

又过数日，到了豆肥稻香的日子，向忠良约请谢宽口下山喝一顿“通新酒”。为不使谢宽口起疑心，喝酒地点定在谢老牛家里。

谢老牛在地方上为人处世非常好，他被当地人称作观世音菩萨。

谢宽口通过长期观察和深入分析，已不再怀疑向忠良，但仍是不忘带上二十多位亲信弟兄下山同往。

向忠良说是出于礼貌，也派了二十多人列队到中途迎接。在山道上双方见面后，便一个夹着一个走，队伍很快加长了一倍。

走进设宴中堂，一张八仙桌上已是佳肴飘香。左主右宾，向、谢在正上方的神龛下依序落座，各有一贴身卫士紧挨身边，其余人各就其位。向、谢随行卫士尽在堂门外的几张八仙桌上落座聚会。

向忠良先让厨师揭开桌上一道道菜来：辰溪血鸭、辰溪毛狗肉、辰溪火炕鱼、乌鸡汤、青辣椒炒泥鳅、红辣椒炒禾花鱼、小虾炒嫩南瓜……扑鼻而来的香辣味，让久居山野的谢宽口垂涎难忍，毕竟生活不安定，难得吃上这些好东西！

各席菜齐酒满，向忠良宣布开席，又将鸭头首先敬给谢宽口，说：“我们兄弟你是老大。这鸭头除你以外，别人没有资格享受！”

谢宽口兴致陡涨，一边道谢，一边双手掐住鸭头高兴地啃咬起来。正在谢宽口两手油腻、用劲啃咬鸭头时，向忠良的卫士从桌下突然开枪打死谢宽口的卫士。谢宽口立即丢下鸭头掏枪，但已被向忠良击毙。坐在中堂门外的向忠良卫士们也同时开枪，将谢宽口的卫士们打得只有当时上厕所的两人逃得一命，而向忠良的人无一死伤。

枪声停下，一场达到目的的鸿门宴结束。

向忠良看完现场，点过人头，心中大喜，移开桌凳，面对谢宽口如释重负地叹道：“谢宽口啊谢宽口，你真是聪明一世、糊涂一时啊！国军也好、保安团也好，多少次出兵都剿你不灭，想不到你会死在我向忠良手上……”

向忠良话未说完，谢宽口突然张开血盆大口，其口之大可吞人头！向忠良见所未见，吓得直往后退，脚下被中堂门槛一挡，仰面倒在中堂门外。贴身卫士马上将其扶起之后，他赌气再次走到谢宽口面前说：“谢宽口，我现在才明白你为什么叫谢宽口！原来你的口是如此宽大无比！我知道你死不甘心！但古往今来都是胜者王、败者寇，你不认输不行！”

向忠良又对手下人说：“将他的头割下，带回县城报告县长！”

手下人将谢宽口头颅割下，用其衣服包了提在手上，跟着向忠良到县长面前报功请赏。

向忠良把谢宽口的人头放在县长的公案上说："请县长验证。"

县长害怕看见谢宽口人头，连忙摆手说："你办的事我还验证什么？悬于新市街口电杆上，示众七天！让县民去验证！"

谢宽口之头在新市街口被日晒雨淋了七天，过路人远远地绕道而行，新市街的生意人，在这七天里也少了许多钱财，都骂谢宽口是生也害人、死也害人！

辰溪县府为向忠良报功请赏的呈文到了张玉琳手里，张玉琳暗喜，他批回辰溪县府的手示是：剿匪有功，理应重奖！

张玉琳觉得为父亲兄弟报仇的时机现在已经成熟，立即派人寻找在打死谢宽口的酒席上因为上厕所而逃生的两个卫士。

张玉琳的几个心腹找到那两个卫士，并将他们押到张玉琳面前。张玉琳看了看两个敦实的卫士，跟他的心腹说："一定将他们关牢！看死！"

两个卫士被关在一间没有窗户的屋子里。他们根本不知道隔壁有偷听的耳目。一个说："老子这条命本是该结束在向忠良手上，因为尿胀逃了一命，这回在张玉琳手上是死定了！遗憾的是还未能为谢大哥报一箭之仇！"

一个说："我不亲手杀掉向忠良，死不瞑目！"

夜深人静，万籁无声，门口的牛尾锁却有跳开的声音。

门开了，一排背枪的人站在门口，一个领头的说："出来，跟我走！"

两个卫士被带到一间大办公室。他们不敢抬头正眼而视，只是大概看见面前是一张宽阔的桌面，桌前坐着一位威风凛凛的人物。

"抬起头来。"声音的边缘有一种刀枪味！

两卫士抬起头来。

"认识我吗？"

两卫士摇头。

"我是张玉琳！"

两卫士脚腕一软，不寒而栗，以为死期已至。

张玉琳说："今天找你们来，是要问问你们想不想为谢宽口报仇雪恨？"

两卫士先是疑惑不解，进而精神起来。

一个卫士说："我们正愁报仇无门！"

一个卫士却深沉地说："不知长官此话何意？如真让我们为大哥报仇，我愿意肝脑涂地！"

张玉琳说："谢宽口只犯官，不犯民，只犯富，不犯穷，乃忠义兄弟！向忠良诱杀忠义之士，我实为不平！我想派你们潜伏到辰溪去，在大街上干掉向忠良，为你们的谢大哥报仇！”

一个卫士有些疑惑地说：“辰溪县府的人说，向忠良如能灭掉我大哥谢宽口会有重赏啊！长官现在反而要干掉向忠良？”

张玉琳说：“在大街上干掉他，就是给他的重赏！我把话说到这个样子了，你们还有什么怀疑？”

一个卫士说：“我们真是同仇敌忾啊！”

一个卫士说：“为什么要在大街上干掉他？”

张玉琳说：“别问原因！我只交代你们：无论你们用枪用刀，大街上干掉了向忠良之后，就反复大喊：‘谢宽口的人跑了！’其余的事你们都不要管！自然有人收拾！”

一个卫士问：“给多长时间？”

张玉琳说：“越快越好！钱，我把你们给足，平时你们就住在辰溪县城里玩，用心熟悉辰溪县城地形和向忠良的出入路线。最好是选在辰溪赶场的日子干掉他，那天大街上人最多，便于行事。”

一个卫士问：“我们干掉他就跑，不喊‘谢宽口的人跑了’不行吗？”

张玉琳说：“不行！一定要喊！要边跑边喊！大声地喊！声音越大你们就越安全！”

一个卫士问：“这是为什么？”

张玉琳笑笑说：“有些事，你们用不着弄得太明白！”

张玉琳要向忠良去剿灭谢宽口是深思熟虑的：如向忠良死于谢宽口之手，那是借刀杀人，求之不得；如向忠良不死，又剿不灭谢宽口，他可以剿匪不力办向忠良死罪；如谢宽口死于向忠良之手，那就用现在这种借刀之法除掉向忠良。他想的是万全之策！

张玉琳对门外做了个手势，有人就提来一袋银元嘣嗵一声丢在两个卫士面前桌上。张玉琳说：“这是给你们办事的盘缠，事成后，另有重赏！”

两卫士提了银元走后，张玉琳坐在办公室里想起自己十岁那年被陈渠珍及其帮凶杀害父母兄长的情景，想起自己死里逃生的情景，想起自己这些年来出生入死的情景，想起今天终于有了名正言顺的官职，也终于有了为父兄报仇出气的这一天……

32 / 就是为这个事来的

张玉琳觉得近来事事顺心，猜想自己是不是交了吉运。这天闲来无事，他去沅陵街边一棵老梧桐树下的摊子上算了一卦。双目失明的算命先生告诉他说："你命属龙，一辈子不可以上山为王，只宜近水创业。"

张玉琳把自己的前后经历一回想，不得不信。他在茶田垅拖队伍时，几次都是被剿得九死一生，最后一仗是在果盘山打的，他差点儿就丢了命。后来他去投奔在武汉的刘嘉树，是刘嘉树将他送到沅陵陈迪光手下，从此，他就如鱼得水，一路顺风。"汉"字有水，"沅"字有水，看来，他这一辈子是不能离水。住家立业之地，必带有水意为好。沅陵带有水意，辰溪不仅带有水意，还带有一个"辰"字，辰的属相即龙。这两个地方应该都合他命相，想想自己坐镇沅陵，又管辖辰溪等地，心里非常踏实。他在沅陵起家，现在又风风光光地随张专员回到沅陵，一些熟人朋友都来拜访他、祝贺他，让他天天心情如花。

但时间一长，到辰溪的次数一多，他发现辰溪人对他颇有微词。辰溪是他的老巢，有很多恩恩怨怨都还渗透在村村寨寨，加之辰溪的社会情况非常复杂，张中宁又常要回家乡看看，他不能不对辰溪严加监控。遵张中宁之意，组建辰溪县自卫总队时，他不能不费一番心事。

他是下午到达辰溪县城的。县长、警察局长等一应在场迎接。张玉琳来到胞衣之地，也是他的伤心之地。离开这块土地后，每次经过这块土地他就会想起自己死里逃生的经历，一种迁痛就会油然而生；但这次他回辰溪却有另外一种感受，虽有痛恨，但更多的还是春风得意。

刚一住下，他就带上几个贴身警卫，来到交通旅社和奎星阁游览。想起李司令和辰溪县长通过韩楚义将他骗至辰溪，本是死路已定，但他还是死里逃生。人在遇难时，万万不可屈从命运！屈从命运则百死无一生；抗衡命运者则九死中尚有一生！张玉琳走到奎星阁前的十字路口站住，他不能说起自己当年死里逃生的机警和智勇，只能长长地叹上一声说："危急之际，还是要靠自己啊！"然后，他笑了一下，就走上奎星阁的红砂岩台基，进了门，上了楼，站在奎星阁顶楼上久久地对着东南方向凝神远眺，他的老家就在东南边的天脚下。

坐落在辰溪县城的奎星阁与文昌阁遥遥相望，是一座三层八面、斗拱飞檐、雕龙画凤、历经数百年沧桑的古老建筑，登楼环顾，怪石林立的熊首山和翠如绿缎的大西山隔江相望，沅水与辰河在此竞相奔流，河中百舸争流，龙头垴一带的平阔土地一望无际。再细看，“西山耸翠”“双水回澜”“崖寺晚钟”“木洲春涨”“笔峰顶寺”“玉带环流”“锦塔临江”“星池映月”之八景处处悦目。张玉琳随意吟出一首诗来：“水拍崖畔夜朦胧，丹山寺里听松风。木鱼常劝人为善，渔翁却道人难从。”吟罢，他才真正发现自己是如此喜爱这片土地。人真是怪物，当年为县府和宪兵剿杀之时，哪还知道这片土地是如此美丽；而今，他成了县府和警察局迎来送往的贵客，他才明白自己原来还有这种闲情。

张玉琳神神秘秘地召开了一个专门会议，要县府组织各方面人推荐自卫总队副总队长的人选。县府、县党部、警察局、当地富豪士绅都按照自己意愿提出了候选人名单，但张玉琳不仅一个不采纳，还在自卫队组阁会上说：“大家提出的名单我都认真看了，我是个行伍出身的人，愿意说直话，不是批评大家，你们都是从各自的小集团利益出发，根本没有从辰溪之大局出发。我们通过慎重考虑，决定由米昭英任辰溪自卫总队副队长，全权负责辰溪的武装保安工作！”

向忠良在下窃窃私语：“要卖命的时候就记得我们军事科了。”

张玉琳听到了这句私语，说：“有谁不服是吗？请问在座的还有谁是中央陆军军官学校毕业的？没有通过党国正规培养就想占据要职，这不可能！要米昭英任自卫队副队长也是张专员的意思！”

散会后，大家议论纷纷，说既是上面已经定人，何必还搞那套形式来捉弄我们？真是割卵敬菩萨——人割死了，菩萨也敬不活！

张玉琳回辰溪组建自卫总队的消息很快不胫而走，很多人都去拉关系、找门路。

第二天，天刚亮时向石宇就在河边找到正在散步的陈策说：“张玉琳上任后到辰溪来布兵了，你知道吗？”

陈策说：“哪能不知道呢！所以这些天我就不打算外出做生意。”

向石宇说：“按照上面规定，现在各县都要统一成立自卫总队，由县长担任总队长。”

陈策说：“这和当年的抗日自卫团格局一样。”

向石宇说：“这次自卫队副总队长张玉琳已安排给了米昭英，并特地说明，这是张中宁专员的意思。下面还要成立中队和分队，张玉琳正在物色人员，看样子还有职位可以争取。”

陈策说：“你提供的这个情况很重要！我马上找米庆轩商量对策。”

陈策不回家，立即过河到了梅花村，因为事急，也没有去拜访马公武，直接找到米庆轩，把向石宇所得最新情况进行了分析，并要米庆轩尽快出马进行活动。米庆轩一听是米昭英当了副总队长，心里有底了，说："昭英当了副总队长，我想的办法就可以实现了。"

陈策提醒说："虽然你们过去是最好的朋友，但现在毕竟不是一条船上的人，你万万不可掉以轻心！"

米庆轩说："这你放心。我会找最佳人选安插进昭英队伍里去。"

米庆轩为抓住机遇，当天就约米昭英到"玉露春"茶楼喝茶。米昭英的老家黄溪口，离米庆轩的老家龙头庵只有几里路程，加之又是同族，且多年来关系密切，米庆轩也就直来直去地说："昭英，今天我要祝贺你当上辰溪自卫队副总队长！"

米昭英说："这都是张专员的重用。张专员这个人非常器重老乡。"

米庆轩说："你一个南京中央陆军军官学校出来的，当过军统调查员，在湘鄂川黔绥靖公署独一旅任排长、连长、少校参谋、少校营长，你现在也当之无愧！"

米昭英说："什么当之无愧？这年头，上面没有靠山，你再有本事都别想升官！上面说你不行，你行也不行！上面说你行，你不行也行！"

米庆轩说："那倒也是！既然张专员这么看重老乡，你也要学习张专员，也要以此类推，也要看重老乡才是啊！"

米昭英说："那当然！不过，要是你自己想到我这里来插手，我可是不敢答应。你是戴红帽子的人，曾经被宪兵关押过，我不好说话。"

米庆轩故意说："有什么不好说话的？当年辰溪县府不是三番四次要剿灭张玉琳吗？现在他不又是县长的座上客了吗？县长还得听他的！此一时，彼一时，为人处世不能以尸为鲜、刻舟求剑！"

米昭英说："那是他贵人得力。他先是遇到了爱才的陈迪光在沅陵当专员，后来他又投奔了老乡张中宁专员。官大一级，没理也有理！现在县长还能说什么？"

米庆轩说："你现在也是实权在握。我到你这里讨口饭吃都不行？"

米昭英说："你别说得这么难听。你哪是没有饭吃的人？你要是没有饭吃，你每月吃饭钱我可以包了，但你要到我手下来做事，我不敢答应！"

米庆轩说："我看你是书读多了，迂腐了！"

米昭英说："无论你怎么说我的不是，我都不能答应你到我手下供职！除了你和陈策，你要是说别的辰溪人，我倒是可以考虑。"

米庆轩要的就是这句话！他说："那好，我也不为难你。我向你推荐一个人。"

米昭英说："谁？"

米庆轩说："石玉湘。这个人你不会不知道吧？他毕业于黄埔军校武冈分校，在国民党九十八师任过营长，参加过上海'八·一三'抗战，后来又在湖南省军管区副司令王育英手下当过团长，不过一年后，他又被作为冗员裁减，现在年纪轻轻的就回老家赋闲。”

米昭英笑了一下说：“这个人我了解，可以考虑。我可以到张大队长那里呈明他的情况。”

米庆轩又补充说：“你知道，他原本是仙人湾望乡村人，后来又在龙头庵住的日子多，是我们真正的老乡。这些你可以不跟张大队长说明，你只需说他这些年的任职经历，保证张大队长会同意。”

因为自卫总队人员安排在即，米昭英回到县府马上向张玉琳推荐了石玉湘做他的中队长。张玉琳心里暗喜：石玉湘？他可是个人才啊！张玉琳那年回家挖开父亲埋下的枪支灭掉张牛脑壳一家之后曾入伙熊桂清队伍，那时候，石玉湘也在熊桂清手下，而且是他得力的干将。他和石玉湘是老熟人！但是，切肉连皮，熊桂清是因逃避抗日在辰溪西园被枪毙的，张玉琳不能把这段不光彩的历史扯出来污染自己。他只好倒问米昭英：“你对石玉湘这个人了解吗？”

米昭英说：“他任过辰溪三区团防队队长，在熊桂清手下干过，不久被政府招安，任辰溪铲共义勇总队分队长和辰、沅、泸、溆保安团六营一连连长，还曾任过正规部队的营长、团长，现在龙头庵闲居。有时在当地学校做临时教员。”

张玉琳为稳重起见，还是说：“这样吧，既然任命你为辰溪自卫总队副队长，你就自己组阁，你觉得石玉湘这个人行，你就用吧。”张玉琳顺水推舟，把自己想办的事转成了米昭英的意思。

得知张玉琳同意起用石玉湘的消息后，陈策甚为高兴。傍晚，他找到米庆轩，两人沿柳树湾街慢慢往下走，一直走到西北面熊首山腰悬崖上的观音洞，一路上谈着下一步如何再往石玉湘手下安插人员。

观音洞为自然生成，坐北朝南，与丹山寺相对而望，脚下悬崖数丈，凉风飕飕，东向县城，南临沅水，西有锦岩塔耸立，故视野开阔；洞口建有两层庵宇一栋，楼廊连延，进门处有“观音洞”三个大字。门右有一狮头，眼珠能转，又有涓涓细水从狮口中垂流成瀑，且终年不绝，清凉可口；下有一半月形盛水池，池中水草碧绿，游鱼成群。这里和丹山寺一样，也是县城人最为幽静的去处。

两人在楼廊尽处坐下，米庆轩说：“下一步再把谁安插进去为好呢？”

陈策说：“这明摆着，安插进去的这个人必须符合两个条件：一是要考虑石玉湘、米昭英和张玉琳都能接受；二是要绝对靠得住！”

米庆轩一时想不出同时符合这两个条件的人。陈策说：“我看，米庆舜就行！他是你亲弟弟，又毕业于常德省立第二职业学校，思想上受你的影响很深。抗战时就曾加入由你叔父米贤松组建的抗日自卫团；在你担任中共辰溪地下党县委书记期间，他一直是义务交通员。”

米庆轩一想，笑了，说：“你不说我还真没有想到他！你这么一说，我还真觉得他最符合这两个条件。但他这几年一直在洪江当小学教员，不知他回辰溪适不适合。”

陈策说：“这恰恰是个有利条件！庆舜为我们做过很多事，但外人一直不知道，这两年他在洪江，恰恰不会被怀疑；他是你的亲弟弟，你为自己弟弟的事去找石玉湘，也合情合理；你们又都是同乡，石玉湘在感情上也好接受；对于我们的事业来说，庆舜我是最放心的！”

米庆轩说：“那好，我去试试。”

陈策说：“祝你成功！”

米庆轩从观音洞回到城里就直接去柳树湾找了肖洪量，商量落实陈策的意图。肖洪量说：“米昭英和石玉湘都刚上任，我明天就以祝贺老乡荣升为名，在家里备办一桌酒席，请大家来一聚，席上大家一起呼和，他俩不会不给大家这个面子。”

肖洪量让杨俊备办酒席，自己和米庆轩就去约人。

米昭英和石玉湘因为刚上任，事务有些繁忙，稍稍晚到了一点。酒席早已摆好，米昭英、石玉湘一落座，大家就举杯共同祝贺他们，说：“这是老乡们的骄傲和荣幸！”

米昭英一看，席上在座的有石玉湘、米庆轩、米庆舜、肖守训、肖守资、谢斐然、肖洪量、米西成等人，都是上辰溪一带的人，清一色的真老乡，也就少了些顾忌。

酒过三巡，大家又话起乡情，各自诉说自己这些年为生计奔忙的情形，自然有苦有甜，一言难尽。

米昭英喜爱书法，兴之所至，便从衣袋里取出一幅斗方来展开让大家看，他写的是一个“和”字。米昭英跟老乡们说：“我特别喜爱这个‘和’字。做生意的讲究和气生财，处理人际关系讲究和为贵；国与国之间不存争端叫和平共处，斗得不分胜负叫和局……仔细想起来，动与静可为一世界，阴与阳可为一世界，开与合可为一世界，这都不足为奇，唯一个‘和’字可以为世界，真是含义无穷！”

肖洪量开玩笑说：“‘和’字还有个意思：做事不认真叫作和稀泥！”

大家就都笑起来，谢斐然说，还有像我们这样在一起就叫作和谐。

米庆轩一看该是说事的时候了，就跟大家说：“各位老乡，我小老弟庆舜自常德职校毕业，现在东飘西荡，没有个稳定职业，各位如果手头方便，请为他找口饭吃。”

肖洪量就以宴会主人身份抢先说：“昭英和玉湘那里现在是天地大得很，正是用人时候，别说是一个庆舜，只怕是十个庆舜都很需要！”

有米昭英在，石玉湘自然不敢抢先发言，他看了看米昭英。米昭英说：“人倒是需要，只是职务有限。庆舜如在我们手下还当个普通兵，那有什么意思呢！”

石玉湘非常感谢米庆轩在米昭英面前力推他当中队长，为报恩，忍不住说：“我手下正缺一个分队长，是否可以考虑……”

米昭英正怕陷入老乡感情里不好说话，就往石玉湘身上推，“当时张大队长安排我做副总大队长时说过一句话：我下面的人由我做主。他不叫做主，他叫组阁。我现在也以此类推，玉湘，我只认你这个中队长，你手下的人，由你自己组阁。”

石玉湘说：“有副总队长这句话，我就做主了。庆舜老弟就到我手下当个分队长。”

米昭英提醒石玉湘说：“这事只怕还要跟张大队长报告一声。”

肖洪量说：“行！你们就说是我肖洪量的亲表弟。如他张玉琳不同意，我亲自去找他！我们在沅陵八中同学时碗里的饭菜都不分你我，他不会当了官就不认老同学的账吧！”

米庆轩说：“张玉琳也不是不记情的人。”

石玉湘从中圆了一句：“你放心，有昭英去说话，事情肯定会成。”

米昭英说：“我一定尽力！”

事情说到这里，就只等着米昭英和石玉湘去努力了。

33 / 不喊不就没事吗

张玉琳在辰溪经历的苦痛太多，所以，对辰溪方面的用人他非常谨慎，对自己不熟悉的人，他都要像挖红薯一样地挖出来，把泥巴剥干净洗一洗，看看成色，然后才决定用与不用。在米庆舜身上也不例外，当米昭英向他汇报说，准备任命米庆舜为分队长时，张玉琳问道：“这个人受过何等教育？”

米昭英说：“毕业于省立常德第二职业学校。”

张玉琳又问：“从过军带过兵没有？”

米昭英说：“跟随他叔父米贤松组建的抗日自卫团开到前线，但没有打过仗就被编散了。”

张玉琳说：“是龙头庵那个米贤松米司令吗？”

米昭英说：“正是的。”

张玉琳说：“这个米司令名气很大，奇闻不少啊！听人讲米贤松见龙头庵一带迷信害人不浅，有一年春节就自撰一副对联贴在村口的土地堂前：‘来敬我者死，去努力者生。’这年春节当地人都被这副对联吓得不敢去敬土地神，但这一年大家的阳春却做得比往年都好，获了大丰收啊！”

米昭英说：“他这件事流传得很广啊！”

张玉琳经常想起自己多次死里逃生，他也相信命运都是掌握在自己手里，在内心里就喜欢米贤松这种性格的人。他欣慰地笑了一下，但还是又深问了一句：“这个米庆舜后来还干过什么？”

米昭英说：“近些年一直在洪江和辰溪教书为业，现在家里赋闲。”

张玉琳对于教过书的人总是高看一眼，他不再问了，只是说：“既然你看上了那就用吧！”

米庆舜很快上任了。

自卫队组建完毕后，张玉琳离开辰溪又去沅陵坐镇。

张玉琳虽然在辰溪住的时间不长，但却声势很大，开酒店、茶楼、旅馆的，县府、警察局、宪兵团无不私下议论他的人生沉浮变幻，毁誉纷纷。

陈策和米庆轩去玉露春茶楼喝茶，茶楼张老板见了陈策就按捺不住地说："世事啊，真是白云苍狗！有人早上是金凤凰，晚上就是脱毛鸡；有人呢，早上是脱毛鸡，晚上就是金凤凰！是非对错全是鬼话！昔日县府要剿灭的匪首，如今又成了省里的大队长，成了县长的座上客！这日子像小孩子玩牛虻，掐掉头，让它乱飞！"

陈策笑笑没回话。米庆轩却故意说："张老板，你都七十多岁的人了，干吗要把好坏分得那么清啊？只要日子好过就行！"

张老板说："就是日子不好过喽！要是日子好过，我哪还有这些唠叨！听说茶田垅的土匪最近更加猖狂了！"

米庆轩说："为什么更加猖狂了？"

张老板说："还能为什么？不就因为张玉琳回来当省里的大队长了，如今代表政府管这块地盘了！"

不好再往下说，陈策和米庆轩只得坐下来喝茶。

不过几天，县城里到处都在传说：茶田垅张玉琢的队伍血洗了龙盘溪。

龙盘溪村地处辰河边上，有一望无际、水旱保收的良田，号称辰溪担不尽的"小粮仓"。村子不到百户人家，但因粮足棉丰，为远近闻名的富村，又因村民知书识礼，为远近闻名的义礼之村，从未遭匪恶进犯。这一次为何遭此烧杀掳掠？

情况报到了县府，县长看完呈文抓着后脑勺半天不说话，因匪首是张玉琳的同族兄弟，他惧怕触怒张玉琳；但又不得不作出反应，就把呈文转到了米昭英那里，要米昭英查办。像这种事，转给辰溪自卫总队的副队长办，也还是顺理成章。米昭英问县长有什么意见，县长说："你看着办吧！"县长的暧昧态度让米昭英感到有些不对劲。

米昭英是正规军事院校出来的，又一直在正规军队里任职，对张玉琢这种土匪行径自然恨之入骨。他看完呈文后跟县长说："是可忍，孰不可忍！如此烧杀抢掠，定要严办！"

县长暗笑一说："你该怎么办就怎么办吧！"

米昭英把石玉湘找来商量："玉湘，张玉琢一伙土匪血洗龙盘溪，你可听说了？"

石玉湘说："听说了，但具体情况不明。"

米昭英说："正因为如此，我才想你带人去尽快把情况查明。我们自卫队刚成立，总得有所作为。这是个好机会。"

石玉湘眼珠儿一转就说："我正有急事忙不过来，再说，遭抢的事是明摆着的，也复杂不到哪儿去，我派个分队长去就能搞清。"这事涉及张玉琳的家族兄弟，肯定是好查不好办，石玉湘不愿意卷进去，想找个替罪羊。

米昭英犹豫了一下，知道石玉湘心里打什么主意，但大家都是老乡，他也就退一步说："那好吧，你派谁去？"

石玉湘说："我看米庆舜是最好的人选。他是我们老乡，做事我们信得过；他是个教书的，办事很细。"

米昭英说："那你就派他去吧。"

石玉湘把这个任务交给米庆舜之后，没有对他提出什么具体要求，其实只要敷衍一下就行。米庆舜不知如何把握这件事情，回头就跟哥哥米庆轩商量。庆轩告诉他："你先带人去把情况搞清，一定要搞详细。有了详细情况后，我们回头再议。"

米庆舜就带了保安分队的人去龙盘溪查情况。

事情起因其实很简单：村子被血洗的前一天，茶田垅土匪到这一带"吊羊"，将当地一大户人家的老母亲给绑了，称要两千银元的赎金。可土匪在返回的路上，被这个大户人家叫来的保村队以猛烈的枪炮进行追击。这些保村队因为地形熟悉，前堵后截，打得土匪无路可走。逃到龙盘溪村时，追兵已到身后，就想进村躲下来。无奈龙盘溪的一位老婆婆被突然跑来的匪群吓得惊叫大喊："土匪来了！"顿时全村人互相大喊："土匪来了！土匪来了！"全村人喊声震天，张玉琢的队伍误以为村里也有枪炮阻击他们，吓得不敢进村，只得丢下"肥羊"绕道逃命，结果被追兵打死几个弟兄。

逃回茶田垅的弟兄们向张玉琢禀报情况后，张玉琢说："这个龙盘溪还说是个礼义之村呢，我看他们是什么礼义也不懂！用枪炮追赶我们的人，那是因为我们吊了他们村的'肥羊'，你龙盘溪的人为什么要和我们的队伍过不去？"

于是，张玉琢亲自带人星夜急行，直奔龙盘溪。队伍进村时天还刚亮，起得最早的村民也还在家里没有出门。村口住着一户姓刘的八口之家，全家人还来不及喊一声，就被打死四人，家中年轻女人和财物全被掳走，房子也被放火烧了。

村民吓得四散而逃，六十多岁的刘恩次扛着自己的孙子想往树林里跑，枪子儿从身后飞过来，打死了他的孙子。他转过身来看见土匪正朝他开第二枪，他跪下说："老总，我这个三岁的孙儿已经断气了，你再打死我，连个收尸的人都没有了！求你放我一条生路，算是你修阴功，你将来也好儿孙满堂。"说完，刘恩次把已被打死的孙子放在地上。但还是有人朝他开了一枪！

这时，一个十六七岁的姑娘从屋角里跑出来，枪手赶紧将姑娘捉住，让他们的人围着她，摸下身的摸下身，瞧奶子的瞧奶子。一个四十多岁的土匪说："妹子，跟我当老婆去，我可以让你享清福，比你在家里做苦工强得多！"说完就拉着姑娘走，姑娘又哭又喊，土匪像是没有听见一般。

在一块菜园里，两个枪手看见一个抱婴儿的产妇，一个将婴儿抢过去提在手上，一个将产妇强按在地上施暴。那个提婴儿的人看见村里牛栏里关着一头大肥牛，就将婴儿丢在牛栏里，将牛赶走。

村里到处浓烟滚滚，枪声不断，呼儿唤女的哭喊声，禽畜的惊叫声，不绝于耳。

一直混乱到中午，土匪才押着女人，赶着猪牛羊，提着鸡鸭鹅，得意扬扬地过了河，朝茶田垅方向满载而归。

躲在村外一个瓦窑洞里的村民出来一看，刘弟基两手抱着自己的肠子死在洞口，一摊血已经凝结成块；再走远一点，又见背一个女儿抱一个儿子的母子三人同死在水沟边，是同一颗枪子儿打死的。母亲的两只手还捂在孩子嘴上。为了瓦窑里村民的安全，她们宁死都不让孩子哼一声！

米庆舜带着这些情况从龙盘溪回到县城就先跟米庆轩说："我只想带队去剿灭张玉琢！"

米庆轩也很想趁此机会，借自卫队之手，将张玉琢的队伍除掉。他找陈策商量，陈策摇了摇头说："庆舜只是个分队长，受制于石玉湘和米昭英，而石、米又受制于张玉琳；要除张玉琢没有张玉琳点头，绝对办不到！庆舜是我们好不容易才安插进去的人，时机未到，切不可暴露！如果张玉琳发现不对头，庆舜的处境就危险了，我们就会欲速则不达。"

米庆轩说："面对这样的土匪，我们也视而不见？"

陈策说："要庆舜把情况实实在在地跟自卫队说到位，然后看菜下饭，顺水推舟，不急不缓，恰到好处。"

米庆舜连夜写成一份情文并茂的报告，送呈至中队长石玉湘手里，并口头向石玉湘作了详细报告。石玉湘虽坐得身板笔直，听得认真，但听完后却只是有气无力地说："这件事实在重大，我也不好转述；如转述不准，必带来后果，你还是直接找米副总队报告吧。"

米庆舜明白石玉湘这是在把球踢给别人。他记住哥哥的交代，也没有多说，点点头，不偏不倚地表了个态："好。"临走时又灵机一动，试探着说："中队长，要不，你带我一起去见米副总？既是重大事情，你不在场，我一个人越级去报告，似也不妥。"

石玉湘说："乡里乡亲的，讲究这些规矩干什么？我这儿正忙呢！你一个人去就行！"石玉湘果然是不肯沾边。

米庆舜说："如米副总队说我越级报告呢？"

石玉湘说："你就说已跟我说过了。是我要你直接去报告，怕耽误时间误了大事。"

米庆舜感到石玉湘是一身涎水的泥鳅，没人捉得住。

米庆舜来到米昭英的办公室，米昭英正来雅兴在练习书法，他一边叫庆舜坐，一边把对联写完。米昭英说："来，庆舜，你是个读书人，又是个教书人，你看看这副对联写得如何？"

对联写的是："事在人为，休言万般皆是命；境由心造，退后一步自然宽。"

庆舜说："米总队长，不是因为我们是老乡，我就恭维你，你的书法功夫真的很深，筋、骨、血、肉、气，无不饱满。纵观书家，大多只是在筋、骨、血、肉方面见好，而'气'亏者为多。书法之气乃发于书家体内，非学技巧所能及，必求全修养才行！故书家之高下，以气可分。"

米昭英高兴得笑了起来，"庆舜，想不到你对书法有如此深解。快坐快坐。"

庆舜说："龙盘溪的情况我已查清，现向您报告。"

米昭英说："怎么不先跟石中队长报告？"

米庆舜说："已经向他报告过了，他说他太忙，要我来向你汇报。"

米昭英说："依我看啊，他一定是怕惹张大队长不高兴。那好，你说吧。"

米庆舜把这些情况一说完，米昭英就火了，"这不是在和我们自卫队对着干吗？我们自卫队一成立，他们就弄出这种烧杀掳掠的事来，叫我们如何向老百姓交差？这样的事如果我们都不认真管一管，还要我们辰溪自卫队干什么？一定要剿灭张玉琢的队伍！"

米庆舜说："米总队长说的极是！这样的土匪都不剿，老百姓还不骂我们县自卫队是吃屎的？"

米昭英稍冷静一下说："不过，这涉及张大队长的同族兄弟。我们辰溪有句俗话，叫作打狗看主人，我还是要自己去沅陵一趟，当面跟张大队长说明情况，看看他意见如何。"

米昭英特地赶到沅陵，和张玉琳说了张玉琢在龙盘溪烧杀掳掠的情形。

张玉琳听后说："这个龙盘溪人也是爱惹事，他们又不是去抢这个村子，村民喊什么'土匪来了'？不喊不就没事吗？"

米昭英感到话味不对，怎么反倒成了老百姓喊话的过错？米昭英说："大队长，这么多人枪突然冲进他们村子，他们能不害怕吗？难道老百姓害怕了，喊句话都不行？我看张玉琢这伙人也太凶残了！"

张玉琳说："是啊，这些人都是有勇无谋，缺少教育！明明知道我张玉琳在治理这块地方，还要这么干，实在是过分了一些。"

米昭英说："他们可能以为有你做靠山，可以为所欲为；其实这是往你脸上抹黑！"

张玉琳说："这些人太不争气！昭英你看怎么办才好呢？"

米昭英说："我就是为这个事来请示你的。'帝王之于亲戚，爱虽隆，必示之以度'，何况我辈？我的意见是：剿！除掉他们一可悦百姓，二可彰明你大义灭亲！"

张玉琳笑了一下说："昭英啊，不可！自己人我就实话实说。玉琢和他手下那些人都是我当年的生死兄弟！你知道吗？当年如果不是这些生死兄弟帮我，哪还有我张玉琳的今天？我今天怎么能对他们下手呢？怎么能忘恩负义呢？”

米昭英说：“大队长放心，只要你允准，何需你自己动手呢？我可以代为下手。”

张玉琳说：“你下手和我下手这有何区别？”

米昭英说：“这些人不除，只能给你身上添垢加尘。你现在是公务在身，万不可因小失大！”

张玉琳说：“昭英，我不是分不出好坏的人！问题是，现在我们屁股还没有坐稳！我们在湘西这一带坐井观天，其实很多地方的共党已势不可当，国共两党的生死决战正日趋激烈。谁胜谁负，我倒也不去想得太多，我想得最多的是，只要我们手里有人有枪，不论国民党、共产党都会重视我们；如果我们把自己的手脚先砍了，到时候，谁会重视我们？我们去投靠谁？投靠谁别人都会不在乎！”

米昭英苦了眉头，不再说话。张玉琳跟他说的是真话，他虽听起来不愉快，但想起来的确不无道理。

张玉琳说：“你回辰溪后来个外紧内松，对外就说我有令，张玉琢一伙烧杀百姓，罪当剿灭！对内，你不要作具体安排布置，我们拖一下看看局势再说。将来大局一定，除掉张玉琢那只是举手之劳。”

米昭英说：“这伙人只怕也不是那么好对付。”

张玉琳说：“到时候，我只需把张玉琢叫来毙掉，然后将其队伍收编，这不就行了吗？难道这些人还愿意跟他张玉琢而不愿跟我张玉琳？谁不知道坐大船比坐小船好啊！他们这些人，我太了解了，都不过是想弄碗好饭吃而已！”

米昭英说：“有大队长这句话我就放心了。”

张玉琳说：“湘西土匪有几百年历史了，几朝几代都剿，什么时候真正剿灭过？日子还不就是这么过来了？我们必须明白，问题是出在国家大局，国家这么乱，你剿几个土匪有什么用？这里剿了那里有，今天剿了明天有，就像春天的笋子，扯了高的，矮的马上又长高！如果我估计不错的话，不要多久，国共两党在湘西争夺天下就会是你死我活！我们还是不要先砍自己的手脚！”

对于时局，其实米昭英比张玉琳更加有数，不过，他是真正的军人出身，知道如何守口如瓶，不随便谈论这些。他说：“有你这番话，那我就看看再说。”

张玉琳说：“张玉琢的事你暂时虚晃一招就行，这不是目前最重要的工作，目前最重要工作是张专员这次竞选国大代表要分在辰溪选区。这次选举不能失败，只能成功！”

米昭英马上警觉起来，“这可不是一般重要，这需要周密部署啊！”

谈完这些事，米昭英才回辰溪静观时局。

张玉琢血洗龙盘溪的事，几经上下，弄出的结果正如陈策所料：不了了之！

34 / 民意就只值一碗面条

入秋后的日子像是被冷风砍去了一截，一天短过一天，但县里的宴请气氛却一天天热闹起来。昨天是县长受张中宁之托，在梁园酒楼宴请辰溪各界名流和各乡选民代表，今天又是马公武在银宫酒楼宴请县城各界名流和各乡选民代表。两次宴请陈策都以贵宾身份坐在贵宾席上。昨天的宴席上，县长还特地走来给他敬酒说："陈老板，您可是张专员特别点名约请的贵宾啊！宁翁在辰溪竞选国大代表，还望您多多支持！"陈策做出高兴的样子接受敬酒说："我和中宁是师生关系，这还用你说嘛！"陈策知道，肯定是张中宁在县长面前特别点到他，不然，县长的确是不会请他这个容易惹麻烦的人；虽然，他在县里名声很大，但那只是县府害怕的名声，而不是乐意听到的名声。今天就不一样了，马公武是亲自上门拜请了他的，所以陈策也就比昨天来得早了一些，更当一回事。

自从辰溪分有一名"国大代表"，县里成立了选举事务所之后，各方势力角逐你死我活。几番较量后，候选人才渐渐浮出水面。此前不久，三青团田干事还是三个候选人之一，很短一段时间的争斗，田干事就自甘弗如，主动退让；以各界知名人士提名，代表民意的候选人为马公武，以政党提名代表官方意志的候选人为张中宁。两人很快形成了对峙之势。论学历，马公武留学日本，张中宁毕业于中央政治大学；论资历，马公武早就当过团长、师长，张中宁当过处长、县长、专员；论民间影响，马公武在辰溪兴办教育，奖励学子，正为县民称颂，而张中宁大部分时间在外地为官，不得不稍逊一筹。但综合比较，难分强弱，两大阵营势均力敌。

陈策心里有数，此次如全按民意，国大代表非马公武莫属！但这不会是一个简单的选举，而会是一场很好看的政治大戏。

陈策刚在席上坐下，田干事就笑着走到陈策面前拱手致礼说："陈老板好啊！多日不见，最近在哪里发财？"

陈策想起他到楚屏中学发展三青团员时被马公武斥责而归，就淡然笑笑，虽然也站起来回礼，但腰没挺直应付一下又坐了下去。好在田干事此时丝毫不计较这些，非常谦虚地挨近陈策坐了下来。陈策以不知情的口气说："张专员昨天请我们聚了，马先生今天也请我们聚了，你田干事打算何时请我们也欢聚欢聚？"

田干事很不好意思，深怕陈策说得太张扬让旁人听了难为情，就轻轻地耳语："岂敢！岂敢！"

陈策又故意大着声说："你也是候选人之一啊，就不要我们投你一票？"

田干事说："陈老板，您见笑了。等会儿我就要在这个宴席上说明我的来意。求您现在千万别把我推到风口浪尖上！"

陈策还将他往悬崖上推了一把，"你是年轻有为，当之无愧嘛！"

田干事还准备说些什么，被端菜上桌的打断了。

马公武今天的宴席叫作"百汇宴"。他把辰溪各大酒楼的名牌菜都叫来了：梁园酒楼的糖醋鱼、凤凰鸡、面包鸭子、老鸭汤，小桃源酒楼的铁板牛肉、活泥鳅钻豆腐，华北酒楼的红烧牛肉、猪蹄焖党参，望江楼的夹心糕、黄焖鲤鱼，张森茂酒楼的社饭、乌骨鸡煮黑豆，还有钟胖子酒楼的鸡丝面、米茂盛酒楼的牛肉粉，等等。马公武的意思是，今天这个宴席要吃尽辰溪城所有酒楼菜肴的精华。仅是吃这一招，就要完全盖过张中宁！

客人到齐后，马公武举杯宣布宴会开始。他说："各位贵客，我马公武本无意政治，但这次承蒙大家抬举，使我成为本次国大代表候选人之一，民意不可违啊！今天真是穿了戏袍，不唱戏就不行！在这里略备淡酒一杯，以示谢意！如我当上国大代表，我将致力于如下十件大事：一要采取措施提高县民的道德标准；二要力图确定教育基金；三要大力提倡农工商业；四要适当提高海关税率；五要切实优待公教人员；六要提议适时改良货币制度；七要打破封建思想；八要遵守兵役法规；九要协助妇女参政；十要拥护中央政府。现在，请大家举起酒杯，让我们为大家的幸福、安康干杯！"

大家和陈策一样，都能听出，马公武的十条施政纲要里，有几条完全是出于应付上面，但大家也都能理解，宴会厅里一阵碰杯声、叫好声，比昨天县长代表中宁的请客气氛活跃了许多。看样子，马公武对这个国大代表充满信心！从到场的民意来看，马公武也是稳操胜券。

酒过三巡，果然田干事站起来说话："各位各位，请大家静一静。我田某人借马先生的盛宴，有几句话在这里言明。首先感谢大家的信任，推举我为国大代表候选人，其实我自己非常清楚，我资历尚浅，远不能和张专员、马先生相比。我已自动弃权，退出选举，诚心诚意让贤！今天趁这个机会，向各位同仁重申一下我的态度，希望大家见谅！"

席上又一阵叫好声。向忠良就在下面喊了一句："是谁把张中宁排到马先生前面去了？乱搞！一定要保证马先生选举成功！只有马先生才能代表辰溪民意！"

向忠良显然是酒后带着对张玉琳的不满而迁怒张中宁。

马公武也有了几分酒意，田干事讲话中把张中宁排在前面，也让他内心不太舒服，但今天是他请客，还是皆大欢喜为好，他不计较这个，把酒杯举高了说：“来来来！大家再干一杯！”

马公武特地走到陈策身边说：“来，陈老板，想起我们那次和胡庶华校长一起游大西山，真是其乐无穷！我们单独喝一杯！一切尽在不言中！”

陈策举起杯来同干之后，趁大家在敬酒高潮，将马公武拉到大厅的八扇屏风后面悄悄说：“你要多加注意，你今天这个宴会比昨天县长的宴会热闹许多、客气许多，也活跃许多。田干事回去后，必要跟县长说起今天这场面，下一步的竞争会更加激烈，甚至残酷！你忘了他到你学校准备发展三青团组织被你轰走的事了？你本不该请田干事来赴宴。”

马公武说：“倒不是我忘了，是他田干事忘了。是他主动要来，说是来给我助威。我怎么好拒绝？伸手不打笑脸人嘛！如果我拒绝，岂不显得我马某人太没有肚量？”

陈策说：“他肯定是来当间谍的！不过，言破了，你知道了、注意了，也就没有什么大碍了。”

马公武说：“也好！让他看看民意所向，让他看看我的势力，让他知道这些情况跟县长和张专员说说，如能不战而屈人之兵，岂非上策？”

陈策说：“我和中宁绝无私怨！说起来，中宁还是我的学生，他待我也不薄，但他搞的国民党那一套，没让人民过上好日子，我不喜欢！老兄啊，你必须明白，现在搞的这一套，都不过是形式上的民主，都不过是在玩民主这张牌！本质上还是党首说了算！”

马公武说：“我本无意政治，但辰溪民意如此助我，我不能有负民意！这一次我是开弓没有回头箭！无论与谁竞选，我都只进不退！要角逐到底！”

陈策说：“老兄还是别说过头话，人家毕竟是专员，还是看风行船为好。”

马公武说：“看风行船我不会！鱼死网破我倒是有准备！当年我抗日反蒋，我怕谁了？”

陈策看着马公武情绪激愤，放心地笑着说：“你有这个决心就好！我一定把你挺到底！”

马公武抱拳深深一谢。

热闹了好一阵，席上的人陆续要跟马公武道别，马公武开始送客。

第二天，陈策就看到《逐日新闻》以大版面刊登张中宁竞选的施政纲要：第一，全面革新政治；第二，注意地方自治；第三，积极开发湘西；第四，促进辰溪建设。陈策将马、张的施政纲领一对比，张中宁显然盛气凌人，虽只四条，但盖住了马公武的十条；马氏十条主要谈实业，而张氏四条恰是从政治入手，显示出在政治上的优胜和强硬。从个人感情上说，张中宁是他的学生，马公武为他的挚友，谁胜谁负均可，但从政治上说，从人民需要来说，他必须扶马倒张。国民党治理的这个社会，已经成了失衡的天平，不能再维持下去！

向瑚从冷雨绵绵的街上买菜回来，放下菜篮就跟陈策说："今天，中南门码头上出了怪事！行人过路就被拉去吃面条，还不要钱！真是人山人海！"

陈策说："现在要钱都没有吃的，还有吃了不要钱的？"

向瑚说："说是张中宁专门安排慰劳县民的，吃碗面条，国大代表投票时给他投一票。"

陈策明白过来说："这就一点儿都不怪了！这是县长在帮张中宁抢马公武的选票。"

向瑚说："我是第一次看到这种怪事！"

陈策说："这些年来，你看到的怪事何止这一件？日本飞机把辰溪城炸得这么稀烂，这不是怪事？我们辰溪县城碍他日本人什么事了？我们辰溪人惹他日本人什么了？大旱之年，饿死这么多人，政府官员却把赈灾钱物拿去做生意给自己赚钱，这不是怪事？国民党放着日本人不打，却要先杀中国共产党，这不是怪事？这年头怪事说不完！"

向瑚说："一碗面条就能把人心收买了？"

陈策说："在有些官员眼里，民意就只值一碗面条！"

陈策走上街去，他要收集一下不要钱吃面条的情况，刚走到柳树湾街巷，就有两街坊邻居在说话：

"走！到中南门吃选举面去。"

"没吃过面条我也还见过麦子！饿死我都不去吃那碗下贱面！"

"这有什么下贱的？张中宁一不种田二不种地，他的面条还不是人民的？"

"要吃你去吃！无功不受禄！我不去！我也不会投他的票！"

"反正要投别人一票，有一碗面条总比没有一碗面条好吧！吃他一碗面，给他投一票就是！"

"为吃上一碗面条投他一票，好让他们又多杀些共产党？"

"你不吃他的选举面，他就不杀共产党了？他们不如意的事情多了，会杀更多共产党！"

"那你吃他一碗面条，投他一票，他们就事事如意了？就不杀共产党了？"

陈策站下来想听他们把这个问题争论下去，但他们看见了陈策，反而散伙走了。

陈策到城里转一趟回来，正好米庆轩在家里坐着。

米庆轩把一个大红"拜帖"递给陈策说："这是我刚刚得到的。"陈策一看，里面写着："张中宁奉中央指定在辰溪候选国大代表，敬希协助。"

米庆轩说："这是张中宁托人到湖大辰溪籍学生中进行竞选活动时送给学生们的，在湖大读书的学生转给我这么一份。"

陈策说："张中宁已经拼尽全力了。如果马公武不认真对付，支持率就有可能急转直下。庆轩，你尽快去马公武家里一趟，把这个'拜帖'转给他，并告诉他，张中宁已委托人在中南门码头请县民免费吃投票面条。"

米庆轩说："那我现在就去梅花村拜见马先生。"

马公武已经知道张中宁在中南门码头请县民吃免费投票面条，他有些不以为然；但米庆轩转给他的那份张中宁给辰溪籍湖大学生的大红拜帖，确实出他意外，也让他警觉起来。

作为对张中宁的回应，马公武也用了些办法对付张中宁的这种宣传。他先在《丹山日报》上刊登大幅竞选广告："辰溪马公武竞选国大代表，敬希好友宣传协助！"接着，逢辰溪赶场日，他也在中南门码头请上街赶场的县民吃投票面条，而且还给每人加发两个肉包子；这还不算，还利用自己的优势，召集楚屏中学的学生组成鼓乐队，抬着他的巨幅画像在辰溪县城和附近乡下大张旗鼓地进行宣传。为争取辰溪籍的湖大学生支持，马公武也亲赴岳麓山下，在湖南大学拜会老友和辰溪籍学生。

此前，因为米庆轩和肖守谦多次给辰溪籍的湖大学生去信说及此事，辰溪籍的湖大学生也商量过多次，表示支持马公武，认为马公武起码有两大可取之处：一是他在辰溪兴办教育，开启民智，为辰溪培养了人才；二是他公开反蒋，有利民主，故辰溪籍的湖大学生对马公武就多了份亲近。马公武到湖大时，受到了热情接待。为争取更多的人援马倒张，肖守训又陪同马公武到南岳国立师范会见了辰溪籍学生陈显荣等人。

一路上，马公武见肖守训年纪轻轻即很会为人，又办事精明，在一起游祝融峰时，就一再要求肖守训毕业后去楚屏中学任教。米庆轩也跟肖守训说过，辰溪的革命斗争形势十分复杂，一批被国民党怀疑的人，在工作上都受到监视和限制，活动起来很困难，希望他毕业后回到辰溪去做打开局面的新生力量，所以，肖守训愉快地答应了马公武先生的邀请。

马公武到湖大学生中活动的消息走漏了风声，张中宁觉得仅是拜帖肯定不够，又很快赶到湖大以专员身份接见了辰溪籍的学生们。张中宁也看上肖守训的为人处世，托随行人员跟肖守训说："宁公很看重你啊！要委任你为他所辖专区的督察员。你先屈就一下，不过两三年，你肯定会仕途无量啦！"

肖守训谦逊地笑笑说："真是感谢张专员的厚爱，我胆小怕事，恐怕不是个当官的料！"

随着选举日的临近，辰溪的复杂社情也浮出了水面，上峰的电报不断发来：

张中宁的国大代表选举只能成功，不能失败！于是，张中宁一方步步进逼、盛气凌人。

马公武觉得这种选举已越来越显出不公平，他又听别人透露，负责选举工作的人准备在选票上搞些假名堂。这使马公武更加恼怒。在选举事务所的工作人员会议上，马公武挽了袖子捶着桌子说：“这次选举要严防倚仗权力暗中作伪！我要派得力人手分赴到全县十四个选区进行现场监督投票！没有我的人到场认可，任何人不得启封票箱；否则，我将以刀枪相见！”

一席杀气腾腾的话吓得工作人员不知如何是好，因为县长和县党部书记长此前又跟他们说：“接上级密令，无论采取什么方式，张中宁必须当选！”

辰溪县府和县党部十分担心正式投票之日的社会秩序，不得不把马公武这边的情况向张中宁报告。张中宁立马赶到辰溪，和县长、县党部书记长及米昭英等人进行了密商，对辰溪的各派势力进行了细密分析。县长说：“马公武在辰溪的确很有优势，据内部情报，连陈策这一帮势力也在援马。我看是否让警、宪、特出动一下，给他点厉害看看。”

张中宁没有想到在自己家乡竞选也会出现这种尴尬局面，没有想到自己非常尊重的老师也没有支持他。他虽有伤感，但他知道这不是他个人的原因，而是国民党失信于民所致，作为这一级官员，他不能没有这种理性的思考，但也不能失去必胜的信心。这一切他都不便明说，只得不形于色地告诉县长：“千万不可有过激行动！你们要明白，陈策、马公武都是行伍出身，而现在的百姓可一呼百应，如操之不当，就会干柴遇烈火！如因我在辰溪竞选而造成血案，则于党国于我个人都是有害无益！我岂能在家乡留此恶名？还是不宜武攻只宜文取！民意有民意的优势，官方也应有官方的办法嘛！我看，你们可以先请县党部书记长出面，把县城各机关头面人物都找来，联名致函马公武，让他自动退让。”

县长赶紧说；“这倒是个办法。”

张中宁说：“信函一定要写得情文并茂，晓之以理，动之以情，让他退出竞选也能心情愉快。”

此法能成自然是好，但这谈何容易！县长虽表面赞同张专员的办法，但他对马公武的脾气非常熟悉，深知此信难写，不好交差。他略一思考，觉得事不宜迟，当着张专员的面顺势即推给县党部书记长说：“此信只有杨书记长才能写好。”

杨书记长哪想承担这种事情呢？话到嘴边又只得咽了回去，心想，县长当着张专员开了这个口，自己如果拒绝，不仅会得罪县长，更会得罪张专员，一巴掌打怒了两大巨头，岂不是把自己的仕途推入绝境？还不如反其道而行之。他鼓足士气，提高嗓门说：“本人十分乐意为此效劳！”

县长幸灾乐祸地点头一笑，张中宁两眼突然出神起来，显然，他对杨书记长勇于担当有了好感。

杨书记长一句违心话收到这么好的效果，连自己都有些意外之喜。于是，劲头更足。

为写好此函，杨书记长用尽了才思，全文先是恭维后是施压："阁下望重一方，深为民心所向。苟阁下一旦当选国大代表，即将远离辰溪乡亲，恐将影响阁下实行施政大纲。辰溪各界不愿教育界失此模范，宁扰阁下一时，特联名请阁下丢银守金，以教育为重，对此次国大代表竞选予以退让。能如此，则辰溪民众之大幸，辰溪学子之大幸！"

杨书记长将函稿送审获得通过后，又连夜到各机关头面人物家中串门拜访，请他们看稿签字，然后递交给马公武先生。

马公武收到此函后，明白是暗藏刀枪，本是心气难消，但为显示雅量如海，便以沉默相对。不料杨书记长成功心切，将马公武的沉默视为默认，又在报上连篇累牍地发表张、马竞选"化干戈为玉帛"的大好消息。

马公武一见登有"化干戈为玉帛"的报纸就勃然大怒，立即登报声明："本人竞选系受地方父老之爱戴与协助，个人得失，无所希冀。此次虽承各好友来函商请退让，本人并未同意。顷以外人不明真相，纷纷前来询问，特此函请更正。免负地方父老之期望也。"此后，又通过宴请各界头面人物和参与各种会议反复表态说："竞选工作业已展开，兹后仍当积极工作，总期顺乎民意使此次竞选在合法合理中进行。"

张中宁先是得知马公武和他"化干戈为玉帛"的消息，甚为一喜；后又在报上看到马公武并未同意退让之声明，便责问起辰溪县长和县党部的杨书记长，为何上报情况有假？县长和杨书记长吓得坐立不安，只得另谋良策。又因不能违背张中宁"只宜文取"的要求，只得请人去和马公武当面攻心。

马公武交往的人极有讲究，谁能担此重任？即是能担此重任者又还要愿往才行。经反复琢磨，县长决定请曾祥信出马。

曾祥信被请到县长办公室。县长说："最近《丹山日报》的影响可谓与日俱增，你作为主编功不可没啊！"

曾祥信说："感谢县长对小报的关心。"

县长说："关心谈不上。到时候你别在报上骂我就行！"

曾祥信听出弦外之音了。县府、县党部和警、宪、特早就想对《丹山日报》下手，今天为何说话如此客气？曾祥信说："县长，恭请您对《丹山日报》多多赐教。"

县长说："自国大代表竞选以来，你在马公武那里一定得了不少广告费吧？"

曾祥信一下明白过来，县长这是在责备他对马公武宣传过多。但曾祥信仍绵里藏针，“县长，我们这一行讲究文责自负，我们报上是否有不实之词？”

县长说：“这个问题今天不好细谈。我今天请你来，是想烦劳你为我们办件事。”

曾祥信说：“县长别客气。请明示。”

县长说：“你作为云峰中学校长和《丹山日报》主编，又与马公武的思想和情性相近，过从甚密，我们想请你出马跟马先生说明一件事情。”于是，县长就把任务一一说给曾祥信听。

曾祥信半天没有说话，他感到非常为难，但为了让《丹山日报》不被查封，也为了不让马公武掉入政治陷阱，最后他还是答应一试。

曾祥信只身过江到了梅花村马氏山庄。他不露一丝说客痕迹，先与马公武交流办学、读书、办报心得，之后又吟诗作词，过了大半天才悄悄问马公武：“竞选国大代表日近，祥信有言不知当讲不当讲。”

马公武说：“正值竞选关键，愿闻诤言。”

曾祥信说：“阁下在辰溪人心所向，如投票结果出来，必然当选无疑；但阁下非上面指定人选，当选后必为上面所忌，而县民于您又期望甚高，上有刁难做事不成，必凶多吉少；下有期望无法兑现，必失信于民。我以为，如当选，必损以前功誉，是为祸也；不当选，既成名誉必有增无减，乃是福矣！还是丹山寺那副对联写得好：‘进步不如退步高。’明公当三思而行。”

如曾祥信说他难以当选，马公武必然不服，现在说他当选后之处境，马公武顿悟过来，“此话有理！不过，我为竞选费时花钱不少，如中途退让，岂不落个空名？得不偿失？”

曾祥信说：“这个好办。身为专员，张中宁还怕没有公家的银子花？阁下退出选举，他必为消除心头之患而快慰，也必然同意赔偿阁下竞选之费用，而你又正需经费兴办教育，岂不两全其美！”

马公武说：“他如愿意赔偿我一万法币，我即退出选举。”

曾祥信大喜过望，像马公武和张中宁这样的人，只要通钱路，事情都好办。曾祥信回信县长，县长请示张中宁，张中宁本想一口答应，为显示身价，还是压下三千法币，以七千法币成交。马公武稍作思考后也表示同意。

一场你死我活的竞选，最后，私下里由金钱摆平。

35 / 比死还难受

竞选赔偿款一到手，马公武便偃旗息鼓，任张中宁一方宣传拉票。陈策得此消息不禁扼腕一叹！但他前后一想，这是国民党搞的选举，张胜马败乃必然结果，公武兄知难而退，得些赔款兴办教育也未必不是上策。然而，米庆轩心气难消，他找到陈策说："想不到马公武也会为金钱折腰，太令我们失望了！早知今日何必当初！"

陈策平静地说："马先生自有马先生的道理！他能反对蒋介石，接纳我们的人在楚屏中学工作，就已经很不错了。张、马相比，支持马氏竞选是我们自愿，马氏放弃竞选是他的权利。"

米庆轩说："我们这么支持他，他倒不当一回事！"

陈策说："话也不能这么说，他有他的难处。何况他办学育人正需钱用！"

米庆轩说："我想联合我们的人，来个罢课什么的，虽不搞垮他，也要让他知道我们的脾气！"

陈策说："这万万不可！对于马公武来说，得者失也，失者得也！对于我们来说，全国解放大局已定，我们的任务是为解放大军解放大湘西、解放大西南多做些工作，减少些牺牲，而不是一个国大代表的得与失。我们的人都还有更重要的任务要完成，万万不可因小失大！小不忍则乱大谋啊！"

米庆轩深入一想，才渐渐恢复平静。

时近年底，冷雨连绵，阴风怒号，时不时还夹带着漫天雪片。全县一十四个选区，分期举行选举。

饥寒的县民本不肯出门去投票，但保长带着团丁驱赶着他们，"吃了面条你敢不去投票？"

有人说："我没有吃过面条！"

保长说："那是你自己不去吃！你怪谁？"

反正是老百姓怎么说都没有道理。

县民害怕背枪的人，只得用棕包了脚，再穿上草鞋，忍饥耐寒赶到投票现场投票。

在投票处，有人问:“投一票可不可以免我的兵役？”

有人问:“投一票可不可以免‘条编’（税费）？”

有人看见保长站在身边就讨好说:“保长，我投你一票。”

有人问:“我不知道投哪个，要是投错了人，保长你不会打人吧？”

选举现场笑话百出。

选举结束后，张中宁以绝对优势当选。

马公武虽已退出选举，但因前期造势的影响，仍有不少选民投他的票，这使马公武既赚了钱又得了面子。于是，他心存感动，在《丹山日报》上刊载启事致谢:“余隐居沅水之滨，澹泊多年，明志修心，此次竞选，承蒙各父老乡亲拥护抬举，各省、县师友支持激励，实令余感激欲涕。于此阴雨弥天之际，实不愿为拉票扰民，宁愿光荣而失败，不愿卑劣而功成。日后，余仍当以‘居庙堂之高则忧其民，处江湖之远则忧其君’之精神，为国家提倡教育，为人民发展实业，不负我数万县民之期望！”

县城街上，大家都在争买《丹山日报》，原是要看看马公武的这条启事。陈策也买了一份拿回来给刺绣厂向瑚她们看。向瑚看后说:“刀光剑影的事，都被马先生办出人情味来了，真是会办事啊！”

陈策冷笑了一下，“张中宁得名失利，马公武呢，名也有，利也得！”

对于张中宁来说，选举成功才是他的最终目标，赔偿马公武一点钱，当然是用过就不再记在心里:一个专区，再穷也还不在乎几千法币。

相对于大庸县的选举血案，张中宁在辰溪的竞选算是非常曲折也非常圆满。大庸在竞选国大代表时，国民党和三青团先是发生械斗，李县长被省府免职，另派省参议员黄颖川继任，但换县长并未能平息这场争斗，反而使“党团摩擦”加剧，闹成了武装冲突，黄县长入城赴任时就被当场击毙。省府借鉴了张中宁在辰溪竞选的经验调处此事，但双方不服，只好闹到了最高法院。

张中宁越想越觉得这多亏了自己的人办事得力，倘若不尽早将马公武缚住，辰溪的选举岂不和大庸如出一辙？甚或有过之而无不及！马公武要是舞刀动枪起来，那可是多少人头落地！于是，张中宁莅临辰溪约了各界名流到华北酒楼举行答谢宴会。开席后，他领着张玉琳、米昭英、辰溪县长、县党部书记长等一批头脑人物频频给大家敬酒致意，真诚感谢大家在竞选中所付出的百般努力。这次他没有邀请陈策赴宴。

正在敬酒欢庆之时，卫士转给他一封电报，他一看，是马公武致他的贺电:“中宁先生:欣闻您奉中央指定选举成功，特电致贺！”张中宁反复看过几遍，虽无不实和欺侮之词，但也不无暗箭辱意。于是，他把张玉琳叫到身边坐下说:

“玉琳，虽然选举成功，但辰溪的事你必须多加小心！万万不可认为是自己家乡就麻痹大意！竞选血案虽发生在大庸，但辰溪这次竞选有很多预兆值得我们警惕！如果不是我们多用智谋，此地难免不发生比大庸更惨的血案！要记住：曾有人说过‘刀枪相见’！这一场落下来的雨已经变成水流走了，但雨上面的乌云还没有散退！”

张中宁没有给张玉琳看电报，但凭张中宁的脸色，张玉琳非常明白这话的含义。张玉琳说：“请张专员放心！凡潜在辰溪的绊脚石，我都会一一扫清。”

张玉琳首先想到的是如何尽快把辰溪的地方兵权完全彻底地掌控在自己手里！于是，他想起派往辰溪除掉向忠良的人怎么还没有传回消息。

张玉琳当夜约见了石玉湘。他问道：“向忠良这个人你对他了解吗？”

石玉湘说：“向忠良在地方上的挨户团里当过队长，后来，到抗日前线参加过淞沪战役，因为作战有功，又由连长提升为营长，当蒋介石消极抗日、与日本签下《淞沪停战协定》后，他愤而解甲归田，也算是一条硬汉！他回乡后凭其兄在地方上的势力，又当了乡长、县剿匪队长和县军事科长。”

对于有这样军、政阅历，又能以智谋剿灭谢宽口的人，张玉琳也知道很难摆弄，不能不多费心血，但受命潜入辰溪行刺的人，应该不会辜负他的期望！张玉琳又问：“向忠良最近的活动多不多？”

石玉湘说：“他诱杀了谢宽口之后，怕人报仇，就深居简出，不挨妓院，不进酒楼。”

张玉琳明白了派到辰溪的两个人为什么还没有好消息。

九月中旬的一天，向忠良的好友在家中设宴为其父庆祝九十大寿，请他去赴宴，他实在不好拒绝，才答应去尽礼。

天至麻黑，向忠良本想还要延坐一时，待天再黑一点才起身，那会让他感到更安全一些；但此时家里要开餐，家人催他要去就早点。他走出来看看天色，天是晴天，街巷里的秋风把傍晚搅拌得很凉爽，甚至让肉皮上爬着微微的寒意。正对面人家楼上的鸽子都低低地飞旋回来，蹲在屋檐下的晾衣竹竿上咕咕地鸣叫，开始享受着归家的温馨。向忠良觉得这时候他的朋友一定在盼着他的到来，他也不能让朋友等得太久。他返回内房换了件平时很少穿的黑外套，将衣领提高起来封住脸额，又摸了摸腰上的手枪，觉得一切都尽意了，才耸了耸肩膀，叫上四个贴身卫士出门走进深深的夜色。

过街走巷，总是前后左右有贴身警卫，自己位于“将、帅”居中而行。这应是万无一失的阵势，向忠良感到非常安全，于是，就和卫士闲聊起来，“人啊，真是后脑壳摸得着看不见啊！沅陵的周佛海官至国民党南京政府军事委员会副委员长、行政院长，最终还是死在了南京监狱里！才五十一岁啊！”

一个卫士说：“听说他是跟着日本人屁股后头跑，一个中国人跟着日本人屁股后头跑，本就该死！”

向忠良说：“这些事我们也搞不清楚。反正人这一辈子啊，就像坐在大海上的轮船里，往哪里走，往往不由我们自己，而是由这只船的掌舵人！即使你知道这只船的方向不对，掌舵人不让你靠岸，你也无法——除非你跳海！”

一个卫士说：“看看这回新上任的省主席能不能真按他的治湘方案，把湖南人的日子弄得好过些。”

另一卫士说：“我是过一天算一天，管不了那么多！国民党中央银行七月份发行了面额为一万元、二万五千元、五万元和二十五万元的四种大钞，八月又发‘金圆券’；一九三七年一石大米才卖八元，而现在一石大米要卖二千五百万元。看看这日子，老百姓还有办法过吗？”

这么说着就到了欧家巷口，迎面走来两个看不上眼的矮个子，一个像是喝多了酒，摇摇晃晃地又吐又呕，一个是又扶又拖，把正道全给挡住了。向忠良骂道：“酒是从嘴里喝下去的，不是从屁眼里喝上去的！连自己的屎肚子也估不了大小？”

两个矮个子赶快赔不是，“对不起！对不起！挡您道了，长官！”

就在双方擦身而过时，突然枪响。四个贴身卫士和向忠良全都倒在血泊之中。向忠良咬住牙，一手撑地，一手抽枪准备还击，但因中弹太多，枪未抽出就已气绝身亡。刺客一边逃跑一边大喊：“谢宽口的人跑了！谢宽口的人跑了！”

满街大乱，等到警察和宪兵出来追赶，刺客早已跑到九霄云外。

这两个矮个子得到向忠良要去赴寿宴的消息后，已经在这里潜伏了一整天！

《逐日新闻》和《丹山日报》等各大报纸都以大号标题刊登了向忠良在县城欧家巷被刺身亡的消息，特地写明事发时有人大喊：“谢宽口的人跑了！”

吃过晚饭，陈策沿着柳树湾街道走了一路，街谈巷议都是此事。县民都在说，谢宽口手下的人为报仇刺杀了向忠良。陈策走到肖洪量家中，肖洪量也刚从洪江做生意回来，家里人也在议论这事，也说谢宽口的兄弟刺杀向忠良，也是一命还一命！

陈策不参言，把肖洪量叫到楼上房里说：“你对这件事情有什么看法？”

肖洪量说：“我刚回家，也还没有细想，反正和我们也没有太多的关系。他们杀他们的，我们看看热闹也好。”

陈策说：“我看这事和我们很有关系。你也认为刺杀向忠良是谢宽口的人干的吗？”

肖洪量说：“应该是的。”

陈策说：“不一定！”

肖洪量说：“凭什么？”

陈策说："发案当时有人大喊'谢宽口的人跑了！'是不是要搅乱视听、转移视线？"

陈策这么一提醒，肖洪量也有了疑惑。他说："想起来也有道理。那么喊话的会是什么人呢？"

陈策说："很可能是为张玉琳办事的人！"

肖洪量有点诧异，"怎么会是他的人？"

陈策说："向忠良的兄长向宽银曾在陈渠珍面前密告张玉琳父亲张贤乐'反水'，致使陈渠珍杀了张贤乐父子，加之向忠良管不住自己那张嘴，常发怨气，张玉琳早就要对他下手。你要明白，向忠良诱杀谢宽口只是张玉琳为日后除掉向忠良埋下的伏笔。你想想，向忠良刚刚诱杀了谢宽口，现在刺杀向忠良的人只要喊'谢宽口的人跑了'，人们都会想到是谢宽口的弟兄报仇来刺杀向忠良，绝不会怀疑是张玉琳派人去刺杀。"

肖洪量说："既如此，也不过狗咬狗的事，与我们何干？"

陈策说："不！有关！第一，这说明张玉琳已经开始在辰溪下手，清除异己；第二，张玉琳要完全掌握辰溪的军权；第三，他最终要以辰溪为他的军事基地。我还是多年前说过的那句话：张玉琳可能成为我们的朋友，也可能成为我们的敌人！如果成为我们的敌人，那将是难以对付的劲敌！"

肖洪量说："我们还是要抓住米昭英、石玉湘这两条线不放。"

陈策说："向忠良之死，必然会让县府大乱一场，我们不仅要抓住米昭英和石玉湘这两条线不放，还要抓住这个机遇，进一步壮大自己的力量！"

陈策为掌握更多情况，约了向石宇到玉露春茶楼喝茶。

陈策问向石宇："为向忠良的事，县府有何新动向？"

向石宇说："向忠良被刺后，他的尸首被抬到县政府，要求县长立即派人捉拿凶手。接着，向忠良的亲族率壮丁一百余人拥进县城，四处挂孝喊话，要为向忠良报仇！县军事科科长被刺嘛，县长当然也感到自危，于是，县长立即向张玉琳报告详细情况，述明要求认真查办。张玉琳回说，一定要严查，但又不说任何具体措施。更有甚者，正当县府需要人办案时，张玉琳反把自卫总队的大小官员都调往沅陵集训。县长敢怒不敢言！"

陈策笑着说："这证明我的判断正确！估计向忠良的人也不会善罢甘休。"

向石宇说："向忠良的亲族兄弟见县府查办无力，自己成立了缉凶中队进驻县党部，日日夜夜将机关枪架在大门口，迫使警察挨户搜查凶手，弄得整个县城人人自危，气氛十分紧张。"

这时候，茶楼张老板来跟陈策打招呼："陈老板，最近在哪里发财？好久没来了！"

陈策笑着说："这年头，白天要忙生计，夜里躲在黑处放枪的人多，谁还敢出来？"

陈策想了想说：“反手不就是个‘毛’字吗？”

张老板说："是啊是啊，向忠良带四个贴身卫士都被摸黑了，没有卫士带的人就更不敢出门了。所以我这茶楼生意呢，也没有什么做头了，烧了茶水没人来喝，全都倒掉了。"

陈策说："你也别灰心，过不了多久就会好的。"

张老板紧紧腰上的布带，抖了抖长衫说："丹山寺的曹和尚前几天到我这里喝茶，他说不久就要'反手掌乾坤'。我听不懂他的话，可我问他，他又不肯细说，喝过茶就走了。"

陈策想了想说："反手不就是个'毛'字吗？"

张老板两手狠狠地在屁股上拍了一掌说："哎呀，你看你看，我真糊涂，这么个字都想不出来。老了，脑筋也死了！我看，这曹和尚说得对，从外面回辰溪来的人都说，共产党的军队现在是到处打胜仗。我看老蒋的国民党怕是兔子尾巴长不了啦！"

陈策说："张老板，人家开茶馆是让茶客不谈国事，你倒好，带头谈国事！不怕国民党特务割你脑壳？"

张老板说："我是当着宪兵、警察局的人都骂过国民党，就希望能到他们牢里去坐坐，好有口现成的饭吃；可他们就是不抓我，怕我白吃他们的饭，占他们的便宜！要是他们能割我的脑壳，那就更痛快了！这日子，活着没有吃的，比死还难受！"

茶楼虽然人少，但张老板还是坚持迎送规矩，陈策和向石宇走出茶楼，张老板到大门口抱拳相送。

搜查刺杀向忠良的凶手自然毫无结果。到了向忠良出殡那天，陈策站在街上看了看，全城三步一岗，五步一哨，街巷里全都关门闭户，无人上街。

向石宇也在人群里，他走近陈策，悄悄告诉他："向忠良虽已入土为安，但其家属仍在具状向省高院沅陵分院上告。"

陈策说："案子到了沅陵，自然就是死人一方着急，而杀人一方就不急了。"

出乎陈策意料的是，张玉琳在沅陵大张旗鼓地枪毙了刺杀向忠良的两个凶手，还在大小会上说，刺杀向忠良的凶手即谢宽口之贴身卫士，谢宽口被向忠良杀害后，其贴身卫士就一直潜藏在辰溪伺机报仇……

这个说法合情合理，谁也不再怀疑。

深夜，米庆轩很高兴地来到陈策家里说："多亏他们搞得你死我活，我们才好办事啊！"

陈策说："都办妥了？"

米庆轩说："这些刚毕业的大学生很受欢迎。谢斐然、肖守资几个人都安插进了辰溪乡村师范学校教书。这样，除楚屏中学潜伏下我们的人以外，乡师校园里也潜伏下了我们的可靠力量。”

陈策说：“我们还要多关注大湘西各方面情况，特别是要注意同溆浦的谌鸿章他们保持联系。”

两人谈到快天亮，向瑚跟陈策说：“听说庆轩这几天身体不太好，你让他休息吧。”

陈策这才将米庆轩送到门外说：“湘西的局面会出现更大的动荡，我们要绷紧搞地下武装这根弦，解放大军到来的时候，我们一定要送份大礼，要像聂部长当年交代的那样：做到要人有人、要枪有枪！”

36 / 到处都是枪炮声

长沙大西门外，街两旁的法国梧桐树脱下了春夏的盛装，干卷的黄叶随着脚步的到来发出细细的碎响，显得硬直的繁枝把天幕划成紊乱而灰色的图案。“大美油行”就坐落在这棵老梧桐树下。油行的门面并不显阔，但“大美油行”的老匾额上龟裂的漆纹里沉淀着岁月的沧桑。进门扶栏上楼，再左拐，就到非常雅静的小厅，朱漆窗户，落地窗帘，一色的红木兽腿桌椅。小厅左右共列坐了二十余位与会者，他们个个神气饱满、斗志昂扬。

会议开始前，尹立言一一介绍了与会者：贺锄非、李精一、向承祖、汪援华、陈策勋、杨光耀、丁廉、唐盛、林卫华、周临之、张一陶、邓杰英、唐禺碣、舒子靖、尹中藩等。

尹立言说：“今天到会的，都是大湘西的各路英杰！这里，我要特别说明的是，贺锄非和我是陆军大学的同学，特地从南京赶来湖南；凤凰的陈渠珍和芷江的杨永清，特派了代表参加今天的会议（陈渠珍和杨永清是不肯来与会，尹立言就这样给自己打圆场）。现在请我们大家以热烈的掌声祝贺这次特别重要会议顺利召开！”

大家鼓掌不是很热烈，尹立言一下就感到大湘西的这些“诸候”们似乎都有些傲气。他想：在我尹立言面前你们傲什么？

与会的两个人悄悄议论起来，一个说：“他倒是很像个当家的。”

一个说：“这年头，谁认得他是老几。”

贺锄非听到了他们的议论，为镇住这两人，他声音不高，但认真地跟两个人说：“你们不认识他吗？他就是尹立言，洞口县人，先留学日本，后毕业于国民党陆军大学，抗战时期任过师长；也是因为年轻得志，一身傲气，不为蒋介石赏识，故常发表对蒋不满的怨言，因此，其师长一职被撤。闲居南京后，他又主办《华夏日报》，专为社会上有怨愤者打不平，在宁、沪一带名气大得很！这次回湖南，是要赶快组军，雄踞西南，待势而发，带弟兄们出人头地。你们不服他可不行啊！”

尹立言今天精神焕发，讲话也越来越自信。“各位同仁，今天我们相聚长沙古城，是为共商成立‘人民革命军西南联军’之大计。最近两年，中国局势发生了重大变化，共党势力迅猛发展，国民党势力则急转直下，连王牌军长王耀武也告败被共军所俘。蒋介石是大势已去，无力回天，但他绝不会善罢甘休，必与共军血战到底，我们要趁此乱局，插足缝隙，取渔翁之利，另立门户，为未来前途码足身价，以图西南要地。因此，我们这次会议要商定几项规定。现在就请贺锄非宣读。”

贺锄非坐正身子说：“现在我宣布成立‘人民革命军西南联军’！并推举总司令：尹立言；副司令：贺锄非、陈策勋、杨永清；参谋长：贺锄非（兼）；共建立八个军，军长分别为：李精一、杨光耀、张一陶、汪援华、陈策勋、贺锄非。”

此时，下面议论起来，说八个军怎么只有六个军长？

贺锄非说：“大家议论什么，我还没说完呢！”他继续宣布：“另外两个军长则由陈渠珍和杨永清选派。会议决定：人民革命军西南联军成立后，汪援华部立即占领第十一兵工厂即辰溪兵工厂，其所得武器统交总司令部编练新兵使用；此次会后，各自迅速行动，分头利用各自的社会关系，组织部队，预定一九四九年清明前后，攻取长沙！到时，我们长沙再会！宣读完毕！”

尹立言问大家还有何高见，大家各怀心计，互有猜忌，都不表态；虽然对给陈渠珍和杨永清不与会也留有军长委任权不满，但也不提任何意见。沉默了好一会儿之后，尹立言怕收不了场，便宣布既无意见，那就照章行事！

散会后，各自进行活动，扩大自己的势力。李精一握有国防部第十四纵队的编制，他首先找到龙潭的向承祖，当面委任向承祖为第十四纵队第三师师长。

当李精一的部下对如此重用向承祖有异议时，李精一跟他们解释说：“重用向承祖，我是经过深思熟虑的。龙潭为富庶之地，素有‘湘西乌克兰’之称；且数万民众居住集中，形成一种独特的地域文化，尤其是乡民极为团结；向承祖早在国民革命军任过团长兼洪江地方货物统税局局长，后又任国民革命军第四路总指挥部参议、国民党第二十八军参谋处上校课长、湖南保安第七团团长、湖南第二战区保安副司令、溆浦县县长等职，在当地很有影响，也拥有势力。重用一个向承祖，就等于龙潭为我所有！何乐而不为？你们中有谁比他资格老？”

手下人这才不敢言语。

向承祖也高兴地接受了李精一这一委任，并以“保护家乡父老生命财产之安全”的名义在龙潭四处贴出招告，抓紧建立国防部第十四纵队第三师。

果如李精一所料，龙潭乡民一呼百应，很快就有数百人集中在赵所坪谌氏宗祠。

向承祖宣布成立第三师司令部，当场委任了中央军校六期毕业的吴人英为第七团团长，地方绅士唐德昆为第八团团长，曾任过黔阳县联防大队长的易大仕为第九团团长，现任溆浦县兵役科科长谌康志为第十团团长，溆浦县参议会参事刘忠为第十一团团长。第一至六团编制李精一没有给向承祖，他留给了自己，准备建第一、二师之用。

这些团长在地方上都有影响，受命之后，便立即罗织人员，搜缴枪械，互相攀比，互不服输，不久就收得龙潭及周边地区的官方和民间各种枪炮两千有余，向承祖渐成气候。

陈策以做煤炭生意的名义到大湘西走了一圈回到辰溪后，马上把米庆轩叫到自己家中。他似乎是从未有过这种紧迫感！

房里的煤油灯光线暗黄，为让光线集中起来，玻璃灯罩上套了一张黄色糖纸，像一张黄老的荷叶。陈策用笔画了一张草图摆在桌上灯下，然后指点给米庆轩看，"庆轩啊，大湘西的局势现已越来越复杂！向承祖已在龙潭组成国防第十四纵队第三师，而就在向承祖组军的同时，尹立言、贺锄非、李精一、林卫华、丁廉等人，也同时在邵阳、洞口、武冈、绥宁等地组军；汪援华、陈策勋、杨光耀、杨永清、陈渠珍等人，则在永顺、沅陵、芷江、凤凰等地树旗组军。你要马上通知我们的人注意辰溪张玉琳、米昭英的活动，时机已快成熟，要让我们的人尽早介入到武装力量中去，以保证解放大军到来前，控制地方武装，减少我解放大军的牺牲，配合我解放大军解放大湘西！"

米庆轩接受任务后，立即分途通知了楚屏中学和乡村师范两所学校的地下党工作人员注意形势发展，随时准备听候指挥，有所行动。

米庆轩传达完陈策的指示来到柳树湾肖洪量家里，心里仍忐忑不安：湘西既有这么多人树旗组军，更乱的局面必将为期不远，而现在除了米庆舜已打进米昭英手下，当了个自卫总队分队长以外，其他同志都还在潜伏待命，下一步会是一个什么样的形势呢？张玉琳和米昭英最近会有些什么行动？怎样才能随时掌握他们的行动？如不掌握军事主动权，一旦解放大军到来，如何保证很好配合？米庆轩在楼上来回踱步。从窗口看出去，对面悬崖上的丹山寺里尚有星星点点的烛光闪烁，寺宇旁高大的苍松已是一团团黑影，从黑影里不断传出风的呼啸和夜鸟的怪叫；一弯淡月亮高高地挂在大西山上空，雾白的月光浓浓地罩着吊脚楼下辰河港密挤而疲倦的船桅和收卷成册的风帆；河边不时传来船工和妓女调笑、唱小曲的声音，丝线一般的二胡曲调，有明显的沙哑和凉意，琴声被河雾打湿了。

这时，有人敲门。杨俊走到楼上传话："庆轩，米队长来了。"

米庆轩问："哪个米队长？"

杨俊说："是昭英。"

虽是同乡好友，但米庆轩还是马上警惕起来，毕竟两人志道不同，昭英是在国民党做官。他马上又联想起当年在洪江教书时被国民党宪兵抓捕的情景。他想：这么夜深还来敲门，多半不是好事！便问杨俊：“就他一个人吗？”

杨俊说：“就他一个人。”

米庆轩顺手拿起一本《脉确》来看，这才说：“请他上楼说话。”

杨俊转身请米昭英上楼。米昭英说：“庆轩，还没有睡吧？”

米庆轩将医书放下说：“这个乱世年头，到处都是枪炮声，哪里睡得着啊！”

米昭英说：“是啊，我也是五心不定，睡不着，才过来跟你说说话。”

米庆轩说：“坐吧，现在要找个说真心话的人难哪！我们是同乡好友，今夜我们好好谈谈。”

杨俊送了茶来，两人边喝茶边说话。

米庆轩说：“你现在还有什么五心不定的？辰溪县自卫总队副队长你也当了；这次张中宁竞选你又配合得有力，让他竞选成功；你和张中宁、张玉琳又是从八区就开始配合工作的；县里的军事科长向忠良也被除掉了，现在应该是最好过日子了。”

米昭英说：“哎——外人看热闹啊！你不知道我内心的难处，我也是在夹缝中做人！中宁和玉琳都想死死控住辰溪，而辰溪县长和县党部杨书记长对二张也是明服暗怨、明合暗分，我在其中经常犯难。”

米庆轩说：“这个犯什么难？你还是要一以贯之地支持扶助张中宁和张玉琳，县里这边你还是要用二张来压住他们。暗的你别管、少管，只要明的能合、能服就行！”

米昭英说：“地方上的事不同于军营，关系十分复杂哪！比如县党部杨书记长，他父亲又是辰溪议会的副议长，是影响一方的头面人物。最近辰溪又正准备开议会，我这个辰溪县自卫总队的副总队长怎么敢得罪他们父子呢？真是伸脚碍娘缩脚碍爹！要是得罪他们父子，他们在议会上联名罢免我，我怎么办？我也认真想过我近几年在官场上的升迁沉浮，不如意的原因就是自己没有真正的后台，又不会搞关系，不会找靠山。现在虽有张专员助我，但如还不学会做人，惹得辰溪发了地皮风，恐怕连个县里自卫总队副总队长都保不住。我从南京中央陆军军官学校毕业这么多年，现在如果连一个县自卫总队副总队长都保不住，我在辰溪哪还有脸面见人？我也不得不看县长和县党部书记长的脸色行事！”

米庆轩说：“我理解你的两难处境。不过，这个好办！在县议会召开之前，你先把自己的势力搞大，然后在议会上将杨书记长父亲的副议长挤掉。这样，杨书记长就会成为折翅的凤凰；杨书记长一缩头，县长一人又能翻起多大的风浪？到那时，你上有张中宁、张玉琳撑腰，下有辰溪的武装作底，难道辰溪的县长你就不能取而代之？”

此话让米昭英有些振作起来，但一细想，又不无忧虑。他说：“毕竟杨书记长父亲在辰溪议会经营多年，恐怕不是我们想把他弄掉就能弄掉。”

米庆轩说：“一切皆有可能！关键就看你有没有决心和智慧！”

米昭英打算回去想想再说，准备离开时，米庆轩又问道：“你怎么不把石玉湘叫来？”

米昭英说：“我叫过他，他说他忙，不能来。其实他并不忙，我看得出来，他近来有他的小算盘。他虽是我手下的中队长，但更听张玉琳的话，他是怕跟我太近，给自己惹麻烦。”

米庆轩有意说：“提着脑壳过日子的人，多想点问题也应该！”

两人已谈到夜深，但米昭英一走，米庆轩就到陈策家里，把米昭英这些想法及时作了汇报。

陈策说：“把书记长的父亲挤出议会，这是个釜底抽薪的好办法！到时候，你们把刘英渠抬出来保准能心想事成。第一，刘英渠是蒋介石二公子的同学，上可以通天，别人不敢和他较劲；第二，刘英渠现在是辰溪的议员，符合当副议长的身份，他自己又正迫切要求上进；第三，他是中统的人，国民党内都更看重他；第四，刘英渠又善于搞关系，只要他一努力，支持率一定会很高。”

米庆轩很快把这个意见当作自己的建议转给米昭英。于是，米昭英立即着手扩大势力，他邀约了刘英渠等十余人，过河来到丹山寺聚会。

这些聚会的人大多为县参议会议员。大家在钟鼓洞内围着石桌坐好，然后，米昭英一丝不露自己的真实意图说：“今天来的各位，都是辰溪的精英，辰溪的明天就有赖于各位！现在中国局势正在发生难以预料的变化，湘西的局势更难预测。我们大家要精诚团结、共同努力，把辰溪的事办好，为辰溪人民造福。大家看我说得有没有道理？”

来聚会的各有着自己的势力圈子，为做好导向，米庆轩和肖洪量首先表态赞同米昭英的看法很有道理，其他十几人也就说是要为辰溪人民多做些好事。

米昭英顺势推进一步说：“既然大家都想到一起了，那就好办！为表示我们同心协力、共谋辰溪福利的决心，我们就到菩萨面前拜个把、结个盟。来，大家跟我走。”

于是，大家跟着米昭英来到大殿弥勒佛前。香案上已摆好了一排十六个酒碗。这个动乱年月，掌握辰溪军权的米副总队长要和大家结拜兄弟，那自然是一种荣幸，十六个人就面对佛神跪在香案下的草蒲团上，由米昭英领头起誓：为共谋大事，今十六人在丹山寺起誓结为生死兄弟，不求同年同月同日生，但求同年同月同日死！

曹和尚把点燃的一大把檀香和闪亮的菜刀递给米昭英砍香，又将一只大雄鸡提来砍头配好鸡血酒，米昭英一刀断香之后，各人依次将面前的鸡血酒一饮而尽！

拜把完毕，米昭英才跟大家说：“这次县里的议会上，大家一定要齐心协力把刘英渠兄弟选上副议长！”

大家都说：要得！帮拜把兄弟的忙，还有什么话说！但刘英渠却问道：“这次是要增加一位副议长还是更换一个副议长？”

米昭英说：“不管他换不换、增不增，我们大家都要把你选上！”

事后，刘英渠也猜到米昭英肚子里有个什么小算盘，但是，要将自己选上副议长这是求之不得的好事。于是，他尽展所能进行拉票、走关系，以保证自己选举副议长能够成功。

刘英渠年轻机灵，又与蒋家公子同学，正得上头赏识，大家都认定他是前途无量。选举那天，凡他打过招呼的人，都投了他的票；加之这些拜把兄弟的帮忙，结果，刘英渠以绝对优势取代了杨副议长。

杨副议长完全不知道这个内幕，也毫无准备，论眼下在辰溪的势力，再怎么说也不该他选不上，他儿子是县党部书记长啊！议会过后，他在床上躺了三天，思前想后，水米不尝，胜过大病一场。这还是其次。尤其是让儿子没有了面子，一个县党部书记长的父亲弄出这么个丑局来，他还有什么脸面在县里抛头露面？

37 / 人家倒想骑你头上

二十年前，他本来已有了辰溪副议长的候选人资格，结果被向石宇他们一帮学生到省里捣鼓给捣掉了。后来，他也是自己不倒，持之以恒地努力争取才终于东山再起，如愿以偿，想不到今天又落了这么个下场。

下了台的杨副议长躺过三天后想起这些老事，又着急得强迫自己起了床，吃了点燕窝粥，在神龛前给祖宗烧了炷高香，咬着牙又在自己院子里关起门来打了一套太极拳，觉得精神才慢慢地有所恢复。真是人活一口气啊！

但儿子还振作不起来，他只得把儿子叫到中堂。父子俩在那一对榉木官帽椅上坐下。保姆黄妈用朱漆茶盘端了两杯茶送到他们父子间的茶几上。父亲端起茶来，像往常一样用杯盖荡去茶沫，喝了一口，一股茶热暖下去，感到心里熨帖许多，就跟儿子说："儿子，我知道，爹这回没有给你争面子。但这也是你我无奈之事，不是爹不争气，肯定是有人在里面捣鬼！你不要怪爹。"

儿子说："爹你说到哪儿去了？您这么大年纪了，我怎么能怪您呢！难道您还不想当这个副议长吗？"

父亲说："不怪就好！不怪你就要马上振作起精神来！我们现在要尽快查明是谁在捣鬼、搞了些什么鬼！谁是其中的鬼王！我们一定要捉住这个魔鬼！"

儿子说："这些年斗来斗去，我总觉得很累！不是明枪就是暗箭，没有个安静的时日，我真的有些厌恶官场！我倒不如去学校教书谋生为好。"

父亲说："不可！一个小小挫折，岂能生此想法？在我们这块土地上从来都是学而优则仕！哪朝哪代不是做官好？你好好想想，在我们这块土地上，哪朝哪代，哪样好处不是官员先拿了再轮到百姓？你不想骑在人家头上，人家就要骑在你头上！二者必居其一！这点挫折算得了什么？二十年前就有人到省里把我的副议长搞掉过，我自己不倒，别人就无法打倒！后来我不是当副议长这么多年吗？这样的议会，下一次不是还要开吗？下一次不是还要选议长吗？我不扳倒他刘英渠我就不姓杨！我一个城里人还搞不过他一个溪到头的乡下佬？我这几天什么事都不想做，就坐在家里读《三国演义》，研究司马懿罢官之后，是如何教他两个儿子的！人生之路啊，走得过低谷才能上高山！只要把这个捣鬼的人查出来，我就一定把他摁进辣椒水里让他呛死，然后用盐腌起来，用油煎火烤，慢慢享用！”

儿子这才抬起头来说：“选议长过后，我们自卫总队副队长米昭英跟我说过，选举中活动得最厉害的就是刘英渠，他还委托其他人给拉票。如果不是他这么活动得用劲，你肯定不会有这个结果。”

父亲说：“我早就怀疑这个姓刘的诡计多端、野心勃勃！年纪轻轻就做官当议员还不满足？还想一步登天！别人捣这个鬼干什么呢？只有他刘英渠一门心思想踩着别人往上爬！在辰溪这块地方，我还怕他一个刘英渠了不成！”

儿子说：“爹，刘英渠不光是个中统、是个参议员，现在还是副议长；更为重要的是，他和张中宁好得如手足兄弟，又和蒋委员长的二公子是同学。张中宁非常器重他，说他精明能干，又有上进心，几次到辰溪视察工作，都点名要他来陪席。这些人都抱成一团了，我们何必去捅这个马蜂窝！”

父亲说：“张中宁我又不是不熟悉，他兄弟张雍如还和我合伙做过生意。他刘英渠和张中宁好就可以捣我的鬼了？就可以夺我的副议长了？我才不怕他刘英渠呢！老子总有一天要找个机会搞得他下不了台！”

儿子说：“爹，算了！听说张中宁要重用他，我们何必得罪他呢？让人一脚，天宽地阔，能不惹恶他，留着这么个关系，将来说不定也还用得上呢。”

父亲这才不再言语，但想了想又说：“除非他离开辰溪到别处升官；在辰溪，我绝不会饶他！”

几天之后，杨书记长就回家跟父亲说：“张中宁受国民党中央选派要去美国哈佛大学留学。刘英渠得此消息后，担心张中宁一走，自己没有了靠山在辰溪不好过，就特地拜访了张中宁，称他为老师，请求他提携到别的地方去为官。张中宁已经答应了。”

父亲说：“他到别处为官不关我的事！在辰溪这块地盘上，我和他没完！”

不出半月，张中宁特地带上张玉琳来到辰溪，为刘英渠去泸溪任县长贺喜。

刘英渠十分高兴，但处事十分低调，实为庆贺自己荣升，却以接待张中宁和张玉琳为名，请了县里各界名人在梁园大酒店举办盛宴。刘英渠也派人给杨书记长父子送了请帖。

杨书记长将请帖带回家交给父亲，父亲看了一眼就丢在地上说：“他刘英渠还有脸请我去赴他的升官宴？用尽手段夺了我的副议长，是为不仁；又靠关系在上面要官，是为不义！他还有何脸面配给我发请帖？”

儿子说：“爹您不去？”

父亲说：“你看呢？”

儿子说：“我看，得去！”

父亲说："去什么？我去给他捧场？我贱！我正找不着机会回击他，这正好让我丢他一回脸！不去！我不仅不去，明天还要带上他给我的这份大红请帖，在辰溪各店铺、酒楼、茶馆里去坐坐，告诉大家，他刘英渠请我，我就是不去！我就是不给他脸面！"

儿子说："爹，山不转水转，人家要到泸溪当县长了，以前的事就不要计较了。说不定以后在泸溪有事儿要他帮忙呢！"

父亲说："再要人帮忙我也不会找到他刘英渠！是啊，以前的事我是可以不计较了，但我总得要出出这口气吧！就是一条蚯蚓被人挖断了也还蹦弹几下嘛！"

儿子说："爹你再往深处想想，他刘英渠一走，这个副议长的位置不就空出来了？"

父亲眼前一亮，马上平和下来，但又仍不服气地说："要我改变态度，除非他刘英渠上门来认错！"

杨书记长的父亲一手提着长衫，一手抖着大红请帖，来到玉露春茶楼游说时碰到了米昭英，他说："米副总，你看看，他刘英渠算个什么东西？他请我去赴宴，我都懒得理示！"

米昭英暗笑了一下说："他刘英渠哪能和您杨公比？那些议员们投票时都瞎了眼，选他刘英渠当副议长，把您给挤下来，幸好是碰上你这么位愿意认输的，要是换了我，一定叫他下不了台！"

杨书记长父亲有些不悦地说："我也不是认输了，如果他还在辰溪，下次选举，我让他也看一回好戏，给他回个厚礼！"

米昭英说："只要您杨老发个话，辰溪的议员还能不拥戴你吗？这回您一定是和议员们主动联系不够，让刘英渠钻了空子、占了便宜！"

杨书记长的父亲说："我根本就没有跟任何人联系过。"

米昭英说："那就是您老大意失荆州了。"

米昭英特高兴，从玉露春茶楼出来就到肖洪量家里，正好肖洪量在家。他说："洪量，今天你要杨俊做两个菜，我要在你这里喝一杯。"

肖洪量说："把杨副议长搞下台了你高兴是不是？"

米昭英说："杨副议长气得在城里到处游说，说刘英渠的坏话；杨书记长近来也收敛了许多，以前他在我面前常常指手画脚，现在倒谦虚起来了。"

肖洪量说："在辰溪，你一手遮天的日子近了！"

米昭英说："但愿能有这一天！"

但让米昭英没有料到的是，刘英渠在赴泸溪县上任前一天，带上礼品去了杨府。

推开大门，刘英渠就说："杨公，晚生刘英渠前来见教。这次承蒙党国信任，要我去泸溪就职，特来杨府拜访，恭请杨公不吝赐教！"

杨书记长父亲正在院里打太极，收了拳脚，虽有不悦，但对上门拜访的客人又碍于面子，不好痛斥，只得保持沉默。

刘英渠话锋一转就说到正题，“我知道这次副议长选举，杨公对我有误解。这些日子杨公也在城里的店铺、酒楼、茶馆里跟不少人说过此事。其实，这并非我刘某人所为，而是米昭英要跟你们父子玩釜底抽薪。”

此话一出，杨府人都大吃一惊。他们万万没有想到此事会与米昭英有关。

刘英渠说：“我要离开辰溪了，得把这些内幕都告诉你们，不然，你们还蒙在鼓里！前不久，米昭英成头邀约了十六人在丹山寺砍香拜把，喝鸡血酒，结生死兄弟，我也被邀其中。仪式完毕后，米昭英就要大家尽力，把我推举成县议会副议长，我感到非常突然。凭天地良心说句实话，并非我自己愿为。”

杨书记长父亲终于开口说：“他米昭英身为自卫总队副队长，又不当这个副议长，他为何这么干？你说这话谁相信？”

刘英渠说：“杨公，您老这就想得简单了。米昭英是刚从永顺专区也就是八区来到我们沅陵专区也就是九区的辰溪县任职，他难道不想在辰溪一手遮天？而现在您儿子是县党部书记长，和县长的关系又非同一般，据说您儿子和米昭英在用人问题上常常各执己见，您老又在县里当副议长，他米昭英怎能不把您当成第一大绊脚石呢？只要把您老这个副议长拿下来，您儿子就会有所顾忌；您儿子一缩手，县长一个人就拿他米昭英无可奈何，以后，辰溪的事还不就是他米昭英说了算？不过，在您老面前说句实话，我虽然是被利用之人，但我没有吃亏。我只要往泸溪一走，这些麻烦事就都与我无关！”

杨书记长父亲说：“你现在可以篾打豆腐两面光了。当初你找人拉票可不是现在这个谦虚样子啊！”

刘英渠泰然一笑说：“我的努力，全是因为骑虎难下，丢不起这个面子！我担心自己在议会选举中得票太少影响仕途。我还这么年轻啊！”

这倒是句实话！杨书记长父亲把事情前后一想，慢慢有了醒悟之色，说：“原来如此！英渠，那我就错怪你了！”

刘英渠一见自己的这番话已经完全把矛盾转到了米昭英头上，真是大为轻松，说：“您老快别这么说，晚辈受不起！”

杨书记长父亲说：“米昭英要跟我玩这一套？那就好！他虽然也是辰溪人，但他才来辰溪做官几天？辰溪水深几许，他可清楚？你走后看我玩死他！”

刘英渠说：“你们父子要注意，辰溪的情况现在非常复杂！张中宁想死死地掌控辰溪，张玉琳也想死死地掌控辰溪，米昭英也想死死地掌控辰溪，还有石玉湘也想死死掌控辰溪。但他们之间还可以求同存异，据我平时掌握的情报，更危险的是陈策和米庆轩他们更想死死掌控辰溪。我能在这个时候离开辰溪到泸溪去任职是我之大幸！张中宁去美国之后，辰溪不要多久，必定无法收场，局面大乱！”

杨氏父子连忙点头，承认刘英渠言之有理。

刘英渠说：“还有一个情况我要告诉你们父子。辰溪不久会有两股势力成为不共戴天之敌，最后较量的会是张中宁、张玉琳、石玉湘和陈策、米庆轩他们。陈策和米庆轩他们现在还不成气候，但他们暗里和共党省工委保持着联系，和溆浦地下共党保持着联系。他们一直把龙头庵当成他们的根据地，这个地方离溆浦很近，溆浦有个谌鸿章消失了好几年，最近又在龙潭现身。一旦情况危急，辰、溆这两股势力必会联起手来。这是我通过大量情报分析得出的结论。”

杨氏父子越听越折服，直夸张中宁没有看错刘英渠。

刘英渠说完这些，礼貌地辞了别，轻轻松松地走了。

杨氏父子送走刘英渠之后，又坐下来回味。

儿子说：“爹，刘英渠今天真是无话不说！”

父亲说：“他本不是个直爽人，难得他今天这么口无遮拦。”

儿子说：“想不到他刘英渠还有这种真诚。”

父亲脸色不好看了，说：“你用词不准！为官从政之人，只有利害得失，哪还有真诚可言！幼稚！我看，他是为了不让矛盾落到自己头上，才这样卑躬求全。雁过留声，人过留名，他知道我在城内到处说他的坏话，但他装着不怪我，跟我玩深沉，想在辰溪留个好名声。古往今来，凡能屈能伸者都是最难对付之人，也都是能成大事之人。张中宁会识人啊！也难怪他刘英渠升迁得这么快。他掌握的那些共党情报让我想都想不到。他到底不愧为中统！中统就是不一样！”

儿子说：“我没有料到这些人还这么会玩权术。”

父亲说：“在官场上吃饭的人，谁不会这一套？你不会这一套，也得学会这一套！不然，你就玩不活！你就得出局！我现在也要想个办法玩玩他这个背枪的米昭英！”

惹出来的事发生在早饭过后。

因为久旱无雨，杨家借为民求雨，将一只黑色大活狗绑在竹轿上让两人抬起，然后请了法师和一帮人跟着活狗在全城走街串巷、鸣锣擂鼓，又让杨老太三步一跪，五步一拜，求天祷地，抛撒五谷杂粮和茶叶，为民求天降雨。求雨队伍朝县自卫总队门口的操练场行进时，自卫总队的人正在操练，故阻止了求雨队伍通过。杨老太按预定方案借故大骂起来，并要强行通过。自卫队的人鸣枪示警无效，双方打斗起来，自卫队的人便将杨老太扭送回家。杨书记长暂未出马，而其父带上准备好的人枪直逼自卫总队驻扎处质问：为民求雨何罪之有？你们何故要强行拦阻？你们是自卫总队还是强盗草寇？为何肆意扭打求雨的老太婆？杨公一路责问下来，无论自卫总队的人如何解释，就是不依！而米昭英又不出面，只叫中队长石玉湘处理，石玉湘更不愿得罪杨家，就叫分队长米庆舜做主。米庆舜正要把事情闹大，于是，双方开枪，打起了巷战。杨书记长终怕父亲受到伤害，找到县长，县长只得请宪兵团出面调停。

停战后，县长把米昭英和杨公召在一起劝和，两人互相指责，对骂一阵，无果而终。幸好，双方尚无人员损失，杨家算是出了一口气，米昭英也觉得自己并不示弱。

晚饭时，陈策从龙头庵回到县城，米庆轩从楚屏中学过来，在关帝庙门口，两人相遇。米庆轩高兴地跟陈策说："杨府的人和米昭英的人今天干起来了。"

陈策说："为什么干起来了？"

米庆轩说："刘英渠在离开辰溪去泸溪就职前，把米昭英邀人在丹山寺砍香拜把和挤掉杨副议长的内幕全都跟杨氏父子说了。杨家就故意找米昭英生事。"

陈策一笑，"我们要多想办法让他们继续乱下去。现在张中宁走了，新任九区专员陈仕对辰溪的情况并不熟悉，你组织几个人联合署名，告发长田湾种植鸦片甚众，强烈要求县府派人铲除。这样，陈仕才上任，出政绩服众为他求之不得，他必要辰溪县政府派人去铲烟，而长田湾为张玉琳之老巢，张玉琳明的不敢反对铲烟，暗的必会牵制米昭英，不让自卫总队参与。这就会使他们党、政、军之间产生矛盾，从而分散、转移了他们对付我们的精力。"

米庆轩按陈策所说，邀约了几人联名向九区专员陈仕告发长田湾大面积种植鸦片，如不铲除，必使全县仿效，殃及乡民，后果不堪设想！

陈仕收到告发状纸，马上责成辰溪县长派人"铲烟"。辰溪县长只得要米昭英派自卫队的人去执行任务，但米昭英早已接到张玉琳电话，以自卫队成立不久，要严加训练提高军事素质为名，不让派人。于是，县长只得和县党部杨书记长、三青团田干事联合县张参议长，带上县警察队刘队长及所属五十余警员开往长田湾铲烟。

田干事悄悄对县长说："当地烟霸多为地方官员，不是官员者也是集烟客、土匪于一身的人。我们此行怕是凶多吉少！"

县长说："陈专员初来乍到，不了解这些，决心要铲除烟患，我们不能不执行！"

县里铲烟队伍一到，当地种烟大户先是以盛宴相待，继以金钱收买；见收买无效便告诉县长，黑湾一带烟苗最多，让他们把铲烟队伍开往黑湾铲烟。

黑湾一带是一条长约五公里的深山沟，宽处不够百米，窄处不足二十米，两旁山峰林立，树木荫深，泉水跌碎，大白天也暗黑得难以看清路面。

铲烟队不知乡里早已埋伏了四百多人枪要凭着险要地势干掉他们，行至山沟腹部，果见遍布烟苗，县长即命所部铲除。刚动手铲烟，两边枪响，外加一片喊杀声，立刻见铲烟队中有数人倒下毙命。县长吓得慌忙带人退逃，警员虽也开枪还击，但因不见林中目标，只得一边乱放枪一边加紧后撤。

铲烟队无奈，只好撤退到村里躲避，但追来的地方武装将他们死死包围，不得出村。铲烟队断了与外界的联系，生活上也只能吃到小菜便饭。几天下来，上无救兵，下无亲信，县长只好作出决定：与当地种烟人进行面谈。县长为脱身回城，只得忍气吞声地跟当地种烟人说："老乡们误会我们了，我们这次来铲烟，也是出于无奈，下有乡民联名告发你们种烟，上有专员命令我们必须铲烟，我们能不来做出行动吗？我们和乡亲们无仇无怨，只要大家都过得去，我们也是多一事不如少一事。我跟大家商量一下，只把种在大路两旁当眼的烟苗除掉，凡在大路上看不见的烟苗就都算了，也让我们好向上交差。乡亲们看看行不行？"

烟霸们的目的就是不让铲烟，既然县长如此让步，也就设宴招待了铲烟队，让他们饱餐一顿酒饭，然后打道回城。

38 / 一定要有对策

辰溪县长、县党部书记长及警察局的人马，已在连续不断的麻烦中解脱不出来，忙乱的日子，一阵暖风、一阵冷风就翻过去一大串。

大年初四，辰溪街头突然出现了红色油印传单：一月三十一日北平宣告和平解放，中国人民解放军举行了入城仪式！

这张传单使辰溪人民奔走相告、喜形于色，也使辰溪县府和国民党县党部及警察局、自卫总队内部进一步紧张，虽是过年，到处贴着大红对联，挂着大红灯笼，但满街都有背枪的宪兵、警察和自卫总队的人站岗放哨，到处有人在追查这些红色传单的来源。

向瑚和女子刺绣店的人一起上街，趁人不备，弄了一张传单压在鞋底带回来给汪珍和傅英她们看，她们俩异常激动。见陈策和米庆轩正在家里谈事，汪珍就把传单递给米庆轩说："米叔你看看这传单！"

米庆轩说："这是我叫米月娥她们干的。"

陈策问："国民党现在死死封住有关共产党的消息，这消息你是从哪里得来的？来得这么快！"

米庆轩说："是马公武先生通过电话从武汉搞园艺的朋友那儿得来的消息。"

陈策说："你们干得好！这些传单振奋了辰溪人民！但我们也必须看到，越是这个时候，国民党越有可能下狠手。我解放大军在辽沈、平津、淮海三大战役取得胜利后，国民党军、政已面临全面崩溃。为稳住湖南，争夺湘西，蒋介石已命程潜为长沙绥靖长官公署主任兼湖南省主席。蒋介石是要笼络程潜，利用程潜来抗衡不服蒋介石统治的桂系势力；而竞选副总统失败的程潜，对这些心知肚明，也在给蒋介石玩一箭双雕：他让自己的门生又同为蒋介石嫡系、黄埔军校一期毕业生的李默庵为统领湘西驻常德第十七绥靖区的司令官。这一招，表面上能让蒋介石感到满意，暗里又巩固和增强了程潜自己的实力。程潜本是想以湘西为后方巩固他在湖南的地位，可惜李默庵在常德上任后，急不可耐地下令改组湘西地方武装，加紧组建'戡乱建国大队'，而'戡建大队'的武器和士兵都要由警察局和自卫总队拨给，还要求一律要拨新枪好兵。凡不按此要求办事者，都要追究责任。由于形势严峻，李默庵又年轻气盛、急于求成，现在大湘西各县的警察局、自卫总队和县政府内部已经闹得四分五裂。”

米庆轩说：“李默庵到底对湘西不甚了解。他这样分割警察局和自卫总队，必然严重伤害湘西各派地方武装的利益，大湘西将裂变成一个火药桶！”

陈策说：“是的。尹立言早在长沙会议上就提出要抢夺辰溪兵工厂，最近永顺曹振亚和‘戡建队’已经闹出了很大意见，一旦湘西有乱，这些人，都难免来辰溪夺枪扩军。庆轩啊，你要通知同志们，从现在起，我们一定要随时做好武装斗争的准备！”

米庆轩说：“可我们现在没有枪炮只有人啊！”

陈策说：“只要有人，我们就会有枪炮！辰溪兵工厂已成大湘西各派武装争夺重点。如果有人打开兵工厂，我们一定要有对付乱局的良策！”

米庆轩明白陈策的意思，说：“我叫同志们随时做好夺枪准备。”

陈策说：“夺枪事关重大，万万不可鲁莽行事！现在把守兵工厂的人是张玉琳，如果我们夺枪与张玉琳的队伍发生矛盾，必遭张玉琳算计，也将是欲速则不达。我们最好的办法是借鸡下蛋，把我们的同志渗透到张玉琳部下，渐渐控制张玉琳的武装，达到人为我用！”

米庆轩也顿感辰溪乃至整个湘西变幻莫测的形势已经到来。

永顺县城里还有人舞龙灯放鞭炮，过年的气氛还没有完全消失，杨县长就再次把警察局局长曹振亚和自卫总队副总队长李兰初找来谈话。杨县长有些急不可耐地说：“十七绥靖公署有令，你们要立即按要求向‘戡建大队’交拨好枪好兵。我已经跟你们说过几次了，怎么不见有效果？如行动还是迟缓，将要追究责任！”

曹振亚和李兰初心里不服，但又不敢硬顶，只是沉默不言。

杨县长只得把说话的口气变得更硬，“你们既然不答应，就说明你们心里还有想法，但总不能老有想法啊！我再限你们两天把这个问题想通；如果两天后还不交拨好人枪，那将由别人来接替你们！”

杨县长明白自己这句话说得很重，但是，他已经没有什么话能表达自己当时急迫和无奈的心情，上面压力实在太大！说完话，他也懒得看曹、李的脸色，走出门处理别的公事去了。

办公室只剩下曹振亚和李兰初。

李兰初问：“曹兄，如何？”

曹振亚指着壁上的条幅说：“我意如此！”

北风从窗缝里吹进来，掀动着挂在壁上的条幅一歪一歪地摇动。条幅上写着：“功名富贵由天定，要做圣贤在自己。”

李兰初把自己手掌一翻一覆地做了几次说："你是说我们这样？"

曹振亚点了点头。

李兰初说："走，我们回去再说。"

两人已早有想法，走出门来几句话就说定：湘西将大乱，事不宜迟！当断不断，反受其乱！我们晚上就把人枪拖走！

曹振亚回到警察局立即和督察长周海寰通了气。

月牙儿已落到天边，永顺县城里一枪不响，只有几声狗叫，曹振亚和李兰初的人枪就全都拖到了永顺县城外的石堤西驻扎。

这是杨县长万万没有料到的事情，他只得将情况如实上报给十七绥靖公署。绥靖公署又把情况报告给了省保安司令部。省保安司令部根据严峻形势，更为担心湘西地方武装继续效仿、以曹振亚和李兰初拖队出走为鉴，那就控制不住了，于是立即命令驻桑植、永顺和大庸的省保安第三总队总队长汪援华率部紧急赶往邵阳整训。汪援华放下电话，眉头一皱，想起此前省保安第一、第二总队都已在"整编"中被解散，心头一狠：时局这么乱，你们国民党对付共产党就够戗了，老子握有这么多人枪，要是不离开湘西，就地树旗为王，你省保安司令部又能拿我奈何？但是，冷静下来一想，倘若省里派兵进剿，又怎么办呢？只望能有人与他联合起来，共谋大事。

汪援华正处矛盾时，曹振亚来了。两人一拍即合，决定合伙把永顺杨县长赶走，然后，以永顺为根据地自己组军。

汪援华、曹振亚商定派周海寰带兵攻打永顺县城。

兵临城下时，杨县长还毫无准备，没有任何对策。枪炮一响，手无将兵的杨县长得知是汪援华、曹振亚的人打他来了，即刻弃城而逃。攻城队伍长驱直入，在稀稀拉拉的一阵乱枪声中进入县府安营执政。

汪援华和曹振亚都没有想到，原来反戈一击的胜利会来得这么易如反掌！他趁势在县府召开大会，宣布成立"湘西北人民反压迫运动委员会"，挂出"湘黔川人民自卫军"的牌子。

县府里靠墙边的桃花正含苞欲放，永顺县城一下子弥漫出一种生气，到处贴满了标语：

"热烈庆祝湘西北人民反压迫运动委员会成立！"

"湘黔川人民自卫军战无不胜！"

"彻底改善湘西北人民的生活！"

"努力实现真正的民主政治！"

"打倒李默庵！"

"拥护程潜主席！"

“湘西人治理湘西！”

成立大会的会场上，几千人马齐聚在大操坪里，战马嘶鸣，刀枪闪亮。队伍的前排是鼓乐队，锣鼓一阵盖过一阵。会场上方挂着一横幅：湘西北人民反压迫自卫军成立大会。

天气并不好，带着几分早春寒意的北风掀动着横幅标语，发出一串串破烂的响声。但会场上秩序井然，主持会议的人举手示意，锣鼓戛然而止。站在台上的曹振亚发表简短讲话后宣布：汪援华任湘黔川人民自卫军总指挥，曹振亚为副总指挥，周海寰为前敌总指挥，下设四个纵队，跟着一同起事的主要人员都作了相应的任命。会后，一部分队伍又在全城进行游行，整个永顺几乎是换了天地。

坐稳永顺县城半月之后，汪援华和曹振亚对未来前途进行了一次认真的商议。汪援华说：“我们应该自知，永顺一县实只是弹丸之地，与我们自己打出的‘湘西北人民反压迫自卫军’旗号也实不相称。要真正巩固自己，必须夺取更多的领地，扩大自己的势力。再说，李默庵也传出话来，要收拾我们。我们岂能高枕无忧？”

曹振亚说：“总指挥言之有理！冤有头，债有主。我们地方武装和‘戡乱建国大队’的矛盾都是李默庵所造成。我们必须把矛头指向李默庵！”

汪援华说：“我同意你的看法。我们必须以攻打十七绥靖公署为目标，以打倒李默庵为对象。只有这样，整个湘西的地方武装才会响应我们，才会齐心协力地支持我们，我们的势力也才会越来越大，才会不断取得更大的胜利！”

曹振亚说：“仅是我们的兵力要攻打第十七绥靖公署，恐有困难。”

汪援华说：“这我已经想好。我们要尽快召开一个有关人员的会议，说明我们这支队伍的性质、任务和行动目标，以赢得湘西各派势力的响应，争取把整个大湘西的武装力量都联合起来。”

曹振亚非常赞同。

于是，汪援华在永顺主持召开了与湘西北地方武装有关的十多位要员会议，因这个会议与辰溪兵工厂有关，张玉琳也在应邀之列。

会上，汪援华说：“长期以来，湘西北人民在政治上受压迫，所以，这次我们顺应民意，成立了‘湘西北人民反压迫自卫军’，我们的目的是要努力实现真正的民主政治！我们湘西北人民长期以来还吃尽了外来武装的苦，所以，这次我们顺应民意，成立自己的武装，以保护湘西北人民之利益！我们湘西北人祖辈贫穷，多年以来生活在水深火热之中，所以，我们要彻底改善湘西北人民之生活！最近以来，驻常德十七绥靖公署主任李默庵，对于我们大湘西地方武装极不信任，在我们大湘西各县另组‘戡乱建国大队’，并要我们警察局和自卫总队的壮士、好枪都拨给‘戡建队’，这就是在怀疑我们，瓦解我们的武装，置我们于死地！要特别说明的是，组建‘戡建队’并非省主席程潜之意，全省其他各地并非如此，全为李默庵争功邀宠、排除异己所需。所以我们要打到常德去，消灭第十七绥靖公署，要打倒李默庵！我们拥护程潜主席！我们湘西人要自己治理湘西！”

与会人员各怀心计，汪援华情绪激昂地说完话，想听听大家有什么建议，大家都不说话。说话就意味着表态，这个态确实不好表啊！如果表示拥护汪援华，那么，要是十七绥靖公署打不垮，他们的人追究下来怎么办？如果表态不拥护汪援华，眼前的现实又如何交代？干脆缄口不语，当个佛菩萨最为干净！

汪援华不是不知道这些内情，想听听大家的意见，也只不过是一种礼节。这种时候，除非自己的心腹，谁能表态坚决拥护自己？即使说了也是言不由衷。他内心里早已不在乎大家是否表态拥护他，只要不坚决反对他就行！他手上已有近五千人马，只要湘西这些地方武装头目不帮十七绥靖公署的人来打他，他就不怕！即使现在有人反对又能如何？他早就做好最坏的准备，已经将重兵埋伏会场周围，进了这个会场的人，如果有谁要坏他的事，那就只能是抬尸出去！

于是，汪援华就要曹振亚布置行动路线。曹振亚说：“这一次攻打十七绥靖公署兵分三路：一路由曹振亚带两千人马，自永顺王村出发，顺酉水南下，抵沅陵县城再顺沅水东进常德，直逼第十七绥靖公署，这支队伍由周海寰任前敌总指挥；一路由汪援华率领，经大庸、慈利直趋常德第十七绥靖公署；还有一路，由黄鹏、向绪武率领，经古丈、泸溪直奔辰溪抢夺兵工厂武器，然后扩大势力作为后援。抢夺兵工厂武器时，由张玉琳率部驻进兵工厂作为内应。”

曹振亚说完，汪援华特别征询张玉琳还有何高见，张玉琳说：“没有意见。”

汪援华说：“那到时候我们就在常德第十七绥靖公署会师，庆贺胜利！”

张玉琳在会上一言不发，但永顺到辰溪的路上，他心情一直不能平静。现在，张中宁远在美国，对湘西的事情已是鞭长莫及，而新任专员陈仕与他毕竟不如和张中宁知心；共产党军队已在北平举行入城仪式，傅作义这样的国民党要员面对共产党都不再抵抗，湘西这些土著武装能和共军抗衡？虽国民党已用心经营湘西，但共党大军已直逼江南，又有地下党的势力作为内应，离进攻湘西还有几天？国民党岂能有胜？当然，这是大局，眼下他最为担心的就是辰溪兵工厂。尹立言在长沙开会提出要抢夺辰溪兵工厂的武器，今天永顺开会又提出要抢夺辰溪兵工厂的武器。据悉，现在要来兵工厂抢夺武器的还有芷江的杨永清、麻阳的龙飞天、新晃的姚大榜、黔阳的潘壮飞、泸溪的徐汉章、古丈的张平等。看来辰溪兵工厂已成众矢之的，他不能没有自己的打算！难道自己家门口的蚯蚓还让别人的鸡来吃？张玉琳不得不在心里谋划起来：兵工厂的枪不能让任何人夺走，只能为他张玉琳所有！

39 / 县府坐堂去

回到沅陵看了些报纸，再往深处一想，张玉琳越来越心神不宁！共军大兵压境，国民党是节节败退，各地方武装纷纷起事，湘西局势到底会乱到何种程度，他心急而又无底。如行动迟缓，他怕悔之莫及；如盲目行动，又恐操之过急！自己作为张中宁的心腹，总不能惹些麻烦事来让张中宁在美国不安！静候或是行动，实难决断！

果然，麻阳出了大事："龙头老爷"龙飞天率三千余人，势如破竹，正攻打麻阳县城。张玉琳对自己身边发生这种事变有一种非常复杂的情感：有害怕，也有期待。陈专员正要研究应对措施，准备要张玉琳去麻阳救急，乌宿驻军来报，汪援华一部又逼近沅陵县城。陈专员不让张玉琳走了，他觉得还是守住沅陵要紧！

张玉琳已感到火烧脚背，吃过晚饭，他戴上瓜皮帽穿上满胸衣，化装成百姓潜入了河边茶楼，他要听听沅陵的百姓对麻阳事变之后有何街谈巷议，沅陵县城有没有风吹草动，以便自己趁早有个准备。

他在临河的桌上坐下，果然听到茶客们都在纷纷议论龙飞天。

一个麻阳佬用地道的麻阳话说："龙飞天啊，大号'龙头老爷'！那可是真正讲义气的人！他唯一感兴趣的就是交朋结友，不管红道、黑道，只要是来他门上的人，他都待若兄弟，所以，一天到晚，人客不断。他的原配老婆只望龙飞天能够耕读传家，过安稳日子，看不惯那些油头粉脸、好逸恶劳的人，爱发唠叨，多次劝龙飞天不要和那些不三不四的人来往。你不知道，那个在南京玩惯了时髦小姐的龙飞天，最烦的就是这些唠叨。有一天，又来一伙闲人找他。龙飞天正在里屋睡着，他老婆走进来告诉他：'你的那些狐朋狗友又来了一帮，你自己去接待。'龙飞天朝老婆瞪了一眼，很不满意地说：'他们在哪里？'老婆说：'在外面堂屋里坐着。'龙飞天马上起身往外走，还没看清来人是谁就抱拳施礼说：'哎呀，兄弟们辛苦了！兄弟们辛苦了！龙某不知大驾光临，有失远迎！有失远迎啊！'说完客套话，他才看清原来是怀化的灵鸡公一伙。灵鸡公说：'哪里哪里！冒昧来访，还望大哥多多体谅。'于是，几人牵手搭背，走到前堂客厅就坐。茶后闲聊中，灵鸡公说：‘我们从怀化来，走了这么远的路，真是有点肚饥口渴。本想在大哥这里讨口茶喝、讨口饭吃，但见嫂子好像……’龙飞天说：‘嫂子好像怎么了？’灵鸡公说：‘不欢迎我们。’龙飞天说：‘真是这样？’灵鸡公说：‘大哥，我们刚一进门，嫂子就把脸拉下来，爱理不理地走开了。我们都没有意思来见大哥。’旁边的一个又加了一句：‘嫂子这么待人，对大哥你将来交朋结友和干大事业很不利啊！’龙飞天一下把脸拉长了许多，瘦高的身子从座椅里站起来，把捏在手里的自由棍往门外狠狠一指，说：‘好，那就开（杀）了她！’龙飞天每要杀人时，就把手中的自由棍狠狠一指。灵鸡公知道事情闹大了，连忙说：‘大哥，我们说着好玩。’旁边几人也连忙补充说：‘大哥，我们是说着好玩的。’龙飞天不理他们，把原配老婆叫出来说：‘这天气是怎么回事啊？刚才还好好的，怎么就下起雪来了呢？’他老婆惊定了双眼说：‘你是见鬼了！这五花六月哪有雪下！’龙飞天说：‘你到门口去看看，怕是真有人要见鬼了！’老婆走到门口一看，天色好好儿的，但是背后‘砰！砰！’响了两枪，他老婆不知怎么回事，看到了自己的血从胸口冒出来，直往下流，她立刻站不起来了，倒在血泊中。龙飞天的手枪几乎是在老婆倒下的同时插回到了腰上。他说：‘看是你见鬼还是我见鬼！叫你到门外去，是省得我从屋里往外面抬尸！’灵鸡公虽也是跑江湖杀过人见过世面的，但从未见过如此为朋友仗义的！于是，大家不约而同地跪在‘龙头老爷’面前说：‘龙大哥，你真是名不虚传的好大哥啊！’”

整个茶楼里的人都听得发呆。

其实，张玉琳对龙飞天是比较了解的。龙飞天少年时读过私塾，后来就读于南京金陵大学。当初也有人说他前途无量，但因其在军营里挥霍军费嫖赌逍遥而被罢官撤职。于是，他回到老家来过自由日子，但他从来不认为自己有什么过错，倒责怨军营的狗屁规矩实在太多。他常对人说的一句话是：“书本上的道理，我都不大相信，我只相信我自己的脑壳！”

但为朋友杀老婆这个故事张玉琳也还是第一次听到，难怪“龙头老爷”龙飞天这些年在湘西名声大振，难怪都传说他是重情重义的好兄弟，难怪这些年去投靠的人日渐增多！

张玉琳本是来听听龙飞天攻打麻阳县城的事情，但听完这个故事之后没有人再往下说。张玉琳对他的贴身卫士说：“你说个龙飞天和县长结拜兄弟的故事。”

卫士莫名其妙地说：“我不知道那些事。”

张玉琳说：“你乱说一通就是，越错越好！”

卫士明白了张玉琳的意思，就端了茶杯站起来说：“各位各位，我也给大家讲一个龙飞天和县长结拜兄弟的故事。有一天，龙飞天带着很多礼品来到县长门上……”

那麻阳佬气愤得马上抢话说："你讲狗屁话！可见你根本就不了解龙飞天！龙飞天向来最恨的就是政府官员！龙飞天根本就不会做这种事！"

张玉琳马上叫卫士停下来，又让那麻阳佬继续说。

麻阳佬说："说龙飞天嘛，我是太了解了！我在他手下吃过几年粮。龙飞天有了队伍之后，最喜欢的就是跟县政府较劲！有一年，县府要禁毒，铲烟的人铲到龙飞天的家门口，龙飞天不高兴了，就要给县长放放血。但见铲烟的队伍不小，怕自己对付不了，就差专人给芷江的双龙头大爷杨永清送去问计的飞片。杨永清给龙飞天飞片的回音是：'王侯将相皆无种！他当县长的能用警察禁毒铲烟断你财路，你就不会扩大队伍坐他的交椅？'知道杨永清的人，都知道杨永清在芷江创立了'复兴楚汉宫'，龙飞天就是'复兴楚汉宫'在麻阳的出山寨主。杨永清回复飞片那句话提醒了他，他一想，自己何不招兵买马、开山立堂呢？一番筹备忙碌之后，龙飞天就在江口镇举行了砍香拜把喝鸡血酒仪式，组成了'红帮会'。麻阳县杨县长那时也正在筹建'戡乱建国大队'，因'红帮会'与'戡乱建国大队'争人员，县长要取缔'红帮会'。龙飞天闻讯带着两百多人枪打下了麻阳重镇——江口镇，捉了'戡乱建国大队'的一帮人员，缴获了四十余支枪械。在庆功宴上，龙飞天端着酒杯得意扬扬地跟弟兄们说：'他杨县长不是说他的'戡乱建国大队'如何厉害吗？在我龙飞天看来，都是些豆腐渣渣！捏在手里是坨坨，丢在地上是颗颗！"

茶楼里顿时浮起一阵喝彩、一阵笑声。张玉琳悄悄递给卫士一块银元，说："赏给他！"

卫士大声地说道："讲得好，继续讲！"同时将银元朝这个麻阳口音的人抛过去。那麻阳佬接住赏钱说得更加来劲，"那江口镇离麻阳县城很近，龙飞天打下江口镇之后，麻阳县城里家产大的人，都纷纷逃往附近的贵州铜仁，平民也纷纷传言'龙要吃人来了！'那杨县长是宝庆府人，原也是行伍出身，又是个不服输的脾气，他就不相信自己连个帮会头儿龙飞天都制服不了！于是，他先礼后兵，为稳定城中百姓，及时派了两人去对龙飞天进行规劝，对他晓之以理、动之以情，要他以百姓生命财产为重，不要一意孤行发动战事。龙飞天却坐在他的太师椅上笑笑，跟来劝和的人说：'这个好办！你们回去告诉杨县长，他若能自动下野，把县长的宝座让给我，我龙飞天保证不动干戈。首先是他要以百姓的生命财产为重，然后才有资格跟我谈这个。'谈判的人回来跟杨县长说起这些，杨县长感到这简直是对自己的侮辱！于是，他对龙飞天拥有的各派势力和头领特点、来去路线、武器装备等情况进行了详细分析，又进行了精密布阵：城防总指挥他用的是龙宏珠，此人原任过国民党正规军的团参谋长，打仗应是轻车熟路，又是县党部委员，为党国效忠也应是他的本分，尤其与龙飞天同宗同乡，又与龙飞天一家不和，正有踩挪龙飞天之念。杨县长认定，于公于私，龙宏珠都会死战龙飞天！又令滕久遵带一个中队驻守城北天王庙，控制镇阳宫碉堡；聂蛟带一个中队驻守东门外香山寺制高点，封锁渡口；刘杨德率部坚守城西，其中杨麻子带队专守西门两个碉堡；锦和镇长率军坚守南门，警察局长率警员巡逻督战，视战况随时进行策应；再调民枪三百，沿着城墙一个垛子配一人一枪进行防守。杨县长感到这样的城防布兵已是滴水不漏，你龙飞天再凶，也只能是望城生叹！为做到万无一失，杨县长又亲临岗哨巡视查验，对守城将士当面鼓励说：'大家都要用心守城，奋力退敌！功成后县府自有重赏！'县民见城防如此固若金汤，也就人心稳定，甚至逃到铜仁的富有人家，有的又返回麻阳县城。龙飞天对杨县长的布防早有耳闻，但他非常自信，集中三千余人枪，人人左臂系上红布条，连夜在舒家村祠堂举行誓师大会，宣布自己为攻打县城的总司令，又与各路头人砍香拜把，誓同生死。对于进攻西门、南门、东门的路线和如何阻击自辰溪方向赶来增援的国民党保安团，都做了周密安排。最后，龙飞天在烟雾缭绕的祭坛上几跪几拜，又与天神一番对话，然后跟大家说：'弟兄们，我龙飞天没有个人想法，大家的想法就是我龙飞天的想法！大家想做的事就是我龙飞天想干的事！这次攻打县城，是上应天数、下遂民意！旨在打倒贪官污吏，活捉贪官杨县长，为民除害！望各自奋勇杀敌，立功受奖！如有不按命令行事者，当严惩不贷！'话毕，鸣枪三响，祠堂里蜡烛香火为之一灭，队伍深夜向麻阳县城进发！双方接火以后，那杨县长一面应战，一面将这些紧急情况马上向专员陈仕作了报告。"

听到这里，张玉琳心里一紧，生怕这麻阳佬提到保安大队和他张玉琳的大名。还好，那麻阳佬喝了口茶坐下来，显得有些疲劳，停了嘴。

但张玉琳刚刚轻松一刻，麻阳佬又站起来说："老子讲的这些才是龙飞天和县长斗法的真事！什么龙飞天和县长结拜兄弟，那全是狗屁！"

张玉琳听得笑了起来，全茶楼的人都听得笑起来。有人问了一句："我们怎么相信你说的这些都是真事？"

麻阳佬露出一只手臂，将包裹手臂的纱布嗞啦一声揭开，一道带血的长伤口出现在大家面前。他说："看看，老子刚在麻阳下火线才跑到沅陵来，你们看我说的真不真？"

大家又一阵喝彩。

有人又问："你参加龙飞天队伍攻打麻阳县城，还是参加县长这边保护县城？"

麻阳佬说："谁还跟着县长屁股后头送死？当然是在龙大哥手下搞事嘛！"

有人说："那你不好好在龙飞天手下享福，跑到沅陵来干什么？"

麻阳佬说："你们晓得我条卵坨坨！享福？这年头你还想享福？攻下麻阳县城，赶走了杨县长，是惹天祸了！那杀人不眨眼的张玉琳要是带兵来麻阳，岂不是要我的老命？我是溜到沅陵亲戚家躲灾来的！”

茶楼里一阵哄笑，张玉琳赶快用两手把自己的脸捂了，他觉得自己不宜再在这个地方久坐，就起身出了茶楼。

当时，陈专员收到麻阳告急电文就跟张玉琳说：“张大队长，现在的形势越来越紧张啊！如此下去，湘西大乱之日近矣！你看我们如何是好？很想听听你之高见。”

对于湘西各县的这些事变，张玉琳已心不在焉，他的全部心思和人生最大目标就是有朝一日拖着大队伍开进凤凰县城，向陈渠珍讨还杀父母灭兄长的血债，然后自己登上“湘西王”的宝座统领湘西！湘西大乱不仅不是他的担忧，相反，越是大乱就离他扩军备战报仇雪恨的日子越近！扩大势力首先需要武器，而湘西的武器库在辰溪兵工厂！看来，谁夺得辰溪兵工厂的武器，谁将是湘西真正的龙头老大！他得设法守住辰溪兵工厂。

怀着这些想法，他当时建议说：“陈专员，以我愚见，我们应马上出兵麻阳。”

陈专员说：“汪援华部逼近沅陵，沅陵也是火烧眉毛啊！”

张玉琳说：“据说，汪援华部之目的并非攻打沅陵，而是要去常德攻打第十七绥靖公署，沅陵他们只是路过而已，你委托得力之人接待即可；沅陵离常德十七绥靖公署很近，十七绥靖公署李默庵现在是人强马壮，沅陵一有战事，十七绥靖公署增援起来非常方便；而麻阳则地处偏远，如果我们不派兵增援，杨县长将是孤军奋战。一旦麻阳县城失守，上面追究下来，你我都难当丢城之罪！”

陈专员连连点着头称道：“言之有理！言之有理啊！”

他又补充一句：“陈专员，我还要跟你说句私话，我们若留在沅陵，汪援华他们来了，必将左右为难：接待太好，李默庵会责怪我们认贼作父；接待不好，我们会首当其冲。我们只有马上离开沅陵去增援麻阳，才可金蝉脱壳，避开这一锋芒。”

陈专员比较一番得失，只得同意和张玉琳一道带兵前往麻阳增援。

张玉琳的目的根本不是去麻阳打援，而是要离开沅陵进驻辰溪。他带上两个连和陈专员一道刚路过辰溪县城不久，他早已安排好的暗探依计前来报告：龙飞天已攻下麻阳县城！

他马上叫队伍停止前进，跟陈专员说：“陈专员，既然龙飞天已攻下麻阳县城，我们就不宜再去增援。”

陈仕说：“半途而废恐怕不好吧？”

他说：“此事半途而废比到达目的地要好！我们兵力有限，如继续前进，到达目的地助战，必为士气正旺的龙飞天部所重创。如被打败而归，毫无脸面事小，还将为上级所责难；如我们现在停止前进，麻阳县城失守的责任也就追究不到我们头上，只能怪杨县长抵抗不力；而对龙飞天，我们也不惹怒他，不会吃他的亏。

这岂不是三全其美？”

陈专员本就担心沅陵有变，无心增援麻阳，听他这番分析，也觉得言之成理，同意队伍停止前进。陈仕反复地问他：“麻阳的杨县长此前反复地跟我报告说，城防是森严壁垒，为何这么快就被攻下？这个‘龙头老爷’龙飞天到底是个什么神人？”

他说：“龙飞天嘛，抽大烟，玩女人，身材瘦高，诡计多端，特会笼络下属的人！”

陈专员说：“这伙人攻下了县城，我们和麻阳又失去了电话联系，杨县长的下落如何？县府的人下落如何？老百姓是不是惨遭烧杀掳掠？这些情况我们都不得而知啊！”

他说：“专员别担心这些，我们还是回辰溪县城住下，这些事我自然会派人弄清。”

陈仕也已看出他身在沅陵心在辰溪。麻阳事变，打援告吹，沅陵又祸在旦夕，还有传闻泸溪县城将被徐汉章攻占，辰溪和周边县一样也很可能会发生事变。陈仕明白，辰溪根本就不是自己“好好休息”的地方！如听他张玉琳之言，将是进不能去麻阳，退不能回沅陵，留不能住辰溪。反复比较一番，陈专员还是觉得投靠陈渠珍可靠一些。陈仕不得不跟他说：“我们一起去凤凰，到陈渠珍那里去避一段时间，看看局势再说吧。”陈仕知道，张玉琳绝不会去投靠陈渠珍。

他说：“凤凰我无论如何不能去！”

陈仕问他为什么，张玉琳不说他跟陈渠珍有杀父灭兄之仇，而是借口说：“现在辰溪周围局势紧张，我作为省保安大队的头儿，保护好兵工厂要紧！”

张玉琳不去凤凰，正合陈仕所想。陈士顺水推舟地说：“大队长言之在理。那好！你军务在身，我不能强求，我还是去凤凰，你回辰溪。”

他见陈仕执意脱离队伍，心中暗喜，但表面上还是不失礼节，“好，那我派人护送你去凤凰，保证你安全到达。”

他叫人牵来一匹大黑马交给陈专员说：“你骑上它去凤凰。”又对第二中队第三分队的罗队长说：“你带上两个班护送陈专员，一定要保证安全到达！”

罗队长受命带上两班人枪护送专员陈仕往凤凰后，张玉琳马上返回辰溪，急派连长易国英带人，以湘西形势堪忧，要加强兵工厂的防守为名，驻进了兵工厂内。

其实张玉琳和陈仕分手时，麻阳县城并没有被龙飞天完全攻下。

龙飞天攻下麻阳县城这一天，自天亮开始，双方各路兵马进入激战，但是，驻守北门的滕久遵是龙飞天帮会中的成员，已被龙飞天暗里派人重金买通，枪炮一响，滕久遵就溜出守地，撤回高村，天王庙阵地丢失，镇阳宫碉堡被龙飞天部占领。北门失守后，东门枪声更为激烈，行伍出身的杨县长仔细一听，枪声空虚，不大对劲，登上城楼一望，果然聂蛟部正朝天放枪，玩的全是骗人儿戏。真

张玉琳说：“专员别担心这些，我们还是回辰溪县城去好好休息。”

正在死命抵抗的只有坚守西门碉堡的杨麻子。杨麻子是杨县长从家乡宝庆府带来的亲信。但仅西门一部人马岂能抵挡得住四面涌来的强敌？杨麻子腹背受击，只得边打边退，结果被龙部击毙于阵地。原来身边这些平日把赤胆忠心挂在嘴上的人，枪一响都是各自保命！杨县长不得不站在城墙上捶胸顿足地叹道："世上最不可测者，人心也！"

这一仗打到黄昏仍是枪声不绝，杨县长坚守在电话机旁，不断地向上级和邻县求援，开始还能接通电话，到黄昏，电话都被龙飞天的人剪断，和沅陵、辰溪、凤凰、铜仁都失去了联系。他只得找身边的几个亲信来商量应急对策，以便坚持下去。他大叫一声："龙宏珠！"

没人应声。守城总指挥龙宏珠早已弃城逃命。

他又大叫一声："田文杰！"

田文杰是他的秘书，也不知溜到哪儿去了。

杨县长再次捶胸顿足叹道："世上最不可信者，乃身边巧言令色之人！"他仍坚守在县府自己的办公室，下决心死守！

直到深夜，枪声停了，周围如陵墓一般静穆。他看了看自己身边已无一兵一卒，潸然泪下。此时，平日与他并无来往的老传达走进来说："杨县长，不要悲伤，流泪没有用。龙飞天这些人都是土匪性子，千万别落到他们手里！赶快收拾行李，携带家眷找个地方避难吧。躲过这一劫，活下来以后再说！"

老传达的一句话提醒了他，杨县长以袖沾泪，然后站起来要走，但他又为难起来，说："县城失守，何处有我的避难之所？"

老传达说："县长放心。我已经给你找好了，你只需跟着我走就行！"

那老传达就在前面打着灯笼，引着县长和提着行李的家眷往前走去。走到范府，范诗俊已在大门口迎候。他说："哎呀，县长大人受惊了！快快进屋！"

杨县长虽听出了话里不无轻蔑之意，但他知道，这是念及他为官时给过范府人的好处，这是范家人对他的同情和怜悯。他尤其感激平时从无恭维之语的老传达救他于危难之际。范诗俊将其一家藏于后院隐蔽之处，等待时机再救他们出去。

天亮后，龙飞天的队伍从东、南、西三门涌入城中，有的到县衙警察局掳了大量枪支，有的则在商铺、店里掳得金银细软，锦江边上的船只立刻装满起运。城里一些烟鬼、赌徒也趁乱在自己臂上捆了红布冒充"龙头老爷"的人，到民房里掳去不少衣食物品。

直到城内抢掠忙碌过后，龙飞天才骑着一匹大白马，着一身长袍，戴上礼帽悠然自得地出现在县城街头，前有贴身警卫提枪开道，后有大队簇拥助威，所到之处，马蹄如鼓，威风凛凛！走过一段大街，有弟兄问："大哥，准备歇脚何处？"龙飞天扬鞭朝北一指，"县府坐堂去！"

队伍浩浩荡荡开进了县衙门。龙飞天从白马上跳下来，走到县长的宝座前，先将宝座抽了三鞭，然后说："老子要把一切晦气都抽掉！"

接下来，他不慌不忙地坐在宝座上前后左右摇了几摇，再坐正身子对他手下人说："都怪他杨某人太小气！当初我要他让位给我，他不愿意，非要费我的刀枪，非要死这么多人不可；要是他当时愿意，今天我哪里会抽他的'宝座'呢！"

大家都哈哈大笑。

龙飞天在县衙里过足了瘾之后，对弟兄们说："弟兄们，这个地方刚刚打过仗，稀烂的摊子，不好住！连个好厨师都没有！我们还是到龙正中家里去吃肉喝酒！吃饱喝足了，我们再去说下一步！"

龙正中与龙飞天同宗，是做过官的大财主，独门大院。队伍一进院子，龙飞天就躺在罗汉床上吞云吐雾，龙正中在他过了瘾之后才在他耳边轻轻地说："司令，有人托我带个话给你。"

龙飞天半闭着眼说："什么话？"

龙正中说："范诗俊说，杨县长暂时避难在他家，听候你发落。"

龙飞天一下大睁双眼说："真的？"

此时，一弟兄进来报告："大哥，龙汉魁派专人送来特别急件。"

一听是龙汉魁有急件，龙飞天坐了起来。他接过信一看，里面写道："城已攻下，理当祝贺！但杨县长系朝廷命官，万不可伤其生命。余事待我进城后再作商议。"

在麻阳，龙飞天威震城乡，但在龙汉魁面前，他还不得不礼让三分。龙汉魁是老竹，龙飞天还只是笋子，所以，龙汉魁的话，龙飞天不能不听！

龙飞天说："这范翁一定是得过杨县长很多好处吧！既这样，也行！"

第二天，范诗俊备办了盛宴，特请麻阳的各界头面人物到席，龙汉魁、龙飞天、聂焕章、张思孝、龙正中都应邀到席。范诗俊把杨县长也请到了席上同坐，但杨县长一直哭丧着脸，深感受辱难堪，但他要范诗俊保他一家之命，又只得如此就范。

龙飞天一见杨县长就只想摸枪扣扳机，但因龙汉魁在席，为表示自己听龙汉魁的话，只得主动端起酒杯来对杨县长说："杨县长，实在对不起，让你受惊了！我听说杨县长也是行伍出身，没有想到你的队伍是这么不经打。不过，胜败乃兵家常事，杨县长不要在意。来，我们干一杯，给你压压惊！"

杨县长虽羞愧得无地自容，但仍看不惯龙飞天那副得意轻狂样，仍硬起头皮说："县城既被你龙飞天所破，我杨某人无话可说！来，干了这一杯，要杀要剐，今天都由你！"

龙飞天得意地打起翻天哈哈说："杨县长言重了！说实话，我龙某人要是有意加害于你，破城之时就可以将你抓住处决，何待今日？请杨县长不必多疑。”

席上龙汉魁几人感觉龙飞天这话说得有些刺耳，就以劝酒糊和过去。无奈杨县长不愿喝酒，对龙飞天说：“不怨天不怨地，只怨我杨某人不识人！如让我再选亲信，操练一团人马，汝等乌合之众岂是对手？”

龙飞天顿起怒色，“此次丢城岂非杨县长亲自指挥？既为败军之将，何必谈勇论能？”

聂焕章调和说：“此次失城也不能全怪杨县长，他手下没有几个真心守城的，杨县长又没有三头六臂！”

杨县长挥了挥手说：“聂胡子，别说这些了。人情世故此次全明！来干脆的，打算怎么处置我？”

龙汉魁说：“杨县长，事已至此，还是识时务者为俊杰。对于你一家及随从人员的人身安全，我龙汉魁可作担保，明天就可以派人护送你一家出城。”

聂焕章说：“杨县长落得如此境地，也是大势所趋，并非杨县长无能！我聂某人虽无能挽回大局，但护送杨县长出城一事，包在我身上。往日杨县长待我不薄，我还没有报过知遇之恩。”

杨县长听得出来，这几个人已是串通一气，互相呼应，打拉相兼。

龙飞天又抱拳致意，“杨县长一家及随行人员之安全，几位大哥不必操心。我是为朋友愿杀妻重义的江湖义士。我攻城是要杨县长下野，并无夺命之意。我说话算数，祝杨县长一路走好，我们后会有期！”

杨县长愤然离席。

龙汉魁说：“聂焕章，你马上派亲信将杨县长护送出麻阳县境。”

龙飞天攻打麻阳县城到此才算宣告结束。

40 / 抢个够，玩个够

汪援华部血洗沅陵县城时，正在辰溪布防的张玉琳多少感到有点意外；永顺会议上，汪援华并没提到攻打沅陵县城，只说是从沅陵过路，要来辰溪夺兵工厂的枪炮，要去攻打李默庵，怎么就出现了“血洗沅陵县城”呢？

事后他才了解清楚，还是十七绥靖公署驻沅陵指挥所惹的祸。

汪援华所部兵分三路向常德进军后，走水路的曹振亚部很快沿白河而下，到达逼近沅陵县城的乌宿镇，在白河（即西水）与沅水汇合的二酉藏书洞附近，一个叫四方溪的地方登陆时，与驻守乌宿的警察中队发生了交火。

在乌宿发生战事，这为曹振亚所忌讳，因沅陵离常德太近，打起来会提前惊动十七绥靖公署，也会影响这次起事最终目标的实现。因此，他要前敌总指挥周海寰派人设法送信到驻守乌宿的一位连长手里，告诉他：曹总指挥已经与贵县自卫总队邓副总队长取得联系，只是借道沅陵，进攻常德，希望不要抵抗。这位连长认为此事重大，立即将情况报告给了县政府。县府将县党部和参议会的人召集起来商议，大家也都说，既如此，何必自找蚊叮蛇咬呢？不如把保安部队撤往北溶，以防双方发生摩擦和冲突。为示诚意，可在县城酒楼里备办酒席，在热情招待中向他们要求：既是借道，就请他们带队绕城而过，以防扰民。

曹振亚自然为沅陵能允诺他的队伍顺利过境、并可享受一顿盛宴而高兴。

不料当曹振亚的先锋部队到达白田头时，在完全无知的情况下突然遇袭。经激战数小时，打到天黑也未分胜负，双方各有较大伤亡。曹振亚非常气愤，到当地了解才明白，原是十七绥靖公署驻沅陵指挥所马指挥官到泸溪出差赶回了沅陵，他得知这支队伍是要进常德攻打绥靖公署后，坚决不同意让道，要阻敌于沅陵，决一死战，并请求常德增兵来援。常德绥靖公署得知情报后，急派一营人马紧急取道小路赶往沅陵，在城外白田头严阵以待。

曹振亚和前敌总指挥周海寰商定，为探明敌情，先是集中火力进攻，然后又让前锋部队作了撤退。绥靖公署的人考虑到天已快黑，又未明敌情，怕中埋伏，也不敢追击。双方在侦探、分析和调整兵力部署中忙碌了一夜。

第二天拂晓又继续开战。休整一夜之后的枪声更为猛烈。战至下午，双方仍是不进不退，曹振亚感到绥靖公署的人真是好枪壮士，难以制胜，见自己队伍死伤不少，心头有了强烈之恨！他和前敌总指挥下定决心：坚决不能让自己的队伍未达常德就败于沅陵，必须夺取这场战事的胜利！

曹振亚和周海寰通过对敌情进行分析，临时决定采取迂回战术和心理战术：一部仍在白田头进攻，而暗里将另一部绕到白田头后山、黄草尾一带，在天黑时突然进攻县城。

绥靖公署的城外守军一见自己背后受敌，只得退守入城，而此时天已黑下，城内守军误惊为曹部攻城，于是，以机枪猛烈扫射，致使绥靖公署人员伤亡惨重。绥靖公署的人见势不妙，又误以为自己中了曹军包围，调转枪口又打城内守军。趁守军内乱相互残杀之时，曹振亚要周海寰站在山巅一块大石头上大声疾呼："弟兄们，我们本不是打沅陵，但沅陵人却口是心非，打我们的突然袭击。现在我们攻下了沅陵城，城里有掳不尽的金银财宝和漂亮女人，我们赶快打进城去，大掳三天！为死去的弟兄们报仇！"

曹振亚看着自己人马如洪水般攻入县城。

一支队伍首先攻入溪子口后就纵火烧房，挨户抢劫民财。另一支队伍从中山公园进城，抢了县法警的枪支，打开牢狱，放出所有罪犯。一些罪犯也立即加入攻城队伍，疯狂放火，抢劫财物。整个沅陵县城立刻一片火海，哭喊震天。周海寰带着一帮弟兄，不干别的事，专看谁在救火，凡救火者见一个毙一个。他一边枪杀救火者，一边大声嚷着："老子不打你们沅陵，你们沅陵却要打我！我死了那么多弟兄，今天，我要让活着的弟兄抢个够！玩个够！"

抢劫民财之后，周海寰又带人打开楠木街中央银行沅陵支行，掳去数万银元和数百万金圆券。

财物抢够了，就对妇女施暴，有的当众轮奸。其中一部冲进贞德女子中学，一些来不及逃走的女学生被他们抓去肆意凌辱，凡抗争的都被打死，到处可见被糟蹋至死的女人尸首。

省保安二旅的一个团赶到沅陵增援时，城里已无战事，从永顺出发的各路人马也都会师沅陵，安营扎寨。曹振亚站在碉堡里看了看，所有的碉堡、哨所、口岸均掌控在自己手中。援兵已无可奈何，从城对面凤凰山的古树下打过来的迫击炮弹在城脚河滩轰炸了一阵，除了百姓的房子再次起火之外，对曹振亚的部队已无任何威胁。

目的本不是打沅陵，但攻下沅陵后，汪援华和曹振亚却不想走了，一是怨愤还没有泄完，二是沅陵县城富人不少，三是这个地方去辰溪汉阳兵工厂抢枪也不远。

省府最后的办法是谋求政治途径和平解决。于是，派省府委员戴季韬来沅陵谈判。

在省府人眼里，戴季韬可算半个儒将，且其三夫人丁氏为沅陵人，在沅陵有不少亲戚，这些亲戚也都是大户人家，由他出面，应是天时地利人和都可兼得，且自凤凰至沅陵路程也不远。

但谈判时，汪援华和曹振亚得势不饶人，一看戴季韬摆出省府官员身份，说话有些居高临下，还指责他们进攻绥靖公署之过错，就根本不吃那一套。曹振亚说："如省府不把我们放在眼里，我们将在沅陵再杀再烧！"

戴季韬无奈，只得将情况向省府报告。省府知道李默庵一意孤行搞"戡乱建国大队"已造成湘西难以收局，但此举也未被省府及时制止，这就不能只怪李默庵一人，省里也应负一定责任。面对沅陵这种处境，省府也只得向汪、曹步步退让，答应将汪、曹所部收编为省保安第五旅，由汪援华出任旅长。

汪援华和曹振亚怕省府派人来其部下任职，从而架空自己，又在谈判桌上先发制人地提出："保安五旅部下的所有官员，全由本部自己选任！"

戴季韬没有答应，因省府本就有话，要派些军官进保安五旅任职，然后进行瓦解。他说："这个留待下一步商议。"

汪援华知他在玩缓兵之计，说："不同意这一条，我们不接受收编！"

不接受收编就意味着他们的队伍要继续威胁绥靖公署。戴季韬无奈，只好请示省府同意他们自己选任。

戴季韬以为谈判可以到此结束，不料曹振亚又提出："部队不开往常德，也不返回永顺，我们就驻防沅陵。"

戴季韬内心一紧，于公于私他都不能答应！岂能让这样的队伍再驻守沅陵？沅陵是从水路入湘西之大门，且离常德绥靖公署只一步之远，又逼近省城；再说自己的三夫人还有很多亲戚都住在沅陵县城。戴季韬到底是有城府之人，他不说汪、曹队伍在城里烧杀抢掠，也不说沅陵离常德和省城太近，更不说自己的私情，他只说："那不行！你们部队刚刚在沅陵打过仗，老百姓损失不少，满城怨言，驻防在这里如鱼失水、如卧干柴，不合适。"话说得不卑不亢、不轻不重，又入情入理。汪援华想，真要让他们长久驻防沅陵，也的确是难得安宁：一有绥靖公署要出这口气，二有县保安总队要出这口气，三有老百姓要出这口气！有这三把火在屁股底下烧烤，能坐得稳沅陵？汪援华说："那我们去哪里？请戴委员指条路走。"汪援华用词虽然开始委婉，但口气仍咄咄逼人。

戴季韬说："返回永顺。"

汪援华说："我们从永顺出来，再回永顺已无名分。"

戴季韬说："你曾是驻防永顺的保安团长，而现在已升任保安五旅旅长，重返原地，官升一级，满身荣耀，衣锦还乡，你，还要什么名分？"

汪援华笑了一下说："我们在地方无职，保安工作难以胜任。"

戴季韬明白汪援华现在是在趁势逼他，但事已至此，他也只能顺水而行，总不能前功尽弃。他用电话请示了一下省府，回来就说：“好，那你就兼任永顺、龙山二县的清剿总指挥。”清剿指挥也就是清剿土匪、保境安民的指挥。汪援华觉得这个职务虽然有些虚无缥缈，但也还冠冕堂皇。他再笑了一下，不置可否，又说：“那我们曹振亚就任清剿副总指挥？”

戴季韬心里想着湘西的乱局，担心国民党是朝不保夕，只望早早结束这场谈判回到凤凰，就说：“就按你说的，我同意。部下的官员你们也都自己去选任。”

谈判终于结束，往下就是在酒席盛宴上相互祝贺致谢。

沅陵县的“三·二事变”刚刚平息下来，徐汉章又攻占了泸溪县城。泸溪离辰溪更近！

张玉琳掐着指头一算，周围县城一个两个三个都发生了事变，辰溪兵工厂已危机四伏，火烧眉睫！他感到寝食难安，越来越担心外地武装来抢夺辰溪兵工厂的武器。于是，他把沅陵撂在了一边，集中精力在辰溪网罗人才、调兵布阵。

夜深了，陈策房里的煤油灯还亮着，灯下一张手绘的地图上标了几个大箭头，全都指向辰溪兵工厂。他已经在房间里踱步几小时。他明白，现在已到了最为关键的时刻！张玉琳很了解湘西地方武装头儿们的心思和活动情况，陈策除了了解湘西这些地方武装头儿们的心思和活动情况外，还了解眼下最想打进兵工厂抢夺武器壮大队伍的就是急于为父母兄长报仇的张玉琳！因此，陈策也就比张玉琳更多一份担心，担心张玉琳夺了兵工厂武器之后会何去何从。

向瑚在煤油灯下一边绣着荷花一边陪着陈策，见他从来没有像此时这样着急过，就知道陈策是在想最为重要的事情。

陈策突然停下步来跟向瑚说：“我现在必须去找米庆轩商量事情。”

向瑚说：“夜这么深了，明天去不行吗？”

陈策说：“不行！一刻都不能迟缓！”

陈策拉开门下楼出了门。

向瑚也不再睡得着，在床上坐了好一会儿，猜想陈策着急哪些事情。向瑚又走到煤油灯下，她拿起那张手绘的草图一看，看见那么多箭头都指向兵工厂，表示张玉琳势力的那个箭头最大！她恍然大悟：陈策肯定是去找米庆轩商量有关兵工厂的事了。

陈策走到戏院子门口，碰上几个人走出戏院，一人还在哼着辰河高腔：“枉读圣贤书，你把那孔圣玷污。三纲五常你全不顾，平白的你败坏门户……”陈策一看，那哼戏的是石玉湘。石玉湘正带着一群士兵从戏院里出来往回走。

石玉湘向来机警，今天怎么如此深夜似乎还醉意未消？陈策往黑暗处一躲，果然就听见石玉湘说：“弟兄们，今天我们高兴过了，喝了酒，看了戏，从明天起，就一滴酒都不能沾！门也不能出！”石玉湘又压低声音说：“谁都不能误我的大事！”

待他们走远，陈策继续往肖洪量家里走，因米庆轩住在柳树湾肖洪量家里。

打了烊，一长溜的老店面，门板一片漆黑，深夜的柳树湾街道几乎是伸手难见五指。一个人急匆匆地迎面走来，陈策还来不及躲避就撞了个满怀。双方一出声，却又大喜望外，来人正好是米庆轩。

两人走到河边沙滩上蹲下，米庆轩说：“今天，石玉湘已在华北酒楼请客，到的人不多，全是他的亲信。说是自明天起任何人不准沾酒，随时准备大的行动，不得误事！”

陈策刚才遇到的情况现在得到了证实。陈策说：“会是什么大的行动呢？”

米庆轩说：“我估计是有关兵工厂的行动。”

陈策说：“我也正是这个想法，所以，我连夜来找你商量。我想他们所谓大的行动，无非有两种：一是外面的武装攻打兵工厂，他们要保护兵工厂；二是张玉琳自己要夺取兵工厂的武器。”

米庆轩说：“第二种情况可能性较小。张玉琳是省保安大队长，保卫兵工厂是他的责任！他应该没有胆量自己抢兵工厂。只有第一种可能性较大，现在时局正乱，湘西多县相继发生事变，各路人马都想抢夺兵工厂武器之后称雄为王。米庆舜也跟我说过，自卫总队已经开过动员会，要准备打仗。”

陈策说：“我倒以为这第一、第二种可能不会分得那么清，很可能混在一起进行！别看张玉琳在官府里就职，他内心最为急切的还是为他父母兄长报仇。近水楼台先得月！挨兵工厂最近的人，才是夺兵工厂武器最方便的人。只要一有机会，张玉琳定会挣脱这种公职的羁绊，为所欲为。所以，最有可能趁乱抢夺兵工厂武器的人就是张玉琳！”

米庆轩说：“你分析得很有道理。如果真遇到张玉琳打开兵工厂，我们怎么办？”

陈策说：“你通知我们的人做好两种准备：如果他张玉琳打开兵工厂，出现大家抢枪的混乱局面，我们的人不能忍手，一定要混进去抢枪，抢得越多越好！有了枪，我们就可以建立自己的武装。如果他打开兵工厂之后，局面仍被张玉琳控制，我们进不去，没法抢到枪，那就要按第二套方案进行：趁他们有了枪之后进行扩军之机，我们要利用与张玉琳、米昭英和石玉湘等各种关系，尽量把我们的人多安插进他们队伍里，然后见机行事，待时而起！”

米庆轩说：“行，明天一早我就通知到人。”

陈策说：“如情况有变，我们随时准备召开紧急会议。”

陈策这才稍有轻松地回到家中。

门口脚板一响，向瑚就下楼开了门。陈策说：“你还没睡？”

向瑚说：“你不回来，我睡不着，还不如坐着好受。”

41 / 多拿些枪来

抗战时期从汉阳搬迁到辰溪的汉阳兵工厂，坐落在辰河岸边的南庄坪、枫香冲、石牌和马路坪村一带，与辰溪县城隔河相望。

天边还有一点鱼肚白，南庄坪的人就担着东西、引着女人从厂里过路，熟悉他们的工人就问这是要到哪里去，南庄坪人回答说："近些日子，整个辰溪都在传言，各县发生事变后的乱兵都要来攻打兵工厂，听说张玉琳已在辰溪开会调兵。我们得赶快把家中年轻的女人和值点儿钱的东西转移到别处去！免得来抢枪的人顺带把我们家里的年轻女人和值点儿钱的东西也给抢了。"

厂里工人说："那不可能吧？就是来抢枪也不会抢到你家里去。"

南庄坪人说："敢抢枪的人还有什么不敢抢！"

于是，厂里工人也都惶恐不安。

米庆轩为了得到张玉琳的行动情报，马上找到石玉湘试探："各县相继发生事变，汉阳兵工厂危急！张玉琳应当机立断！"

石玉湘说："庆轩，你知道，张大队长不是没有主见的人，他只是怕担这个责任！"

米庆轩暗示说："这个世上干了事死不认账的，干了事把责任推给人家的，不知道有多少！"

石玉湘顿悟过来，马上生出一个金蝉脱壳之计。

一个非常会议出人意料在肖洪量家里召开。与会的人有张玉琳、米昭英、石玉湘、胡震、米庆轩、肖洪量、刘华锋、雷定安等。米庆轩看了看这些参加会议的人员，除了他和肖洪量，其余都是张玉琳平时的亲信；而肖洪量家里一直以来都是中共辰溪地下党员和进步人士出入的地方，张玉琳把这样的会议放在这样的地方开，还叫他们俩来与会，其用心不言而喻！

张玉琳说："今天警察局长石美豪因事没有到会，散会后，我再与他单独联系。现在我们要开会商量的是一件非常重要的大事：等永顺的人马一到辰溪，我们就打开兵工厂取枪！现在我想听听各位对此行动有何高见。"

这是一段掐头去尾的话，米庆轩和肖洪量一听就明白！这说明张玉琳在这件事上，已经不是第一次开会，今天这个会应该是做做样子、掩人耳目。

不管张玉琳开过多少次这样的会议，也不管张玉琳内心里此时是何想法，米庆轩首先站出来说话："既然张大队长如此谦虚，我就直言不讳了。现在永顺、沅陵、麻阳、泸溪等县都已相继发生事变，各路武装都对辰溪兵工厂虎视眈眈，我们如果等外地人进入辰溪抢枪，获枪的各路势力必在辰溪群雄相争，辰溪人民必然遭殃！如果你们决定开库取枪，就应在外地人到来之前，要以辰溪人为主，而且行动要快，等外地人进入辰溪时，我们应该开库取枪完毕，而且完全控制大局，处于主动局面！只有这样才能保辰溪一方平安！"

大家都说米庆轩言之有理，意见很快统一起来，就等着张玉琳拍板定案。张玉琳早有此意，胸中也早已形成方案，但他此时却沉默不语，迟迟不表明态度，等着自己的方案变成别人的意图。他想：永顺会议按照汪援华的部署，他只能带兵做开库取枪的内应，如果他提前开库取枪，汪援华很可能抓住他不放；更为重要的是，一旦打开兵工厂，责任就会落到他这个驻防兵工厂的保安大队长头上，上锋追究下来，他如何交差？他等待的就是让别人来说这个话。

米昭英说："我同意庆轩的意见。如让外地人在辰溪夺得大量枪炮，辰溪县城必为兵工厂的枪炮试验场！既要开库取枪，那就越早越好！迟了必遭祸殃！"

石玉湘说："我们可以先开库取枪，但表面上不要让别人认为我们独占，我们要搞利益均沾，把所有好枪好炮都留下来，等外地人来了，由我们根据情况分给他们一些一般武器就叫他们赶快离开，反正他们没有进过武器库，也不知道有哪些好枪好炮。这样，既把握主动权、不乱大局，又还能让外地人感恩戴德、俯首称臣，还能分散抢枪责任。日后，整个湘西又只有我部武器最好、势力最强，谁都会高看我们一眼，我们也就有了讨价还价的砝码，岂非一举多得？"

直到此时，张玉琳才说："还是这个会开得及时、开得好！有些事你们比我还想得深刻和周到。所呈建议，也都见智见情见义。我表示赞同。但这毕竟是一件大事，我想听听你们更为具体的意见。"

于是，大家又说了些具体意见。张玉琳最后将大家的意见综合为如下几条："一是开库取枪的命令由石玉湘下达；二是全县各乡镇武装人员和民壮，务必于三月五日清晨赶到兵工厂助威和接受武器，不得延误；三是得枪后，不再接受外界领导，马上组织辰溪独立武装'国防军第一军'；四是成军后，由张玉琳任军长，米昭英任副军长，石玉湘任副军长兼第一师师长，李师鲁任参谋长。"张玉琳还根据石玉湘的意思，为给自己在共产党这边留条后路，特邀请陈策出任第一师副师长。其他诸如政治部主任、军需处长、秘书长、军法处长和若干师团长官的任命，视取枪后的情况而定。

最后，张玉琳特对"国防军第一军"作了说明："现在湘西时局大乱，前途难测，我们取‘国防军第一军’这个名字不偏不倚、不黑不红，可以脚踏两只船。如果国民党翻船了，我们就上共产党的船；如果共产党翻了船，我们就上国民党的船。”张玉琳说这话时，并不忌讳米庆轩和肖洪量。

会后，米庆轩立即将这个消息报告给了陈策。陈策马上把米庆轩、肖守谦、米庆舜、肖守训等人召集到自己家里。米庆轩把这次抢枪会议的参加人员、行动计划向大家一一作了汇报，还说：“这次会议有三个反常现象：一是张玉琳把这么重要的会议放在肖洪量家里召开；二是张玉琳让我和肖洪量参加这么重要的会议，而且说话还是毫无忌讳的样子；三是请陈策去当他们的副师长。”

陈策笑了一下说：“这不是反常，这叫很正常！要说张玉琳对我和你们二位的情况完全不了解，这不可能！他这样做起码表明他有三个意思：一是到底是跟国民党走或是跟共产党走，他内心的确还举棋不定。这一点恰恰是我们要死死抓住的东西！我们一定要不失时机地劝导张玉琳弃暗投明，将他拉向共产党一边。二是他是准备嫁祸于人，如果国民党要追究兵工厂被抢的责任，他就可以说是共产党策动或者说是共产党逼他所为，因为有共产党人与会，会议在共产党活动的窝点举行。三是他还有一个毒辣打算，那就是用委以虚职的办法，将我们置于他的手中，如有必要，将我们随时除之！”

大家心里一亮，也同时感到吃惊。

陈策说：“现在我们不要管今后是谁来承担抢兵工厂的责任，我们只要考虑如何多拿到枪炮弹药，如何把张玉琳抓住不放，牵着魔鬼走，引导他和他的队伍同人民站在一边！这是我们目前最为当紧的主要任务！”

接着陈策进行具体部署：肖守资和谢斐然回龙头庵组织人员按时来兵工厂拿枪；刘本禄去溆浦龙潭与姜定耀、谌炽联系，并通过他们取得与谌鸿章的联系；肖守谅去怀化新路河与罗健西联系。布置完这些任务后，陈策说：“我当然不能去石玉湘手下任那个副师长。从现在起，我要着重做张玉琳的策反工作；肖守训着重策反石玉湘；米庆舜仍潜伏在石玉湘部下待命；米庆轩负责组织力量打入张玉琳内部任职。我们在做好这些工作的同时，要尽早与省工委取得联系，听候指示。”

刚开完会，张承栋进门来找陈策。陈策喜出望外，“承栋，很久都没有联系了，你今天怎么找到这儿来了？”

张承栋说：“前来向您老报告，听说有人要抢兵工厂了，我今天以保和乡乡长的身份，带着人马来了。只要兵工厂一打开，我不管他三七二十一，拿足了枪再说！”

陈策说：“你带了多少人？”

张承栋说：“八百多。”

陈策笑着说：“好！真是得心应手！”

张承栋说："您老在自卫团任专职副团长时重用我，我一直铭记在心。您被李司令抓去监狱后，我们也都解散回乡了，但我一直在关注您的行动啊！"

陈策说："这几年我一直都以做生意为名，居无定所。好啊，如果他们打开兵工厂，你就多拿些枪炮。"

张承栋说："有了枪，我们又怎么办？我还是要做您的部下。"

陈策说："根据目前局势，你还是暂时加入张玉琳部下。至于何时需你做出行动，我们伺机而动。"

兵工厂的警卫大队一直都处于临战状态。三月四日下午，通往兵工厂的马路坪村突然来了不少陌生人，都操茶田垅口音，他们脚穿草鞋、手提布袋，源源不断地赶到兵工厂附近。他们白天不进民房，不惊扰百姓，还对当地人说，是受命来保卫兵工厂的。

村民刘铨半夜被人吵醒，那些操茶田垅口音的人在鸡笼里捉鸡，在腊炕上取腊肉，在米桶里舀米，在缸里取糯米糍粑，然后，在厨房里烧火煮饭，旁若无人，肆意拿取。这时候，刘铨起来说："你们说是来保卫兵工厂的人，怎么问都不问我一声，拿东西就像拿你们自己家里的？"

那些人听不惯这种口气，马上将他捆了吊在屋梁上说："我们刚刚有两箱子弹在你家里丢失了，你得赔我们五百块大洋！"

刘铨反抗说："你们这是无中生有！这是敲诈勒索！"

吊他的人说："你知道我们是哪里人吗？我们是茶田垅张玉琳的兄弟！你拿不出大洋就别想两脚落地！"

他哪来那么多大洋呢？只得忍受吊在屋梁上看着这些强盗吃自家的鸡、吃自家的腊肉、吃自家的糯米糍粑。幸好，他把自己的女人和十六岁的女儿都送到外地去了，不然，那就更惨了！

他吊在屋梁上看着天亮。

门外又有很多骑马背枪的人从村中走过，还跟村民说："大家都不要怕，我们都是自己人！"

一些士兵肯定是非常地饿了，看到路边有村民在吃早饭就夺门而入，抢了村民的饭碗又赶回队伍里边吃边走。

不多久，兵工厂那边响了枪，一阵紧似一阵！

趁夜躲在村里的众多陌生人，听到枪响全都拼命地朝兵工厂那边奔去。刘铨这才被家里人从屋梁上放下来。他走到门外一看，兵工厂周围已聚集了数以万计的兵丁和民壮，有提着布袋的，有背着背篓的，有担着箩筐、箢箕的。此时他才知道，这些人都是赶来抢夺枪炮的。

厂外已呼号震天，要进厂抢枪，但是，厂里警卫大队却在誓死捍卫，虽然内

抢枪的兵丁和民壮打开武器库，鬼抢年饭一般地争先恐后。

外火力交战越来越激烈，但兵工厂的大门还紧闭着，外面的人仍不得进厂。

石玉湘想不明白，是张玉琳定下的开库放枪方案，怎么厂里内部没有响应呢？如要强攻，双方必有较大伤亡，而驻守在厂内的都是自己人。

石玉湘马上打电话给驻在厂内的易国英连长，但易连长不买账，要他打电话找张玉琳。未知内情的石玉湘马上将情况反馈给了张玉琳说："守厂的易连长是不是反水了？"

张玉琳说："这个你别怪易连长，是我一再交代过他，没有我亲自下达的命令，他们只有死守！不许任何人打进厂内！"

石玉湘不再说话，但也没有放下电话。他想，既然你要自己下令，为何在会上又说以我下令为准呢？

张玉琳知道石玉湘有了想法，就解释说："这并非我对老兄不信任，而是怕外地武装突袭兵工厂时迫使你下令开门，而辰溪方面又没有做好准备。"张玉琳又在电话里问："到了多少人了？"

石玉湘说："已经人山人海，无法清点。据悉，麻阳、泸溪、怀化、溆浦、黔阳、芷江、沅陵、新晃、永顺、古丈等县都有人闻讯在路上来了。不过现在到的都是辰溪人。如再拖延，局面难料！"

张玉琳说："那现在就是打开武器库的最佳时候了？"

石玉湘说："如再拖下去，外地人一到，必将乱套！"

张玉琳说："既如此，我亲自给易国英打电话。"

张玉琳马上打电话给易国英连长，但接电话的不是易连长，而是护厂警卫大队曹大队长。张玉琳说："曹大队长，目前情况紧急，你们警卫大队已是寡不敌众，我们要多派些力量进厂协助警卫大队护厂！"

曹大队长说："现在绝对不能开门！一旦开门，就关不住了！"

张玉琳说："那行！你找易连长来接电话，我跟他说几句话，要他好好配合你们！"

于是，曹大队长将易连长叫来接电话。易连长接过张玉琳电话，朝自己身边的几个大汉一努嘴，将曹大队长扭住押下，然后，下掉警卫大队所有人员的枪，下令敞开大门。于是，呼喊着的人群如惊涛骇浪涌入厂内，厂内惊叫声四起，铁锤砸门声震天撼地，车间、库房、生活区立刻大乱。

抢枪的兵丁和民壮打开武器库，鬼抢年饭一般地争先恐后，背的背，扛的扛，担的担，抬的抬，搂的搂，拖的拖，抱的抱。大量武器涌出厂外，一时间，厂门口的田间地头、树下路旁，到处都是一堆堆的枪、一座座的炮、一堆堆的子弹箱……

与此同时，兵工厂附近的白岩祠弹药库和七里台枪库也相继被打开，枪炮弹药全被一抢而光。

张承栋所带人马来得最早，他们从泥湾过辰河直扑兵工厂武器库，但被张玉琳部下阻住。张承栋一马上前，一见是蒲和生带人在拦阻，就又急又火地大声喝道：“我奉张玉琳命令带人前来仓库分枪，谁要拦阻，一切后果自负！”蒲和生一见是张承栋的人，又听说话很硬，知道这两天石玉湘受张玉琳委托，给各乡都下了带人来分枪的命令，不敢硬顶，向后退让一步，张承栋的队伍一下冲入了武器库。

一九三八年日军进犯武汉，汉阳兵工厂被逼将所属制枪厂、制炮厂和弹药厂紧急搬迁到了这里后，仍是抗战时期中国内地规模最大的武器生产厂，年产枪炮达万余。造好的枪炮弹药就由这里源源不断地运送到抗日前线，这里储存着大量的枪支弹药，所以，此次抢枪者，全都满载而归，欢呼雀跃。各路人马为庆贺胜利，万枪齐鸣，厂区内外喊声震天，山河发抖，鸡犬不宁！

熊首山、大酉山惊呆了！

辰河、沅水河惊呆了！

丹山寺、大酉观惊呆了！

辰溪县城惊呆了！

辰溪人民惊呆了！

整个大湘西惊呆了！

国民党军政高层官员也惊呆了！

…………

他们全都不明白，此后遍地枪炮的大湘西将会是何种结局！

也有来迟一步、没有抢到枪炮弹药的人。这些人就到修理库里把待修的坏枪也一捆捆地拖出厂来。后来，连烂枪也没有抢到的人，就到职工家里骚扰，见了妇女，就一把抓住她的手，脑壳一偏就看有没有耳环、戒指和手镯，如果有，就一把扯走。最后到的人，连猪肉、鸭子、衣服都要，厂里人愤怒至极。有一天，又有几个外地人到库房里乱翻，抢不到枪炮就找厂里人泄愤，厂里人一怒而起，将其打死，扔进了辰河喂鱼。

不论白天黑夜，辰溪城乡总是枪炮声不断，玩枪玩炮就如过年过节孩童玩鞭炮。

张玉琳共抢得枪炮数万，子弹数百万。好枪好炮全在他的嫡系部属手里。一夜之间，张玉琳的队伍成为大湘西拥有武器最多、最好，势力最强的队伍，可谓声威大振。他想，为父母兄长报仇时机已到，便如愿在县交通银行宣布“国防军第一军”成立，进行了师、团一级任命，还迅速下令尽快进行扩编。

于是，每天从早至晚，门外不断来人报告：

泸溪县徐汉章派人来了！张玉琳批示：分给他们轻机枪 66 挺，重机枪 3 挺，迫击炮 5 门，手枪 54 支，步枪 2800 支，子弹 90 箱！

古丈县张平派人来了！张玉琳批示：分给他们轻机枪 10 挺，迫击炮 3 门，步枪 500 支！

麻阳龙飞天派人来了！张玉琳批示：分给轻机枪 50 挺，迫击炮 4 门，步枪 1500 支，手榴弹 3 箱，子弹 80 箱！

芷江杨永清派人来了！……

新晃姚大榜派人来了！……

永顺汪援华派人来了！……

怀化也派人来了！……

张玉琳利用抢得的大量枪炮，对大湘西各路武装遍施恩惠，以仿效陈渠珍要在大湘西称王、做大湘西统领！

第二部

42 / 打进他们内部去

设在交通银行的国防军第一军军部，人来车往，甚是热闹。张玉琳从广场走上台阶，沿着拱形大门上楼，走进他宽敞的办公室里。一张特制的大方桌上铺了洁白的军用桌布，军用地图挂在背后墙上，对面则挂了幅匾额："忠义仁勇"。办公桌前面摆了一溜红木靠椅，专供前来报告工作的人坐用；靠窗的墙外走廊上站着全副武装的卫士。选择这里作为国防军第一军军部，张玉琳是经过一番思考的，因这里曾是他的仇敌、警备司令部李司令的办公室。现在室内一切都已进行了更新。

很多军务急需处理，但张玉琳没有立即在案前坐下，而是心情激动地绕场一周，站在窗口看着外面的景色，心里却想着："李楚藩，李司令，你万万想不到曾经被你追剿过的张玉琳，如今也会坐在你当年的办公室里办公吧！你虽然当了宪兵副司令兼西南区指挥，我张玉琳现在也不比你实权小！如果回到当年，我现在也可以为我的妻儿出口气，带兵剿灭你！"

这样感叹、诅咒一番之后，张玉琳才开始处理军务。他一边签署团以上军官的任命，一边接待周边各县前来拜访的客人，说是前来拜访，其实不是要枪要炮，就是要子弹。现在他不想得罪湘西这些手里握着人枪的武装头儿，只想笼络这些头儿，控制这些头儿，将这些头儿们化为己用，所以他得根据平时的交情和既存势力以及将来会成多大气候，一一进行封官委职，分发枪炮和弹药。

米昭英走进来跟他耳语一阵，提醒他一个超万人枪的队伍，军需问题正在告急。他跟米昭英说："派出人枪先将辰溪大米厂围住，告诉朱厂长已被任命为国防军第一军军需处粮秣科科长。将我的手令马上送达给他！"

张玉琳又亲自起草一份有关后勤保障的手令传达至相关人员："第一，辰溪米厂公私存粮任何人不得动用！准备军需！如不听从者，军法从事；第二，凡辰溪田粮处各粮仓全部控制，以备军用；第三，令辰阳镇镇长向大户们筹谷五千石、光洋两千块，补充军需；第四，没收停泊于辰溪码头的湖南省盐局十余艘盐船，将所载数千石食盐全部变卖，所得收入留作军费；第五，惠民、合组两煤矿的全部储煤运往安江纺织厂兑换白磅布两千匹，以制军用被服；第六，在辰溪的柳树湾和大江口河边各设一家河运办事处，征收上下船只的货物税，以不断补充军需。”

这之后，他把大湘西各地武装头脑的名字一个个写在纸上，然后依次称量算计一遍，自己成为势力最强、年纪最轻的称雄湘西的人物已是定局！于是，他觉得为父母兄长报仇的时机已到，他要血洗凤凰城、捉拿陈渠珍！

而此时，陈策和米庆轩却深感在这次夺枪中没有达到预期目的，主要是派往龙头庵组织队伍来拿枪的肖守资和谢斐然没如期而至，最后只有潜伏在石玉湘手下的米庆舜部和提前赶来的张承栋部换了好枪好炮，张承栋还被张玉琳委任为团长，驻防火马冲一带。

肖守资和谢斐然带队匆忙赶往辰溪县城那天，恰好是惊蛰节，一路上大雨滂沱，惊雷不断。大家从板溪口下船就直奔云峰中学米庆舜营部。营里没有宽敞的地方休息，一个个就都在阶檐上蹲的蹲、坐的坐、站的站。米庆轩很不高兴，狠狠地批评了一顿肖守资和谢斐然，骂他们办事不力，错过了夺枪的大好时机。肖、谢两人知道自己的事办得不应手，一句嘴也不敢顶，只是低着头老老实实地吞咽着委屈。

事实上，他俩也是尽了力的，主要是时间紧，又遇了阻力。三月三号中午，他们接受任务后就带着米庆轩的密信出发，四号赶到龙头庵找到已在龙头庵的肖守谦，几人一合计，肖守谦说：“今天肖家祠堂里正开肖姓头人会，研究重修肖姓族谱一事，你这就去找他们发动。我马上到我舅舅那里去商量如何组织人。”

肖守谦的舅舅就是大名鼎鼎的“米司令”，当时米司令没有去祠堂里议事，他有些看不起那帮议事的人。

肖守资、谢斐然赶到肖氏宗祠，跟头人们说，张玉琳明天要打开兵工厂抢枪，我们要马上组织人连夜赶去拿枪。但头人们对此意见不一、迟疑不决，就去把米乡长请来做决定。米乡长正好与米庆轩是政敌，他一看米庆轩的密信就当场阻止：“这种掉脑袋的事，我们躲还来不及，怎么能组织人去干呢！我们都是平头老百姓，好好过自己的平安日子就行！”

幸好，这时，肖守谦把他舅舅米贤松请来了。“米司令”以自己对地方的影响，出面说话了，“这年头，自己手上没有枪你想过安稳日子？做梦！这些年，我们谁不想过安稳日子？我们的日子何年何月安稳过？不是这伙土匪来抢，就是那帮土匪来烧！既然张玉琳要打开兵工厂，我们为何不多抢些枪来？不抢白不抢！兵贵神速，马上组织人出发！”

本来经“米司令”一番鼓动，已有不少人愿意出发，但米乡长还是暗里阻止了不少人前往。为抢时间，等不了过细地做工作，他们只有把组织好的一船人连夜带到县城。

肖守谦和谢斐然把这些情况一一说明后，米庆轩还在责骂他们。陈策阻止说：“庆轩，别骂了！他们也是遇了想不到的困难。大家从这么远的地方赶来，本来就很辛苦！”陈策走到人群中摸了摸他们的被雨淋湿的衣服说：“大家都先住下来，换上干衣服，其他的事下一步再说。”

于是，肖洪量就带大家去旅社住下。

陈策又跟米庆轩说：“庆轩，你马上去找米昭英和石玉湘，要求给迟到的龙头庵人分发枪炮。你要把话说蛮一点，看看他们反应如何。”

碍于米庆轩的面子，米昭英和石玉湘把龙头庵来人要枪的情况还是报告给了张玉琳，但张玉琳的答复是：“所有枪炮弹药均已分发完毕，不属本军编内的人没有枪炮。”

米庆轩已明显感到，抢枪前和抢枪后，张玉琳对他的态度已有明显改变；看得出，他对龙头庵这方人已存有疑心，暗里已有所戒备。米庆轩有些泄气地回来向陈策报告。陈策说：“原来的第一个计划是趁张玉琳抢枪的机会建立自己武装，现在这个计划没有完全实现，我们马上开个紧急会研究，按第二套计划进行。”

云峰中学是米庆舜的营部所在地，在这里开会很安全。到会的有陈策、米庆轩、肖守谦、米庆舜、肖守训、李涛等人。陈策说：“我们不要因为这回拿不到枪就灰心丧气，天无绝人之路！我们还有机会，还有办法！现在，他们手里有了这么多枪炮，各师都在扩编，他张玉琳不肯把枪给我们，我们可以先把人给他嘛！把这批没有拿到枪的人补充进米庆舜的营里，壮大我们这个营的力量。另外，张玉琳手下正需师、团一级带兵人才，庆轩和肖洪量、肖守训要利用你们和米昭英、石玉湘的特殊关系尽快去要官、要编制，要想尽一切办法趁乱尽快打进他们内部去！一旦张玉琳的一切工作就绪，有精力清理队伍，再想打进他们内部就难了！我这边尽快设法与省里取得联系。”

按照紧急会议要求，米庆轩、肖洪量和肖守训去找米昭英。

米昭英正在办公室忙着处理军务，他们走进办公室，精神饱满的米昭英很客气地同他们一一握手，谈笑风生，显然不再是以前郁郁不得志的样子。

米庆轩说：“祝贺老乡荣任国防军第一军参谋长！”

米昭英说：“感谢老乡们抬举。”

米庆轩和肖洪量先把谈话重点放在叙旧上，说起曾经在丹山寺结拜弟兄、联手挖空杨书记长的墙脚、把杨副议长挤出议会，说起打开兵工厂之前的出谋划策。这样说过一番之后，才约请米昭英晚上去华北酒楼里聚会进行庆贺，由肖洪量做东。米昭英犹豫了一下，但出于乡情，他没有拒绝。

在华北酒楼的晚宴上，米庆轩悄悄跟米昭英说：“你现在是堂堂参谋长了，国防军第一军的师、团里正需用人，请你给我们三位老乡找个适当职位。这些日子你也看着的，关键时刻还是自己家乡人可靠嘛！”

米昭英想了一下说：“这倒也是！不过，现在第一师呢，只缺政治部主任，下属正团职已经满额，要你们去做个团副又没有什么意义。你们到二师去如何？”

二师师长是辰溪警察局局长石美豪，他是溆浦人，喜欢重用自己的亲信，米昭英也很想自己的心腹去那里牵制一下石美豪的势力。

肖洪量说：“到二师去不太好，石师长会搞得我们人不人鬼不鬼，更没有意义！”

米庆轩说：“要不就这样吧，肖守训到一师去跟石玉湘做政治部主任，你给我和洪量各一个独立团的编制，我们不动你一兵一卒一枪一炮，只在你们的麾下自己去招兵买马，你看如何？”

米昭英说：“这倒也是个办法。不过，事关重大，我得请示张军长同意才行。”

米庆轩怕米昭英背后不使劲，就说：“你现在是国防军第一军参谋长，万事都是开头定调，你还是要摆出参谋长的样子来，不要让人家把你不当一回事！论学历论资历，你也都是响当当的！只要你把话说硬一些，张军长正是器重你之时，哪会不同意？一个好汉也还要三个帮嘛！现在刚组建成军，他张军长也是希望势力越大越好，独立团直属军部，与其他师没有麻烦，又不要他给人给枪，只开一张空头支票，还算他张军长的人，他张军长何乐而不为？”

米昭英刚刚得志，情绪极好，又是老乡们聚在一起，就多喝了几杯，但不敢喝醉，只是说话声音更有力气了一些，“老乡能多掌握些兵力，这对我将来说话办事总是有利！这个忙我就答应帮了！三天内答复你们！”

让米庆轩没有想到的是，第二天米昭英就把米庆轩叫到办公室里，通知肖洪量为独立第四团团长、米庆轩为独立第五团团长、肖守训为第一师政治部主任，并将委任状亲自发到他们手里。

米昭英跟米庆轩说：“老乡，对不起，真像你说的，没人没枪给你们，只给你们一张空头支票。”

米庆轩说：“我们说话算数，只要你给一张空头支票。国防军第一军不也是自己想办法组建起来的嘛！”

米庆轩领了委任状回来给陈策一看，陈策笑了笑，“我们马上分头行动，一部分人留在县里继续设法搞枪，一部分人立即回龙头庵组军，将这些没有领到枪的人带回龙头庵，他们都是我们召之即来的骨干分子！是我们靠得住的力量！”

肖洪量对肖守资说：“就按这个计划，你先回龙头庵组军，我稍后带些枪支就到。”

肖守资在河边租了船，把没有领到枪的人带回龙头庵。

船在龙头庵的码头上一靠稳，肖守资就急不可耐地放话要带人去找米乡长算账。米乡长一听是去县里抢枪的人回来了，连乡公所的人也不管了，闻风而逃。

肖守资要的就是这种效果，他带人开进了乡公所。

乡长逃走之后，乡公所人员一个个都无精打采地坐在大门口望风。肖守资走进去，站在天井边大声说："你们乡长跑了，大家有枪的带上枪，没枪的只要你们的人，都跟我去走光明大道！"

大家正愁出路问题，肖守资一呼百应，很顺利地收编了乡公所的人枪。接着，他又带着这些人枪在周边村里收缴枪支，征集兵员，几天下来就拥有了一百余人枪的队伍。

刚过一天，米庆舜又派了一个武装排由肖守谦带到离龙头庵很近的黄溪口镇上组军，参军者十分踊跃，有的是在田头放下担粪的扁担就来了，有的屁股上还背着砍柴刀就赶来了。

不过几天，米庆轩、肖洪量和李涛等人又率近百人枪由辰溪县城出发到达了龙头庵，队伍如雨后春笋般冒了出来。

接下来，队伍里的人又各自充分利用亲族关系相互邀约，过不了安宁日子的人就都应邀而来，不到半个月，就组成了拥有四百余人枪的队伍。

在老百姓眼里，这支队伍和以前所有队伍不同，他们早早起来就在街道上打扫卫生，在学校操坪里口号震天地进行操练，还唱歌、学文化。他们有严格的纪律，不惊扰百姓，只保护老百姓过安稳日子。这使龙头庵人感到非常新鲜！

这天，龙头庵场上刚刚齐场，从对河赤岩湾过来一股陈汉章的旧部小匪，突然在热闹的场面上抢夺店铺，搜身小商，强掳民女。龙头庵这边正在操练的队伍闻讯后，马上封锁水旱路口，进行猛烈打击。在码头上，双方进行了激烈的交火，但不到一时半会儿，准备撤退过河的股匪二十余人就全被歼灭，缴枪二十余支，龙头庵这支队伍迅速威震附近县、乡。

米氏宗祠就在龙头庵集市附近，早春的太阳刚刚晒暖祠堂外的一块空坪，一些瘪着嘴的老奶奶和一些红着脸蛋的小姑娘就提着小凳子来到这里搓麻线纳鞋底，说些妇道家常。以前，从来不敢这样！现在有了这支新队伍驻守在这里靖匪保民，她们开始感到了日子的太平和安详。

米庆轩和陈策商定两个独立团的团、营干部的人选之后，从县城来到龙头庵宣布任命。于是，独四团在乡公所宣布成立！肖洪量任团长，李涛任副团长，杨福润任团副，易鹏飞任警卫班长，军需主任肖启明，下辖四个营，肖守资、龚宗棠、肖隆兴、杨荣轩分别任各营营长。独五团在米氏宗祠宣布成立，团长米庆轩，团副米西成、谢斐然，军需主任刘本禄，下辖四个营，米西成、肖守谦、舒大太和米汉云分别为各营营长。

成立大会后，两个独立团在龙头庵街上举行联合游行，所到之处，鼓锣喧天，老百姓均以燃放鞭炮为贺。一时间，街道上鞭炮齐鸣、硝烟如雾，红黄鞭炮纸屑深得可埋脚背，镇上人说，从来没见过这种热闹！

米庆轩来到辰溪县城向陈策详细报告了独四、五团的成立和工作情况，陈策不无得意地捋了一把自己的八字胡，高兴地说：“好啊，我们终于扩大了自己的武装！这些团、营长都是中共党员和进步人士，这真正是一支我们自己的队伍！现在，我们急于要做的工作，一是加紧和溆浦的谌鸿章那边取得联系，二是要尽快和省工委取得联系。”

米庆轩说：“听说谌鸿章在龙潭那边办有一个革命文献学习班，办得很有影响，就像你当年任自卫团副团长时办的干部培训班；不过，他们专门学习毛泽东的《新民主主义论》和《小资产阶级的思想改造》，比你那时候的教材好多了！曾到龙头庵和我们联系过几次的谌炽就是参加过学习的学员。他最近还带给我们一本《新民主主义论》。”

陈策说：“我那时候有李司令他们在捣鬼，哪敢用这样的教材啊！”陈策想了想又说：“庆轩啊，独立四、五团一成立，肯定为张玉琳所注意，你要米庆舜多注意张玉琳的行动。”

米庆轩说：“我也想过这件事，已经跟庆舜说过。”

43 / 拟来凤凰请安

其实，此时张玉琳还并没注意陈策和米庆轩创立的独四、五团，在他看来，这几个人，这几条枪，能算什么？现在湘西各县的地方武装头领为了得到兵工厂的枪炮弹药和国防军第一军的委任，几乎都已来他面前俯首称臣！他现在最为高兴和得意的是：已经下野数年并已是暮年黄叶的陈渠珍完全没有了势力与他抗衡！

这天，陈渠珍正坐在别墅门口观山景，出现在他眼前的是梨花白、桃花红，满眼嫩绿蓝天空……

一个小孩拿着一把樱桃枝从他门前跑过去，一颗红透的樱桃掉在地上。陈渠珍拾起那颗樱桃放在手心里，真是美得像红透的玛瑙。他把樱桃珍重地放进嘴里嚼了嚼，樱桃的酸甜味让他回忆起童年在樱桃树上一边吃樱桃一边撒尿的情趣，而现在再过三年他就是七十古稀了！他想起自己青少年时在芷江等地拜师求学，然后投笔从戎，入川出塞，护国护法，统领湘西，剿共容共，治军息民，智斗何健，羁身南川，喜归凤凰……人生真是俯仰一世啊！

鸟儿在山与天之间来回飞翔，其自由之状让陈渠珍十分向往。他希望自己有一种淡远心境，但又时常感到背有刺芒。情有所动，他对身边的几位心腹说：“你们都别忙那些杂事了，来我身边坐坐。”

正忙着杂事的几位心腹坐到他身边，一边喝着古丈的毛尖茶，一边谈论着眼下湘西的动荡局势。

陈渠珍说：“永顺事变，沅陵事变，麻阳事变，辰溪事变，具体日子和起事头脑人手你们都清楚吗？”

身边人答不出来。

陈渠珍说：“二月二十八日，麻阳龙飞天攻下了麻阳县城；三月二日，永顺的汪援华一部出白河入沅水，血洗了沅陵县城；三月五日，辰溪人张玉琳迫不及待地带兵打开了抗日战争时期从武汉搬迁到辰溪县的汉阳兵工厂；三月二十五日，‘双龙头大爷’杨永清夺取了芷江县城；三月二十八日，‘楚汉宫少帅’潘壮飞又趁乱杀进黔阳县城；三月二十九日，徐汉章攻占了泸溪县城……”

陈渠珍说完淡淡地笑了笑，也没有多说什么，显然，他是不想再责备他身边的人这种疏忽和懒散！不过，关于辰溪“三·五事变”张玉琳打开兵工厂抢枪的情况，他还是放不下。他说：“张玉琳和我，除非死去一个，不然，这笔账是不会了断的！”

陈渠珍这些话已使身边人感到有些不安。

这时，陈渠珍的一位老部下前来拜访。陈渠珍问他近来在哪里发财，老部下告诉他在长沙从商。陈渠珍知他长住省城格外高兴，要他谈谈对湖湘当前和未来局势的看法。

陈渠珍自与何健作对，就与长沙讳莫如深。从一九三九年他辞去新编第六军军长职务，蒋介石听何健之言，以“养匪纵匪、放匪收匪”之罪将其扣押，软禁于四川南川和印江县，不让其回湘西。屈指数来已有数年疏于当局，远离军政。一九四六年获准回凤凰家居之后，也是深居简出，很久没去长沙，很想知道省城的局势到底如何。

两人一深谈，老部下就告诉陈渠珍，陈方谁到省参加议会回家，在路上患病，被一位医生治死。后来这位医生被抓才说出是张玉琳派他下毒。陈渠珍的淡远心情马上又复杂起来，陈方谁是他的好友，也是当年积极主张要灭掉张玉琳一家的人！

这一消息让陈渠珍开始坐卧不安，知道张玉琳的报仇之举离他越来越近。他想，如是自己能管制湘西，湘西岂能乱成这副摊子？至少不会让张玉琳之辈抢了汉阳兵工厂成此气候！

谈兴正浓时，陈渠珍的侄子匆忙送来一信。他接过信展开一看，暗吃一惊，竟是辰溪张玉琳的亲笔信：

玉鍪先生：

今天下动荡，群雄并起，近因“三·二事变”仓促，我采取紧急措施，打开了辰溪兵工厂，获枪数万。现已募兵过万，以维护社会秩序，保护地方治安。迩来凤、乾、麻一带混乱不堪，先生年迈在家，诸多不便，我特拟来凤凰请安，以维护时局，绥靖湘西！

张玉琳　启

果然不出陈渠珍所料！

陈渠珍看完信，禁不住手生微颤，转身将信递给身边人传阅，他反剪着双手在屋里来回踱步，尽量追忆当年除掉张玉琳父母兄长的情景……

往事历历在目，想想又过二十余年。当时不是没有想到斩草除根，只因张贤乐这个小儿子侥幸逃生……

张玉琳号称三万兵力，又有好枪好炮，单就武装势力，在湘西称雄应无可非议；斗何健可阳奉阴违，而对付张玉琳只有以硬对硬！如张玉琳真要报仇，杀来凤凰，我陈渠珍现在已成强弩之末，手无兵卒，将如何抵对？

一位心腹看完信后提醒陈渠珍："玉公，恕我直言，这是张玉琳为报父母兄长之仇下的一纸战书！别看他言辞文雅，我们决不能等闲视之。"

陈渠珍说："废话！这还用你说吗？我现在着急的是我们如何防备他张玉琳攻进凤凰县城！"

陈渠珍以前一直感到自己从军从政太累，近些年退隐下来虽也感到空虚，但日子长了，也已渐渐习惯，倒感到宁静、福气！然而，张玉琳这封信彻底打碎了他内心里已有的平静。

一阵阵蛙声从深夜的田垄里传过来，他还不知疲倦地在和身边人员商议，一会儿问话，一会儿沉默，没有一丝睡意。

时间已过凌晨一点，他在老箱老柜里翻了一阵，又想起什么重要事来，把身边的"小诸葛"叫来商议。小诸葛眼含几分神秘地看着桌上张玉琳的那封信说："对于此事，我倒有一浅见：此乃玉公东山再起的绝好机遇！"

陈渠珍这才两眼一亮，笑笑说："老夫疏于争斗多年，已经反应迟钝。请问此话怎讲？"

小诸葛说："你先回张玉琳一信，信里要显得成竹在胸、沉稳持重、有礼有节、不卑不亢。然后，有意将张玉琳之信广泛传布于湘西，使事态扩大，以引起各地对张玉琳之公愤。然后，玉公便可借保境安民、反围剿、反血洗为名，趁机起兵，如当年一样，号令湘西！张玉琳虽人枪逾万，但他为匪出身，治军治政怎能与玉公一比？有何可惧？"

旁边马上有人附和说："高见！高见！"

陈渠珍听了此番论说，不知是所见略同还是心中门锁洞开，一阵窃喜，当即铺纸，开始给张玉琳回信。

因近年交往笔墨有些生疏，他只得字斟句酌，数易其稿。写出一信后又经众人反复琢磨敲定。至翌日上午日升三竿，陈渠珍才将信认真封好。信中写道：

玉琳阁下勋右：

顷诵大札，深知你对往事如新。拟来凤凰"请安"，实不敢当。然，我早已料及，邀来宾朋，专候驾临。斯时，春光明媚，凤凰山青水秀，正好游猎。如阁下不克来凤，我特来辰拜望。需知苗疆人善猎，雪峰山麓，辰水河畔，正好捕猎野兽。

陈渠珍

写出这封寓意曲深很令自己满意的信后，陈渠珍大睡了一天。

第二天便开始拜旧求新，请将募兵。他从麻阳龙家堡老家挑选了一批精干青年组建成一个手枪连，由陈远志任连长，均配备手枪和足够子弹，与自己同住一院，做他的贴身警卫；又托老成持重的谭自平组建一个警卫营，专门护卫凤凰县城。同时，凤凰十七个乡镇以“防剿”的名义全部成立了自卫组织。小诸葛一计，很快就让陈渠珍有了近五千人枪可以指挥。这时，湘西各地未得到张玉琳枪炮和委任的也纷纷派人来凤凰联络，表示反张拥陈。

为稳妥起见，陈渠珍还是不敢将回信及时送达，数天之后，那封信才送到辰溪县城国防军第一军办公室里。张玉琳拿着信反复地看了数遍，喜怒交加。他把信轻轻放在桌上，又强自一笑，说：“老狐狸！你再字斟句酌，也掩盖不了内心的恐惧！你以为我真要打你还给你报信？你陈渠珍也有今天！我张玉琳现在已经称雄湘西，你陈渠珍已是垂垂老矣！”

在等待陈渠珍回信的日子，张玉琳四处探听，已经得知陈渠珍在手忙脚乱地组军备战。能将陈渠珍这只老狐狸搞得坐卧不宁，张玉琳已有几分得意！真要现在就匆忙出兵攻打陈渠珍，他也还没有真正做好准备。内政不稳，外敌难御，必会欲速则不达！陈渠珍一定要收拾，但张玉琳要等到自己统治了湘西，坐稳交椅后再兴师出兵！在江山“姓国”还是“姓共”这一关键时刻，保存实力才能握本索利，他岂能此时以愚人之气而过早地与他的劲敌陈渠珍一拼？壮志未酬身先死，古往今来不过悲剧矣！凭势力，凭年轻，为父母兄长报仇，收拾陈贼之机会多矣！时年三十三岁的张玉琳经数次死里逃生，遇事也已显得持重老成。

但未将仇人灭于刀枪之下，毕竟还是大恨未解，他又实难消除遗恨！他原以为组军后就能痛痛快快地呼风唤雨，没想到治军治政、攘外安内，让他感到非常劳累。他眼下最为担心的就是自己抢了这么多枪，又这么快速地组建了国防军第一军，往下是否能稳定军政大局；如出现内乱岂不是不攻自破？如前功尽弃，那不仅复仇大计将成泡影，更会成为陈渠珍之类的笑柄！

打开兵工厂抢枪似乎像一场洪水，洪水过后是河床瘦露、水落石出，张玉琳所担心的事，果然都一件一件地来了。

米昭英在张玉琳的办公室里报告：“你派去驻防溆浦的第二师师长石美豪受‘西南联军’尹立言煽动，和副师长谌志锦、团长谌志华一起将部队拖向了城步县一带，已向尹立言部靠近。”

石美豪在这次抢枪中藏而不露却大占便宜。抢枪的会他借口有病不去参加，抢枪后，他凭着自己是辰溪县警察局的头脑人物，强行将中南门码头上装满新机枪的四艘船只全部夺走，然后，以警察局的人马做班底，迅猛扩军，很快就有了千余人的队伍。石美豪中南门码头夺枪时，张玉琳就已对他有了猜忌，只是组建国防军第一军事大，暂时不想撕破脸皮，怕引起内讧为人所耻笑，故顺水推舟将石美豪委任为第二师师长，并派他率部驻防溆浦。万没想到，他会离开溆浦，另有他图。

张玉琳稍一思考，就马上打电话给驻防在浦市的石玉湘，要他立即出发开往溆浦接防。石玉湘是石美豪的手足兄长，他马上带第一师的精锐两千人，很快占领了溆浦重镇大江口和溆浦县城。

石玉湘找到石美豪，当面告诉他："石师长，我们是家门，我就直说吧。'西南联军'从长沙'大美油行'开会成立那天开始，就不过是个空壳子，尹立言不过是空头司令，他下属那帮人，除了龙潭的向承祖之外，大多还是散兵游勇，哪一点能与我们国防军第一军相比？你还是回头吧。"

石美豪不知吃了什么药，仍坚持己见："人各有志，我们暂时分手。"

石玉湘说："既如此，你也不能和张军长连个话都没有。张军长待你不薄！"

石美豪为显示敢作敢当，马上打电话跟张玉琳说："张军长，石某人承蒙你的器重，今日特地打电话是向你道别。"

张玉琳接到电话后，真想将石美豪大骂一顿，但他一想，既然人心已去，骂又何用？不如顺水推舟，留个人情。他说："我们共事一场，实难别离，日后如有难处，还欢迎你回来。"

石美豪没有想到张玉琳会如此海量，他也充满着感情说："那就再见了！后会有期！"

张玉琳接过电话，想自己组军后这是第一次调兵应急，石玉湘的得心应手令他非常满意；虽然石美豪没有被劝回，但他能打电话告别，也算有了礼节，至少说明他石玉湘的工作已经做到了边。张玉琳慨叹道："还是自己兄弟靠得住啊！"

刚把这件事处理好，又有人来报，县长携带家眷和大量烟土坐船逃了。

正处心烦意躁的张玉琳大怒，"堂堂县长，不好好为民理政，反而在我组军之际带着大量烟土逃跑，岂不是挖我墙脚？抽我釜底之薪？是可忍孰不可忍！警卫连，马上派人把县长抓回来！死的活的都要！"

警卫连派了两个排的人枪，租了船就去追赶。因为发现及时、追赶迅速，不久，就将县长及其家眷和烟土押回了军部。

县长曾也热衷于禁烟，凡有大小烟事，他都亲自过问和追办，还曾将辰溪一烟犯处以极刑。这实为辰溪禁烟史无前例，所以，既得上级首肯，亦为百姓交口称赞。今日为何要携烟逃逸？

经张玉琳审问和通过知情人调查，得知就在汪援华血洗沅陵县城的前几天，溆浦一烟贩趁局势动乱偷运四担烟土途经辰溪，不慎被便衣稽查发现。稽查本意不在抓烟贩，而在没收赃货；因为烟贩一抓，他们就断了财源，所以，烟贩发现被查就顺利地逃走。稽查没收其货后，为了邀功和交差就将四个脚夫当成烟贩押进大牢。县长闻讯有四担烟土，又见辰溪局势大乱，自己是朝不保夕，就想把四担烟土据为己有。为灭活口毁掉人证，县长于当天深夜以提讯为名，授意押解人员将四个脚夫从大牢里提出，押至不远处的欧家巷全部以贩烟罪枪毙。事后，县长又将死者强加"提讯逃跑"之罪名上报销案。但押解人员没有得到县长的好处，把案情真相透露了出去，县城人街谈巷议，众愤难平。四位死者家属联合起来具状报案申冤。县长虽玩活了瞒天过海，但怕人伺机报复，就带着家眷和烟土想溜之大吉，没有想到，船离县城不远就被抓回。

张玉琳真想一枪毙了这个县长，但一想，毕竟他是一县之长，若毙了他，上面岂有不追问之理？自己刚刚抢了兵工厂，交椅没有坐稳，祸福还难料定。为人之道，善为常师，还是多行善事，放他一条生路为好。于是不跟县长见面，只跟手下人说："将中饱私囊的贪婪县长软禁起来！到时候再说！"

押走县长后，张玉琳总感到这么忙忙碌碌地下去不是一回事，自己像做个山大王，虽然成立了国防军第一军，但既不入编国民党，也不入编共产党，原想图个超脱，这一时又如孤儿般无爹无娘，麻烦不断，前途茫然，还时时六神无主，吉凶难测，遇了大事不知找谁商量。

这时又有人来报，集义福绸布店关门停业了。

绸布店的事，本与军界无关，但辰溪县城已兵枪遍地，县长被软禁，所有机关都已经瘫痪，县城人都说，现在是他张玉琳在辰溪主政。如任县城商铺都学集义福关门停业，来个百业凋敝，百姓岂不责怪他张玉琳无能？不都要与他张玉琳作对？官为舟，民为水，水能载舟亦能覆舟，这是他在沅陵八中读书时，老师就反复跟他们说过的道理。心火正旺的张玉琳马上把特工组张组长叫来说："集义福绸布店的经理不是姓禹吗？"

张组长说："是的。"

张玉琳说："你立即派人将他'请'到我这儿来！"

集义福绸布店为四位邵阳人合股经营的绸店，共集资一万二千块银元，算是资金雄厚。禹石林是推举出来的经理，他把生意做得很活，批零兼营，又严守公平诚信之道，故为辰溪县城绸布业的执牛耳者。但自兵工厂被抢以来，县城里更是兵勇横行，毙狗击鸟者随时可见，来商铺敲诈勒索之事频发不断。此前，禹经理已托人找张玉琳反映过，说兵勇已到他店上敲走了很多银元，张玉琳也当面表态要严查严办，但过后，又为自己的队伍护短，不管不问。

张组长把禹经理带到了张玉琳面前，张玉琳问禹经理：“你为何要关门停业，给我国防军第一军脸上抹黑？”

禹经理已心不在焉，也就无所顾忌，话回得让张玉琳没有退路，“我不关门怎么办？你手下人一天横背枪竖要钱，数次来我店铺里赊绸布，张三赊一匹丝绸，李四赊一匹尼绒。自兵工厂被抢那天起，才多久？我店铺里被白白拿走的各样匹头，折合银元达六千余元，占股金已到一半有多！我们是合股经营，我作为经理，怎负得起这个责任？”

又是与他手下的官兵有关！张玉琳并不否认其关门之理，但他向来听不惯别人用这么硬的口气跟他说话！他心想：背枪的也要养家糊口，你们不出点血，谁出血？更何况现在他是一军之长，一个商人对军长说这么硬的话，他就更是不能原谅！有无道理那是另外一回事！他问道：“那么，请你回答我，你是不是还打算开门？”

禹经理说：“不打算开门！”

张玉琳说：“那我们现在就用不着再往下谈。我叫几个人陪着你，想通了，愿意开门的时候我们再谈。来人！带禹经理去休息！”

来人将禹经理带走，押到他们已经准备好的临时牢房。那些被禹经理斥责过的官兵都来泄恨，先是将其吊打几个小时，然后，软禁起来。禹经理大骂大嚷：“我有何罪？”

看守他的人说：“你关门停业，给我们国防军第一军脸上抹黑，你还不知道有罪？你罪该万死！”

禹石林说：“我没有罪！”

看守说：“我们国防军第一军刚一成立你就关门，这不是跟我们作对是什么？你还不知罪？”

禹经理说：“你们这些人到我店铺里来明赊暗抢，这才真正是给你们国防军第一军脸上抹黑！我关自己的店门跟你们作什么对了？你们抢兵工厂可以，抢绸缎布匹可以，我们关自己的店门都不行了？”

看守说：“你怎么这么不会说话呢？你在辰溪发了这么多年的大财，拿你点丝绸算得了什么？”于是又将禹经理吊起来用刑。

禹经理大叫道：“我要状告你们！”

看守说：“状告我们？现如今，我们张军长还怕谁？湘西王陈渠珍都怕他要命！除非你能请蒋委员长写个条子来放人！”

禹经理被吊得死去活来，集义福丝绸店的伙计们平时只重生意，不重官场来往，所以，虽在积极设法营救，也还只能与商界联手求保，政界军界却没门。不过，张玉琳看到县城里有影响的商铺头儿都来求他放人，他也还是想给这个面子，就趁机提了两条要求：第一，任何商铺不许关门停业；第二，集义福这次要出银元二千四百块。答应这两个条件的，可以放人。

商铺头儿都点头哈腰，表示不关门停业；至于二千四百块银元，那是要集义福出，本就与大家无关，更何况集义福垮了，生意就进别的布店了！就要集义福的人当场答应。

集义福的人为让禹经理早点出来，只好放血，想方设法把钱送到军部。

当然，禹经理出来后没敢再开门，连人也跑得不见了踪影。

44 / 防人之心不可无

集义福绸布店的老板们跑了，店门敞开着，店内空荡如洗，连货架也不知了去向。

整个县城的商铺老板们都开始传言：张玉琳有令，不开门的店铺老板就要被抓起来打，还要被重重地罚款！所以，不能像集义福绸缎铺那样走人的店铺，只得忍痛把门开了。不过，值钱的东西都不再拿出来上架，都怕被背枪的人“赊走”。故虽店铺门都开着，货架已比往日虚空许多，更没有贵重货物。张玉琳也知道，这是老板们在暗地里对付他，但他也只得装聋作哑，众怒不好犯，而且又是在本乡本土！

正在县城各业日益枯蔫、军需告急、军心难稳之时，从龙头庵传下消息，独四团、独五团在迅猛发展，且军纪严明、操练认真、军需充足、百姓拥戴。在当地，不仅男青年纷纷要求到独四、五团当兵，还有瑶族女青年也要求去独四、五团当后勤。龙头庵像是换了新天地！张玉琳顿时对独四、五团的疑忌加剧，也多了一分担心。石美豪已经拖走了一支队伍，尤其是带走了那一批好武器；那一批崭新的好机枪，你现在到哪里去找回？现在再也不能让独四、五团弄出什么有损国防军第一军形象的事儿来！

张玉琳记得很清楚，独四、五团是米昭英请求他同意才给的番号，于是，他把米昭英找到自己的办公室里加压：“昭英啊，辰溪有句俗话，叫做称肉问提手。当初，是你请求给独四团和独五团的编制。你和独四、五团团长肖洪量、米庆轩都是老乡，他们的身份我不是完全不知道，有道是装傻不算傻！现在独四、五团又都在你的家乡组军、驻防，我听说他们扩军、操练搞得很红火，搞的那一套很像是共党的招数，你可要多加注意。石美豪出走已是前车之鉴啊！”

米昭英当然知道独四、五团搞得很有生气，心里也暗自高兴过，因为这支队伍从官到兵都是他的乡亲，应该是他手里的本钱，张玉琳也很可能因此而不放心。米昭英说：“请张军长放心。独四、五团的团、营职大都是我的老乡，有的还是和我从小就一起长大的。他们绝不是石美豪！”

张玉琳说："防人之心不可无啊！"

米昭英说："是，我一定加强防备！"

此时，独四、五团在当地已站稳脚跟，正计划出兵怀化铜湾，收缴当地地方武装的枪支，扩充粮饷；壮大力量后，再趁势由新路河出铁板山到溆浦龙潭联系溆浦武装，再进军黔阳，占领安江纺织厂，摆脱张玉琳控制，成为独立武装。

春光明媚下的沅江莽莽苍苍，如巨幅绿缎蜿蜒铺展开来；两岸翠柳成行，上行的船只张满了风帆，而下行的大小船只和木排流速如梭，眨眼即过。独五团由米庆轩带领，从龙头庵过河，到沅水河西岸，直插怀化重镇铜湾；独四团从龙头庵出发，沿河东岸而上，与独五团隔河相伴前进、相互接应。

在部队出发之时，米庆轩已派人前往铜湾守军进行谈判，要他们自动放下武器，但谈判毫无结果。

在谈判之际独五团已占领了铜湾的制高点，形成了包围圈。谈判破裂后，谈判人走出镇街，打出暗号，独五团就发起猛烈攻击。守军不敢应战，只在慌忙中放些盲枪，趁乱夹在百姓中仓皇逃窜。

因独五团这次打败的是第十专区的守卫武装，所以，这一仗震动很大。远在长沙的省城晚报也以《米庆轩土共故态复萌》为大标题进行了报道，称"辰溪土共米庆轩、肖守谦领军突袭怀化铜湾镇，大有夺取黔阳、占领安江纱厂之势……"

虽然独四、五团没有夺取黔阳，也没有占领安江纱厂，但事情足以让张玉琳惊慌。张玉琳将米昭英叫到他的办公室里大发雷霆，"昭英，独四、五团攻打铜湾请示你了没有？"

米昭英说："没有啊！"

张玉琳说："我不知道，你不知道，那就是未奉军令，擅自越境攻城，必须严查严办！"

米昭英说："是！"

张玉琳说："昭英啊，独四、五团的事，我一再提醒你多加注意，现在怎么样？果然给我们捅出大事儿来了吧！惊动省里了，省报都登了！我们抢兵工厂的事，其结果还是个未知数，现在又雪上加霜，照此下去，我真担心将来不好收拾！你马上派人去查处！"

米昭英说："是！"

米昭英出于私情，还是悄悄地把这个内情转告了米庆轩。米庆轩得此消息后，马上进城找到陈策商量对策。此前陈策也并不知道此事，但他理解米庆轩为部队求生存的用意。陈策略带责怪的口气说："独四、五团这样冒失出兵，属你操之过急。你要明白，我们暴露过早，必会付出重大牺牲。要取得最后的胜利，必须继续潜伏下来，蓄养势力，等待最佳时机！根据目前形势，我们当务之急是要尽快与上级和周边地区地下党组织取得联系，扩充和整训自己的队伍，增强战斗力。如张玉琳追查此事，先不许硬顶，只能以计谋应对！如万不得已，我们再以硬对硬！”

陈策和米庆轩又商定：派陈显荣去溆浦龙潭找谌鸿章联系，如果张玉琳抓住此事不放，他们就只有向龙潭方面行动；派肖守训去米昭英那里主动请缨，争取去龙头庵调查处理独四、五团的问题。

张玉琳有令，米昭英不能不执行，他思考再三，只想选择一个合适的人去查处。说实话，他也最怕把这件事情闹大，因为独四、五团是他在张玉琳面前要来的编制，尤其这些人都是他的同乡好友，如果派去查处问题的人抓住此事不放，一查到底，大开杀戒的话，那就会切肉连皮，他米昭英也脱不了干系！他唯望能大事化小，小事化了，上下能行，息事宁人。

这时候，肖守训走进他的办公室说：“参谋长，如你同意的话，本人愿往龙头庵调查独四、五团擅自攻城问题。”

米昭英抬头看了看肖守训，有些犹豫不决。

肖守训说：“从工作而言，我是第一师政治部主任，独四、五团不是我们的下属，没有本来意义上的瓜葛，完全可视为受军部派遣去处理此事；从天时、地利、人和来讲，我是当地人，人熟地熟，运作起来也比较方便。”

米昭英知道，派肖守训去处理此事，不会过分这是肯定的，但他是当地人，只怕张玉琳不允。米昭英还是不敢当场应准，马上请示了张玉琳，果然张玉琳问道：“肖守训不是龙头庵人吗？”

米昭英说：“我们的基本队伍，尤其是骨干，基本上都是辰溪本地人，除了本地人，我们哪里还有人可用？像石美豪这些外地人我们用起来也不顺手！我想，正因为肖守训是当地人，派他去处理此事，发生诸如扣押人质这类事情的可能性就小；再说，他是第一师政治部主任，独四、五团并非下属，没有瓜葛，调查情况也比较超脱、客观。特别值得我们注意的是，此事如果闹大了，必会切肉连皮，省里要是追究下来，我们国防军第一军也难担当责任，只宜内紧外松，尽快平息！待事情处理过后，以此为由，将独四、五团进行整编，方可万事大吉！所以，我想派肖守训去比较合适。”

张玉琳听后，觉得米昭英也还是通过周密考虑的，为不让米昭英丢面子，张玉琳没有反对。

肖守训赶到龙头庵，马上与米庆轩、肖守谦、肖洪量等人研究对策，一致认为陈策的意见是对的，目前向安江进发，力量不足，时机不成熟，盲目行动，孤军外出，凶多吉少，还是要继续潜伏在张玉琳部下，等待时机，方可取得最后胜利。

为避张玉琳猜疑，肖守训到后第二天，独四、五团马上从铜湾撤回到龙头庵驻防，并生出一个理由，说是因为驻防铜湾的武装先到龙头庵边境打家劫舍，抢夺渔船才引起独四、五团防卫过当，攻打铜湾。为取得张玉琳的相信，肖守训又到当地雇一亲戚冒充渔民同他一道到县城作证。

回到军部，肖守训当着张玉琳和米昭英将调查情况作了汇报，并将带去的“渔民”叫到一旁作证。张玉琳向来最恨别人欺侮他和他的部下，得知是对方先来犯境，他软了语气说：“这件事到此为止。下不为例！”

待肖守训走后，张玉琳又嘱米昭英：“我国防军第一军的人也不是好欺负的！不过，昭英啊，独四、五团我始终觉得有些不对劲，你可要从严看管！”

米昭英说：“这是应该的！”

这时候，石玉湘回到了军部，他又帮着肖守训说：“我也听我岳父家的人说，铜湾那边的人常到我们龙头庵这边来抢场作乱。”

张玉琳说：“既然事出有因，那就从宽处理！”

此事在张玉琳那里不了了之后，远在长沙的涂西畴却在为此日夜担忧！

前不久，章士钊在中共安排下，从上海至南京同程潜进行了长时间的会谈，转达了中国共产党和毛泽东对程潜的期望，希望程潜消除顾虑，走和平起义之路，湖南的迎接解放工作正如火如荼！从华南局转到湖南省工委工作的涂西畴在长沙的报纸上看到了米庆轩攻打铜湾的消息后，他兴奋不已也焦急难挨，将报纸反复看过几遍，又对米庆轩他们的情况进行了认真分析，但因长时间没有联系，始终想不清楚他们到底干到了哪一步。一定是辰溪兵工厂被抢，陈策和米庆轩他们已经有了自己的武装，不然，怎么会去攻打铜湾呢？如果有了自己的武装，势力又有多大呢？涂西畴急于想知道这些情况，也很想回辰溪一趟，但迎接湖南解放的大量工作等着要做，他是策反程潜小组副组长兼军事代表。他正在策反的对象还有国民党军统大特务张严佛、宪兵团长姜和瀛、保安团团长刘鸣球，以及陈明仁将军的参谋长文于一和国民党空军大托铺机场负责人蔡晋年等。他实在是分不开身，只得以书信一探虚实。

但写好的书信往哪里寄呢？陈策、米庆轩他们现在在辰溪城里还是到了龙头庵一带？写出去的信由谁收转？涂西畴反复推敲，他想起了龙头庵的“米司令”。那年，他从延安回乡和陈策一起组织自卫团时，和米司令打过交道。米司令为当地人，已赋闲在家，居住稳定；又在当地嫉恶如仇，威信甚高，别人不敢扣压他的信件；再者，他在外面联系广泛，即是收到信件也不会被人轻易怀疑；还有更为重要的一条，米庆轩、米庆舜等皆是他的侄子辈，而肖守谦、肖守训、肖洪量等人，又皆是他的外甥辈，所以，信寄到米司令处，应是最为可靠。于是，涂西畴写好信寄给了米司令收转。

不久，米司令收到一封莫名其妙的信，信是八行行书纸写的：

梅斐兄：

我已回到湖南，在长沙约朋友开设了一个商店，门面很大，生意不错，货物也充足。你们可速来进货入股。

田 寿

米司令看不懂这封怪信，回忆一生交往，不知“梅斐”“田寿”为何人。于是，叫肖守训来看信。肖守训看完信一想，高兴无比，“好啊！这是涂西畴的亲笔信！是他在用暗语跟米庆轩和谢斐然联络。他是在告诉我们，他已从广州到长沙，嘱我们快去与他联系。”

米司令仍是不得其解，肖守训告诉他，“梅斐”就是米庆轩和谢斐然。米庆轩不是号梅庄嘛！而来信者“田寿”就是涂西畴的“畴”字拆开而写。大家恍然大悟。

于是，由谢斐然给涂西畴回信说：“我们这边大家已开始集资，初聚了一批资金，近日即派人去长沙与你们商量入股事宜。”

潮润的河风吹拂着岸柳，湛蓝的天幕上渐渐浮出稀稀落落的星星，像是夜露的浸润，星星不停地忽闪。小船泊在黄溪口镇的双溪口岸柳下，受独四、五团的委派，米西成带上信上了船，趁星夜赶往辰溪县城向陈策和米庆轩汇报。

因辰溪县城无处不是兵枪，陈策和女子刺绣店又从县城迁到大伏潭陈策的老家。这里离县城不远，水陆交通也方便。一棵几人合抱的老桂花树终年墨绿地长在靠近河边的田畈上，河中上下的船只远远便能看见那棵桂花树，桂花树成了大伏潭的地标供人辨识。

自黄溪口至辰溪县城，一路险滩不少，好在船老板行船经验丰富，虽为夜里行船，但还算一路平安。看见大伏潭那棵老桂花树时，米西成如释重负地感叹起来：“嘿，终于到了！我双手抓着船帮子一夜没有松过！”

船老板说：“没有金刚钻就不会揽你们这瓷器活！要你抓什么船帮子啊！”

船在大伏潭的小码头上靠岸，米西成付了船钱，快步来到陈策家里，正好米庆轩也在。女子刺绣店的人还刚刚起来打扫卫生，向瑚就问起独四、五团的情况。米西成说起在铜湾打胜仗就高兴不已，女子刺绣店的人都听得笑了起来。

米庆轩说：“西成，你别跟她们吹牛了！”

米西成说：“事实就是这样！哪是吹牛啊！”

正说着，陈策从屋东头走出门来。米西成急不可耐地说：“我有当紧事要向你

三人在内屋里坐下，米西成就详细说起涂西畴来信的事情。

们俩汇报！”

三人在内屋里坐下，米西成就详细说起涂西畴来信的事情，并将原信呈给陈策和米庆轩看。陈策看完信后，喜出望外地说：“正愁联系不上西畴，他倒自己送上门来了！正好，他又回到了湖南来，真是天助我们也！”

于是，他们就决定派人去长沙与涂西畴联系。

米庆轩说：“既然信是写给我和谢斐然收，如我不能去，最好还是谢斐然前去。他和涂西畴关系密切，在中山大学读书时，就几次给涂西畴带信至辰溪。”

米西成说：“谢斐然脚腿不方便，这么路途遥远，恐难吃得消，怕有闪失。可不可以考虑派刘本禄去？”

米庆轩说：“本禄不行。他是老党员，抗战时期他被国民党宪兵团跟踪过，是戴过‘红帽子’的人，容易引起注意。我想，能派陈显荣去最好。”

陈策一直没有发言，他想了好一会儿才说：“我看陈显荣去可以！他是南岳国立师范的学生，刚回辰溪参加地下工作，无人知其底细，很难引起别人的怀疑。万一路上有人怀疑，被人盘问，他还可以说是去学校取行李。如果不信，还可以找学校核对。只有这样，才会万无一失！”

米庆轩说：“陈显荣的确是有这些有利条件，但他到溆浦去联系谌鸿章还没有回来。”

陈策说：“他已经去了几天了，很快就会回来。只要他一回来，马上就叫他去长沙完成这一任务。”

去长沙的人定下之后，三人又谈了些龙头庵方面的情况。陈策一直担心，打了铜湾之后，张玉琳不会就这么轻易放过独四、五团。他要米庆轩多加小心，沉着应对。

说完事到了吃饭的时候，女子刺绣店的几位姑娘不知有什么高兴事，在房间里又说又笑。陈策跟向瑚说：“你们昨晚上一定是舔了弥勒佛口水，笑得合不拢嘴了吧？”

向瑚说：“我们绣完了一幅四条屏！”

陈策说：“拿来，让我们大家看看。”

向瑚就叫她们把四条屏拿出来挂在中堂壁上欣赏。大家一看，果然是绣得精美：四条屏绣的是“牡丹白头翁”“鸳鸯戏荷”“竹菊鹌鹑”“喜鹊登梅”。不仅花鸟绣得栩栩如生，还配了相应的古诗句：

“牡丹白头翁”配诗是：“春来谁做韶华主，总须群芳是牡丹。”

“鸳鸯戏荷”配诗是：“接天莲叶无穷碧，映日荷花别样红。”

“竹菊鹌鹑”配诗是：“三径秋容菊有芳，九华佳色媚重阳。”

“喜鹊登梅”配诗是：“不要人夸好颜色，只留浩气满乾坤。”

米西成看着直夸道：“真是好诗好手艺，寓意也好啊！不知这东西能卖多少钱？”

向瑚说：“这个不卖钱，是给米庆舜绣的。他母亲要过生日了，这是他要送给母亲的寿诞礼物。”

米西成说：“庆舜真是好孝心！如果不是这个战乱年代，我也要你们给我绣一幅这样的四条屏挂在自己的书房里。”

向瑚说：“好啊，等到湘西和全国都解放了，我们给你绣一幅并蒂莲送给你，让你挂在新婚房间看不够！”

米西成说：“大嫂子，湘西和全国解放了，我到哪里去找你们？谁知道你们在哪家工厂里上班啊！”

45 / 哪个派你来的

陈策很想去龙头庵一趟，但是不能，他要留在大伏潭盯住张玉琳在县城里的一举一动。他最重要的任务就是等待时机，想办法把张玉琳拉到共产党这边来！从目前的情况看，张玉琳仍旧举棋不定，哪只船都不想上。这也正说明他有可能上国民党的船，也有可能上共产党的船。于是，米庆轩和米西成走后，陈策就想找机会跟张玉琳面对面地接触，动之以情、晓之以理地劝说他一回。

坐落在沅水河边的龙头庵镇上空，军训的口令一浪高过一浪，从镇头至镇尾，嘹亮的军号声总在朝晖和夕烟里振荡着山河。

因为好些日子没有土匪来镇上打家劫舍，街头店铺的生意也做得红火，集市上越来越热闹；农业生产一派欣欣向荣。惊蛰一过，春分一到，大片农田都翻耕过来，用木板荡过的田塍光若镜面，各种形状的水田汪汪无际；喜鹊、乌鸦和红嘴山雀从旁边的树上斜斜地飞落下来，蹲在田塍上啄虫觅食；燕子成群地低飞着，时而用尾巴在水田里点起涟漪，时而衔起柔软的泥巴飞到屋檐下的梁壁上砌窝；秧苗正绿油油地长出来，无论白天黑夜，四处蛙鼓不断……镇上人说，日子要是都像这么太太平平地过下去，那就像是做神仙！

米庆轩和米西成从辰溪回到龙头庵，走在这样的春色里，听着熟人这样的议论，对未来充满了憧憬。

傍晚时分，狗站在屋门外的柚树下只叫了两句，马上就认出是自己见过的熟人，不再叫，还摆尾。米庆轩走出来一看，是陈显荣从溆浦回来了。他心里一阵轻松，高兴地走去迎接。不料陈显荣却不跟他握手，一屁股坐在门口的四脚板凳上闭着眼睛说："哎呀，累死我了！已经没有四两力气！连眼睛都睁不开了！"学生骨肉嫩，一连赶了几天路，他已经走得脚跛手软！

米庆轩说："年轻人啊，怎么就这么软疲啊！快说找到谌鸿章了没有。"

陈显荣马上又坐起来，做了几下扩胸动作提了提神，然后强打起精神说："没有啊！谌鸿章到长沙找省工委汇报去了。"

米庆轩说："那你和溆浦的党组织没有联系上？"

陈显荣说："已和四益绸布百货商店的老板姜定耀取得了联系。"

米庆轩问："姜老板说了些什么？"

陈显荣说："他真是消息灵通啊！他说共产党已经有一百多万正规军和两百多万民兵，说共产党军队打过长江到南方来了。姜老板见到我好亲热啊！像见到了失散多年的亲兄弟！不断地问辰溪这边抢兵工厂的情况，问国防军第一军的情况和我们的地下武装组建情况。他还说谌鸿章也正想派人来与我们联系哪！"

米庆轩问："他们会在什么时候派人来？"

陈显荣说："当时他也说不定，说是要等谌鸿章从长沙回来才知道。"陈显荣说着，这才记起把背后的包袱放下来解开说："你看，我把一件重要事都快忘了。谌鸿章最近在龙潭赵所坪举办革命文献学习班，培养了几十位骨干分子。看看，这就是他们用过的教材：《新民主主义论》和《小资产阶级思想的改造》。这些书都是谌鸿章从长沙秘密带回龙潭后在龙潭翻印出来的小册子。"陈显荣把小册子交给米庆轩又说："学习结束后，谌鸿章又利用亲戚、朋友、同学、同事等各种关系将这批骨干分子都安插进了雪峰部队和乡镇机关、学校。他也正在想方设法策反雪峰部队。龙潭比我们龙头庵的形势还要好，那里就像是解放了一样，到处都是一派新气象！"

米庆轩把两本小册子收进内衣口袋，然后，拍拍陈显荣的肩膀说："你这回去溆浦，虽然没有见到谌鸿章，但情况还是了解了不少。任务完成得不错！现在又有新任务等着你了！"

陈显荣从四脚板凳上一蹦就站起来，跟着米庆轩往屋里走。

米庆轩说："现在我们急着要跟省工委取得联系，正好涂西畴已经来信，让我们派人去接头。我与陈策同志商定，派你去长沙见涂西畴。"

陈显荣说："这么重要的任务让我去？"

米庆轩说："是啊！我们考虑了三个人：谢斐然、刘本禄和你。经反复比较，陈策和我都认为，你还是学生，不容易引人注意，由你去长沙联系最为安全！"

陈显荣睁亮了眼睛说："那——何时起程？"

米庆轩说："事情很急，但看你刚才累成那样子，我又怎么好说呢？你看呢？"

陈显荣说："明天一早行不行？"

米庆轩跷起大拇指说："小伙子，行！"

陈显荣记下米庆轩布置的任务，带上涂西畴的亲笔信，先是坐在从洪江下来的木排到辰溪县城，然后从辰溪县城搭乘运煤的便船，一路历尽艰险，终于找到米庆轩告诉他的地址：长沙市黄兴南路化龙池康庄。

这是一家有几分阔气的公馆。陈显荣远远观察了一阵，然后走到门口问一位守门人："先生，请问你们这里的田寿老板在吗？"

守门的看了看陈显荣说："我们这里没有姓田的老板。"

陈显荣说："我是他约来合股做生意的同乡。他说他就住在这里，"

守门人又看了看他说："那是多久的事了？"

陈显荣说："就是最近。"

守门人说："他是带的口信还是写的书信？"

陈显荣说："写的书信。"

守门说："拿给我看看可以吗？"

陈显荣犹豫了一下，说："既然你这里没有姓田的老板，你还看信干什么呢？不是多此一举吗？"

守门人说："小伙子脾气不小啊！没有姓田的老板，难道就不可以有姓张的老板、姓李的老板、姓涂的老板？"

陈显荣一下子笑了说："那好，既然有姓涂的老板，我就把信给你看看。"

陈显荣把信递给守门人一看，守门人笑了说："你等等，我给你去叫田老板。"

陈显荣刚把信折好放进衣袋，一个高个子年轻人走来了。他问道："你是来找田老板？"

陈显荣说："是的。"

"找田老板干什么？"

"他从广东回到湖南，在长沙约了几个朋友开设了一个商店，门面很大，生意不错，货物也充足。叫我们速来进货入股。"

"你从哪里来？"

"龙头庵。"陈显荣用辰溪话回他。

"哪个派你来的？"涂西畴也改用辰溪话问他。

"陈策和米庆轩。"

涂西畴兴奋得一把拉住陈显荣的手就进门上楼。很长时间没有见到老乡了，内心的激动真是难以言表。

两人在小房间里坐下来，涂西畴给他沏一杯茶，说："你看上去完全像个学生。"

陈显荣说："我本来就还是南岳国师的学生。"

涂西畴说："噢，他们要你来完成什么具体任务？"

陈显荣说："向您汇报辰溪方面的情况，带回您对辰溪工作的指示。"

接下来，陈显荣就把张玉琳抢兵工厂、成立国防军第一军、给湘西各地方武装分发枪支弹药、封官委职、大湘西遍地枪炮、一片混乱等情况都一一作了汇报，然后重点说了陈策和米庆轩在其中如何想方设法建立共产党地下武装的经过和现状。

涂西畴说："我最早是在长沙一家晚报上看到了米庆轩带兵攻打铜湾的消息，

报上的原标题是《土共米庆轩故态复萌》。这些天，我就一直盼着早一点知道你们那里的真实情况。”

陈显荣说：“陈策和米庆轩也特别想和省工委取得联系。”

涂西畴说：“在辰溪，能由陈策和米庆轩控制的部队有多少人？”

陈显荣说：“现在已有三个团和一个营。以肖洪量为团长的独立四团和以米庆轩为团长的独立五团驻防龙头庵，以张承栋为团长的一个团驻防火马冲，还有以米庆舜为营长的一个营跟随石玉湘驻防在溆浦。我们的这些武装都潜伏在国防军第一军张玉琳手下。”

涂西畴说：“肖洪量、米庆轩是我在辰溪和陈策一起建立地下武装时的老战友了；张承栋我也熟，他是陈策当年任县自卫团专职副团长时就重用过的，只是米庆舜我不了解。”

陈显荣说：“庆舜是庆轩的亲弟弟。”

涂西畴说：“那就好。陈策和庆轩从事党的地下工作多年，我相信他们在用人上一定会很慎重的。”

陈显荣说：“只是现在辰溪地下斗争形势越来越复杂，任务也越来越艰巨。张玉琳现在势力很大，国民党肯定要在他身上下功夫，陈策和米庆轩想尽快把他拉到我们这边来，所以就想尽快得到省工委的指示。”

涂西畴说：“这很好！张玉琳是个聪明人，他对陈策和米庆轩的活动不会一无所知，之所以他现在好像视而不见，没有对陈策和米庆轩下手，他心里肯定是另有打算。他抢了国民党的兵工厂，上面要是追究他、放不过他的话，他肯定是想投靠共产党；如果国民党不追究，那他就不一定投靠共产党。还有，他也会怀疑共产党到底能否彻底打败国民党，他还要等待观望。你回去告诉陈策和米庆轩，在张玉琳身上下功夫是对的，还要多下功夫！”于是，涂西畴就辰溪地下工作讲了具体意见，他说：“辰溪的工作要以陈策和米庆轩为首，团结抗战时隐蔽下来的老党员，吸收一些可靠的进步青年，扩建地下党的组织；力争策动张玉琳转到人民方面来；对已经控制的武装加强整训，严肃军风军纪；提高军人素质，维护好地方秩序，保护人民生命财产安全，为解放大湘西、解放大西南做好基础工作；对湘西的地下斗争，要做好复杂的思想准备；要定期派人来长沙汇报，不能再用书信联系，以免泄密误事。”

临别时，涂西畴又将《三大纪律，八项注意》《新土地法大纲》和《论目前的形势和任务》等书籍资料给陈显荣带回辰溪。

陈显荣回到辰溪直奔大伏潭陈策家里。陈策紧急召集了骨干分子，听陈显荣传达了涂西畴代表省工委对辰溪地下工作的意见。陈策根据省工委的指示，对辰溪的工作做了具体部署。他说：“我们盼望很久的省工委指示来了，大家要坚决按省工委的指示做好工作。我主要负责策反张玉琳，肖守训主要负责策反石玉湘，米庆轩和肖洪量负责整训独四、五团，陈显荣负责建立党支部，米西成仍留在黄溪口镇，负责同各方面联系。现在像陈显荣这样的进步青年，如米月娥、赵志、余致韩、刘运培、曾子溢、李隽翰、马君清、孙琳等都从大、中专院校出来回到了辰溪，这批进步青年是我们的希望所在，我们一定要培养好他们、关心好他们、使用好他们。”

省工委的指示传达下去不几天，向石宇就告诉陈策：省主席程潜要派长沙市市长陈迪光和省绥靖公署高参杨春圃来辰溪收编张玉琳部。

形势果如陈策所料，越来越复杂！

程潜派陈迪光来辰溪收编张玉琳部，是在一次家宴上说定的。湘省大乱，程潜日夜万念，于是设家宴请了几位同僚好友一聚，席上谈论起湘西的动乱局势，尤其谈到辰溪张玉琳抢了兵工厂，自己树旗组了国防军第一军的事。程潜说：“不知张玉琳何许人也，竟如此大胆！私抢兵工厂，就不怕老蒋要他的脑袋？”

别人不敢多言，陈迪光却接过话说：“颂公，湘西人从来只往前冲，不往后看。这个张玉琳更是提着脑袋干事的湘西人！”

程潜说：“此人你了解？”

陈迪光说：“了解！”

程潜说：“那好啊，倒想听你说说。”

陈迪光细细说过张玉琳的家世、经历和与自己的关系后，程潜不无欣慰地说：“今天这个宴会真有意外之喜！想不到迪光和张玉琳还有如此关系！要是派你去辰溪收编张玉琳，那一定是马到功成！”

陈迪光说：“只要颂公放心，本人愿往！成与不成，那就要看天意。尽力在人，成事在天！”

程潜说：“湘西局势动荡，对默庵搞‘戡乱建国大队’又不服，各路武装群起，均欲称霸做王，如若不加紧做好稳定工作，任其相互杀戮，人民必惨遭涂炭！张玉琳号称三万人枪，据说他与陈渠珍宿怨极深，如其为报私仇而大开杀戒，凤凰沱江岂非血流成河？而陈渠珍又岂能善罢甘休？要是大湘西这一老一少打杀起来，岂不是要尸骨遍地啊！迪光啊，如你能尽早收编张玉琳，稳定一方天地，也算你一大功德啊！”

陈迪光说：“一定不辜负颂公之仁心与期望！”

46 / 你可是长大了

经陈策和米庆轩研究同意，陈显荣在县城发展了一批新党员和入党积极分子，他们都是从大、中专院校回到辰溪从事地下革命的，其中有向阳、余致韩、赵志、李凤轩和米月娥等。

这股新生力量发展起来后，在县城建立了城镇党支部，陈显荣任支部书记，向阳任组织委员，余致韩为宣传委员，赵志为工运委员，李凤轩为农运委员，米月娥为妇女委员。

陈显荣在余家巷他岳母家里召开第一次支部会上布置任务说："我们这个支部，是辰溪地下党组织被破坏后，重新建立起来的第一个完整支部。这个支部也是陈策和米庆轩领导的地下革命的中坚力量！根据陈策的意见，每个支部委员都要根据自己负责的工作，从各个渠道收集陈迪光来辰溪收编张玉琳部的情报，尤其要注意张玉琳的新动向。"

张玉琳当然也注意到在湘的国民党高官中，有一部分人对程潜竞选副总统失败后的言行颇有微词，在这种复杂的情形下，陈迪光受程潜之意来辰溪，张玉琳非常担心陈迪光会没有面子。陈迪光真是他的大恩人哪！

于是，陈迪光来辰溪这天，自城郊煤炭湾到城尾祖师殿，大街小巷到处都是荷枪实弹的兵丁站岗放哨，说是为了安保，实质上是要抬高陈迪光的身价。

不仅如此，张玉琳还率部到城外几里路的十里铺迎接。这也是他对待上级的最高礼遇，以前，他从未行此大礼。

陈迪光和杨春圃的车到达十里铺时，路上行人车辆一律禁止通行。见张玉琳正在那里领队恭候，陈迪光叫司机停下车来，非常感动地跟杨春圃说："杨高参，你看看，这是张玉琳带队迎接我们来了！站在最前面那位就是张玉琳。"

杨春圃说："陈市长面子真大！他这是迎接省长的架势啊！"

陈迪光说："湘西人就是如此，你对他敬一尺，他就对你敬一丈！如果你小看他，他翻脸了，他们有三句俗话处理三层关系：第一句叫做：'屙屎都不跟你共岩垴！'这是说，他要躲得远远地，不再主动和你交往！第二句叫做：'门脚上剁狗卵——一刀两断！’这就是你要找他交往他也不理你！第三句话是：‘脑壳剁掉碗大个疤！’这就是你不杀他，他就要杀你了！”

杨春圃说：“你在这里当几年专员，快成湘西通了。”

陈迪光说：“离湘西通还远着呢！湘西是一本读不完的大书！外面人只知道湘西有赶尸、‘辰州符’和蛊毒，其实湘西有比外面更丰富的世界！人与人，人与神，人与山，人与水，人与天，人与地，都有一套独特的沟通方式，他们有自己的一套精神世界，有以农事为内容的傩文化，有以祭祀为内容的巫文化，有以辰河高腔为主的戏剧文化，还有苗文化、侗文化，等等。我们外面进去的人都只能了解一点皮毛。你如有兴趣，可看看辰河高腔戏。辰河高腔有四十八个本子，那里面学问深哪！人物有天上来的、有地下来的、有人间来的，唱词里诗词歌赋民谚无所不有。”

两人说着，张玉琳已走到陈迪光车前，陈迪光下车和张玉琳亲切握手，一语双关地说：“玉琳，几年不见，你可是长大了！”

张玉琳恭谦地说：“在恩公面前，我永远都是小学生！”

陈迪光把杨春圃介绍给张玉琳：“玉琳，这是省绥靖公署杨春圃——杨高参。”

张玉琳先是行了军礼，但杨高参已伸过手来，他又只好握了手说：“杨高参，早闻大名，今日得见，实在荣幸！山区险道，一路辛苦！欢迎欢迎！”杨春圃一见张玉琳对自己如此亲切，就明白他反应灵敏。陈迪光和他有真情，不需多言；他是在亲者疏之，疏者亲之。果然聪明！

张玉琳和杨春圃一番热情过后，才回到陈迪光身边，送他上车，再前迎后拥地护送进城。

陈迪光一行下榻在华北旅社。

晚宴在四季春餐厅举行。

四季春餐厅本是辰溪旅社餐饮业中最豪华的餐厅，为示客气，张玉琳又亲自安排对厅内设施进行了重新布设，一些陈旧的用具进行了更新，铺了大红地毯，又加挂了大功率电灯，室内明亮如昼，四壁书画入目，还特地请了几位高档服务小姐斟酒筛茶。

宾主入座后，菜齐酒满，张玉琳站起来举杯，十分恭敬地说：“尊敬的陈市长，尊敬的杨高参，以及各位来宾：今天玉琳是三生有幸，在辰溪这个小小山城，迎来了我一生中最大的恩人一行。按照辰溪的老规矩是要大家同喝三杯才能开始敬酒，今天，我要破个例！我要先敬我的恩公三杯，然后，我们大家再同干同饮！大家说行不行？”

在座的各位当然都是张玉琳心腹，但也从未见张玉琳如此动情。

张玉琳连敬陈迪光三杯。陈迪光连说：“受宠若惊！受宠若惊！”

张玉琳说："当之无愧！当之无愧！"

张玉琳又要敬杨高参三杯，杨高参婉拒道："谢谢了，我不胜酒力！更何况我不能和你的恩公享受同一礼遇。"

张玉琳说："我们辰溪人有句俗话，叫做同路无疏淡。您随意，我干了！"张玉琳又干了三杯。然后，才举杯对在座的各位说："好，现在我们同饮三杯，然后，大家随意尽兴！"

陈迪光知道张玉琳会记他的恩，但没有想到他的情感如此浓烈。真正一条湘西汉子！

在座的各位又都来给陈迪光和杨高参敬酒。好好地热闹了一阵过后，席面才稍有平静。

陈迪光这才有说话的机会。他十分谦虚地说："玉琳啊，其实我对你有什么恩呢？一切都是因为你自己努力。"

张玉琳说："恩公此话过谦了。今天没有外人在场，恕我直言：我当时正处人鬼之间，您可以让我做人，也可以让我为鬼！没有您当时的器重，哪有我张玉琳今天！"

杨高参也跟着说："玉琳此话有理。"其意自然是在对明天的收编谈判做好铺垫。

张玉琳说："杨高参，我这辈子九死一生，报不了恩，我还记得了恩！"

陈迪光说："玉琳你言重了！"

在座的米昭英给陈迪光、杨高参敬过酒后说："有子曰：孝悌也者，其为人之本矣！本立而道生。我们湘西人就是记情记义！"

石玉湘也说："做人嘛，就是要爱憎分明！"

陈迪光觉得张玉琳喝多了一点，还是有点失态。在这种场合谈论自己不光彩的往事，还是有失谨慎，毕竟在座的还有下属。陈迪光以一位长者的仁爱和智慧，非常巧妙地把话题引开："玉琳，你的书法现在一定是更有成就了吧？"

张玉琳说："戎马生涯，疏于操练。在恩公面前真是见笑了。"

陈迪光说："你能双手同时笔走龙蛇，给我留下的印象很深！可惜当时没有留下你一幅墨宝啊！"

张玉琳说："恩公如此鞭策，玉琳哪受得了！真是愧对恩公惠赠我一方佳砚。"

直到散席，场面都十分热闹，互相谦让，笑声不断，杨高参曾几次提醒陈迪光说说收编的事，陈迪光坚持只字不提，且不让杨高参提及。在座的各位其实都在想这件事情，但陈迪光不提，谁也不好提、不敢提。

第二天，直到吃过早饭，陈迪光才把张玉琳叫到他的房间悄悄地进行密谈："玉琳，我这次是受程颂公之命而来，辰溪兵工厂的枪炮被你全部拿了出来，并且分到了大湘西各县，已经弄得大湘西遍地枪炮，后果是什么，不知你想过没有？我倒是为你担忧！”

张玉琳当然有自己的想法，但在没有探清陈迪光底细之前，他不敢乱说，担心说走了嘴不好挽回。他只得说：“玉琳愚钝，请恩公指点。”

陈迪光笑了一下，知道张玉琳是要在他面前一试深浅。陈迪光以长者的口吻说：“你现在手下突然拥有如此庞大的队伍，上无归属，令人生畏，如稍有失控，后果难料，必遭党国追究。”

陈迪光一下就点到张玉琳的痛处，但张玉琳仍强作镇静地说：“那我现在该如何是好？”

陈迪光说：“俗话说帮人帮到底，善后的办法我给你想好了，就是你得把有枪的人都安置好，成立一个纵队，挂在省绥靖公署的名下。这样，人枪算是上缴，军饷由省里拨付，人也由省里管辖，你将是刀切豆腐两面光，乐得在大树下乘凉。关于分枪的事，上面如追究下来，我要颂公给你担当，颂公也和我当面有言。”

张玉琳听得出来，陈迪光把抢夺兵工厂故意说成是“分枪”，显然是他对张玉琳的真心关爱。虽然两人多年未见面，但从今天的谈话中，张玉琳深感陈迪光仍像当年一样，处处透出一位长辈对晚辈的呵护与慈爱。张玉琳从感情上已经完全接受了陈迪光的意见。但在具体操作上，他还是给自己留下了退路。他说：“恩公，别人的话，也许我张玉琳耳朵有点聋，但是，您说的话，玉琳句句听得进，也会照办！至于具体事项，还是让杨高参和我们米昭英参谋长去谈。您看如何？”

陈迪光知道张玉琳是想得到考虑的时间，他非常满意地答复说：“好！只要你同意收编，其他的事，就让他们去谈。我不会让你吃亏！你放心！”

张玉琳说：“在恩公面前，我还有什么不放心呢！”

密谈结束后，杨高参和米昭英、石玉湘他们就具体收编事项进行了商谈。张玉琳暗里交代米昭英和石玉湘：“在收编这件大事上，我们要把陈市长给足面子，但在谈具体事项时，我们可以得到的利益一定要力争！陈市长也不会跟我们过不去。如果我们自己不提出来，那就怪不得别人！”

在杨高参和米昭英、石玉湘他们进行商谈的时间里，张玉琳请了几个小姐专门陪同陈迪光到河那边丹山寺放松放松，又要曹和尚安排好好招待他们。

陈迪光在小姐们陪同下快乐了一天一晚，麻将还没有过足瘾，城这边传过话来，说是商谈已圆满结束。

谈判协议由张玉琳送到陈迪光手里，一共三条内容：首先是省方不追究打开兵工厂之责任，要是蒋介石进行追究，由省主席程潜承担责任。其次是张玉琳部收编为长沙绥靖公署直属清剿第二纵队，由张玉琳任纵队司令，米昭英任纵队副司令，李师鲁任参谋长，县党部杨书记长任政工室主任；下辖三个支队，石玉湘任第一支队长，驻防溆浦，胡震任第二支队长，驻防麻阳，刘华锋任第三支队长，驻防辰溪，另设两个保安团，徐汉章任泸溪保安团团长，驻浦市，蒲和生任怀化保安团团长，驻泸阳；独立四、五团被合编为第三支队的第三大队，肖洪量为大队长，米庆轩为副大队长。整个纵队的军饷由省里拨付，两个保安团的军饷由省付百分之八十，不足部分由县里自筹。

陈迪光看完协议笑了一下说："玉琳，人和钱都说得清清白白了，你还有什么要求吗？"

张玉琳说："该说的都在这里面了。"

陈迪光说："那好！你不再有要求，我倒要补充一条：七天内，你将部队整编好，并造册上报。可以吗？"

张玉琳说："一定办到！"

第二天，陈迪光和杨高参即将起程凯旋长沙时，张玉琳来到了陈迪光房间，将一个沉沉的布袋送到陈迪光手里说："恩公，这点小意思作为您路途劳苦之营养补助。"

陈迪光深感意外地说："玉琳，你这就让我费解了。我奉程颂公之命来收编你的部队，你能积极响应，我已很得面子；加之你这几天又如此热情接待，我已非常满意，为何还添如此麻烦？"

张玉琳说："恩公不必多言！玉琳日后如有个大出息，一定重谢恩公，此次实在手头不便。现在是人多难养，军费拮据，不成敬意。如恩公不笑纳，玉琳便没有脸面。"

陈迪光想，玉琳的话意是要他回省城后跟程颂公说说，好多拨点军费。如果不收，玉琳反会对此事不放心。在这个位置上，要拒绝钱财真是一件难事啊！陈迪光说："玉琳啊，你真是有情有义！你既然这样说，我若不收，倒成我不懂礼义！好！我收下。回长沙后，我一定要省里早一点将你们的费用足额拨付下来。"

张玉琳说："那就太谢恩公了！"

张玉琳刚刚办完事走出房间一会儿，一个女人进了陈迪光的房门，一骨碌跪在陈迪光面前说："陈市长，求您救人啊！"

陈迪光先是感到奇怪，怎么这个女人就知道他是陈市长？就知道他住在这个房间？竟然还能突然闯进了自己的房间？想来这必定不是一般的女人！便问："你是何人？请起来回话。"

那女人说："陈市长，我是辰溪县长的内人。"

陈迪光小吃一惊，一个县长太太怎么是如此的平民穿戴？又为何在他面前下跪？他实为不解，"既是县长太太，为何如此行事？"

县长太太说："张玉琳已将县长软禁数日。至今尚无解禁之意，恐有生命危险。今闻陈市长来辰溪，特请求搭救解危！"

陈迪光问："此前你从何处而来？你可知道省绥公署杨高参也已到此？你为何不找他去？"

县长太太自然能听明白陈迪光所言之意，说："我是刚从他房间里出来。"说时，又从内衣里抽出一个布袋递到陈迪光手里，布袋尚有女人的体温，其重量又比张玉琳的沉了一些。

县长太太说："这点小礼，不成敬意。待县长出来后，我们再重重谢您！"

陈迪光想，既然县长太太找过了杨高参，那她也就一定"孝敬"过了杨高参，也就应该是杨高参指点她来找到这个房间。救或是不救呢？按照常理，这不值得思考，一县之长，是朝廷命官，若真被张玉琳软禁，那是不救不行；但是，这次他是来完成特殊任务，收编张玉琳部的任务现在已经完成得十分圆满，还来个画蛇添足，解救县长，如张玉琳不答应，岂非两人都不愉快？但他又实在不忍心拒绝这个一副落难样子的女人，如不救这个县长，日后她告到省府，省府不是怪他在辰溪见县长被软禁而不救之过？陈迪光问县长太太："张玉琳总不会无缘无故就将县长软禁吧？"

县长太太说："我们一家返回故里，捎带有一点药用鸦片，不料有人诬告，被张玉琳派人抓回软禁。"

陈迪光说："这难道就讲不清了？"

县长太太说："现在，兵工厂都被抢，弄得遍地枪炮了，辰溪城里三岁娃儿都在玩枪，哪里还有我们讲理的地方？"

时局很乱，这一点，县长太太没有说假话。陈迪光一想，现如今，做官人吸鸦片何足为怪？何况他是带点药用呢！就说："好，既如此，我问问情况。"

县长太太心里的石头咣当一声落了地。

陈迪光说："不过，我有个要求。张玉琳来时，你首先要说明是别人的诬告，丝毫不得说是张玉琳的过错！"

县长太太说："只要能放人，要我说什么、做什么都行！"

陈迪光说："那好，你就在这里等着。一会儿他来跟我道别时，我跟他商量一下。"

不一会儿，张玉琳从杨高参的房间里出来，走进陈迪光的房间里道别。县长太太一见张玉琳就跪地求道："张军长……"

张玉琳把大脸一黑说："你到这里来干什么？"

陈迪光马上笑着说："玉琳，她是我的一个远房亲戚。恕她无知。"陈迪光又对县长太太说："你快起来跟省绥靖公署第二纵队张司令说话。好歹也是县长太太，跪在那里像什么样子？"

县长太太赶快站起来改口说："张司令……"

张玉琳一听县长太太是陈迪光的远房亲戚，心里便软了一下，"噢，她是恩公的远房亲戚？”

陈迪光说：“是啊！多年没有来往，这次她听说我到了辰溪，就来看看我。不料，她家里出了点事。她丈夫不好好当县长，却想辞官回乡，又顺便带了点药用鸦片，结果被你部下发现，已将鸦片搜走，只是人还被你部下关着。你们禁止鸦片做得非常正确，至于人嘛，请你跟你的部下通融一下，放他出来，我今天就把他带到省府去，看看该治何罪。不知玉琳意下如何？”

张玉琳本想黑脸大发脾气，将县长私吞鸦片、枉杀脚夫之罪都一一吐出，但一想，如把这些真相都一一说出，求情的陈迪光的脸面往哪儿放呢？如弄得陈迪光不高兴，对自己有什么好处？何必天亮了还在床上拉尿？既然鸡都杀了，何惜一点胡椒？软禁了县长也不是好交差的事，顺势了此麻烦，也是化祸为福。自己这么大的队伍都已同意归顺到省绥靖公署，又何必把一个朝廷命官押在自己手里授人以柄，留下隐患？不如什么都不说，就此机会让陈迪光把人带走。这至少有三大好处：于陈迪光，他算是给足面子；于己算是消了一桩祸事；于百姓，他可以说是省府要人，他无法拒绝，岂非三全其美？张玉琳反复比较之后，一转念爽快地说：“恩公既有此意，玉琳什么话都不用说。我现在就把县长交您！”

陈迪光说：“玉琳啊，你真是做大事的人！”

张玉琳马上派人将县长接来，当面交给了陈迪光带走。

47 / 到龙头庵去当乡长

陈迪光走后，张玉琳又四处打听整个湘西局势，得知湘西北的瞿伯阶部已改编成省绥靖公署直属清剿第一纵队，他更相信这是大势所趋，所以，仅用七天时间，就把自己的国防军第一军改编为省绥靖公署直属清剿第二纵队。其实也很简单，就是把人员造册登记上交省绥靖公署。不几天，他又听说芷江的杨永清部也收编为省绥靖公署直属清剿第三纵队。于是，心里更为踏实。

陈策弄清这些情况后，感到他们的策反计划受到了极大的挑战，原来动摇不定的张玉琳，以为这下上了救命方舟，用不着再上别的船了，连石玉湘也开始变脸。

肖守训曾私下里和石玉湘说过："湘哥，人生不满百，这辈子总不能白糟蹋了！共产党的大军即将南下，国民党看样子是兔子的尾巴，跟国民党走，只怕不是好出路，得找条新路走。"石玉湘也回答他说："肖老弟，这个话就说到这里打住！你的意思我明白。我交给你一个底：我在任何时候都不会接受国民党编制，国民党里里外外的那些事，我见得多了，实在是腐败！跟着一个腐败的党和政府走，我知道会是个什么结果。总有一天，我要树红旗，跟着陈策走，跟共产党走。但我有个前提条件，那就是要等到长沙解放！只有长沙解放，才能算大局有定。"而接受陈迪光改编后，肖守训再去私下跟石玉湘说："湘哥，我们是不是按照你原来说的不受国民党改编呢？"石玉湘却说："那不行，原是怕国民党找我们抢兵工厂的麻烦。现在省府主席程潜派重臣来收编我们，军费由省里出，官职都由省里任，我们何乐而不为？"

此前陈策认为，策反张玉琳最好是从石玉湘身上先找突破口，因为他与石玉湘父亲和伯父曾在贺龙手下从军，与石玉湘也相识多年。加之石玉湘平时对时局的看法很敏感，表现出的动摇性也最为明显。石玉湘一直非常重视肖守训的意见，上次独四、五团擅自攻打铜湾，石玉湘还从中帮肖守训说话打圆场，一起对付张玉琳。可现在石玉湘部随国防军第一军改编后，说话的口气就完全不一样了。策反张玉琳的这个缺口还能打开吗？

肖守训决定再试探一下石玉湘内心在想些什么。他拟写了一个有关约束部队、整饬军纪的条令交给石玉湘，请石玉湘同意在部队实施。石玉湘看完后根本不当一回事地放在一边说：“这个嘛，以后再说。”

肖守训说：“部队现在人员混杂、纪律太差，不认真整顿，难保战斗力。”

石玉湘说：“这我还能不知道？问题是和别人比，我们算是很好的了！我把弟兄们管得太死，吃不好，玩不好，大家跟着我卖命图个什么？他们不要造我的反？”

肖守训认为，整饬军纪被石玉湘否决后，对这支部队的教育和管理还是不能放弃。政治部原有一个由十几名大、中学生组成的政工队，专门负责下部队做政治宣传和检查军纪。过了两天，肖守训又把一个政工队下部队做宣传的日程表拿给石玉湘看，说：“政工队就按照这个日程下部队？”

石玉湘看过这一宣传日程后又说：“这个也不要搞了！我们现在是省绥靖公署的人，省绥靖公署不要求做的事，我们何必脱裤子打屁，自找麻烦呢！”

肖守训本还想往下再说些事情，但他觉得已经不宜再说了。石玉湘的思想已经在发生逆转。

连续几次在石玉湘面前吃过闭门羹，肖守训已经意识到问题严重！他马上找到陈策和米庆轩汇报这一情况。陈策说：“策反是一项非常复杂艰巨的工作，既不能坐失良机，也不能操之过急。该用文火煨的时候，只能用文火煨；该用猛火煮时，就要用猛火煮！根据目前情况来判断，既然上面有人已经插手，我们就需要稍作等待。据我所知，程颂公对国民党也是有二心的，说不定哪天，程颂公的人也是我们自己的人！但我们不能抱有侥幸心理，张玉琳这个人，说不定还会有变，我们还是要做好最坏的打算，也就是说，我们要做好最后同张玉琳他们做武装斗争的准备！”

肖守训说：“我现在留在石玉湘手下恐难达到预期效果，他好像认为已经找到仕途通达之路，用不着和我们这边保持关系了。我的建议他不仅不听，还表现出非常反感，处处压制。”

陈策说：“既然这样，你的处境就非常危险，应该马上离开。”

米庆轩说：“那就趁早！正好新上任的县长在搞乡公所人员换班，我建议守训到龙头庵去当乡长。”

肖守训说：“我也正有这想法。占领龙头庵这块地方，对于我们来说，实在太重要了！打开兵工厂时，就因为当时的乡长和我们唱对台戏，阻止我们动员人去分枪，结果误了大事，让工作变得被动！”

陈策说：“守训说得有道理。这块地方将来会有大用途！我们不去占领，别人就会去占领！可是，当这个乡长要新来的县长点头啊！”

米庆轩说：“新县长和米昭英曾经都是张中宁的部下，他们关系很好。只要给新县长一根金条，请米昭英跟新县长说说，守训到龙头庵去当个乡长，应该不成问题。如果今后搞武装斗争，我们也只有以龙头庵为根据地。”

陈策说：“龙头庵地下党支部建得最早，革命基础好，独四、五团的人大都是龙头庵的子弟兵；龙头庵又处辰溪边缘，与溆浦、怀化相邻，前有沅水河，背靠罗子山，进能通江达海、入城进市，退能藏于深山密林、可分可合，易守难攻。特别离溆浦龙潭较近，便于与谌鸿章他们联系。这是我们将来从事武装斗争的绝好地方！”

肖守训又补充说：“邻近龙头庵的溆浦小横龙乡现任乡长是我初中同班同学，怀化接龙乡现任乡长也是我的表姐夫，同时，罗健西和我们又是亲戚关系。我也以为，在这一带建立根据地，有很好的周旋余地。”

计划商定后，肖守训就去找米昭英。米昭英正在办公室里一遍又一遍地写着“和”与“静”两个大字。肖守训一进办公室就一半正经一半玩笑地说：“米高参，好雅兴！”

米昭英笑着说：“守训，来得正好。有人请我给他题两个字，看看这两个字还见得客吗？”

肖守训看了一会儿说：“经、血、脉、气都不错，只是少了点骨力。”

米昭英说：“直话！这是直话！到底真老乡，我爱听！”

肖守训说：“如果我都不跟你说直话，还有谁跟你说直话？”

米昭英把笔递给肖守训说：“你也来幅墨宝吧。”

肖守训说：“在学校练过，回辰溪后都丢笔好些日子了。”

米昭英说：“又不是卖钱，老乡之间还客气什么？是怕我舀你的油吧？”

肖守训说：“这么说我就不好意思，只有献丑了。”

肖守训拿起笔来，随着米昭英的字意写了两幅斗方，一幅是“和而不同”，一幅是“静观有得”。

米昭英大加赞赏：“哎呀，小老乡，你不仅字写得好，这内容也是极好啊！你们那地方真是出书法家的地方啊！以前出了个米同鼎，现在又出了个肖守训。”

肖守训说：“您别扯卵谈！你们黄溪口才是出书法家的地方，周家村米子和的书法作品曾在巴拿马获过世界级大奖！”

两人谈得非常投机时，肖守训说：“我想请老乡帮个忙，不知可否。”

米昭英说：“老乡之间，你还‘可否’什么？直说！”

肖守训说：“我这个人还是不适应军队那种太强的纪律约束。我想到龙头庵去当个乡长，像孙悟空一样到花果山呼风唤雨，当个自由大王。”

肖守训的离开能给米昭英减少一大麻烦，但米昭英故意说：“守训，你年纪轻轻，又才华横溢，石玉湘对你评价甚好。不要嫌现在官职低了，万丈高楼平地起，我当年还不是从排长、连长干起来的？日后你自然也会前途无量。”

肖守训说：“我年纪轻轻，谈不上德才，已当上了师政治部主任，官职不小，绝非你说的意思，而的确是自己觉得在军队里度日如年；虽处处从严要求自己，但内心却是苦不堪言！所以，我想请老乡跟新县长说说，让我去龙头庵乡当个乡长。我这个人志不高远，恐怕只适宜做个逍遥自在的土皇帝。”

米昭英说：“那不大材小用了？”

肖守训说：“如老乡能帮我将此事办成，让我有一块自由天地，我真是万分感谢。日后我治理的地方，也是你的后院。”

最后一语更让米昭英心里一喜，“只要你愿当这个小乡长，你只要意思一下，我包你把事儿办成。”

肖守训顺手将一根金条塞进昭英的衣袋里说：“请你帮忙转给新县长。”

几天后，肖守训就被县府任命为龙头庵乡乡长。

就在肖守训到龙头庵上任前夕，张玉琳下令将独四、五团合编为第三大队，并调往潭湾整编。正在龙头庵的老百姓担心地方上没有安保而一片怨声时，肖守训来龙头庵任乡长了。他的船刚刚靠在码头上，当地一些老百姓就在河岸上高喊起来：

“肖乡长来了！肖乡长来了！”

“肖乡长，你不来，我们这安宁日子又要短命了！”

肖守训上岸，为乡情所动，频频向大家挥手致意。

肖守训还是第一次感到在地方上做官是这样有脸面！他走上码头，左边的石灰砖墙上“龙头庵”三个大字、双龙缠柱大门都映入眼帘，清润的木鱼声从香烟缭绕的门口挤出来，悠扬地飘到河谷的上空。建在码头边的龙头庵香火历来很旺，尤其当地人，每逢年节都来敬奉，求子求福求财求平安的都有。

在庵里烧香的人听说肖乡长来了，也都出来围着说话。告诉肖乡长，这几天因为独四、五团改编调训离开龙头庵后，怀化那边的小股土匪又来这里“抢场”，一些商铺又不敢开门做生意，女人也不敢到集市上买卖货物，连烧香的老婆婆也出来得少了，刚刚繁荣起来的集市，又归萧条，乡民又日夜担惊受怕。

肖守训收集了这些情况后，按照乡民要求，把当地人家的枪支集中起来，组建了几十人的护乡自卫队，由他亲自带领到各自然村走动，凡遇扰乱生产生活秩序者，均严加治理。

肖守训带着自卫队冒着大雨下村巡逻时，突然碰上了从河那边过来的小股土匪袭扰村庄，土匪们在村里先是抢金银细软，然后牵牛抬猪，强奸妇女，整个村子一片哭喊声。肖守训怕误伤乡民，就将几十人枪埋伏在村口，悄无声息。待土匪正满载出村、欣喜若狂时，突然枪声四起。土匪如泥人遇水，连连倒下。有的被打死时手里还抓着猪尾巴，有的被打死后还遭惊慌的牛牯踩踏……

打死这十几个土匪后，肖守训将所有财物集中起来，摆在晒谷坪里，叫村民前来一一认领。所有的钱财又丝毫不少，物归原主。全村人老老少少都跪在村口给自卫队磕头道谢。

这是肖守训到龙头庵任乡长的第一把火。

这虽然只是一个小仗，但远近村民纷纷传说，独四、五团走了，肖守训的自卫队和独四、五团一样厉害！

龙头庵一带的日子重归平静。肖守训知道，这块根据地可以迎接自己队伍的到来了。

这是放鱼籽草的时候，靠山的河面上浮起了很多用杉树条钉成的四方框子，框中间捆绑了厚厚一层鱼籽草，发情的鲤鱼时不时啪啦啦地跳起来，把蛋屙在鱼籽草上。人们把鱼籽草搂起来，再放回池塘里养不久，小鱼就像蚊子一样在水里成团游动。河边人将这些小鱼苗用专制的木盆担起来四乡叫卖，村民见了他们都说："鱼儿客来了。"

肖守训正带人在河边巡逻维护渔民生活秩序时，米司令派人告诉他，溆浦那边来人了。

自独四、五团在龙头庵成立以来，就一直盼着溆浦那边来人，现在终于来了。肖守训非常高兴地赶到米司令家里一看，来的是早就有过联系的谌炽。

抗战初期，龙头庵成立地下党支部时，谌炽来龙头庵与米庆轩联系过，上次谌炽来也是在米司令家里与米庆轩接的头。米司令和谌炽已是老关系，当年组团抗日时，谌炽是地下党龙潭区委委员，米司令到了常德还写信将谌炽约去一起抗日。后来，为建立龙头庵地下党支部，谌炽又来过这里。他是最早、也是一直在沟通辰溪和溆浦地下党情况的使者。

两人见面后，谌炽说："自从谌鸿章回到龙潭后，龙潭的革命形势一派大好！地下党宣传的革命道理越来越深入人心。"

关于谌鸿章在龙潭的活动情况，肖守训只是经常听陈策和米庆轩他们说起，他非常想了解谌鸿章的情况。他说："谌鸿章现在还在龙潭？"

谌炽说："在龙潭啊。我就是他派来与你们进行联系的。"

肖守训说："听说抗战初期国民党省政府悬赏三千块大洋要谌鸿章的人头，真有这事吗？"

谌炽说："这都是我们经历的事。一九三八年，谌鸿章是中共溆浦县地下党县委书记，在他的领导下，翟根甲、梁春阳和我等八九个人把溆浦县的抗日救亡运动搞得轰轰烈烈。这也让国民党反动派感到恐慌，于是，他们将县内一起杀人抢劫案嫁祸于我们，诬蔑我们抗日组织是'扰乱后方'，将谌鸿章、翟根甲和我三人逮捕，关入大牢。为了当作要案来办，县长还自己提审我们三人，结果县长所述之罪，被谌鸿章那张铁嘴以无可辩驳的事实和确凿的证据驳得荡然无存。他们只得将谌鸿章和我交保释放，而将翟根甲继续关押。谌鸿章出狱后，连夜直奔长沙，准备向正在长沙视察工作的周恩来汇报，请求营救翟根甲。但谌鸿章到达长沙时，正是十一月中旬，长沙大火烧了三天三夜，全城房屋被烧掉十分之八，老人、小孩和未能转走的伤员烧死无数，全城混乱，省工委的地址迁往别处，无法联系上。他又只好赶回县里，通过与陈霞龄等地方名流的关系，将翟根甲营救出狱。后来，国民党进一步反共，经组织批准，谌鸿章转入地下活动。十余年间，他从来没有离开过湘西，也从来没有停止过革命。他一时在邵阳车站给人家算命看相，一时又在晃县波洲的渔船上看书垂钓。这么些年，我只见过他一次面，直到最近，他回到龙潭，我们才工作在一起。国民党省政府那三千块大洋的悬赏，至今也没有人能领到！”说完，谌炽欢快地笑了起来。

肖守训说：“现在国民党省政府都成泥菩萨过河，自身难保，只怕是早就忘了这个悬赏。”

谌炽说：“悬赏忘了，但他们屠杀共产党是不会忘的！统治者越到垂亡之日，越是日凶一日。谌鸿章和我们正在加紧策反雪峰部队，争取建立我们自己的武装，准备最后同国民党做武装斗争！”

肖守训说：“我们辰溪也正在努力为最后的武装斗争做准备。”

谌炽很想了解兵工厂打开后，辰溪地下党拿到的武器情况，就说：“听说，兵工厂打开后，辰溪地下党已经有了自己的几个武装团了？”

肖守训介绍了辰溪建立地下武装的艰难后，两人越谈越投机。第二天谌炽要回龙潭时，肖守训依依不舍地送了很远一程，直到谌炽的身影消失在远处深厚的绿色里，他还站在那里喊着：“希望我们尽快再会！”

48 / 你好好认认我是谁

小黄埠村坐落在沅水河畔一个青翠的山湾里。春末夏初的日子，吃过早饭，村妇们最喜欢用竹篮或水桶提着花衣花裤和被子到河里去清洗，然后晾晒在屋楼的栏杆上或者家门口的竹木架子上。于是，从河边渡口透过密密层层的绿叶看进村里，是一个十分秀丽的村子。偶尔也有女人唤娃儿的声音像黑夜的亮光一样划过村子上空，但那悠闲的声音不仅不惊扰村子的一切，反而衬得村子更显宁静！

但宁静的村口河边突然泊下几只木船，下船的全是荷枪实弹的人。这些人很快在渡口拉成一线，走成一个弯弯曲曲的长队，从树荫下入村后将全村四面包围。狗见人多势众，又都背着枪，就难免有些害怕，但陌生人来了，又不能不叫，只得躲进仓屋底下叫得喷尿。村民并不知道要发生什么不幸的灾祸，大家以为这些包围村子的人与自己无关。

为震慑村民，先响了一排枪，鸡都咯咯呱呱地惊叫着飞上了瓦檐或树上不敢再下来。然后，背枪的人把村民都赶到村中间的一块荒草坪里集合听训话。

训话的小个子穿着粗布对襟衫，背着短枪，还没有个真正的大人样子，但他站在土台子上还是比别人高出一截，尤其那双眼睛会杀人！他抽出腰上的两支短枪朝天“叭！叭！”放了两枪，然后大声问道：“你们认识老子吗？相信你们都不认识老子！告诉你们：老子大名叫熊自金！今年，十五岁！别以为老了年纪小，兵工厂打开时，老子带人抢了一百多支好枪，今天来的这些人都是我的好弟兄！国防军第一军成立时，张军长封我是连长；国防军第一军收编为省绥靖公署直属清剿第二纵队之后，张司令当了司令，他封我是分队长！老子今天告诉你们：我是带着队伍来为我爹报仇的！我爹就是你们这里人害死的！”

村民这下吓呆了眼，村里从没听说过有谁害死了别人！又听不明白他爹是谁，就议论起来，相互询问是谁害死了这人的爹，这人的爹是谁？

为镇住嘈杂声，熊自金又朝天放了两枪说：“你们不知道我爹是谁？我爹就是大名鼎鼎的熊桂清！”

村民明白他是熊桂清的儿子，就有些不寒而栗，知道今天一定要大难临头了。

熊自金说："大家不要怕！冤有头，债有主！我今天要找的是你们村里的金长发！是他害死了我爹！——金长发来了没有？"

村民一看，回说，金长发没有来。

熊自金说："他家里有人来了没有？"

一位年轻人站出来说："来了。金长发去麻溪走亲戚了。"

熊自金问："你是他什么人？"

"我是他二弟。

"叫什么名字？"

"金长旺！"

熊自金说："那好！我限你今天把金长发交来。如交不来，那就对不起，全村子的生命我都要收拾完，连一只狗、一只鸡都不留！房屋也要烧尽！从现在起，除了金长旺去找人以外，任何人不许出村！你们要杀猪、杀鸡、洗腊肉招待我们弟兄们！"

村民又议论起来，不知金长发在什么时候、什么地方、为什么事情害死了这姓熊人的爹。

熊自金说："你们还不知道金长发和我有什么仇？十年前，县里宪兵团强迫我爹的队伍去抗日，我爹他不愿意，在沅陵脱离抗日队伍悄悄回到辰溪，在回长田湾老家途中，经过石溪坳，当时金长发正在石溪坳接受宪兵训练，他因为原来在我爹的部下吃过粮，所以他认得我爹，是他向宪兵团点了水，所以，宪兵团的人才抓了我爹，把我爹在县城西园给枪毙了！我爹被杀时，我才五岁，十年之后的今天，我来替我爹报这个仇！大家这回听明白了吗？"

村民听明白这回事之后，仍然没人敢反抗，倒是有人跟金长旺说："你快去把你哥找回来。别害了全村人！"

也有人悄悄地跟金长旺说："叫你哥跑了，跑远点！落到这个姓熊的手里就没个全尸了！"

这时候，一个中年人站出来说："一人做事一人当！你既然说了冤有头债有主，你把我们全村人都押在这里干什么？"

熊自金从土台子上走下来，抬头看了看这个高高大大的中年人说："看样子，你可能也是扛过枪的。不然，你不会是这个说话的口气！"

那中年人说："你好眼力！我是扛过枪，在常德我还亲手打死好几个日本鬼子！不像你爹，从抗日的队伍里溜回家当逃兵！"

熊自金说："英雄！佩服！看样子，你今天是要充一回叫鸡公了？你继续说下去！"

那中年人说："你还想听吗？"

熊自金说："你这么会说话，我怎么不想听呢？"

那中年人说："那你就听着。按照当时的规定，凡是当抗日逃兵的，一律枪毙！你爹从抗日路上逃回来，他就该枪毙！金长发向宪兵报告情况有什么错？你不怪一个抗日逃兵，倒怪一个揭发当逃兵的人，你真是好儿子！你怎么不问问你自己还是不是中国人？"

村民都为说这话的人缩短了脖子。熊自金一时回不上话，好一会儿才说："好！我现在就回答你。不过我懒得和你费口舌！"熊自金抽枪，一枪毙了那中年人！中年人倒下去的时候，顺手抓了泥沙拼命地使劲打在了熊自金的脸上，打得熊自金一脸的污泥！拨了半天才把眼睛拨出来，然后说："你站着比我高一截，倒在地上还能比我高吗！"

全村人再也不敢出声，孩子们全躲进了父母的胳肢窝里。

金长旺站出来说话了，"各位叔侄弟兄婶子嫂嫂，大家都不要多言，也不要害怕，我马上去把我哥找回来！他的事由他来承担！"说完话，金长旺就一路跑步出了村。

金长旺过了沅水河边跑到麻溪，找到哥哥金长发，把村里的危急情况一说，金长发就跟着弟弟往村里赶。长旺说："哥，你这一回去是有凶无吉啊！要做好最坏的打算！"

长发说："这我知道！熊桂清的儿子来找我还能有活？可我不回去，村民就会替我遭殃！"

长旺说："哥，你当时为什么要点熊桂清的水？"

长发说："熊桂清是杀人阎王！他跑回来了，当地人就没有好日子过！再说，当时有规定，抗日的逃兵，必须枪毙！我没有做错！"

长旺说："现在他儿子长大了，要报这个仇！"

长发说："他要报仇是他的事！我今天要当面说明当时的情况，我也可以违心地向他儿子道歉，只要他放了村民。"

兄弟俩黄昏时赶到了村里。村民除了去为这些枪兵做好菜好饭之外，其余人还都被围困在一起不能出村。时间久了，一个孩子吓得哭着往屁股上抠，娘把他裤子扯下来一看，屎尿都拉在裤裆里，白屁股已经变成了黄屁股。

金长发一步不停地走到被困的村民中间，抽着粗气说："是我金长发连累大家了！"

熊自金红着眼逼近金长发说："你就是金长发？"

金长发站直了高高的身板说："我就是十年前在宪兵团面前点你父亲水的金长发！这事是我一人所做，与全村人无关，你先放了他们！"

熊自金说："是条汉子！不过，你五谷杂粮也就吃到今天为止了！"

金长发说："如果你宽怀大气，也许我还可以回你几句话；如果你固执凶残，半句话你都别想从我嘴里抠出来！”

熊自金说：“现在，别说是半句话，就是一个字儿我都听不进！至于到时候，你愿不愿意认错，那就看你自己！——将他抓走！”

十几人一齐扑向金长发，将他按倒在地，捆住双手，然后用一根铁丝穿了他的锁骨。熊自金说：“先去掉他的脚爪，让他只能走路不能逃跑！”

于是，背枪的人在金长发的脚下垫了块木板，拿了斧头来，一边一斧头下去，两只脚的十个脚趾就远远飞落到草丛里一勾一勾地挣扎着，鲜血像数股涌泉。旁人全都闭上双眼不敢看，但金长发的眼睛一眨不眨，不吭一声。

熊自金感到很痛快，又说：“弟兄们，你们去各家各户看看还有没有什么你们需要的东西。”

背枪的弟兄们马上到各户洗劫了一次，然后，才连人带物离开村子。

赶了一夜的路，第二天拂晓，金长发被带到了一座坟前，他一眼就看见墓碑上有八个大字：“熊公讳桂清大人之墓”。

墓前有一块预备好的门板，金长发被剥光衣服绑在那块门板上。

熊自金说：“金长发，你好好认一认，你现在躺在什么地方！”

金长发说：“我早就看得非常清楚，这是辰溪著名土匪头子熊桂清的死尸坑！”

熊自金说：“你好好认认我是谁？”

金长发说：“我也早就认清楚了，你是土匪头子熊桂清的那包脓水熊自金！一个杀人不眨眼的小土匪头子！”

熊自金说：“好眼力！今天你爱怎么骂你就怎么骂，只要你知道我是谁就行！”

周围一些村民被强行赶到了坟前作见证。这时候，熊自金发令：“戴——黑——袖！”

于是，发黑袖套的人给在场者每人发了一个黑袖套戴上。被赶到这里的人，没有人敢违令，有人只是稍稍怠慢点，熊自金就不高兴了，大骂道：“跟大家说实话，在这块地方，我仰仗的就我张叔叔——张玉琳，张军长！如今是张司令！谁敢拗我的令？”

大家只得赶快戴上。

熊自金又发令：“挖——烛——台！”

四条大汉每人手里一把锋快闪亮的尖刀，同时在金长发两臂和两肩的肌肉上旋割起来，四块大肉被血淋淋地割下来丢在地上。

熊自金用脚使劲挪踩过那四块血肉之后，又高喊道：“上——香——烛！”

另四条汉子又将四支点燃的大红蜡烛插进被挖掉肉的血洞里。燃烧的蜡烛沸油流下来，烫在血生生的伤口上，发出扎扎的炸裂声。金长发全身肌肉剧烈抽动，周身汗如泉涌，但众人未见他吭一声！

墓前有一块预备好的门板，金长发被剥光衣服绑在那块门板上。

在生与死的临界间，金长发听着人世间有杜鹃一声接一声穿云破雾地叫个不停，小溪水轻轻地流着，时间特别的悠长；看着各色花儿就在不远处静静地开着，树叶静静地绿着，白云静静地贴在天幕上……

熊自金这时一骨碌跪在熊桂清坟前大喊一声："爹，儿子为你报仇了！"

熊自金连作三个大揖后，又站起来说："叫金长发抱树！"

人人都以为金长发已经咽气，没想到，当几条汉子把金长发从门板上解下来时，他却还大叫一声："老天有眼！你会比我死得更惨！"

金长发又被绑在坟前合抱粗的松树上。熊自金让扛机枪的、背步枪的都站成一排，然后他宣布："朝天鸣枪！祷告天地：愿父亲安息！"

所有的枪都朝天打响。

熊自金又宣布："朝人放枪！祷告先祖：愿父亲消气！"

所有的枪都朝金长发射击。一时间，金长发被打成蜂窝煤一般。

直到这时，熊自金才宣布活人祭坟结束。

吓得一身大汗、不知自己死活的村民，这才惶恐不安地往回走，只想一步到家，只恨脚腕软得没有一点力气。

熊自金搞过"活人祭坟"第三天下午，门外来人报告：火马冲张团长派人前来道喜。

张团长就是张承栋。张团长可是名气不小！熊自金赶快迎出大门，只见十几人背枪护送着一顶花轿来到门口。领头的人说："熊连长，我们张团长闻听你为父报仇大显身手，特派我带人送来贺礼道喜！"

熊自金不无自豪地说："谢谢张团长好意！只是不知这抬着花轿是何来意？"

领头的说："这就是我们张团长送给你的厚礼！"

领头的示意放下花轿。轿夫将后杠稍稍抬起，让轿门压低，随行人撩起轿帘，一位美若天仙的姑娘缓缓走出轿门。熊自金两眼看得发呆，不知手脚如何动弹，半天才回过神来说："哎呀，这真是张团长的一份厚礼啊！快快迎进屋去！"于是，来人将美女扶住，送进熊自金房内。

张承栋熟知熊自金年纪轻轻就已纵欲成性，才十五岁，玩女人成了他最大兴趣。于是，他买来这姑娘，要她完成一个重要任务。

这姑娘姓高，桃源人氏，已在辰溪"堂班"里好些年头，因她人才出众，十三岁时曾受过熊桂清一伙的欺辱，早有雪恨之念。这次听说是有人出重金买她去灭掉宿怨土匪头子熊桂清之子，二十三岁的她欣然答应。

为庆功，熊自金大宴弟兄；又因张团长送来美人，熊自金开怀畅饮。晚宴过后已是夜深，熊自金因极度高兴，已与弟兄们喝得烂醉，回到内房，姑娘正打扮得十分妩媚地坐在床上等候入寝。熊自金强作镇静地在房间里踱了几圈，然后扑向姑娘，双手托着姑娘的脸蛋说：“我只想把你一口吞下去！你真是个仙女坯子！珍贵宝贝！”说着，就将姑娘的脸蛋轻轻咬了一口。姑娘百般柔顺地妩媚笑着，一双情眼勾住他的灵魂。熊自金以前都只在乡下强抢民女玩乐，每到夜晚上床，不是对他进行拼命反抗，就是哭哭泣泣没有个喜样，从没有像今天这姑娘如此温顺。他真的喜欢上了这个姑娘，只想今晚要好好尽兴云雨一番！但因酗酒和疲劳，他的阳物一直毫不理解也毫不表达他的强烈愿望，他恨自己这个不争气的东西！但他有他的办法来调拨自己，他相信他的办法能使自己雄起。他跟姑娘说：“你喜欢我吗？”

姑娘娇柔地说：“当然喜欢！你这么年轻，又这么重情重义！”

这种话是熊自金最喜欢听的。他说：“你脱掉衣裤让我看看。”

姑娘说：“好！只要你高兴，你要我做什么都行。”姑娘慢慢把衣裤脱光，赤裸裸地站在他面前，又摆了几种姿势把奶子高高地翘起来向他挨近，顶在他脸上。这让他见所未见，闻所未闻。他心跳加剧，呼吸急骤，然而，下面的东西仍无反应。他急了，但他又强迫自己装出镇静说：“你把我的衣裤也脱下来让你看看。”姑娘又将他的衣裤一一脱光。他急不可耐地把姑娘搂紧了按在床上，两团肉裹在一起搓揉半天，但下面的阳具就是没有反应。他气得把自己胯裆里的那包东西抓起来狠狠地捏了几把，又打了几把，骂道：“死东西！不争气的死东西！”他担心姑娘会瞧不起他，不料姑娘却说：“你别急！越急越不成事。今天一个整夜我都是你的。要等天亮了我才离开。”

姑娘这么一说，他就更急了，夜都这么深了，离天亮还有多远？他看着姑娘说：“你给我揉揉鸡鸡好吗？”

姑娘说：“好，你躺着，我给你揉揉。”

姑娘轻轻地抚揉了半天，还是没有一点作用。他哀叹道：“我就这么没有艳福啊？姑娘你还有什么好办法吗？”

姑娘说：“有。怎么没有好办法呢？只有想不到的，没有做不到的！”

他说：“那你快告诉我。”

姑娘说：“只是不知你是不是愿意。”

他说：“我只要能雄起来，什么都愿意！”

姑娘从内衣里翻出一个小药瓶递给他说：“你把这个小药瓶里的药服下去，保证你一会儿就能成事。”

他惊喜地说：“真的？快给我！”

姑娘把药瓶给了他，他将药丸儿一口气全都吞下。姑娘把空药瓶从窗子里扔了出去，扔得远远的，意思是不要让别人发现这一机密。

接下来，熊自金一次接一次地要她。等到天亮时，他已经瘫在床上像一条死鱼，不能动弹。姑娘一看床上，全是他射出的血精，而且还在不停地往外流溢。她心里非常清楚，事情已经办成，她必须尽快离开！她将熊自金穿上衣裤，然后自己起来，从从容容地洗漱、装扮好之后，亲了他一口，然后转身走到房门口朝他挥手说："我要坐花轿回城。"

熊自金拼命从床上爬到床边，伸手想下床抓她时，扑通一个跟斗栽倒在床下，脸贴在臭鞋上也无力转动……

姑娘一走，手下人就去照看熊自金。熊自金恃强不让别人看他的可怜样子，把来人都拒之门外。

下午日头黄山时他才不拒绝人看望，但看望他的人揭开被子一看，他已一命呜呼，血精还在流个不止。

熊自金的亲族也想生出什么事儿来，但是，他身上无伤无痕，完全是贪色所致，生出事儿来找谁负责呢？说出来也实在丢人！姑娘是花轿抬来的，是熊自金喜欢的。再说，还是张承栋团长送来的，张承栋团长可不好惹！最后的结局只能是把人埋了，把队伍解散。

姑娘回城后，张承栋在华北酒楼为姑娘接风，当面兑现五百块大洋。张承栋跟姑娘说："姑娘，这是你的报酬！"

姑娘说："这钱我不要！出了这口气我就离开辰溪回老家！"

张承栋说："姑娘，你这次出阵，相当于我一个团打几天的仗！这钱你一定要拿！"

姑娘说："张团长，我只为出口气，不是为钱！拿了这钱，我就成了为财卖身之人！"

张承栋内心不无感动地说："既这样，我只有给您行个军礼致谢！"

张承栋立正，向姑娘敬礼。

49 / 聪明人不用把话说尽

完成这个任务后，张承栋到大伏潭拜见陈策说："我把熊桂清的儿子给灭掉了！"

陈策说："你怎么灭的？"

张承栋说："让他快乐死！"

于是，张承栋就把事情的经过详细述说了一遍。

陈策苦苦一笑，不置可否。

张承栋说："什么人得给他吃什么药！我痛恨他用活人为他做土匪、当抗日逃兵的父亲祭坟！对这些人不能心慈手软！他们都以张玉琳为靠山，而张玉琳最近又日渐有变，我们现在公开除掉他们还不可能，只有用这些办法干掉一个少一个！他熊自金不除掉，说不定哪天就会向我们这边的人下毒手。"

近些日子以来，随着军费的短缺，张玉琳部下的支队、中队、分队，在下面为非作歹的已不计其数，日甚一日！有的以报私仇乱烧乱杀，哪还像个军队？陈策说："这倒也是，不过，首先还是要解决张玉琳的问题。我已经要向石宇创造一个适当的机会，让我和张玉琳见面谈一次。据我所知，国民党对程潜已不放心，所以程潜的日子也不好过，据说，张玉琳的队伍收编到省绥靖公署后，也是麻烦不断。找张玉琳好好谈一次，把中国的前途和他自己的命运诚恳地告诉他，会有作用。"

张承栋说："水火难容啊！要让你们俩坐在一起谈话，这个任务只怕向石宇难以完成。"

陈策说："向石宇在县军事参事室经营这么多年，他会有办法的。当年，我在自卫团时给张玉琳训过一次话，虽然，他后面并没有改邪归正，当时，他表面上还是点过头的。"

但在陈策还没能和张玉琳面对面谈话时，张玉琳果然先下手了，他以人员不足为由，令独立四、五团合编为第二纵队第三支队第三大队并调防至潭湾后，将自己的心腹刘华锋也安插进了三大队，还克扣三大队的军饷。因此，等于是几块大石板压在三大队头上。

米庆轩和肖洪量一到潭湾镇就走访名流和百姓，取得当地人的支持，后勤几乎没有遇到什么困难。消息传到张玉琳耳里，张玉琳跟米昭英说："将三大队调防潭湾是我考虑不周！我原想潭湾离县城近，好控制，但没有想到这里曾经是桃源女中所在地，当地人的思想还在受着向绍轩那些人的深刻影响。"张玉琳又要下令将三大队移防浦市。

米昭英的内心很矛盾，他怀疑这支队伍，又不情愿张玉琳这样整治他的乡族兄弟，但在张玉琳面前又无能为力。

浦市离辰溪县城不远，又是保安团团长徐汉章辖区。卧榻之侧，岂容他人酣睡？张玉琳将三大队置于徐汉章嘴边，就是要将猎狗置于虎穴！

三大队奉命到达浦市后，完全没有后援，住在祠堂、会馆里，又无后勤供给。陈策以做煤炭生意为名，秘密潜入浦市，会见了米庆轩和肖洪量，查看了三大队的生活条件，官兵们不仅吃住太差，连病号也无药医治。身体本就虚弱的米庆轩已是弱不经风。陈策十分着急，但又力不从心，仅能暗里给一点有限的资金。

陈策坐在河边一棵老柳树下想了半天才跟米庆轩和肖洪量说："一定要想办法让我们的部队度过这一难关！我看，眼下正值农忙季节，你们带领三大队的官兵去帮助当地农户去割草、栽田，和农户打成一片。这样既可以麻痹张玉琳，又可以和当地百姓拉近关系，得到支援。"

当米庆轩和肖洪量带着队伍去给当地农户干农活时，当地农户都感到十分惊奇。一群士兵栽完一丘田之后和老百姓一起坐在田塍上歇气，一个老农民抽着烟笑着问米庆轩："你们不像是张玉琳的部队！"

米庆轩说："为什么？"

老农民说："我说不像就是不像！"

米庆轩说："张玉琳的部队难道都是青面獠牙？"

老农民说："张玉琳的部队我见得多了！你们不像！"

米庆轩说："同是一把刀，可以用来杀人害命，也可以用来割草积肥！事在人为嘛！"

老农民说："说你们是共产党的部队我还相信！贺龙的队伍从这里过路时就是这个样子！"

米庆轩说："大叔，这可说不得啊！说了可要人头落地哪！"

老农民笑了一下说："你放心，我只跟你悄悄说！我也有个儿子在贺龙那里当兵！"

不久，三大队的人就和当地百姓有了很好的关系，听说三大队没有饭吃，很多农户就纷纷送粮送菜支援他们。

栽完了田，三大队也像下水的秧蔸渐渐扎稳了根。于是，米庆轩和肖洪量又把怀化新路河的罗健西请到浦市，专门帮助操练军事。

老百姓对三大队的赞誉，让徐汉章坐不住了。他在辰溪县城的华北大酒楼备了盛席宴请张玉琳。席间一阵热闹过后，徐汉章开玩笑说："张司令，我面前的蚯蚓，你让别的公鸡来吃，你就不怕两只公鸡打起来？"

张玉琳笑笑说："打起来有什么不好，可以把脚腿和翅膀练硬嘛！"

徐汉章说："有司令这句话，我就有底了。"

米昭英内心着急得不行，赶快打圆场说："徐团长开玩笑，我们张司令也是跟你开玩笑啊！"

张玉琳马上意识到米昭英这是在提醒他不要让徐汉章去吃掉三大队，不要打内战。如果两支队伍真打起来，两败俱伤不说，整个纵队内部的稳定就难以保证！张玉琳马上改口说："我自然不会让外来的公鸡吃掉你面前的蚯蚓，只是借个路而已，很快我就会将他们放到没有蚯蚓的地方去。你别着急！"

徐汉章说："原是这样就好！既是借路，那我就忍耐几天。如果不是这样，我就要趁早下嘴，以防被对方啄伤了！三大队的人，大学生多，有文化的人多，鬼点子也多。看样子，他们要是在浦市再住下去，浦市就成他们的天地了！老百姓现在和他们都快成亲兄弟了！就差还没有共妻！"

张玉琳认为，徐汉章提供的这个情况很重要，如果真让三大队在浦市把根扎牢了，有了根据地，那就难以对付离县城这么近的三大队。不过，因为米昭英在座，他没有把这个意思说出来，他怕米昭英给三大队通消息，米昭英的家乡观念太强，不能不加提防。

果然，不几天，三大队又接到命令：调防到合水乡！

部队达到合水后才知道，这里为泸溪、凤凰、麻阳三县交界之地，匪患不断，民不聊生，尤其辰溪兵工厂被抢后，本地股匪、外地股匪都常来这里洗劫，家事稍好点的，早已逃离此地，留在这里的农民全都贫困至极。米庆轩和肖洪量到各家各户去走访时，看到的全是些衣不遮体、食不果腹的饥民，村里无狗叫、无鸡鸣，三大队不仅拿钱买不到粮食，还得把自己从浦市带去的那点粮食拿出一部分给快饿死的穷人救命。如此下去，别说打仗，要在这里活下去都很难！肖洪量徒步赶回辰溪大伏潭向陈策详细汇报了危险处境。陈策说："张玉琳这是决意要置三大队于死地！他嘴上不说，下手却狠！"

肖洪量说："我得想办法做通米昭英的工作，给我们换防，无论如何不能再驻防合水！在合水就是等死！"

陈策说："行！我也要向石宇加紧促成我和张玉琳见面，以求尽快扭转这种被动局面！"

陈策将自己做石灰和煤炭生意赚的钱，女子刺绣店积攒下来的那点钱，都用一个大布袋装上拿出来交给了肖洪量，要肖洪量多买点粮食带去。

肖洪量回到家里，又要杨俊再拿点钱给部队买粮。杨俊很为难地说：“这些年，你的朋友来得很多，吃住都在我们家里，开销很大，以前积攒下来的那点钱又都被拿去给你朋友做了路费。现在已经拿不出现钱了。”

肖洪量急了，说：“那还有什么别的办法想吗？”

杨俊说：“只有把我陪嫁的几件珠宝首饰拿到当铺里去当了。”

肖洪量说：“这就太为难你了！”

杨俊说：“反正放在家里也是沤箱子！世道这么乱，戴这些东西也没有意思！倒不如变成钱给你办大事！”

肖洪量说：“好夫人！有你这话我就高兴了！”

下午杨俊把她的首饰当成钱给了肖洪量。肖洪量拿着好不容易筹来的这些钱以高价买了些粮食，派人运送到合水三大队，自己则到米昭英处为三大队请调。

三大队已为张玉琳重点控制，米昭英不敢有违张玉琳之愿。但是，出于对族亲同乡的同情，在几次会上，他还是硬着头皮跟张玉琳说：“据三大队报告，他们在合水实在是没有给养，活不下去，是否调防一下？”张玉琳早有预料，毫不犹豫地说：“怎么就活不下去了？地方上那么多人不是活了这么多年吗？就算没有大米饭，难道山没有葛挖？”

部队怎么能和当地有田有地的老百姓比呢？怎么能去挖葛度日呢？张玉琳不是不明白这些道理，他心里就是要掐死三大队！米昭英把这个不好的结果转告给了米庆轩和肖洪量。米、肖二人仍艰难地维持着部队，一边等待着陈策的指令，一边做好最后的打算。

上弦月挂在门外小院的上空，县长在月光下练太极，砖铺的地面上不时发出布鞋底轻轻擦过的声音。向石宇在门口站了一会儿，见县长刚练完一套太极直起腰来，便趁机进门去，“县长，月下练太极，伴舞成两人。好意境！”

县长缓下一口气来，指着花坛边的一张条凳说：“向参事来了，请坐。”

两人在凳上坐下。向石宇说：“县长，我今天来还是为前几次说的那件事。”

县长笑笑说：“你给我出难题了。”

向石宇说：“县长，这个不是难题。我在县军事参事室做参事这么多年，从不给县长出难题。现在办这件事，正是顺应天时，水到渠成！”

县长说：“要把陈策和张玉琳请到一张桌子上来吃饭，我实在是还没有这个胆量！”

向石宇说：“不知县长您这种虚怯从何而来？”

县长说：“一边是火，一边是水啊！”

向石宇说：“县长，您是开明人士，我就跟您直说了。这么多年来，我既不是共产党，也不是国民党，我只是民主人士，和陈策、张玉琳都有来往，我深知他们之间并无生死怨仇。现在共产党和国民党正处博弈关键时期，作为你我，都不能不为自己的未来考虑。请陈、张来您府上赴宴，我们可以不谈国是，只作友谊交往。他们要谈那是他们的事。日后，不论是东方亮还是西方亮，你都有平坦大路可走，何乐而不为？辰溪前几任县长都是在这方面处理不当，一边倒，结果没有一个有好下场。从时局说，识时务者方为俊杰！从家事来说，与陈、张结为朋友，于您有益无害；从国事上讲，陈、张能和，辰溪则安，县长可享一县太平之福！”

县长觉得向石宇言之成理，但他说：“可以请陈、张来赴宴，但我不设家宴，在华北酒楼或梁园酒楼设宴不行吗？”

向石宇考虑到在外面请客，到处都是张玉琳的人，对陈策很不安全。他说：“不行！如在这些酒楼设宴，花费再多，陈、张都会以为是公事应酬，并非县长真情。再则，如陈、张谈不到一起，必然毫无顾忌，则会事与愿违。如设家宴，他陈、张二人必感县长真情，既是有隙，也会相互克制，待之以礼，必和谐相处，聚散欢喜！”

县长终于被向石宇说动了心，答应设家宴请陈策、张玉琳同桌为客，并请向石宇等县里几位头面人物作陪。

县长开始郑重其事地准备酒席，餐厅里原来那副“食为天”的匾额也换成一块米昭英写的“和”字匾。

到了宴会这天，县长要家里佣人重又把院里彻底清扫一遍，砖头石尖儿也似乎长高了一截。然后，他在院里放了一张樟木官帽椅，捧着一本书细细地看，边看边等着贵宾的到来，心里不安，外表泰然。

张玉琳已深感与前任县长不和之苦，加之近来为大小事所烦，便早早来到县长家门，这一是为表示对新县长的尊重，二也是想趁新县长请客溜出来偷得一时安闲。他进门抱拳致礼道：“县长，玉琳前来报到。”

县长大喜，他想不到是张玉琳来得最早。他原还想张玉琳会抬抬自己的身价，来得晚些。县长也抱拳回礼，“张司令公务缠身，还能如此赏脸，深感荣幸！”

张玉琳见官帽椅上放有县长所读之书，禁不住拿来一看，原来是朱熹和吕祖谦撰的《近思录》。张玉琳两眼一亮，他在沅陵八中读书时，老师跟他们荐书时说过，若要学些理学修身，可读读《近思录》。可惜这些年忙乱于争斗，无暇寻得此书享受。今日得见，自然多有几分亲切。一看县长所折之页，正是第八卷：《治国平天下之道》。其曰：“得天理之正，极人伦之至者，尧舜之道也。用其私心，依仁义之偏者，霸者之事也。王道如砥，本乎人情，出乎礼仪，如履大路而行，无复回曲；霸者崎岖，反侧于曲径之中，而卒无可与入尧舜之道。故诚心而王则王矣，假之而霸则霸矣。二者其道不同，在审其初而已。易所谓差之毫厘，谬以千里者。其初不可不审也。……稽先圣之言，察人事之理，知尧舜之道备于己，及身而诚之，推之以及四海，则万世幸甚。”

县长见张玉琳捧书便读得入神，就说：“张司令真是求知若渴啊！”

张玉琳手不释卷地说：“君子食无求饱，居无求安，敏于事而慎于言，就有道而正也，可谓好学也矣！玉琳岂敢当‘求知若渴’啊！县长，见笑了。此书真乃圣贤之心、圣贤之言啊！刚读一段，就如清泉洗心，顿感宁静清明！”

两人正说话，不料陈策在背后接话说：“所以，商君汤在他的浴盆上刻着这样的警句：‘苟日新，日日新，又日新。’”

张玉琳闻言，顿起几分敬意说：“陈公所言，玉琳爱听。”

陈策说：“常言道，六十而耳顺。你年纪轻轻就能如此谦听，必为载福之人！”

县长马上迎了陈策，将二人领进餐厅就坐。接着其他几人也相继到席。

客人不多，席面显得宁静和谐，先是县长尽东道主之谊，按辰溪规矩，举杯三巡同饮，然后大家各自行敬。席上，陈策年纪最长，资历最老。县长就先敬陈策，说：“陈公，酒桌上当以年齿为序，难得我们如此相聚，请您先接受我的敬意。”

陈策受了酒，一饮而尽，说：“哎呀，县长太客气。我不过老朽而已，像玉琳才正是年轻有为啊！”

一句话恰到好处地把与张玉琳的情感拉近了许多。张玉琳非常高兴地举起杯来说：“县长所言极是。玉琳也敬陈长辈一杯。”

陈策见开局很好，兴致陡涨地说：“我虽不胜酒力，但玉琳这杯酒，我是一定要喝！我第一次在县团防局就职时，就和你父亲打过交道。第二次在团防局就职时，又和你打过交道。今天又能坐在县长家里相聚同饮，我们真是有缘。”陈策尽杯后说：“玉琳，今天我也要敬你一杯！辰溪兵工厂幸得你当机立断，若等到大湘西各县武装蜂拥辰溪时再开库取枪，辰溪县城将难免和沅陵一样，成为流血之城。此乃辰溪民众之大幸！”

张玉琳说：“知我者陈公也！这杯酒，玉琳喝了！”

席面上，陈策和张玉琳自然而然地成了主角。向石宇借机对陈策说：“陈老板，现在外面局势很乱，我在一个小小县城坐井观天，你在外面跑生意，走南闯北，一定多有见闻，能否给我们也谈点儿当前大局，让我们也开开眼界？免得我们孤陋寡闻。”

县长也说：“是啊，跟我们谈谈外面的世界，免得不知有汉，无论魏晋。”

大家都说，好，给我们说说外面的新鲜事。

陈策说：“这个话不好说，一说就要扯到国民党和共产党的事。我又是不大关心政治之人！今天是县长请客，还是不谈国是为好。”陈策是要等待张玉琳先开这个口。

向石宇说：“要不是在县长家里，我才不敢要你说这些呢！在县长家里没有外人，在座的几位还有谁不懂这个规矩？谁还会到外面去乱说呢？”

果然，张玉琳有些迫切地说：“我也正想听听！天天都在忙些杂务，对于外面的世界真是所知无几。”

县长说：“那就说说吧。这里说这里丢，不准带到门外去！”

陈策说：“那好，既然县长要我说，我就说说眼前的几件具体事儿吧。中共毛泽东和朱德四月二十一日发布了向全国进军的命令，外面的报纸都登了原文，这个大家应该都看到了。四月二十三日共产党的军队占领了国民政府首都南京，总统府上青天白日旗已经换上了五星红旗，这个大家可能也知道。至于，湖南省府主席程潜已发表书面谈话，要湘人‘安定应变’，言下之意就是不跟共产党搞对抗，这可是个重要消息。共产党的中央军委已向各野战军发出向全国进军的电令，第四野战军主力已近湘乡、攸县一带，大军很快就要逼近湘西，这就和我们在座各位有直接关系！现在啊，中国和湖南的大局很快就要见分晓！程潜要求与中共湖南党组织负责人面谈，中共湖南党组织负责人已经两次接见程潜，欢迎他走和平起义之路。这是真正的内部消息。往后辰溪这日子，我们想想就会明白，我就不好往下说了。聪明人不用把话听完，愚蠢人把话听完了也等于白听！”

陈策细心观察张玉琳的脸色变化，显然，张玉琳的内心受到了强烈冲击，虽然他一言不发，但他端杯之手已明显地软弱无力。不过，刚过一会儿，他又强打起精神来了。陈策从他的眼神里看得出来，张玉琳有话要说。

大家又热闹了一阵，然后散了席，道谢出门。

刚走到门外，张玉琳便挨近陈策说：“陈老前辈今天这番话大约有一多半是为我所说吧？”

陈策一笑说：“酒席上的话，有心听者就听得入心，无心听者，就是过耳之风，这边进，那边出！县长说了，这里说，这里丢，不带出门外。”

张玉琳说：“我现在已难料时局，还望长辈日后多多关照玉琳。”

陈策心里一亮，说：“论年龄，我当是你的父辈。念你两代人我都相识，念你自童年就受枪兵之苦，我只希望你能朝着亮处走，千万莫往黑处摸。我送你一句话：擦亮眼睛，顺势而行，做识时务之俊杰！”

张玉琳点点头说：“说得极是！玉琳自当思量。”

陈策说：“熊桂清的儿子熊自金，曾是你手下的连长，他为了给父亲报仇，最近搞了活人祭坟，当地人说，真是惨不忍睹！最后，他自己也落得可耻下场。现在，你的部下趁时局动乱不定，为满私欲，胡作非为，你应管好下属，不要让其肆意涂炭人民，再干这些丧尽天良之事，一切罪过，辰溪人民都会记在你头上！良药苦口，忠言逆耳！诚哉斯言！望玉琳三思而行！”

张玉琳说：“玉琳谨记！”

50 / 自己发钞票

在县长家的宴席上，谁对谁都没有直接劝说，但散席后，张玉琳回忆陈策那些话，内心世界有了摇撼。陈策关于中国、湖南、湘西、辰溪的局势，虽然只有简短的介绍，但句句掷地有声；而且他已经感受到陈策说的这种日子开始降临到了自己头上：省里应拨付的军费没有按时到位，新开的税源也无法足额，从司令部到连队，上上下下已经一片怨声。长此下去如何了得？如再向县民强行摊派苛捐杂税，辰溪人民岂不要满腔怨恨？陈策劝他的那些话又回响在耳际。正在张玉琳如此想得情急时，参谋长李师鲁来到他的办公室。

李师鲁坐下来说："张司令，我看省里也是自己的娘都哭不完了，哪还顾得上哭别人的爹！我们还是得自己想个紧急办法来填饱自己的肚子。"

张玉琳说："去抢？我张玉琳还嫌罪孽不深吗？我们现如今这么多的好枪好炮，这么大的队伍，我为何这么爽快就同意省里收编？不就是想吃口正当饭吗？"

李师鲁说："张司令多虑了。我有一计，你既可做正人君子，又可财源滚滚，取之不竭。"

张玉琳蔑笑一下，"世上若有此法，盗寇早已绝灭！"

李师鲁说："有！我们自己开银行，自己发钞票！"

张玉琳曾也有过此念，还为此忙过一阵，但最终还是不知从何着手；此时李师鲁再提此事，他禁不住两眼一亮，"自己开银行？自己发钞票？别人能认这个账？别人能吃能穿的东西，愿意换我们的纸片片？"

李师鲁说："谁敢不认这个账，我们的枪杆子是做什么用的？开始时，我们可以让自己的钞票强行在市场上流通，老百姓认可了、习惯了就没事了。"

张玉琳说："怎么个强行流通？比如我拿自己发的钞票去绸缎铺里买绸缎，绸缎铺里人不要我们的钱怎么办？"

李师鲁说："谁敢不要我们的钱就把他抓起来再说！"

张玉琳说："这和抢有什么不同？"

李师鲁说："和抢不一样！抢是强行把别人的东西夺走，没有任何等价的东西给人家；而我们是拿钱买别人的东西，别人同样可以拿我们的钱再买别的东西！这就变成了一种货币流通，多么斯文！”

张玉琳想了好一会儿后说：“这行得通吗？”

李师鲁说：“怎么行不通？我们的货币一旦流行开了，老百姓就会自然而然地使用！”

张玉琳说：“那好，反正也没有别的好路走。我们就筹建自己的银行试试吧！你去找陈策商量一下，看看这个行长人选谁最合适。陈策在贺龙手下做过多年军队的后勤管理，在地方上又做了这么多年生意，带兵打仗，管理经济，他都很有一套。你去好好听听他的意见。”

李师鲁说：“此事重大，最好是司令亲自与陈策面议。”

张玉琳说：“我虽佩服陈策，但目前时局未明，我还不好与他频繁接触。人到任何时候都不能太失自尊！还是你去为好，你说定的事，我一定认账！”

李师鲁说：“开银行之建议为我所提出，既然司令如此相信我，我就只得从命了。”

李师鲁找到陈策相商，陈策深知此事会贻害辰溪百姓，但他又想，假若张玉琳如此庞大的队伍没有军需供应，四处抢掠，必将祸害更多穷苦百姓。相比之下，他只能将计就计，尽量控制和缩小祸患。陈策诚心建议，将家产丰厚、办事向来又很守诚信的辰溪商会谢会长请出来做行长，并聘请王义勋、谭绍孟、刘远茂、翟云涛等人做银行职员。他想，只有这些人办事才不会乱来。

李师鲁把陈策的意见转达给张玉琳后，张玉琳没有怀疑：这些人即使是陈策的亲信，张玉琳也不怕，这本来就是空手套白狼的事，只有得没有失！于是，张玉琳任命谢会长当了辰溪银行行长。

谢行长受命后就开始设计钞票票面图案，落实银行营业地点，置办业务经营中所需的房屋和器具。

在筹备开办银行的日子，米昭英报告张玉琳说：“三大队和泸溪的徐汉章部即将兵刃相见！”

张玉琳真有些担心这些人再给自己添乱，说：“是谁先惹的祸？”

米昭英把情况详细作了说明。

原是米庆轩带信给了肖守训，说三大队在合水生活困难，望能得到援助。肖守训闻讯后，立即从龙头庵筹集了一批粮食和猪肉，租了一艘大船，还把自卫队的人枪带上船一同前往合水。大船在路上遭到徐汉章部的扣留。肖守训说尽好话仍无效果，其所带的自卫队气愤至极，要开枪护粮，肖守训不让。一则自卫队人少，不是徐汉章部的对手；二则这次目的是把粮食运到合水，以解三大队燃眉之急，而不是来打仗。肖守训只得马上回辰溪找到米昭英汇报，说他们援助张司令手下的队伍，徐汉章却置兄弟队伍于不顾，以亲为仇，强扣军粮，真是太不把张司令放在眼里！

在三大队和徐汉章之间，米昭英当然是站在三大队这边。米昭英跟张玉琳说了这些经过后，发了唠叨："徐汉章实在有些过分！我们自己的军粮路过浦市，他也敢扣留，也太有些目中无人！"

张玉琳听完米昭英汇报，心里想法很多。知道米昭英对三大队乡情很深，也知道陈策、米庆轩、肖洪量他们之间的关系。他原是想置三大队于死地，但在县长的家宴上陈策的那些话，使他不能不开始思考自己的后路。现在给三大队一条生路，将来万一国民党走上绝境，自己不是还有一线亮天？关于三大队的事，现在悔还来得及。张玉琳立即与徐汉章通电话："汉章啊，三大队的一批军粮被你部下扣留，请你查问清楚，急令该部马上放行。违者军法从事！"

徐汉章一听张玉琳口气很硬，马上假装糊涂说："哎呀，张司令，怎么会有这等事发生？有劳张司令亲自过问，实在不好意思。"

张玉琳说："别客气！事情办妥了回我电话！"

徐汉章以前听说张玉琳是要置三大队于死地，于是，他才暗地里让部下对三大队严加提防，欲陷其于绝境之中。现在他听出张玉琳的意思则与以前大不相同，心里骂道："这只小狐狸，真是一日三变！"但嘴上丝毫不敢得罪地在电话里说："我马上按张司令的指示办理！"

时过不久，徐汉章回电话说，事情已经办妥。张玉琳又要米昭英和三大队进行核实，证明徐汉章所说属实，张玉琳这才算了此一事。

不几天，谢行长带着他请人设计的钞票样版来向张玉琳汇报，并请过目定夺。钞票用黄色牛皮纸，票面有一元、五角、一角、五分的四种。张玉琳仔细看过图案，感到满意，但他对纸张和面值还是提出些疑问："这种黄色牛皮纸还是感到粗糙了一些，不像是钞票。"

谢行长说："现在能买到的几种纸里，只有这种纸张最为耐用，最宜印钞，无法找到比这更好的纸了。"

张玉琳说："不能弄些大的面值吗？"

谢行长说："不能！印大面值钞票不难，但是，现在老百姓一看到大面值的票子就怕，就要说钱又不值钱了！我们应该让老百姓感到辰溪银行发出的票子比国家银行发出的钞票还要值钱！将来要让老百姓都愿意用我们的小面票，不愿用国家银行的那些大面票！"

张玉琳觉得谢行长说得真是内行，就同意按他设计的票面印刷发行。

谢行长向来办事沉稳，又是辰溪商会会长，在辰溪商界很有些影响，他不仅自己资金势力雄厚，带头参股，还邀约了几大商行入股。钞票首发时，他策划一个热闹的仪式，商界头目和各界要员都应邀与了会。谢行长又利用自己的人际关系个别作承诺，于是，首先在县城的几家大商店开始流通辰溪银行发行的货币。

为树立辰溪银行的良好形象，谢行长又故意让人拿钞票到辰溪银行换取银元。辰溪银行随到随换，服务态度极为和善。人们见辰溪银行可以兑换银元，有人就拿着国家发行的钞票来辰溪银行里兑换银元，但遭到辰溪银行的拒绝，营业员说，只能用辰溪银行发行的钞票兑换银元。这样一来，根本就用不着李师鲁所说的动枪强逼，辰溪银行发行的钞票就很快在本县以及相邻的溆浦、麻阳、怀化、沅陵、泸溪等周边地区流通起来。后来市场上买东西，如有人给国家发的钞票，对方还不要，一定要辰溪银行的钞票。

见辰溪银行的信誉度如此之好，一些有钱人也都将自己的钱从国家银行取出，存入了辰溪银行。辰溪银行的存、贷款数量日益攀升。

张玉琳见银行业务如此红火，心里有了意外之喜，虽对银行内部管理一窍不通，但还是每天都盘问银行的运营情况。谢行长不厌其烦地跟他讲解金融知识，他听起来似懂非懂，但他有个硬办法检验这个银行的肥瘦，那就是不断地提款！

第一次张玉琳写条子到辰溪银行提款，是专供司令部所需的军费，数额不大。谢行长二话不说，按数照付。张玉琳又写了条子提款给各支队开支。这次数额相对来说就大了许多，谢行长还是二话不说，照数付给。他第三次又给谢行长写条子提款，这是全纵队所属各大队的所需开支。谢行长还是想尽办法照付不误！

提款人将第三次提出的一箱箱钞票送到张玉琳面前过目时，张玉琳喜得心里一片鲜花！他拿起一沓钞票仰天大笑说："我张玉琳自建军以来，就算现在这日子过得最有油水！一个李师鲁要我自己开银行解困，一个陈策给我介绍谢行长他们筹建和经营银行，真是良言良策加良才啊！难怪古话说，得人才者得天下啊！这几位金融家都是了不起的人啊！是这几个人帮我解了难！看来，我们这块地方有的是人才啊！这种要多少钱就能提出多少钱的日子，除了我张玉琳，这动乱年月，中国还有谁？国家总统的日子恐怕都不能像我这么要起钱来得心应手！我们改编这么久了，军费为什么迟迟拨不下来呢？省主席的日子一定也没有我好过！"

张玉琳的日子正过得顺心，参谋部报告他说，驻防合水的三大队移防到十里铺来了。

张玉琳新近虽在三大队存有私心，但擅自移防可不是小事，至少在形式上他得严责一番。他问米昭英是谁命令他们移防了，米昭英知道肖洪量和张玉琳是同学，就避重就轻地说："我追究过了，没有谁的命令，只是大队长肖洪量是个生意人，向来过惯了优厚生活，经不住艰苦环境的磨炼。在合水太苦，肖洪量就把队伍拖到城边上的十里铺来了。"

张玉琳说："上次不是有肖守训已经从龙头庵运粮去合水了吗？"

米昭英说："那点粮食早就吃得舔碗洗罐了。"

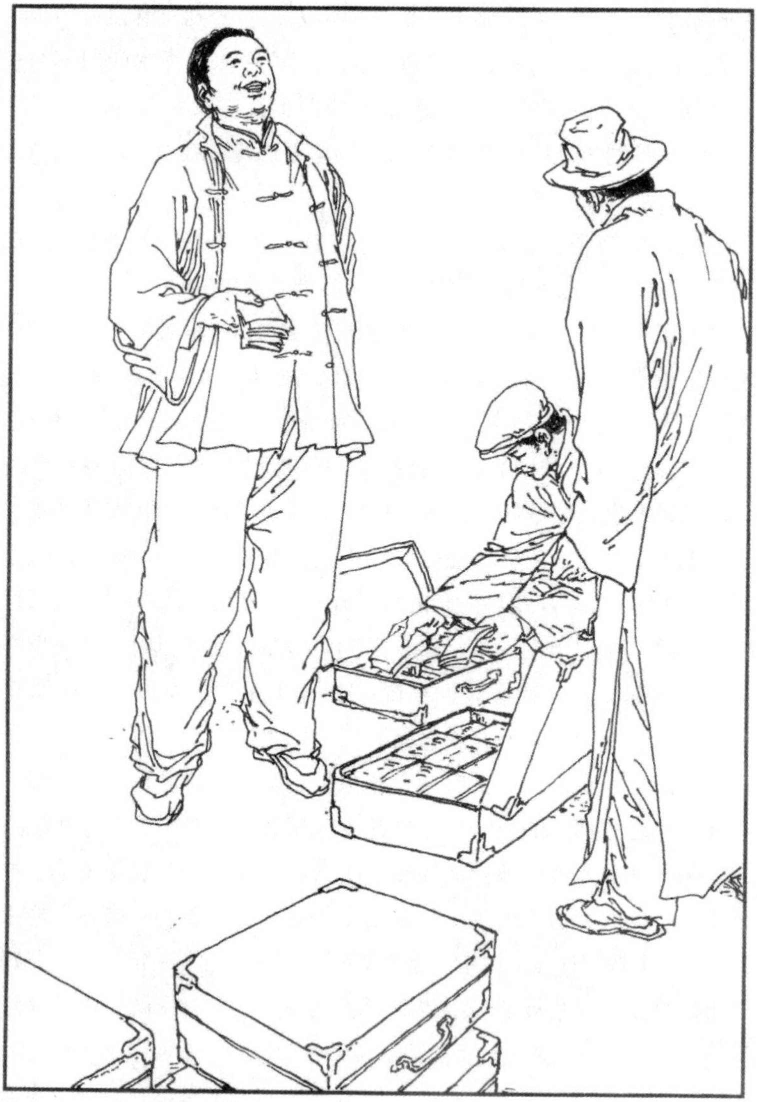

他拿起一沓钞票仰天大笑说：“我张玉琳自建军以来，就算现在这日子过得最有油水！”

张玉琳说：“这个肖洪量，他私自移防，我要他的命！”

米昭英说：“他还不是仰仗和你是同学关系！张司令，这个肖洪量是把做生意赚钱的好手！日后，我们如果要干一番大事业，留着他可有大用途！”

张玉琳刚尝到了办银行有钱的好处，对于会玩钱把戏的人很佩服。他想了一会儿，神色缓和了下来，但口气仍不愿松软，“即使不要他肖洪量的脑袋，我也要整掉他一层皮！”

米昭英把张玉琳的意思私下转达给了肖洪量，肖洪量马上到大伏潭向陈策作了汇报。陈策说：“你就按照米昭英意思说到底，见了谁你都坚持说，你做生意能赚钱，过惯了好生活，吃不了苦，就把队伍带到城边上来了。”

肖洪量说：“如果张玉琳突下毒手呢？”

陈策说：“据目前形势看，张玉琳暂时还不会。但我们也万万不能大意，要做好最坏的准备。我已经跟向石宇说了，要他切切关注张玉琳的言行。你也要通过米昭英的关系，及时了解张玉琳的新动向。另据向石宇说，驻防溆浦的石玉湘有举旗起义的想法，我们已派了谢斐然去溆浦龙潭跟谌鸿章取得联系，让他们掌握这些情况，趁早有所准备。”

此时，向石宇派人给陈策送来情报说，长沙绥靖公署参谋长刘嘉树要来辰溪视察，其真实目的尚不清楚。于是，陈策和三大队的人感到更为紧张，最为担心的是怕追究他们从合水擅自移防十里铺的责任。

为应对突发情况，陈策约了米庆轩、肖洪量、向石宇、肖守训、陈显荣等人在县城余家巷陈显荣岳父家，以为陈显荣岳父祝寿之名，开了一个紧急会议。会上大家一致认为，三大队已到了何去何从的关键时刻！

肖洪量说：“这次刘嘉树来辰溪，如果是要张玉琳清共、剿共，那么，三大队要继续潜伏下去，肯定就十分困难，从合水移防十里铺会成为他们这次下手的最好理由。三大队的真实情况，张玉琳不是不知道，他现在不过是蓄水养鱼，或取或放，全在他举手之间。”

米庆轩说：“天快亮了，离全国解放的时期不远了，三大队迟早得现出真身！我们不如在辰溪、沅陵、泸溪交界之地——三角坪一带将刘嘉树的军队打掉，一鸣惊人，扩大影响，然后，趁胜举旗起义！”

肖守训说：“这是大事，一旦举旗，便再无退路，得缜密研究。根据目前情况，我认为部队还不能匆忙行动。”

向石宇说：“守训说得有理。如部队现在匆忙行动，至少在三个方面没有准备好：一是部队后勤准备不够；二是部队一走，留在城里的地下党员来不及转移，必遭祸殃；三是刘嘉树于张玉琳有恩，如打掉刘嘉树，张玉琳必会撕破脸面猛扑过来，会使策反张玉琳前功尽弃，三大队也必然是寡不敌众，而且，此处离辰溪县城不远，利于张玉琳用兵。”

陈策听完大家意见后说：“张玉琳的队伍现在改编在程潜手下，程潜现在和国民党正分道扬镳，越走越远，而和共产党越走越近，只要张玉琳不对我们下手，三大队目前就仍要继续潜伏。刘嘉树来辰溪的目的尚不清楚，我们不能盲目行动。根据情况分析，现在我们已到关键时刻，米庆轩、肖洪量要坚守三大队阵地，不要外出，肖守训坚守龙头庵，以做我们退守策应之地；向石宇随时掌握刘嘉树来辰溪后的一切行动；我想自己去长沙向省工委汇报，听取省工委对我们最近工作的指示。”

会后，陈策即开始做去长沙向省工委汇报的准备。

51 / 多安排几个姑娘陪陪恩公

幸好三大队取消了打掉刘嘉树军队的计划，如果按计划实施，张玉琳太丢面子，真就会凶相毕露。当年张玉琳穷途末路，化装成商人担着货郎担，长途跋涉去投奔刘嘉树时，刘嘉树得知他的身世后，完全可以置他于死地而邀功请赏；但刘嘉树没有那样做，而是将他悄悄押送到沅陵交给九区的陈迪光管教使用。张玉琳想起当时的情景就对刘嘉树十分感恩。但他也不像接待陈迪光那样用心，毕竟刘嘉树和陈迪光还是有区别。刘嘉树是他自己去投靠的人，而陈迪光完全是出于爱才；刘嘉树不敢自己担当责任使用他，而陈迪光却不拘一格地重用他，送他去重庆军校学习……于是，张玉琳没有亲自带队到城郊十里铺去恭候，而是在刘嘉树下榻的华北酒楼门口迎候。

车子一到华北酒楼，张玉琳迎了上去。

刘嘉树最后一个从车上下来，脱掉白手套之后与张玉琳握手，然后，两人很亲切地走进住房。

因为时候不早，稍事休息，晚宴就开始。

张玉琳渐渐发现刘嘉树与陈迪光还是有些不一样，在刘嘉树身上，张玉琳看到的多是一种看破红尘又八面玲珑。

在宴会上作陪的有县长、县党部书记长、向石宇、米昭英、石玉湘等人。因刘嘉树是从长沙来，张玉琳就很想从他嘴里探到些有关湖湘政局的内情，特别是关于程潜的最新动向。但张玉琳每每提及这些事，刘嘉树总是把话题引向别处，谈些风花雪月之事聊作乐趣，搪塞过去。

散席后，大家都酒至半酣，向石宇仍是弄不清楚刘嘉树此次辰溪之行的真正目的。

晚上，大家告辞后，只剩下张玉琳和向石宇在刘嘉树房间，向石宇再次曲尽心思地说：“刘长官，辰溪地方虽小，散落民间枪支却不少，加之形势动荡不安，我和张司令很担心长官在辰溪的安全，不知我们的安保措施应该按什么路线进行安排，能否请您安排部下与我们衔接一下。”

张玉琳也说："是啊，安全问题搞落实了，我们才放心。"

刘嘉树笑笑说："玉琳和向参事不必为我劳神。我这次来不带任何公务，也不搞视察，没有什么行动路线。我只是在省城里一天到晚担惊受怕，突然想起玉琳在辰溪呼风唤雨，就想来辰溪好好玩几天。我就在这个旅社里不出去，也免得你们到处搞安全。"

向石宇不知此话真假，笑着说："那我们就把旅社的安全工作搞好。"

张玉琳说："那就多安排几个姑娘陪陪恩公。"

刘嘉树很高兴地说："到了辰溪，一切就听玉琳的了！"

看样子，刘嘉树这次来的确是没带什么公务，但向石宇还是不放心，又细心观察了两天，才跟陈策说，这次刘嘉树来对三大队没有任何威胁。

张玉琳给刘嘉树一行安排了好几个姑娘陪护。刘嘉树真是有些乐不思蜀，一住多天也不说归期，只顾听姑娘们弹琴唱歌，甚至和张玉琳也懒得多言。

时至初夏，淫雨倾注数日，沅水、辰河洪水猛涨，其势之凶为数十年未遇。位于沅水和辰河交汇处的辰溪县城，已被河水浸噬大半，往日黑满城脚的煤场已无踪影，沿柳树湾一带的吊脚木楼，被河水冲得摇摇欲坠；上游也不时卷来屋架子和活猪活牛，还有人的尸首；至于嫩南瓜、小香瓜，河边漩涡里不计其数。满城人都在哀叹这场洪灾！接着，传闻湖南的湘、资、沅、澧四大水系皆发大水，洞庭湖区溃院四百多个，死亡近六千人；衡阳淹死两万多人；邵阳淹死五千余人……

洪水过后，到处都是灾民，物价暴涨，金融更为混乱。这直接影响到了辰溪银行的正常运营，谢行长不得不着急；因为要让张玉琳得心应手，三次提款他已是倾其所有。他原想，只要有大量存贷款进出，他就能把银行盘活；而现在，一些大户要大量提走资金自己买粮买布买木材囤货，以图灾后多多赚钱，所以，存款锐减。谢行长不得不把银行的拮据情况报告给张玉琳，张玉琳有些心急如焚，但刘嘉树仍在辰溪玩得开心，又使他不得不一心二用。张玉琳借故太忙，有几天不去作陪。但刘嘉树不仅不责怪他，还越来越说些理解他的话，越来越对他亲切有加。

半月之后，刘嘉树终于说他要走。

临别前一天，刘嘉树游玩了县城里丹山寺、大酉观、祖师殿、锦岩塔、奎星阁、文庙等多处景点。张玉琳将晚宴也筹办得十分丰盛，放下手头的军务带上要员来认真作陪。出乎意外的是，这个晚宴上，刘嘉树却不像以往那样喝得放开，他只是对每一位给他敬酒的人意思一下。散席后，张玉琳礼节性地陪他说了会儿话就要道别，刘嘉树不让他走，说："玉琳，这次在你这里住久了，你别厌烦。"

张玉琳全身一阵燥热，刘嘉树一定是看出他的真实情绪来了。真是官大水深，一眼看不到底啊！你以为他玩得天旋地转了，不料他在大事上却依旧头脑清醒过人！张玉琳马上说："恩公，您这是哪里话呢！我张玉琳把您当着救命恩人哪！您的大恩大德，玉琳就是肝脑涂地也报答不尽！您能在这里住十年八年都是我之福气，何言十天半月我就厌烦呢？如因这些天治军、抗灾杂务太忙，有得罪恩公之处，还望不计小人之过，多多谅解！"

刘嘉树看出张玉琳真有些愧疚之意，觉得此人仍是义气不减，就说："玉琳言重了！我一到你这里，就身心轻松，成了老顽童。这些天，我只顾散心，也没有约你好好聊一聊。今晚你让别人都先走，你迟些回去，就我们俩好好一叙。"

张玉琳心里转而一喜，这个刘嘉树真是城府很深，难怪当年他不杀我也不留我，他是要赚一份人情，又不担当风险！张玉琳静心坐了下，等候刘嘉树教诲。

刘嘉树说："玉琳，湖南政局何去何从，现在正处关键时刻，整个湘西正处山雨欲来。你现在是大军在握，责任不轻啊！"

张玉琳说："是啊，玉琳年轻，还望恩公多多指点。"

刘嘉树说："当年，县府和宪兵追剿你，你来投奔我，后来有人把你真实身份告诉了我，我本可以趁机除掉你，但我得知你一心想为父母兄长报仇才拖枪组队之后，我动了恻隐之心。你果然不辜负我之厚望，所以，我这次高高兴兴地在你这里多住了些时日。回去后，我又会有诸多事情身不由己。"

张玉琳说："恩公就在这里多住些日子，让玉琳也多些报恩机会。"

刘嘉树憨笑一下说："我要住，你赶不走；我要走，你也留不住！现在是形势不由人哪！"

张玉琳说："凭恩公之才能，眼前应无难事，天下应无难处！"

刘嘉树说："玉琳啊，此言差矣！山外有山，天外有天！孙悟空一个跟斗八百里，但仍只是在老如来的手心里撒尿嬉戏！"

两人相视一笑，张玉琳说："愿闻恩公教诲。"

刘嘉树说："送你一句话：二虎相斗，胜败未分，有为不如无为！"

张玉琳说："玉琳迟钝，未明恩公真意，愿闻详细。"

刘嘉树说："我今天看你们丹山寺有一副好门联，你一辈子都要铭记。你知道是一副什么对联吗？"

张玉琳说："晚辈才疏学浅，望恩公指点。"

刘嘉树说："这副对联可以说概括了人世间的哲理啊！'来时还是去时路，进步不如退步高。'哎呀——我真没有想到一个小小县城的小寺里，竟有如此佳联！受益匪浅！受益匪浅啊！"

张玉琳说："学生谨记！"

刘嘉树说："当下正处国、共相战，你如要有为，必与一党结仇。常言道，人之后脑，摸得着看不见！现在共党大军南下，已进湖湘，省主席程潜正谋求走和平起义之路。你现已按程主席之意，改编为绥靖公署下属，实乃明智之举，这也是我在你这里得以心安之故。”

张玉琳说：“恩公所言，玉琳已有所悟。”

刘嘉树说：“关键时刻，你不妨国、共双方都有联系。而后可观棋局而定取舍。”

张玉琳深深感到这是一句父辈之言，他激动得站起来说：“谢谢恩公明灯指引！”

刘嘉树说：“此言不可为外人道也！今日我们在此一别，日后恐难再得见面。”

张玉琳顿时热泪盈眶地说：“恩公放心！我们定会再见！”

第二天，张玉琳送走刘嘉树感到一阵轻松，回到办公室正想将刘嘉树临别前夜所说的话细回想一遍，参谋长李师鲁报告，六师师长龙飞天已被民团围困在麻阳高村，派人前来求援。

张玉琳看了李师鲁一眼说：“带求援的人进来。”

李师鲁转身出去把求援的人带进张玉琳的办公室。张玉琳看着这个求援的人说：“何事求援？”

求援人说：“我们龙司令被民团围困在麻阳高村，特来求援！”

张玉琳曾只委任龙飞天是六师师长，而“龙司令”是陈渠珍委任给龙飞天的官职，正为张玉琳所忌讳。张玉琳很不高兴地说：“从高村到凤凰远些还是到辰溪远些？”

求援的人说：“到辰溪远些。”

张玉琳说：“那为何不去凤凰求援？”

求援人说：“我们龙司令要我到辰溪来求援！说凤凰陈统领现在是人老窝空！”

张玉琳听这么说，心里又好受了一些，说明龙飞天还是看重他张玉琳一些。张玉琳说：“知道了。你回去，我们会酌情处理。”

求援人转身急忙走了之后，张玉琳跟李师鲁说：“龙飞天在麻阳算得一个角色！在湘西也算得一个角色！所以，陈渠珍在和我们争夺龙飞天！他曾在麻阳打仗时，锦江河水都被人血染红，河中漂尸如云，沿江两岸住户几个月不敢饮用河水。香港、重庆的报纸都说‘湘西麻阳民变，尸蔽锦江’。当时他打下县城，赶走县长，是何等威风！今日为何被民团所困？李参谋长，虽然陈渠珍也委任龙飞天为湘黔川鄂边区纵队第二清剿指挥部司令，但龙飞天仍然没有失去对我们这边的信任……”

张玉琳话未说完，李师鲁就接话说：“张司令是不是要出兵打援？”

上次龙飞天攻占县城时，张玉琳就在陈专员面前用缓兵之计躲过了支援县长攻打龙飞天，现在张玉琳想起刘嘉树的话，更不想帮龙飞天打援。他摆摆手告诫李师鲁：“如今时局阴晴难料、动荡不安，我们不能匆忙出兵，只宜静观变化，保全自身。你先把龙飞天被困的情况弄清。”

李师鲁如释重负地说：“司令所言极是！”

李师鲁也没有到麻阳去，他要驻守在麻阳的胡震安排属下写了一份详细的情报。

龙飞天的队伍进驻高村后，奸污掳掠无所顾忌。一天，疤脸他们一班人到村里去抢鸡鸭改善生活，路过一个山湾时，遇上一对种地的农民夫妇。那农妇正要躲避，被疤脸抓住。疤脸淫笑着说：“这娘儿们长得亮堂啊！味道只怕还不错！”说着，一双手就在女人胸部乱摸。农妇吓得直往后退，但走在后面的几个枪兵围堵上去。农夫见自己的女人被欺负，就抽了屁股上的草刀朝疤脸乱砍起来。疤脸就叫一班人把这对夫妇捉住，把男人绑牢在一棵桐树上，将女人强行摁倒在地上剥得一丝不挂，然后进行轮奸，让她男人看“把戏”。

这对夫妇有一得力亲戚，这个亲戚得知此事后，四处串联，把高村及附近村庄凡被龙飞天的部下欺侮过的上百号老少妇女全都组织起来，以她们的裤子为旗，用长竹竿高高举起，号称“裤旗队”。浩浩荡荡的裤旗队到各村游行，要求各村男人去打龙飞天。男人终被激怒，都说，若不去除掉此贼，就比妇人不如！

于是，当地刮了“地皮风”。

正在此时，陈渠珍见龙飞天处境艰难，急派心腹龙杰潜入高村说服龙飞天北进乾州接受整编，听候加官晋爵。

龙杰在二十世纪三十年代就任过麻阳县自卫队总队长，在麻阳县颇具影响，投奔陈渠珍后又深得重用。加之他又与龙飞天是一个家族祠堂，所以，龙飞天对龙杰更加礼重三分。

盛宴上大家称兄道弟，觥筹交错。龙杰说：“龙司令，你正年轻有为，麻阳地盘太小，民怨不少，难成大业。现如今，陈统领复出了，只要你跟我北上，投奔陈统领，我保你荣华富贵！”

龙飞天说：“我龙飞天别的没有，但有一身义气！为朋友一悦，我可以杀掉自己的女人！如我现在去投奔陈统领似有不妥，虽陈统领也委任我为湘黔川鄂边区纵队第二清剿指挥部司令，但张玉琳给我的任命在此之前，且他打开兵工厂后，分给我不少枪炮，我如脱他而去投奔陈统领，岂非背信弃义？更为重要的是，张司令和陈统领有杀父之仇，我宁愿在张、陈之间不偏不倚，也绝不能弃张投陈。人无义气，何以立身？”

龙杰说：“龙司令平时倒是个明白人，但这番话似在云雾之中。一个张玉琳何足挂齿？张玉琳乃是土匪世家，杀人出身！他虽现在人枪势众，但他打开兵工厂抢枪，国民党岂能容忍？暂不追究只是一时之幸，不知何时定有断头之灾！再说，他手下都是些乌合之众，哪能与陈统领的势力相比？陈统领统治湘西多年，他用《军人良心论》《精神讲话》培养出来的军人，谁能与之相比？在陈统领面前，张玉琳不过乳臭未干的毛孩而已！张玉琳抢枪后给陈统领写信暗示要报仇雪恨，他以为陈统领会怕他？陈统领给他回信是不卑不亢，还说，他不去凤凰，陈统领倒要去辰溪！龙司令，你还要当机立断，跟陈统领走，才是光明大道！”

龙飞天觉得龙杰所说也是事实，但他沉思半晌后又突然抬起头来说：“不行！我龙飞天宁为玉碎不为瓦全！”

龙杰说：“龙司令啊，何为瓦，何为玉，你可要分清！”

龙飞天说：“我之谓‘玉’乃我所尊崇之‘义’也！”

龙杰见龙飞天不为动心，想起陈统领所托之事未能如愿，便另生一计，“哎呀，龙司令真不愧天下第一义士！佩服！佩服！既如此，我为龙司令再献一计。你可派一部人马先随我北上去见陈统领，表示你的诚心，而你可留部分人马继续坚守此地以观时局。日后，若张玉琳胜过陈统领，你可投奔张玉琳；若陈统领胜过张玉琳，你可投奔陈统领。此可两全其美，万无一失！”

龙飞天茅塞顿开，重重放下酒杯说：“此计可行！于我义气无违，又可熊掌和鱼兼得，可进可退！”

于是，第二天，龙飞天从三个团里选出五百余人先随龙杰北上投奔陈渠珍。

龙杰虽然带走了龙飞天的大部分队伍，但未策动龙飞天亲往，心里还是怨气难消，于是，利用老乡关系带信回乡，说龙飞天在当地作恶多端，现剩下的人马不多，可趁机除之！

高村及附近村庄的江姓、滕姓、段姓等家族为解心头之恨，本就正在酝酿一场“剿龙”之战，这又得了龙杰的支持，士气更为高昂。

一个雨雾茫茫的日子，当地人邀约了六十多位对龙飞天有深恨大仇的血气汉子，在雄山脚下的王家坪议事，推举一位江总指挥。江总指挥宣布：“六乡民团与龙飞天决一死战！事不宜迟，明天天亮前，我们以手臂捆稻草箍为记，围住高村。我一出号令，大家一齐杀进高村活捉龙飞天！现在分派十位飞兵传书到吕家坪、兰里、岩门、漫水、羊牯脑、绿溪口等地。各位飞兵定要将书信亲手送至确定的头人手里，不得有误！”

当天半夜刚过，各乡十路民团齐聚高村，臂捆稻草箍，手持刀枪，高村被封锁得水泄不通，人人都只望自己能亲手砍下龙飞天的头颅！

东方渐白，高村的屋宇在雾岚中慢慢显现，江总指挥一声令下，四面人马朝高村冲闯。几十人的“敢死队”首先拿下两座碉堡。然后，四面八方枪声大作。“先遣队”很快冲进了高村街市。

龙飞天的哨兵十万火急，跑到龙飞天门外，见龙飞天还没有起床，就站在门外急报：“司令，不好了！麻阳的民团来了大批人马将我们包围！先遣队已打进街市！”

龙飞天推开身边的两个女人，想起自己当初打麻阳县城的得胜情景，他慢慢起床，伸伸懒腰对身边的警卫说："老子当初打县城才几条枪？现在张司令给我们这么多好枪好炮，我还怕你高村几个民团了？先给我端上烟盘来，让老子早上先过足瘾，然后再去收拾下麻阳这几根烂烂枪！"

龙飞天仍着睡衣躺在磨得光亮的罗汉床上过瘾，闭着眼睛想主意。他跟一个贴身警卫说："你去屋顶上喊几句话，叫他们不要打了，就说我'龙头老爷'愿意投降。"

贴身警卫受命站在屋顶上刚喊到半句，就被人一枪打倒，哐哐啷啷地从瓦檐上滚落下去，嘣嗵一声软软地跌落到天井中间。

龙飞天全身微微颤了一下，终于，他用力睁开眼，然后站起来穿戴好，到四周观察了一下敌情，又将兵力作了一番调整。果然，民团的进攻就被阻住不前。龙飞天听着激烈的枪声，看着被打退的民团笑了笑说："这几条烂烂枪就想打死我龙飞天？"

江总指挥组织了多次冲锋，枪声响得密不透风。直到天黑才渐渐停了下来。街上尸横遍地，血流成河。

第二天天亮又继续开战。一直打了两天两夜，龙飞天看看自己的人越打越少，坚持下去很难抗敌，非常盼望张玉琳能派人援助，但直到第二天傍晚仍不见援兵的踪影，连前去求援的人也不见回来，不知是被民团打死还是见形势不妙开了小差。到这时，他才知道自己上了龙杰的当，如果龙杰不带走那几百人枪，就是再打三五天，他也能从容对付。现在不行了，如此下去，自己会是绝路。他无论如何也不能死在什么都不算的民团手里！

他打听到了民团把守在兰家的头儿是陈运海，他知道陈运海是个喜欢钱的人。天黑下来之后，龙飞天从皮箱里拿出几根金条叫人悄悄送给陈运海，然后自己化装成女人背上背篓，趁天黑又下大雨，他溜出了高村，身边仅剩下四个便衣警卫。

麻阳河涨了大水，几个警卫以高价租了船帮龙飞天过了河，向岩门方向逃走。大雨滂沱，四处流水一片哗啦声响。龙飞天走前，四个警卫走后，走过几个山湾，又过几道田垅后，龙飞天才相信自己已经死里逃生，便骂起几个警卫来："我要你们在高村不要乱来，你们就是不听！现在犯了众怒，把我们逼到如此下场！"

龙飞天没有听到背后有人回应，转过身一看，四个警卫已经不见人影，龙飞天大吃一惊。但一想，警卫并没有开枪置他于死地，也算是大幸！他干脆在田塍上坐了下来。

失去了警卫，他不知道自己到底走了多远，到了什么地方，该往何处逃生。

一直坐到东方发白，雨停了下来，他怕自己此时离高村太近，又只得继续逃生。上山时，他感到又饿又累，烟瘾又一时发作，脚手像是抽去筋骨，哈欠连天，寸步难行！迎面走来一位中年农民，龙飞天上前说："好兄弟，请你送我到石洋哨，我给你十块光洋好不好？"农民见他如此狼狈，认定他必是被高村民团打败的逃兵，本想置他于死地，但见他身上有枪，就想将这个逃兵哄到高村去，让民团打死他。农民说："送你到石洋哨可以，你必须把枪给我，不然，我怕你打死我。"

龙飞天看看这农民一脸老实样子，便将随身带的一支左轮手枪抽出来交给农民。农民接过手枪一看，自己不知道怎么做，就只得在内衣里藏紧，然后说："你跟我来！我走前，你走后。"

如果农民要他走前，他还会生出怀疑，农民要他走后，他就放心了。

农民在前面引路，七弯八拐，又回到了高村附近的河边。龙飞天发现情况不对，问农民："你怎么把我引回来了？"

农民说："没有啊，你是两眼发花吧？"

龙飞天一看农民的神色不对，就拼命往面前河里一跳，想泅水逃生，那农民一把将他抓住就往附近的村里牵。村里有人出来一看，大喊一声："他就是土匪头子龙飞天！快把他杀了，到江总指挥那里领赏去！"

龙飞天被村民活活打死，并割下头颅送到高村……

张玉琳看完李师鲁给他的这份情报，头靠在圈椅扶手上，心情非常沉重。倒不是为龙飞天的死感到难过，而是为自己的后路担忧，他也曾杀过不少人啊！他顿生兔死狐悲之感，哀叹道："'龙头大爷'今年才四十八岁，还没有过天命之年哪！我正好比他小十二岁，我们同一个属相。"他顿了顿又问李师鲁："本命年真有大劫大难吗？"

李师鲁说："如有大喜事是可以冲掉一切劫难的！"

张玉琳就在心里祈盼着来件什么喜事儿。

52 / 给你提个醒

张玉琳处理完公务回家已经夜深，但他还坐在床上不想入睡。城里很静，只有河水下滩的声音稀稀薄薄、飘飘浮浮地充满着周围所有的空间。因为形势复杂，张玉琳军务繁忙，妻子周召薇平时住娘家日子多，今天刚从永顺娘家那边过来，只望玉琳早睡一些，但她一觉醒来，见张玉琳还坐在灯影下苦想，就说："玉琳，你还不睡啊？近来你总是焦躁不安，是不顺心的事太多吧？"

张玉琳说："怎么说呢？仔细想想，我除了跟着陈迪光和张中宁那几年过得顺心之外，其他年月我几乎都没有顺心过！不顺心的事多了，也就不觉得什么是顺心、什么是不顺心！"

周召薇说："时世无限，生命有限。睡吧，别累坏了身子！"

张玉琳长叹一声，宽衣解带睡下。

他虽然一躺下就睡着，但在梦中却被数以万计的兵将围困，那些兵将非常奇怪，人人头上都长出一面红旗，他骑着一匹大黑马左冲右突，那马却怎么也跑不快，手中的刀也十分地钝拙，对准那些红旗砍下去，却怎么也砍不倒旗帜、砍不断人头。相反，那些红旗倒把他的刀包裹得越来越牢固，简直让他挥舞不动。那些人又不来杀他，只围困他呼喊，让他投降。这让他又焦急又无奈……

这时，房间里接连有了两声闷响，像是什么软物件掉在桌上之后又跌落到地上。张玉琳猛然惊醒坐起，大叫一声："谁？"他立刻摸到手枪，并将召薇搂进怀里护着。召薇要拉亮电灯，张玉琳捉住了她的手。屏声静气地听了一会儿没有了响动，张玉琳才跟召薇说："把灯拉亮！"

周召薇拉亮电灯，房间的一切平静如常。

这就怪了！张玉琳起来，先是将房顶查看了一遍，没有发现房顶有任何漏洞，又查看了四壁和门，也都完好无损。再看床下，张玉琳惊叫一声："哎呀，召薇，你看看，好大一条蛇！"

周召薇下床一看，果真是一条乌背白肚的大蛇盘曲着一动不动。张玉琳将枪对准床下说："老子一枪崩了它！"召薇一把扭住他的胳膊说："别！玉琳！凡事三思而后行！刚才一定是它从窗户溜进来，掉在办公桌上，然后从办公桌上溜落到地上躲进床下的。我总觉得这是一个什么兆头。这条大蛇说不定是你爹你娘来给你提个醒的。”

张玉琳缓缓收起手枪，又对着床下看了半天。蛇蜷成一个大圆饼，把头埋在地上，一动不动地朝他看着。张玉琳还真从蛇眼里看出一种什么情感来了。他对着蛇说：“这么深更半夜你溜进我房里来，是来吓我一跳还是真有什么事儿要提醒我？”

周召薇说：“我们把门开了，让它溜出去吧，它也是一条生命！”

张玉琳把门开了，对蛇说：“门开着，请你出去！”

蛇依然不动。

周召薇在地上跺了三下，又对蛇说：“我们知道你是有事儿来提醒我们，我们知道了！请你出去！”

蛇这才抬起头来，先是朝他们脚下溜近，周召薇吓得往后退了一步，拉着张玉琳的手不放。张玉琳说：“别怕！这是无毒蛇，头是椭圆形，不是三角形。咬了人也没有毒！”

周召薇说：“我从来没有见过这么大的蛇啊！”

蛇在他们脚边突然一拐弯，朝门外溜去了。

蛇一出门就朝下溜，周召薇马上将门关上，直拍胸脯说：“吓死我了！真是吓死我了！”

张玉琳半天才回过神来说：“这难道真是我爹娘显身来了？”

召薇说：“凡事往好处想吧！”

两人重又睡下，但再也无法入梦。周召薇将张玉琳的脖颈子搂紧了说：“玉琳，你可要万事小心哪！我怕……”

张玉琳也将周召薇紧紧搂在怀里说：“你怕什么？有我呢！”

周召薇说：“我什么都不怕，就怕失去你。”

张玉琳说：“该死卵朝天，不该死万万年！我张玉琳死里逃生多少次了！”

周召薇说：“现在可不同以前任何时候！以前只有一股势力要剿灭你，现在，你和湘西王陈渠珍较上劲了，他能不想除掉你？国民党这边，你抢了兵工厂，他们真能放过你？共产党这边你不仅不肯帮忙，还压着三大队的人，最后，你到底会朝哪边走？”

张玉琳心里吃了一惊。周召薇说得对，仔细想来，自己还没有哪一边能真正靠得住。以前，他的几任老婆待他也很好，但从不会这样有情有理地劝说他。相比之下，周召薇是最识大体、最善解人意又最能帮扶他的女人。张玉琳说：“召薇，你放心！最后，我会选一条靠得住的路走。说实话，这个世界上，我自己的生死都无所谓，我最放不下心就是你！你好好睡吧。车到山前必有路，船到桥头自然直！”

为了让张玉琳好好睡觉，周召薇静静地躺下，两人不再说话。

但是，张玉琳怎么也睡不着。他想，这些年跟着他的女人、孩子都受苦了，尤其是李司令的宪兵团追剿他时，把他的女人和孩子捆在村里树上先折磨后枪杀……

周召薇是他从重庆军官学校出来后，在八区永顺跟着张中宁做保安大队长时娶下的。

那时候，周召薇在永顺八中读书，刚刚十八岁。她是八中女子排球队队员，有一次，张玉琳晚饭后去学校看她们的排球赛，见她身材高挑，长得漂亮，球又打得非常顽强，就要警卫去校方打听她的姓名和身世。

周召薇出身书香门第，是学校公认的校花，尤其喜爱书法。张玉琳自从辰溪李司令的宪兵将他女人和儿子惨杀之后，也下过决心：自己如不东山再起，就绝不再娶，以免害了女人！但周召薇的确让他心动，再想想，此时再娶也并不有违誓言，自己已在国民政府里任职，不再为匪，且身居省保安司令部的第十三大队的大队长之职！这难道不是已经东山再起?

以他当时的身份向周召薇求婚，也并不有辱周家门第，只是他比周召薇大了十多岁，不知周召薇及其家人会不会拒绝；即使拒绝，他也要以最文明的方式取得周召薇的芳心。这辈子他是非娶周召薇不可！

张玉琳决心已定就跟张中宁商量，张中宁非常支持这桩婚姻，说：“玉琳，你也已过‘而立’之年，现又跟我走上了人生正道；我也知道，你以前抢进屋的几个老婆也不怎么识字，不能协助你干大事，你也不愿意带她们出现在迎来送往的场面上。既然你看上了这个周召薇，我愿意出面为你保媒。”

张玉琳有了意外惊喜！他原只想听听张中宁对他这个想法的意见，没有想到张中宁如此真情。张玉琳说：“如得张专员做媒，玉琳真是万分荣幸！”

张中宁更加情真意切地说：“你现在无父无母、无兄无弟，我们又同宗同族同事，我不为你操这份心谁操这份心？”

张玉琳感动得眼眶潮热，“您虽非父母，但胜过父母之恩！”

张中宁说：“玉琳你言重了。论家族，一笔难写一个张字，何况你平时还敬称我老叔？论公职，你是我下级。你放心，此事我一定给你办成！”

张中宁找到八中校长谈及此事，校长说，此乃家事，需得父母同意才是。张中宁又亲自出面到周召薇门上。

周召薇的父亲比张中宁大不了几岁，美髯齐胸，却青如墨染。专员光临自然先有人报了身份和事由，无奈一肚诗书的周父却不以为然，在客厅落座后，也不搞特殊接待，只清茶一杯。

张中宁直言不讳，“我是特来恭喜周先生了！”

周先生捋捋胡须说：“张专员，不知我何喜之有？”

张中宁一阵惶然，他此前已派人向周召薇父母通报过此事，难道是前面来人没有把话挑明？张中宁转而泰然一笑，“周先生，我来是代我保安大队大队长张玉琳先生向贵府千金周召薇小姐求婚。不知周先生意下如何？”

周先生又捋了一把胡子，“现在不正在提倡新生活嘛！我既让召薇上新学读新书，又上体育场打球，自然主张她婚姻自由。只是这么一动专员大驾，外人看来倒有强娶之嫌，反为我所不乐意！”

张中宁恍然大悟，有些不好意思地说：“周先生所言极是！怪我思虑不周。日后我要玉琳亲自上门如何？”

周先生说：“还是要张玉琳先生与我女儿面谈，她若同意，我无话可说。”

张中宁一喜，“哎呀，想不到周先生如此开明！那我就回去报喜了。”

周先生说：“周某人口无遮拦，得罪之处还望专员多多谅解！”

张中宁说：“哪里哪里！周府真不愧书香门第！”

张中宁回来就跟张玉琳道喜，要他自己设法与周召薇接触。

张玉琳以前的妻子都是他看上了不管同不同意都要“娶”过来，虽然后来也有了感情，但和眼下这种先恋爱再迎娶还是大有区别。现在真要斯斯文文地去求婚，他也还真是不知从哪儿开始，总感到这是一种冗繁的磨蹭。手下有人建议：“大队长，别麻烦，到八中去把周召薇拿来，房门一关不就成了嘛！”张玉琳将大脸往下一拉，“我现在是跟着张专员身后的省保安大队长，你以为我还是当年自己拖枪的做派？万万不可鲁莽行事！”张玉琳想了想，对警卫说：“你们晚上帮我请周召薇小姐过来，就说我请他当书法老师。不要透露给她任何的别的意思！”

警卫到八中跟校长把这意思一说，校长也积极促成。周召薇一听说是给保安大队长当书法老师，就有些害怕起来，但在校长的鼓励下，还是去了。

周召薇与张玉琳一见面，就在办公室里切磋书法。显然，周召薇在张玉琳面前无法藏下她的天真和稚嫩，张玉琳请她写幅作品示范，她就先写了一幅。张玉琳连连为她点头跷着大拇指叫好之后，自己又双手执笔一挥而成两幅作品，并恭恭敬敬地请周召薇指点。两人的书法摆在一起，周召薇大吃一惊。她原以为张玉琳只是玩枪的粗人，学点书法也不过官场应景，没想到他字正笔圆、功底过人，论其书之筋骨血脉，远在她的品位之上。周召薇反倒拜他为师，“张老师，我初学书法，见笑了，请多指点！”张玉琳自然是先赞美一番，然后又认真地指出她一两处起收败笔和结构落俗。周召薇很是佩服。两人越谈越亲近，张玉琳按住自己的内心感情，倒是周召薇对正当成熟之年的张玉琳爱得迅速和猛烈。她几乎成了张玉琳门上的常客。不久，水到渠成，张玉琳终于按永顺的礼仪，用大红花轿娶回了周召薇。

自相亲相爱以来，真是如胶似漆。周召薇虽小他十多岁，但却没有娇气。他当国防第一军军长也好，当纵队司令也好，她从不仗势欺人。有一次在辰阳小学里打排球，张玉琳的几位警卫员也去看热闹助威。趁周召薇不注意时，对方发过来一球，正好打在周召薇脸上，让周召薇“吃了包子”，弄得她半天抬不起头来，牙齿流血不止，非常难受。站在一旁的警卫员马上抽枪跑过去要对发球人行凶，在场上看球的人都说，这下可惹了天祸！不料周召薇吃力地抬起头来制止警卫说：“你们要干什么？球场上的事哪用你们这样管？快下去！”

场上看热闹的人无不跷起大拇指，夸赞周召薇真是贤惠。

此事虽小，但传到了张玉琳耳里，张玉琳一直铭记在心！妻贤夫祸少啊！想起以前跟着他的女人，张玉琳越想越觉得周召薇是他的最爱，如果没有周召薇，他不知道在这个世界上还有什么更为珍贵的东西！别的都不说，单为周召薇，他也得寻条好路走！根据目前形势，共产党这边他是绝不能太得罪！如果自己走上了绝路，召薇怎么办？

尽管张玉琳静静地躺着，周召薇还是感受到他没有睡着。她说：“玉琳，你还没有睡着？”

张玉琳说：“我睡不着。你睡吧。”

周召薇说：“要你不想这些事恐怕做不到，但我要劝你先睡好，醒过来再想。大丈夫要举重若轻，处事不惊，宠辱皆亡，临危不惧！”

张玉琳搂紧周召薇说：“你说得极是，可我就是睡不着。眼下的事情真是十万火急！现在国民党兵败如泥，共产党大军已进湖南、逼近湘西。而在湘西本地，和我有杀父之仇的陈渠珍现又东山再起，省府对他封官委职，华中军政首长白崇禧又任命他为湘鄂边绥靖副司令。湘鄂边绥靖司令部的司令官是大名鼎鼎的宋希濂啊！据可靠消息，陈渠珍已在乾州秘密召开湘西善后会议，而且一连开了三天，据说，主要是解决地方武装整编和社会治安问题。虽然，我们已被陈迪光收编为长沙绥靖公署直属，但现在瞬息万变，在这块地盘上开这样重要的会议，既不请我参与，也不跟我通气，陈渠珍安的什么心？他一复出，肯定是要置我于死地！在国民党这边，我打开了兵工厂，拿出了那么多枪炮弹药散发到湘西各地，他们能不追究责任？现在国民党军队被共产党的军队打得四处逃命，没有这份精力，如国民党有朝一日占据主动，时局稍对他们有利，他们定会拿我张玉琳是问。”

周召薇说：“根据形势判断，可能还是共产党这边可靠。”

张玉琳说：“共产党这边呢，虽然我留有后路，但陈策、米庆轩肯定明白我们对他们这支队伍不安好心。再说我们自己的队伍吧，发起饷来，人数庞大得很，真正能打仗的军人能有多少？石美豪走了；龙飞天被老百姓打死了，割了头颅；熊自金死在女人身上。除了米昭英、石玉湘、李师鲁这些受过正规训练的军官外，其他的中层军官大多是训练无素，又互不服气，一旦战事发生，很可能一击即溃！眼下最为要紧的是，程潜也是‘国不国，共不共’，省里虽将我们收编，但军费又不能按时如数拨付，我们自己的银行因遭洪灾影响，又运营告急。军中不可一日无粮草！召薇啊，想起这么多事，我怎么能睡得着？你别看我白天跟下级说话底气十足，跟你说句不好听的话，现在我是四面楚歌！”

周召薇说：“玉琳，你也从来不跟我说起这些，我也是不愿过问你军中大事。既如此，你也不用一人担当这么多，你可以把司令部及中层军官召集起来，开个‘诸葛亮会议’，让大家献计献策，然后，你再定案。三个臭皮匠抵得一个诸葛亮！做官要文武并用，垂拱而治，何必劳神苦思，代百司之职役哉？退一万步说，即使决定错了，那也不是你一人之过，别人也不会只怪你一人哪！”

张玉琳想了想说：“召薇你说得对，认真开个会，集中一下大家的智慧。即使没有什么好主意，至少还可以开阔一下思路。”

周召薇说：“这个会开得越早越好。”

张玉琳说：“我抓紧吧！”

于是，两人相拥入睡。

53 / 不能得罪杨永清

司令部办公室里，张玉琳和米昭英、李师鲁、石玉湘等人开了一上午的会，一屋的浓烟味呛出了一个决议：马上在辰溪县城召开支队长以上的人员会议。

刚散会，芷江杨永清的拜帖就递到了张玉琳手里。

杨永清六十大寿，在芷江万寿山大开山堂，特邀湘西各路头面人物和当地富商巨贾光临。

张玉琳非常清楚，这实际上是杨永清又要“踩弯”了。两年前选“国大代表”时，杨永清为筹钱竞选，已经“踩弯”过一次，张玉琳也亲眼目睹过那种场面。

“踩弯”就是大开山堂时，帮兄们应以钱财、珠宝前来献礼的暗语。杨永清现在也一定是手头拮据，或者为自己的晚年养老做好准备，才又用此一法！

这种活动，要是去的话，那绝不能轻礼。张玉琳犹豫起来，自己军务太多，又心情不好，加之要从军费里挤出一笔礼金来送人，也不无割肉之痛。于是，他跟石玉湘商量。石玉湘曾在杨永清手下当过连长，对杨永清很了解。他说：“杨永清分明是在想着法子敛财。但你不去就会得罪他。这年头像他这种人，最好还是不得罪。”

张玉琳想了一会儿，最后说：“湘哥说得对，眼下局势不利，我们还是不能意气用事，不去不行！芷江的事可不能得罪杨永清。选国大代表时，芷江的士绅派邓海凡不仅被他斗垮，最后连老命也丧在他手里！在芷江，连学者派李连章也不是他的对手。他北伐时就是师长了，玩枪、玩命、玩钱财、玩权术，都是老手！他也是后来不得上级的赏识才赌气回到芷江创建他的帮会。他现在帮会势力不小，下分内八堂大爷和外八堂大爷，大家都称他‘老佛爷’，虽已年届六旬，人枪不过三千，但靠湘、黔一带的绿林好汉无不在他面前俯首称臣，连潘壮飞也情愿做他的副龙头，龙飞天也情愿在他面前称臣。他既已下了拜帖，如各地头面人物都去，我张玉琳不去，岂非授人以无礼之柄？当下时局是多一支队伍就多一条生路，干大事者不能不考虑这些！”还有一心头之患张玉琳没有说出来，那就是他已经和陈渠珍为仇，他再不能和湘西其他地头蛇结怨！

尽管自己内外交困，但开山堂的前一夜张玉琳还是赶到了芷江县城，并送上一份厚礼。

张玉琳带上便衣警卫在芷江街上走了一圈，发现小店小栈里到处都住满了各地商贩。这些商贩都在背后说，这次“踩弯”是有人硬性摊派他们出多少大洋，弄得生意都快做不成了。当然，不带大洋的人也有，但他们都是江湖里手或者失意政客，对这些人杨永清图的不是钱财，而是人气！这些没有钱的人最愿意为他卖命！

趁张玉琳去芷江，石玉湘私下找到大伏潭陈策家里。石玉湘虽没有明说他是去打探共产党这边的形势，但陈策从他探问的情况中已经非常明白他是在急于为自己寻找出路。

陈策语气平和，非常中肯地告诉他：“玉湘，我们也是多年的关系了。你父亲、叔父在贺龙手下当营长时，我就和他们同事，在我心里，你就像我的侄儿。”

石玉湘说：“那是那是！所以我才私下来拜访您。”

陈策说：“你不应该一个人来，你完全可以找个机会和张玉琳一起来。我们正敞开大门等着你们！”

石玉湘说：“您真是大人大量！张玉琳他不是没有想法，只是非常迷茫。最近，他准备召开重要人员会议，专门讨论何去何从的事。不知这个会最后是个什么结果。”

陈策说：“那你就在这个会上好好把我这个意思说说。”

石玉湘笑笑说：“不是我不奉您老的命，而是这个话在这种场面上说，不合我身份！”

陈策说：“你是怕张玉琳不高兴撤你的官吧？”

石玉湘说：“这个话绝不会惹怒张玉琳，这我知道！只是这么重大的事情，由我在这样的会上首先提出来，岂不是成了我石某人有什么私利？”

陈策说：“那这个话要由谁说出来最为合适？”

石玉湘说：“参谋长李师鲁。”

陈策说：“为什么？”

石玉湘说：“我虽和张玉琳关系不错，他也尊我为兄长，但毕竟我是他的下级，而李师鲁就不一样了。他是可以主管全盘的参谋长，张玉琳当年在沅陵被管教使用时，李师鲁是军事科负责人，张玉琳只是他手下的科员。最后，李师鲁建议张玉琳办辰溪银行，又尝到了甜头。所以，李师鲁的话对张玉琳来说，作用非同一般。”

陈策说：“那就麻烦玉湘跟李参谋长说说？”

石玉湘说：“我去跟参谋长说这个话还是不合适。我只要一开这个口，李师鲁必定回我说，你石玉湘不长嘴巴？”

陈策太了解石玉湘了，知他是怕负责任。陈策笑了一下说：“你可是张玉琳手下的小诸葛啊！你看这个事怎么办才好呢？”

石玉湘说：“这个很好办！您老要军事参事室的向石宇出面跟李师鲁说，李师鲁一定会照办。”

陈策也觉得这样可行，但他故意说：“我有什么理由要向石宇去做这个事呢？这是你们的前途问题，我为何要他操这份闲心呢？这件事到此为止，不再谈它。”

送走石玉湘，陈策站在家门口长叹一声：“这个石玉湘啊，真是比狐狸还狡猾十倍！”

陈策私下里马上找到向石宇，要向石宇做好参谋长李师鲁的工作，让他在张玉琳召开的重要人员的会上将时势大局告诉给各位，希望他们跟着共产党走。

李师鲁是最识大局的人，又和向石宇有多年交往，他通过反复考虑，觉得于己于人都是好事，就答应等张玉琳从芷江回来他一定尽力。

杨永清这次在芷江“乾坤万寿山”大开山门的仪式比以前更加讲究：“楚汉宫”的神坛上高挂着关羽的彩色巨幅画像，两排为芷江独有的白蜡做成的数支大烛插在比人还高的竹筒上，烛光照亮着整个大厅，厅内彩球鲜花耀眼眩目，香烟如雾，鼓乐震耳。杨永清端坐在正中的关羽像下，头戴冲天冠，雉尾高翘，腰扣白玉带，光芒四射，外披一件金龙蟒袍，尤其新奇夺目的是他左脚穿青绒朝鞋，右脚却套多耳草履。站在他左边的为二十四名粗壮大汉，站在他右边的也是二十四名粗壮大汉，全都青衣黑脸；不同的是，左边大汉全为持刀者，右边大汉全部持枪。在威武雄壮的鼓乐和牛角声中，参拜仪式开始。司仪一一宣读了来自湘、桂、黔、川四省二十八县的观礼人名单。他们有辰溪的张玉琳、永顺的曹振华、麻阳的龙汉魁、新晃的姚大榜、泸溪的徐汉章、古丈的张平、新、邵边境的尹立言、怀化的灵鸡公等；中统、军统以及国民党地方要员也来了不少，如靖州的吴君庭、武岗的苏星云、黔阳的杨荣跃、泸溪县长刘英渠等。

司仪刚宣读完这些名单，一位肩披长发、身着青布长衫的女子从二楼走廊上纵身而起，然后轻如羽毛般丝丝入扣地落下站在自己的坐椅上，并行大礼后自报家门：“黔阳托口小女子向玉芬受邀前来观礼！”

全场人惊叹，并在杨永清的带领下掌声雷鸣。

接下来“踩弯”开始，各地赶来献礼者端着盒盘一一按秩序上台来到杨永清的面前进献厚礼，或为大洋，或为珠宝金玉，或为银元支票。

张玉琳坐在观礼台上看着这些热闹，心里却非常焦急。别看这些人此刻仍能表现得镇静，此前，他和来这里观礼的各路头儿作过交谈，他们无一不感到自危。这些人也都和自己没有两样，一边吃着国民党的饭，一边瞪着共产党的锅。

他们提着脑袋这么多年，还有什么不懂？还有什么伪装不出来？不过，张玉琳觉得此次来芷江，大家对他的尊重还是超过以往的任何一次见面，也都想探听到他内心的算盘。他和别人说话显得信心百倍，其实心里几颗算盘子也上下不定。

陈策在县长家宴上的暗示，刘嘉树临别前的谈话，国民党节节败退，共军大兵压境，龙飞天的惨死，自己面临的绝境和这次在芷江见到的湘西各路诸候的人心浮动，都逼着张玉琳不得不作出自己的抉择！

张玉琳从芷江回到辰溪后不再犹豫，从方方面面的情况来分析，他还是感到走共产党这边的路才是亮天！共产党不会责怪他抢了兵工厂，共产党也不会支持陈渠珍来杀他张玉琳，共产党正在打胜仗；在共产党头上，他也还没有直接的血债……

张玉琳终于下决心通知支队长以上的人员在司令部里开会，他要广泛地听听自己部下对未来的意见，然后再统一思想，形成决议。

支队长是接受陈迪光改编后的称呼，如按原来国防军第一军的叫法，那就是师以上的长官。这样的会议只在国防军第一军成立时开过几次，接受改编时开过一次。张玉琳认为这次会议是在生死关头的一次抉择！

会上，张玉琳说："今天把各位请来，好听的假话我就不说了！我是要告诉大家：千里江防已被共军突破，大西南已岌岌可危，湘西已火烧眉毛！面对这种形势，我们怎么办？各位今天要畅所欲言、各抒己见，会上所说，无论正反对错概不计较！"

张玉琳虽说得如此坦诚，但下面的支队长仍对张玉琳的内心世界把握不准，不敢发言。会场立刻变成一潭死水，偶尔有枪声在窗外的天空飞落下去，远处街道上嘈杂的人声却从窗外升腾上来……

稍等片刻，张玉琳对着李师鲁看了看，示意他带头发言，抛砖引玉。李师鲁正想把向石宇跟他说的事办了，就说："大家都在认真思考，我先就张司令刚才的讲话谈个看法。我相信各位对当前的大局和未来的趋势都会有自己的一本账，暂时不说话那是因为想把意见说得更准确。张司令刚才已经说过，各位可以畅所欲言，不必计较。据我看，我们走国民党这条路是越走越窄、越走越悬，还应该再找一条道走。我们是否可以派人去和共产党地下人员取得联系，以便脚踏两只船。这样，国民党能坚持下去，我们当然站在国民党一边；如果共产党占了上风，那我们就跟共产党走！常言道，识时务者方为俊杰。人生难满百，我们要让自己和家人好好活下去才是最为重要的，没有必要在一棵树上吊死！"

李师鲁话虽不多，但理智贴切，一潭死水马上被他搅活。

石玉湘接过话说："李参谋长的这个讲话很实在。"

大家也都纷纷表态说，这个意见代表了大家的想法。

张玉琳看得出，大家虽没有明说，但都是诚心诚意接受李师鲁这个发言。

这个结果让张玉琳不无高兴，但也不无后怕。高兴的是大家能这样统一思想，对他的下一步行动将大有好处，如果在这个会上形成了两派或者多派相对，那就会留下后患；后怕的是，如果他今天不开这个会，不提出这个问题，说不定哪天大家弃他而走，投靠了共产党，他还蒙在鼓里！看来，民主有时也是个好东西啊！

张玉琳说："我今天也跟大家说句心里话，我也赞同李参谋长的意见。这么多弟兄们跟着我不容易，我总不能把大家带到悬崖峭壁上去！带到水深火热中去！"张玉琳没有说他想跟共产党走，他想毕竟还没有到时候。他此刻最为现实的想法就是卸掉抢兵工厂这个沉重的思想包袱，虽然陈迪光上次说过，队伍改编后抢兵工厂的事就由省主席程潜担担子，但现在看来，这种局势，只怕是谁的话都算不得数，改编后的军费省里都不能如数按时拨付下来，抢兵工厂这样的大事还能顶得住？

这个大的想法统一后，米昭英说："要找共产党，就应该马上进行。我们要未雨绸缪，不要临渴掘井。如果太迟，共产党的大军一到，我们找别人去就没有了砝码，只怕别人理都不理会我们。"

张玉琳觉得这个话虽然难听，但道理确实如此！他说："既然意见统一，去向已定，就不必再重复议论。现在大家看看，我们这些人里头，哪个去和共产党方面搭桥最好。"

驻守怀化的蒲和生说："这是非常重大的事，我看还是张司令亲自出马为好。"

张玉琳说："这肯定还没有到我亲自出面的时候！不能一步到位，一步到位就会没有退路！"

驻守麻阳的胡震向来与蒲和生有隙，趁机暗斥蒲和生说："我们要出主意就要出好主意，不要出馊主意！叫张司令现在就出马，那就是自我掉价！我看湘哥可以先出马，他和共产党那帮人都熟。"

驻守辰溪县城的刘华峰说："湘哥出马是可以，但还有一个问题是，现在共产党里面，我们找谁比较好？"

米昭英说："那当然是要找陈策才算数。"

驻守泸溪的徐汉章说："问题是，陈策在浦市陆军监狱被拷问了三四年，他都不承认自己是共产党员。我们现在这么突然去找他，合适吗？"

张玉琳说："一个小县城有多大？我难道还不知道他陈策的底细？"

徐汉章说："知道是一回事，他自己不承认又是一回事！他要是不承认自己是共产党，我们去跟他说这事，不是自讨没趣？"

张玉琳说："据我所知，陈策有很多动机和语言表明，他很希望我们跟他走共产党这条路。谁不希望自己的势力越来越大？不管他承不承认自己是共产党，湘哥，你去见见陈策再说。”

石玉湘和陈策早有私下接触，现在张玉琳要他去完成这个任务，石玉湘心里已有七成把握，但他又不好一口答应，就叫苦说：“张司令，此事非同小可！我难以从命。”

张玉琳说：“你去，就跟他照直说：他愿意接收我们，我们就举红旗跟着他走；他不愿意接收我们，我们也就只有跟国民党走！我们手里握着这么多人枪，你跟他谈判时，也不要低三下四！不要显得像是绝路的样子！”

石玉湘说：“有张司令这个话，我就好办了。”

散会后，石玉湘当天下午就来到大伏潭同陈策见面。

这个季节里，正是瓜菜盛期，陈策要向瑚在菜园子里摘了自己种的新鲜瓜菜，炒了嫩南瓜、丝瓜、茄子等几个家常菜，在楼上的一个小房间里，两人一边饮酒、一边谈事。

石玉湘说：“玉湘此次来拜见陈老板，与往日有所不同；往日是私交，今日是身带公务。”

陈策说：“我是无官无权之人，公务与我何干？”

石玉湘说：“我们是多年的关系，请陈老板恕我直言。”

陈策说：“直言无妨。六十而耳顺嘛！我现在是什么话都听得进了！”

石玉湘说：“这次是受张玉琳司令所托，特来请陈老板帮忙。”

陈策心里暗喜，难道他们真是想投诚了？但对张玉琳、石玉湘这些人，他心里又仍存几分疑虑。整个湘西正面临一场更为艰难复杂的斗争，国民党在做最后抗争的时候，一定会对共产党更加残酷，他们的手段也会更加狡猾、更加毒辣。陈策担心石玉湘是张玉琳投放的钓饵，只得按捺住自己的喜悦，让心情平静下来说：“你们都是军长、师长，我现在无职无权，一介平民，哪还能帮到你们什么忙呢？要说来喝点小酒，我这里无论何时，倒是都有头缸佳酿。”

石玉湘说：“陈老板过谦了。在辰溪，谁不知道陈老板的影响呢！我们想在适当的时候，举旗投奔共产党。因此，请陈老板给我们引个路。”

陈策抑制不住又一阵暗喜！但还是怕石玉湘转个大弯，让他承认自己是共产党，而后除之，所以仅是石玉湘今天的话，还不能过于相信，他必须多来几个回合，而且要与张玉琳直接面谈，看看张玉琳的言行。陈策说：“玉湘啊，我为你们有这个想法感到高兴！我虽不是共产党，但我对时局还是心知肚明，国民党恐怕是气数已尽，共产党很快就将取得天下。你们想跟共产党走，我要尽力帮你们搭这个桥。你回去跟张玉琳讲，我明天就到城里来。他如有诚意，就和我在奎星阁见面一谈。”

石玉湘说：“那好，我一定将陈老板的意思转达给张司令！”

54 / 怎么不到约好的地方来

一阵雷雨过后，天空洗去了云朵，显得特别地清高浩阔，太阳耀眼地挂在天上，把沅水河对面的龙头垴、大酉山和县城背后的熊首山，都照得青翠亮丽。

张玉琳提前来到了奎星阁，踏上红砂岩基时，看见一只蛐蛐扬着一对长长的触须躲在岩缝里唧唧发叫，因是白天，它想纳凉又不敢出来。张玉琳深感自己真是与这只鸣虫同境！

走上楼去，这个数百年的古建筑到处都是油漆剥落的样子，扶手上有些零散的枪眼，脱漆的地方已被来来往往的行人摸得油光发亮。岁月的包浆使人难免感到沧桑，但留在张玉琳心里的事却还像昨天一样。这个地方是他的伤心之地！一九三九年，他就在此地死里逃生……要不是当时拼命一搏，今天就没有他张玉琳站在这座古老建筑上瞭望天地，等着陈策先生来谈出路了！反过来想想，这座老建筑上次让他获得新生，今天又与新生有关，此地莫非是他的吉祥之地？他脱掉白色手套，又深情地抚了抚扶栏，然后跟同行的人说："陈策先生会来吗？"

张玉琳的这个话没有点名问谁，与张玉琳一起站在楼廊上的有米昭英、李师鲁和石玉湘，警卫们都在楼下站岗。石玉湘是这次见面的联系人，他主动接过话说："从我与陈策先生打交道以来，这么多年，从未见他失过信。他为人处事的风格是：宁愿当时不答应你，但答应了的事，他就一定要办到！"

李师鲁补充说："他当老师出身，学高为师，身正为范嘛！"

张玉琳说："现在雷也停了，雨也住了，他也该现身了。"

话刚说完，对面小桃源旅社的三楼上有人推开窗户说："玉琳，我已在此恭候你们多时。茶水都准备好了，过来坐吧！"

大家抬头一看，原来陈策站在三楼的楼廊上朝他们招手。

张玉琳大出意外地说："他怎么不按规矩出牌？不到约好的地方来？"

石玉湘笑笑，"他一定是怕我们设伏打劫！"

米昭英说："肯定是这个想法，要不然，他选那样一个居高临下的好角度干什么？他站在那里，我们看不清他，他却能把我们的一举一动看得一清二楚！"

大家抬头一看，原来陈策站在三楼的楼廊上朝他们招手。

张玉琳说："真是久经沙场，滴水不漏啊！"

李师鲁说："战乱年代，各有防备都不奇怪！我们走吧。"

大家正要下楼，张玉琳说："慢！他怕我们有埋伏，难道我们就不怕他有埋伏？湘哥，你先去和陈策接个头，看看周围的情况，我们在这里等你的招呼。"

石玉湘说："好。那我去打前站。"

石玉湘先到小桃源旅社，仔细侦察了一番，没有任何异样，又和陈策简单说了几句，就在对面三楼上做手势，让张玉琳他们放心过去。

张玉琳一进小桃源旅社，警卫就占据了各处高点和关口。陈策站在茶房门外看了看，还是担心张玉琳有异心。他是只身一人来的，如果张玉琳有异心，他今天最多也就只能拿石玉湘出气，因昨天是石玉湘与他预约的，其余的事就都顾不得了，万一被张玉琳所擒，那也只好认命。

张玉琳走上三楼，陈策站在门口迎候，致礼后，陈策带他们在茶房里坐下。

茶房不大，摆了一张抹得乌亮的八仙桌，桌上的茶水和杯子整齐地摆放着，一个不少，一个不多，真是等客的样子。陈策亲自提起茶壶筛茶，石玉湘说："陈老板，我来吧，哪好意思烦劳您老呢！"

陈策说："这个事应该是我来做。这个茶楼是我的一个姨表妹开的，因为我们今天要谈大事，是我不让她来给我们上茶，所以，应该由我来代劳。如果我不让茶楼老板来上茶，我自己又不给你们上茶，那就成了又要当婊子又要立牌坊的人了！"

大家都听得出来，陈策这是一语双关，于是，情感复杂地笑了一下。

张玉琳说："陈老板说话真有意思。"

陈策说："你知道，我们辰溪人的话粗得难听，但意思总是非常深刻到位。"

茶楼并非陈策姨表妹所开，陈策这样说是想告诉张玉琳别乱来，他陈策背后还有人！

喝过一轮茶，说过一些话，气氛就融和了许多。

张玉琳说："陈老板，湘哥昨天和你说的想法就是我的想法，不知你意下如何？"

陈策说："玉琳啊，我二十几岁时闻湖北黎天才搞荆襄独立，就欣然前往；后来两次投奔贺龙，两次担任辰溪自卫团专职副团长，图什么？不就是看着这个社会不像个样子，要找条出路嘛！我和刀枪打了这么多年的交道，越来越害怕刀枪。我现在是一介平民，你约我来谈事，我一个人一张嘴两条腿，你还这么三步一哨、五步一岗，我如果说句不讨你喜欢的话，你不会抓了我、杀了我吧？"

张玉琳哈哈大笑，说："陈老板真会开玩笑。你知道，现在大湘西是遍地枪炮，乱得很！今天，司令部里我们几个都来了，不警惕些也不行，这一是例行规矩，二也是对你我负责，并非对陈老板有什么异心。"

陈策看了看张玉琳的脸色，笑笑说："有玉琳这句话，我也就没有顾忌了。玉湘昨天所说之事，我也认真考虑过，你们靠拢人民，这是识时务的俊杰之举，是件大好事，我应该去为你们搭桥牵线。"说到这里，陈策还是怕自己处事过急中了张玉琳引蛇出洞之计，他还想考验一下张玉琳到底是否真的想投靠共产党。他话锋一转，"不过，我不是共产党，在浦市坐牢时，不管他们用什么刑，我也是老实交代，我不是共产党员，只是以前在共产党手下做过一些事，现在要我找到共产党，我还有些困难要克服。"

张玉琳急得顿失悦色，"陈老板，你对我的了解也就像我对你的了解。埋在深处的话，我们就不要翻出来说了。你我都是行伍出身，办事干脆些！我今天算是摊牌了，你若诚心帮我们搭桥牵线，我们现在就进隔壁的城隍庙里喝鸡血酒！"

陈策听张玉琳如此说话，内心大喜！看来，张玉琳是真心想找出路，要投奔共产党了。这么多年来一直盯住张玉琳，不就是为了今天吗？但陈策并不着急，非常沉稳地说："这件事虽有困难，但我愿意为你们效劳！"

张玉琳说："那好，我们就进城隍庙里去！"

于是，五人下楼往城隍庙走。

城隍庙就在奎星阁上方。五人一直走到庙后厅里坐下，石玉湘就去作准备。

这里离集市很近，不到半个小时，石玉湘就将雄鸡、烧酒、香烛和碗具准备齐全。

五人跪拜盟誓，然后砍香，喝下鸡血酒。

分别时，张玉琳说："望陈先生多多劳心！"

陈策说："此事能成，我也胜造七级浮屠！"

回家后，陈策把按捺的高兴都表现了出来，独自喝了两杯！多少年了，就等着张玉琳弃暗投明啊！

然而，深夜里向石宇却急忙来到陈策家里说："有个重要情报要告诉你：张中宁可能要回辰溪控制湘西！"

陈策暗自一惊，跟向石宇说："你不要走！我马上让汪珍和傅英通知庆轩到我这里来！"

米庆轩连夜赶到陈策家里。陈策跟米庆轩说："据石宇得到的情报，张中宁要回辰溪来控制湘西，如若真是这样，策反张玉琳的工作就会出现反复，就会变得更加复杂！三大队一直是张玉琳的眼中钉，你要做好最艰苦的斗争准备！"

米庆轩说："我们随时准备做生死斗争！"

陈策说："是的。但根据张玉琳今天的态度，他暂时还不会对三大队动手，三大队可以抓紧军事训练，以提高战斗力为主。我决定立即起程去长沙向省工委汇报策反张玉琳的进程和面临的复杂情形，听取省工委对下一步工作的指示。”

向石宇说：“你快去快回吧，辰溪这边有我们在，你放心。”

此次进省城任务非同一般，为防一路盘查，陈策租了煤船，装了一船煤炭，以做生意为掩护。

船在中南门码头起航时，米庆轩、肖洪量、向石宇等也都来悄悄送行。米庆轩握着陈策的手说：“只盼你安全回来，早日带回省工委指示！”

陈策说：“这些年，枪子和炸弹不知多少次找过我，但都不要我这条穷命！放心吧，我会安全回来的！我会带回省工委指示的！”

陈策去长沙找省工委汇报策反张玉琳的消息虽然很保密，但湘西地区的中统专员、泸溪县长刘英渠通过潜伏在辰溪的耳目，还是很快获得了这一情报。

刘英渠非常清楚，在湘西，前几十年是陈渠珍当统领，而眼下，年轻气盛又拥有重兵的张玉琳已成为最重要的人物。如果张玉琳倒向共产党，则国民党在湘西的其他地方武装也就很可能不堪一击。刘英渠悄悄潜回辰溪，找到张玉琳探听其内心，张玉琳矢口否认他与共党有任何联系。刘英渠也来个糊涂戏糊涂唱，装着不知道此事，给他出了一招：“张司令，恕我直言，根据目前局势，你跟程潜走不可靠，跟陈策走也不可靠，最可靠的还是要跟定张中宁！”

张玉琳说：“这个话还要你说？如果张中宁在这儿，我当然是要跟他走嘛！问题是他在美国！”

刘英渠说：“在美国就不可以回来？我们上书蒋介石，请张中宁回湘西主政。你看如何？”

这一计果然让张玉琳两眼一亮，如张中宁真能回来，抢兵工厂之事有他担当会不成后患，仕途也将会通达顺畅。张玉琳说：“你这个办法真好！你就赶快上书吧！”

刘英渠诡谲地笑笑说：“张司令，要上书也得以我们两人的名义。”

张玉琳犹豫了！也许蒋介石只知道从武汉搬迁到到辰溪的汉阳兵工厂被抢，还不知道张玉琳何许人也，如果现在他和刘英渠一起上书蒋介石，岂非屁股上插稻穗儿逗鸡啄——无事找事！要是触怒了蒋介石，一道圣旨下来岂不要了他张玉琳的脑袋？又岂不是叫花子背米不动——自己讨来的！张中宁现在美国哈佛大学深造，能一下子再回到湘西来、回到辰溪来？岂非痴人说梦！刘英渠分明是在让他张玉琳引祸上身，玩火自焚，以达到他刘英渠借刀杀人之目的。

张玉琳想过这些事说：“十分感谢刘县长信任！我不像你是蒋总统二公子的同学，我是人微言轻，哪敢上书总统？他知道我是谁？还是请刘县长一人见义勇为吧！”

刘英渠说：“不知张司令有何顾虑？”

张玉琳说："我什么顾虑都没有！就是不够格！"

刘英渠说："张司令，我们都是为党国效忠多年的人，现在是生死存亡、命运抉择的关键时刻，望张司令能一如既往地和我们同心协力！"

张玉琳将大脸往下一拉，说："刘县长此话怎讲？你是怀疑我张玉琳对党国有异心？"

刘英渠见张玉琳变了脸，知道这个时候，枪子儿都不大认人，就马上改了口气说："不是不是！我的意思是没有你张司令做坚强后盾，我们将寸步难行！"

张玉琳这才又缓和下脸来说："既如此，那就谢谢刘县长信任了。我还有军务在身，请原谅我少陪。"张玉琳站起来要走。

刘英渠只得给自己找了台阶下，说："你忙你的军务吧，我也正有事情要忙去！"

刘英渠走出司令部，张玉琳的两个警卫走进来说："司令，这家伙是什么人？要不要放了他的血？"

张玉琳把枪拿在手里摸了摸说："在老子面前教训人，也不想想自己是要走出去还是要抬出去！"

警卫继续说："我们去干掉他！"

张玉琳这才放下枪说："别乱来！他是中统、泸溪县长、蒋总统二公子的同学！"

刘英渠虽然盯紧着张玉琳，但他还没有像今天这样面对面地交过锋。他感到张玉琳不是一个简单的武人，他身上有一种复杂的东西！他让你看上去有几分文静，但说话办事又让你感受到他的刚强和匪气。他能粗能细！对于这种人，刘英渠是再也不愿意来往，因为这种人会反复无常，会让人难以捉摸，会防不胜防，会非常难对付！但是，他也决不能看着张玉琳倒向共产党一边，无论如何，他一定要尽到自己的责任！

其实，刘英渠已经写好了向蒋介石上书的文稿，跟张玉琳说这些，不过是看看张玉琳的态度，试试张玉琳的内心。从张玉琳的言行上看，他很可能是要跟国民党翻脸。于是，他将上书寄了出去。

张玉琳既然拒绝了和刘英渠向蒋介石上书，既然相信张中宁不可能再回湘西辰溪，他现在就是一心等着陈策给他带来好消息。凭他所知道的共产党的一贯主张，他相信共产党会欢迎他的。他现在真正放不下心的还是自己的部队发生内乱。

果不出张玉琳所料，驻防怀化的蒲和生团第一营营长彭定业前来向张玉琳告密说，蒲和生与芷江杨永清最近来往非常密切，有脱张投杨之意。

张玉琳听后训斥道："你身为蒲团长下级，岂能有如此奸细言行？如让我对蒲团长产生怀疑，你不是乱了军心？"

彭定业说："我没想到张司令对蒲团长原来如此信任！算我投错门了！"他正欲起身愤而出门，张司令又对身边的警卫说："快，拿五十块大洋来给他作辛苦费！”

彭定业受此重赏，万般不得其解，说：“张司令，您这是……”

张玉琳说：“你是为我而来，我总不能让你白费神！何况打兵工厂抢枪时你还立有大功没有奖励过你。”

彭定业虽然接了钱走了，但仍疑惑不解，不知张玉琳到底心怀何意。

张玉琳早已看出蒲和生对他有异心，只是这些天先是忙于成立国防军第一军，接着又忙于接受陈迪光的改编，再忙于和陈策取得联系，没有来得及在这方面用心，现在该是他出棋的时候了！他跟彭定业这样说话，实为不惊动蒲和生。

蒲和生的起家是离不开张玉琳的，打开兵工厂那天，张玉琳要蒲和生带人打先锋，得到了好武器不说，还封他为国防军第一军第八师师长，接受改编后又任命为驻防怀化的保安团团长，他还有什么不满足？还要投靠杨永清？二师师长石美豪带着好枪好炮走了，现在，他再也不能让蒲和生私心得逞！

张玉琳决定对蒲和生进行换防：调蒲和生团驻防溆浦，调麻阳胡震部到怀化接防。

蒲和生对换防原因一无所知，接到命令尚有几分高兴，因为溆浦为富庶大县，容易解决部队的供给，黔阳的陈汉章就曾在溆浦成了气候。于是，他认真做好了换防准备。

然而，参谋长扶勋在关键时刻给蒲和生进了一言：“蒲团长，我看张司令要我们换防是不安好心！第一，我们的士兵大多为怀化人，尤其是杨振军营都是泸阳子弟兵。他们都是为保乡保家来当兵，如果外调，队伍会因为思乡而作鸟兽散；尤其杨振军原与张玉琳部下争过地盘，埋有宿怨，杨振军肯定不愿去溆浦，如强行换防，其后果实难料想；第二，我们部队刚建起来，没有经过正规训练，在家乡则非亲即友，不敢放肆，一旦换防到溆浦，那里比较富裕，如见财心动，难以维持军纪，如把当地搞乱，张司令怪罪下来，必拿你蒲团长顶罪，不掉脑袋也会身败名裂；第三，张玉琳近来有些变化莫测，我们如果坚守怀化，一旦形势有变，马上可以联络芷江的杨永清。你要知道，岩门的李东生、新店的彭玉清都是杨永清的人，我们坚守根据地，就能攻能守、能进能退。这一点尤其重要！请蒲团长三思而行！”

扶勋不佩服张玉琳，他一直认为蒲和生虽为张玉琳部下，却是个可以谋事的实在人。打开兵工厂有了好枪好炮之后，他和蒲和生到马公武家里问过今后的路怎么走，马公武毫不犹豫地说：“插红旗！”从此，蒲和生这个团实际上就一直在夹缝中生存。

蒲和生向来对扶勋言听计从，仔细想想参谋长的话很有道理，眼下这个朝夕万变的日子，还是以坚守怀化图个安定为好。堂屋门前三尺硬土嘛！蒲和生在电话里向张玉琳汇报，要求改派胡震部去驻防溆浦。

张玉琳更相信彭定业所说的蒲和生有了自己的小九九算盘。他本想强令蒲和生服从命令，但此时毕竟时局特殊，如强他不过，岂不造反？如蒲和生生反心，必为杨永清所用，蒲、杨联手，就会劲敌难御。他退了一步，表示同意考虑蒲和生的建议。

但接防积极的胡震已将队伍开到了泸阳。

蒲和生虽有怨愤，还是想息事宁人，就将胡部安排驻扎在花亭子和庄上一带。不料胡震队伍军纪极差，尤其刘际先部所到之处肆意骚扰百姓、奸淫妇女，群众恨之入骨。二营营长杨振军和三营营长唐贵荣都是怀化当地人，得知自己乡亲和朋友家也遭到胡部的侵扰后，气愤至极，要用武力一举除掉胡震之部。蒲和生很为难，如果不让打胡部，部下意见太大，今后恐在怀化站不住脚；如让打胡部，张玉琳定要找他的麻烦。

正在蒲和生左右为难时，扶勋为他解了难。扶勋把几个营长召集起来说："如果发生战事，胡震有一个师的兵力，不可能一下子全被消灭。胡部打红了眼，就会到处烧杀，老百姓会更加遭殃！加之胡震对张玉琳有救命之恩，两人关系非同一般，如我们和胡震部干起来，张玉琳派兵来援，我们更无回天之力，大家要认真考虑，另谋良策。"

于是，几个营长私下商定了另一个教训胡震之计。

趁胡震部撤离时，杨振军和唐贵荣两个营预先埋伏在了各山头要道，因是清明时节，营里派一士兵化装成上坟祭祖的百姓，手提一竹篮酒菜香纸在最先撤离的刘际先队伍里慌忙穿行，士兵碰了他一下之后，他顺势将所有酒菜祭品泼在地上，然后大吵大闹起来。杨振军营借故士兵欺负百姓，首先开枪，接着几个营四面夹击。待蒲和生派人前来制止，他们已一鼓作气击毙了胡部一百四十余人，俘虏七十多人，缴获各种枪支两百余支，刘际先营基本上全军覆没。

蒲和生急将这一情况电告张玉琳，张玉琳大怒，亲赴泸阳平息。

张玉琳本是为胡震撑腰而去，但一到当地，见民愤太大，胡部处境十分危险，为息事宁人，丢卒保车，他下令枪毙了刘际先，向当地百姓明示军纪，然后令胡部返回麻阳原地，蒲部仍驻防怀化。

在旁人眼里，这回张玉琳是支持了蒲和生，实际上，张玉琳对蒲和生之恨埋得更深！

55 / 派你去湘西完成重大事情

为建功立业，刘英渠废寝忘食、字斟句酌写成了那份上奏蒋总裁万言书。在万言书里他反复强调：现湘西有组织的部队加上地方武装共有二十余万人枪。湘西是大西南之屏障，这些地力、人力、物力应必须为我党所利用才是。其中辰溪张玉琳部为湘西新兴之主要武装力量，现拥有三万余人枪，且弹药充足，占地险要。当下湘西政局复杂，张玉琳年轻善变，于湘西局势十分重要，据最新情报，张有投靠共党之危险。

刘英渠对湘西时局进行了条分缕析，陈述得如数家珍，句句掏心见肝。最后，他建议：要守住湘西，必先制住张玉琳；要制住张玉琳，控制住湘西局势，只有张中宁重返湘西，因张中宁曾在第八、第九两行政区当过专员，且与张玉琳有宗族关系和知遇之恩。时下，除张中宁，别人实难扭此危局。

刘英渠知道，要蒋总裁亲自看信，谈何容易？何况他是遥遥湘西一个小小县长！他只有将信寄给念堂兄（即蒋纬国）收转。

张中宁正在哈佛大学红楼食堂的豪华餐厅里就餐，中国驻美使馆人员找到他，将一份电文转给他阅。

看到这份电文，张中宁心里一紧：原是蒋总裁给他的急电，召他立即回国。张中宁放下手里餐具，反复地琢磨这份急电，半天没有想清到底是何事如此紧急，要蒋总裁亲自发来急电。

张中宁问使馆人员："请问是什么具体事召我这么紧急回国？"

使馆人员说，没有接到有关这方面详情的电文。然后，他们又将已经准备好的机票递给他说："这是你明天回国的机票。"

张中宁接过机票，只得匆忙进完餐就往宿舍里去收拾行李。

张中宁第二天即从美国飞回中国，在重庆一下飞机，专车就接他去了蒋总裁官邸。

蒋总裁一见张中宁来得如此及时，很是高兴地站起来同张中宁握手说："啊，中宁，你回来了就好！"

张中宁说：“中宁受宠若惊！不知总裁有何吩咐。”

蒋总裁说：“坐，坐。”

张中宁说：“总裁先坐。”

蒋总裁坐下说：“中宁啊，你知道我对你是很信任的。曾经让你到中央组织部任职，到全国各地基层去任职，派你到甘肃天水任专员，到湘西任专员，这次又派你去哈佛去学习，都因为党国需要你这样的人才。召你回国，是要派你去湘西完成重大事情。”

张中宁马上站起来立正说：“中宁不才，请总裁训示！”

蒋总裁见张中宁从美国回来仍不忘中国礼节，又多了几分高兴，说：“坐，坐。”

张中宁这才又坐下恭听。

蒋总裁说：“辽沈、淮海、平津三大战役，我们是节节失利，共军现已打过了长江，我们正退守西南。湘西正成为我们的重要基地。据中统方面情报，在你的家乡，辰溪县的张玉琳抢了兵工厂，现有三万余人枪，称雄湘西。此前，他曾私自成立国防军第一军，稍后，程潜已将其收编为长沙绥靖公署清剿第二纵队。张玉琳本该为党国效力，但据可靠情报，最近他却有亲共之嫌疑。眼下，湘西于党国利益举足轻重，张玉琳于湘西举足轻重！此次急召你回国，是要派你去湘西将张玉琳的队伍改编为川、湘、鄂边区绥靖公署暂编第二军。你任军长，让张玉琳任副军长。其他人员你们自己委任。”蒋总裁说着从书案上拿起两张盖好大印的委任状递给张中宁。张中宁接过委任状一看，先是惊喜，接着是茫然，再一想，就觉出其中的艰难。

蒋总裁说：“中宁，你还有什么难处和要求吗？”

张中宁马上想到，既然委任状都已写好，他就不能再在此时此地此人面前诉说难处和要求，他只能表现自己无尽的忠勇，“请总裁放心，中宁一定不辜负您之厚望！”

蒋总裁欣然点点头说：“党国像中宁这样的人才太少了！”

张中宁觉得自己一下子有了很多想法，他怕蒋总裁看出他思想的复杂，只想尽早离开这个地方。他说：“总裁过奖，我是无功受禄！我这就直奔湘西辰溪，收服张玉琳，为党国效忠到底！”

蒋总裁又从书案上拿一封信递给中宁说：“好，你到辰溪后，将我这封亲笔信交给张玉琳。另外，你带他到衡阳去见白崇禧，军务方面的事，白崇禧会有安排。我只能给你创造这两个条件。”

张中宁说：“总裁的关怀已无微不至！”

张中宁带上蒋总裁的亲笔信和委任状道了别就直奔湘西。

一路上，张中宁真是思绪万千，在美国哈佛大学将近一年的留学生活，使他感到非常宁静和有意义，特别是像他这种年龄有了丰富的从政经历，再进这种世界一流大学求知，他深感弥足珍贵。但这次回国，蒋总裁也不问问他在美国学习的情况如何，一见面就谈湘西的危局。可想而知，今天的湘西一定大不同于一年前的湘西情形！张玉琳到底是绿林出身，真是胆大包天，怎么连国家军政部所属的兵工厂也敢抢？现在见面，还不知道这个张玉琳是不是一年前的那个对他毕恭毕敬的张玉琳。

张玉琳接到张中宁回辰溪的电话时，他有点惊傻了。在美国与辰溪之间，对于张玉琳来说，简直遥不可及，哪能说走就走、说回就回？真是刘英渠向蒋介石的上书起了作用吗？一个中统专员就有如此大的能耐？怎么想，张玉琳都觉得落不到实地。但是，张中宁要回辰溪已是今天就要见人的事实！

那么，见面之后，他跟张中宁说些什么呢？说他是为了保境安民才抢了兵工厂？说他成立过“国不国、共不共”的国防军第一军？说他接受了陈迪光的改编？张中宁又会跟他说些什么呢？张中宁这次回辰溪是什么意图呢？是知道他和陈策有了接触？……一切都是云山雾海，像是看得见但又看不清。

张中宁是下午赶到辰溪的，车子走的是重庆、凤凰至麻阳到辰溪的路线。张玉琳为示旧情和感恩，带上警卫班到县城对面的大路口车站热忱迎接。

张中宁从车上走下来，张玉琳一见他的着装，就感到自己有一种猥琐。虽然也是一身戎装，但土俗之气立时可感。他迎上去握了张中宁的手说：“老叔，我没有想到您会这么快回来，真的没有想到！”

张中宁从张玉琳握手的力度上感觉到感情上还没有异样。他也握紧了张玉琳的手说：“我自己也没有想到！还是和辰溪这块地方有缘啊！还是家乡留人哪！”

张玉琳说：“您不在辰溪，我都快成无头苍蝇找不到方向了。”

张中宁说：“知道找不到方向就说明你还清醒。这就是好事！”

张玉琳感到张中宁的话里已经透露出一些警告的信息，就说：“老叔，您离开湘西这一年，湘西的变化简直太大了，已经远非您当专员时的湘西了！”

张中宁却没有顺着他说，而是沉稳地提醒他：“能变到哪里去？不过是杀了些人、抢了些枪！土地还不是原来那块土地？人，还不都是原来这些人嘛！”

年龄的差异让张玉琳马上感到张中宁在政治上有一种令人敬佩的成熟和胆略，这种成熟和胆略让张玉琳顿感踏实起来。他说：“老叔见解独到，说得极是！”

张中宁又补充一句：“首先是湘西的人变，然后才有湘西的事变！主要还是人的问题嘛！”

张玉琳一想这话似有拍惊他的意思，就说：“老叔，您到美国才去了一年，现在听您说话都像在听高僧讲经一般！句句都高深得像是哲理！”

张中宁笑着说：“你天天总是忙于军务，难有时间读书吧？”

张玉琳说："是啊，战乱年代，哪有时间读书啊！一年半载都读不完一本。其实我也很想读书，那天到县长家看到一本《近思录》，捧着都不想放下。"

张中宁说："这本书可以洗心，尤其值得像你这样的人读一读。"

两人往过河的码头上走去，边走边谈，张中宁不时抬起头来看电厂的烟囱和悬浮在高陡石崖上的丹山寺以及坐落在熊首山下的县城。这些都深深地刻在他童年的记忆里，即使在美国哈佛，他也时时想起。别后一年，重又回乡，只觉得情意更深！过了河，上了中南门码头，张玉琳告诉张中宁说："老叔，今晚我们司令部在华北酒楼为您设宴接风洗尘。"

张中宁说："不！玉琳，今天晚上我是哪里的饭都不吃，哪里的酒我都不喝！"

张玉琳说："一切我都安排好了。"

张中宁说："安排好了也要退掉！"

张玉琳说："您可要明白我的心情啊！您回来了，我们多高兴啊！这么久没见您了，大家都想聚一聚。"

张中宁说："不行！你告诉你的警卫，跟任何人都不要说我已经回到辰溪。形势复杂，我这次回来任务特殊，该保密的事一定要保密！今晚你也不要走了，就到我家里吃便饭，我们好好谈谈。一年没见了啊！"

听张中宁口气如此真切，又似话外有音，张玉琳只好从命。

张玉琳陪着张中宁走进家中，就叫警卫回去退掉宴席，明天一早再来接人。

一家人见了中宁回来，分外亲切。中宁的妻子黄文桢亲自下厨做了几道中宁爱吃的辰溪家乡菜，一道是嫩南瓜炒小溪虾米，一道是清蒸的辰溪火炕腊肉，一道是酸萝卜沾油发辣椒，一道是坛子粉辣椒，还有一道是土鸡党参炖汤。黄文桢将菜炒好按张中宁的安排，每样都装成两份，一份给家里人用，一份给中宁和张玉琳用。

张中宁和张玉琳用的饭菜端进了书房的圆桌上，用餐时门也关上了。张玉琳一看就知道，这是张中宁要跟他密谈。

张中宁亲自执壶说："玉琳，一年没见了，今天我们先喝三杯，然后再说话。"

张玉琳说："今天应该是我先敬老叔三杯。"

张中宁说："不！今天先同饮三杯！"

张玉琳说："那好，今天一切就听老叔安排！"

两人先喝三小杯，气氛非常和谐亲切。张中宁不胜酒力，虽酒杯很小，但已有一丝酒意。他趁着酒意神色严肃起来说："玉琳，我现在要让你看两样东西。"张中宁首先立正，然后从提包里取出几个很大的信封来，张玉琳瞟见都是总统府的豪华大信封。张中宁先将一个信封递给张玉琳。张玉琳马上立正，躬身接住。一看，竟然是蒋介石给他的亲笔信。看完信，他几乎出了一身冷汗。看到第三遍时他才明白信里写些什么内容。信中不仅只字不提他打开兵工厂的事，还说只要他忠心耿耿为党国效劳，将是前途无量！张玉琳将“蒋中正”三个朱红大字凝视了许久才跟张中宁说：“老叔，您到底在蒋总裁面前说了我多少好话，让总裁给我亲自赐书，如此器重？”

张中宁不慌不忙地说：“仅是一封信还不能说明总裁对你的器重，你再看看此件。”张中宁将另一个大信封递给张玉琳。里面是两张委任状，一张是委任张中宁为暂二军军长，一张是委任张玉琳为暂二军副军长。成立国防军第一军时，他不过是自封的军长；接受陈迪光改编时，他不过是长沙绥靖公署直属清剿第二纵队司令；现在他是由蒋总裁和国防部直接任命的暂二军副军长，而军长又是蒋总裁极为看重的张中宁。他以前跟着张中宁走，前程似锦；现在跟着张中宁走，也定会锦上添花！如用佛语来说，就该是修成正果了！张玉琳欣喜不已地说：“老叔，请允许玉琳先敬您三杯。”

张中宁说：“且慢！我还有句话要说给你听。这两份委任状你知道是谁交给我的吗？是蒋总裁亲手交给我的！”

张玉琳更是感动万分，“想不到我张玉琳也有今天！近些年，我跟着老叔走否极泰来！”

张中宁说：“我还要告诉你，你虽为副军长，但可代行军长权力！”

张玉琳说：“我真是受宠若惊！请一定允许我敬老叔三杯！”

张中宁说：“好，我接受！”

张玉琳连敬张中宁三杯。

张中宁看着张玉琳异常动情的样子，知道情感上已恢复到一年前的程度，就说：“玉琳，我们已不是一天两天的交道了，以前的事你是心里有数，我不用提起。往后的事，只要你跟我走，你仍会是平步青云！”

张玉琳说：“想我当年父母兄长皆被陈渠珍所害，我自己也被宪兵和县府多次剿得九死一生，连妻儿也跟着命丧黄泉！老叔不仅是我仕途上的大恩人，还如父如母为我的婚姻操心。我张玉琳能有今天，全仗老叔您栽培，跟您走，我死而无悔！”

张中宁见张玉琳情动于中，是说真心话的时候了，就说：“玉琳，既如此，我就要问你一句话：据说你有亲共迹象，此话当真？”

张玉琳说：“请老叔恕我直言。”

张中宁说：“但说无妨。”

张玉琳说：“您知道，我家父兄皆为玩枪谋生，我为报家仇，十几岁就拖枪杀人，杀过敌人，杀过仇人，杀过男人，杀过女人，杀过军人，杀过商人，杀过大人，也杀过小孩，至今被我所杀和为我而死者已不计其数。在当地百姓眼里，我乃土匪出身。跟着您之后，虽改邪归正，但近来湘西事变剧烈，时局大乱，国民党兵败如泥，共党大军已进湖南，逼近湘西，而在湘西和我有杀父母灭兄长之仇的陈渠珍现又东山再起。据可靠消息，陈渠珍已在乾州一连开了三天湘西善后会议，既不请我参与，也不跟我通气，岂非陈渠珍复出意欲置我于死地？在国民党这边，我打开了兵工厂，拿出了这么多枪炮弹药散发到湘西各地，我害怕党追究责任。共党这边呢，虽示意我投诚，但对我仍存有疑心。再说我们自己的队伍吧，人数庞大得很，素质堪忧，石美豪带着我们的好枪离我们而走；龙飞天被老百姓打死后割了头颅；熊自金死在女人身上。除了米昭英、石玉湘、李师鲁这些受过正规训练的军官外，很多中层军官都是有勇无谋，又互不服气，只想逞一时之能。一旦战事发生，我最担心一击即溃！眼下最为要紧的是，省里虽将我们收编，但军费又不能按时如数拨付，我们自己的银行因遭洪灾影响，又运营告急。我虽对外说话做得底气十足，但我心里现在已是四面楚歌！因此，我才和共党方面有过一次接触，说白了，也就是想给自己留条后路。老叔，您现在回来了，我眼前真是柳暗花明！”

张中宁说：“玉琳，我明白，你在我面前说的这些都是真话！那么，你和共党方面的谁有过接触？”

张玉琳说：“陈策。”

张中宁顿时皱紧眉头说：“陈策？”张中宁沉默了半天才又说：“他可是我的恩师啊！”

张玉琳说：“这我知道。”

张中宁想了想说：“他不是一直不承认他是共党吗？”

张玉琳说：“他这个人啊，只怕坐穿牢底都不会承认自己是共党。但此地无银三百两！谁还不知道他是老共党？辰溪的共党哪时候不是听他的？”

张中宁深深叹道：“人说冤家路窄，看来，我们师生之间也是路窄啊！”

张玉琳有些不明白张中宁的意思。张中宁说：“你慢慢就会明白。这样吧，明天我们就去芷江坐飞机直奔衡阳。”

张玉琳说：“是不是要去见白长官？”

张中宁一笑，夸奖说：“是。玉琳可比子贡也，告诸往而知来者。”

张玉琳犹疑地说：“陈渠珍就是他任命的湘鄂边绥靖司令部副司令。这个人我有点不想见。”

张中宁说：“乱大谋者常出于小不忍！白崇禧所为乃是党国之大计，与你何仇何怨？如何不见？再说，这也是蒋总裁亲口交代。这无价钱可讲，愿不愿意你都得随我同行！”

张玉琳说：“那好，我就算陪同老叔一趟，长长见识。”

56 / 遇到新困难

陈策在长沙黄兴南路华龙池康庄找到涂西畴。

死里逃生又多年才得见面的兄弟，一语未出就热泪盈眶，两双手钳在一起不肯松开。好一会儿两人才走进涂西畴的内房里说话。

涂西畴久久地看着陈策说：“老兄，多年没见了！”

陈策说：“是啊！我在牢里得知你也遭到他们的毒害和追捕。”

涂西畴说：“如果不是那位苗女的良心好，我也是差点命归黄泉！”

陈策说：“我在浦市坐牢时，向瑚几次跟我说起你的情况，说你病好以后为营救我，才到浦市一所学校里教书。你为了营救我差点又丢了命。”

涂西畴说：“在浦市江东古寺那一次，我差点儿被他们逮住了。我们今天还能见面，也算是命大！后来我潜回老家后塘，绕道去了广东投考中山大学。在中山大学我找到了党组织，在那里继续从事地下革命工作。我现在已回到湖南来做迎接解放的工作。”

陈策非常高兴地说：“前年你回辰溪时，我正好去常德做煤炭生意，待我回来，你已走了两天。庆轩把你说的话都转达给了我。”

涂西畴意思丰富地笑笑说：“这次来长沙也是做煤炭生意来的？”

陈策说：“带了一船煤炭。我是来向省工委汇报辰溪的地下党组建的武装情况，特别要汇报一下策反张玉琳的情况。”

涂西畴说：“我听说了，这些年你说是做煤炭、石灰生意，其实都是为地下党筹集活动经费，打听各方面的情报。那好，我请我们省工委委员、军事组组长欧阳方同志也来听你的汇报。”

陈策说：“我跟你汇报不行吗？”

涂西畴说：“张玉琳是我们省工委重点关注的策反对象，是大事，必须请欧阳方同志也来！”

涂西畴将欧阳方同志请来后，一起听了陈策的汇报。欧阳方组长听完汇报后告诉陈策：“据可靠情报，张中宁已从美国紧急回到辰溪，策反张玉琳的工作很可能会遇到新困难。”

陈策心里一紧说：“张中宁真的这么快就回辰溪了？”

欧阳方组长说：“蒋介石亲自电令张中宁从美国回来，主要是为驾驭张玉琳。”

陈策十分焦急，“这个时候，真是瞬息有变啊！那我得赶快回去！”

欧阳方又特地跟陈策说了具体工作方案。

送别时，涂西畴跟陈策说：“在湘西，辰溪是我们地下党抓武装最早的县之一，也是最见成效的县之一。但辰溪有国民党的兵工厂，曾经还有国民党海军鱼雷厂，曾一度是中国海军抗日的重要基地，国民党驻军多，迁到辰溪的工厂也多，加之又出了个国民党要员张中宁，还有个抢了兵工厂的张玉琳，情况也比湘西各县更为复杂。但是，辰溪开展革命的条件也不错，有一大批抗战时期隐蔽下来的共产党员和进步人士，党的武装力量也有一定基础，你们现在要做好湘西‘迎解’工作，到时候一定要好好配合我解放军解放大湘西、进军大西南。”

陈策说：“请省工委放心，我们一定在这块土地上坚强地战斗下去，等待黎明的到来，等待我们的胜利！”

陈策带着省工委的指示很快回到辰溪。

果然，陈策回到辰溪的当夜，米庆轩就来告诉他，据米月娥得到的情报，张中宁已回到了辰溪，并且一来就和张玉琳进行了一夜的密谈，还带着张玉琳去了衡阳拜见白崇禧。

连陈策也没有想到张中宁会这么快就回到辰溪，会这么快就展开行动！陈策说：“张中宁这么神神秘秘地回辰溪，又和张玉琳抱得这么紧，他到底要干什么呢？”

米庆轩说：“现在正要米月娥她们继续进行探听。”

陈策说：“他一回来就拉住张玉琳去衡阳拜见白崇禧，可不是一般行动啊！”

米庆轩说：“我想也是。这样，我们面临的情况会更加复杂、更加艰巨。”

陈策说：“你通知我们的人今天连夜开会，我要马上把省工委的指示传达给大家，还要尽快研究对策。看来，我们现在已是箭在弦上了。”

米庆轩立即通知在城内的肖洪量、米西成、肖守谦、谢斐然、米月娥、陈显荣、赵志、余致韩、向石宇、李涛等到大伏潭开会。陈策传达省工委的指示是：第一，尽可能地把张玉琳策反过来，特别是石玉湘的那个师要拉过来，不让其流窜湘西，阻挠我解放大军进军西南；第二，如果策反张玉琳失败，我们潜伏下来的两个团也不宜过早暴露，待我解放大军进入西南地区时，于内策应；第三，如在解放大军未到达之前，张玉琳发现我党潜伏武装，要下毒手清除时，可以迅速采取行动，把潜伏部队开进雪峰山区，与溆浦的谌鸿章会合，打出“湖南人民解放总队湘西纵队”的旗号，纵队领导成员省工委已有安排，到纵队成立时再行公布。这支队伍成立后的主要任务是深入山区发动群众，进行敌后游击，待解放军进入湘西会师后，配合大军作战，加快解放大湘西和大西南。

陈策还说："省工委已将我们这边的情况通知了谌鸿章，并要他与我们进行联系，如遇紧急情况，要做好接应准备。"

传达完省工委指示，大家议论起来。

肖洪量说："张玉琳刚和你剁香拜把，喝过鸡血酒，他未必就翻脸不认人了？"

米庆轩说："桃源三结义那只是《三国演义》里的文学故事！害人之心不可有，防人之心不可无！如今湘西这些头头脑脑有谁不喝过多次鸡血酒？能坚守结盟之义的人当然有，但张玉琳绝对会见风使舵！"

米西成说："张玉琳要是不善变，他就不会多次死里逃生活到今天！他现在脑子里想的大事只有两件：一是除掉陈渠珍，为自己父母兄长报仇；二是为自己找一条人生出路。所以，只要有人给他出路，他什么事干不出来？"

谢斐然说："西成这个分析有道理。张中宁是蒋介石的红人，又是张玉琳的恩人，他这么突然回来，又和张玉琳进行了一夜的密谈，他能不承诺给张玉琳好处吗？只要他给了张玉琳好处，张玉琳还能不相信？还能把喝鸡血酒当回事吗？"

米月娥说："我们一定要对张中宁和张玉琳进一步加强监视。"

陈策说："大家说的都有道理，总的来说就是一句话：现在张玉琳充满着变数！我们要做好两手准备：一要继续做好策反工作，只要有一丝可能，我们都不能放弃；二要做好最坏的打算，如果张玉琳变脸，潜伏的部队有生存危险，我们就马上把队伍拖出来树旗！庆轩，会后你想办法通知驻防在溆浦的米庆舜和驻防在麻阳的张承栋，还要跟怀化的蒲和生也透露点这方面的消息。从现在起，我们要十分警惕，内紧外松，观形势发展，随时做好应急准备。"

散会后，陈策站在门口说："你们不能一起回城，每隔一段时间再走一两个人，以防万一。"

现在就等着张玉琳回来，看张玉琳如何走棋。

张玉琳跟着张中宁从辰溪坐专车去芷江登机飞往衡阳，一路上，张中宁都非常注意张玉琳的情绪。车子离开辰溪时，张中宁就发现张玉琳的神色有些复杂，车至泥湾正好看到隔河对面的兵工厂，张中宁说："玉琳，对面的兵工厂现在完全废掉了？"

张玉琳说："石玉湘还安排了些工人在那里修理枪械。"

张中宁说："还有多少人？"

张玉琳说："十来人吧。没有经费来源，不敢用太多的人了。"

张中宁说："我不敢想象你当时打开兵工厂武器库时，这沿河两岸是个什么场面。"

张玉琳说："这河两岸满山遍野都是人！遍地都是枪炮！到处都是弹药！"

张中宁说："听说古丈的张平也来了？"

张玉琳说："他带来一千多人。"

张中宁说："他得了你多少枪炮？"

张玉琳说："好几百条枪炮。"

张中宁将脸一沉，"我在八区做专员时，古丈县县长卢觉见张平在当地霸气十足，说一不二，就将他作为乡长候选人报到我手上，我将卢县长臭骂了一顿。当地老百姓告张平状的很多，我对张平有所了解。一个小霸王岂能当政府官员？不仅不能当乡长，还要县政府将其捉拿归案！玉琳，你想想，这么多枪炮流入张平这些人手里会造成什么后患？你当时想过没有？"

张玉琳说："没有想过。汪援华的队伍从永顺下来血洗沅陵县城后，各县武装都在攻打县城，我想的是湘西彻底大乱了，我只想趁乱扩大自己的队伍，尽早除掉陈渠珍，为我的父母兄长报仇！"

张中宁说："玉琳，你还是胸量小了一些！"

张玉琳说："还请老叔多多开导！"

张中宁说："我送你两句话：一个人胸怀有多大，他的事业才可能有多大；一个人志向有多远，他才可能走多远！"

张玉琳说："谢谢老叔教诲！"

因已经密谈过一夜，没有了新的话题，两人说过这些话都感到疲倦。张玉琳往后斜靠着就迷迷糊糊地像是睡着了。于是，他跟陈策在城隍庙里喝鸡血酒的情景又浮现在脑际。那时候，他的确是想不到别的出路，唯一的生路就是投靠共党；而现在，他身上揣着蒋委员长的亲笔信和委任状，还有张中宁带着他去见华中军政公署的白长官，他还有必要跟着陈策走吗？但现在跟共党闹翻脸，跟着张中宁走，跟着国民党走，有朝一日，如果国民党垮了，他的退路又在哪里？……什么叫作十字路口？什么叫作左右为难？什么叫痛苦抉择？此刻即是！

从在大路口车站见到张中宁开始，就一直是感情在驱使着他，现在，理智又慢慢地翻覆过来，他不能不想一下即将到来的现实。

张中宁用眼角余光看出了张玉琳脸上透出的复杂思想。很多想说的话，他还不便挑明，如这时候急着挑明，只能有两种结果：一是张玉琳矢口否认；二是张玉琳坚持承认。两种结果都不是好事！所以，无论如何，现在都还是含糊一下稳当。好在昨晚他已用猛火把张玉琳煮过了一夜，蒋总裁的亲笔信、副军长委任状，以及去拜访白崇禧，这些荣耀应该让张玉琳有所心动！如果他还有杂念未除，待见了白崇禧之后，再对症下药，再用文火慢温。

飞机从芷江机场起飞，张玉琳在天上飞翔的新奇感还没有消退就到了衡阳。在张玉琳看来，张中宁这一级官员才叫官员，一路上什么事都有人安排得妥妥帖帖。

专车已在机场恭候，张中宁和张玉琳乘车前往国民党驻守在湖南的华中军政公署。走进白崇禧的办公室，庄严的气氛让张玉琳身不由己地肃然起敬。张玉琳往里间办公室一看，看到一个留着山羊胡的老人很像陈渠珍，他两眼一红，手就握紧了枪柄。他正要看清这个人是不是陈渠珍时，那人却从后门走了出去。

白崇禧和张中宁是老朋友，二人见面十分亲热。热乎中，张中宁急着要向白崇禧介绍张玉琳，好在白崇禧很有人情味，没等张中宁介绍，就握了张玉琳的手微笑着说："玉琳啊，一路辛苦了。"

张玉琳马上转神过来躬身应道："岂敢岂敢！"

白崇禧认真看了看张玉琳说："好啊！还这么年轻！人才难得啊！"

张中宁说："还请白长官多多栽培！"

白崇禧说："中宁，玉琳可是你一手栽培起来的栋梁之材啊！"

张中宁说："那都是过去的事了。从今往后还要请白长官多多费心。"

白崇禧说："哪里哪里。"

三人坐下来后，张中宁就开始汇报，从蒋总裁电召他回国，委任他和张玉琳的职务，到奔赴湘西辰溪的工作任务。张中宁向白崇禧汇报时，没有任何事情回避张玉琳。张中宁是想用这种办法进一步获得张玉琳的信任。

白崇禧听过汇报后说："蒋总裁已经来电跟我说及此事。该准备的我都已经给你们准备好了。"他顺手从书案上挪出一张汇票递给张中宁说："这是给你们暂二军的第一笔军费，在芷江银行提现。"

张中宁只瞟了一眼票面，就把汇票转递给了张玉琳。张玉琳拿着一看，心里怦怦直跳，在心里说："真是家大业大，一出手就是五十万大洋！他还从来没有一次拿到过这么多军费！

会见结束后，张玉琳的杂念少了许多。回忆起来，每次跟着张中宁都是如愿以偿、喜出望外！宴席上，他顺便问了旁边人："刚才是不是陈渠珍坐在会议室里？"

那人告诉他："是的。白长官本是要他和我们一起开会、一起用中餐，中途他突然又说家里有紧急军务，回了湘西。"

张玉琳心里一下子明白了，这只老狐狸一定是发现了我张玉琳！你陈渠珍也有今天?!

回到辰溪，张玉琳底气十足了：有了暂二军副军长的委任，有了张中宁做他的后盾，特别是有了这么多大洋作军费，他还愁什么？他想，自己现在才算是找到一棵挂满甜果子的大树！

这时候，张中宁认定是和张玉琳深入谈话的时候了。

还是在张中宁的家里，两人在书房里喝茶。张中宁说：“玉琳啊，你现在还有什么后顾之忧吗？”

张玉琳和颜悦色地笑着说：“老叔，您回辰溪之前，我还真是忧心忡忡。现在一有官职，二有军费，三有靠山，还有什么后顾之忧？没有了！彻底没有了！”

张中宁说：“真没有了？”

张玉琳说：“真没有了！”

张中宁说：“那我可就要问你一句话。”

张玉琳说：“您问吧。”

张中宁说：“蒋总裁亲口跟我说，据中统方面的情报，你有投共嫌疑，这个情报准确还是不准确？”

张玉琳说：“准确。”

张中宁稍顿一下，不知张玉琳这话是正是反，但他没有问为什么，而是说：“那么，你现在还有这个想法吗？”

张玉琳说：“没有了！彻底没有了！”

张中宁也没有往深处问为什么，而是说：“我完全相信你！不过我还要问你一句话：你改变亲共这个想法，还有什么难处吗？”

张玉琳说：“知我者老叔也！说实话，这些日子您带给我的都是一件件高兴的事情。但我高兴之余还有一个心病，就是在您回辰溪之前，我和陈策在城隍庙里喝过鸡血酒，起过誓，要他帮我们和共党搭桥。老叔，从过去到现在，您都是我的大恩人，您回来了，我肯定不能跟陈策走了，但我心里还有个想法，就是怕陈策骂我张玉琳是见利忘义的小人！我这辈子喝过的鸡血酒已有多次，我并不很在乎自己有违那些誓言，而这次和陈策喝的鸡血酒，我始终忘不了！十年前，陈策在县自卫团当专职副团长时大权在握，但他念我从小家中不幸，念我是为报私仇而起事拖枪，他当面理直气壮地开导过我，句句入情入理。我虽后来并没按他说的去做，但至今我铭记在心。前不久，在顾县长家宴上，他还是那样晓之以理动之以情地教导我，暗示我跟共党走。这次喝鸡血酒时，他仍是那样大人大量，善心相劝。我明白，我是不会跟着他走了，但我心里歉疚难消！”

张中宁说：“陈策老师怎么成共党了？我从来都没有听说过他是共党！”张中宁内心里真不愿陈策成为共党，陈策即使是共党，张中宁也不想承认。将陈策说成共党对陈策老师和他张中宁都是有百害而无一益。

张玉琳说：“共党的那些人您还不知道？像八卦炉里炼过的，刀砍不动，火烧不熔！”

张中宁想了想说：“玉琳，我知道，你对陈策老师的恻隐之心，乃出于一个‘情’字！而做大事者是不能为情所困！要说陈策老师嘛，他对我的恩情远远大过他对你的恩情。我告诉你，他还是我名副其实的恩师！我跟你说说我们的师生情吧。陈策老师在辰阳小学教书时，我是他最得意的学生，他常常将我叫到他的办公室里教导我，将来长大了要忠君爱国，尤其在国家民族危亡时刻，要不计个人得失与安危。后来他两次跟着贺龙的部队南征北战，在驻马店与日军一战，他的右手掌被打穿后在武汉仁济医院治伤，我当时正从一所军事学校编散下来，走投无路后到仁济医院里找到他。他问我有什么想法，我说想到南京去考学校，但是没有路费。陈策老师当时就从枕头底下抽出一个小布包，小布包里的钱是他所有的家当。他把那些钱全都给了我。我带上这些盘缠去南京后考上了中央政治大学，此后才走上政坛。可以说，没有陈策老师就没有我张中宁的今天！后来，在我做八区专员时，陈策老师从牢里出来，生活上有了困难，我想方设法帮助他，给他推荐过几个公职，他都婉言谢绝，给他借点钱做生意，他也不肯接受。在我看来，你那点儿愧疚哪里算得上愧疚！”

张玉琳瞪大两眼听着张中宁说完这些，他只知道陈策是张中宁的老师，根本没有想到张中宁和陈策还有这么深的感情关系。

张中宁说：“玉琳，你说，是你和陈策老师的感情深呢，还是我和陈策老师的感情深呢？”

张玉琳摇了摇头说：“没法比！”

张中宁说：“就是嘛！但是，我可以告诉你：如果陈策老师真是共党，那我要想尽一切办法将他拉到我们这儿来！避免我们师生之间一场无法调和的较量！”

张玉琳说：“只怕到时候你也下不了手。”

张中宁说：“尊敬师长属孝，为党国尽心为忠，自古忠孝难两全！我受党国培养多年，事君能尽其力，为党国效忠已是我的职责。这也符合陈策老师的教导！”

张玉琳说：“既这样我们就要趁早行动，先把陈策抓起来再说。”

张中宁眉头一紧，“不行！我们虽各为其主，但我不能无情无义！我必须仁至义尽，先礼后兵。这样吧，我们先把‘川湘鄂边区绥靖公署暂编第二军’挂牌成立了再说。”

57 / 眼前才是最为重要的

张中宁的家乡张家溜是湘西著名的鞭炮产地，暂二军成立时自然少不了燃放很多鞭炮。大炮小鞭的炸响，使菜市场上的人大半个上午做不成生意，听不清讨价还价的说话声。挂牌的大门口铺了厚厚一层红红黄黄的纸屑和炭黑的硝末、未曾响过的哑炮。原来那块“国防军第一军军部”的牌子前不久换成了“长沙绥靖公署清剿第二纵队司令部”，现在又换成了“川、湘、鄂边区绥靖公署暂编第二军军部”。牌子一块比一块阔气，字也写得一块更比一块夺目。

张中宁和张玉琳认真策划过一番挂牌成立大会，因为城里枪炮太多，在室外很不安全，所以，鞭炮在室外放，仪式还是在室内进行。桌凳全都换了新的，桌上铺了雪白的面布，会场非常庄严。张中宁在全体军官会上宣布，“川湘鄂边区绥靖公署暂编第二军”正式成立，并宣读了蒋委员长亲自给他的委任状，由他任军长，张玉琳任副军长。下辖三个师：米昭英任第六师师长，驻防辰溪；石玉湘任第七师师长，驻防溆浦；胡震任第八师师长，驻防麻阳。接着又宣布了暂二军军部任命李师鲁为副参谋长、杨长耀为政治部主任、张季甫为军需处长。

张中宁最后说：“忠君爱国乃立身之本，作为军人，我们必须以服从为天职！今党国之命运正处关键时刻，在座之各位为党国效忠时候已到，诚请各位在湘西这块土地上为党国之大业竭尽全力，不负总裁之厚望与重托！”

为庆祝暂二军成立，全体官兵除军饷照发外，每人还加发一块银元以示庆贺！

成立大会之后，暂二军的军务主要是张玉琳按照张中宁的意图进行落实，张中宁的主要精力转移到了规劝陈策投奔国民党这件事上。

张中宁并不完全清楚暂二军内部的事情，只有张玉琳明白暂二军眼下的各种内部矛盾实难调和，但他也不好跟张中宁说得太细，怕画蛇添足、自找麻烦。

成立国防军第一军时，怀化的蒲和生和麻阳胡震都是师长，而暂二军成立，蒲和生没有当上师长，倒是胡震仍当上了师长。这让蒲和生极为不服，看来，张玉琳对他蒲和生真的有二心！胡震在蒲和生眼里算是治军无方、打仗无能之辈！“举枉措诸直，则民不服。”如此用人的张玉琳还能做成什么大事？

月光下的沅水河流过清波浪激滩之后进入了大伏潭，于是有了疲惫过后的静谧。河边的船只、屋宇，还有那些被田塍切割成各种形状的稻田都静静地蛰伏在月光里，各种蛙声被热风吹拂起来散落到田间和路边的稻田、草丛里。蒲和生踩着密密的蛙鼓，带着他最为信任的罗国荣来到陈策家里。

陈策正帮女子刺绣店整理绣品，一见蒲和生，就猜出其来访的意图，但他故意问道："蒲团长，什么急事让你这么深夜来访？"

蒲和生说："有件急事特来请教陈先生。"

陈策说："你可千万别要我到张玉琳面前去帮你要官啊！"

蒲和生有些哭笑不得地说："陈先生真会说笑话！我现在已经把张玉琳手下的官看得比屁还淡！"

陈策知道蒲和生是苦出身的人，为人处世也很实在，他这么说不过是探探蒲和生的内心。陈策转而热情起来说："坐坐坐。"

三人坐定后，向瑚上了凉茶。

蒲和生喝着茶说："陈先生，听说张玉琳请您帮他找共产党搭桥了？"

陈策说："蒲团长是从哪里得来这消息？"

蒲和生说："奎星阁旁边那个城隍庙的人不仅你们熟，我也熟啊！你们在那里喝鸡血酒，我当天就已经知道。"

陈策说："你的消息真是灵通啊！是有这么一回事，我也答应帮他去找共产党，不过这件事现在怕是要泡汤了。"

蒲和生说："陈先生，我看张玉琳这个人极不可信！"

陈策说："此话怎讲？"

蒲和生说："张玉琳想跟共产党走，那是他走投无路的时候；而现在，张中宁回来了，又是带他去见白崇禧，又是给他大笔军费，又是成立暂二军，又是给他封官委职，他现在是春风得意，哪还想跟共产党走？"

陈策故意装着对张中宁和张玉琳的事一无所知地说："蒲团长这个话倒是让我耳目一新啊！"

蒲和生更进一步说："陈先生，您要提高警惕，以防他加害于您！"

陈策说："我与他们一无仇二无冤，他为何要加害于我？"

蒲和生说："过去是国民党要坚决消灭共产党，现在是共产党强大了，国民党还以为自己是老大，死不服输！我也知道陈先生和张中宁有很好的师生关系，但从政、从军之人向来只相信胜者王、败者寇，难免反复无常、心狠手毒。到时候只怕你们师生也是要兵刃相见，难免流血要命！"

陈策笑笑说："那蒲团长今天不会是代表张玉琳来取我的首级吧？"

蒲和生说："陈先生这个玩笑开得太大了。我蒲和生的为人难道陈先生还不清楚吗？若真有异心，就绝不会假装慈悲。”

陈策说：“那蒲团长今天来是要我效什么劳呢？”

蒲和生说：“我蒲某人岂敢要陈先生效劳！我只是有句话说在陈先生心里。”

陈策已基本探明了蒲和生的心事，说：“蒲团长，我们已不是第一次打交道了，有什么话你直说无妨。”

蒲和生说：“我想和您坐一条船、走一条路。”

陈策说：“张玉琳不是很看重你吗？”

蒲和生说：“他看重我什么？在他心里，我连麻阳的胡震都不如！他胡震算个什么东西！我一个营都可以打得他落花流水！”

陈策说：“那您打算何时上我们的船？”

蒲和生说：“您何时有自己的船了，我就何时上你的船！”

陈策这时候才说了一句：“要是你暂时上不了我们的船，你就别在张玉琳的船上打我们，能行吗？”

蒲和生说：“请陈先生放心，这我可以拿脑袋担保！”

陈策说：“那好！到时候我让人与你联系。”

蒲和生说：“那就一言为定！请陈先生多多警惕张玉琳！告辞！”

蒲和生走后的下半夜，附近有枪响。一大帮人忙上忙下地到处搜查抓人，也不知道要抓什么人，已经抓了些什么人。

到天亮时才听人说，原是张玉琳昨夜里要抓邱百奇，还将他枪毙了。

汪珍就问陈策说：“陈叔叔，张玉琳他们要抓的那个邱百奇是个什么人？”

陈策说：“他呀，国民党的事他干过，共产党的事他也干过，到底是共产党还是国民党，要到以后才清楚，现在说不清！这一回听说是他拿张玉琳的枪支和人家换鸦片，把张玉琳惹伤心了！”

邱百奇虽然枪毙了，但卖出去的那些枪支已无法弄回。因邱百奇是石玉湘弄进来的人，从此，张玉琳对石玉湘也越来越不放心。

正在张玉琳愤愤不平之时，他接到电话，陈迪光要再来辰溪，并已到达沅陵。张玉琳放下电话感到有些突然。上次陈迪光来辰溪，他用最高礼仪来迎接款待，然后二话不说，将自己的队伍改编成“长沙绥靖公署直属清剿第二纵队”，给了陈迪光一个最为满意的答复。而这次陈迪光是为何而来？是为他新近的变化而来？见了面又跟陈迪光说些什么？仍然用最高礼仪去接待他倒不是难事，难的是他已按张中宁的要求将“长沙绥靖公署直属清剿第二纵队”改编成了“川、湘、鄂绥靖公署暂编第二军”，那么大块牌子热热闹闹地挂了出去，想瞒也是瞒不了的！这是扭不回来的事实！见了面，陈迪光要追问起来，该如何作答？陈迪光知道此事后，会不会怪他背信弃义？

从感情上说，无论如何他不愿把陈迪光得罪，然而，张中宁这边他更不能不听从！没有陈迪光就没有他今天，而没有张中宁就会没有他明天！权衡利弊，还得两面都要顾及，义和利他都要！

张玉琳为了解除忧愁，晚餐时喝了点酒，但不敢多喝，怕误了什么大事。

回到家里已经很晚，周召薇还坐在床上看书，张玉琳进门就倒在床上躺下。周召薇抚着他的前额说："玉琳，你今天怎么了？"

张玉琳说："累！"

周召薇说："我给你揉揉肩吧。"

张玉琳说："我不是身体累，是心里累！"

周召薇说："什么事累成这样了？"

张玉琳说："苦！心里苦！"

周召薇用她的小汗巾给张玉琳擦了擦前额上的汗珠说："玉琳，你一定是遇到了什么为难的事情。"

张玉琳说："是啊！为难！这是个两难的选择！"

周召薇说："你说给我听听行吗？"

张玉琳说："陈迪光要到辰溪来，已经到了沅陵。"

周召薇眉毛一闪说："玉琳，我知道你的难处了。但这个难处你只能面对，也只能顺其自然！"

张玉琳说："我将在自己的恩公面前成为一个背信弃义的小人了！"

周召薇说："这只是你的想法。陈先生要是宽宏大量，他也会理解你的难处。目前时局如此动荡不安，若干比你大得多的人物都是一会儿国民党、一会儿共产党，你把自己的队伍这么改编一下又算个什么？如果见了面，陈先生问起此事，你就装个糊涂人，说一个是'长沙绥靖公署直属清剿第二纵队'，一个是'川、湘、鄂绥靖公署暂编第二军'，不都是绥靖公署嘛！不都是国民党嘛！"

周召薇的几句话让张玉琳眼前豁然开朗，他坐起来拍拍后脑勺说："我真是脑子想糊了！经你这么一说，我倒清醒了许多。这年头有些事只有糊弄，认真了就会憋死自己！"

周召薇继续开导他说："陈迪光只是过去帮过你，你在心里以礼相待就行；而过去和现在都帮你的，毕竟只有张中宁一人！人生漫长，有恩有仇的人会很多，但眼前才是最为重要的！眼前是过去的延续，也是将来的开端，没有眼前就没有过去和现在！眼前只有张中宁才能帮你，你只有跟着张中宁走才是出路！"

张玉琳说："是不是张中宁是我们的媒人，你太偏信他了？"

周召薇说："绝非你所言！我知道你面前有三个人在影响你，一个是陈迪光，一个是陈策，一个是张中宁。陈迪光的背后是程潜，程潜最近和共产党很亲近，他很可能由国民党转向共产党，这种‘反水’的事，我想起来不踏实；陈策向来跟共党走，为共党做事，但就是不承认自己是共党，我想起来也不踏实。你若跟这两个人走，就意味着跟共党走，共党的主张是为穷人做主、为穷人打江山，将来坐了江山，能容忍你过去杀了那么多穷人而不治你的罪吗？我想起来也不踏实。张中宁向来死心塌地跟着国民党，而你又是跟着张中宁才算真正起家。作为女人，我想从一而终为最好，即使死也要留个好名声！”

张玉琳轻轻搂了周召薇说：“夫人所言极是！也正合我意。只是陈迪光是我的第一位大恩人，不管我将来跟谁走，他来辰溪，我无论如何不能亏待他！”

周召薇说：“你可在礼仪上避轻就重，在政治上避重就轻；在礼仪上避简就繁，在政治上避繁就简，或者避而不谈。像陈迪光这样的聪明人，在目前这种乱世下，这种事他绝不会为难你、勉强你。”

张玉琳说：“看来，也只有这样！”

张玉琳定下这个基调后，就开始考虑用最为隆重的仪式迎接陈迪光。

陈迪光这次本是携夫人和儿子一同专程来辰溪，原是想按照程潜的意图规劝张玉琳一同起义，但一到沅陵听说张玉琳的队伍已被张中宁改编成“暂二军”，他大失所望。他也想过从沅陵折回长沙，就此作罢，但不弄清真实情况，仅凭道听途说，也不好向程潜回报。为探明虚实，行程还是不变，只是不得不临时改变主意，到了辰溪就住进老朋友谭钧琦家中。

出乎陈迪光意料的是，张玉琳为显得比上次更为隆重，派了亲信专程赶到沅陵迎接，这让陈迪光更加感到张玉琳不可捉摸。

张玉琳带上队伍仍在上次迎接陈迪光的地方恭候。

两人见面后，陈迪光说：“玉琳，我每次来你都这么客气，真是不好意思哪！”

张玉琳说：“恩公，玉琳就是再客气，也永远报答不了您对我的大恩！不过是尽我的一番心意而已！”

陈迪光先入为主地说：“这次来辰溪，我要住在老朋友谭钧琦家里，吃、住，你都不用像上次那样费心。”陈迪光说过这话就注意着张玉琳的神态变化。

此话一出，张玉琳暗自吃惊，陈迪光是否对他已不再信任？他说：“那怎么行呢？您到辰溪来就是我的客人，任何人都不能和我分享这份荣幸！”

陈迪光笑一下说：“玉琳，你还是那个倔脾气！”

张玉琳说：“生成眉毛长成的痣，哪有驼子扯得直！江山易改禀性难移啊！”

陈迪光说：“不过，玉琳啊，这次我是真要住谭钧琦家中，我们相约很久了，不兑现不行！”

说着话，车就进了县城，陈迪光要车子往谭钧琦家里开了。

张玉琳暗想，陈迪光肯定是在沅陵知道他把“长沙绥靖公署直属清剿第二纵队”改编成了“川、湘、鄂绥靖公署暂编第二军”而不高兴了。既然这件事瞒不住，知道就知道吧，早知道比迟知道要好！张玉琳也就跟着陈迪光的车子走，送到谭钧琦家中。

大家坐下热闹一阵过后，张玉琳坚持一定要安排晚宴款待陈迪光一家，陈迪光还是劝张玉琳不要如此客气。张玉琳说：“恩公如不给我这个面子就是在骂我张玉琳忘恩负义！”

陈迪光真是盛情难却，说：“玉琳，我深知你重情重义！我们是多年的老关系了，何必这么讲究？”

张玉琳说：“这不是讲究，是我应尽之礼！您若想让玉琳心里好受，您就答应了。”

陈迪光说：“既这样说，那就答应你。不过，你打算请哪些人参加这个晚宴？”

张玉琳就说：“还是上次在一起的那几位老朋友。”张玉琳知道陈迪光肯定不愿意也不适宜和张中宁见面，但也不能言明。这一级官员都是想的多、说的少；什么都能想，但不是什么都能说；说的也不一定就是自己想的。

见张玉琳没有邀请张中宁参加这个宴会，陈迪光点了点头又重复说：“那好吧，就按你说的办，还是上次那几个老朋友，一个不少，也一个不能多！玉琳，我现在也是得罪不起你啊！”

张玉琳知道陈迪光这是顺带着把要说的心里话变成笑话带出来说了，也就笑着答道：“只要您答应我赴宴，您怎么说我都行！”

陈迪光说：“你现在是家大业大，我哪里还敢说你什么！”

张玉琳说：“我请恩公喝酒吃饭，与家业大小无关。我就是再没有家业，请恩公一顿酒饭还是请得起！——我等会儿来接您。”

张玉琳要走，陈迪光一家又送至大门口。

尽管两人见面都尽量做到和上次一样，但彼此都知道对方心里存有疑虑，只是都不明说出来而已。

在谭钧琦家中，一问张玉琳的情况就明明白白。陈迪光彻底放弃了规劝张玉琳投诚起义的意图，只谈友情，不谈军政大事。

宴席比上次还显得丰盛，只是酒席间的谈话没有上次随意，全都是些恭维之辞，为填补无话可说时的冷场，张玉琳的敬酒比上次更为猛烈。

陈迪光只在辰溪住了一晚就和张玉琳道别回到长沙。

张玉琳没有想到，陈迪光走后，竟带给他一种莫名其妙的空虚和不安。如果陈迪光说他哪儿好或者哪儿不好，他都会感到踏实，而陈迪光留给他的全是空白，全是未知数。这就不能不让他感到面前的事深不可测，暂二军和张中宁是不是他的救命稻草，他又深陷茫然。

58 / 就当没有你这个学生

张中宁回国时间虽短，但已对当下的中国大局、湘西大局、辰溪大局有了清楚的了解。这种清楚的了解，也让他深感危急！他不能不完成蒋总裁交给的任务，但也不能久住辰溪。久住辰溪必是虎落平阳、龙搁浅滩！辰溪的事只能交给张玉琳全权处理，而他，只能抓紧办完要办的事情，然后，离开辰溪，遥控指挥。

暂二军成立后，军务算是交由张玉琳执行了，但陈策的问题不解决，只要他张中宁一离开，暂二军就很难稳定，陈策是会对张玉琳产生重大影响的人。张中宁就一心想做好他老师陈策的工作，让陈策站到国民党一边，为张玉琳控制辰溪做好铺垫。

陈策在辰溪经营地方武装多年，又两次跟随贺龙，且官至团长。无论是在辰溪各界的影响或者治军打仗的经验，辰溪都无人能与他相比，即使张玉琳也敬他三分。可以说，得张玉琳者，只得武装，而得陈策者才算得人心、得一方天下！现在，张玉琳已顺利地收入囊中，如果陈策也能收入囊中，他在辰溪的事就算办得非常圆满。

据可靠情报，陈策现在的确是在蓄积共党的武装力量，又刚到省里和共党的省工委联系，事不宜迟啊！张中宁下了最大决心，次日要去拜访自己的恩师。

不料陈策却只身一人踏着月光先来拜访张中宁了。当张中宁坐在书房听到家人通报陈策到访时，张中宁完全没有想到，但他还是很快整装从书房里出来，躬身将陈策迎进了家去。

张中宁说："哎呀，陈老师，我刚准备到您府上拜访，不料您老倒捷足先登了。这是三斤鲤鱼往倒提——让学生失礼啊！"

陈策说："如今是笋子高过竹了。我哪里还配做你的老师啊！"

张中宁说："陈老师此话真是让学生无地自容！"

两人在书房里坐下后，黄文桢用一只漆盘端来两杯茶说："陈老师，这是龙井毛尖，您品品味道如何。"

陈策说："别客气！我是个粗人，不懂茶道。不过这香味一闻就有宋词的婉约感觉，真不愧是来自越国西湖之畔啊！”

黄文桢说：“陈老师，您还说不懂茶道，有您这句话就够研究茶文化的人写一部宋词和龙井同根的书了！”

张中宁说：“陈老师，您总是这么语出惊人！”

陈策开门见山又情真意切地说：“中宁啊，我真为你担心！你在美国深造过得好好的，跑回辰溪来干什么？”

张中宁感到陈策是单刀直入，他回道：“陈老师，我是身不由己，蒋总裁有令，我岂敢违旨？”

这话既不失礼，也有向陈策施压的意思。陈策也直言不讳地说：“张玉琳本来正在寻找生路，你一回辰溪就成立‘暂二军’，把张玉琳的几万人枪拉上了绝路。你仔细想过没有，当今国民党官员大多都腐败到了惊人的程度，而且民心丧尽，已成不治之症，这种天下还能撑得多久？以史为鉴可以知兴衰啊！”

张中宁反唇相讥：“陈老师，想当年，我在辰阳小学读书时，您非常喜欢我，经常叫我到您的面前，您跟我多次说过，长大了要忠君爱国，尤其在国家危亡之时，更要做到不计个人的得失与安危。今天，我不这样做，就是不忠君爱国，更对不起您对我的教导。”

陈策说：“君有清君和昏君。忠君只能忠清君而不能忠昏君。忠清君有功，忠昏君有罪！忠清君为国人所颂，忠昏君为国人所贬！忠清君会有阳光大道，忠昏君只能是死路一条！如果你小的时候我没有把这个道理说清楚，今天我就算给你补上这一课！”

张中宁说：“清君昏君，这不由我们师生论道，只有历史才能最后作出定论。我受党国栽培多年，总不能在党国最需要我的时候忘恩负义！”

陈策一听张中宁如此坚定为国民党效力，就说：“那你准备如何部署行动？”

张中宁说：“在老师面前我不必讳言，暂二军将倚仗湘西的险要地势，建立湘西游击根据地。”

陈策说：“削足适履！东施效颦！共产党打游击能成功，那是因为他们和老百姓有鱼水之情，老百姓誓死拥护他们！而你现在想要张玉琳的部队在湘西建游击根据地和共产党打游击，那绝对是死路一条！你从大局想想，共产党的解放大军现已打过长江，兵逼湘西，国民党的党、政、军要员腐败透顶，民怨满盈，正在各自保命；从小处想，张玉琳手下的这些师、团、营、连长们有几个不是杀人恶魔土匪？他们烧杀掳掠强奸民女不算，还要搞活人祭坟之类，老百姓只想把他们斩尽杀绝！在民心丧尽的时候，你却还梦想凭着这些人打游击，那岂不是玩火自焚！其结果只能是涂炭百姓，祸及身家！有朝一日，连黄文桢和你一家老小只怕都会被你弄得无处安身！”

张中宁知道陈策老师对他说的是逆耳忠言，内心也不无震颤，但表情仍是镇静。“陈老师，二十年前，是您帮助我投考学校，使我在国民党里一路顺风地走到今天；二十年后的今天，以老师之见，中宁面前的路该如何走才好？”

陈策说：“二十年前我希望你有条好出路，二十年后，我仍希望你走光明大道！”

张中宁说：“请问陈老师，光明大道在哪里？”

陈策说：“前二十年你跟国民党走过了，后二十年你要跟共产党走！听我一言，把握时机，回到人民的怀抱！”

张中宁沉默着回想陈策跟他说的这些话。作为自己最尊敬的师长，他说的没有哪一句不是真心话，没有哪一句话不是为他好。然而，他深深感到了什么叫作身不由己！张中宁说：“陈老师，恩师之意，学生明白。但今日所言之事不宜外传。隔墙有耳，上天有眼，我现在也是如履薄冰。请恩师此后不要再到我这里来，以免您我陷入是非险境。三天后，我到恩师家里来拜望。”

陈策站起来，不无激动，但更加情深意长地说：“你上小学时我叫你宏枚，今天我叫你中宁。你虽然下了逐客令，但我还要问你一句：抗战时期你在会同县当县长时，因为你号召上层人士子弟带头从军抗日，先后共有六批近两千壮士入营对日作战，至今传为佳话！现在你那种民族感哪里去了？我不要你现在就回答我，但你必须好好想一想！”说完，陈策出门走了。

张中宁非常清楚中国的大局，陈策走后，他坐立不安地在书房里思索。黄文桢说：“中宁啊，你可从来都没有像今天这样不安啊！”

张中宁说：“我也从来没有遇到过像今天这样的人，跟我这样说话，给我出这样的难题！”

黄文桢说：“陈老师的话的确是有道理，但你毕竟是受党国培养多年，又是蒋总裁的红人。你若有变，只怕国民党放不过我们。”

张中宁说：“这我倒不怕！动乱年代从军从政，自古都是提着脑袋！”

黄文桢说：“就算你命大，到将来共党得了天下，他们还能不给你算老账？”

张中宁说：“我有什么老账算？我在会同当县长组织了两千壮士抗日，还大力发展桐油产业；我在八区当专员，坚决不让土匪头子张平出来当乡长，还要捕杀他。我这次回辰溪，明明知道陈策老师有共党嫌疑，我仍对他以礼相待。你说，共党和我有什么老账可算？”

黄文桢说：“欲加之罪，何患无名？”

张中宁说：“如共党真是如此，它也不会得到百姓真正的拥戴。我不怕共党找我算老账，倒是怕国民党找我算新账！你想想，我如有变，自蒋总裁以下国民党要员，岂非人人要骂我张中宁乃不忠不义之小人？古训有道：贤臣不事二主！在此紧要关头，我宁可丢命，但不可变节！丢命乃我一人之不幸，而丧节乃我家族祖宗之大辱、万世之骂名！”

黄文桢说：“既如此，你就不要再接近陈策老师。从公而论，他既通共，你们将是不共戴天；从私而论，你可与他‘亲而疏之’。”

张中宁说：“政治上谁胜谁负另当别论，感情上、礼节上我到任何时候都会把他以恩师相待。我既说过三天后去拜望他，就绝不食言！”

三天后的一个早晨，张中宁一起来就开始做准备，夫人黄文桢也帮他出谋划策。

黄文桢说：“中宁，看陈先生的穿着，他现在经济上并不宽裕，他曾经又那样慷慨无私地解囊助你，你对陈策老师一直都感恩戴德，我看带别的东西也值不了什么钱，难表你的厚意，干脆带根金条给他，还能解决他一点困难。再说，万一将来有什么不幸，我们落入他手中，这也算是一个铺垫。”

张中宁说：“那绝对不行！你还真不知道我这位老师！他是食无求饱、居无求安，非常仗义疏财之君子！当年，他在武汉养伤时，他家里也十分困难，生活都难以为继，可当我跟他说想到南京考学校没有路费时，他二话不说，就把他枕头底下的那点钱连同小布袋子全部拿出来抛给了我。我若今天拿了大洋或金条给他，他不仅不会接受，反会被他骂得狗血淋头！”

黄文桢说：“你这次去见他可不同往常，是回拜。你还想说服他也跟着你走，你如不礼重一些，恐他难以动心。”

张中宁说：“你错了！我能否说动他的心，不在乎我带的礼物有多重，而在乎礼物对不对路。”

黄文桢说：“那你说，带给他什么东西才对路？”

张中宁说：“第一，今天你要陪我一起去拜访陈老师。近年来政局动荡，国共不和，尤其当下处你死我活之中，我又新建了‘暂二军’，陈老师也难免对我怀有防备，我带你去，不用解释，他便知道我是诚心，更不用担心我对他图谋不轨。第二，我给他带上一件竹雕笔筒。这会显得很有文化与气节，有别于俗人俗礼，也是个很好的纪念。”张中宁说着，从他的书柜中取出一件竹雕笔筒来放在桌上。黄文桢急忙拿来一看，通体黄亮如铜，刻有诗文，但黄文桢却看不出其中更多好处，说：“就这么个竹笔筒能值什么？”

张中宁说：“怎么，你瞧不上眼？这件竹雕笔筒是很有些来历啊！我想，唯有此物可让陈老师无可挑剔、引起兴趣。”

黄文桢说：“中宁啊，我知道你向来待人认真，但我从未见你如此认真过。”

张中宁说：“陈老师是我真正的恩师，这次又是去跟他说如此重要的事情，我不这样认真不行！”

张中宁准备好一些产于辰溪的糖果礼物后又仔细看了一眼黄文桢说：“文桢，你这个妆化得太浓了些。陈策老师的骨子里是同情穷人的，你化这么浓的妆，必令他讨厌。”

黄文桢说：“我觉得蛮好的嘛！”

张中宁平时总是依着黄文桢的性子，但此时却坚持要黄文桢把浓妆改淡。黄文桢只好依了中宁。

待黄文桢重新化了淡妆出来时，张中宁说：“这就对了。我们总不能一见面就让陈老师不高兴。”

临行时，黄文桢见只有一个警卫跟着，又提醒张中宁说：“中宁啊，害人之心不可有，防人之心不可无！你既知道陈老师通共，就不能不多加防备。即使陈老师不会对你怎样，别的共党分子也不能不防！你还是要张玉琳多派些警卫随从吧！要是陈老师手下人抓扣了我们怎么办？”

张中宁说：“放心吧！陈老师绝非小人！即使要打要杀，那也是以后鸣锣执杖的事，他绝不会在我拜访他时做出小人之举！”

大伏潭人刚吃过早饭，张中宁偕夫人黄文桢和一个侍卫到了大伏潭河边。

陈策的住房是沅水河边那种最为普通的青瓦鱼脊小木楼，四舍三间，远远就看得见那棵高大的桂花树。树下是一块由山黄泥和石灰渣捶成的晒谷坪，四周的边际长满了红辣蓼和车前草。因为预先有约，陈策在家里等着。

村里的狗对着码头叫了几声，陈策一看，一只小船停靠在码头边，张中宁夫妇正从河边小码头上走来。陈策把向瑚叫了出来在进门处迎接。

向瑚说：“你是老师，他是学生，你还要我站在这里迎什么？”

陈策说：“这是礼节。他带了夫人来拜访，我就得和夫人一起迎接！”

两人还在说着笑着，张中宁和黄文桢已到面前。张中宁加快脚步躬起身来和陈策握手说：“陈老师，让您久等了。”

陈策说：“等候是一种希望。只要有希望，就不怕久等！”

张中宁跟黄文桢介绍说：“这就是我常给你说起的向师母。”

黄文桢上前拉了向瑚的手说：“师母好！”于是，两人亲热地说起家常话来。

张中宁一边贴近陈策往家里走，一边仔细瞧了瞧陈策说：“那天夜里还没看清老师的身板，现在认真一看，多日不见，恩师的身体还是这么硬朗！”

陈策微笑着说：“找我麻烦的人太多，我不硬朗不行啊！不硬朗就顶不住！”

张中宁不知如何作答才好，但两人已走至门槛，陈策说：“中宁啊，你真是稀客哪！快进屋坐。”

堂屋里一张八仙桌，桌上是一只陶制长嘴提梁壶和八个陶制桐花口大茶杯。向瑚给每人倒上一杯茶说：“请喝茶，自家地坎上摘的新茶，虽没有你们家的茶叶好看，但味道还是不错。”

黄文桢端起茶杯没有喝茶，先看了看杯子说：“这种陶器看起来蛮有意思啊，古拙而厚重。”

陈策笑笑说：“你们家用的都是宜兴紫砂。那东西很雅致，但也很娇气。中宁知道，我们大伏潭、牛溪这一带盛产这种老陶器，家家户户盛菜吃饭喝茶装水喂狗猫做酸菜的坛子，都是用这种陶器。”

张中宁说：“这个东西好啊！”

陈策说：“好也说不上，不过便宜。中国近百年来，先是外国人轮番侵略我们中国，屠杀我们中国人，抢我们中国人的金银珍宝，为了混淆视听，还烧了我们的皇家园林。后来又是我们中国人自己搞不到一起，老皇帝推倒了，又有新人要当皇帝。于是，不准当皇帝的和想当皇帝的打来打去。再后来，又是国民党不让共产党长大，兄弟翻脸，大肆屠杀共产党。中国人有个老毛病，总是自己当权就不让别人长大！搞来搞去这么多年，老百姓苦哪！老百姓现在只使得起这种用泥巴捏的土陶器。”

张中宁出于对老师的尊重，一直觉得不好插话，只得打开礼品盒，取出其中的竹雕笔筒送给陈策说：“陈老师，学生这次匆忙前来拜访，不成敬意，特将家中一只竹雕笔筒带来送给老师。这件竹雕笔筒是当年金陵一位竹刻家旬均赠送给南京中央政治大学的著名法学教授仲协老师的。我在中央政治大学读书时，仲协老师喜欢我，就把这件竹雕笔筒送给了我，我今天要将它献给恩师，以示纪念，望恩师不嫌弃。”

陈策接过竹雕笔筒一看，果然这上款是“仲协老师惠存”，特别是正面这首诗很有意趣：“古砚池中起墨波，右军书法妙如何，黄庭一卷无多字，惟爱山阴道士鹅。”看看刻在上面这些字，真是笔笔带劲，无一丝肉弱！陈策将竹雕笔筒放在桌上，高兴地说：“中宁啊，你这可是一份重礼啊！虚心竹有低头叶，傲骨梅无仰面花！竹子有节，虚心；做人就是要尚节，虚心嘛！这是个好宝贝啊！像这样一件流传有序的好竹雕，可是价值不菲啊！”

黄文桢见机插了一句：“陈老师，看来，您和中宁有共同爱好啊！”

陈策话锋一转：“我是竹子，中宁是笋子，笋子高过竹了啊！我哪里能和中宁比啊！中宁现在是暂二军的军长了！我呢，还是一介平民！”

张中宁说：“陈老师如此说，真让中宁钻地无门啊！学生如有不妥之处，还望恩师多多赐教。”

陈策一想，张中宁此来必定是要劝他跟国民党走，倒不如来个先入为主。陈策说：“有什么钻地无门啊？你现在是大军长，又是蒋总裁的红人，我哪还敢教导你啊！你本就不该到我这个小老百姓家里来！”

黄文桢一听陈策话里已有了浓浓的火药味，她怕张中宁为难，就从中调和，“中宁常在我面前说起您对他的大恩，他刚从美国回来，就一定要我一起来看望

陈策说："真是儿大不由父啊！"

老师。”

陈策说：“谢谢盛情！不过，中宁啊，我们师生如能联手，我将会更为高兴！”

张中宁趁机说：“陈老师，如您老能与我联手，则辰溪天地得矣！”

陈策应道：“中宁，如你能与我联手，则大半个湘西天下得矣！”

张中宁稍作犹豫说：“这三天来我反复思考过，做人不能不忠不义，我生是党国人，死是党国鬼！我们师生如不能联手，要各为其主，此后，我不再勉强恩师，也请恩师理解我之内心，不要再勉强我！不过在私情上，我会永远记住您是我的恩师！”

陈策长叹一声道：“哎——中宁啊，据传，你无论是在会同、湘阴做县长也好，在甘肃天水专区做专员也好，还是抗战胜利后你在湖南第八、张九区做专员也好，你向来也都主张以百姓为重，难道你就忍看湘西糜烂，让父老乡亲们相互残杀吗？”

张中宁说：“我处理完蒋总裁面授的事情，就离开辰溪，其他事将由张玉琳做主！”

陈策说：“既如此，我以后也就当没有你这个学生。”

张中宁眼眶潮热起来说：“我们师生从此不谈政事，如有一日刀枪相见，也要互不伤害家眷！”

陈策说：“真是儿大不由父啊！”

陈策备了便宴，张中宁和黄文桢吃了中饭。不过，这顿饭吃得非常沉闷，陈策和张中宁都在想，这可能是他们师生最后的中餐。

饭后张中宁即告辞要走，陈策特送给张中宁夫妇一幅刺绣，绣的是一幅“小阁归舟图”：美丽的山峦间是浩阔的江面，江面上一叶小舟似在茫然中朝着江岸的一丛绿树下缓缓寻来，绿树下有阁楼的一角，那里有他的家乡……张中宁看完这幅绣品，热泪盈眶地说：“陈老师，您是在嘱咐我，人海茫茫，世事茫茫，一定要记住自己的家乡吧？”

陈策点了点头说：“如果除去政治不谈，你还是像小时候那样聪明可爱！”

张中宁哭了，他在想，师生在此一别，只怕至死都不会再次见面！他最后久久地看了一眼陈策老师，才拉上黄文桢的手朝河边走了下去。

59 / 把队伍按时拖走

师生既要背道而驰，张中宁便知下手宜早。他从大伏潭回到县城后，即召心腹张玉琳，说起他与陈策接触的情况和下一步对策。张玉琳将他的馒头脸往下一拉，从腰里拔出枪来压在桌上说："老叔，现在已快到有他无我、有我无他的时候了，趁早干掉这只老狐狸！"

张中宁两眼冷冷地看着张玉琳说："你绝不能鲁莽行事！你知道，陈策是我真正的恩师，我们虽各为其主，政见不同，胜负必争，但对陈策老师及其家属，你万万不可有丝毫无礼。至于对他的下属，你可以尽展其能！"

张玉琳说："老叔，和这只老狐狸打交道，只有两种办法：要么跟着他干；要么，除掉他！在他面前犹豫不决、当断不断，必致后患！"

张中宁说："我刚才所说，难道你没有听懂吗？那我再重复一遍：对他的下属，你可以尽展其能！"张中宁顿了顿又说："再大的螃蟹，只要把它的脚爪全都除掉，它还能爬到哪儿去？难道一定要把这只螃蟹弄死吗？玉琳你听懂了吗？"

张玉琳这才平静下来，深有所悟地点点头说："完全听懂了，您这叫置人死地又不失礼节。"

张中宁说："你不要说得这么难听！这叫作大丈夫其争也斯文！"

张玉琳说："老叔还有什么具体部署？"

张中宁说："我这段时间要去重庆、衡阳和芷江办些重要事情，这边的一切军政事务就全权委托给你主持。"

张玉琳说："老叔放心！玉琳一定尽力！"

张中宁走后，张玉琳立即召集暂二军要员开会，会上张玉琳对军内情况进行分析："据可靠情报，共军四野和二野已发起了湘赣战役，并分中、西、东路进入湖南。随军南下的中共湖南省委已发出通知，对湖南城乡工作作出了部署，确定在五万人以上的城市成立军管会，以统一军队和地方领导。这样一来，我们的对手会更加强硬，面临的斗争形势将更为严峻！攘外必先安内！说实话，我们暂二军的内部情况想必各位也心里有数。我们要特别警惕的是那些身在曹营心在汉的人！从现在开始，我们要对自己的队伍进行认真清理！要及早发现问题，及早解决问题！及早根除后患！”

张玉琳说完话就要各位表态，米昭英、胡震等人都跟着张玉琳表态赞同。

这个会议因为开得太急，驻防溆浦的石玉湘回老家望乡村为父亲祝寿没有赶到。李师鲁虽然与会，但没有表态说话。张玉琳问李师鲁：“李参谋长，你怎么不发言？”张玉琳走投无路时，李师鲁曾是积极出谋划策让其通共的人，现在张玉琳怀疑李师鲁仍存异心。

李师鲁说：“张军长，军人以服从为天职，不发言也就是不反对嘛！何况你刚才讲的只是大政方针，并未涉及具体人事需要表态。”张玉琳这样反复无常，李师鲁有些把握不住，有些为其担心，他有想知道详情的意思。

张玉琳现在还不能把清理队伍所涉及的具体人事告诉任何人，尽管李师鲁有听详情的意思，他还是不能明示。张玉琳含糊了一句：“李参谋长说得很对，那就照办吧！”

散会后，张玉琳胸有波涛而面若平湖，但暂二军军部的气氛还是紧张了许多，毕竟张玉琳神气与往日不同。

果然，第二天早晨，张玉琳突发急令：第三大队全体官兵紧急赶到县城西园集合，听候训话！

由于张玉琳守口如瓶，三大队完全不知道这次张玉琳训话的目的，连向石宇也毫无消息。三大队只得奉令按时到西园集合听训。

全体官兵刚准备出发，米庆轩和肖洪量一商量，突然叫一部分人把好枪留下，扛上一些坏枪充数，还把留下的好枪和多余的枪都藏在了山上，以防万一。大家也都不明白这是为什么，但都猜得出这么突然集中训话，一定要出什么大事。

张玉琳在米昭英、李师鲁的陪同下走进西园。

三大队几百人枪整齐地站在大操坪里，一个个精神抖擞，米庆轩和肖洪量站在最前头。张玉琳心里一阵扑通。他想，这个队伍一看就和别的队伍不一样，一看就有陈策的影子！张玉琳还听说从延安回来的罗健西曾到浦市和合水帮助训练过这支队伍。以前他不大在乎这些传言，此刻，他完全相信这是真的！他今天如果不下手，日后，他的暂二军必为这支队伍所搅。张玉琳往心口压了一口气，镇静自己，鼓舞自己。他走上台去，刻意地挺了挺胸说：“三大队的各位官兵：看样子，你们精神不错嘛！但是，我要告诉你们，从今天起，你们要关起门来整顿军纪！你们这个大队从叫作独立第四团和独立第五团开始，就以违犯军纪著称。是谁叫你们攻打铜湾的？又是谁让你们从合水撤到十里铺的？是谁的命令？没有命令，你们擅自行动，该当何罪？”

下面有人议论起来，这事儿此前不都处理过了吗？怎么现在又翻陈狗屎？这时候，埋伏在四周的重兵也开始显露。米庆轩和肖洪量相互交换了一下眼神：今天只怕已陷入了一场生死境地！

张玉琳有意让大家议论一会儿，然后，更加神气十足地说："你们不服是吗？那好，从现在起，三大队全体官兵不能再出西园，就地住在这里的乡师学校整顿待命！所有枪支全部上缴！整顿好了之后再给你们换发更好的枪支。你们每天的任务就是整顿军纪，听候命令！"

米庆轩和肖洪量又相互交换了一下眼神，明白张玉琳说换发更好的枪支显然是借口，目的就是要解除他们的武装！如果这时候抗令动武，张玉琳是完全能够被除掉的，但是，西园的四周早有重兵埋伏。地下党为了建立起这支武装力量花了多少心血？费了多少代价？现在不能过早地损失这支队伍！陈策说过，这支队伍的任务是接应解放大军，迎接湘西和大西南解放！米庆轩给肖洪量一个有力的眼神要他恢复平静。肖洪量是个一铳药的脾气，但是，此刻他听从了米庆轩的。

这时候张玉琳又把嗓门提高起来："现在由李参谋长宣布命令！"

李师鲁上台宣布暂二军"命令"，撤销肖洪量第三大队大队长职务，撤销米庆轩第三大队副大队长职务，由朱国俊接任第三大队大队长职务。

肖洪量两眼喷火地瞪着张玉琳，米庆轩悄悄朝肖洪量挪近一步，扯了扯他的衣摆说："镇静！过后再说！"

肖洪量按捺住自己即将喷发的愤怨，一直等待着最后的时刻。

张玉琳说完话，埋伏在四周的重兵一齐围拢来，缴了三大队的枪支。士兵们有的和前来缴枪的使起暗劲来。米庆轩见势不妙，怕乱大计，立即上台去说："兄弟们，张军长今日所说极是，擅自攻城，擅自换防，都是我们三大队的错。整顿待命，理所当然，作为正、副大队长，我和肖洪量处分只轻不重。大家要服从军部命令，将枪全部上缴，不许有任何异议！"

三大队官兵听了米庆轩的话，收枪之事得以顺利进行。

张玉琳也怕三大队起事，如果三大队的米、肖一声令下开枪起事，他岂不命归黄泉？尽管他早有防备，但也肯定是他和米庆轩、肖洪量同归于尽。看来，还是米庆轩识大体！

现在三大队没有一支枪了，这个隐于多日的心腹之患终于被解除！张玉琳大放忧心，叫人在华北大酒店备了酒席，军部人员晚上进行了一场小聚，以示庆贺胜利。

但新到任的朱大队长并未能指挥这些官兵，这些官兵们表面上规规矩矩地在乡师学校住下、整训，暗里却在米庆轩和肖洪量的指示下，做着各种准备。

他们弄清了驻地全在张玉琳部的武装监控之内，肖洪量悄悄和米庆轩商量说："我们的起义越快越好，不然，张玉琳会将我们灭掉。"

米庆轩说：“不行！我们还没有得到陈策的指示，加之米庆舜的一个营和张承栋团都还毫无准备。我们现在又赤手空拳，如果操之过急，独自行动，将是我为鱼肉、人为刀俎！”

肖洪量说：“张玉琳现在已经向我们下手了，我们不能再坐以待毙。要不，我派人出去把张玉琳干掉。只要除掉张玉琳，暂二军必乱，我们可乘乱而起！”

米庆轩说：“这倒是个办法，但必须先与陈策取得联系，得到他的允许。”

肖洪量说：“今晚你守在这里，我出去找陈策商量。”

米庆轩说：“你脾气不好，万一遇了什么事忍不住会闹出乱子来，还是我出去找陈策商量。”

米庆轩换了便服，出城到大伏潭陈策家，陈策正在给张承栋写信。见米庆轩一到，便紧急商量对策。陈策说：“刚才米月娥来了，说了你们现在的危险处境，我正想请你来商量对策呢！”

米庆轩说：“肖洪量的意思是派人暗杀张玉琳，造成暂二军大乱，然后我们趁乱而起！”

陈策很果决地说：“我们不搞这一套！这于事无补！试想，如果张玉琳被暗害，必然导致他的心腹群情激愤，必疯狂剿杀我们，于我们何益？再说，一个张玉琳死了还有更多的张玉琳，暗杀绝不可取！”

米庆轩说：“那怎么办？”

陈策说：“你和肖洪量现在的职务被撤了，三大队的枪也被缴了。张中宁回辰溪后，他张玉琳和我们彻底翻了脸，他以为自己找到了阳光大道，就忘了他同我喝过鸡血酒。这是他首先背信弃义！我们现在的队伍已处在被全部吃掉的境地，我们要按省工委的指示，举旗起义，进行正大光明的武装斗争！我想，农历七月二十七日，把自己掌控的部队拖向龙头庵，按照省工委的指示，打出‘湖南人民解放总队湘西纵队’的旗号，然后以罗子山为根据地，开展武装斗争，并向溆浦龙潭谌鸿章方面靠拢，扩大势力，作为解放大军的策应，迎接大湘西和大西南的解放。”

米庆轩说：“好！我们三大队自成立之日起，就受够了张玉琳的窝囊气，又是挨骂，又是不停地调防、整训，又是下枪，大家都憋着一股气，就等着这一天！”

陈策说：“我已经写好了给米庆舜和张承栋的信，要他们也于“七·二七”将队伍拉到龙头庵集合。蒲和生部虽然近来频繁与我有所接触，也表示想投靠我们，但现在还不知他真正内心，还是待下一步再说。不过，蒲和生和我早先有约，互不为敌，只要他不来打我们即可。城内留下米月娥、向石宇他们从事秘密工作，主要是注意张玉琳的行动，随时保持和我们的联系，其余人全跟随三大队去龙头庵。我负责马上派人把信送出去，你要做好一切准备，保证把队伍按时拖走！另外，通知我们主要成员的家属注意疏散和隐蔽。”陈策还把行军的具体路线告诉了米庆轩。

米庆轩回到宿营地，把行动计划跟肖洪量通了气。

张玉琳见三大队出奇地平静，又担心三大队的人不会真的如此安分。因怕他们在县城里闹事，引起全城人心浮动，又令解除了武装的三大队回到城郊十里铺乡下安营。

“七·二七”夜里，下弦月像是明白今夜的事情，一直躲进云里，让十里铺的田畈上一片黑糊。风来时，四处舞动着山与树的魔影。这个人鬼难辨的夜晚，肖洪量派人将张玉琳派来的朱大队长绑在一棵梨树上，嘴里塞了棉花团。然后他带人把埋藏在山上的枪支全都扛回来发给了大家，暗暗传下起义命令。一串又一串身影悄悄地走过田塍，上山入林长途行军了！

因惧敌军后追前堵，三大队只能走最险的山路。经竹桥、思蒙、王羊屯、小江口、黄溪口，沿途跋山涉水，避大道走小路，避村镇走荒野，避白天而夜行。

这条行军路线是陈策定下的。当年陈策随贺龙的红二军团长征时走过这一段。当时国民党军队一直追击红二军团，贺龙在王羊屯的一处高山密林中还设过一个漂亮的伏击战，将追敌全部消灭在一个深涧里。

三大队行至溆水和和沅水相汇的大江口时，大家站在河边，面对江水而无船渡江。陈策已提前两天赶往龙头庵等候，三大队必须尽快赶到预定的起义地点龙头庵，而长途跋涉、脚下发烧、身上浸汗的战士一见河水就跳下去洗澡、游泳。这时，米庆轩和肖洪量最担心的是队伍被过往行人发现，如果驻防在这里的张玉琳部下前来堵截，那将十分危险。

米庆轩说：“同志们，你们要知道驻守在大江口的是石玉湘手下的一个大队，如果得知我们的起义队伍到达此地，他们岂会不来剿杀我们？此地交通便利，张玉琳的追兵也极易到达，万不可久留，必须尽快赶到目的地！”

这时，一只民船从对岸的柳树下划出来，肖洪量急派两个战士泅渡到对岸去租船。一问，原来这是陈策早已租下的民船在此等候他们。于是，那船老板一声口哨，藏在河湾岸柳下的数只民船全都驶了过来。

过了河又继续往龙头庵赶路。

陈策坐在龙头庵街口的杂货铺的台阶上和店主下象棋来掩盖他内心的焦急。他已在此等候两天了，扳着指头算算时间，起义部队应该到了，但仍未见一兵一卒。起义地点已经选好在龙头庵学校，起义后打出的红旗也已制成，仪式也已经制定，现在就等着各路队伍的到来。

派往溆浦花桥通知米庆舜赶来起义的人能准时到达吗？派往火马冲通知张承栋赶来起义的人能准时到达吗？三大队的队伍赶到哪儿了？

陈策最为担心的还是三大队的人。三大队处在张玉琳的眼皮底下，要逃出虎口可不是件易事。即使三大队拖走的当时不被发现，一旦张玉琳得知内部兵变而派重兵追剿，三大队岂能抗衡？

陈策正举起棋子又要“将军”时，跟在他身边的警卫朱成先报告说，米庆舜营长已回到龙头庵为母亲祝寿。陈策举着手里的“车”半天没有放下去，当他放下棋子时，杂货店的老板已经无棋可走。

可是，陈策却说：“晚了！”

杂货店老板看着棋说：“晚什么？我输了！”

陈策说：“你输了吗？”

杂货店的老板把棋子往面前扒了一下说：“再来！”

陈策站起来说：“下次吧！”

此刻，一路急骤的马蹄声响近来，陈策刚刚站起，一匹大黑马已急奔到面前，后面跟着一个排的人马。米庆舜从马上跳下来站在陈策面前立正，行了军礼说：“米庆舜此次回家为母亲祝寿，得知陈先生在此，特先来拜见！”

陈策喜忧参半，见了米庆舜是喜，而米庆舜不知道要起义，一营的人只带来一个排，此为忧。陈策一把拉了米庆舜的手就往一棵老柿树下走，见四周已无他人时，陈策说：“庆舜，我已派人去溆浦花桥送信给你，要你将队伍紧急带到龙头庵，我们决定起义，成立湘西纵队！哪里知道你会先起程回老家来了呢！我们送通知的人晚了一步啊！”

米庆舜机警地两眼一转说：“我马上回去把队伍带来！”

陈策说：“来不及了！你若再回去，必为石玉湘所擒！你现在只能在龙头庵待命，按你的计划，处事不惊地照样给你母亲祝寿，就当是什么事都没有发生！一切听候命令！你那边的队伍只能由接到通知的人灵活处理！”

米庆舜说了声“是！”就直往家里奔去为母亲祝寿。米庆舜手里忙的是为母亲祝寿的事，心里想的却是陈策派去的信使到达自己那个营之后，营里会发生些什么。一连连长覃升是麻阳人，为胡震的老部下，他是张玉琳亲手安插的；二连连长唐寿良为辰溪仙人湾乡人，又是石玉湘的心腹；只有三连连长米久纪是龙头庵人，平时也只有米连长和他最贴心。现在，他当营长的不在营里，这个营还有谁能号令？

60 / 我还以为见不到你了

派往溆浦花桥给米庆舜送信的是肖守谅。肖守谅到达花桥米庆舜营才知道，米营长已回老家给母亲祝寿。肖守谅找到三连长米久纪和军需罗均卿，将陈策的信和起义一事秘密进行传达，要全营马上开拔，星夜兼程赶往龙头庵会师。

米久纪觉得事情重大，没有绝对把握为全营做这个主。他说：“我这就去把‘额外指导员’找来商议！”

“额外指导员”是米庆舜的创新。暂二军的营里是不设指导员的，米庆舜就找借口说宋单流的字写得好，尤其是双唢呐吹得很绝，让其指导全营的文化学习和文娱生活，所以就叫“额外指导员”。宋单流正为士兵们吹双唢呐取乐，米连长拍拍他的肩膀，告诉他：“别吹了，有急事！”

米连长把宋单流叫到僻静处说明肖守谅的来意后，宋单流说：“此事万不可泄露机密！一连、二连情况非常复杂。平时米营长在，他们都怀有二心，而今米营长不在，如果让他们知道有此急变，必然不可收拾！这样吧，米连长，你先去悄悄做好三连士兵的工作，罗均卿暗地处理好军粮，我们拟写一个米营长‘手令’。把这些基础工作做好后，晚上我们还是要召开全营军官会，宣布营长手令，再统一行动部署。有了三连做骨干，我们就不怕；军粮处理好了，其他两个连就是有异心也只得跟着我们走；又有营长的‘手令’，我们的行动也就名正言顺！”

几人都觉得“额外指导员”说得有理，于是，就内紧外松地准备起来。宋单流为严防有人向石玉湘暗通消息，又亲自剪断了与师部联系的电话专线！

晚上的军官会，宋单流宣读了米庆舜营长的“手令”。因为有三连官兵的积极响应，虽然其他连的人不知为什么要火速向龙头庵移防，但也没人敢公开站出来反对，一连、二连连长表态也还算爽快。

凌晨三时整，部队按一、二、三连顺序准时起程。

一线鹅眉月在云里躲躲闪闪总是钻不出来，部队经过几小时急行军，到达离溆浦县城大约七里路的三岔路口时，天已全亮了。这时，二连的人突然被唐连长带往另一条道上。

罗均卿发现情况不对后，马上跑去阻止："唐连长，你走错路了！"

唐连长说："是你们走错路了吧？我们怎么会走错路呢？"

罗均卿说："那是通往溆浦县城的方向，往龙头庵应走这一边！"

唐连长笑笑说："你们要往龙头庵走，那是你们的事。我是石玉湘师长的部下，我要投奔他去！"

罗均卿这才恍然大悟，原来这个唐连长的城府是如此之深！

罗均卿一气之下跑回来向三连米连长报告："二连要开溜了，老子去毙了这个姓唐的！"

米连长刚准备表态同意，被宋单流制止。宋单流想起自己当年跟随涂西畴搞地下武装的情景，他很冷静地制止说："万万不可鲁莽！只要一开枪，必生内乱！此地离溆浦县城很近，石玉湘的大部队就驻防在这一带，一有枪响，我们都将壮志未酬身先死！要是米营长在，谅他们也不敢！现在米营长不在，我们的任务就是把队伍带到龙头庵会师！天要下雨，娘要嫁人，任由他们去！我们赶我们的路！"

于是，一连和三连继续前进。

走过十几里，进入五里堆境地时，一连覃连长又将他的三个排突然拉上山头，并架上机枪，调转枪口对准三连大喊："三连里面的麻阳人都到这边来！别跟着他们走死路！"

三连里的几个麻阳人都跑到了一连那边。覃连长这时才站出来说："对不起，没有石师长的命令，我们不跟你们走！"

宋单流、米久纪、肖守谅和罗均卿都没有想到这两个连长会在中途变卦！没有想到这两个连长在会上能那样冷静，竟让人当时看不出一点蛛丝马迹。

米久纪忍住火气说："你们不跟我们走，我们绝不勉强。我们是要坚决执行米营长手令！"

一连长说："你们要走可以，不过，要请罗军需把经济公开一下。不然，你们恐怕就走不过去！"

罗均卿怒火顿起，说："狗日的！原来你们还惦记着这几个伙钱！"

覃连长说："我们是凡人不是神仙，我们肩上要扛枪，肚子要吃饭！"

米久纪为避免情况进一步恶化，跟罗均卿说："你把情况跟他们解释几句。"

身材高大的罗均卿站出来，但不愿解释，将缠在腰上的那个小布袋解下来，将布袋里的银元全部倒在地上说："卖粮所得银元都在这儿！狗日的，你们不放心，自己来点数！"

覃连长不顾死活地从山上跑下来，把银元收进了自己腰包，然后说："我们各走各的道吧！"

一连人带着银元扬长而去，三连人继续往龙头庵赶路。

宋单流跟米久纪说："米连长，二连投奔石玉湘后，石部肯定会派兵追堵我们。"

米连长说："兵贵神速，我们现在加快行进速度。"于是，米连长下达口令："部队跑步前进！"

部队到达小江口时已是下午，但不敢路过小江口，派人换了老百姓衣装前去打听，果然就听人说，溆浦那边已派兵过来在追击。

消息返回后，米久纪很为难，三个连走掉了两个连，经过一路急行军的折腾，全连官兵已是非常疲惫，现在急需解决的是饥饿和休息问题，然而，小江口绝不能宿营。

罗均卿说："既然溆浦已派兵来追击，我们就不能再按原定路线前进，现在只有调转方向，迂回到后塘去！后塘是当年涂西畴搞革命的地方，当地人觉悟高，只有到了那里，我们才可以安安全全地找到吃的，得到休息。"

宋单流是后塘莲花村人，他积极支持罗均卿这一想法。于是，米连长下令，部队要拼死坚持，再急行军到后塘才可以休息。

部队傍晚才到达后塘附近的自立庵，全体官兵已累得拖脚不起，米连长布置好警戒，宣布就地休息后，就叫罗均卿和宋单流去给大家弄吃的。

他们两人领着当年和涂西畴一起搞地下武装的好几个老乡送来饭菜，待大家吃饱后，一位送饭的老乡说："部队不能在这里休息，石玉湘已派兵来到后塘追击，正在各村搜查，得马上转移。你们朝金桥、让水方向走，如果石玉湘的人追击你们，我们就在后塘响枪把他们引过来。"

米久纪马上命令："部队继续前进！"

但是，除了很少几个人能站起来之外，大家倒在地上像死的一样，有的张着嘴，嘴里还有饭菜没有咽下去就睡着了。

那位老乡又不忍心说："你让他们睡十分钟吧！"

米连长又只得再次下令："背靠背紧急休息！任何人不许睁眼！"

一闭眼大家就睡着，像是米连长把瞌睡发给大家一样！

米久纪把短短的一截香点燃，放在自己的手背上，然后，他也和宋单流背靠背地睡下。当香火烧痛手背时，他猛然站起来说："大家都起来，马上转移！"

于是，部队往前塘、金桥方向走，准备经让水村出黄溪口再上龙头庵。可到金桥村时，只见山下到处都是手电、火光，人声嘈杂。米连长下令在山上的一大片杉林中暂时隐蔽，经侦察，是石玉湘的部队正和当地武装在搜查他们。

前后都是光亮，撤退已无可能，那些手电、火光又不断地接近三连。米连长只得下令：全连准备拼死一战！

正当此时，不远处的莲花村方向传来一阵枪响，搜查的手电、火光马上撤到山下集合向后塘莲花方向追去。米连长知道，这是后塘老乡在帮他们的忙了，他下令三连加速向黄溪口、龙头庵方向急速前进。

米庆舜在龙头庵家中愈等愈急，队伍不在身边，而起义又着急，陈策还要他处事不惊，照样忙着给他母亲祝寿。无论陈策如何安慰米庆舜，米庆舜都心急如焚。

寿宴摆好了五桌，全村长辈和头脑人物也都赶来贺寿。米庆舜给各位一一敬过酒之后，才将女子刺绣店送给他的那副四条屏绣品一一捧起来竖放在母亲两旁，作为献给母亲的寿礼。为了表达对母亲的敬爱，给母亲热热闹闹地祝个寿，这件礼物他已经保管了好些日子，无论是驻防辰溪或是驻防溆浦，他都一直带在身边。别人送寿礼喜欢“松鹤图”，庆舜却送给母亲一副“四季如春”四条屏，他希望母亲永远年轻，天天过得生气勃勃！

母亲换了新衣服，端坐在中堂屋的神龛下一副慈眉笑脸，仔细端详过儿子送的礼物，看着那牡丹上的白头翁、荷花下的鸳鸯、竹菊里的鹌鹑、梅花枝头的喜鹊，笑得合不拢有些瘪陷的嘴唇。

米庆舜跟母亲解释说:“这是四季画条屏，寓示您老人家四季如春、岁岁平安。”

母亲一句接一句地说：“我庆舜儿真是好孝心！我庆舜儿真是个大孝子！”

在场的父老乡亲也都说，养儿就要像庆舜，在外带兵打仗是英雄，回家孝敬父母还是好孝子！

在这种热闹场合，乡亲们看不出米庆舜心里有事，待寿宴刚一结束，米庆舜就带上自己的警卫守候到了龙头庵下面的五里亭，盼着自己营里的官兵赶到龙头庵来。

整整等了一夜，直到天亮时分，米庆舜看到有人来了。

米久纪连长忍不住跑上前来搂住米营长哭起来，“米营长，我还以为见不到你了！”

米庆舜看着官兵们极度疲惫的样子，得知他们一路上的变故和艰苦后说：“兄弟们，是我让你们受苦了！大家不要难过，已经走掉的人，和我们本就不是一条心，迟早都是要走的！到达这里的都是好汉！从今往后，我们就走光明大道了！大家不要哭！”

宋单流说：“营长，是你自己在哭！是你把大家惹哭了！”

米庆舜这才抹了把泪说：“你们不知道我等你们是多么着急啊！你们不知道我看见你们是多么激动！”

米庆舜营中只有最可靠的这部分人到达了龙头庵，其他两个连中途就分道扬镳了，陈策又担心张承栋那边的队伍会不会出什么意外。

在辰溪县城时，陈策派去给张承栋送信的是陈显荣。张承栋向来能治军作战，又很守信用、深明大义，陈策是放心的；只要起义书信送到，他定会带队按时赶到！

陈显荣按照陈策的安排已把信送到火马冲张承栋的妹夫家，并嘱他妹夫：“这是非常急事，请你马上转给张承栋团长！”他妹夫当时满口答应，但陈显荣走后，他怕这封信给自己惹祸，就打开信来看，见是要张承栋起义反张玉琳，就吓得两腿打战。张玉琳杀起人来可要一家一家地灭绝啊！他将信压下了。因此，张承栋的队伍迟迟未见赶到。

为不失时机，陈策已在临时指挥部里召集有关人员部署起义工作。他要米庆舜理清了队伍的人数，又把肖守训叫来说：“把你们乡里的警士都全部集中起来，到这里来待命。我们不能再等别的队伍，待三大队的人一到，我们就起义。不然，张玉琳的追兵一到，应战就来不及了！”

肖守训很快把乡里警士集中后带到了学校让陈策检阅。

陈策看看这些乡里的警士们，发现其中一人有些面熟。他拍拍那位警士的肩膀让他上前一步。陈策问道：“你不是德友吗？”

那警士说报告：“是！”

陈策恍然大悟，“你不是后塘人吗？怎么跑到这儿来当警士了？”

德友说：“米乡长这里要人，我就来了！”

陈策让他退回到队伍里，点点头说：“好！这才是我们最信得过的人啊！”转身又夸赞肖守训说：“你回龙头庵任乡长时间不长，但工作非常得力，不仅地方治得好，深得老百姓好评，在张玉琳要置三大队于死地时，你又克服重重困难，派船运了粮食和生活物资到合水为三大队解决生存困难，现在又招募了这么一批乡士来参加起义，连德友也来了，真是得心应手啊！”陈策看着乡士们着装整齐、精神振作，他那一嘴黑胡子动了动。肖守训看见陈策这是笑了。陈策很少有这种笑颜。

陈策叫肖守训把队伍带到米庆舜营的驻地，要大家相互认识一下、交流一下。米庆舜营三连的官兵大多为龙头庵一带子弟兵，他们见面一看，原来有很多都是熟人、亲戚，气氛一下子和谐起来、亲热起来。大家一交谈，就都明白了，原是等米庆轩和肖洪量的三大队赶到就要成立湖南人民解放总队湘西纵队。大家又议论起外面传进来的消息，说解放军已经打到常德来了，整个湘西就要解放了，穷人就要翻身了。

一个睡醒的三连士兵说：“湘西纵队要成立就尽快成立！免得我们在张玉琳手下受这口窝囊气！”

一个乡里警士接话说：“是的！让老子好早日参加解放大湘西！”

这时候，街上突然响起了鞭炮声，又听到一片欢呼声。很快就传来喜讯：三大队到了！

陈策急步走出校门，迎候等待已久的三大队官兵。

当三大队的队伍出现在龙头庵街口，陈策看到了走在最前头的米庆轩和肖洪量。他抑制不住自己的激动，虽已年至花甲，仍一下变得像年轻人一样，跑上去和米庆轩、肖洪量紧紧地拥抱了一阵。

米庆轩说："为避张玉琳追击，我们是日藏夜行，又专朝偏远的小路走，所以，多走了时间。让你久等了！"

陈策说："我就怕你们被张玉琳的人吃掉！只要安全到达，就是我们最大的胜利！"

陈策又向全体官兵挥手，表示慰问他们。

肖洪量说："庆舜和张承栋他们都到了吗？"

陈策说："米庆舜营已到，只是路上受了折腾，到达这里的人已不足一个连队；张承栋还没有到，原因也不明白。我们不能再等了，马上准备起义，以利我们整编队伍和张玉琳追兵作战！"

米庆轩说："好！我们马上起义！"

61 / 我们这支队伍受省工委直接领导

虽每股力量不大，但小的多了也能成大！三股武装力量汇聚在龙头庵学校后也很有气势。陈策分工让各路人马做准备工作，肖洪量领着人在打扫卫生，米庆轩在安排人把红旗套上高高的竹竿，李涛带着人在挂横幅，有人扛来一篓篓鞭炮，肖守谦、谢斐然、米西成等几个大学生还在反复斟酌纵队成立誓词，宋单流忙着教大家高唱《三大纪律，八项注意》。校园里人来人往，忙碌如梭，又有歌声嘹亮震彻天空，一派鼓舞人的新气象！

此时，谌炽突然来到学校操坪里，这让陈策喜出望外。陈策握紧谌炽的手说：“你来得真是时候啊！”

谌炽说：“最近没有你们这边的消息，谌鸿章派我来与你们联系，还带来了一大包油印的《告湘西同胞书》。”

陈策接过那包油印资料说：“好家伙！这都是我们急需的宝贝！”

谌炽又将谌鸿章在龙潭的工作情况和陈策作了沟通，告诉他，省工委有指示，辰溪这边的队伍如果起义遇到困难情况就会往溆浦龙潭那边转移。现在谌鸿章已做好了接应和支援的准备。

谌炽带来的消息让陈策心里更为踏实！

在起义临时指挥部召开的紧急会议上，陈策向起义骨干通报了纵队的人事安排和行动计划后，跟肖守训和罗均卿说：“兵马未动，粮草先行！现在，我们这么大一支队伍都集中在这里，我们的军粮呢？你们两人要加紧筹备！办法是向当地大户暂借，开出借据，待解放后偿还。”

肖守训说：“我手边等着要办的事太多。均卿，军粮的事你去具体办理，遇到什么困难我会全力支持！”

罗均卿马上就去找当地大户筹粮。

罗均卿为龙头庵本地人，对当地人家的贫富情况了如指掌。眼下稻子刚刚灌浆，早熟的禾穗儿也还只在穗尖上出现绿豆黄，正值乡间青黄不接的时候，而像这么几百人的部队要借粮也不是一石几斗就能解决问题，必是个大数字。能借出

三股武装力量汇聚在龙头庵学校后也很有气势。

这么多粮食的，在龙头庵只有一户人家，那就是肖隆汉！

但肖隆汉在龙头庵是连土匪也不敢动他一根毫毛的！他家不仅有良田千顷，房屋一百零八间，家丁枪支数十，他还曾跟随贺龙，官至骑兵团团长。他弃官回老家消受自由富裕的生活后，贺龙还派人专程来请他回营。但他从小自由惯了，不愿受那份军纪的管束，坚持不肯归队。那天，肖隆汉早晨起来不见了请他回军营的人，却看见他大门口的石灰墙上有诗一首："凤凰展翅要高飞，久闲巢窠不如鸡。瞬间风雪来得骤，金巢银家有何依。"诗人留下的名字是"信鸽"。

他读完这首诗笑了一下，也不知他真正读懂了没有。（一九五零年他被作为恶霸地主枪毙，死前他小声背诵过这首诗，显然是不无后悔！）

罗均卿要去向这样一位大人物借粮，他心里还是压力不小，要是他不给面子怎么办？但部队已经到了，筹备军粮已刻不容缓！

罗均卿带了两名士兵，走过蜿蜒小溪，走过弧形小石桥，再上一个小码头，就到了肖隆汉的大门口。走进大门，就是肖家大院。

三人进门传话进去后，肖隆汉回话说，请进。

罗均卿由人引着进入深深的大院，然后拐进一间小门。肖隆汉躺在红亮的罗汉床上正吞云吐雾地过瘾。闭着眼的肖隆汉听到脚步声近到眼前才说："来者何人？"

罗均卿答道："罗均卿。本地人。"

肖隆汉长长地"噢——"了一声说："来者何事？"

罗均卿说："特来向你借军粮。"

肖隆汉说："是陈策要你来的吗？"

罗均卿说："不是。"

肖隆汉说："那是谁叫你来的？"

罗均卿说："我自己来的。"

肖隆汉说："怎么不到别家去？"

罗均卿说："别家没有这个实力！"

肖隆汉说："需借多少？"

罗均卿说："一百石谷子！"

罗均卿以为这个数字会吓肖隆汉一跳，不料肖隆汉闭目如素，丝毫未惊地说："当年我和陈策同在贺龙部下啊！陈策自己为何不来？"

罗均卿说："他正忙于筹备成立湖南人民解放总队湘西纵队！"

肖隆汉问："现在他的队伍有多少人？"

罗均卿说："这是军事机密！无可奉告！"

肖隆汉这才坐起来，微微睁开眼用欣赏的神态看了看高大的罗均卿说："年轻人，像个军人！"肖隆汉又对身边的佣人说："把管家叫来！

管家很快来了。肖隆汉说："给他们出一百石谷子！"

管家说："是。"

管家刚转身要走，肖隆汉又嘱咐："开后面的仓，出后仓的谷！"

管家说："老爷，后仓是新谷啊！前仓还有前几年的陈谷！"

肖隆汉说："他要的是军粮！当兵是要打仗的，吃几年前的陈粮吃坏了身子，哪还来力气打仗？"

管家说："是！老爷！"

罗均卿喜出望外地说："万没有想到你还这么体贴当兵的。"

肖隆汉说："我带兵打仗时，你还在壁脚抓溏鸡屎吃哪！"

罗均卿说："我现在马上给你写借条。"

肖隆汉说："写什么借条？"

罗均卿说："这一百石谷子的借条啊！"

肖隆汉手一挥说："不用！"

罗均卿说："那怎么行呢？借你的粮食怎么能连个借条都不打呢？"

肖隆汉说："你以为我还想在你们那儿发财？你快把粮食运走吧！请你转告陈策，行动要快。不然，张玉琳的追兵一到，可就麻烦了！"

罗均卿真没有想到军粮的事办得如此顺利如意。

傍晚，一切准备就绪。一声震耳的哨音像钢链拉过天空，拉过树尖，拉过每一个人的耳际。

"全体集合！"

三大队的官兵最多，站在最左边，依次是米庆舜营和肖守训的乡里警士。整个操场站得满满盈盈。

会台上挂着"湖南人民解放总队湘西纵队成立大会"的蓝布红纸横幅。

陈策和米庆轩、肖洪量、米庆舜、肖守训等人走上会台。陈策站在台上左右看了看说："把谌炽请上台来！"

谌炽说："我得赶快回去向谌鸿章报告你们这边的情况，让他们做好准备。"

陈策说："谌炽啊，你是溆浦党组织按照省工委的指示前来与我们联系的，还给我们送来了这么好的宣传资料。你就代表溆浦党组织参加我们今天的成立大会！"

谌炽笑着说："那好，我参加完成立大会再赶回溆浦去。"

米庆轩在会台上举手示意，会场立刻肃静下来。

陈策开始讲话："同志们，现在我宣布：湖南人民解放总队湘西纵队，通过大家的艰苦努力，按照湖南省工委的指示，今天正式成立了！我们这支队伍受省工委直接领导！……"

先是操场上四处燃起了鞭炮，那是湘西纵队自己燃放的；接着，校门外的街巷里燃响了鞭炮，那是当地的“米司令”特来祝贺的；接下去，鞭炮声越响越远，那是龙头庵街上的居民和农民为庆贺湘西纵队成立而燃放鞭炮的声音。天空一时弥漫着浓香的硝烟。

鞭炮声过后，陈策继续讲话：“湘西纵队是中国共产党领导下的革命队伍！我们要坚决执行《三大纪律，八项注意》！全体官兵要时时做好战斗准备，以一当十，积极勇敢地打击敌人，开展革命斗争，配合我解放大军，为大湘西和大西南解放随时准备牺牲自己的一切！……”

成立会上宣布了纵队的各级领导名单，陈策任司令员，米庆轩任参谋长，肖洪量、肖守谦、米庆舜、肖守训、李涛等都在纵队司令部和中层担任领导。

陈策把湘西纵队的战旗交给米庆舜，米庆舜将红旗展开，使劲挥舞起来，让风中的红旗不时发出啪啪的响声！

成立大会的最后一项议程是高唱《三大纪律，八项注意》。几百人放开喉咙齐唱出来的激昂的歌声，真是有些气壮山河！龙头庵这个古老的乡镇像是一下子改天换地，所有沉闷似乎都荡涤已净！

成立大会过后，纵队司令部召开了第一次军事会议，大家对所处的政治形势和军事形势进行了分析，有人认为，解放大军已进入常德，大湘西之解放指日可待，张玉琳、米昭英、石玉湘不会不明白他们是自身难保。加之这三人与湘西纵队的现任领导有的是同乡关系，有的是同班同学关系，有的是亲戚关系，有的是朋友关系，他们不会来追剿的，至少不会来认真地追剿。

米庆舜坚决反对这种推断！他说：“依我之见，我们万万不能乐观！我观察张玉琳、米昭英和石玉湘这么些日子，尤其张玉琳，他最伤心的就是别人拖走他的部队！我们不能心存任何幻想！不能有任何松懈思想！必须立足于一个‘打’字，而且要有打恶仗的准备！”

肖守训分析形势说：“如果张玉琳派兵来追剿，必派驻防怀化的蒲和生来，因为蒲和生部离龙头庵最近。我曾跟蒲和生手下的一位陈副团长联系过，陈副团长回信说，蒲和生不会打我们的，即使奉命而来，也只是应付差事而已，他说，只需我们全力以赴对付好张玉琳。”

米庆轩说：“只要我们在龙头庵这一带的几个乡镇站稳脚跟，又与溆浦的龙潭、小横垅，怀化的接龙、新路河、铜湾、铜鼎等乡镇紧密联系，以这一大片乡镇为根据地，我们就一定能成大气候！”

陈策说：“我赞成庆舜的意见！张玉琳接受过陈迪光改编，也和我在城隍庙里喝过鸡血酒，宣誓要跟共产党走的，但是，张中宁一回来，领到了蒋总裁的委任状他就忘了这一切，走向了我们的反面。他是九死一生活过来的人，他只知道生存和报仇，所以，当我们拖走他的队伍起义成立湘西纵队后，他肯定不会放过，肯定会和我们做最后的生死较量。如果他不派兵来追击，那是他聪明，更是我们的侥幸；如果他来追击，那我们一定要给他们以迎头痛击！现在，我们要一边紧急备战，一边抓紧在当地搞民主政权建设，要准备打一场恶仗！”

按照这一会议精神，纵队一边整训部队备战，一边抽调力量召开联乡会议，建立民主政权，准备迎接解放。

下午，陈策正在联乡会上给大家讲全国和湘西的大好形势时，米庆轩忽报石玉湘派人来了。陈策问：“石玉湘派谁来了？”

米庆轩说：“米先典。”

陈策说：“噢，是米主任！”肖守训来龙头庵任乡长后，米先典接替了石玉湘师的政治部主任。陈策忍不住一喜：石玉湘曾多次在他面前表态，只要时机成熟，他一定要打出红旗跟共产党走。现在石玉湘派政治部的人来联系，很有可能是为投共之事。此时此地倘若真有此事，那真是天顺人意！

陈策作过报告后就来到纵队的临时指挥部接待米先典。

米先典说：“陈先生，张军长和石师长这次是特派我来看望大家。”

陈策说：“那就太感谢你们的慈善了！”

米先典说：“陈先生，我们张军长、石师长和你，以及米庆轩、肖洪量、米庆舜、肖守训，不是同学也是朋友，过去都有很好的私人关系，以后还是要保持很好的关系。”

陈策先入为主地说：“是啊，你们张军长和石师长都当着我的面说过，要跟共产党走，还邀我到城隍庙里喝过鸡血酒。他们不会忘了吧？如果他们真想跟我们走，那现在就来！这鸡血酒可不是喝着好玩的！”

米先典冷冷一笑，针锋相对地说：“张军长和石师长托我带了话来，说在这里的全体官兵不要害怕，不要怀疑，只要回到原有的暂二军去，其身家性命和财产安全，都由我们全权负责，并保证官复原职；如若不然，只要暂二军的大部队一到，你们将是以卵击石、自取绝路！”

陈策没有想到米先典带来的是这样一个坏消息！他脸色一沉，也冷冷一笑说：“请你看清楚，我们不是三岁娃娃，他哄骗不了我们！我们不需要官复原职，也不需要他们对我们的生命财产安全负责，我们需要自己保护自己！他张玉琳和石玉湘何时说话算过数？喝了鸡血酒也算不得数！他曾在我面前多次表态，只要时机成熟，他就跟共产党走革命的路，听你这口气，他现在倒是要走剿灭革命队伍的路了！你回去转告他们，现在时机已经成熟，他们还不走革命道路更待何时？我们在这里欢迎他们个人来，更欢迎他们带着队伍来！恐怕只有我们才能保证他们的身家性命和财产安全！我们的话才能真正算数！”

米先典阴黑着脸说：“陈先生带兵打仗是有丰富经验的。我退一步说，就凭你们现在这几条烂烂枪，能抵挡得住暂二军的追击？恐怕是个笑话吧！你还是多为自己和大家的后路想想吧。”

陈策说：“请米先生回去转告张玉琳和石玉湘，也请他们多想想自己的后路！现在是他们投靠共产党最好和最后的机会！请他们不要为暂时的利益而弃长远之光明，不要听不进我们的良言忠告。跟我们走，是光明大道！跟国民党走，是自绝于人民之死路！”

米先典说：“陈先生，有道是‘后有定，可言强’，你们现在面对的是大兵压境，必败无疑，后果不堪设想，你还说这些要强的话有何用？”

陈策说：“你转告张玉琳和石玉湘，不要执迷不悟！不要以为自己有那些乌合之众就了不起！他们瞧不起我这几百人枪，我也瞧不起他们那些人枪！”

米先典说：“既如此，我也算是仁至义尽。我就如实向上禀报。”

陈策说：“行！请你转告张玉琳和石玉湘，他那些人马在中国人民解放军百万雄师面前只能是螳臂当车！如果他一定要背信弃义，死跟国民党，反对革命，反对共产党，他真要放马过来和我们刀枪以对，那就让他来试试吧！”

米先典站起来，并不为自己的无获而归感到沮丧，陈策知道，他这种极为自恃的神态后面必另有文章。

送走米先典后，肖洪量问陈策：“陈司令，你今天才像个当司令的！你平时和张中宁、张玉琳、石玉湘他们打交道，总是很仁德宽厚。我们还担心你今天屙软壳蛋呢！”

陈策说：“没事时别惹事，遇事时要不怕事！这才是真正男子汉嘛！我以为他们是来联系投诚的，没有想到，米先典是代表张玉琳和石玉湘来劝降我们的，真是自不量力，不给他以坚决的还击怎么行？”陈策又把米庆轩、肖洪量、肖守训、米庆舜召集到一起说：“从现在起，我们要时时刻刻做好打仗的准备！据我观察米先典神情，很可能张玉琳的追兵已向我们逼近。”

按照陈策的意见，纵队连夜集合进行战前动员，分兵把守各个关口，随时保持临战状态。

果然不出陈策所料，潜伏在县城的米月娥和向石宇派人送来了极为重要的情报：张玉琳、米昭英已在县城疯狂抓捕与湘西纵队有关的人员和家属，并派多路人马向龙头庵猛扑过来。他们的详细布阵是：张玉琳、米昭英、刘华峰带队从辰溪县城出发，至黄溪口沿河而上，包围龙头庵北边；由石玉湘带队从溆浦出发，过河后包围龙头庵西面；由蒲和生带队从怀化出发，包围龙头庵南面，并由张玉琳亲自带队督阵，向龙头庵合围。纵队剩下的退路只有东面，而东面是通往罗子山的大山区，纵队如果以此为退路，行军将非常困难。陈策把米月娥和向石宇送来的这一情报转达给大家时，大家都感到只有置之死地而后生。于是，兵分三路迎敌，准备拼尽全力，决一死战！

第四部

62 / 菜砧上的一块肉也会长翅膀

坐在军部办公室的张玉琳板着脸，从抽屉里掏出枪来朝天连放三枪，瓦片沙啦啦地梭下一大片碎落在地上。陈策、米庆轩拖走暂二军的人马，在龙头庵成立湘西纵队，让张玉琳实在承受不了！他十几岁聚众玩枪，最得意的是拖走别人的人马，最伤心的就是别人拖走他的人马！这是他的奇耻大辱！陈策、米庆轩等人真是何其狠也！如果张中宁知道此事，岂不要骂他张玉琳无能？一个男子汉，一个带兵打仗的军人，如果被骂为"无能"，那还有什么脸面活在这个世上？于是，他决定暂时不向张中宁汇报，立刻布置人马追剿，待扑灭叛军后再去报捷！但一想，此事关系重大，且龙头庵位于辰、溆、怀三县交界之地，众口难封。如张中宁提前知道，追究下来岂不更加被动？现在共产党这条路已经被自己断掉了，只有跟着张中宁走国民党这条路；如果又在张中宁面前失去信任，岂非自取灭亡？张玉琳又还是决定非报告不可！

张中宁不愿在家乡结怨，只愿在天上布云下雨。自与老师陈策会面之后，他就住在芷江向张玉琳发号施令。他一听张玉琳报告说暂二军的人马被陈策和米庆轩拖到龙头庵成立了湘西纵队，半天没有出声。

张玉琳知道，张中宁怒火难熄，这是一声炸雷前的寂静！

电话里静了好一会儿之后，张中宁才说："玉琳啊，这么些年来，我可是一直以为你带兵打仗很有才能哪！这一回怎么出这么大的丑事？你可千万别弄得我在蒋总裁面前下不了台啊！"语气虽还平静，分量已是很重了！

张中宁对张玉琳从来是褒奖有加，从未说过此类重话。张玉琳霎时全身燥热起来，连忙检讨："老侄大意了！都怪老侄大意了！我原以为缴了他们的枪，又将他们放置在我的鼻子底下，他们就成了菜砧上的一块肉，没有想到菜砧上的一块肉也会长翅膀！"

张中宁说："丧师失地为兵家大辱！你好好想想！如何补救，你自己看着办！"

张玉琳说："老叔，请您原谅我一回。我一定亲自带兵去剿灭叛军！将功赎罪！首先要杀掉那个顽固不化的陈策！"

张中宁说：“你要少出狂言，多长记性！你不要忘了我跟你说过的话！陈策是我的恩师，无论到哪一天，他都是我的恩师！即使你们抓到了他，也不能杀，要交活人给我！对于其他人，我还是那句话，你可尽展其能！”

张玉琳说：“老叔，他陈策都不认你这个学生，要和你做生死对头，你还认他什么恩师？”

张中宁说：“在政治上，他与我各为其主；在个人感情上，我们相互并无伤害！在辰溪，他完全可以用各种手段加害于我，但是，他没有！他宁愿当面骂我，背后却不害我。你若不听我言，加害陈策老师，损我师生感情，置我于不仁不义之中，我定不会原谅你！”

张玉琳只得答应说：“老叔，我明白了！几天之后您听我的好消息！”

张中宁说：“欲斩草必除根！湘西纵队虽在龙头庵成立，但其根扎在辰溪县城。对于辰溪县城的那些共党，以及为共党效劳的积极分子和民主人士，都要认真清查！不然，你们的部署都会在他们的掌控之中，你们的行动都会提前被湘西纵队了如指掌，你们将时时处于被动失利之境地。”

张玉琳说：“是！”

放下电话，张玉琳也想让别人去干这些事情，但是，从县党部到宪兵司令部的头头脑脑，见大势已去，都不知溜到哪儿去了，藏到哪儿去了，只有警备司令部改成警察局之后，新任局长刘光寺还在履职。于是，张玉琳只得调集暂二军的所有人马，将机关、政工、警察人员集中在辰溪县城，负责抓人。由六师副师长刘华锋率蒲和生的十六团、张玉玖的十七团、易国英的十八团，由第七师师长石玉湘亲率柴宝臣的第二十团，由张玉琳和米昭英亲率军部直属特务营和炮兵营，共两千余人分南、北、西三面合围龙头庵，追剿湘西纵队。

湘西纵队的大部分骨干都是龙头庵一带的本地人，陈策也曾经是这里的常客，对于这里的地形和民情十分熟悉，在此对阵，纵队的官兵们一点儿也不胆怯！纵队司令部根据得到的情报，首先派出米庆舜中队扼守北部垭溪口到五里亭一线，以阻击北边之敌；派出米先渠中队和肖斌中队扼守龙头庵镇外沅水河边的所有码头，并与新庵堂垭溪口连成一线，封住所有渡口，把所有的船都控制在龙头庵这边，以断西面石玉湘部和南面蒲和生部的进犯；米久纪中队和汪定国中队随司令部机动；另派两个班把守东面之当风坳，并与当地保持密切联系，监视玉虎岭方向之敌情，以保纵队后退之路畅通；为支持纵队作战，乡里还组织了自卫队，由刘本禄率领，负责与当地群众联系和准备部队后退时的食宿安排。

为保证陈策和司令部人员的安全，纵队司令部由学校搬迁到“米司令”家中。凭“米司令”的名气和影响，即使张玉琳和石玉湘来了，也应不敢随便对他怎样。

此时，最忙的人就是肖守训。为了抗敌，他把好几个保的民众都发动了起来，保长们都来找他商量对策，他得一一接待，并安排他们组织壮丁哪里设卡，哪里放哨，怎样用鸟枪和土炮打击来犯之敌，并确定专人随时为纵队提供情报。

肖守训刚刚安排好这些事情，玉虎岭哨所传报发现敌情。司令部正准备根据敌情研究对策，河边哨所又传报：蒲和生部已到达河对岸。陈策说："米月娥和向石宇的情报非常准确。想不到这些人来得如此之快！"

肖洪量说："看样子，张玉琳是真要将我们装进口袋，一口吃掉。考虑敌我力量过分悬殊，我看最好还是根据'保存力量，避免牺牲'的精神，将部队直接撤到龙潭去。"

肖守训说："我们湘西纵队刚刚成立，敌人来了，我们一枪不放就跑，虽然是为了保存实力，但会严重挫伤士气。我们完全可以倚仗罗子山的有利地形和很好的人缘关系给来犯之敌予以重创，然后，我们再往龙潭撤退，与谌鸿章他们会合。"

肖守训的这个意见得到一片赞同声。

陈策看着刚从外面匆忙进来的米庆轩说："庆轩同志，你的意见呢？"米庆轩刚准备讲话，身子一歪就突然晕倒了。正是需要用人之时，米庆轩却突然发病，大家难免有些惊慌起来。

陈策说："大家一定要沉着镇定！庆轩同志的身体向来不太好，有心脏病，加之这些日子日藏夜行，让他非常劳累。此时大兵压境，他又心急如焚，一定是旧病复发。马上派人将他秘密转移到安全的地方休息。"

来人将米庆轩抬走后，陈策开始部署战斗："同志们，如果我们不打一仗就撤往龙潭，一会挫伤我们自己部队的锐气，二会助长张玉琳队伍的嚣张，三会让暂二军长驱直入，连累谌鸿章他们的龙潭根据地！为了振奋我们自己的精神，打掉张玉琳的嚣张，也为了不连累龙潭的革命力量，我们要和张玉琳的暂二军恶恶地干他一仗！虽然我们的兵力只有他们的十分之一，但我相信，我们湘西纵队一定能打好第一仗！一定能打出威风来！现在我宣布：

第一，司令部撤至长冲口肖氏宗祠，以便指挥作战和万不得已时尽快向罗子山撤退！第二，谌炽走后，我们这边情况变化很大，现派谢斐然速去龙潭向谌鸿章和姜定耀通报我们这边的紧急情况，并请求接应和支援！第三，其他同志按原部署各就各位，马上进入战斗！各队发现新情况要立即向纵队司令部报告！打过一仗，我们再去龙潭与谌鸿章他们会合。那时候，我们的湘西纵队就会进一步扩大！"

这一天，龙头庵正逢赶场，场上还刚刚齐人，突然四处枪响，随即一枚炮弹落在场口上爆炸，地上翻起牛栏大一个洞。赶场的乡民什么都不要了，只顾慌乱逃命。

到处有人喊叫："张玉琳的土匪来了！"

陈策心里一紧，明白张玉琳的口袋战正在形成。

于是，猪叫，鸡叫，娃儿哭，大人们喊，整个街道上乱作一团。陈策马上要纵队派人敲响一面大铜锣喊道："乡亲们，不要怕，张玉琳的土匪来了，有我们湘西纵队打他们！你们不要怕！你们收拾好自己的东西再回家里去！"

赶场的人们听了喊话，这才又镇静下来，把自己丢下的东西收拾好再离开乡场。

北边、南边和西边的枪声都越来越激烈。陈策在肖氏宗祠门口的大枫树下不停地踱着步。凭枪声判断，敌方来势很猛，尤其是南边的枪声响得激烈。南方应该是怀化来的蒲和生部。蒲和生曾经是反复表态不来打陈策队伍的，即使来打，也会只是应付，怎么他现在变得积极了？这个蒲和生难道也变成了当面一套背后一套的小人？

一直战斗到天边的晚霞映红了沅江，暂二军的人并没能打进龙头庵街上，这让湘西纵队的官兵们更加信心百倍。然而，陈策顿生疑虑：为何十倍于我的敌军不敢猛攻防线？张玉琳、石玉湘都是枪子儿里钻出来的人，他们不会是怯战，其中定有缘故。

果然，米庆舜派人来报："自黄溪口方向的来敌已向罗子山前面的玉虎岭方向移动，有切我退路之意。"

陈策心里一亮，明白张玉琳的口袋战正在形成。他抹了一把八字胡，涨红着脸说："传我命令：要坚决阻住敌人向玉虎岭方向移动！"

天黑时，南线也派人来报：蒲和生部在龙头庵对河被阻后，已有一部从上游过河向玉虎岭方向移动。陈策展开手中的地图一看，冷笑一下说："他们的如意算盘打得好啊！原来他们是想派一部分兵力和我们交战，以声东击西之计赢得时间，拖住我们，然后以南北两线相向靠拢，切断我们通往罗子山之退路，锁牢装我们的口袋，最后一口吃掉我们！张玉琳、石玉湘果然是狡诈！那好，他们想瓮中捉鳖，我就扔给他一块乌龟壳吧！"

天完全黑下来时，陈策召集纵队司令部及中层领导布置秘密任务。会后，与会人员都非常神秘地下到各处进行活动。

最后一抹红霞在天边消失之后，密集的黛青色群峰和屋宇都罩上了无边的黑幕，一切活动都在夜幕下完成。

站在远处山头上瞭望的张玉琳和石玉湘，只见靠龙头庵这边的各个码头、山坳、路口，都燃起了大堆篝火；没有篝火的地方，是星星点点的光亮；在那些篝火和烛光里，不断地有人巡回走动，查岗验哨。张玉琳跟石玉湘说："整个龙头庵现在像是一下子筑成了一道人墙！"

石玉湘和湘西纵队的人一样，也是本地人，对这里的风土人情也了如指掌。他说："共党向来最擅发动群众，依靠群众力量；加之这次起事的这些头头脑脑，除了陈策，其余大都是龙头庵一带的本地人。这里的人都是宁死不屈，视死如归！国民党这些年忙于战事，不仅不为老百姓办好事，还苛捐杂税不断，不得人心，今夜这些当地人肯定都被陈策他们煽动起来，要和我们决一死战！”

张玉琳急于彻底灭掉湘西纵队，趁早向张中宁报捷，就说：“湘哥，凭我们的绝对优势，难道还怕他几个‘土共’？趁夜黑，我们集中兵力冲杀进去！”

石玉湘说：“此时不可！善战者，必避敌之锐气，攻敌之疲弱。眼下天刚刹黑，你看，对方防守正严，士气正旺，整个龙头庵已是全民皆兵，我们不可轻举妄动！”

张玉琳说：“我怀疑陈策这是在设空城计。”

石玉湘一笑，“空城计乃兵家老调，陈策是征战老将，他绝不会在我们初次较量时就出此下策。他肯定是反其道而用之，前哨虚以灯火，后面伏以重兵待之，正欲我们认为他是空城计，然后上演‘灯蛾扑火’之戏！”

张玉琳一深想，此话也不无道理。这一仗是只能赢不能输，他再也输不起！他说：“我们就这么坐等何时？”

石玉湘说：“我们也要进攻，但现在还不能是真攻，只能佯攻。每隔一小时我们要士兵大呼大喊地佯攻一次，数次佯攻之后，一可探得虚实，二可致他们疲于应对，至午夜时分，我们再真攻进去！打他个措手不及！”

张玉琳这才得意地笑着说：“湘哥，你鬼名堂真多啊！”

于是，石玉湘传令下去，每隔一段时间就要士兵大呼大叫一阵，做出佯攻之势。

数次佯攻之后已过午夜，石玉湘下令，悄声静气真攻纵队防线。

攻破防线不费吹灰之力，几乎是没遇到抵抗。等到各路人马攻过防线一看，原来各码头、哨卡、高地，根本就没有守兵，只是每处都有乡民在那里烧火、点烛助威，火光里的列队人马都是些草垛插上树枝穿上衣服而成。会剿纵队的各路人马只好抓了那些烧火点烛的乡民带到龙头庵学校集中听审。

张玉琳带着几分嘲笑说：“湘哥，你真是聪明一世、糊涂一时啊！当初你若听我一言，这些叛军早已尽收囊中！”

石玉湘说：“我是犯了司马懿之错！”

合围的队伍到达学校后，一看学校打扫得干干净净，没有别的东西留下来，只有湘西纵队成立的会台上那幅蓝布红字“中国人民解放总队湘西纵队成立大会”的横幅，还挂在风里尽兴地舞动。石玉湘很不服输地说：“老子上陈策的当了！早知他玩的这一手，我放马过来还不擒了他！”

张玉琳说：“湘哥，疑心过重也不是好事。”

石玉湘说：“这个陈策，我一定要抓活的来！”

张玉琳说：“我老叔张中宁也是要我们抓活的！”

石玉湘说：“拿灯笼过来，我要看看陈策这些人在这里还留下些什么东西！”

下面有人拿了灯笼来给石玉湘照亮。石玉湘仔细察看了四周和地上，看到了操场上那些划归各中队站位的石灰格子。他一看整个操场被站队的石灰线划得满满的，就跟张玉琳说：“陈策到底还是不聪明，三大队才多少人？米庆舜营才来多少人？划这么大个规模在这儿，分明又是壁上画老虎——吓人！是在反演擒庞涓之计！”

张玉琳说：“不会！陈策绝对不会再玩什么计。我们马上审问一下那些在码头哨卡上烧火点烛的乡民。”

石玉湘把那些抓来的人审讯一番之后，果然得知不仅是三大队和米庆舜营的人，还有一大批乡警和乡里自卫队都参加了起义。到底有多少人，谁也说不清，人人都说操坪站得满满的。

石玉湘和张玉琳对视了一下，现在他不敢坚持己见，宁愿承认张玉琳的推测是对的。

石玉湘的情绪很不好了，指着会台上那个横幅下令说：“把那块烂布扯来烧掉！”

这横幅本来开会过后就已收好，但湘西纵队要撤离龙头庵时，陈策又叫人按原样拉起来。当时肖洪量说：“陈司令，既要撤退，我们还留这些干吗？”陈策说：“他们攻进龙头庵就会发现我们夜里设下的空城计。我们湘西纵队到底有多少人，他们很想知道，我得如实告诉他们。”

肖洪量说：“张玉琳、石玉湘性如狡兔，岂能识不破我们这些？”

陈策说：“用兵之道，虚实相兼，真真假假，乃兵家常事！我们在这里留下一个大阵势，他若以为我们是故意所为，必生轻敌之意，于我有利；他若以为这是真实，必不敢轻举妄动，也于我有利！”

石玉湘和张玉琳站在烧横幅的火光里，向来以为自己聪明过人的石玉湘悄悄地跟张玉琳说：“以前，我和陈策并没有针锋相对过，现在我感到他还真有些难以捉摸！”

张玉琳说：“难对付也得对付！我看，我们现在得趁早部署追击！他们一定是要撤往溆浦龙潭和谌鸿章他们会合。近来，谌鸿章和向承祖关系密切，如果谌鸿章调动向承祖的部队来接应，那将是个大麻烦！所以，我们要在他们未离开罗子山之前，在山上吃掉他们！一旦他们会合，立稳脚跟，如鱼得水，我们就会陷于被动！”

石玉湘再也不敢发表意见，只得依张玉琳的意思说：“是！我们马上集合队伍追击！”

63 / 逃不出我手心

玉露春茶楼里的生意突然好了起来。

茶楼面河而立，一排黄亮的八仙桌靠窗摆开，茶客们喝着开窍醒脑的热茶，吹着从沅水碧波上扬起的河风，很是清新凉爽。白天的生意多是乡下有钱人进城在这里聚会，到了晚上，这里就是城里有头有脸的人雅聚之地。

马公武来了，走进茶楼门口，张老板就迎上去躬身施礼说：“哎呀，马先生，好久不见你光临了。”马公武回了礼不无幽默地说：“这些日子，县城里三岁娃娃都在玩枪了，哪敢出门呀！怕吃了黑枪子儿不知是谁打死的！”

两人哈哈大笑起来。

马公武常来玉露春茶楼里喝茶，但他从不在外面坐，他有相对稳定的包房。张老板将马先生带进那个最好的包房说：“今儿是什么风把您老给吹来了？”

马公武说：“闷啊！这么久不出门，今天出来找人喝喝茶、扯扯淡、宽宽心。”

张老板说：“茶可以清心！您要常来。”

马公武说：“等一下向石宇要来，你告诉他我已到了。”

张老板说：“好。向先生也好些天没有来过了。”

马公武说：“日子不安宁嘛！”

张老板说：“是啊！是啊！茶喝平安嘛！”

马公武说：“张老板，你在茶楼里消息灵通，听说陈策和米庆轩把张玉琳手下的人拖上龙头庵成立了共产党的湘西纵队？”

张老板说：“是啊！是啊！城里人、乡里人都是这么说！”

马公武说：“张玉琳的人都去追剿陈策他们了？”

张老板说：“兵分几路哪！一路是张玉琳带领，一路是石玉湘带领，还有一路是蒲麻雀带领。总共有几千人去龙头庵追剿哪！”

这些事，马公武自然已听说过了，他不过是再问问张老板求证一下。茶楼里人员杂，消息来源也多。马公武有些情感复杂地点了点头进包房坐了下来。张老板又跟进包房压低声音跟马公武耳语：“还有一路是由县警察局刘局长为首在城里抓共党分子和民主进步人士！”

马公武心里一沉，知道张玉琳要下毒手了。

马公武在包房里坐下不久，向石宇来了。

向石宇一坐下，马公武就说：“石宇啊，看来，张玉琳是要凶相毕露，大开杀戒了。”

向石宇说：“他们已经下手了！——如果张中宁不回辰溪来建那个暂二军，今天可能就不是这样了！”

马公武说：“是啊！张中宁要是不回辰溪来，张玉琳就很有可能在陈策面前归顺共产党了！”

向石宇说：“中宁在会同当县长时，组织八百壮士抗日，声震三湘；发展桐油业也是为民造福。平日里，他也是手不释卷、著书立说，说来也是一个很重视立功、立德、立言之读书人，怎么就把张玉琳往绝路上拉呢？”

马公武说：“设身处地想想，这也不奇怪！蒋介石把他当成掌上明珠、国家栋梁，要他回家乡来收编张玉琳，中宁他敢抗旨不答应？除非他自己不要命了！即使换了别人，也会和他一样！”

向石宇说：“中宁也是怕得罪家乡人，躲在外面住着，让张玉琳在辰溪抓人杀人！”

马公武说：“说到底也还都是个功名利禄的事！如像我一样，不顾这些，得罪他老蒋又有何妨？他蒋介石也好，毛泽东也好，我都不管，一切事我都要自己想干就干，不想干我就不干！中宁到底没有把人生看透！在这件事情上，中宁和张玉琳将要在家乡留下千古骂名哪！”

两人正说着，有学生游行队伍高喊着口号从茶楼门口经过：

“打倒蒋介石！”

“打倒国民党反动派！”

“穷人要翻身！”

“穷人要解放！”

这么晚，游行的队伍还在走街串巷，向石宇有些担心，他走到茶楼门口看了看游行队伍。马公武也跟着走到茶楼门口。游行队伍经过的地方，撒了很多传单，贴了不少标语！领头的是一位短发姑娘。

马公武说：“领头的那个姑娘应该就是丕卿公的小女米月娥吧？”

向石宇朝窗外看了看说：“是的。她年纪不大，义勇过人！”

马公武说：“有其父必有其子！这姑娘在县城里名气不小哪！父亲跟随孙中山闹革命，女儿跟共产党闹革命，四五十年了，这个世界也该有个变化了！人民也该有个光亮日子过了！光子岩躺得不舒服也还有机会在洪水里翻个身啊！”

向石宇说："这么晚了还在城里公开游行危险啊！"

马公武说："也好！游行力度大些，至少可以分散一下张玉琳追剿陈策他们的精力！"

向石宇笑了一下，这些行动其实是他和米月娥商定的，目的也就是要分散张玉琳的精力。真是英雄所见略同啊！

米月娥在城东的合组煤矿当老师，游行过后，她又回到自己家中。

一夜下来，油印的宣传资料已散发得差不多了，需要再印一些，米月娥就跟住在一起的弟弟说："弟弟，来帮姐一把。"

弟弟放下手里的书，很高兴地说："姐，又是要印宣传单？"

米月娥说："今天要多印一些，到处散发，让敌人害怕！"

弟弟笑着说："撒传单又杀不死敌人！我长大了要拿枪和敌人面对面地干！"

米月娥说："干革命，既要像陈策、米庆轩叔叔他们拿枪跟敌人面对面地干，也要有人像我们这样大搞宣传在敌人的背后干！"

姐弟俩一边忙着油印宣传单，一边这么说着。

印完传单已是深夜，油印滚筒和油墨撕扯的吆吆声一停下，夜就非常地静，静得让米月娥有些心神不宁！她把油印机和油墨收拾到了床下的地窖里盖好，把沾了油墨的废纸脏纸烧掉，把宣传资料收好后就跟弟弟说："弟弟，你今夜别在姐姐这儿久待了，快去你自己房里睡觉！"

弟弟说："姐你太忙，一天都没看到你！我多陪你说说话。"

米月娥又摸了摸弟弟的葫芦头，不知为什么，她竟热泪盈眶了。父母相继去世后，这个弟弟就一直是她带在身边读书。她教他的《语文》第一课是："我是中国人，你是中国人，他是中国人。我们大家都是中国人。我们都要爱中国！"抗战胜利后，湖南大学回迁长沙，附属的岳麓中学也随之迁至长沙，正读高中的她去长沙读书时也把弟弟带到长沙读小学。她从长沙回辰溪合组煤矿教书，又将弟弟带回到辰溪。弟弟虽然年幼，但她很忙的时候，弟弟常常给她打下手。她疼爱这个弟弟，也非常喜欢这个弟弟。往日，她总希望弟弟在自己身边多待一会儿，哪怕弟弟趴在书桌上打瞌睡，她也觉得弟弟是她的伴！有弟弟在，她就什么都不怕！可今夜里她三番四次地催弟弟离开她。

弟弟到自己房里睡去后，她又再一次检查了油印机和宣传资料的收拾情况，然后，她才入睡。

但怎么也睡不着，她一边想着张玉琳的大部队追上陈策和米庆轩叔叔他们之后，会在龙头庵那边发生些什么可怕的事情；一边又想自己在湘西纵队成立之后还该干些什么，城里还有些什么事要做。她睡下去又坐起来，坐起来又睡下去，总是坐卧不安。

远处响起了一阵枪声。枪声像是从县城对面的丹山寺方向传来的，从那方石崖上回过来的枪声和石山一样硬。她坐起来问自己：丹山寺里发生了什么事情？一定是张玉琳的人在抓人了！只要他们开始抓人，她就知道自己必是被抓对象之一。她马上起来从后门溜了出去，找到她的男朋友张鑫泉说：“鑫泉，今天夜里张玉琳的人很可能来抓我！”

张鑫泉说：“那你就在这里躲着。现在全城都已经戒严！”

米月娥说：“不行！我是来告诉你这个消息。我还是要回去。我在这里会连累你的！”

张泉鑫说：“我不怕连累！”

米月娥说：“我们不能同归于尽！万一有个意外，留着你也好来保释我。”

米月娥说着，匆匆忙忙又回到自己家里。她刚上床睡觉，门外果然有人敲门。

来敲门的是县警察局长刘光寺的人。为防这些被抓对象相互通信逃跑，刘光寺已经派出多路人马，同时进行抓捕。米月娥的弟弟开门后，刘光寺带人一下冲进门来问：“米月娥在吗？”

米月娥已经听到问话，她悄悄地从后门溜了出去。小弟弟一边敲着壁板催着姐姐快跑，一边回道：“我姐姐她不在。”

刘光寺说：“不在？你要是说谎，就砍你的小脑袋喂狗！让狗先吃了你的鼻子再吃你的耳朵！”

小弟弟说：“不信你自己去看！”

刘光寺说：“家里还有什么大人在家？”

小弟弟说：“没有！”

刘光寺并不着急地说：“你姐姐平时睡哪间房？”

小弟弟对着姐姐的房间指了指。

刘光寺说：“走，到你姐姐房里去看看。”

小弟弟把刘光寺带到姐姐房里，刘光寺仔细查看了房间的内外，又捏了捏被子，被子还留有体温。他非常平和地说：“既然人不在，也就算了。小家伙，谢谢你！”

走出门时，刘光弟还非常客气地跟小弟弟说：“打搅你了啊，你好好睡觉吧！我们是想找一个女老师，看她是不是到你姐这儿来了。你姐都不在家，那这个女老师当然也就不会在这儿。没事了！没事了！”

刘光寺直接回到警察局，他手下的朱所长说：“刘局长，你今夜里吃了什么菩萨肉，米月娥没有抓到，你还对米月娥的小弟弟那么客气！”

刘光寺说：“你懂个屁！共党分子一个个都是狡猾的狐狸！你想很容易就能抓到人？陈策、米庆轩这些人，和我们较量多少年了？最后还是从我们手心里逃了出去拖了队伍！”

朱所长说：“既然抓不到人，我们就休息去了。”

刘光寺说：“不行！今天夜里，你们不能离开我半步！我在哪儿，你们就在哪儿！你们看我如何把米月娥抓来！看我如何让她吐出共党的名单！”

大约过了一个多小时，刘光寺又突然集中人马说：“跟我出发！”

朱所长说：“去哪儿？”

刘光寺说：“抓米月娥！”

朱所长说：“不是刚抓过了吗？”

刘光寺说：“杀回马枪！”

大家都有些疑惑地望着刘光寺。刘光寺说：“看来，你们都是猪肉吃多了，都变成了猪脑子！你知道我为什么对米月娥的小弟弟那么客气吗？只有这么客气，毫不惊动他，米月娥才会不认真防备，她才不会猜到我第一次到她家只是烟雾弹，只是侦察地形，才不会猜到，我们马上会杀回马枪！只有这样，她才会像瓮中之鳖落入我的手掌！”

朱所长说：“那也不见得！我们这么快就返回去，她肯定还没有回家。”

刘光寺说：“我可以跟你们打赌，保证把人抓来！返回早了会抓不到人，迟了也不会抓到人！你们听我的！一分队先封住后门，二分队再封住前门，三分队在周围布防。不发现目标之前，任何人不要暴露自己。不论米月娥从外面进来，还是从里面出去，都要捉活的！万一不行，死的也要！出发！”

事情完全如刘光寺所料，他们回警察局之后，米月娥回了家。米月娥知道只有这个时候最安全，他们不会马上返回来。当小弟弟跟她说起刘局长刚才说话如何客气时，米月娥才怀疑这里面有陷阱，就说：“弟弟，那不是什么客气，那是用好话来麻痹你！目的是不让我们受惊，然后他们好再来抓人！他们要我的女老师，肯定就是我！”

弟弟说：“姐，那你快跑吧！”

米月娥轻松地笑笑说：“别急，他们刚走，不会这么快又返回来抓我！我还要把有些档案资料处理好！”

姐弟俩说过话，米月娥正在忙着收拾档案，刘光寺带人来了。布防完毕后，刘光寺说：“鱼已进网！”

米月娥房里亮了一下灯，但马上就熄了。刘光寺怕出意外，马上叫大家做成人梯，翻墙入内。包围圈已缩小得只剩下米月娥的房间。

米月娥已听到屋外有了响声，她轻轻地走到窗口一看，门被人一脚踢开，很多光亮对着她照来。刘光寺大叫一声：“米月娥！你再狡猾也逃不出我手心！”

米月娥先是被吓得全身软瘫了一下，但马上就又精神起来说：“我从来就没有

一帮警察将米月娥绑了起来。

逃过！”

刘光寺说：“没有逃过？我若是天亮来抓你，恐怕就又只剩下个热被窝！”

米月娥说：“别啰唆！有什么事就快说！”

刘光寺说：“绑了她！”

一帮警察将米月娥绑了起来。因是大热天，她只穿了个短衣短裤，粗硬的棕绳绑得太紧，很快就将皮肉勒得血红起来。

于是，警察们在房里翻箱倒柜地搜索，搜到油印机的时候高兴了一阵；搜到油墨时又高兴了一阵；搜到宣传单和一些书籍时更是高兴得大笑起来。

刘光寺非常兴奋地说：“连同证据一齐带走！到了我那儿再说！”

一大帮警察有的提上油印机，有的提着宣传单，有的扭着米月娥。

米月娥被带到大门口时突然走不出门了，小弟弟像大英雄一样扛了把弯弯的柴刀堵在门口。

刘光寺大声吼道：“小东西，快滚开！”

弟弟说：“放了我姐姐！”

刘光寺掏出枪来顶着他脑袋说：“要命还是要姐姐！”

弟弟说：“要姐姐！”

“叭！”的一声枪响，弟弟吓得闭了一下眼，以为自己已经被打死，但又突然睁开眼，明白自己并没有被打死，照样站在那里。刘光寺见没有吓跑这个小东西，又将他使劲地拉了一把说：“走开！”

弟弟不仅不走开，还用柴刀朝刘光寺一阵乱砍地说：“你们不是说找一位女老师吗？怎么抓我姐姐？”

刘光寺说：“你姐姐不是合组煤矿的女老师吗！”

弟弟说：“你们骗人！”

刘光寺说：“小鬼脑壳，你懂个屁！如果不是怕你夜里拉尿拉屎弄脏了牢房，老子把你一起带走关了！”

弟弟说：“我日你老母亲！”

“啪！”刘光寺一记重重的耳光落在弟弟脸上，问道：“你骂娘？”

弟弟转了几个圈还分不清东南西北，站不稳身子。米月娥哭喊着：“弟弟，你让他们带我走！”

在弟弟还没有完全清醒过来时，米月娥被强行地扭着，越走越远。

一连串的铁门和铁锁的撞击声之后，一切重归平静。米月娥被关进了大牢！

因为急着要抓的人很多，所以还没有时间审讯米月娥，不过，只要人关进了大牢，刘光寺就不再着急审讯，而是急着向张玉琳报喜请功。

张玉琳得知抓住米月娥，果然表扬了刘光寺。但又问丹山寺的曹和尚抓住了没有，刘光寺说："还没有。昨晚抓他时，他逃走了。"

张玉琳说："曹和尚必须要抓住，并严加拷问。"

刘光寺本想报过喜就请赏，因还有曹和尚没有抓到，只得把请赏的话放下来，待抓了曹和尚再说。

至今也没有人真正抓住曹和尚通共的把柄，不过，他的行迹非常像共党：饥荒之年，他为百姓提供了救命食物单；政局动荡时，他又印发那些税捐单；陈策被关浦市陆军监狱时，一些监内消息不断传到辰溪，引起辰溪的骚乱和营救高潮。据查，这都像是与曹和尚有关。

刘光寺查问朱所长的详细抓捕情况时，朱所长说，那天夜里本是应该抓住曹和尚的，结果，万没想到曹和尚会从丹山寺跳下悬崖跌落到河里逃走了。

刘光寺很镇静地说："田里没有捉不住的鱼，世上没有抓不到的人！这只能怪我们自己蠢！这样吧，你天亮后就派人化装成施主去寺里上供，看准曹和尚在不在寺里，如果在，你马上派人向我报告！"

朱所长说："好！我一定照办！"

天亮后，曹和尚回寺里取文件资料，果然被盯住。

刘光寺接到朱所长的情报后，马上派出人枪。他吸取朱所长的教训，除了派人到丹山寺抓人外，还派了足够的人枪布防在丹山寺悬崖下的河面上。凡县城吊脚楼下的小船只都被他强租过来，每两人一只小船，无数只小船将悬崖下的水面围成一道圈子。一切都准备就绪后，他才带人从中南门过河直奔丹山寺。

当刘光寺进入山门，第一眼看到曹和尚正背上包袱从寺里寮房走出来时，他笑了一下，庆幸自己来得正是时候。刘光寺已经走到了曹和尚身边，但他仍若无其事。当曹和尚要从他面前走过时，他才突然下令："抓住他！"曹和尚纵身往悬崖下一跃，便如雄鹰一般从数丈之高的空中飘飘悠悠地直插下去。刘光寺掏出枪来对着空中连放三枪。这不是要打死曹和尚，而是向悬崖下的水面围堵者发出信号。

响完枪，刘光寺大笑三声就坐下来抽烟，说："我看你往哪儿逃！"

一声水花翻起爆响，悬崖上有人大喊："曹和尚下来了！抓住他！"

曹和尚还以为和上次一样，只要落入河中就能逃命，没有想到这一次下面有这么多人围成网络。他自知被擒无疑，落水后即将秘密包袱塞在水下石罅里，然后故意浮出水面进行泅渡。如在水下潜逃，不露出目标，他们将要乱枪射击，秘密包袱将被暴露。

果如他所料，周围的小船围拢后并不开枪，也并不找他携带的秘密材料，只将他抓住关入大牢。

要抓的人全部抓完之后，刘光寺大宴弟兄。宴席上敬酒时，弟兄们也都说，如果不是刘局长连出奇谋数设圈套，至少米月娥和曹和尚没法抓到。

捷报再次传到张玉琳那里，张玉琳向张中宁报喜说，暗藏在县城的共党分子和进步人士，按名单都已抓捕。张中宁要张玉琳转告刘光寺，暂二军对此次行动有功者都要嘉奖。

张玉琳请示张中宁："这些人留之为祸，杀之为快！是否趁早干掉？"

张中宁说："要马上提审！记录在案，杀之有据！"

张玉琳在心里骂道："书虫！迂夫子！这年月，杀这些人还要什么杀之有据！"他有些为难地说："共党都是些宁死不屈的家伙，万一刘光寺他们审不出证据怎么办？"

张中宁说："这还要问吗？还要我答复吗？刘光寺不会处理这些事吗？"

张玉琳说："那就让刘光寺将他们全部枪毙！"

张中宁稍缓一下又说："如果别人知道我们杀人过多，必积民怨。别忘了那里是我们的衣胞之地！"

张玉琳说："老叔，我明白了！"

张玉琳转给刘光寺的意见是："共军正向我们逼近，现已大兵压境，形势紧急，抓的这些人，要加紧审讯、加紧处理！不要集中枪毙，最好是不要响枪，以防积怨百姓！"

刘光寺说："又要杀掉，又不让集中枪毙，又不要响枪，那就只有将他们审问过后沉潭！"

张玉琳说："这个你自己做主，你是聪明人！我现在追剿叛军的任务最急！"

64 / 抬他回丹山寺去

让刘光寺没有想到的是，曹和尚被抓的第二天，一大帮城乡老婆婆背上黄色香袋，抬着一顶竹轿，作揖磕头地来到警察局大门口静坐，要求释放曹和尚。刘光寺当然不依，训斥那些老婆婆说："你们烧你们的香、拜你们的佛，政治上的事你们不懂！"

一位领头的老婆婆回他说："我们不想管政治上的事，只想拜佛！但你把寺里的和尚都抓起来关了，剩下一个空寺，没人摇签，没人管功德钱，我们还烧什么香？拜什么佛？"

刘光寺说："他是什么和尚？他是假和尚！他是共党分子！"

领头的老婆婆说："谁生下来头上就有'共'字，有个'国'字？那都是你们分出来的，我们只分好人和坏人！不管曹和尚是共产党或是国民党，他不杀人不放火，还救人做好事，普度众生，你们干吗要抓他、要关他？你把他放出来，我们要抬他回丹山寺里去！"

众婆婆齐声吼道：我们要抬他回丹山寺去！

刘光寺见这帮老婆婆软硬不吃，便回到自己办公室里关上门，耳不听眼不见为净。

不料一会儿却有人来踢门，越踢越重。刘光寺心想，这帮老婆婆也太大胆过分了，得杀只鸡给猴子看看！他要用枪吓一吓这些不讲道理的老佛婆。他掏出枪来走到门口，突然将门拉开，一伙堵在门口的老婆婆顿失平衡，倒进门来。刚准备动枪，他母亲跪在地上将他的大腿一抱搂住大叫着："光寺儿啊，你要开枪你就先毙了娘！你不要因为屁股上背了个铁钩钩（手枪）就乱抓人、乱杀人！你不要娘可以，你还要后人吗？这么乱抓人、乱杀人，要犯天条，要断香火绝后的！人在做，天在看哪！你听娘一句：放了曹和尚回去！"

刘光寺万万没有想到是娘来求他了。他知道娘喜欢烧香拜佛，但是，他现在的确很为难。他扶住娘说："娘，你放了儿，你站起来，有话好好说。"

娘说："你不答应放曹和尚，娘就不起来！"

刘光寺的爹死得早，是娘将他养大成人，他不愿违背娘的意愿，又无法答应娘的要求。他忽然仰脸朝天地喊道："老天爷，你到底要让哪个当皇帝？你让他们争来夺去，叫我们下面杀来杀去，你知道我们有多为难吗？老天爷呀——"

无论刘光寺怎么说，母亲就是不松手。刘光寺无法，只得抹掉泪水说："娘，儿放了曹和尚，这公家的饭碗就要打烂了！"

娘说："家里有田有地，公家的饭碗打烂也饿不死我们一家人！"

刘光寺说："好，我答应您，娘！您起来！我就是死了，也是为娘而死。儿尽孝了，死了也值！"

母亲这才松了手，让刘光寺扶他起来。

刘光寺叫来朱所长说："查出曹和尚的证据了没有？"

朱所长说："还没有。"

刘光寺说："查无证据，那就暂时放人！"

于是，老婆婆们用轿子抬了曹和尚八抬八拉，一路吆喝着热热闹闹地过街串巷，抛撒着五谷茶叶往丹山寺而去。

但是，第二天香客们就看见曹和尚站在楼廊上一动不动，有人走近去喊一声"师傅"，曹和尚就横横地栽倒在楼廊中央。香客们扶他起来时，才知道，他已经硬得像截树桩，至少是上半夜死掉的。

当面放了曹和尚，那是刘光寺为母亲尽孝；暗里处死曹和尚，那是刘光寺为党国尽职！在刘光寺看来，忠孝也是可以两全的。

让刘光寺没有想到的是一个肉皮嫩嫩的米月娥也如此难审。在曹和尚身上没有查到任何证据，但在米月娥那里是搜到了共党宣传资料的。然而，问到米月娥平时和哪些共党分子联系，帮共党做些什么工作，她就一个字儿也不说，撬也撬不开她那张铁嘴！

最初审问米月娥的是朱所长。刘光寺问起审问情况时，朱所长说他已经没有办法让她开口。刘光寺说："那好，我自己来！"

刘光寺走到刑讯室，已经认不出面前的米月娥了，她一点也不像刚抓来时那个穿着短衣短裤的细嫩姑娘，而是像一只杀得半死的白鸽，身上溅满了鲜血！

刘光寺长叹一声说："姑娘，你应该明白，好死不如赖活！人之一生，俯仰一世，要好好珍惜自己的生命！你这是何苦呢！说了吧，平时都为共党做过些什么事，和哪些人来往。这很简单，说了，就放你回去。"

米月娥闭口如蚌！

刘光寺说："陈策、米庆轩、肖洪量他们都逃到龙头庵去了，把你们丢在城里受罪！一个漂亮姑娘，你不值得啊！他们都不要你们了，你还为他们保什么密呢？"

米月娥连眼睛都懒得睁一下。

刘光寺问到第三次时，米月娥还不开口，就问朱所长：“‘燕子扑水’使过了吗？”

朱所长说使过了。

刘光寺问：“‘慢火煎鱼’呢？”

朱所长说用过了。

刘光寺问：“‘步步升高’用过了吗？”

朱所长说用过了。

刘光寺问：“‘火龙过江’呢？”

朱所长说用过了。

刘光寺问：“‘扯半边猪’用过了吗？”

朱所长说用过了。

刘光寺问：“还有什么刑没有用过？”

朱所长说，全部用过了。

刘光寺说：“那好，我再用一种看看。将竹尖儿拿来！”

有人送上一把青篾削制的比牙签粗一些的竹尖，交给刘光寺。刘光寺跟朱所长说：“你把这些竹尖一根一根地从她手指甲缝里、脚趾甲缝里打进去！”

朱所长说：“是！”

几个人将米月娥抬到一条长凳上绑牢，将两寸长的竹尖往她的手指甲和脚趾甲里打进去，用小铁锤慢慢地往里砸，越砸越深。血从各个手指甲和脚趾甲里直往外冒。

姑娘的皮肉骨头都很嫩，竹尖像砸进白萝卜一样容易，那嫩嫩的破损声细得像撕纸片。姑娘痛得发颤，裤子很快就湿了一大片。刘光寺不忍再看，闭了一会儿眼，但又不能不睁开眼说话。他走到米月娥身边，帮她理了理脸额上散乱的头发说：“姑娘，你应该知道，以前辰溪共党有一个地下县委书记，姓傅，他都承受不了这竹尖慢慢深入骨肉之苦痛，供出了地下共党的名字，你一个黄毛丫头还要逞什么强呢？不说你帮共党干过什么事也可以，你只需说出你平时都和哪些人有来往。说了，马上就放了你！”

米月娥睁开眼，头往另一边歪了过去。刘光寺以为她是要招了，便凑近去听她说话，没有料到她猛然喷出满口鲜血，全都喷到刘光寺脸上，刘光寺像是从人血里冒上来。

负责打竹尖的人马上帮刘光寺出气说：“毙了她算了！”

刘光寺出奇地镇静，他摇了摇手。旁边有人马上递给他湿毛巾，他很斯文地把脸上的鲜血擦了一遍，眼睛又亮起来说：“把姑娘放了！”

打竹尖的人疑惑不解地说：“放了？”

刘光寺说:“放了。在这个姑娘嘴里问不出话来!再用毒刑,只能让我们自己难看难受!”

打竹尖的人说:“那怎么办?”

刘光寺说:“麻袋都准备好了吗?”

打竹尖的人说:“准备好了。”

因用刑的地方非常神秘,看不到天空,刘光寺走出门来,好不容易才看到了头顶上有一方被建筑物切割得形状凌乱的天幕。天幕上有一片柳叶月。他轻声说:“夜色很黑,很适合行动!”

他重新走进门来,对米月娥说:“姑娘,我的上级交给我的任务是,要你说出你平时都和谁来往;而你的上级交给你的任务是不能说出你平时都和谁来往!既然你要完成你的任务,那我也就要完成我的任务!”

刘光寺示意将她装入麻袋。

米月娥被装进麻袋时,又犟又喊,装麻袋的人问:“要不要将嘴堵上?”

刘光寺说:“太年轻了,让她喊喊吧!喊出来也许会好受些!在这里喊,不会有人听见,装进麻袋里,她再喊也没人能听见!”

麻袋口被捆牢后,两人抬着麻袋往河边走。米月娥在麻袋里听到一串脚板声,凭着脚板声,他判断着跟在后面的是哪些人,其中有一串脚步声是刘光寺的。

和同龄的小朋友在这些街巷里捉迷藏,跟着爸爸走过这些街巷去会朋友见亲戚,去向瑚阿姨开的女子刺绣店看绣品,听爸爸讲辛亥革命的故事,听陈策叔叔讲跟着贺龙打胜仗的故事,跟着大家跑过这些街巷躲日本飞机……今夜此时她已不知道自己走的是哪一条街巷,被捆在麻袋里看不见一丝外面的参照物,所以也分不清外面的南北东西。但是,上下坡和左右转弯她是感受得到的。

听到河水下滩的咆哮声时,她知道自己已经来到了县城下面的河边。同时,麻袋也晃得厉害了一些,一定是他们夜里看不清脚下的路,河滩上大大小小的石头绊得他们很不好走。她还感觉到河风吹在麻袋上有一种厚厚的凉意。

她被重重地扔了一下,凭感觉是扔在木板上,又晃了晃,那就应该是被扔在了船头上。为了弄清楚自己所在的地方,她拼命挣扎了几下,滚到边上,她挨到了铁锚的尖角。她突然明白自己要被沉潭了。

果然,有人问道:“石磨准备好了吗?”

有人回应说:“早就准备好了。”

起初是竹篙的铁嘴落在石头上的声音,后来就是前后各一支木桨哗啦哗啦有节奏地划响。船身离岸时使劲地摇晃了几下,然后就非常平稳地在水面上行驶。她首先想起弟弟扛着柴刀拦在门口的样子,接着她又想象着张鑫泉会来救她,想象着陈策叔叔的部队与张玉琳的队伍在龙头庵打仗的情景……她特别想看看今天夜里的天幕是什么样子，以后就永远看不见了，但她无法看到。被反捆着的双手已经不听她的指挥，但她还可以尽量地将眼球贴近麻袋。突然，一个针孔让她看见了外面的亮色，她调整一下角度，就看见了天幕。她再调整一下角度，就看见了挂在天上的一弯淡淡的蓝月。她静了下来，看着月亮她非常地平静！

船也静了下来，似乎是转了几个圈，然后就一动不动。

有人说："刘局长，就这儿的水最深，前面的那些人都是从这儿沉下的。"

刘光寺说："这是夜里，你可要看准了啊！要是沉下去又被人捞上来救活了，那可是生死冤仇！"

有人说："放心吧，刘局长，不会看错的！塔湾潭就这儿水最深，三斤蚕丝吊不到底！"

刘光寺说："那好。把石磨和麻袋拴牢！"

有人回应："已经拴牢了！"

刘光寺说："我要亲自看看。如果不拴牢，丢下去之后，石磨沉了，人又浮了上来，那就要出活鬼了！"

刘光寺把麻袋和石磨之间的绳子仔细查看了一遍，又使劲地扯了扯，然后说："的确是拴牢了。沉吧！"

米月娥被两人提起来，丢进河里，丢得不很重，没有打出多少水花。扛着柴刀的弟弟、张鑫泉、陈策叔叔、日本飞机、辰溪县城、向瑚阿姨她们的那些漂亮的刺绣以及天上那一弯月亮……全都永远留在了她的记忆里。

也许亲人还不知道她死在什么地方，但她自己非常清楚是死在县城下游的塔湾潭里。

小船划回到县城脚下时，刘光寺问朱所长："今夜一共沉了多少？"

朱所长说："因为是分头行动，也不知到底沉了多少。"

刘光寺说："现在凡是张军长点名的这些人都干得差不多了，就看还有没有新暴露出来的。"

朱所长很轻松地说："暴露一个沉一个就是。"

刘光寺说："我看，你也是沉麻木了！都是几个辰溪人，这么干也不是件好事。我可是从来没有这样害过人！"

朱所长说："开弓没有回头箭！沉一个是沉，沉十个也是沉！反正以后的事谁也料不定。共党来了要杀我们，也就认死了！"

刘光寺说："我小时候杀鸡都不敢啊！"

朱所长说："天变一时，人变无了日嘛！人嘛，都要生存，什么事不是学会的啊！"

小船在吊脚楼下靠稳后，几人下船沿小码头往上走。刘光寺说："大家干了一通宵，趁天还没有亮，抓紧休息一下，说不定明天张军长又有新任务下达。"

天刚亮，张鑫泉就到警察局来找米月娥，说是来要人。张鑫泉吵了一早晨没人理他，直到刘光寺睡醒过来才跟朱所长说："你去看看他在吵些什么。"

朱所长将他叫去一问，原来他是米月娥的未婚夫。朱所长将这一重要情况报告给了刘光寺。刘光寺笑笑说："米月娥怎么没有说呢？"

朱所长说："米月娥什么都没有说。她没有说，就是有嫌疑。"

刘光寺说："恐怕不仅仅是个嫌疑的问题！"

朱所长说："把他抓起来！"

刘光寺说："现在是大白天。你先跟他好好谈话，弄清他是不是米月娥的未婚夫。如果真是，问他有什么要求。其他的事，夜里再说。黑夜才是我们的保护神！"

朱所长就把张鑫泉叫到办公室里问话，问他平时和米月娥来往多不多，张鑫泉说，当然多。

朱所长问他都帮米月娥干些什么事，张鑫泉说："只要她需要我做事，我什么事都干。"

朱所长问他是不是帮米月娥印过共党的宣传资料，张鑫泉说："印过。"

朱所长没有想到这个张鑫泉和米月娥完全不一样，竟是这么好审。但他怕张鑫泉急于要见米月娥故意如此，就再三问他："你说的这些话都是真话吗？"

张鑫泉说："都是真话！"

朱所长还是怕他翻供，又提醒他说："如果你有什么地方说错了，现在改正还来得及。"

张鑫泉说："我没有任何地方说错！"

朱所长说："那你就画个押。"

这时候张鑫泉不干了，说："我必须见到米月娥才给你画押。"

这就让朱所长为难了，米月娥已在塔湾潭里喂鱼了，还怎么能让他见到呢！朱所长说："如果见不到米月娥，你就坚决不画？"

张鑫泉说："死都不画！"

朱所长说："你们年轻人啊，在爱情上都是不顾后果！看来，你也是个爽快人。不过，现在我还不能让你见到她，夜里你就可以见到她了。"

朱所长丝毫没有惊动张鑫泉，把审讯得来的情况很满意地跟刘光寺汇报之后，让他一个人就坐在问话那儿等到夜深人静。

当张鑫泉看到朱所长再次出现在面前时，背后突然有人一下封了他的嘴，将他捆了，然后将他拖到一个黑处往麻袋里装。他喊不出话来，也拱不出麻袋，但他清楚自己受骗了。让他没有想到的是，他被拖到了河边，又丢在船上，然后，由船装着往哪儿运了。这是要将他运到哪儿去呢？不过，走了不远，船就不走了。朱所长拍拍麻袋跟他说：“你不是一定要见到米月娥吗？我答应过你，到了夜里就能见到米月娥。你现在马上就能见到了。”

张鑫泉想问问米月娥在哪儿，但嘴里塞了一团烂布，问不出来。

朱所长一定是记起刘光寺的话了，他也就问手下人：“石磨捆牢靠了吗？”

有人回应说，捆牢靠了！

朱所长说：“我来看看。”

麻袋被人扯了几下，朱所长说：“唔，是牢靠了。沉吧！让他快点儿见到他未婚妻！”

张鑫泉感到自己被两人提起来，然后扔进水里，水很快将他淹没了，呛得他什么都忘了，但却非常明白米月娥是被他们沉在这潭里了，他在心里喊道：“月娥，我也来了！”

其实，水面上什么声音也没有。

刘光寺以为，连米月娥的未婚夫都沉了潭，任务就完成得完全彻底了，没想到张玉琳又给了他新的任务：除掉向石宇！

65 / 你就是在辰溪潜伏得最深的老共党特务

向石宇本是完全可以逃脱这一劫的，他是自己决定冒险深入虎穴去捞虎子的。

当张玉琳带着各路队伍直赴龙头庵追剿湘西纵队时，向石宇担心陈策率领的湘西纵队羽毛未丰、翅膀未硬，还经不起张玉琳的大队伍追剿，他也连夜赶到龙头庵，虽不能再去张玉琳那儿劝降，但他去找了石玉湘。

向石宇走进石玉湘的临时营房时一脸的兴奋，石玉湘也高兴得满脸灿烂，以为向石宇是投靠暂二军来了。他将向石宇拉到自己的身边说："石宇啊，什么风把你吹到这里来了？"

向石宇说："我是来把脑袋交给你，让你好去请功！"

石玉湘一愣，"大兄弟何出此言？我石玉湘是这种人嘛？你来投暂二军，我高兴还来不及哪！"

向石宇冷笑一下说："你错了！我是来劝降的！"

石玉湘明白过来，将手一挥，黑下脸来，拒绝他说："那就请你免开金口！你要明白，你的名字里有'硬石头'，我的名字里也有'硬石头'！"

向石宇说："玉湘老弟，程潜、陈明仁二位将军已经领衔在长沙发出起义通电，并向全省发表了《告湖南民众书》和《告全省将士书》，号召和平解放湖南。你是聪明人，中国之大势，湘西之大局，你不可不明白。难道你不愿种下春天生机勃勃的庄稼，而愿意死守秋天枯萎的僵蒿吗？时下跟国民党走还有什么前途？望你不要忘记你父辈跟随贺龙的感情，不要忘记你以前与陈策的约定。你千万不要坐失良机！虽然你已走出错误的一步，但若现在迷途知返、悬崖勒马，仍不失为上策！仍是前途光明！"

石玉湘一想张玉琳就在附近，此刻他必须坚硬到底。他说："大敌当前，不容许你来扰乱军心！念及你我多年旧情，我放你生路。屋外都是上膛之枪，你快快离开此地！如不听我言，有枪走火，我概不负责！"

向石宇淡淡一笑说："玉湘不必担心，石宇既然来你处劝降，自然早就做好了断头准备！"

石玉湘说：“别啰嗦，快走人！”

向石宇还不打算走，石玉湘无法，只好派两个贴身警卫将他挟持着强行送至河边，又嘱咐租了船送他返城。

送走向石宇，张玉琳派人来请他去议事。

石玉湘余惊未息地赶去，他一到场，张玉琳就问：“听说向石宇深夜来劝降你了？你又派船送他回城了？”

石玉湘大惊，此事不知是何人这么快就捅到了张玉琳这里。看来，张玉琳在他身边安有耳目。此乃杀头之罪！石玉湘知道自己只有应对不乱才能化险为夷。他反而轻松地笑笑说：“何人如此大惊小怪？向石宇的确来见过我，但不过是以朋友身份来大谈一通国、共之前途时局而已，怎能说是劝降？说此话者乃为‘是非客’曹无伤、‘盗书贼’蒋干之类！”

张玉琳自知追剿湘西纵队要紧，此时万不可让石玉湘与之有隙，于是软下嘴来说：“这还差不多！你是我多年的湘哥，可不能对我有异心啊！”

石玉湘虽知张玉琳言不由衷，但仍如释重负，为进一步掩盖真相，他说：“不过，我对向石宇也真的是以礼相待，多年的熟人，面子上过不去啊！”

张玉琳说：“这也情有可原。人若无情，万事无成！”

待石玉湘一走，张玉琳自己将电台打开，几番调频，就断断续续收听到了一个重要新闻，也就是程潜、陈明仁通电起义，号召和平解放湖南。张玉琳马上关掉电台，他怕别人偷听到这一消息动摇追剿叛军的决心。更令自己担心的是，曾经接受了陈迪光的改编，而后又背叛陈迪光而投张中宁，将自己的队伍改编成了暂二军，现在程潜、陈明仁已通电起义，形势已逼得他越来越没有退路，只有在张中宁面前尽忠献诚。既然石玉湘承认向石宇来找过他，而他又对向石宇“以礼相待”，其间之关系就实为可疑！石玉湘十分善变，以前和陈策、向石宇的来往不少，也曾谈过“投共”之事，共党大军又正逼近湘西，如让向石宇和石玉湘串通一气，暂二军必乱无疑，只有尽快除掉向石宇才能让石玉湘死心！于是，张玉琳马上通知县城里的刘光寺，要在向石宇回到辰溪县城下船时就将其抓捕！

由张玉琳圈定的要抓捕的人员名单中，原是没有向石宇的。向石宇从军、从政的资历和陈策相似，刘光寺对向石宇不无怯意。但张玉琳的命令他不敢有违，只得马上要朱所长集中警力在沿河城脚严密布防。不料朱所长也与他有同感，没见刘光寺亲自带队，就问：“刘局长，向石宇在辰溪是树大根深，你不亲自带队，我们怕是担当不起这个重任。”

刘光寺假意大发脾气，“什么树大根深？他还能盖过张军长不成？叫你们去干你们就去干！”

朱所长只得马上又变了话说：“不过，你避一避也好，万一……我们也好有个退路。我们一定把事情办好！”

刘光寺的眼神霎时由凶狠转变成柔和。他想，还是老朱通情达理！但嘴上却恶狠狠地说：“快去！”

向石宇料定他密见石玉湘会被人告密，如直接回县城必有凶险，于是，他临时改变路线，船到板溪口即提前上岸，改为步行回城。

刘光寺也料定向石宇可能不会照常规行动，但在哪里下船，他预测不定，因而，他除了在河边布防以外，还下了一个死套子：将向石宇住所守住！

一切安排就绪，刘光寺就坐在他的办公室里喝茶，等候传来好消息。

向石宇从板溪口走到县城，大约花了不到一个小时。当他看到自己的房门上的铁锁，一边掏着钥匙，一边庆幸自己又活着返回县城时，就被两人从背后一把扭住。向石宇左右一看，两个人牛高马大，一个都不认识，两把手枪顶在他脑袋上。他很平静地问了一句：“是刘光寺的人吧？”

陌生人说：“是！”

向石宇说：“你们刘局长在河边也安排了不少人吧？”

陌生人说：“不知道。跟我们走！”

向石宇说：“你们刘局长还算是个称职的局长！走吧，我不会为难你们，不用你们这么扭着我。这么扭着过街会有我的弟兄们朝你们开冷枪。即使不打死你我，打死老百姓也不好！我不会跑的！我若要跑，就在你们没有抓住我之前跑了，既然被你们抓住了，我就不会跑。这是我的游戏规则！”

那两个陌生人不再扭他，他也的确步履平常地在两人之间走进了警察局。

刘光寺听到向石宇被抓来之后，马上端起茶杯来猛喝一口，高兴中有些不安。不过，深深喝了几口茶之后，就平静了许多。

向石宇被带进门来，刘光寺不知说什么好，不敢开口。向石宇却如做客一般，在一张空椅子上坐下来说：“光寺，今天不认识我了？”

刘光寺强作镇静说：“老熟人怎么不认识？”

向石宇说：“先给我一杯茶喝，等会儿你肯定要问很多话。我从龙头庵回来，刚到家门口，水都来不及喝一口，这俩小伙子就把我带来了。我口渴！”

刘光寺示意手下人泡了杯茶来。向石宇喝过茶，放下茶杯说：“是张玉琳紧急通知要你抓我吧？”

刘光寺说：“这个不是你问的事！”

向石宇说：“你不愧为一位好警察局长，比以前的警备司令李楚藩还有能耐！”

刘光寺说：“你过奖了！我也是公务不可怠慢！”

向石宇说：“是的！我不怪你！你也是为了混口饭吃。有什么要问的你就问吧，我都会照实说。”

刘光寺说："难得你这么爽快！那我们就开始？"

向石宇说："开始吧。"

刘光寺亲自坐堂，叫人来按照问话程序，问过姓名和住址、年龄、职业之类，就要向石宇交代自己的经历。

向石宇说："我是石碧向家园人，和向绍轩是同村。当年我还在长沙明德大学读书时，就深受向绍轩的影响。那年辰溪杨议长靠金钱贿赂获得省议员候选人资格时，就是我在长沙联络辰溪学生举状告到省府，将杨议长在辰溪的种种劣迹公之于众，迫使省府取消其竞选资格。当时省府还委托我组成四人'监选团'回辰溪监选，因此，将杨议长扳了下来。这一年，陈策当选为县团防局局长时，看上我年轻，又有才学胆识，就要我当了县团防局副局长。一九二四年，贺龙率部北伐过辰溪，我和陈策率团防局人加入了贺龙部队的第五梯队。不久，我就任了营长。北伐战争开始后，我跟随贺龙在国民革命军第八军第六师和第九军第一师司令部任副官和军需长等职，后来任第二十军驻汉口办事处主任。南昌起义后，汉口办事处被汪精卫派部查封，又闻起义部队离开南昌一时不知去向，我才返回辰溪，潜入国民党驻防辰溪的陈汉章部，以图建立新的武装，但终因只是个人努力而未成事。一九三四年贺龙率红军长征再过辰溪时，派人寻找我，但因他急于行军，尚未见面，只得给我留下手谕。贺龙长征到达陕北还不见我去，又写一信催我赴陕。一九三七年，我带上向绍敬等一帮年轻人再赴延安，跟随贺龙在富平县做统战工作。此时，国共合作统一战线形成，中共中央决定派一批干部进入国统区领导抗日救亡斗争，所以，我比陈策先一步到达辰溪，这是为陈策回辰溪组建地下武装打基础。我为了更好地潜伏下来，陈策担任自卫团专职副团长后，我只担任县军事参事室主任。为了工作方便，我也不加入党组织。抗战胜利后，我一直担任县参议员和参议会副议长职务，奉陈策之命，我以参议员的合法身份，一直用各种方式暗暗地做些策反张玉琳的工作。张玉琳跟张中宁走后，我仍不遗余力地冒着生命危险，最后一次去劝降石玉湘。"

刘光寺听到这儿问了一句："你知道在石师长面前说这种话该当何罪吗？"

向石宇说："我这一次去龙头庵密见石玉湘，是不打算活着回来的，我没有想到石玉湘还会派人将我送回来。我已经多活了几天！"

刘光寺说："照这么说，你就是潜伏在辰溪的共党分子了？"

向石宇说："不！你的记忆力还是不太好！刚才我已经说过，我不是共产党员！因为工作需要，我不能加入中国共产党！不过，我要告诉你，从一九二四年打定主意跟贺龙走，我就已经是共产党的人了！自一九三七年冬至今，在辰溪的共产党所有的活动我都清楚，我都直接或间接地参加过。"

刘光寺说："那么，你就是在辰溪潜伏得最深的老共党特务了？"

向石宇笑了一下说："你这个说法也是可以的。这些年，我就是受党组织委派来完成特殊任务的人！不过，你们国民党叫特务，我们共产党叫地下工作者。"

刘光寺说："在这里你受谁的领导？"

向石宇说："这还要问吗？除了陈策还有谁？"

刘光寺问："你和陈策都是贺龙派来的？"

向石宇说："是啊！派过来建立我党的地下武装，为抗日，为配合解放大军解放大湘西、解放大西南做好准备！"

刘光寺问："这么说，辰溪的地下共党名单你都知道？"

向石宇说："这都不知道，那就不称职了！"

刘光寺说："那就请你一个一个地报出来。"

向石宇笑笑说："对不起，这个名单我不能跟你们说！张玉琳不是交给你一个名单了吗？你们不是已经按他的名单抓了人沉了潭吗？何况我不是共产党你也照样抓呢！你们现在是想抓谁就抓谁、想沉谁就沉谁，名单对你们来说已经完全无用！"

向石宇看见刘光寺的脸上渐渐有了乌云，果然刘光寺说："照这么说，你是要为难刘某人了？"

向石宇也将脸色严肃起来说："你要为张玉琳完成任务，我不需为张玉琳完成任务！我有什么必要给你提供这个名单呢？"

刘光寺说："我再问你一句：你是真的不肯提供这个名单？"

向石宇说："看来这个名单对你们非常重要，但对我更为重要！"

刘光寺说："那要是与你的生命相比呢？"

向石宇说："那当然是名单更重要，因为名单上有更多的生命！"

刘光寺说："那我就没有必要再问你话了？"

向石宇说："照你这么说，你们除了要名单，要抓人杀人，就不想知道别的事儿了？"

刘光寺沉默不答。

向石宇说："这恐怕也太粗心一点！我还有句肺腑之言告诉你。"

刘光寺挪了挪身子，认真听起来。

向石宇说："大湘西很快就要解放了！如果你还能活到解放那一天，这里谁是共产党员，你都会知道的！你现在何必要问清楚呢？请你告诉我，你们什么时候将我沉潭？我是急着要去见我那些被你们沉潭的同志了！"

刘光寺想了想这么长时间的审讯问话，向石宇说了这么一大堆，但他所要的有用的东西一点儿也没有弄到。这个平时总是不大说话、脸上也少有喜怒哀乐的家伙，真是一个临危不惧、举重若轻、处事不惊的老特务！刘光寺开始没有耐心

向石宇说：“怎么死由你们定，怎么活只有我自己能做主！”

了，说："带上车去！"

向石宇被关进了漆黑的铁车厢里。

向石宇说："塔湾潭这么近，还坐什么车喽！"

刘光寺说："不是你想怎么死就能怎么死！——死都不能让你见到自己的同志！"

向石宇说："怎么死由你们定，怎么活只有我自己能做主！"

向石宇知道，这是要将他拉到别的什么隐蔽处去弄死，但是，到底要拉到什么地方，用什么毒法子弄死他，他实在是想不出来。

车子开动了，摇摇晃晃地走了很远很远，有足够的时间让他想完了从陕北回辰溪后所从事的一切工作，现在，湘西纵队终于成立了，大湘西和大西南乃至全中国就要天亮了，这个人民厌恶的腐朽政权就要倒台了，自当学生时就为之努力的目标就要实现了，死何足惜?!

车子突然停了下，车后门启开，押他的人站在车门口说："下来！到了！"

向石宇走下来，太阳在天上狠狠地晃了几晃。他看了看天、看了看山，但被车子摇得晕头晕脑，一下子辨不清是什么地方。几个端枪的人押着他往前走。一转弯就是一个深深的山沟密林，他知道，他是被押到这儿来枪毙的。他说："我要你们给我沉到塔湾潭里，和自己的同志们牺牲在一起，你们为什么连这一点儿都不能满足我？"

押他的人说："我们只是执行任务！其他事我们一概不知！"

向石宇说："那你告诉我，这是什么地方？"

押他的人说："离这里不远就是花桥镇。"

向石宇说："噢——我是死在花桥的土地上！这是要让人民不知道你们什么时候、在什么地方杀了我，是不是？"

押他的人说："我们不知道这些！"

向石宇说："但我知道你们还有一项重要任务，就是把我的头带回到张玉琳面前，让他亲自验证我已经确实被你们杀掉了是不是？"

押他的几个人脸都一下子吓青了。向石宇继续说："我要告诉你们，无论什么时候，你们要把我的脑袋提在手上、放在桌子上，或者挂在树上示众也可以，但千万不要把我的脑袋放在地上，若放在地上，我可要找你们算账！"

一个押他的年轻人说："我们记住了。你再别说这些！"

押他的人突然松开了他，向石宇刚用指头把自己的头发梳理了两下，背后的枪匆匆响了。一种迅速从胸膛穿过的东西，摘掉他生命的光亮，切断他生命的通道，一切都突然黑了下来，一切都不再存在，世界没有了他，他也没有了这个世界，没有一切的时候，其实很简单，就是突然中断……

刘光寺看到行刑的人提着一个布包回来，知道事情已经办完，但向石宇带给他的恐惧仍然不灭。提布包的人走到他面前，将布包放在他桌面上，一边要解开布包，一边说："请局长验证。"

刘光寺马上制止："不要解开布包，丢在地上。"

提布包的人说："局长，死者生前有话，说无论何时都不要将他的头放在地上。若放在地上，他就要找我们算账！"

刘光寺吱唔着说："好，那就暂时放在桌上，我马上派人送去龙头庵，让张军长亲自验证！"

66 / 不太愿意打陈策

张玉琳正两眼怒红地往腰上插枪时，一队人马直到他跟前下鞍，为首的报告说："张军长，向石宇人头到！"

张玉琳说："是刘局长派你送来的？"

来人说："是！"

张玉琳说："快将布包打开看看！"

来人将布包展开，果然是向石宇的人头！张玉琳摸了摸向石宇的头顶，却奇怪地发现向石宇两眼竟然转动了一下。张玉琳自小就是从死人窝里爬出来的，他不仅不怕，还笑笑说："石宇老兄，你两眼还能转动？你再转一次我看看。"张玉琳两眼直盯着向石宇的两眼，向石宇的眼珠似乎又转动了一下。这让张玉琳想起向石宇活着的样子，不能不有些胆怯地问道："他死多久了？"

来人说："大半天了！"

张玉琳说："噢——人死八小时之后，灵魂才会离开身体；八小时之内，他对事物还会有反应。好吧，回去转告刘局长，就说我已经验过了。"

来人正准备将布包包好起身赶回，张玉琳说："慢！叫石师长也来看看。"

有人把石玉湘叫来。石玉湘看过向石宇的人头，默默无言。张玉琳看着石玉湘的脸色也默默无言。彼此都清楚对方的心态，但也都不好明言。

好一会儿，张玉琳又说："把师、团、营长也都叫来看看！"

师、团、营长都到了，张玉琳训话说："各位都知道这个向石宇是怎么死的吗？就是这个家伙曾经神出鬼没地多次劝我'投共'，这就是他的下场！我们大战在即，他还到我们军营来扰乱军心！凡动摇我军心者，将与向石宇同一下场，立斩不赦，格杀勿论！现在，陈策带领的叛军就在我们眼皮底下，就埋伏在罗子山的大山里，他以为我们会找不到他们，他错了！像向石宇这样的老特务，我们照样把他从最深处挖出来，照样拿他的脑袋！从今天起，我们一定要一个村子不漏，一户人家不漏，一片树林不漏，一丘田、一块地不漏，实行地毯式搜索！"张玉琳把向石宇头颅交还给前来送头颅的人说："向石宇的头你带回交给刘光寺。"

他转过身又对大家说:“各部回去按预定路线执行搜山任务!一定要把陈策抓住!”

陈策带领的湘西纵队像是一下子蒸发在罗子山的树林里,就连从山区打仗起家的张玉琳也感到不可理解。问山里的做阳春的老百姓,老百姓也都说连影子都没有看见。

一天搜山下来,任何目标也没有找到。

日头快落的时候,张玉琳和石玉湘站在山坡上的一个山神土地堂前商量对策。四块巨大石板封成的土地堂里散落些香纸,还有一个落满树叶的青花瓷碗。张玉琳问道:“湘哥,你是最能揣摩人和事的,你说,这帮叛军都藏哪儿了?”

石玉湘对着山神土地堂作了三个揖之后,转过身来也无可奈何地摇摇头说:“我也正在想这个问题。驾土盾、长翅膀腾云驾雾那都是《封神榜》和《西游记》里的传说故事,陈策这帮人怎么一夜之间就真的无影无踪了?”

张玉琳说:“这些人都是些不肯服输的东西!要他们不打仗就作鸟兽散,是万万不可能的!唯一一种可能就是:逃往谌鸿章所在的龙潭会合了。”

石玉湘说:“只有这种可能性最大。也许是向石宇和米月娥他们提供了情报,陈策他们清楚我们来势过大,为了保存实力不战而逃往龙潭。”

此时天气正热,莽莽苍苍的群山里,此起彼伏的蝉声自远而近,又由近而远,悠长而又疲倦地汇成一种声潮在山谷里翻滚、喧闹。张玉琳的官兵大多脱了军衣军帽,袒胸露背地扇风纳凉。张玉琳也热得难受,想放松一下自己,打会儿赤膊凉凉身子,但又不好意思那样,只得忍受着盐汗的绵糊和黏连,不时扭动躯体,让汗湿的衣服拱离皮肤,而这种扭动又越来越让他心烦。他看了看石玉湘说:“湘哥,我们昨夜里没有睡好,今天又被捉弄了一天,这么打疲劳战不行!我们得进村去住下来,好好睡一觉,明天我们干脆直奔溆浦龙潭!”

石玉湘也感到十分疲惫,说:“只有这样,别无选择。”

这时候张玉琳又骂起蒲和生来:“这个蒲麻雀倒会享福,他自己躲在怀化,却让他侄子带队来糊弄我们!”

石玉湘说:“蒲团长恐怕是靠不住了!”

张玉琳说:“只要遇上陈策叛军,老子一定要让他蒲麻雀的队伍当炮灰!”

于是,张玉琳下令各部进村安营。

山中四处响起了长长的哨声,各部分头接到命令,自寻村子住下休息,准备明日一早进行新的行动。

张玉琳的队伍撤退后,茂密的森林里,各种鸟兽开始鸣叫和夜游。

张玉琳的人马白天搜索的只是山下的一些村子和山林,相对罗子山广大山区来说,那只是小小一域。罗子山主峰海拔一千三百余米,周围数百里全为罗子山山区。

相传古代有一位姓罗人的儿子在山巅修建一座觉庵，在此修行炼道，故而得名。山巅绝处有一神泉，冒水如丝，但水池常年满水，供数人用水不浅，无人用水却不外溢。尤其逢大旱年间，乡民请巫师在山巅作法求雨甚为灵验，即使青天白日，法师牛角一叫，就有乌云排挞而至，风雨大作。如清明过后，至山巅登高一望，辰溪、溆浦、怀化、黔阳、宝庆诸县，绵延数百里山水尽收眼底，山如蜂窝密挤，河若龙蛇蜿蜒。一路上，张玉琳想着有关罗子山的这些传说故事，心里揣摩着：湘西纵队的人怎会消失得这么快？

其实，湘西纵队就在这大山里藏着，一部分人就跟在张玉琳的屁股后头下山来了。

月下的山谷像深深的海水，这对于湘西纵队来说，简直就是最好的掩护。

纵队的战士们按照命令埋伏到各处山岭的卡口，听着各村有猪的哭叫，有鸡的痛喊，有牛的哀号……张玉琳的人辛苦了一整天，现在他们要拼命弄点好吃的。当听到有妇女和娃儿的哭喊时，纵队里有来自当地的战士就忍不住要冲进村去，但是，不行，陈司令员下达的战斗命令是深夜一点才能进行袭击。

张玉琳的人马吃饱喝足之后，村子才开始安静。这个时候，埋伏在山岭上的纵队战士才明白，深夜一点钟真是袭敌最好的时刻。他们三个人一伙潜伏到村边上干掉哨兵，乱放几枪，然后就跑，待张玉琳的人紧急集合来追，他们早就溜得无影无踪。夜黑林深，人生地不熟，暂二军的人又不敢追得太远，怕中埋伏，只得退回营地按兵不动，加强岗哨，等待天明再行反击。可是，他们睡下不久又遭到摸哨放枪的袭击，暂二军的人又只得起来集合队伍应对。

一夜如此往复数次袭扰，致使疲惫不堪的暂二军官兵睡不能睡、战不能战，烦怒至极，一个个都只得背靠背地闭上眼坐在那里日娘骂老子，说是等到天亮，定要把陈策这个鬼纵队消灭在罗子山区。石玉湘发话说：“是的，我们不能老被叛军这么戏弄，一定要化被动为主动，给陈策以狠狠的还击！”

然而，天亮后，暂二军从各个村子出动，深入山区进行拉网式搜索，照样连个人影都不见，能看到的只是山里那些平滑的石板上写了少不了的标语：

“暂二军必败！”
“此处为暂二军葬身之地！”
“与民为敌，必死无疑！”
“悬崖勒马，回头是岸！”

直到下午，各路人马来报，未见湘西纵队踪影，张玉琳心急如焚。他把石玉湘找来商量：“湘哥，螳螂捕蝉，黄雀在后，黄雀后面更有猎人！现在共党的大军过江后已日益逼近湘西，我们如果只顾抱着脑袋拼死追剿湘西纵队这些人，被叛军拖死在这个消息闭塞的大山里，什么时候我们被共党大军包围了、剿灭了，还会蒙在鼓里！”

石玉湘说：“你是想撤军回城？”

张玉琳说：“我当然想尽快撤军回城，但是，叛军不灭，我实在难消这口气，在中宁军长面前我也不好交差，中宁军长在蒋总裁面前也不好交差。我现在虽是给将士们不断地鼓劲，但我内心确实是两难，也想不出个万全之策。”

石玉湘的两只鹰眼一亮说：“既这样，我倒有一计可用。”

张玉琳说：“湘哥你快说。”

石玉湘说：“我们这种追剿叛军的办法是瞎子捉麻雀，你摸到这儿，麻雀飞到那儿，永远也不会捉住麻雀。我们只有找到麻雀脚上那根绳子，才能把麻雀扯到手里来！”

张玉琳笑笑说：“湘哥说得好。但问题是，现在麻雀脚上本来就没有绳子。”

石玉湘说：“怎么没有绳子？是我们自己没有去找这根绳子！”

张玉琳说：“你说怎么找？”

石玉湘说：“据我所知，肖洪量、肖守资、肖守谦、肖启明、肖斌、肖守谅、肖洪左、肖洪图都是叛军的团长、营长、连长，他们都是这大山里的人。我们只要把这些人的亲属抓起来，整他个半死，他们还能不说出这些人的下落吗？这不是麻雀脚腿上的绳子是什么？”

张玉琳大喜，跷着大拇指对石玉湘说：“湘哥，你真是贵人语迟啊！”

石玉湘得意地笑着说：“我也是刚想出这办法。”

张玉琳说：“好！就按你这个法子办！”

石玉湘说：“那就让我把队伍开进五宝田，出出这口恶气！”

张玉琳想了想，有些狡黠地说：“你还是不要去，让蒲麻雀的侄儿带人去！”

石玉湘说：“还是我去好！我以前在龙头庵的日子多，这个地方离龙头庵不远，我很熟悉。”

张玉琳说：“正因为这个原因，我才要让蒲麻雀的侄儿带队去！湘哥啊，我们都是在提着脑袋过日子，共党的大军一到，谁知道时局会变成什么样子？进驻五宝田你不心狠手毒，谁会告诉你自己的亲人躲在什么地方？这些得罪人的事，就让外地人去干，我们何必得罪当地这些人？”

石玉湘不知张玉琳这是对他疑心不消，害怕他离队而去或是真心体贴他。他想了想说：“军座言之有理！”

于是，张玉琳要石玉湘命令蒲和生的侄儿蒲裕桂带队开进五宝田，限他尽快搞到叛军的行踪。

不料蒲裕桂接到命令时想起临行前叔父有话，就跑到石玉湘面前说："报告石师长，我对此地形不熟，恐难取战果，请石师长另派一支队伍去为好。"

蒲玉桂这是在婉拒开进五宝田。

蒲和生和胡震在怀化为敌时，为稳定大局，张玉琳忍气吞声地枪毙了胡震手下的营长刘际先，这股气至今没有消，此时正好发作。张玉琳大骂蒲裕桂："此话怎能是出自你辈之口？即使你叔父蒲和生也不敢在石师长面前放此狂言！你有几斤几两？竟敢打起石师长的主意？据你部下人说，你不太愿意打陈策这伙叛军是不是？如果是，你可以明说嘛！"

蒲裕桂一听此话，大吃一惊！无心打陈策乃叔父蒲和生私下之言，难道有人将此事言至张玉琳面前？此乃杀头之罪！蒲裕桂马上纠正说："张军长，我们对你忠心耿耿，您千万不要听信小人之言！"

张玉琳说："说得好不如做得好！关键时刻要看你行动！"

蒲裕桂此时已无退路，一变腔调说："是！我马上开进五宝田！"

蒲裕桂将队伍开进了五宝田。

五宝田是一个小村，位于辰溪与怀化的交界处，小溪环绕，房屋密集，整个村子的外墙全为嫩绿色的玉竹石砌成。走进家家户户，大门、内壁也全为玉竹石构成，石上雕龙凿凤、布花刻书，最简单的装饰也是浅浮雕的灵芝云纹。这种产于当地的玉竹石色如竹叶，质地细腻，具有极强的抗风化能力，村子虽然古老，但门、墙却显得非常清新，因此，这里又名石头村。村里有护村枪炮，对外防御颇严，远远望去，高高的石墙上，枪眼炮洞密布均匀。全村只有四个大门可供进出，一般土匪队伍惧怕进去了出不来，故不敢入村，村里从未遭过土匪。沿溪而行的村外大道和延伸进村的小径弯路也皆玉竹石铺接，进村门口最大一块玉竹石板足有八尺见方，十几个孩子可同时在上面踢毽子跳绳。小溪对面即是一畈不惧涅旱均可丰收的好农田。故村民家家殷实，尤其重视子弟读书修业。全村不过数百人口，全是肖姓，与龙头庵肖姓同宗，故肖隆汉在龙头庵遇不顺心事时，常跑到这里来赚一份安闲，这里被当地人称为"肖隆汉后院"。加之肖姓、米姓多为婚配血亲，故龙头庵和五宝田虽各居一地，实如人之手足。湘西纵队起于龙头庵，而不少头脑人物出自五宝田。石玉湘非常清楚，蒲裕桂的队伍进驻五宝田，要这里人供出湘西纵队的去向绝非易事！

蒲裕桂的确无心攻打湘西纵队，起程时，他叔父蒲和生私下里给他交过底："只需应付，无须认真，枪炮要响得热闹，但枪口要抬高几寸。"蒲和生本是不愿为剿陈策的队伍出兵，但又得罪不起张玉琳，这才全权托亲侄子蒲裕桂带人来应对。蒲裕桂本想躲在别的村子里看风景，但没有想到会派给他这样的任务。

没有响枪炮，蒲裕桂的大队人马就很顺利地进了村。经到旁边村里查问，原来村里的武装全都在前两天跟随陈策上了罗子山，只剩下肖守哲带领几个人护村。几个护村人因见蒲裕桂人多势众无法消灭，又担心惹怒对方遭到烧村恶报，于是，干脆不作抵抗也立即撤往后山。

蒲裕桂一进村便叫抓人，然而，整个村子空空荡荡，除了几只狗站在门口亮着颈项狂吠之外，家家锁门闭户，不仅无人可抓，连一口水也没有喝的。蒲裕桂面对空村只能长叹。如以他此时的愤怨和脾气，定要纵火烧了这村子！但他知道如此之大的队伍马上需要吃住，大山里村子稀少，别的村又都住满了别的营团，还真是除这个村就没有别的店！加之叔父又有交代，为不辜负蒲和生的重托，他又只得平静下来，然后撬开几户家门，把火塘扒开看了看，把灶锅揭开看了看，然后站在村外的石板路上，面对淙淙小溪想了会儿，才对手下人说："火塘里还有火，灶锅里还有剩饭，村民都离家不久，跑不远，肯定就藏在这附近的大山里。派五个小分队到山里喊话，告诉村民，我们到这里来对老百姓将秋毫无犯！请大家快回村去和平常一样过日子！如藏在山里不回村，将一律按通匪论处！"

手下人马上组成多个分队，每分队三个人，各自敲着犁头、锅盆，按不同方向深入到山里喊话叫人。

黄昏时分，天上起了火烧云，长长的蝉声里伴和着喊话声，在山间响起悠悠的回音。

派出去的人喊了半天还没有任何回应，蒲裕桂又急得不行。他最为担心的还是村民不回来，晚饭怎么办？暂二军是匆忙来追剿叛军的，后勤供应毫无准备，已经在大山里搞过了两天，因深夜连遭湘西纵队的袭扰，不仅吃不饱，还睡不好，战士们已是满腹唠叨。今夜如果晚饭还不能好好吃一顿，那就不要等到打仗，人恐怕就要溜光了。

还好，终于从山里走出两个人来，他们是村民留下来通风报信的，所以，藏的地方离村子最近，见暂二军的队伍开进了村子，他们想回村里看看究竟，听到喊话就朝村子走来。蒲裕桂突然高兴起来，朝这边迎面走去问道："你们叫什么名字？"

年轻的回说："我叫肖守容。"

年老的回说："我叫牛疤子。"

蒲裕桂对着年老的笑一下说："'牛疤子'？你这个名字味道很好啊！你们先去煮几大锅饭、炒几大锅菜！要放点油啊！要保证我们弟兄们好好儿地吃一顿晚饭！"

肖守容年轻不更事，说："你们这么多人，我没法弄这么多饭菜！"

蒲裕桂两眼一瞪，牛疤子知道守容的话没有说好，从中调和说："他是侄儿，年轻不知事，别怪他，有事你只需跟我说，在这里是我做主。我们这就去做饭炒菜。”

牛疤子是肖守容的堂叔，他是上了年纪的人，知道和这些人硬顶是不行的，于是，他带着肖守容去开门，搂柴，烧火，担水，摘南瓜、丝瓜，摘辣椒、茄子。蒲裕桂见他俩搞来的几堆菜都是搜肠刮肚的素菜，又要他们去捉鸡逮鸭、杀猪、宰牛。肖守容一脸不高兴，要发脾气，牛疤子不让，要他笑着照蒲裕桂的要求去做，不要惹这些人不高兴。直到在溪里捉鸭子的时候，牛疤子才故意捉不住，沿溪追下去，追到溪转弯看不见村子时，牛疤子说：“守容，我看这帮人吃饱后是要翻脸的！你快跑！你跑进山去找湘西纵队！”

肖守容说：“老叔，你呢？”

牛疤子说：“我留下来顶罪，不然，他们一个人都找不到，会烧了村子，那我们损失就大了。你快跑！”

肖守容一闪身，钻进树林跑了。

67 / 去山里找人

牛疤子双手提着两大把鸭子回来，怕死的鸭子们拍着翅膀叽叽嘎嘎地一路挣扎，掉下的羽毛在牛疤子眼前胡乱地飞飘。他把鸭子罩进笼里，然后拿刀来一只接一只地杀，一边杀一边骂道："这些该死的东西！平时看起来斯斯文文的，你要捉它时，它是又跑又飞！"嘴上骂鸭子，心里却是骂蒲裕桂这些人。

蒲裕桂站在一边看了一会儿，嫌杀鸭的速度太慢，对几个弟兄说："照这样杀下去，何时才有晚饭吃？你们自己动手！"

于是，弟兄们有的帮牛疤子杀笼里的鸡鸭，有的就去村子里追捉别的鸡鸭。他们把捉来的鸡鸭脖子拉直压在树干上，一刀下去，鸡鸭的头和身子立刻分离，头被丢在一边瞪着眼叫着，身子却找不到自己的头了，冒着鲜血四处乱蹦。生命弱的，跑不远就倒下伸脚了，生命强的还能跑到菜园的黄瓜棚下面才死。

牛疤子惊呆着眼说："杀鸡鸭哪有这么杀的？那鸡头鸭头可是好东西啊！"

一个弟兄回他说："我们向来都是这么杀！"

牛疤子不知道他们的规矩，将那些鸡头、鸭头捡进盆子里准备用开水泡起来脱毛，一个帮忙的弟兄脾气很好地教他："这些东西毛多肉少，我们哪有这闲工夫？不要了！"

于是，牛疤子也就照着弟兄们的样子做，只把那些鸡鸭身子找拢来放在盆子里泡开水。当他给修光的鸡鸭开膛清理内脏时，帮忙的弟兄们又脾气很好地教他："还要那些装屎装尿的东西干吗？弄半天没有一口食。掏出来丢掉！"同时他们又做出示范动作，将鸡鸭开膛后，一把掏出内脏，看都不看一眼就使劲地往远处瓜园里抛。牛疤子眼睁睁地看见鸡鸭内脏一路血水划出一个扇形的弧线落进草丛里，惊起一堆蚊蝇。

牛疤子慢慢明白了这些人的生活习惯，心痛地说："这些鸡鸭都是一颗谷子一颗谷子喂大的啊！"

弟兄们就跟他解释说："我们这些人讨生活的方式和你们不一样，你们春天种了庄稼等秋收，坐在自己家里可以慢慢来，我们背后是枪子儿盯着，常常是饭才吃了一半，枪炮响了丢下饭钵子就得逃命！就算你吃饱了这一顿，也不知道能不能吃到下一顿。吃到肚子里才算是自己的！”

牛疤子这才有点儿理解他们了，说：“这倒也是！”

一村的鸡鸭活着时到处乱飞，看起来不少，但杀了，丢了头，抛了内脏，砍碎了摆在屠桌上之后，就没有多少肉丁了。蒲裕桂一看不够吃，就对弟兄们说：“再找几头猪来。”

牛疤子心里又默默一痛。

几个弟兄把全村的猪栏看了一遍，回头向蒲裕桂报告：“没有发现大猪，都只有几十斤毛屎的架子猪！”

蒲裕桂说：“小猪肉嫩，更好吃，多拉几头来就是嘛！又不要钱买！”

牛疤子忍不住说：“吃猪秧秧儿可惜啊！杀猪刀杀不下去！”

弟兄们说：“你放心，我们不用刀杀。”说着，那几个弟兄就去各家各户的猪栏里找猪。

他们杀猪的方法果然简便快速，将枪口捂在猪前膀上响一枪就打死一头，一袋烟的工夫就从各家猪栏里拉了十几头小猪。去毛之后，将头砍掉不要，将内脏掏出来也不要，只取一个白光光的猪身子。

牛疤子不敢出声，只得暗暗记住哪个猪头是哪户人家的，想等到这些人走后再分别送给各户。然而，当有人牵着一头黄牯来的时候，牛疤子已经形成的记忆全乱了。

牛疤子说：“这牛可杀不得啊！杀掉一头牛，明年就有几户人家做不成阳春、吃不上饭了。再说，杀一头牛要大半天哪！”

牛疤子话还没有说完，只听得“噗！噗！”两声闷闷的枪响，牛的前胸有两股鲜血像瀑布一泄直下，大黄牯四脚一软，长哞了一声，嘴里还在嚼草，两眼就开始翻白。开枪的弟兄马上拿了刀来就在牛腿上切开牛皮剐下大块大块的新鲜牛肉丢在菜砧上，牛还没有完全死，牛肉却在锅里和紫红辣椒一起炒了。

杀牛人又得意地跟牛疤子说：“你看看，我们杀牛快不快？不要五分钟吧！”

牛疤子惊瞪着眼，无话可说！

忙到吃过晚饭，牛疤子以为可以休息了，没有想到这时酒醉饭饱的蒲裕桂却追问起牛疤子来了，说：“你那个帮手呢？”

牛疤子说：“他等会儿就来。”

蒲裕桂火了，“你还想要谎？”

牛疤子只得说：“他追鸭子追远了就不见回来了。”

蒲裕桂说：“那好！你就一个人受着吧！”蒲裕桂摸了摸一根合抱粗的屋柱，非常和蔼地对手下人说：“把他绑在这根柱子上！”

几个士兵抽了箩绳来将牛疤子死死绑住。牛疤子也火了说："你们这些黄眼珠子！我一个下午给你们做饭菜，现在你们吃饱了就把我绑了？"

蒲裕桂平心静气地说："你辛苦了！你有功劳，但是也有错误！"

牛疤子说："我有什么错误？"

蒲裕桂说："你那个帮手跑了，你为什么不早向我报告？直到刚才还在耍谎？"

牛疤子说："他不是跑，是追鸭子追远了就不回来了。"

蒲裕桂说："你还想把我们当三岁娃娃耍？说！为什么一直不报告？"蒲裕桂又对着手下人说："把他自己烧的开水舀一勺来。"

一个背枪的舀了勺开水来递给蒲裕桂，蒲裕桂接过开水浇在牛疤子的脚背上说："你说不说实话？"

牛疤子的两脚被开水烫得提起来打战，头上的蚂蚁布头帕也抖下来半截，他尖叫了一声说："你们黄眼珠子！我做的好饭好菜都给狗吃了！狗吃了还给我摇摇尾巴呢！你们连狗都不如！"

蒲裕桂说："你骂我们是狗？再来一勺！"

又一勺开水浇在牛疤子脚背上。牛疤子痛麻木了，反而镇静下来说："你们就是用开水把我泡了，肖守容他也不会回来！"

蒲裕桂说："你一定是沾了点湘西纵队的气味，还蛮坚强嘛！要不要再来一勺开水试试？"

牛疤子灵机一动说："你们就是要我把肖守容找回来，也要先放了我嘛！"

蒲裕桂说："那只是你的想法，我是不会放了你的！不仅你那个帮手我会要他回来，全村人我都要他们回来！我自然有办法让你说出村民藏在什么地方、湘西纵队藏在什么地方。"

牛疤子知道事情严重了，他得把这里的情况通报给村民，但是，现在他没有办法进山去报信，那么，他只有死也不说出村民躲藏的地方！死也不给他们带路去找村民！既然死都不怕还怕什么呢？牛疤子这么一想，心就硬了起来，骂道："你们一枪把我的心肝摘了吧！你们一刀把我脑壳剁了吧！你们这些土匪，我相信你们一个村民也找不到！只要你们敢进山去抓人，湘西纵队的枪子儿一定会从你们胸膛里穿过！"

蒲裕桂笑了一下，说："你还这么嘴硬？还敢骂我们是土匪？给他背心下点热雨试试！"

一个弟兄舀了一大勺开水从牛疤子的后颈窝倒下去，牛疤子痛得拼命地挣扎，把屋柱头都摇动了，裤裆里很快流出尿来！

蒲裕桂说："我知道，我们这种方法很简单，但这种痛是钻心的痛，很难受，又不会死人！说实话，要我受这种苦，我是受不了的！我再一次跟你说明白：只要你说出村民藏在什么地方、湘西纵队藏在什么地方，你马上就可以不受这种痛苦！”

牛疤子吃力地抬起头来说：“请你给我一把刀，我愿意自杀！”

蒲裕桂哈哈大笑说：“你到底是在这小山村里没有见过世面！世上哪有这么容易的事？你想死就能死了？让你死还不容易？一枪崩了就行！既然要整你，就是要让你想死不得死，活着比死还难受，否则就不是整人！你想好了再说。”

牛疤子想，这么整下去自己实在是受不了，还是得先想办法让他们解掉身上的绳索。他朝蒲裕桂招招手说：“我带你们去山里找人。”

蒲裕桂说：“好汉不吃眼前亏。这才是聪明之举！放人！”

两弟兄解了牛疤子身上的绳索，牛疤子正感到解脱的轻松时，没料到蒲裕桂又说：“将他的强盗骨用铁丝拴上！”兵丁拿了铁丝来穿透他的皮肉，把他的两个锁骨死死拴住，然后将铁丝的另一头捏在手里，跟他说：“你千万不要想到逃跑，这种拴人法是自古以来没有任何人能够逃掉的！”

牛疤子不出声。蒲裕桂说：“带他走，去山里找人！”

牛疤子的双脚已被严重烫伤，不能穿鞋子，赤着脚也移不开步子，但他不敢说是被烫伤了，只得说：“天快黑了呢！”

蒲裕桂说：“天黑了好！天黑了他们就不会乱跑，更好找！走！”

于是，蒲裕桂带着队伍将牛疤子押在最前面往山里走。乌鸦一定是看到了这种情景，从高高的松树尖上飞起来，穿过落日的余晖，在暮色苍茫里呱啦呱啦地打着旋，叫得非常凄凉。牵着牛疤子的人抬头一看天上那些飞动的黑点，听着那凄凉的声音，把手里的铁丝更加牢牢地挽在手上。

牛疤子走在最前面，一边走一边更加痛苦地呻吟着。

队伍行到中途一道山脊上，牛疤子停止了呻吟，他知道面前就是数丈悬崖。他猛然一转身将铁丝死死抓住，然后使劲朝悬崖跳下，牵他的人来不及解开挽在手上的铁丝也被同时拉下悬崖。

一阵慌乱，几声惊叫，满山乱枪鸣响，接着，悬崖下先后两下沉沉的落地声，一切复归平静。

天黑崖高，谷底树林茂密，蒲裕桂站在崖边，一手抓紧一棵小树伸颈朝下望了望，头晕目眩，深不见底，只得把队伍带回村来进行报复。他们把各家各户的大门小门全部砸开，大睡一夜之后，天亮时将全村翻箱倒柜掳了一遍，能吃的谷物食油，能穿能用的衣被鞋袜一律抢走，更不用说细软钱财。

在五宝田抓不到活口，蒲裕桂只得在与五宝田相邻的各村打主意，他猜定有些人是逃到这附近的亲戚家中了，果然就在附近各村搜到男女老少几十人带回五宝田。但审讯中，他们都不肯说话。这反倒让蒲裕桂有了几分高兴，因为这表明这些人一定是湘西纵队的家属，不然就不会是这种姿态。他跑到石玉湘面前报喜，请示如何处置。石玉湘只希望蒲裕桂心狠一点，早一点找到湘西纵队，但自己又不愿背这个骂名，就说：“该问什么问什么，该怎么办就怎么办！”

这倒让蒲裕桂有了大显身手的空间，他回到村里将这些人全都关进黑不见天的谷仓里严加看守，然后一个一个地提出来施手脚，别的刑罚不方便，就还是用“开水烫猪”。让他没有想到的是这些人都一个个宁死不屈！蒲裕桂没有办法想，就把那些少妇少女拖出来，让他的手下人去奸污，弄得全村到处是女人的哭叫声。

正在蒲裕桂的队伍肆无忌惮时，张玉琳骑着马带着他的警卫营来到了五宝田。他一进村，就叫警卫营长下令把那些奸污妇女的抓了起来，集中在一家院子的天井里站着。他问道：“谁叫你们这么禽兽不如？谁叫你们这么干的？”

那些人都指着蒲裕桂说，是蒲连长叫他们干的。

张玉琳的馒头脸往下一拉说：“蒲裕桂，是你让他们干的这些好事？”

蒲裕桂说：“报告军座，那些人都是从五宝田逃出去躲避我们的，我费了九牛二虎之力，才把他们抓回来。我问他们湘西纵队藏在哪儿，他们一个也不开口。我拿这些人没有办法，就让她们先受受委屈再说。”

张玉琳说：“叫这些奸污妇女的人都给我站好！”

蒲裕桂对那些人命令道：“都站好！”

张玉琳又对蒲裕桂说：“你也和他们一起站好！”

蒲裕桂愣了一下眼，但不敢违令，站到了队伍之首。

张玉琳心里想的是：你蒲裕桂这回终于捏在我手心了！但这句话他不好说出来。他抽了抽枪说：“我真想毙了你们！你们确实是只吃食不想事的猪脑壳！你们明白我们的队伍为什么在这里找不到叛军吗？人家叛军知道行军打仗于老百姓秋毫无犯，他们到哪里都能和老百姓打成一片。而你们呢？你们自己看看，猪牛鸡鸭被你们斩尽杀绝，能吃能用的东西被你们抢光掳尽。这还不算，你们还要奸污这些妇女！我告诉你们，我们现在是正规的暂二军，不是土匪！可是你们在这里抢劫奸污，比土匪有过之而无不及！你说，按照军法，该当何罪？该不该枪毙？”

蒲裕桂马上一骨碌跪下去求饶：“请军座饶命！我们一时糊涂，我们知罪！”

警卫营长马上出面帮腔说：“军座，大敌当前，还是留他们戴罪立功吧！”

张玉琳的连环计现在已经完全将蒲裕桂套住。一是在五宝田抓人、打人、抢劫、强奸，这些留下骂名的事，都让蒲麻雀的队伍做了，陈策他们知道后，一定会和蒲麻雀的队伍拼死。二是张玉琳故意让蒲裕桂犯了“军纪”，蒲裕桂不得不向自己求饶。现在张玉琳有了挟持蒲裕桂的把柄，蒲裕桂他们就不得不戴罪立功。这样他们打起仗来就会勇敢得多！张玉琳态度丝毫不软地说：“念有人求情，罚每人三十大棒！由警卫营执行！”

警卫营长领命，顺手从屋壁的柴堆里抽了木棒，挨个儿打了起来。

打过蒲裕桂之后，张玉琳说："你的事还不算完，下一步追剿叛军你若有功，可免你一死，若无功，另当别论！"

蒲裕桂说："我蒲裕桂誓死戴罪立功！"

张玉琳说："把抓到的乡亲们都放出来，让他们站在我面前！"

蒲裕桂马上命令把关在黑仓里的人都放出来站到张玉琳面前。

张玉琳说："乡亲们，我来迟了，让你们受惊了！他们在这里干了些对不起你们的事，我向你们赔礼道歉！现在，我有几句话要向乡亲们说明白：我们是正规军，不是土匪，有些人在你们这里做了像土匪做的事，但那只是个人的行为，不是我们要他们这样干的！我们这次来是追剿叛军，不是来和乡亲们过不去！大家只要积极提供叛军的行踪，我们就一定要给予奖赏！凡提供重要线索的，奖十块大洋！现在我要一个一个地问你们，你们要如实地回答自己的身份，说明与这些叛军是什么关系。只要你们如实说出来，绝不伤害你们，我们只追剿叛军！追剿不了，那是我们无能，不怪你们！但如果你们闭口不说，那大家就得都一起受苦！"

于是，那些人站成长长的队伍，被警卫营长一个一个地带到张玉琳面前单独审问，问他们的详细住址、住哪栋房子、有没有亲人参加湘西纵队。

经审讯，其中有十几个怀化人是被蒲裕桂错抓的，有几个少妇少女还被奸污过，张玉琳马上将他们放了回去。

张玉琳把这几个重点人物集中起来说："你们不要害怕，我说过，我们只剿叛军，你们没有参加叛军，我们就不会伤害你们！但是，你们有责任提供叛军隐藏的地方。"

张玉琳训过话，就押着这些家属往山里走，要他们带队去搜寻叛军。吸取了上次捆牛疤子的教训，这一次都不采取"死联"法，以免弟兄们"陪死"，一个都不捆，只是看押的人加强了，时刻子弹上膛，暗里有令，凡逃跑者，当即枪毙！

队伍进到大山后，张玉琳传令要家属们对着山里喊话，并告诉他们喊话的内容。他们也喊了话，但全是用瑶话哇啦哇啦地喊，连石玉湘也不知他们在喊些什么。

分散在各村的暂二军队伍都集中起来，跟在喊话的家属后面，走得很慢，队伍弯弯曲曲地拖得很长很长。张玉琳、石玉湘骑在马上，走在喊话家属的后面，他们机警地朝四周看着，每隔不久就要聚首商量一下对策。

时间过去大半天，喊话还毫无效果，张玉琳正愁拿不出妙法时，蒲裕桂一路跑到张玉琳面前说："报告军座！我部侦察员在温溪发现叛军！"

张玉琳高兴地将手高高一举，石玉湘马上发令："暂停前进！"

张玉琳问："发现多少人？"

蒲裕桂说："是叛军的司令部！"

张玉琳问："侦察清楚了吗？"

蒲裕桂说："清清楚楚！"

石玉湘跟张玉琳说："我们必须马上发兵温溪，打他个立脚不稳、措手不及！一旦他们做好一切准备，我们就很难对付。"

张玉琳说："你敢说他们现在没有准备好？没有立稳脚跟？"

自追剿叛军以来，石玉湘已连连失策，现在他也不敢否定张玉琳的疑问。

68 / 我看他张玉琳有几个脑袋

温溪的确是设有湘西纵队司令部，而且是故意设给暂二军追兵的。这是七姓瑶陈首领的主意，陈首领说：“不设这个司令部，暂二军的人就不会集中；他们不集中，我们就打不痛他们！”

绵延数百里的罗子山区，全为七姓瑶民居住地，任何队伍要在罗子山立稳脚跟，没有得到七姓瑶民的认可绝不可能。而要得到七姓瑶民的信任，首先要得到七姓瑶首领的认可。七姓瑶时任首领是刘家垅的陈文武。

陈策在一棵大树下歇凉，想起这几天把暂二军玩得苦不堪言，就跟坐在身边的肖守训说：“在这大山里对付暂二军的人，陈首领还真有一套办法啊！”

肖守训说：“陈首领真是个聪明人！他虽读书不多，但居家极讲孝悌，为人最讲忠信，尤其习武极见功夫，在地方上好主持正义、挺身助弱。以前这地方匪患不断，自他长大当头人后，便邀集各寨头人会商，成立瑶寨武装‘保民团’，他自任团长。为在七姓瑶居住区保境安民，陈文武率‘保民团’在各险要地点设卡置哨，匪来时防匪，匪去时司农，既不误农时也不增瑶民负担。他曾领队与各路土匪作战数次，有胜有败，但他败不馁、胜不骄，潜心总结经验。民国十四年，土匪彭金吾部连袭罗子山瑶民数寨，抢走钱财食物和牲畜，捉去十余少妇少女，陈文武闻讯率队追剿，打败土匪，所有被抢之人、物，悉数夺回。第二年，谢学高股匪假冒国民党正规军在翁冲奸淫掳掠，陈文武又率队尽歼众匪。此后，七姓瑶民精诚团结，唯听陈文武号令。”

陈策说：“是啊，这几天我们听他的安排，暂二军已经被逗得晕头转向！现在，温溪司令部诱敌深入这一计如能成功，暂二军就会受到重创！”

湘西纵队从龙头庵撤往罗子山区时，肖洪量与肖守谦即致信陈文武，告诉他，陈策司令员领导之湘西纵队是为老百姓闹翻身的人民武装。张玉琳匪部已带重兵前来追剿他们，请求陈首领率保民团配合湘西纵队作战，阻击张玉琳匪兵。这些日子，陈策与陈文武虽未见面，但配合作战早已开始。

肖守训说：“为促成你们二陈早日见面，打好诱敌深入这一仗，我已经以乡长身份送了两头肥猪到陈文武家中，请他举行会盟仪式，部署下一步作战方案。”

陈策说：“我真想早日见到这位家门之面！”

肖守训说：“会盟时间、地点都由陈首领定。”

陈策说：“好，那我们就听候陈首领的通知。”

暂二军各部驻扎在罗子山区的杀、抢、奸、掳之事，已激起瑶家各寨的共愤，陈首领顺势而行，下令七姓瑶青壮年在杞木界凉亭会盟议事，并托专人拜请陈策到会。

肖守训送的两头肥猪肉担上了杞木界凉亭，陈首领早早地就来到了凉亭恭候陈策。

杞木界凉亭为十六根木柱落地的青瓦鱼脊凉亭，四周皆有苍松翠柏，常年绿树成荫。大路从亭中间穿过，两旁各设光滑宽厚硬木坐板，下有横枋踏脚，后有花栏靠背，专供来往行人歇息。亭子两头各有两人合抱之巨大陶制茶缸，每到夏天就有人在此为过路人义务烧茶。茶缸上一溜竹制茶筒排成“7”字形，来往行人喝多喝少，一律分文不取。平时，这里是过路人歇气的凉亭。每遇大事，这里便为七姓瑶民议事和处理违犯团规者的庄严圣地。故七姓瑶巨大的团碑就立在凉亭东头的台阶上。历史上，在团碑前用柴火烧死过为盗窃者三人，用火炮处死过为匪者一人。

初秋的高风吹得周围的林海松涛翻滚，陈策在肖洪量等人的陪同下，走进了杞木界凉亭，陈首领一见如故地抱拳向陈策施礼道：“陈司令驾到，有失远迎！”

陈策连忙还礼道：“有劳陈首领了！”

陈首领说：“一笔难写两个陈字啊！”

陈策说：“是啊是啊，我们一是家门，二是同为民众仗义操心啊！”

陈首领说：“接到你们的信，就盼你们来啊！”

陈策说：“张玉琳现在派了重兵追击我们，他们人多，我们人少，就靠你们的帮助了！”

陈首领说：“请陈司令放心，肖洪量他们说了，你们是为民众闹翻身的队伍。张玉琳的人这几天在我们各村寨的所作所为，已在瑶家各寨引起共愤。我们不仅要给你们带路放哨，我们七姓瑶的所有青壮年都要参加作战！我看他张玉琳有几个脑袋！”

陈策说：“这就多谢你们了！”

陈首领说：“你这么说就见外了！一家人不说两家话！”

两人说话间，从各条道上赶来的瑶家各村寨头人扛着鸟枪来了。他们穿着左边开扣的满胸衣和用两种不同面料接缝而成的粗腰短管土布裤，头缠蚂蚁布帕，一个个脸黑身壮，显得矫健勇悍。

陈策说：“是啊是啊，我们一是家门，二是同为民众仗义操心啊！”

七姓瑶民因居罗子山区，每御外侮则麇集山巅，要祭祀其高坡大王，歃血以盟，然后枭张奋发，所至披靡，自古如此！陈首领清点各寨头人都已到齐后，聚会盟誓开始。他先礼请陈策司令员讲话，陈策说：“今日你是首领，我听你的！”

陈首领脸色霎时严肃起来，亦如每次议事，号令各村头人将带来的武器整齐地列于地上，他杀雄鸡一只，让鸡血从武器上滴过，以增强取胜信心。然后，他大步走至团碑前烧纸化钱，再转过身来面向众人，大声背诵起团碑碑文：

立议约蒲刘丁沈石陈梁七姓众等为遵上严禁封赌除匪以靖地方事今见世风不正匪类成群日则明夥拐骗夜则穿窬偷窃乡村众等无耻下流不务正业外情内奸勾匪入村白天持刀欺善索窃善室独宅受害不浅众等目击心伤邀约七姓通族人等齐赴杞木界宰猪公义数款条规开列于后一议国税必须早完免差催促一议境内不准打牌赌博窝贼停匪及停面生歹人如犯者重罚一议失盗者不拘辰溆只要是七姓报信者人人齐心追赶不要奸躲若违者转回座落罚猪一头若境内出贼宰猪治酒除灭不有异言以上条规犯者重罚违者送公究治

皇上宣统三年冬月吉日七姓首士众立

陈首领诵完碑文，即以手抹上鸡血，涂于每位头人嘴唇上说：“今日陈策司令员带领亲民队伍来我罗子山七姓瑶民区，爱民如子，秋毫无犯，竟被张玉琳之匪部追剿。张玉琳之匪部已在我五宝田等村寨杀、抢、打、掳、掠、奸无所不为，无恶不作。我七姓瑶民自今日起，全力帮助陈策司令员之义师保境抗匪！各寨头人回去后立即召集青壮男女，人人持刀扛枪，祭拜高坡大王，然后投入站岗放哨，带路打匪！各寨有无决心？”

众头人振臂齐呼：有！

陈首领说：“好！打匪灭匪，扬我七姓瑶威风之时到了！喝过议事酒后，大家分头行动！”

于是，煮熟的几大盆猪肉和几缸米酒被抬到凉亭中间，各寨头人各自饮尽一大碗酒、吃过几大坨肉之后，箭步如飞回归自己寨子里召集青壮男女。

得了陈首领和七姓瑶的誓死相助，陈策知道自己的队伍可与张玉琳的重兵一战。虽绝对兵力悬殊很大，但遍山七姓瑶民如此齐心，他们熟悉地形，山水树木岩石皆为可用之兵，亦打亦藏，何不取胜？现在就等着暂二军的人来进攻设在温溪寨的湘西纵队司令部。

张玉琳部自包围龙头庵失算，进山追击又扑空，早已耐心丧尽，个个暴躁思战，听说侦察到叛军司令部设在温溪，只想一步到达，马上剿灭。

队伍正朝温溪急速开进时，蒲裕桂又前来报告："报告军座，现已找到叛军下落，几个带路乡民已无作用，是否就地解决？"

没等张玉琳回话，石玉湘抢过话说："不行！温溪的虚实未明，留着他们有用，不许乱来！"

张玉琳猜测石玉湘对这一带人是否有了恻隐之心，再说，能不在此时惹怒带路瑶民也是好事，就说："按石师长命令办！"

于是，跋山涉水，越坡过岭。高山上一望无际的梯田把历代瑶民的艰难谋生和创业显示到了极限，还有大片大片的火烧包谷很是壮观，包谷树茂盛得犹如竹林。这里的季节比山下晚了好些日子，稻子还刚刚齐穗，粗大的包谷穗刚从叶腋里斜出来，吐出的还是红须，也有被乌鸦啄翻了包皮而露出水泡一样的小籽粒。火烧粟的穗粗得像狗尾，弯下头来在风里摇摆。深涧里每隔一段时间就传来"咣当"一声，那是七姓瑶民利用水能自制的吓野猪的竹筒水梆……

越来越深入大山腹地，眼前怪石林立、古木阴森，异禽猛兽不断出没，加之山坡上不断滚下巨石，传出奇怪的木叶声，张玉琳感到这种情形有些奇怪可怖。

走上一个高坡就听见男人在山岭上高亢地唱着山歌：

湾里树木长齐天，
但被黄藤缠上尖。
有朝一日黄藤死，
拨开乌云见青天。

石玉湘马上提醒张玉琳说："看不见人，可到处都有人声，恐非吉兆啊！"

张玉琳不得不做出无所畏惧的样子说："是人是鬼，总有一天会见面！"

路上也遇到沉默无言的瑶民汉子，问话概不答应，装着听不懂。他们有的头裹蚂蚁布帕在山林里穿行，有的腰缠蚂蚁布帕在庄稼地里瞭望，有的把蚂蚁布帕子垫在身下躺在山坳上歇息。张玉琳带着队伍从他们身边经过，他们也闭着眼若无其事地睡着。张玉琳和石玉湘也能看出这些人不是真正的歇凉人，也可能是哨兵，他们的木叶、他们的山歌很可能都是向别的地方传达一种有关敌情的信息。

那么，整个大山里已经是一张网了？这些看似悠闲无事的瑶民都是这张网上的机关？

蒲裕桂又前来请示："张军长，前面遇见可疑瑶民，是不是干掉了事？"

张玉琳还来不及回话，石玉湘就说："万不可鲁莽行事！我们的任务是直扑温溪剿灭叛军司令部！如中途响枪，我们必吃大亏，岂不是小不忍则乱大谋？"

张玉琳也不敢过早惊动这里的瑶民，他强作镇静悄悄地跟石玉湘说："离温溪还有多远？”

石玉湘回道：“已经不远。”

张玉琳慨叹说：“越走越偏远、越走越狭窄、越走越阴森啊！在这大山里，我们仅凭人多是没有用的。一旦开战，我们就是睁眼瞎子！别的不说，仅是后勤补给就是一个大问题！”

石玉湘说：“我们是不是要改变一下计划？我也正有这个担心，所以我们尽量不要惹怒瑶民！”

张玉琳说：“计划不能改！既然追到了这里，就一定要进温溪吃掉他们的司令部！即使叛军剿不灭，只要能捉住陈策、米庆轩和肖洪量，也就等于将叛军平息，中宁军长那里我也好交差。如果我们半途撤回，难免被叛军尾追偷袭。我们人多地不熟，应变很不方便。加之队伍里人心杂乱，如在撤退中途遭敌袭，将难以有序指挥全军！”

石玉湘知道张玉琳还没有说完的潜台词是：这支队伍虽然人多，但并不真能听从统一指挥，尤其是蒲和生下属的蒲裕桂之部。

果如所料，队伍逼近温溪时，张玉琳命令蒲裕桂部打前阵，其余各部做后援和策应。

蒲裕桂内心知道张玉琳是对叔父蒲和生旧怨未消，这次是要趁机置他于死地，又记起临行时叔父有话，此次随暂二军追剿陈策的湘西纵队，不可真打，只可抬高枪口应付，于是反应有些迟缓犹豫。张玉琳马上派人传问蒲裕桂有何困难，蒲裕桂深知肉在砧上，不得不服从调遣。他转念一想：与其左右为难，不如将计就计，表现出戴罪立功心切，给张玉琳一个高兴，然后再见机行事，该退时再退。他顿时放下杂念，一路快步跑到张玉琳面前说：“报告军座，蒲裕桂坚决完成任务！”

张玉琳果然表扬道：“好！这才是忠勇之心！”

于是，蒲裕桂带队走在最前面。

蒲裕桂的前锋到达温溪村时，村里正锣鼓喧天，双唢呐吹得九曲十八弯，三连铳也不停地燃放，一派结婚办喜事的热闹景象，一点儿打仗的气氛都没有。蒲裕桂问他的侦察兵：“他们司令部设在哪里？”侦察兵指着办喜事的那栋木楼说：“就设在那户人家的楼上。”

蒲裕桂想了想说：“是不是有诈？司令部会设在那么热闹的地方？”

侦察兵说：“我看恰恰相反，他们是想用办喜事客人来往多作掩护！”

蒲裕桂说：“这倒也不无道理。你有绝对把握？”

侦察兵说：“我拿脑袋担保！”

蒲裕桂说：“那好！大队伍正在包围村子，我们全连只负责主攻他们司令部，擒拿司令部人员！大家不要过早放枪，越近越好！以防司令部人员逃跑！捉到司令部人员将重重有赏！”

于是，蒲裕桂带队钻入村前树林里，然后以树林为掩护渐渐靠近目的地。

当他们包围了司令部时，发现司令部里空无一人，只有锣鼓唢呐还在吹打不停。蒲裕桂用枪逼着吹唢呐的乐师说：“湘西纵队司令部是不是设在这儿？”

乐师说：“是设在这儿。”

蒲裕桂说：“他们人呢？”

乐师说：“刚刚还在楼上开会，突然就上山跑了！”

蒲裕桂一调枪口说：“追！往山上追！他们跑不远，周围都是我们的人，他们跑不了！”

蒲裕桂带队往屋后山上追去，刚追不远，枪就响了。接上火之后，枪声越响越激烈，顿时山上到处都是暂二军的喊杀声，声震山谷，一阵高过一阵。

张玉琳和石玉湘躲在一个岩洞里，石玉湘得意地说：“杀声震天，气壮山河啊！”

张玉琳却摇摇头说：“湘哥，你有过死里逃生的经历吗？他们是在用这种喊杀声给自己壮胆，也是在告诉湘西纵队的人不要往自己面前打过来。真要拼命的人，绝不会这么乱嚷乱喊乱放枪！”

石玉湘向来是敏于事而善于谋，但张玉琳此话一出，他顿失高兴，毕竟他不像张玉琳有多次从枪子儿里逃生的经历。张玉琳走出岩洞，站在山坳上的一棵大枫树下，仔细听了听枪声，枪声很密。他能听出哪些枪声是自己人乱打的，哪些枪声是叛军有目的放的。又凭着枪声位置的渐渐移动，他明白，叛军是在往山上撤退，并不与他们作顽强抵抗。张玉琳突然觉得这个仗打得有些让自己不放心。这几天一直都在追剿叛军，但真遇上了叛军现在又打得这么凌乱无序！他想看清一下自己所处的地形，但遮天蔽日的森林让他实在看不清远处的高低。如果和别人打仗，或许他并不在乎，现在是和陈策对阵，他不能不十分警惕，陈策跟着贺龙打过的小仗大仗不计其数！他突然顿悟过来，跟石玉湘说：“湘哥，叛军的枪声有学问啊！”

石玉湘也说：“像是不认真抵抗。”

张玉琳说：“对！他们为什么不认真抵抗呢？”

石玉湘说：“或许是他们知道我们派来了追剿的重兵。”

张玉琳说：“那又怎么样呢？”

石玉湘说：“他们知道抵抗不了，想急于逃走，去投奔溆浦龙潭谌鸿章。”

张玉琳说：“如果这样，那倒罢了！我就怀疑我们是在接连不断地钻迷局。龙头庵围剿让我们失算，搜山两天让我们扑空。现在呢，枪一响，他们就往罗子山顶上撤，这能不是又一个迷局？”

石玉湘两眼一瞪说："既是如此，我们也只得硬着头皮追剿下去！几千人的队伍追剿了几天没见人影，可想而知，谁不憋着一肚子的火？接上火了，就说明叛军离这里不远！弟兄们士气正旺，加之我们又有绝对的兵力优势，让他们先打一仗再说。"

张玉琳说："现在我最怕的是我们钻进陈策的伏击圈，到那时他们居高临下，我们岂不要吃大亏？"

石玉湘有些不服，但又不敢坚持己见。

69 / 仗一定要打胜

陈策的脑子里装着一幅清晰的作战图。整个罗子山朝辰溪一边是一个巨大的倒立扇面，自下而上越来越窄，也越来越险。自山下通往主峰唯一的两条小道像人字梯架在扇形山面上，一条自杞木界凉亭、虎形地而上，一条自桐木坳而上，两条山路直到山巅才相会，中间只有几道若隐若现的横盘路联通左右，大队伍要想从别的地方冲上山去，万不可能，因为四周不是悬崖峭壁就是荆棘丛生。陈策和七姓瑶首领陈文武商定这一仗的打法是：居高临下，以逸待劳；中间诱敌，左右夹攻；兵力分三线，下开上合。由肖洪量率队为右翼，扼守杞木界、虎形地一线；由米庆舜、肖守谦率队为左翼，扼守桐木坳一线；由司令部、后勤部、警卫人员等组成一队居中，负责左右联络和诱敌深入。

张玉琳观察地形后，对陈策的作战方案进行了分析，他越来越觉得这么打下去有问题。于是，他突然下令："停止集中火力进攻，充分发挥我军人多的优势，将部队的作战范围拉大，要逐步形成对敌反包围作战。"

看看天快黑了下来，又因为地形不熟，张玉琳又急令："部队要抓紧行动！要蒲裕桂抓的那几个瑶民在前面带路！"

连夜在深山里摸爬滚打之苦，张玉琳自从到沅陵跟随陈迪光之后，就再也没有吃过；后来跟着张中宁车来车往，就更风光了。他没有想到自己的日子还要回到这种处境！当时，如果张中宁不回来，他跟着陈迪光走，或者跟着陈策走，很可能都不会再吃今天这种苦！但是，张中宁待他实在是恩重如山，知恩不报非君子啊！更何况现在是开弓没有回头箭！张玉琳想着这些事，又不断地否定这些事，告诫自己：再想那些无用之事也是白费脑筋，只有鼓足勇气拼死到底！

夜里，毒蛇和野兽不断地在身边出现，头上常常被飞禽拍打和抓挠。

越走越没有路了，张玉琳顿生疑问，要传问带路的瑶民，但前面回话说，不知何时瑶民都已经逃跑。

张玉琳痴了片刻，但他不发火，反而冷笑一下说："你们都是猪脑壳！他们把我们带到这种地方来，哪里还是路呢？你们还要跟着走，竟然还没有察觉！"

石玉湘抓着一棵杞木树站住，说："前面的人恐怕不是不知道，一定是怕我们追究责任！"

张玉琳感到的确很累，就坐下来说："还有什么追究的？这深更半夜，瑶民都是本地人，他们打猎种地都在这儿，哪儿有棵大树，哪儿有条小路，他们清清楚楚。他们跑了，我们难道还能找回他们？我恨的是我们被瑶民们戏弄了！"

石玉湘说："都怪看押瑶民的人太疏忽了。"

张玉琳说："此时不要互相责怪！在这种地方，你捆着瑶民他没法带路，你不捆瑶民，他们就是精灵，谁能看守得住？说这些都没有用！我看这样吧，山里也必有山里的茅路，山里的茅路都是有纵有横，我们通知部队分三个方向走：蒲裕桂部沿山中间上行；我带一部先往左横行，到山岭后再上行；湘哥你带一部先往右横行至山岭再上行。这样我们就必定能找到路走，也便于在山上照应会合。"

张玉琳头脑是清醒的，决策也是正确的，不久，三支队伍都分别找到了路走。

石玉湘见天上露了鱼肚白，就要部队加快前进速度，但张玉琳站在山坳上仰望了一会儿即将暗淡下去的星星说："湘哥，部队要放缓前进，加强警戒！"

石玉湘有些不解地说："军座，天快亮了，我们要加紧追剿叛军才是啊！"

张玉琳说："正因为天快亮了，我们在明处，叛军在暗处，我们的队伍最容易被发现、被伏击！"

石玉湘想了想，不得不承认张玉琳的想法有道理，如果陈策的部队埋伏在头顶上，那他们就要吃大亏了！

陈策司令员守在阵地上，也是一夜没有合眼，他知道暂二军一夜之后必有新的攻势，但是，夜里也无法弄清他们到底会怎么行动，在什么地方发起进攻，只有守株待兔，只有等待着天亮后的一场恶战。

尽管陈策做好了打恶仗的准备，当他真的发现敌人已经来到眼皮底下时，还是小吃了一惊：他没有想到暂二军一下子来了那么多的人，满山遍野都是，就像是河滩上的卵石、草原上的羊群！幸好这些敌人还没有逃出包围圈。陈策马上传令做好战斗准备！

暂二军向上推移的速度虽然不快，但因距离太近，很快逼近了纵队的伏兵。陈策担心左右两线先遭遇接火——如果那样的话，敌人就会扑向左右两线，突破包围圈——于是，陈策司令员指挥中路一部抢先向暂二军放枪，有意暴露目标。

枪一响，遍山只见暂二军的人头像河面的泡沫一样浮动，追剿了一夜，吃尽了苦头的暂二军官兵只想发泄怨愤，迅速向中路云集。于是，纵队的机枪、步枪一齐响起，立刻抹倒了一大片敌军。

因发生战斗的地方在海拔八百米以上，山上已少有高大乔木，多是低矮的灌木和茅草，一排排倒下去的人就像割麦薅秧一样！

追剿多日，几次扑空的暂二军，本就憋着一肚子的气，这又见自己的人遭到如此重创，顿时几乎疯了，他们潮水一般拥上来，迫击炮、机枪、步枪和手榴弹都在纵横不过几华里的山坡上炸响，茅草和灌木丛里立刻翻起大片大片的红黄，硝烟和黄尘混合在天空的云里翻滚。

暂二军的枪炮打得非常的激烈，而与之相反的是，听不到湘西纵队有热闹的枪炮声，他们按照陈策司令员战前动员定下的办法：不见人头不开枪，开枪就要倒人头。他们的枪子都像是长了眼睛，只往人头上钻，枪子闷闷地响一声就看见有人往后翻。

张玉琳又感到有些不对劲了，他马上找到一小山垴上四处瞭望、察看地形，他现在着急的还不是那些已经倒下的人头，而是没有摸透陈策到底会是怎么个打法，他的兵力到底如何布防，难道全部叛军会集中在这一个火力点上？张玉琳跟身边的石玉湘说："湘哥，叛军正居高临下，我们作战人员太密集，让别人当着靶子打了！我们的队伍不能全都集中进攻这一个火力点！如果叛军在两边还设有伏击，我们岂不全军覆没！你马上通知刘华锋部向左翼包抄，张文祥部向右翼包抄，蒲裕桂部继续在中路强攻。如果叛军在左、右翼都设有火力点，我们就会遇上。如果没有，我们很快就可以包围叛军，将叛军一举歼灭！"

石玉湘觉得张玉琳的分析和部署很好，马上下达了命令。

枪炮声稍稍稀疏了一些，但很快坚守在左翼的米庆舜、肖守谦率领的湘西纵队一部和刘华锋率领的暂二军一部打响了，枪炮声又密集起来。米庆舜是有名的神枪手，他能将手里的机枪打出步枪的韵味，他打出的机枪子弹总是两发三发，很少是一长串，很少浪费子弹，因此，由他们那里飞出的子弹就像点人头一样，每每"噗"地响一声就要倒下一人！于是，暂二军的每一次冲锋一到米庆舜的队伍前都像是海浪冲到礁石上，总是随着一批人的倒下而无奈地折转回去。

但敌人又还是像海浪一样，平静片刻又继续掀来。

陈策司令员突然出现在米庆舜身边的战壕里。米庆舜说："司令员，这里太危险！你马上离开！"

陈策一手握枪一手抹了抹胡子，镇静得像在瓜园里摘菜一样。他说："就是你这里敌人多，我才来！"

米庆舜说："右边的敌人也上去了，人也不少！"

陈策说："我刚从右边来，已经跟他们说过了，一定要近距离消灭敌人！"

米庆舜说："陈司令，您还是到中线去吧！"

陈策说："你们这里都是年轻小伙子，多是教书出身的大学生，还是第一次打仗，缺乏临战经验，我先在这里助助阵，一会儿我就去中线。"

敌人又一次冲上来了，米庆舜他们的机枪、步枪和手榴弹又一次像礁石一样，把敌人的冲锋打折了回去。陈策高兴地笑了，忍不住摸了摸米庆舜的脑袋说：“你行啊！我用不着守你这儿！”

米庆舜说：“司令员您走了，我这枪会打得更准！”

陈策又回到右翼的阵地上，这时刻，肖洪量率领的一部也正和张文祥部打得激烈。张文祥是张玉琳的亲侄子，张玉琳并不想自己的侄儿和叛军有正面的交火，派到右翼去，就是考虑到这边没有发现火力点，相对安全些，没有想到右翼的火力也如此猛烈。仗打到这时，张玉琳完全明白过来，陈策布下的左右夹击已经完全包围了他们，中线只是投下的诱饵。张玉琳往回一想，又非常庆幸自己把张文祥派到了右翼，如果右翼进攻不力，那就非常危险。张文祥不负张玉琳厚望，进攻得勇猛异常。

肖洪量说：“陈司令，您不能在这里，您快离开！”

陈策说：“敌人来得太猛，我不能离开这里！”他在战壕里和大家一起伏击敌人。

打退了敌人的又一次进攻之后，陈策才站起来说：“同志们打得好！这一仗一定要把敌人的嚣张气焰打下去！要为我们湘西纵队出口气，为湘西人民出口气！不要怕他们人多，表面上敌人的枪炮打得很热闹，其实是‘乱弹琴’！我们不跟他们拼消耗，要学习红军打仗的办法：远了不打，看不见敌人不打，不瞄准不打。要用我们有限的子弹消灭更多的敌人！”一位老指挥员在阵地上的作战风范，让大家心理沉稳了许多！

暂二军在左、中、右三个方向的多次冲锋都被打下来之后，张玉琳知道自己碰到了真正的硬骨头。他下令将指挥部移到了塘坳亭子上，这里离前线更近。

满山的枪声就在张玉琳耳边起落，他跟石玉湘说：“湘哥，今天这个仗，我们打得很窝囊！损失惨重啊！虽然我们的绝对兵力超过叛军十倍，但也经不起如此消耗下去！再说，在这种地方打仗，我们根本就没有后援补给，而叛军是如鱼得水，到时我们的弹药用光了怎么办？看来，不调整部署不行！”

石玉湘说：“现在最主要的是要想办法突破他们的包围圈，来个反包围！”

张玉琳顺手拿起一根木棍，在地面上画出一张作战草图说：“我看，从左线抽调部分力量充实右线，突破右线封锁，打退右线叛军，占据右线制高点，然后居高临下，一举歼灭左线叛军！只有这样方可获胜！”

石玉湘知道，张玉琳是怕自己的侄儿吃亏。石玉湘说：“现在的问题是，陈策的布兵肯定是左中右相联系，打退右翼，肯定他们的中线和左翼也会同样往山上撤，这样，他们的力量就会更加集中。我们还是占领不了高地。”

张玉琳说：“叛军本来人数不多，中路主要在诱引我们深入，我敢断定兵力较弱。我们可将计就计，他们一撤退诱敌，我们就要蒲裕桂拼死猛攻，切断他们中路和左右两翼之联系，然后，要张文祥部猛攻右翼，整个计划可成！”

石玉湘点头说："行！"

按照这一部署调整兵力后，左线的暂二军只是拖住湘西纵队的左翼，而中路和右翼的湘西纵队突然遭遇了更为猛烈的进攻。

纵队中路兵力较弱，在强大的攻势下，虽然也打退了数次冲锋，但还是不得不主动加快撤退的速度。开始撤退时，中路与左右两翼还保持着密切联系，同时往山上撤退。到右翼也挡不住敌人进攻、加快撤退速度时，包围圈已经被打开缺口，形势越来越不利于湘西纵队的左翼。陈策下令要米庆舜的左翼和他们保持同样的撤退速度，实行战略转移。米庆舜一看敌人已经打退了中线和右翼，切断了他与中路和右翼的联系，就和战友们在阵地上坚守了下来。他跟肖守谦说："姐夫，如果我们再撤退，整个队伍就会在山顶的老庵堂上缩成一团，就会被人枪众多的敌人所包围，那后果将不堪设想！现在我们得把敌人咬住，即使不能围歼敌人，也要让敌人首尾受敌，以利陈策司令员他们的队伍安全地向龙潭转移！"

米庆舜和他的战友们异常激烈地战斗了整整一个上午，随着中路和右翼的撤退，暂二军已对左翼米庆舜所坚守的阵地形成了弧形半包围。没有援助和无法联系的米庆舜看着满山遍野的敌人朝自己涌来，他深知自己已处绝境。

这时，占据绝对优势的暂二军一见对手已成孤军，反而变得冷静了，不再狂呼乱喊，而是屏声静气地悄悄逼近。米庆舜看了看阵地上的战友和枪支弹药，他知道自己的力量根本不是敌人的对手，最好的结果就是在最后的时刻狠狠打击敌人，为陈策司令员他们的转移减轻压力、赢得时间。

老天爷像是突然发现了这里的战争，痛恨这种血淋淋的场面，本是晴着的天空突然起了锅底黑云，大风摇撼着山里的树木，林海里怒吼着，雷和闪电一道接着一道地从高空劈落到地上，眼前的空间一次又一次地被撕裂，一声声巨响使大地不停地震颤！大雨像瓢泼一样，很快浇得坡地上有了带血的涓涓细流，深沟里有了带血的山洪。米庆舜抹了一把头上脸上的雨水，要战友们把武器和弹药搂在身下护着，等待敌人近了再打。但敌人不再移近，他们有的在岩洞里躲雨，有的在大树下躲雨，阵地上已无一声枪响。

这是湘西常见的雷阵雨，积雨云一走，太阳从云层里一蹦就红红地露出脸来，山谷里厚厚的雾气就形成了一道又高又长的七彩山虹。米庆舜看见彩虹的一头就落在自己的脚边，而脚边正有一只红螃蟹从洞里爬出来，一对钳子不停地扒着自己嘴里鼓出来的彩色气泡。远处，高山的夏杜鹃开得满山遍野，深红的、淡红的、纯白的，看哪儿都非常的清新悦目。

大雨把黄土地上鲜红的血液冲刷干净了，然而，满山遍野那些没有咽气的伤员被新雨淋得活了过来，神志的恢复使他们感受了生雨咬进伤口的剧痛而哭喊不止，整个战场上就像夜间的鸽场，到处都是肉麻的哀叫。

雨刚刚停下，在岩洞里和大树下躲雨的暂二军又奉命开始向米庆舜的阵地移动。米庆舜跟身边的肖守谦说：“姐夫，他们又来了！”

肖守谦抹了一把枪上的雨水说：“来吧！让他们到鼻子底下，我们再一枪一个！”

肖守谦是米庆舜的三姐夫，比米庆舜大几岁，这时，米庆舜就以小弟弟的稚气样子说：“姐夫，我嘴巴渴得撕不开了！”

肖守谦说：“你舔一舔杜鹃花叶面上的雨水，把嘴巴打湿就能撕开了。”

米庆舜先将嘴巴贴在阔大光滑的杜鹃花叶面上，让雨水浸湿了嘴巴，嘴巴能张开，舌头一伸就可以伸出来舔叶面上的积水。雨水好甜！身边的战友们看见米庆舜甜蜜蜜地舔着笑着，也伸出舌头舔起身边叶面上的雨水来。

如果不是敌人来了，他们会这样一直舔下去！

山那边传来的枪声越来越远了，米庆舜跟肖守谦说：“姐夫，陈司令员他们应该安全转移了吧？”

肖守谦说：“听枪声，他们应该是安全转移了。”

米庆舜说：“那我就没有担心了！我们再狠狠地打他们一下，然后，我们从左边这条山道上撤走，与陈司令员他们去龙潭会合！”

肖守谦和战友们都说：好！

70 / 下辈子还跟你当警卫

雨停天晴之后，刚刚平静了一会儿，暂二军的人见米庆舜已是孤立无援，就在树林草丛里狂吼乱叫起来：

“抓活的！”

“他死定了！”

“缴枪不杀！”

“为弟兄们报仇！”

“剥他的皮！抽他的筋！”

喊叫声此起彼伏。米庆舜静静地看着漫山遍野的敌人朝自己涌来，漫山遍野的枪炮朝自己打来，满山遍野的喊叫朝自己逼来，战友们要开枪，他却不让，说：“还远着呢，让他们再近些，一定要打他们的脑袋！”

每当敌人冲到近处时，米庆舜和战友们的机枪就将他们大片大片地扫倒下去，像推倒一堵堵土墙！

暂二军的人因为伤亡过重，害怕起来，他们尽力地喊叫着，把声势弄得很大，却不再愿意真正地朝米庆舜那儿冲锋，只是畏缩在远处放枪。

山坡上响了一阵乱枪之后又奇怪地平静下来。米庆舜感到这种平静有些不寻常，有些让他不安。他沿着战壕在几个点上朝四面一望，果然发现有人悄无声息地从树林里迂回包抄而来，有人已经占据了高点。这时候米庆舜已完全是三面受敌。

占据了上峰高地的是蒲裕桂，他端起机枪对着下面的米庆舜扫射起来，大声喊道：“张军长，你看我蒲裕桂如何戴罪立功——”蒲裕桂见米庆舜那儿人少，就无所顾忌地一边用机枪扫射，一边冲了下去。

在溪里捉鸭子时，从蒲裕桂手下逃生出来的肖守容跟米庆舜说：“他就是蒲裕桂！就是这个蒲裕桂在五宝田杀掳奸掠！”

他就是蒲裕桂？米庆舜要找的就是这个恶对头！他凭着自己的枪法，不急不慌地瞄准了蒲裕桂的脑袋说：“老子不摘你的心，不摘你的肺，只要你脑袋穿个孔！”米庆舜一扣扳机，“砰！”的一声，一发子弹穿过蒲裕桂的脑袋，脑袋霎时变成了一个红喷头，一下又变成一个火龙果。

但蒲裕桂站在那里好几分钟没有倒下去，手里的机枪还在不停地扫射，只是没有了方向。直到他倒了下去，他手里的机枪还在朝天扣响。

看着蒲裕桂倒下不再动弹，米庆舜才摸了摸自己的左腿，左腿已经两处中弹，他往左腿上使了使劲，左腿已经不听他指挥，腿骨断了。

蒲裕桂的人见蒲裕桂被打死，变得更加凶猛地冲锋。

在给米庆舜包扎伤口时，阵地上人手更少，有些压不住火力，米庆舜看着自己的战友已被打倒了三人，他跟肖守谦说：“姐夫，随便捆一下就行！不要再耽误时间！敌人又来了！”

腿脚还没有完全捆扎好，米庆舜又转身卧在血泊中拉过机枪扫射起来。看着冲到面前的敌人又一排排倒下去，他腿脚上的伤痛似乎也减轻了许多。但打退了敌人的冲锋之后，他又感到腿脚伤痛得很难受。他咬着牙躺在草丛里看着雨后湛蓝的天空，突然有了一种诀别的情感，他想起了自己的亲人，尤其是刚刚过了寿诞的母亲！他两眼热泪地跟肖守谦说：“姐夫，现在陈策司令员他们应该已经安全撤离了，我们牵敌的任务也已经完成。请你把机枪子弹上足，把余下的子弹和手榴弹都放在我身边来。”

肖守谦明白他的意思，说：“庆舜，我不会让你这样！我们兄弟生要在一起，死也要在一堆！”

米庆舜说：“趁现在敌人合围未成，你率领同志们赶快冲出去。我来掩护你们！”

肖守谦为难地想了想说：“我不能答应你！我要问问战友们。”

战友们没等肖守谦问话就都说，一定要和米队长一起撤出去！不然，宁愿死在一起！

米庆舜说：“姐夫，你看看，敌人把我们已经围成什么样子了？如果你们还要背着我、抬着我，其结果是，我们都得死！我已经不行了，但留下我来掩护你们，你们就都可以冲出去！用我一个人的生命换来大家的生命，这是划得来的！”

敌人又在组织再一次冲锋了，肖守谦还在犹豫，几个瑶族男女突然从林子里钻出来，一位年轻的瑶民转告他说：“陈首领有话：由我们带路，你们跟着我们撤退！”

米庆舜说：“刻不容缓了！我掩护你们，你们快撤！慢了，大家就都只有死成一堆！”米庆舜把自己心爱的手枪交给肖守谦，又果决地说：“姐夫，你是教书出身，我是带兵出身！平时你是我姐夫，现在我是这里的中队长，我命令你：为了大家的生命，你赶快带他们撤走！记住，好好孝敬我母亲！”

肖守谦一看敌人又要进行冲锋，只好忍住生死离别的难过说：“大家要服从米队长命令，把阵地上的子弹、手榴弹都集中到米队长身边来，然后跟我撤！”

大家只得把子弹箱搬到米庆舜身边，把机枪上足子弹，将手榴弹的盖子旋开，肖守谦又将那把手枪上足子弹还给米庆舜，然后带上队伍跟着瑶族老乡撤走。

撤下阵地后肖守谦一回头，却还有米金龙留在米庆舜身边，他大声吼道：“米金龙你怎么不撤？”

米金龙低着头硬着颈根说：“我是米队长的警卫，他在哪儿，我在哪儿！”

敌军已经冲来了，米庆舜和米金龙奋起还击，以最强的火力压住了敌人。米庆舜看着肖守谦他们在自己强有力的火力掩护下，顺利地进行了撤退转移，脸上如释重负地露出了一丝笑意。他跟米金龙说：“你过来。”

米金龙爬到米庆舜身边趴下。米庆舜捏了捏米金龙受伤的手脖子说：“跟我当警卫让你受苦了！”

米金龙说：“我愿意！下辈子还跟你当警卫！”

米庆舜说：“战友们已经安全转移了，我们歇会儿，最后看一眼这蓝蓝的天、这青青的山和这血淋淋的战场！”

两人都下意识地伸出手来，四只手抓扣得紧紧地不愿松开，相互也都看见了对方的热泪。

几次冲锋虽然都被打退，但包围圈还是越缩越小。米庆舜打完最后一颗子弹，丢完最后一颗手榴弹，他吃力地在硝烟中坐了起来，拉着警卫的手说：“金龙，眼看着大湘西就要解放了，全中国就要解放了，但我们看不到解放后的日子是什么样子了！真是没福气！如果不打仗不死人，那该多好啊！”

米金龙和米庆舜背靠背地坐着，他不想这些事，他只想自己没有子弹了、没有手榴弹了该怎么办。

硝烟散后，敌人又一步一步地逼近，当看见米庆舜两人微笑着坐在那里时，又不敢再逼近，他们猜想对手已经是没有了子弹，但一定有最后一批手榴弹，不然，绝不会如此平静！

米庆舜大声说：“你们大胆来吧，我们的手榴弹是炸你们的，绝不留着炸我们自己！”

蒲裕桂的手下不知什么时候已经溜到了米庆舜的背后，一梭子弹扫过来，米庆舜和他的警卫员手抓着手地躺了下去，因为早有准备，他们躺得很自然。他们也真的没有给自己留下最后一颗手榴弹。从这一刻算起，刚刚成立的湘西纵队和十倍于自己的暂二军这一仗打了十三个小时。米庆舜和他警卫的离世为这一仗画上了一个坚硬的感叹号！

如海的苍山沐浴着如血的残阳！枪声全部停息下来之后的罗子山，被夕阳蒸发出一种浓浓的血腥味，随着山岚缓缓升腾和散漫。

米庆舜捏了捏米金龙受伤的手脖子说：“跟我当警卫让你受苦了!”

张玉琳和石玉湘来到米庆舜他们坚守的阵地上时，蒲裕桂的手下人为了雪恨已割下了米庆舜的头颅。张玉琳不说话，在阵地上慢慢地踏看了一个来回，然后看着米庆舜的头颅说："他是个真英雄！他的一条生命，要我们上百条生命奉陪！"

捧着米庆舜头颅的人向张玉琳报告："我们要把这个脑袋吊在龙头庵码头上示众！为我们蒲连长雪恨！"

张玉琳没有说话，示意这个人去请示石玉湘。

这人又向石玉湘请示："石师长，我们要把这个头颅带到龙头庵吊在码头上示众！"

石玉湘想了想，如果他说不行，张玉琳会不会怀疑他有二心？如果他说行，这件丧良心的事就会记在他头上。他只得说："你们看着办吧！"

暂二军的人开始在树林和草丛里背伤员和收尸体。

山上没有路走，山势又陡峭难行，地上终年堆积的厚厚的腐叶让人看不清地面的高低，踩动落叶常常撑不住脚直往下滑，人常常被厚厚的腐叶埋掉半截，而从腐叶里面突然溜出的大蛇常会"唬——"的一声抬起头来喷出毒液，或者是惹怒毒虫和大堆大堆的有毒蚂蚁，叮咬得让人痛痒无比。

自从昨天交火以来，暂二军的人都没有吃上饭，拼着命放枪还不觉得，打完仗，大家的身体就像被抽空的皮囊，疲惫得提不起脚来。但军部有令，伤员和尸体必须运回县城！

为了省力，大家就把死尸用藤蔓捆起来放在腐叶上往下拖，有的尸体衣服被倒挂起来，露出饿得瘪瘪的肚皮，肋骨与肋骨之间像沅水河岸上深深的纤痕。

死尸还能由人摆弄，背伤员下山就更加艰难，有人背了一会儿背不起了，就把伤员也放在地上的腐叶里，用藤蔓捆住双腿往下拖。伤口碰在树干上或者石尖上，伤员就要日娘骂老子地大叫一阵，而拖他的人火气更大，"你嚷骂什么？我们也只剩下一口气没咽！从昨夜打到现在还没有一粒米芯子下肚，在这陡峭的山上，哪有力气背得起你们？能把你们拖下山去，就算你有福气！骂得老子发火，不拖你了，让蛆虫蚂蚁慢慢地啃你！"

拖下山的尸体堆放在路边，灵敏的苍蝇成团地飞来，趴在伤口里屙下了一堆堆细如针尖的小白卵。不多时，这些小白卵就变成一片扭动的白尸蛆。即使从枪子儿里钻出来的张玉琳和石玉湘也还是第一次见到这么大堆大堆的尸体。张玉琳肃穆地对着尸堆三鞠躬，石玉湘也向这些尸体三鞠躬。张玉琳跟石玉湘说："要加快进度，无论如何要在明天把伤员和尸体运回县城去！天气这么热，迟了，尸体就会腐烂生蛆！"

加快收尸的命令一级一级传下去，大家就开始砍竹子、树条和藤蔓做抬伤员和运尸体的工具。

山上突然响起了鞭炮声，余悸未除的张玉琳又紧张起来。问石玉湘："怎么回事？"

石玉湘马上叫人爬上高树去瞭望一阵，树上的人说："是这里的瑶民放鞭炮来收拾叛军的尸体！"

张玉琳听后沉默半天才摇了摇头，斩钉截铁地说："我们要赶快走！越快越好！"

石玉湘知道，张玉琳此时思绪万千。一方面，他怕瑶民再来进攻；另一方面，已经离开县城多天，消息十分闭塞，而眼下又正是政局万变的日子！石玉湘只得给大家鼓劲说："弟兄们，辛苦了！这一仗我们打败了叛军，取得了重大胜利！大家鼓起劲来，到了龙头庵我们要大吃大喝一顿！"

石玉湘的这句话提醒了张玉琳：是的，一定要说这一仗取得了重大胜利！劲可鼓而不可泄！

张玉琳、石玉湘骑着马走在队伍最前面，后面的树林里拖起了长长的队伍。抬伤员的抬伤员，抬尸体的抬尸体，扛枪炮的扛枪炮，还能爬得动的伤员没人抬他们，就跟在后面跛着脚吃力地走着爬着，他们害怕这里的瑶民放不过他们，因此，再痛苦也不敢掉队。

夕阳把最后一道余晖抹在河湾时，暂二军的队伍到达了龙头庵码头上。没有受伤的人，把那些伤员和尸体丢在码头边上，转身就冲向店铺里抢吃的。这正是吃晚饭的时候，店铺里的人看着他们满脸血迹、两眼血红、一身污脏地闯进门来，只好赶快放下碗筷，躲到一边蹲着看他们在自己的餐桌上狼吞虎咽。有个脾气不好的店老板骂了他们一句："真是强盗来了！"但店老板的话还没有骂完，就被一枪打死在街中间的青石板上。打仗的人打到这个样子，杀人真是比杀只鸡还随意！

张玉琳本不想让自己的队伍这样扰民，但他可怜自己的士兵，更痛恨这一带人拼死支持湘西纵队。在与叛军作战时，他看到了很多头裹蚂蚁布帕的瑶乡青壮年男女在作战中的机智和勇悍。石玉湘很熟悉龙头庵地方人的倔强脾气，他在张玉琳面前悄悄说："如此下去，要是这里人再发地皮风来打我们，我们就无力应对！"

张玉琳坚持说："让他们抢些吃的，打死几个乡民有什么了不起？他们不是打死我们这么多弟兄吗？吃饱了我们赶快起程！你现在安排人，马上把河边的船只都租用下来。我们一定要连夜赶往县城！"

石玉湘去河边租船时，看见有人从一棵杨树上跳下来，他抬头一看，米庆舜的头颅已放在路边那棵杨树枝丫上，脸朝着码头的大路这边。石玉湘站住，朝上看了一眼树上的人头，又朝下看了一眼放人头的士兵说："你应该将他的眼睛抹闭起来。"

那个士兵说："我用枪筒戳都没能把他的眼睛戳闭！"

石玉湘说："此人真是英雄！连一双眼睛都这么难征服！"

石玉湘没有按照张玉琳的要求去预先把船租下来，他只在河边仔细数了大小木船的数量。

张玉琳问石玉湘："湘哥，那些船你都租下了吗？"

石玉湘说："现在不能说这个话！"

张玉琳说："为什么？"

石玉湘说："丝毫不能惊动他们！"

张玉琳说："怎么回事？"

石玉湘说："如现在让他们知道我们要租船运尸下县城，他们必定马上逃得无影无踪！"

张玉琳顿悟过来，"还是湘哥你聪明！要是找不到船下县城，这么多尸体丢在这儿怎么办？"

石玉湘说："你放心，我自有办法对付他们！等弟兄们吃饱了再说。"

石玉湘等弟兄们吃饱喝足之后，点了十六个人头，要他们带十六个小分队突然同时冲上十六只船上，然后再讲价钱。

这一招果然很绝，当船老板知道是要给打湘西纵队的暂二军运尸下县城时，没有一个船老板愿意。但是，枪口已经顶在他们的脑门上，扛尸的人已经将尸体丢进了船舱！

为了在尸体未到县城之前做好一切准备，张玉琳和石玉湘带着一支队伍骑马回城，而要易国英、柴宝臣他们押运尸船回城。

十六只船开动时，易国英要大家放了一排枪。不明白他们是要庆贺胜利还是为自己一路上壮胆压惊，或者是给一路上行船压邪！

庆舜娘得知儿子被暂二军的人打死，把头割来放在码头边杨树上的消息时，她正在给她的猪崽喂食。让人没有想到的是，她出奇地平静，她不哭不喊，也没昏倒，她把猪食全部倒进猪槽后，两手在裤腿上抹干净才往码头上赶。

赶到码头上，她打着日头罩子远望，见暂二军的十六只船已经开走，最后一只船的孤影还留在天与水之间的切线处，那已经不像一只船，只是一个黑点！她在码头上站住，问身边的人说："暂二军的人都走了？"

身边人告诉她："都走了！"

她问："坐船走了？"

身边人说："坐运尸体的船走了。"

她又问："运了几船尸体？"

身边人说："十几只船都装满了尸体！"

她再问："我庆舜一定打死他们不少吧？"

身边人鼓励她说："你庆舜打死他们无数个！"

她微笑了一下，不再说话。她往回走到放有庆舜头颅的杨树下，一把将那棵杨树搂紧了，将自己满胸衣襟用双手扯起来张成一个布窝窝，然后一头撞在杨树上说："庆舜儿啊，娘接你回家去！"

米庆舜的头颅奇迹般地从杨树上掉落下来，平平正正地落在娘怀里！

娘抹了他一把眼睛说："儿啊，你放心走！"

庆舜安然地闭上了双眼！

娘把儿子的头颅捂紧在怀里，一边往家里走，一边给儿子喊魂："儿啊，跟娘回家！儿啊，跟娘回家！"

71 / 责怪我们谎报军情怎么办

运尸船队刚过黄溪口就遭了大雨，船外的世界全是哗啦啦的雨水怒吼声，活人躲进了船篷里，堆在船头上的死尸一直在大雨里淋着，一些硬结在衣服上、肉皮上的血痂又被雨水稀释溶解，化成血红的水流沿着甲板边缘的小沟肆溢，浓浓的血腥味熏得船舱里的人直想作呕！

大雨落了半夜才停，上弦月不见了，下半夜的星星却像是被大雨洗得特别清亮。有人实在受不了，走出船舱蹲在甲板上说："小时候听奶奶说，天上一颗星，地上一个人；地上死一个人，天上就要少一颗星。现在死了这么多人，也不见天上少一颗星。天也没有耐心管人间的这些争斗打杀了！"

有人回应说："地上的人头数不清，天上的星星也数不清。谁知道天上少没少星星。"

更多的人对这种多情的"呓语"没有任何反应，大家着急的是早一点赶到县城洗个澡，洗掉一身血腥味，好好睡一觉。

星星越亮，夜就越黑，看不清前方的船老板不敢让下水船走得太快，但是，河里涨了点毛毛水，船还是比往日快了一些，一座座大山的黑影在眼前一晃就退到了身后。不过，船老板又觉得快一点也好，早到了县城交割了这门鬼差事，也算是脱了担心、脱了恐惧、脱了祸患。至于有没有运费，这就很难说，上船时他们说是要付钱，到了县城，恐怕就要看张玉琳高不高兴。

张玉琳和石玉湘一路快马连夜赶到县城，他们带队奔往龙头庵、罗子山督剿叛军已整整七天七夜，日夜担惊受怕，奔忙不已，疲惫不堪，现在实在是想休息。但他和石玉湘洗过澡稍作休息，又不能不守在军部，因为积压的军务不少，他不能不加紧督办。尤其明天天一亮，运尸的船只就要到达码头，该如何处置，也十万火急。

张中宁已多次来电催问督剿叛军的全面情况，正等待张玉琳作最后回答，而汇报材料还没有最后形成。说打了胜仗这是肯定的，问题是如何上报叛军和自己队伍的死伤人数、缴获的枪支。如果照实上报这两个数字，肯定和"胜仗"不符。

张玉琳感到有些头痛，他洗了一把冷水脸回来，稍有清醒，跟石玉湘说："湘哥，追剿叛军的报告该如何定调？"

石玉湘转动一双鹰眼说："当然要报大捷！"

张玉琳说："何以证明？"

石玉湘说："上报打伤叛军数百，打死叛军五十余人。"

张玉琳说："那我们的死伤人数呢？"

石玉湘说："打伤数百人，打死四十人。"

张玉琳暗吃一惊，他一直在前线战场上看着，打死叛军的情况他心里清楚，也就不过五六人，怎么报五十余人呢？而自己的队伍被打死的粗粗一点就近三百人头。张玉琳说："打死叛军这个数字起码扩大了十倍啊！而打死我军的人数起码缩小了十倍。中宁军座要是查问到实情，责怪我们谎报军情怎么办？"

石玉湘说："现在什么时候了？共军的大部队都快到沅陵了，张中宁哪还会查实这些！他照样也需要向蒋总裁报功！"

张玉琳说："怀化那个蒲麻雀一直是人在曹营心在汉，他的部下一直在打前锋，他要是暗里把真实情况捅出去呢？"

石玉湘说："他和我们应该切肉连皮！打胜仗他蒲和生有份，打败仗他蒲和生也有责任！人啊，只要和自己有利害关系，他就不会乱来！"

张玉琳觉得有理，说："好，那就按湘哥说的报喜。明早船到码头，只起四十具尸体上码头，其余的尸体交给刘光寺他们处理。我现在就把刘光寺叫来布置任务。"张玉琳打电话把刘光寺叫来安排了一阵，要他连夜找人在中南门码头上等候。

刘光寺走后，张玉琳又把政治部杨主任叫来，要他连夜找人组成鼓乐队，天亮前赶到中南门码头上吹号打鼓，造出非常热闹的场面进行贺捷！

一切都安排就绪，张玉琳感到稍有轻松，他和石玉湘走出军部看看天色，天边已开始泛起鱼肚的淡蓝。

石玉湘说："你现在可以在电话里报捷了！"

张玉琳说："是不是太早了，打搅了张军长的休息？"

石玉湘说："这个时候，你只有打搅他的休息他才会高兴，才显示出你对他的忠诚，才显示出你对军务的认真，也才显示出你得胜之后的喜悦！"

张玉琳听如此说，兴致陡涨，马上走进军部接通了张中宁电话。张玉琳振作起精神，按照和石玉湘商定的方案，向张中宁报告了敌我双方死伤人数、缴获的枪支弹药，以及叛军的逃向。并说，过两天要在县城办一个战利品实物展，要请张军长莅临指教。张中宁其实已通过怀化这边的内线知道内情，也知道这个汇报情况不实，但此时批评张玉琳已有百害而无一益，而表扬却有百益而无一害！他在电话里对张玉琳大加赞扬，说一定要奏请蒋总裁给予嘉奖。张玉琳最后又歉意绵绵地说："真是打搅您休息了，实在是因为军务在急。"

事情果如石玉湘预料，张中宁并无一点怨意，反而说："军人就应该如此雷厉风行！"

虽然已经好几天没跟张中宁联系，但这个差事，因为有石玉湘这位高参的周密部署，张玉琳还是感到处理得非常圆满。他似乎更多了一点高兴，自我得意地说："只要张军长那里过了关，往下的事情都可以出在自己手上了！"

天还没有亮，政治部杨主任就带着一群人站在中南门码头上，举着一幅大标语："热烈祝贺暂二军追剿叛军凯旋县城！"

刘光寺也站在码头一侧朝沅水河上游盼着望着，虽然还看不清人面，但已看到长长的船队。

船队在天亮前全部到达中南门码头，辰河港里黑压压地排满了一大片。刘光寺按照预先的安排，首先把船工全部带下船集中起来清点人数，然后由警察押着带进县城一家面馆里软禁，不让他们看到下一步行动。当然跟船工们说的话还是很有人情味，"师傅们一夜辛苦了，我们已经给你们每位师傅准备好了一大碗猪脚面！请大家享用！"

大家走进馆子一看，面条的确不少，猪脚也放得很多，船工们都没有想到给张玉琳的队伍运尸体还有这么一大碗猪脚面填肚子。有船工说："只怕这碗猪脚面就是我们的运费啊！"也有人说："只要不再有别的鬼差事落到我们头上就万幸了！你还想什么运费不运费！"

大家蹲在地上吃过面条就想快一点上船揽别的生意，但大门口被带枪的警察看守死了，一个也不让提前出去，说是货还没有下完！有人担心又有别的鬼差事要让大家去干，就问："那货下完了让我们出去吗？"警察见他们都蹲在地上没有坐在凳上，就以为他们心里不安，骂他们说："去去去！都安心地坐到桌上去吃！货下完了当然放你们出去！"

一个船工说："我们不坐！我们是蹲习惯了，蹲着舒服，坐着就不舒服！"

船工下船上岸去吃面条之后，刘光寺就要朱所长带领警察们将尸体搬移到预先备好的船上。原是安排一个麻袋装一个尸体，但朱所长为省钱，将一个麻袋里塞进几个，然后转运到下游河中间推下水去。刘光寺站在船上亲自督阵，一丝也不敢疏忽。河中涨起的毛毛水，正好把落水的尸体很快卷得无影无踪。

一个推尸的警察说："这些尸体过几天就会浮起来。"

刘光寺说："等他们浮起来就已经到了沅陵、常德了！这年月，到处打仗，谁知道是哪里打死的？你们想那么远的事干什么？只要在辰溪的中南门码头上没有人看见这些尸体就行！我们只向暂二军交差！暂二军连麻袋都舍不得，我们还给他们用麻袋裹尸，算是仁慈了！"

除了留下的四十具尸体外，其余的尸体全都由刘光寺带领警察在天亮前处理掉了。刘光寺完成任务后就去暂二军军部作了详细报告。

张玉琳问："都处理好了？"

刘光寺说："请军座派人验收！"

张玉琳拿着一只白手套挥了一下说："刘局长办事还用验收吗？不用了！通知船老板各自归船！"

刘光寺说声"是！"转身欲出门。张玉琳又说："慢！"张玉琳将办公桌上一个沉沉的蓝布袋推到刘光寺面前说："这里是三十二块大洋，你给每只船头上放好两块大洋，告诉他们这是昨夜的运费，要他们回去后就说是昨夜给暂二军运枪炮弹药，不要说运尸体这些不吉利的话！"

刘光寺走后，张玉琳给石玉湘说，通知军政要员在码头上集合，庆祝追剿叛军大捷！

刘光寺来到面馆给船老板训话："各位船老大都听好了啊！我们张军长说，昨夜各位都辛苦了，他非常感谢大家的支持，所以才请各位吃猪脚面一大碗。张军长非常关心大家，他说大家白辛苦，吃一大碗猪脚面还不算，还要给每只船发一块大洋做运费！"

下面有人议论起来，说辛苦这么一整夜，才发一块大洋！

刘光寺说："剿共除匪，保境安民，人人有责，不要大家白干就不错了，你们还有什么意见？那好吧，没有意见的领了钱先回船！"

水上讨生的船老板什么事没有见过？摇桨的哪拗得过挎枪的？谁也不再说意见，一个个低着头领了一块大洋出了门，赶快回到自己船上用布拖把将血迹洗干净，赶快离开了中南门码头。

张玉琳就是要他们快一点离开，怕他们在码头上停留久了露出什么有关运尸的闲话在县城传开。刘光寺就更希望他们快走，他怕这些船老板有哪位胆大的去找军部计较昨夜的运费。如果让张玉琳知道他克扣了船工十六块大洋落了自己腰包，那可是后果不堪设想！看着这些船桅上扯起了风篷，老板们急忙开船走了，刘光寺站在河岸上得意地笑着，亲切地向他们挥手致意，心里想，自己也算没有白干！要把这么多尸体像扔石头一样地扔进河中，别说体力，光是心里这种难过也不值这几个钱！

庆贺"剿叛大捷"的仪式，按照预定程序有条不紊地进行。

河滩上只剩下四十具尸体和一大堆枪炮，枪炮本是暂二军自己的，但这时候已经变成了"叛军"的，成了暂二军的"战利品"。好在双方的枪炮原本都是汉阳兵工厂出来的货，谁也辨不清楚哪些枪炮是谁的。

天亮后，码头上过河的人越来越多，聚在那里看热闹的人不少，加上锣鼓喧天，县城脚下的河滩上已是一派庆贺大捷的场面。

几串长长的哨声之后，码头上的队伍变得井然有序：一面崭新的青天白日旗高高举着行进在最前面；紧随其后的是阵容庞大、衣帽古怪的鼓乐号手；接着就是那幅由几人举着的大标语："热烈祝贺暂二军追剿叛军凯旋县城！"；接着是披红戴花的战斗功臣；再接着的是用担架抬着的四十具尸体，尸体全用白布蒙着，每一具尸体上还放上一束鲜花，抬尸队随着指挥棒抬脚落脚，走得非常肃穆；再接着是搬运"战利品"的兵丁长队，然后是正步威严的礼仪方队。张玉琳、石玉湘、县党部书记和县长等军、政要员由警卫护着走在最后压阵。他们满脸洋溢着胜利的喜悦，频频地向码头两侧的人们挥手致意。

向瑚、杨俊和女子刺绣店的人都躲在码头后面朋友家的吊脚楼上，通过临河的窗口向下俯视码头上发生的这一切。自从陈策、米庆轩和肖洪量带领队伍去龙头庵成立湘西纵队，她们就都隐蔽到了乡下的亲戚家中，这些日子断断续续地听到一些消息，只知道张玉琳和石玉湘带了重兵追剿到了龙头庵、罗子山一带，和湘西纵队打了一场恶仗，死人不少。但到底哪一边死了多少人，死了些什么人，谁也说不准。现在看见暂二军的人如此庆祝胜利，她们猜想陈策、米庆轩、肖洪量以及米庆舜他们都很难活在人世。看着看着，向瑚和杨俊的手就情不自禁地拉到了一起，抱头痛哭起来。向瑚和杨俊一哭，女子刺绣店的姑娘禁不住也都抱搂在一起哭成一堆。她们哭诉着自己没能帮助陈策他们的湘西纵队做些事情，哪怕是送上一顿饭也行；哭诉着没能去看看牺牲在罗子山上的英雄们；哭诉着没能给这些亡灵烧上一把纸钱……但她们不敢放声大哭，怕别人听见哭声惹出什么祸事，怕暂二军的人发现她们，对她们再下毒手。

暂二军在码头上庆贺一结束，她们就急着四处打听有关罗子山一仗的详细消息。

当天，由张玉琳亲自创办的《正义日报》以大标题、整版面刊登了暂二军追剿"叛军"的功绩。这一天的《正义日报》一律不要钱买，县城各处都有人散发。有人带了几份回来给向瑚和杨俊她们，她们一个字一个字地看过，得知"叛军"已被打败逃往龙潭，被击毙的"叛军"有五十余人，中队长米庆舜的头颅被割下放在龙头庵码头边的杨树上示众，但始终没有看到有关陈策、米庆轩和肖洪量他们下落的文字。

向瑚把报纸放在桌上说："张玉琳这个庆贺胜利的场面恐怕是专门做给别人看的，其实他们是打败了归来的。"

傅英说："张家溜有人来县城卖菜说，他们那里的河滩上躺着很多穿着暂二军服装的尸体，有的用麻袋装着，有的连麻袋都没有。"

女子刺绣店的人就顺着这个话题议论起来、猜测起来。

张玉琳早就知道会有人如此猜疑，所以，他又举办了"战利品公展"。他要让事实说话，要有人证物证。于是，暂二军军部外面的小广场上展出了一大批枪炮弹药，又请人随意画了一些人头像，标明是“叛军”中的哪些人在罗子山激战中被击毙。

办完“贺捷公展”，张玉琳又不得不忙于用电台、电话、报纸和朋友传话等方式收集关于国、共双方的消息。电台广播称：程潜、陈明仁通电起义后，兵团副司令刘进、彭尉生、张继鹏、熊新民，十四军军长成刚、十七军军长彭锷、一百军军长杜鼎等共带领五个师及一个团先后逃走，实际参加起义的正规部队和地方武装大约十万余人。张玉琳听完电台的这段播音，“叭！”的一下关了收音机走到自己案前，将陈迪光赠他的那方紫檀砚盒揭开，砚池里还有些宿墨，他铺上宣纸，在青花笔洗里蘸了些水，在砚池里舔好笔，一挥而就，写下“忠义报国”四个大字，笔笔雄劲有力。这四个字他自在沅陵八中读书时就开始写，一直写了多年，但从来没有今天这样写得出神。此时他才真正相信书法之神唯有胸臆喷发才有上品！他也不想贬责程潜和陈明仁之举，他自己抢了汉阳兵工厂之后，有些日子也是日夜惶恐不安，感到无路可走，也曾接受过陈迪光的改编，投到程潜名下，也曾跟陈策喝过鸡血酒，但现在他还是跟定着张中宁！

石玉湘走进门来，一见张玉琳桌案上的四个大字，就定神看了起来。张玉琳说：“湘哥，你怎么也对书法有意了？”

石玉湘说：“不是我有意，是你今天这字写得一派好气韵！”

“此话怎讲？”

“胸有敬服之意，笔有佩服之情！作字之法唯成竹在胸尔！”

“知我者，湘哥也！”

“说说你听到了什么好消息？”

“刚刚电台报道，程潜、陈明仁通电起义后，部分将士已离他们而去。”张玉琳显出一副高兴的神采。

石玉湘脸无丝毫高兴，顺手拿起紫檀砚盖盒，指着刻在盖盒上面的字说：“此六字不可忘！”

张玉琳猛然一醒，看见砚盖上篆刻的六个字：

“后有定，可言强。”

自从陈迪光将这方砚台送他之后，他就一直带在身边，也一直放置在自己案前，此六字也几乎天天看见，怎么今天经湘哥一提猛然有了一醒？当年陈迪光送他这方砚台时的情景又在脑海里浮现出来。当年得到这方砚台可是吉兆啊！那么今天呢？张玉琳说：“湘哥，看你今天的神色倒是满腹忧愁啊！我告诉你这样的消息，你为何不高兴一番？”

石玉湘说：“有何高兴可言？一个通电就有十余万人投诚还少吗？国民党还有

几个十几万人？我可要告诉你：共军已在双峰和白崇禧部打过激战。双峰离我们这里还有多远？翻过雪峰山就到了我们眼皮底下！中共已经批准湖南地下工委与随军南下的省委合并，成立了新的省委。眼看共军直逼湘西，只要陈策他们与共军一会合，就会如鱼得水。试问，我们手里还有什么好牌可以压阵？还有何喜可言？”

张玉琳说：“现在的大局的确于我们不利，但听说白崇禧很快要来湘西，白长官可是党国的小诸葛啊！到时候，我们看看他如何坐镇湘西，如何对付共党，如何收拾湘西纵队，如何收拾陈策他们！”

72 / 谌鸿章派人接我们来了

陈策感到罗子山生死一战，湘西纵队完全达到了打击暂二军嚣张气焰和打出湘西纵队军威的作战目的，也经历了一场脱胎换骨的成长之痛！

按照预约的撤退集合地，他率纵队大部于当天下午到达溆浦的小横垅乡，计划在此宿营一夜，等待米庆舜中队赶达后，再向龙潭转移。

陈策刚在枣树下的那块大石头上坐下，打前站的肖守训就匆忙赶来报告："陈司令！我们不能在此宿营！"

陈策脸色一沉，"你说这里的舒乡长和你是表亲，才要你先到这里安排部队后勤。怎么现在不能在此宿营了？"

肖守训说："这里属雪峰部队下辖的刘忠支队防区。舒乡长同意我们驻扎，但刘忠支队长坚决不让！这年头，印巴子惹不起枪杆子！"

陈策霍地站起来说："好，那我们走！刘忠这笔账，我给他记着！"

陈策只得带上纵队在极度疲劳中绕道到偏远的水落田暂住。

吃过晚饭天就完全黑了下来，肖守谦带着最后撤退的几位战士像一串阴影来到了陈策面前。

"庆舜他们呢？"陈策迫不及待地问。

肖守谦满脸尘土，泣不成声："报告司令：为牵住敌人，米庆舜、舒大培、米金龙、米仁满、夏国钦、周老满六人，已经牺牲了！"

坐在八仙桌边四脚板凳上的陈策慢慢站起来，立正，脱帽，低头致哀！

好一会儿他才说："我怎么能失去庆舜呢？自从我们派他潜入敌营，他就像一颗钉子扎进敌人的心肺！我怎么能失去这么英勇的六位战士呢？是他们拼死战斗，才使我们得以安全转移啊！"

纵队的人都围在陈策周围，情不自禁地默哀起来。

陈策摸了摸八字胡说："是啊，当时真是很危险哪！"他沉默了一会儿又问："陈首领呢？"

肖守谦说："他带人回去打扫战场了。"

陈策点了点头。

水落田只是偏僻小村，加之刘忠部暗里放话，不让老乡们与纵队官兵亲近，官兵们只好不打扰村民，在门外屋檐下的台阶上背靠背地过了一夜。

对于极度疲惫的战士们来说，这照样是一个安静而短暂的夜晚；对于陈策来说，这一夜比任何一个夜晚都难熬而漫长：六位烈士好像就在他眼前走来走去；还有刘忠的人如果突然来袭那将如何应对？……

天刚睁眼，陈策就如释重负地集合队伍说："同志们，按照省工委的指示，我们部队要尽快转移到龙潭！此刻，让我们向这次在罗子山激战中牺牲的战友米庆舜、舒大培、米金龙、米仁满、夏国钦、周老满六位烈士表示沉痛的哀悼！烈士的鲜血不会白流！黎明的黑暗不会长久！胜利已经来到我们面前，我们将以大湘西和全国的解放来好好祭奠我们的烈士！"

官兵们举起枪来，要求朝天鸣枪哀悼，陈策扬起手来，把那一片枪口压了下去说："枪声一响就要惊扰百姓！留着子弹，我们还有敌人要消灭！出发！"

纵队向龙潭出发后，陈策又有一种疑惧。昨天因为刘忠的反对，驻不进小横垅乡公所所在地，实在有些出乎陈策的意料，因为此前省工委早有指示，要湘西纵队遇到特殊情况时向龙潭的谌鸿章这边靠拢，谌炽到龙头庵时也说过，谌鸿章答应接应和支持，加之战前又几次派人前来联系，结果这一切都不尽如人意。虽然辰溪的第一个中共地下党支部——龙头庵党支部是由溆浦地下党发展起来的，辰、溆两边的中共地下党一直保持着较好的联系，但谌鸿章对湘西纵队的到来是否做好了准备？他能顶住龙潭地方武装的干扰吗？到了龙潭又会是一种什么结局？这一切还是让陈策心里的那块石头落不下地，他非常担心谌鸿章这边再有变故。

谌鸿章是晚上才得知湘西纵队转移到小横垅的。

谌鸿章住在四益绸缎铺。四益绸缎铺的老板姜定耀刚准备打烊，雪峰二总队派人来报："小横垅刘忠支队来电：湘西纵队与暂二军在罗子山发生激战，湘西纵队已撤退到小横垅进入刘忠支队防区，向承祖请谌鸿章去司令部商量对策。"

姜老板马上上楼到谌鸿章的住房里面呈这一情况，并建议他督促向承祖电令刘忠派部全力支援。谌鸿章心事很重地说了句"我知道了"，就走出门去。

姜老板望着谌鸿章的背影，一直等着他带回好消息。可等了两个钟头，谌鸿章才匆匆回到店里跟姜定耀说："刘忠这个家伙，他不仅不援助陈策他们，还不让他们进入他的小横垅防区，只允许他们绕道去水落田宿营一夜。向承祖对刘忠这些做法，看来也是听之任之。定耀，这支队伍真正是我们自己的武装。今天是来不及了，你明天一早赶去迎接他们！如果部队打散了，你就在那里住一天，做好收容工作，然后接他们到我们龙潭来！"

姜定耀心里一痛，说：“问题肯定不光在刘忠身上，向总指挥肯定也没有布置到位。好！我明天一早就去迎接我们自己的武装！”

龙潭镇上的狗在黎明前的黑暗里叫了一阵，是对着姜定耀他们五个黑影叫的。姜定耀带上四名便衣手枪小分队出发了，往水落田方向赶去。

眼前的黑夜像雾一样地慢慢散去，天越走越亮，小分队也越来越走进莽莽的绿色。

走到山岔溪时，最前面的姜必桃突然溜回来报告：“前面发现情况！”

姜老板命令：“马上埋伏！”

五人迅即在深深的绿色里消失。

那边的队伍很快走到了姜老板眼前，他一眼便看到走在最前面的是在溆浦中学读书时的老同学刘本禄。他把手枪一收，往下一溜就在路中间站住。刘本禄也一眼认出他来了，嘶哑着嗓子大声叫道：“老同学，我差点儿就见不到你了啊！”两人紧紧地拥抱了一阵。

姜定耀说：“知道你们这一仗打得很苦。大家辛苦了，大家辛苦了！我是谌鸿章派来迎接你们的。”

站在一旁的肖守训一边握着姜老板的手，一边欢跳着朝队伍挥手，把这个喜讯转告给了大家：“同志们，谌鸿章派人接我们来了！谌鸿章派人接我们来了！”

肖守训在小横垅乡为纵队求援受挫和与刘忠的反复较量中，预感到了湘西纵队未来的艰难，因此也就十分担心湘西纵队撤退后的安危，现在终于见到谌鸿章派人来接，自然高兴有余。

喜讯像一场春雨，把人人脸上都淋得像盛开的鲜花，队伍在不知不觉中加快了前进的步伐。

姜老板要三名便衣枪手在前面带路，自己和另一名便衣枪手等待陈策的到来。

对于陈策，姜老板想见已久！这些年一直听说陈策的大名，就是没有见过面，今天终于要实现自己的夙愿了。

大部队的后面走来三个人，走在前头的谢斐然，走在后头的是肖洪量，中间那位长者就应该是陈策了。

姜老板认识谢斐然，一见面，谢斐然就把陈司令员介绍给了姜老板。两人握手时，姜老板仔细端详着陈策：两道威严的浓眉，高高的眉骨，一双炯炯有神的眼睛就像两口清澈的深潭，装满着沉静与智慧；满头花白的粗发，一对八字胡，沧桑岁月在他紫铜色的脸额上刻下了一道道深深的皱折；他中等身材，十分结实，给人的第一印象就是一位久经沙场的军官！姜老板突然想起一个熟悉的面孔：苏联大文学家高尔基！

他的好奇和敬意让陈策有些不好意思，他略带风趣地笑着说：“姜老板，听庆轩同志说，你在山西吕梁山区打过游击，当过支队长，参加过晋北五寨战役，夜袭神头，打过马邑？”

姜老板谦虚地笑笑说：“那都差不多是十年前的事了。那年我从常德省立三中高师部毕业后，本来在家乡教书，卢沟桥事变后，我深感民族存亡已到危急关头，在一个枫叶黄红的日子，趁夜里，我将书本整整齐齐地放在教室讲台上，告别了自己的学生和任教的学校，奔赴抗日前线。后来，参加了晋西北抗日大战。一九三九年我回到地方工作，一九四零年又告别家乡去湖北通城前线‘湘鄂赣边区抗日游击挺进第六纵队’，还任过三年作战参谋。”

陈策说：“抗战时我在平朔地区做动员工作，距马邑不远啊！”

姜老板说：“说夸张点，应该听得见马邑的枪声！”

陈策说：“该见到的人总是要见到，当年在山西抗日不能见面，今天还得在湘西这个大山里见面！不过是推迟了十年！”

姜老板说：“地球是圆的，在这个圆球上多走步路，就总要遇到自己该遇到的人！一九四五年三月，在对进犯雪峰山区的日寇作战中，我见到过米庆轩，他说是你派他带队去抗日的。这些年我一直很想见到你。”

陈策说：“说起来真不好意思！最需要做抗日工作的时候，国民党把我关在牢里三年，不让我出来！幸好，日本鬼子打到雪峰山时，我出牢了。听说你是在雪峰山区直接打过鬼子？”

姜老板说：“我和向承祖率抗日纵队在邵阳滩头地区与日军的一一六师团一零九联队奋战一昼夜！”

陈策说：“这些年，你为党和人民做了不少工作啊！”

姜老板说：“能力有限，不足挂齿！日本投降后，我在龙潭开设绸缎铺，协助中共地下党龙潭据点工作。我现在是越来越明白，这年头，有枪的人说话才有用啊！今天，我终于迎来了真正属于自己的武装队伍，内心有了一种说不出来的兴奋！当年向承祖组军时，要我去当团长，我没有去。这个队伍到底不是自己人，他也不会把我当作自己人。后来在雪峰山区的一次对日作战中得到了证明，向承祖听不进我的意见，在作战中患得患失，结果吃了日军一次大亏。这么多年来，我就希望在自己脚下这块土地上有自己的武装。自谌鸿章住进‘四益’后，又得知你和米庆轩在辰溪组织地下武装，还在溆浦中学读书的刘本禄同学也是这个纵队的骨干，我早就想见到这支自己的队伍！”

两人一见如故，越谈越亲切。

姜老板说：“听说你也是三八年回到老家辰溪的？”

陈策说：“是啊！那年夏天，首长说要做好抗日持久战准备，就交给我任务，要我回到辰溪搞武装。”

姜老板说：“我在你后面几个月，是秋天回来的。”

陈策说：“前方正需要人才，你又年轻，又有文化，首长怎么就批准你这样的人才回家了？”

姜老板这才轻轻地感叹一声说：“那年，土匪烧了我的家，杀了我家的人，还要勒索巨款，司令员就要我回家探亲。因回家要绕道敌占区途经陕北绥德、延安、郑州、武汉再到湖南，耽误了时间，到家时，武汉已告失守，重回部队的路已被阻断，时日一久，又不知自己部队开到了哪里，就只得在自己家乡干了。”

陈策笑着说：“也好嘛！湘西的解放也正需要我们嘛！”

部队行进到一条很直的路上，姜老板望着整个队伍，又问起怎么没见米庆轩。刘本禄告诉他，米庆轩病倒在龙头庵，还安置在亲戚家中休养。

姜老板说：“为什么不请人抬着他一起走呢？”

刘本禄说：“当时来不及了，部队要打仗，暂二军的枪声就在屁股后头响哪！张玉琳率部三面包围龙头庵时，庆轩的战前动员还没有开始讲，心脏病就犯了，突然晕倒。自组军以来，轩爷昼夜操劳，身体拖垮了。”

姜老板说：“他不会被暂二军的人发现吧？”

刘本禄说：“张玉琳的人如果不搜查，就不会出什么问题；如果一搜查，就很难说。不过，住得太久，就是张玉琳的人不搜查，也怕有人向张玉琳告密。”

姜老板说：“你们打死了张玉琳那么多弟兄，张玉琳岂能善罢甘休？”

刘本禄说：“是啊，所以，我们也希望尽早把轩爷接回部队来。”

姜老板又问起米庆舜怎么也没有来，刘本禄告诉他，在罗子山战斗中，庆舜和他的五位战友为了掩护大队伍撤退转移而光荣地牺牲了。姜老板沉痛地说：“四年前，庆舜和我一起，在我岳父家住了四十多天，他真是敢于舍生取义的年轻人！”

刘本禄又把队伍里的肖守谦叫来，让他给姜老板详细讲述米庆舜牺牲的经过。

在对罗子山激战的回忆里，部队走过了分水界，来到了毛坪村。这里是预定吃早饭的地点。

队伍在村外的凉亭里停下，姜老板赶到凉亭上一看，先到的不少人都靠着壁板睡着了，如果不是要吃早饭，姜老板真是不愿把他们叫醒！

吃过早饭稍事休息，队伍继续朝龙潭进发。当地一村民扛来一顶轿子送到姜老板面前说：“哥，你要的轿子弄来了。”

姜老板把陈策司令员请来说：“陈司令，一路上我看你走路很是吃力，这顶轿子是专给你弄来的。”

陈司令员说：“谁要坐轿？我不坐！我要和大家一起走路！”

姜老板说：“送轿子的是我妹夫，不是别人，你放心！”

谌鸿章和谌志锦已到了向家冲迎接。

陈策司令员说："谁送的我也不坐！谁想坐谁坐！"

肖洪量忍不住在一旁劝道："司令员，听他们说，你一路上都在屙血，行走不便，就坐上去吧。哪怕坐一段也好，免得扫别人兴！"

陈策司令员说："我一步都不坐！什么屙血，那是痔疮发作了，不是什么大病！我自己清楚！"

姜老板摇了摇头说："这人的脾气和长相一样倔啊！"

姜老板只得把轿子退了回去，和肖洪量、谢斐然陪着他走路。

西下的斜阳把路边油亮的茶树叶上洒满了闪闪的碎光，离龙潭还有四里时，谌鸿章和谌志锦已到了向家冲迎接。

双方见面十分高兴，连姜老板的介绍也似乎有些滞后。谌鸿章当即致了欢迎辞，和陈策一起将队伍带到龙潭向家祠堂。

向家祠堂为砖木结构，很是宽敞。谌志锦跟陈策说："一九四五年中国军队在雪峰山区和日军打最后一战时，这里曾做过中国军队的医院。"

陈策说："那米庆轩当年来龙潭抗战做后勤工作，就一定也是住在这个医院。"

谌志锦说："那应该就是这一带。"

祠堂里已扫干净，炊具被子都已备齐。队伍分班住进每一个房间进行休息。这是自龙头庵宣布湘西纵队成立以来，全体官兵感到最为享受的时刻。大家往床上一躺，像是有人同时关下了每个人的思维闸门，全都一齐睡沉了。祠堂里让疲惫和享受的鼾声衬得一片寂静！

陈策、谌鸿章、谌志锦、姜老板看完官兵的宿营情况，姜老板跟谌鸿章建议，要陈策住进四益绸缎铺里去。陈策却说："部队住哪里，我就住哪里！我要和部队住在一起。"

谌鸿章说："部队到了这里，你就放心吧，不会出什么问题！"

谌志锦也真诚地说："部队在这里绝对安全，请陈司令员放心！"

陈策说："我一离开部队，就像掉了魂！"

肖洪量说："司令员，这些天你一直带领部队在山上与敌人周旋，撤退时又是翻山越岭，昨晚上又没有休息好，天气这么炎热，你一路上又不断地屙血，还是到姜老板店上去治一下为好，下一步的任务还很艰巨。这里有我和守谦、本禄、守训、李涛这些人在，有什么事，我们会马上向您汇报。您安心去休息吧。"

姜老板又在旁边跟陈策说："我那里可有治痔疮的好药啊！"

痔疮流血虽然不会威胁生命，但裤裆里结了厚厚的硬血痂，新血一出来又在血痂上流淌，走起路来实在难受，也严重妨碍了行军速度。陈策想了想，只好接受了大家的意见，进了四益绸缎铺和谌鸿章住在一起，并接受姜老板找人为他治疗痔疮。

73 / 情况还复杂

陈策在“四益”门口站住，看了好一会儿那些出出进进的人，又想起谌鸿章向他介绍的四益绸缎铺里的革命活动情况，他风趣地喊着姜定耀说：“姜老板，你这里应该叫‘红色饭店’！”

姜老板说：“也有人把我这里叫‘上海国际饭店’。”

自谌鸿章住进这里之后，“四益”来往的人猛增，这些人中有亲戚朋友，有军政要员，有社会贤达，有曾经共过事的同志，有教员也有学生。于是，不少人开始为姜老板的处境担心，但姜老板反而高兴。今天，这位让他久慕的参加过二万五千里长征的陈策住进了他的四益绸缎铺，他就更感到有一份荣幸和欣慰。

听说是陈策和米庆轩的队伍来到了龙潭，前来拜访的人就越来越多，有的是来看看热闹，有的是来打听湘西纵队和张玉琳暂二军的作战情况，也不排除前来刺探情报的人。为了保证陈策和谌鸿章的安全，姜老板也不得不对“四益”加强警戒，楼上楼下都加了岗哨，这个绸缎铺业已成了红色司令部！

向晚时分，牧童骑牛而归，姜老板正端着脸盆在屋门口往地面上泼水凉地，雪峰部队派人来到“四益”报告说：“我们向司令要来拜访陈策先生！”

姜老板马上放下水盆，上楼请示陈策：“陈司令，向承祖要来拜你，见不见？”

陈策本来对向承祖属下的刘忠部不让湘西纵队撤退时住进他的防区颇有意见，但他知道，向承祖这支部队是谌鸿章正在策反的部队，且刘忠的做法也不一定就是向承祖的意思，于是，他风趣地说：“见！他向司令要见我陈司令，我岂能不见！”

姜老板刚走下楼来，向承祖在谌志锦的陪同下带着随行人员就已来到了“四益”门口。姜老板将他们一行迎了进去，让其余人在门外等候。

对于向承祖的身世，陈策早有了解。他比陈策小六岁，是龙潭本地人，曾任国民革命军第六师第三团团长驻防洪江，并兼洪江货物统税局局长，后来任过国民革命军第四路总指挥部参议，国民党第二十八军军参谋处上校课长，湖南保安第七团团长，湖南第二战区保安副司令，叙浦县县长，挺进军第六纵队第四支队支队长，当地人现在都通称他为雪峰部队司令，部队内部人都称他为向总指挥。他为人处事一向以谨慎著称，故虽时世纷乱，他却能一直稳坐。此刻，他这么急着要来拜见陈策，一定是要探探湘西纵队虚实。陈策有这个心理准备。

两人一见面，向承祖显出几分恭谦地说："陈司令，久闻大名，今日得见，很是荣幸！一路劳顿辛苦啊！"

陈策说："向总指挥的大名我也是早有耳闻。实在抱歉，一到贵地就打搅你了！"

向承祖非常敏感地说："陈司令这么说就见外了。我已经听说刘忠部对你们有些非礼，请陈司令不要在意，我将从严责备！"

这个向承祖真是敏于事而慎于言！陈策说："向总指挥真是个开明人啊！有你这句话，我们就非常感谢了！"

向承祖说："这次还请陈司令在龙潭多住些日子。"

陈策说："谢谢向总指挥如此热情！"

因为是礼节性的拜访，两人都不做深谈，往下再谈些客气话之后，向承祖起身说因军务繁忙，就暂作辞别。

陈策和谌鸿章送向承祖下了楼。向承祖带着随行人员走后，谌鸿章才算放下一块心病，他最担心心直口快的陈策在向承祖面前痛斥一顿刘忠的所作所为，然后把矛头直指向承祖。如果那样，策反雪峰部队就会增加麻烦。现在好了，陈策和向承祖能如此平和相见，策反一事可一如既往，继续推进。

陈策也感到有几分轻松，虽经过刘忠部的刁难，但来到龙潭，见了这里的地下党负责人谌鸿章，又见到驻防在这里的雪峰部队向总指挥，对于湘西纵队的安全和未来也就有了几分把握。于是，他带上警卫员朱成先和宋单流来到龙潭街上随意走走看看，想了解一些龙潭的社情和民意。

这里果然是另一番天地：街道上，到处公开张贴着湘西工委的《告湘西民众书》《人民解放军布告》《三大纪律、八项注意》《减租减息布告》。街中三五成群的村童在那里一边打掌掌，一边念儿歌：

金凤子，开红花，
一开开到穷人家。
穷人家里有饭吃，
这个世道才像话。

还有一群孩子站着队在大街上听一位女老师教唱着："解放区的天是明朗的天……"

陈策很动情地想起自己当年跟随贺龙在解放区战斗、生活的情景，就跟身边的宋单流说："这些歌曲很好听，你要把它们抄下来，在我们湘西纵队里教唱，要让每一个人都会唱这些歌曲。"

陈策正看得高兴，姜老板派人来请他回去，说是专门请了医生来给他看病。

陈策回到四益绸缎铺，有些激动地走进了谌鸿章的房间说："老谌啊，龙潭还真让你搞成解放区的样子了！"

谌鸿章笑笑说："工作任务还重哪！"

陈策说："看过这里的情况，足见你们对雪峰部队的工作是卓有成效的。"

谌鸿章说："情况还非常复杂！老陈，以后我们就朝夕相处了，有些事你慢慢就会清楚。"

两人正谈着这些事，肖洪量来报："张玉琳的人得知米庆轩还藏在龙头庵，就派人挨家挨户地搜查。他们要把米庆轩押到辰溪去'雪恨'！"

陈策急了，要马上和谌鸿章商量对策，但谌鸿章已经出去为湘西纵队筹备军粮、弹药和官兵们的被服。

谌鸿章在向承祖那里谈妥为湘西纵队提供一百套服装后，高兴地回到"四益"。陈策找到谌鸿章房间说："我们要赶快派人去龙头庵解决米庆轩的安全问题。"

谌鸿章说："想个什么办法，把他接到龙潭来。"

两人正在周密谋划时，肖守谦领着一位头裹蚂蚁布帕的瑶民匆匆走进店来，他跟姜老板说："姜老板，我有要事找陈司令汇报。"

姜老板把这个瑶民带上楼，又正好陈策和谌鸿章都在，肖守谦就介绍说："这位是米庆轩的亲戚，叫舒昌松。庆轩病倒后，当时就藏在他家里。他是昨天下午动身来找我们的，刚到。"

陈策说："老舒，你快把庆轩在那边的情况详细说说。大家都放心不下他！"

舒昌松说："暂二军的人被打死了很多，运了好几船尸体下辰溪县城，所以，连日来，张玉琳的人一直闹着要报仇，他们得知米庆轩没有跟上部队，还藏在龙头庵附近，就不分日夜地四处搜查，码头路口布满哨卡，过路行人一律从严盘查，情况十分危急。我已经把全村人发动起来，设下暗哨，只要有人进村搜查，他们就把米庆轩进行转移，和张玉琳的人捉迷藏。张玉琳的人一夜要来搜查几次，我们就把米庆轩转移几次！"

陈策说："张玉琳的部队这次受到了重创，他们肯定报仇心切！"

谌鸿章问："张玉琳的人是驻防在你们村子还是在你们村子附近？"

舒昌松说："在我们村子附近。"

谌鸿章问："离你们村有多远？驻了多少人？"

舒昌松说："约有五里路。驻有一个中队。"

谌鸿章问："他们是晚上和白天都出来吗？"

舒昌松说："都出来，白天出来到各村搜人抢东西，晚上搜人。"

谌鸿章问："你到这里来经过几道岗哨？"

舒昌松屈指一数说："有三四道。有常设哨，还有流动哨。"

谌鸿章感到很为难，陈策也拿不定主意。

这时候，姜老板带着一个人进门来说："营救庆轩的事就包在我身上！"

房间的人听姜老板如此说话又高兴又疑惑，谌鸿章问道："你说说凭什么你这么有把握？"

姜老板一击掌，门外德友带着八位大汉走进门来。

姜老板把营救米庆轩的详细计划跟陈策和谌鸿章说了一番，谌鸿章笑着说："这主意谁出的？"

姜定耀也笑笑指着德友说："德友出的。"

姜定耀又拿出三十二块大洋给了那八位大汉，然后说："你们一定照计划行事！我只有一个要求：我要在'四益'门口迎接完好无损的米庆轩！"

陈策问德友："这办法可靠吗？"

德友说："当年那么多人追捕涂先求，我就是用这办法将他从敌人眼皮底下送往广州的！"

陈策说："那行！我就在这里等着好消息！"

德友、舒昌松和几位大汉连夜赶到龙头庵，在月光朦胧的山里把准备好的东西拿了出来，有的换上白袍，有的换上青袍，一人在前面鸣锣开道，紧随其后的是一位着宽大法袍、戴高大法帽的道士，道士背上还插了杏黄色引魂旗，左手执红缨铜铃，右手持法司牛角。跟在道士身后的几人全都低着头、蒙着脸，前额和后背都贴有用鸡血淋过的神州符。他们不说话，只跟着道士走同边脚、摆同边手。每至寺、庙、土堂、古树，或过溪过桥过村庄，前面的开道者一鸣铜锣，后面的铜铃、牛角也马上摇响、吹叫，十分阴森可怖！当地人一看就知道这是赶尸的队伍过路，所到之处，无人敢走近碰面，唯恐躲之不及。

"赶尸队"故意不往龙潭方向走，从罗子山下来，经龙头庵街上时顺便将米庆轩背在背上，然后往黄溪口方向绕道再往龙潭赶路。

罗子山一仗不知打死多少人，谁也不知道这是什么地方的人来赶尸还乡！

"赶尸队"不能有火把灯光，云里的月亮又照不透茂密的森林，仅凭双脚认路翻山越岭，险小山路非上即下，不是腐叶厚厚就是石崖绝壁，幸得八条壮汉脚下稳当，轮流背着米庆轩平平安安地经过小横垅，进入龙潭境内。

这一天正是龙潭逢集日，场上正齐人时，这个"赶尸队"来到了龙潭街口。一些赶集的人吓得惊叫时，德友这才站住说："哎呀，我们是只顾高兴，忘了自己的这副丑恶面目！赶快把这身鬼衣服脱掉！"

大家把装扮赶尸队伍的鬼衣服脱下丢进小溪里，然后大笑一阵，背着米庆轩朝四益绸缎铺走去。

舒昌松一路跑步去“四益”报告，德友就在后面压阵。

陈策、谌鸿章和姜老板听舒昌松说米庆轩到了，都站在“四益”门口迎接。

当能看清米庆轩的脸额时，大家都松了一口气，远远招呼起来。

背着米庆轩的壮汉在“四益”门口将米庆轩缓缓放下，米庆轩还是努力地站起来笑着和围上来的人一一握手说：“我想不到还能活着回到自己的队伍啊！多亏他们想的主意很绝，不然，是救不出来我的！”

看他骨瘦如柴的样子，就知道这些天他在龙头庵所经受的精神和肉体的折磨。陈策说：“大家都一直在为你的处境担忧！”

米庆轩说：“要不是舒昌松把我一夜转移几个地方，我这个脑壳怕是早就被张玉琳的人割下来吊在辰溪县城中南门码头上示众了！”

谌鸿章说：“好，到了‘四益’就是真正地到家了。”

姜老板久久地握住米庆轩的手说：“轩爷，你真让我敬佩！”

米庆轩说：“定耀啊，你才让我敬佩！我听德友和昌松说，营救我的主意都是你拍的板。”

姜老板说：“主意是德友想出来的！”

谌鸿章说：“好啊，大家都别在门外客气了！快进屋去！”

米庆轩应对过欢迎场面之后，就卧床不起，身体虚弱得站立不稳。但他的到来，成了继谌鸿章、陈策之后的又一位新闻人物。他曾在龙潭的营盘山高等小学教过书，又当过中共辰溪地下党县委书记，他曾被国民党抓去关过，他曾带队打过铜湾，又带队到龙潭抗日……于是，当地的老朋友、当年的学生和家长，地方绅士、军政要员都前来拜望，特别是湘西纵队的官兵们，都纷纷前来探望。

谌鸿章见探望他的人过多，已经严重影响了他身体的康复，只得将他秘密转移到草泥湾姜老板的岳丈家疗养！

74 / 是我谌志锦讲的

谌鸿章安置好米庆轩刚回到“四益”门口，向承祖那边派人来向谌鸿章报告说，向承祖和谌志锦他们要打出湘西纵队的旗号。这让谌鸿章非常高兴，他就盼望着这一天啊！

谌鸿章马上告诉姜老板：“我们的努力和等待今天终于有结果了！向承祖和谌志锦他们打出了湘西纵队的旗号！”

姜老板说：“他们又要打出湘西纵队的旗号？”

谌鸿章说：“他们准备今天来店里商量。”

姜老板说：“这是你的意思还是他们主动要求？”

谌鸿章深深地笑了一下说：“你还是担心他们像前一次一样，说话不算数吧？这次应和前次不一样！这一次有陈司令他们的队伍驻扎在这里！”

前一次，谌炽从龙头庵回到龙潭后带回消息说，省工委同意潜伏在张玉琳暂二军中的部队在万不得已时果断脱离张玉琳，用湘西纵队的名义起义，并在龙头庵、罗子山一带，一面打游击，一面向龙潭靠拢，与谌鸿章取得联系，等待解放大军的到来。这个消息很快传入向承祖耳里，传入雪峰部队的一些官兵中间，而此时，又有人听到广播：中国人民解放军二野和四野已解放南昌、武汉、岳阳，一部分队伍已到宜昌、沙市。雪峰部队的官员惶恐不安，各怀己策，向承祖也想顺势而行，因为谌鸿章多次策动他投共，所以，他在司令部召开了一个高级军官紧急会议，并邀请了谌鸿章与会。会上，向承祖向谌鸿章明确要求：自愿放弃“雪峰部队”名义，打出“湘西纵队”旗号，跟共产党走。谌鸿章当即表态，同意向承祖的要求，并提出将政工室改为政治部，各支队的政工人员进行充实和调整，部队立即集中，举行仪式，要姜定耀和谌炽赶制湘西纵队符号一万枚。

正在纵队符号制作进入最后的缝制阶段时，向承祖接到了国民党省主席黄杰从邵阳发来的急电，说白崇禧亲临邵阳，主持召开军政会议，令他率随员两名赴邵阳与会。

他正在犹豫与不与会时，他手下的“五老爷”给他进言说：“总队长，你要知道共党的厉害！他只要有一个人打进你的部队，不要半个月，这个部队你就无法指挥了！现在你有部队，共党要你，他们的嘴巴可以说得比糖还甜！一旦部队属他们所有，他们不再需要你时，你就是他们的阶下囚！时下，共军虽已打过长江，但国民党的大军正向西南集结，凭着国军的美式武装，凭着西南天险，绝不会轻易把江山丢给共党！这一点你务必看清！如果你现在就盲目亲共，日后只怕是进之无路，悔之莫及。那些湘西纵队的符号应该停止下来，至少，你也要再坚持一段时日，等你开完邵阳会议，完全看明白了大局才能最后决定去向！”

最让向承祖动心的是最后这句话。

“五老爷”是中统方面的人，现在雪峰部队第二总队任队副。他是早就想借机拿到谌鸿章和姜定耀的人头送给白崇禧领回三千块大洋的。于公，他与共党的那一套格格不入，痛恨谌鸿章、姜定耀与向承祖、谌志锦的关系过于密切；于私，他曾在“四益”“赊欠”的几批布匹细软，姜定耀曾公然到他门上收账，很不给他面子。他“五老爷”在龙潭的所需所取，哪个店铺不是随叫随送？哪个店铺的老板敢到他门上提欠账之事？只有“四益”的姜老板！于是，谌鸿章以及这个与谌鸿章穿连裆裤的姜定耀不除掉，他就如同自己的肉里有刺、眼里有钉。现在，黄杰这个电令又让“五老爷”觉得机会再来、柳暗花明。

听了“五老爷”的这一席话，为了自身安全，为了稳妥起见，向承祖急派他的得意亲信通知姜定耀和谌炽说：“总指挥要去邵阳开会，‘湘西纵队’的符号全部停止制作！一切待总指挥开会回来再行议定！”

这一突如其来之变，向承祖担心泄密，就没有跟谌志锦商量，这让谌志锦大为光火。当姜定耀有意带着愤怨去请示谌志锦“湘西纵队”符号是继续缝制还是停止下来时，谌志锦几乎是怒不可遏地说：“制！怎么不制？我就看不惯有些人既要当婊子又要立牌坊！”

谌炽怕谌志锦到时在向承祖面前卸担子，又问了一句：“副总指挥，到时候如果总指挥追问下来，我们如何回答？”

谌志锦说：“你就说是我谌志锦讲的！”

有了这句话，姜定耀和谌炽就把符号拿到龙潭街上去公开缝制，有意扩大影响和加快进度。

白崇禧和黄杰得知向承祖和谌鸿章走得很近，早就密谋策划以三个师的兵力吃掉向承祖的雪峰部队，只因军务、政务一直处在慌乱之中，一些条件尚未成熟，恐匆忙动手除之不尽，反加快向承祖亲共投共。如向承祖部队投共，如雪峰部队倒戈，在邵阳、安江公路沿线及雪峰山区与国军为敌，那国军将是雪上加霜。故白崇禧暂缓进剿，改以“抚慰”和拉拢。半个月前已施一计，黄杰曾让向承祖去洪江接任十区专员，以此来调虎离山。向承祖做官心切，准备赴命上任，但他手下参谋却极力阻止，劝他说："你若去洪江当专员又不能把部队带去，只是光棍一条，你可知道凤凰脱毛不如鸡！还有一患：你一走，雪峰部队必为别人所统，你将回头无路！"

参谋言辞极其恳切，向承祖接受了劝阻，力辞十区专员，仍坚持统率他的雪峰部队。

黄杰首次"抚慰"向承祖未成，此次又电邀他去邵阳与会。

向承祖一到邵阳，黄杰就在下榻的酒楼门口迎接。一见面，黄杰就说："向总指挥啊，你真是我们在雪峰山区的中流砥柱！是湘西的众望所归啊！走，我们一起去机场迎接白长官！"

这一邀请，不能不让向承祖受宠若惊！

飞机刚一停稳，白长官就站在舱口挥手致意。黄杰领着向承祖朝舷梯走近。白长官走下舷梯和黄杰握过手，黄杰就把向承祖介绍给他，白长官和向承祖握手时的亲切问候，让向承祖想起自己曾对国民党有异心而顿感惭愧。

在黄杰的精心策划下，白长官单独会见了向承祖，并当面拨给他六千块大洋、三千套军装、一万发子弹和十支三棱步枪、十支日本"左轮"，以及电台一部。向承祖自从拖队伍以来，还从未得到如此奖赏。

从邵阳散会回到龙潭的向承祖，听"五老爷"跟他私下说，在他去邵阳开会期间，谌志锦要姜定耀和谌炽仍在制作"湘西纵队"符号，而且拿到大街上去缝制，速度也加快了许多！

向承祖不好直接责怪谌志锦，就将谌炽叫去痛骂了一顿，然后，又把姜定耀叫去。姜定耀走进司令部，向承祖斜靠在躺椅上沉着脸不说话，却叫一旁的"五老爷"问姜定耀："你来了？"

姜定耀说："总指挥叫我，我还能不来？有什么事？"

"五老爷"说："总指挥叫你来非为别事，就是你老兄做事怎么这样不思前想后呢？"

姜定耀说："我听不明白，有什么事你就直说吧！"

"五老爷"说："你不要装苕！谁不知道你聪明过人啊！总指挥去邵阳开会时，要你们停止制作符号，你们不但不停，反而加快了速度，还拿到街上去制作。你们是不是想趁总指挥去邵阳开会，造成既定事实，以此来迫使雪峰部队就范？你要彻底明白，雪峰部队这面旗帜是绝对掌握在总指挥手里的，岂能由得你们？"

姜定耀本想此时把谌志锦的表态打出来，但一想，这对下一步工作不利，他还是自己冲到前面去，把谌志锦保护下来为好！他故作愤怒地嚷了起来："这么说来，倒成我的错了？不是你们一再向谌鸿章提出请求，要打出'湘西纵队'的红旗，跟共产党走吗？不是你们一再交代要我尽快制好湘西纵队的符号吗？不是你们交代要我先垫付这一切开支，待符号制成后再来司令部核报吗？”

“五老爷”说：“这都没有错，错就错在总指挥去邵阳开会时，要你们暂停制作，你为什么还要继续制作，并且把材料搬到大街上的裁缝铺子里去缝制？”

姜定耀说：“你们只是说暂停制作，并没有说不要制作，又没有把我垫付的这一切开支结断。我想，如果你们开会回来急着要符号，我一时制作不出来怎么办？这可是军务啊！误了军机，岂不又成我的罪过？岂不要杀头？我不把这件事办好，你们能如数结算？能付我这些开支？我一个开店铺的，想的只是钱！”

“五老爷”一时语塞。向承祖只得从躺椅上坐起来问姜定耀：“耿光，我问你，为什么要到大街去缝制这个符号？是谁叫你这么干的？”

姜定耀说：“没有谁叫我这么做，是裁缝们不肯到司令部来！裁缝们说，司令部都是背枪的人，他们怕！我当时的想法是：总指挥近两个月来天天在谌鸿章面前为雪峰部队要名义，这回谌鸿章答应给名义了，总指挥一定会很高兴。我宁愿提前把符号制出来挨这顿骂，也不愿到时贻误军机，影响总指挥之大业！”

向承祖以他这种年龄应有的持重和肚量，不再和姜定耀争执下去，而是沉默地望着门外，似在回忆什么、后悔什么。出于他和姜老板以往的交情，他像是自言自语地说：“耿光，可要知道过犹不及啊！”

站在一旁的“五老爷”更加板起脸孔添油加醋：“总指挥，他这种做法给我们造成了多么大的负面影响啊！要是黄杰和白长官知道了，别说前程，只怕连我们的脑壳都保不住！”

这句话让向承祖猛然惊醒，他变了脸对姜老板说：“你老实说，到底是谁叫你这么干的？”

姜定耀明白，向承祖和“五老爷”是想找个替死鬼，以便黄杰和白长官追究责任时交差。姜定耀说：“我再次说明，此事，与任何人无关，是我自己要这么做的。其原因我在前面都已说明。我一怕贻误军机掉脑袋，二怕开支出去的钱收不回来！”

此时，谌志锦来了，他一听是总指挥在为制作符号的事发怒，而姜定耀又没有供出他的意思，就跟向承祖说：“总指挥，打不打出‘湘西纵队’的旗帜，那是我们自己完全可以做主的事，与一个符号有好大的关系？何况姜老板制符号是已有司令部指示！如果在这件事情上和姜老板过不去，影响搞大了，反而会让我们在谌鸿章那里留下个朝令夕改、一日三变的坏印象，在白长官那里留下口是心非的印象，让我们成了猪八戒照镜子——里外不是人！更大的问题是，现在国共在湘西较量结局难料，如得罪了姜老板必得罪谌鸿章，得罪了谌鸿章必得罪共党。在这件事情上倒不如装装苕，来个大智若愚。依我之见，进退都有路走，方为上策！”

此时的向承祖并不完全同意谌志锦的看法，但谌志锦是绿林好汉出身，在溆浦、邵阳、武冈、黔阳，其名声并不在他之下，他也在雪峰山区抗击过日寇，现在又和共党关系十分密切，既然谌志锦出面说话，他只得表示默认。

一场赶制湘西纵队符号之战平息下来，“五老爷”等人未能在此次机会中除掉姜定耀，心里仍是不服，于是，说动向承祖下令，以“张贴共党标语，散布共党传单”的罪名，将平时不大听话的第四支队第三大队大队长李绍汉杀掉。

在向承祖看来，杀掉李绍汉有两大意义：一是可向国民党表示，邵阳会议后他跟随国民党的坚定决心；二是也算敲敲姜定耀等人的警钟，算是杀只鸡给猴子看看。

有了这些惊心动魄的经历，所以，现在谌鸿章再次谈起向承祖又要打出“湘西纵队”旗号时，姜老板就没有谌鸿章那样的高兴！

谌鸿章跟姜老板说：“这一次与上次的情况不同，从远处看，他们知道程潜、陈明仁已通电起义，长沙已经和平解放，人民解放军已攻占了离邵阳仅七十里的青树坪，解放军的另一部已进驻了宁乡、安化和新化一带。从近处看，驻防在这一带的国民党军队和保安团全都乱成了一团，有的已经逃回了老家。向承祖他们也知道，如果再犹豫不定，将会毁掉自己的前程，因此，他们就想打出‘湘西纵队’这个旗号。”

姜老板说：“他们还会有反复吗？”

谌鸿章说：“出现反复，这是当下很多国民党军政人员对待投诚起义之普遍心态。不管怎样，他们多一次要求，我们的策反工作就应该进一步深入，而不能拒绝他们。”

姜老板说：“那就死马当作活马医吧！”

为备雪峰部队打出湘西纵队旗号之急用，姜老板连夜动员店里的股东、先生、店员、伙房以及妻子谌华全部上阵，有的拿剪刀裁布，有的拿针线扎边，按照谌鸿章的设计，一口气缝制出了大小十多面五星红旗、几千个胸章和红五星帽徽。

完成任务后，人人都感到腰酸背痛，姜老板走出店门站在土坪里仰望宇宙之大，兴叹星斗满天。他伸了一个非常愉快的懒腰，对大家说：“天快亮了，都去休息吧！”

姜老板感到一种从未有过的轻松和欣慰，他一躺下就在新的一天里睡得很深。

75 / 蒲和生前来请罪

因为睡得太晚，姜老板起来得晚了一些，洗过脸走出店门，站在太阳下，人影儿已快在脚下圆成一团。迎面有三位不速之客正朝“四益”走来，走到门口时，姜老板看清了他们都戴着怀化中方镇编织的尖顶光油斗笠。看样子，他们不是一般客人。

果然，为首的一位中等个子很机警地问道：“请问，姜定耀先生在店里吗？”

姜老板反问道：“你们和姜老板一定是好朋友吧？”

“不，我们不认识他。”

“不认识他，你找他干吗？”

“有点小事，必须找到他。”

“有什么事你不妨先说给我听听。”

“有一位姓谌的老板住在这店上吗？”

“在龙潭这地方，姓谌的真是多如天上的星星！”

“这个人叫谌鸿章。”

“这家伙，他以前在这店里住过，现在不在了。”

那人看了一眼姜老板说：“那他住哪儿去了？”

姜老板说：“我一个开店的，他住我店里，我负责他吃住；他不住我店里，就与我无关！我不用问他去哪里，他也不用告诉我他去了哪里。”

两人都不再说话，相互端详了一会儿。那人说：“你是不是姜——定——耀？”

姜老板却说：“你认错人了！”

那人走近姜老板，摘下自己头上的斗笠翻过来，又摘下扎在斗笠上的一束花，让他看见三个字：罗健西！

姜老板猛然一惊喜：“你是怀化新路河的罗健西？”

“本人就是！”

姜老板说：“真是有缘哪！”

罗健西说：“我有事要见谌鸿章。”

姜老板这才紧紧握住罗健西的手说：“真是想不到，真是想不到啊！你的大名我早就耳熟。其实在溆浦中学和常德三中高师部读书时，我们都是校友，只差没有见面。今天终于有幸得见，欢迎欢迎！”

罗健西说：“在常德三中高师部我没有毕业，抗战暴发后，我在语文老师李纪今的鼓励下，和八名同学奔赴延安。李纪今老师是毛主席的挚友，他写了亲笔信给我们带上去见了毛主席。”

姜老板在罗健西的肩上拍了一掌说：“走，去见谌鸿章，正好陈策也在！”

不料罗健西却大感意外地说：“陈策也在你店上？”

姜老板说：“他带领的湘西纵队在罗子山和张玉琳暂二军打了一场恶仗后，刚撤到龙潭来了。”

罗健西说：“打仗我知道，湘西纵队撤到龙潭来我也知道，但我没有想到陈策也住在你店上。我本想先见了谌鸿章说过蒲和生的事，再去见陈策。既然陈策也在，那正好一起说了。”

姜老板把罗健西三人带到楼上，谌鸿章和陈策见了罗健西就跟他叙旧。罗健西说起自己到达延安后几次见到毛主席，后来跟随王震南下，历任侦察科长、支队长、政委等职，在陕、晋、豫、鄂、湘、赣、粤等七省区身经数次战斗。他因为在一次牵制鄂西强大敌人的艰苦作战中，身负重伤，一时无法与部队取得联系，才回到家乡。这些日子他也是做梦都想与陈策和谌鸿章见面。

陈策插话说：“回到家乡你也没有闲过。米庆轩在组织地下武装，训练部队作战方面就得到过你的很多指导。”

罗健西说：“指导谈不上，不过，时时惦记着这支队伍的前途倒是不假！当时我一看到长沙的报纸登了消息说，米庆轩部是有政治色彩的，我就又喜又急。后来米庆轩他们的部队被张玉琳调防到浦市，我从家乡新路河坐船赶到浦市，找到米庆轩了解情况，并提醒他不要被张玉琳的花言巧语所迷惑，要枕戈待旦，万莫高枕无忧！”

陈策说：“米庆轩跟我说，你还给他提过几点重要建议：要他只担任副大队长，大队长改由民主人士肖洪量担任，肖洪量是张玉琳的同班同学，这样可以转移张玉琳的视线，放松张玉琳的警惕。你要他让部队和老百姓打成一片，保持鱼水之情，尤其要把肖守谦、刘本禄、肖守资等年轻人任命为中队长或分队长，不要让他们浮在上面当官。只有让他们与士兵建立感情，同甘共苦，遇到风险才能共生死。你那次看了部队的训练后，还建议他少搞步伐、队列之类的操练形式，多搞射击、投弹和夜间行军等实战性训练，以提高作战能力。”

罗健西说：“陈司令，您的记忆力真好！我自己都记不太清当时说过些什么。”

陈策说：“记忆与有用程度成正比。这么好的建议，我怎么能忘了？”

谌鸿章插话说："你在怀化一直都在尽力策反蒲和生，我也耳闻不少啊！"

罗健西说："我对蒲和生面对面地做过无数次工作，还把我的亲侄儿派到他手下，随时掌握他的动态。"

一谈到蒲和生，陈策脸色陡变！房间里一片阴暗罩了下来！

罗健西明白陈策为何如此变脸，但他照样往下说："我这次来，一是和你们取得联系；二是告诉二位，蒲和生近日要来龙潭面见陈司令。"

陈策说："蒲和生来了，你们见，我不见！"

谌鸿章怕罗健西接受不了陈策的愤怒，马上抢过话说："有关蒲和生的事，我们下一步再谈。蒲和生也可能来，也可能不来，这些人都是要见面了才算数。"

谌鸿章把罗健西留在"四益"住了下来，一旦雪峰部队转入湘西纵队，就需要更多信得过能打仗的军事人才，罗健西无疑是最得力的助手。

谌鸿章要罗健西和姜定耀加紧绘制大湘西军用地图，以备作战需要。

这一天，谌鸿章正和罗健西、姜老板研究军用地图时，谌志锦派人来报告："蒲和生已到龙潭，住在谌志锦私人公馆，他要来向陈司令'负荆请罪'！"

这让罗健西有点措手不及！罗健西和蒲和生有约：待他先和谌鸿章取得联系，在陈策面前将路铺平，然后通知蒲和生前来见面，没有想到蒲和生会这么着急！罗健西跟姜老板说："这个蒲和生啊！我还来不及跟陈策说好，他就来'负荆请罪'，我也不知道将会是个什么结果。"

姜老板说："陈司令肯定不会接受！米庆舜他们的牺牲，太让陈司令伤心了！"

罗健西说："现在也是开弓没有回头箭，只有面对现实。万一闹僵，我们就不能再放蒲和生回去！"

姜老板说："那怎么办？"

罗健西说："软禁他！如果他蒲和生是真心来'负荆请罪'，他必能承受陈司令对他的一切指责，无论出现什么情况，他都不会和陈司令闹僵；如果他是假心来投，关系一僵，再让他回去，那就是放虎归山，后患无穷！"

姜老板说："那我们就相机行事！"

罗健西来龙潭见陈策的具体时间，罗健西没有告诉蒲和生，但是，蒲和生已经打听到罗健西来了龙潭。他断定，如果仅凭别人在陈司令面前作解释和疏通，陈司令绝不会消除误解。他和陈司令打过多次交道，知道陈司令是典型的辰溪人脾气！因此，他必须自己真心地"负荆请罪"，将自己置之死地而后生！

蒲和生来龙潭，而且住在谌志锦的私人公馆，这对于向承祖来说，是一条非常重要的情报。这个"蒲麻雀"在怀化绝对是一条硬汉子，这回是什么原因心甘情愿来龙潭向陈策"负荆请罪"？这肯定与湘西大局有关！

早饭过后，太阳出来了，龙潭的田地里，到处都是秋收秋种的繁忙景象。

谌志锦来到四益绸缎铺拜访陈策。陈策经过休养，身体已开始好转，神色也好了许多，正坐在“四益”门口看着谌鸿章他们在当地翻印的宣传资料。谌志锦一到，他放下那份《告湘西民众书》，领着谌志锦走上楼，走进自己的住房。谌志锦想找人帮腔，把谌鸿章和罗健西也请来一起说话。谌志锦说：“陈司令，蒲和生住在我那里焦急万分，他一定要来您面前‘负荆请罪’！”

陈策果然是那句话：“我不见！”

谌志锦说：“陈司令，据我观察，蒲是真心诚意！”

陈策说：“这些天，无论白天黑夜，我眼前都是米庆舜的影子！我要是这个时候见到他蒲和生，我不知道自己会有何种反应！一枪毙了他都有可能！”

谌志锦缓了一下又说：“有陈司令这种爱兵如子的感情，我想，你手下不会只有一个米庆舜，应该说，每一位官兵都会是‘米庆舜’！”

陈策说：“那当然！”

谌志锦说：“蒲和生也在我面前诉说过他的愧疚和后悔。我听后也觉得不无道理。既然他侄子蒲裕桂犯此大错，他还敢来龙潭当面向陈司令认罪，他一定是有苦难言，陈司令何不听听再说？”

陈策说：“说得好不如做得好！听见的不如看见的！看见的不如自己经历的！我还要听他说些什么？他有本事与人民为敌，就让他去吧！我陈策没有必要和他见面！等我手下这些活着的‘米庆舜’捉了他再见面也不迟！”

谌志锦说：“当年诸葛亮在征服我们西南时，孟获不也杀过他的爱将吗？诸葛亮竟能七擒七放，最后让孟获心悦诚服。陈司令为何不也宽容他一次，给他一次机会？”

陈策稍减了一些激愤，但仍没有松口，仅是沉默。

谌鸿章见机插话劝着陈策说：“既然他来了，你还是见见。事不说不明嘛！他来到我们地盘上，一切主动权都掌握在我们手里。只要他能跟着我们走，多一份力量总比少一份力量好嘛！”

罗健西也插话：“陈司令，我来龙潭后，本是早想和您好好谈谈蒲和生要来‘负荆请罪’的事，但见您一直身体不好，又沉浸在对战友的深深怀念之中，故不好多说，只跟您提过此事。今日既然事到面前，我就不得不多说几句。蒲和生向来与张玉琳有隙，而与您亲近，这您是知道的。如您现在真要拒他于门外，他要是调头和张玉琳成为一丘之貉，狼狈为奸，与人民为敌，这岂不是为我所痛、为敌所快？”

陈策的脸色开始平静下来。谌鸿章趁此机会站在陈策的感情上向谌志锦提出了蒲和生来见陈策的三个要求：“不准带警卫及随行人员；不准带随身武器；无论陈司令出言如何逆耳，他都要洗耳恭听，不能顶撞。如有诚意，明日上午十时，在‘四益’楼上相见。”谌鸿章又问：“陈司令还有什么条件？”

陈策想了想说：“这三条他蒲和生能接受？”

谌鸿章说：“他不接受，就说明他没诚意，那就不见！”

陈策终于勉强表示同意。

谌志锦回去跟蒲和生说明了条件，蒲和生对这三条不提任何异议，都表示接受。

得到这个回复后，包括陈策在内，大家似乎都稍有一些轻松，但罗健西却反而紧张起来。他一直在做蒲和生的策反工作，又是他来龙潭在陈策与谌鸿章面前为蒲和生铺路，无论双方谁受伤害，他都不愿看到。姜老板深知罗健西的难处，跟罗健西说：“你要不要先跟蒲和生见见面？”

罗健西说：“不用！事已至此，尽其在我，听其在天！倘若弄巧成拙，反会变得复杂！”

罗健西极其仔细地踏看了“四益”的地形，包括屋檐、窗子，楼梯、前后大小门、外围的道路通向何处、有何障碍，一一观察清楚后，他走进楼下姜老板的卧室，从壁上取下那把美式冲锋枪握在手里跟姜定耀说：“今天蒲和生和陈策见面的细节就都由你安排。你一定要把手枪贴身带上，以店主身份不离蒲和生左右，要特别注意他的行色，一旦发现对陈司令不利的情况，定要先发制人，万万不可疏忽！蒲和生来时，他会按照我们的条件，不带随行人员，不准带武器，但我们到底不能搜他的身，我最担心的就是他暗藏武器。他是拖枪出身，而陈司令又个性倔烈，此二人真是干柴与烈火相聚！如果陈策对他刺激太甚，一时性起，他就很有可能铤而走险！我就蹲在这个房间里，将门开上一条缝，我能看见他，他看不见我。我把这支冲锋枪端着，对准楼梯口，做最后的把关！假如蒲和生同陈司令见面不是诚心，出现异样情况，你们首先对他采取行动。万一打他不死，他跑下楼来，我这里一梭子弹就收拾他！”

为了保险，罗健西又将肖守谦和刘本禄安排在陈策身边，做沏茶递水的随身人员。肖洪量和蒲和生是见过多次面的，于是，罗健西让肖洪量充当中介人员，周旋于陈策和蒲和生之间。除谌鸿章在陈策隔壁坐观其变之外，其余人员全部撤离楼上，以免引起蒲和生的怀疑和不安。

一切安排就绪，蒲和生来了。

蒲和生只带一名侍卫，到“四益”门口，侍卫见了姜老板就止步说：“姜老板，这位是蒲旅长，谌副总指挥要我送他来的。”

姜老板礼节性一点头：“请吧！”

因有话在先，不能带随行人员，蒲和生对侍卫说：“副总指挥交给你的任务已经完成，你回去转告说，我已和姜老板见面。”

姜老板不愿跟蒲和生多说话，转身就引着他一人往楼上走。

蒲和生走进陈策房间，毕恭毕敬地站在陈策面前躬身行过礼之后说："陈司令，蒲和生前来请罪！"

陈策正端坐在床上，平时待人的那种谦和此刻一丝不存！他视而不见、听而不闻地将脸转向一边。

场面立刻紧张起来！这种尴尬使蒲和生的脸一下子失血一般煞白。姜老板两眼不闪地瞪着蒲和生，手已经在裤袋里紧握了枪把，迅即就可抽出来对准蒲和生的脑袋。蒲和生望着陈策气愤的样子，他深感愧疚地再行了一次鞠躬礼，说："陈司令，我蒲和生深知这次罪该万死，罪该万死！今天，我特来诚心向您低头认罪！请您老息怒，容许我说明原委，然后，任您老处置。"

陈策没有出声，但是，他转过头来怒目蔑视了蒲和生一眼，然后，又一言不发地转过头去。这算是一种态度！当然说不上好，但到底没有继续向僵局发展。

肖洪量因和蒲和生是老熟人，马上挪过一张四脚凳子送到蒲和生背后说："请坐，请坐。"

蒲和生没有坐，只是扭过脸看了看凳子，又看了看肖洪量说："肖团长，我是负荆请罪来的，司令员不叫我坐，我是不能坐的。"

这时一直坐在隔壁的谌鸿章为了趁势缓和气氛，走过来说："你还是坐吧。你也不要怪陈司令发这么大脾气，你干的这些事，如果真是你的本意，那谁能原谅你？换了我，我也会这样生气！"

蒲和生说："谌先生，我就是为了解除这个误会，才特来向司令员说个明白！"

陈策终于抬起头来说："你是想蒲裕桂已经死了，你好往他头上栽罪？"

蒲和生说："我绝非死口无对才来投机，正因为蒲裕桂死了，我才自己来向司令员解释。如他还活着，只需将他捆来交与你们，也就明明白白。"

陈策说："还有什么不明白？你有本事派蒲裕桂来罗子山送死，你为什么不自己来呢？"

蒲和生说："司令员，如果我自己来，我的人就绝不会和你的部队打起来！"

陈策说："我不听你说这些鬼话！蒲裕桂一个小小连长，又是你的亲侄儿，他敢不听你的话吗？"

蒲和生不再敢回话。谌鸿章转过头去对他说："你说吧，有什么话，你今天都说出来。"

蒲和生以哀求的眼神看了看陈策说："司令员，我蒲和生虽是绿林出身，生性愚鲁，但我还不至于不守信用，不至于认不明大局、弄不清时务！如今，解放大军已进逼湘西，眼看就是共产党的天下，难道我就不知道给自己下半辈子留了生路？何况我和张玉琳向来是貌合神离，而和米庆轩团长早有约定。尤其是辰溪'三·五'事变前，陈司令您教导我的话，至今响在耳边。"

蒲和生说："我如真是派人去打你们，我今天就用不着再来司令面前低头认罪。"

陈策说：“既如此，那你为何派蒲裕桂出兵拼死攻打我们？这又作何解释？”

蒲和生说：“你们在龙头庵起义后，张玉琳亲自电令我派兵追击你们。我先是拖延，后来迫于张玉琳压力，无奈只得派一个连队应付。我担心派别的连队离开我以后私作主张，所以就派了我侄儿蒲裕桂带队，我一再嘱咐他，队伍临战时要给陈司令和米团长帮忙。我没有想到张玉琳和石玉湘先是设计把我们的人陷入不义之地，然后逼蒲裕桂打头阵戴罪立功。结果，枪一响，弟兄们一死，蒲裕桂就眼睛红了，把我交代他的话忘到了脑后，只顾为他的弟兄们报仇，给你们造成了很大损失。事到如今，司令员也许不相信我这些解释，但我如实说出这些真相之后，即使我现在被司令员处置了，也可以闭目无憾！”

陈策说：“我怎么不相信呢？我就相信是你派人来打我们！”

蒲和生说：“我如真是派人去打你们，我今天就用不着再来司令员面前低头认罪。司令员的脾气我不是不知道，我何必来送死呢？我今天来已经抱定一条信念：就是死了，我也不做不讲信用的人！我愿意让你们把我关押在这里，无论哪一天，如果你们发现我今天说了假话，你们随时可以处决我！”

此话一出，房间的紧张气氛一下轻松了许多，陈策的脸色也温和了许多。陈策主动问道：“你说蒲裕桂的行动不是你吩咐的，那么，他被我们打死了你有何想法？”

蒲和生毫不犹豫地反复说道：“他忘我嘱托，自作主张，罪有应得！罪有应得！”

陈策这才下床站起来，用灼人的目光逼视着蒲和生说：“你要知道，那天如果不是他蒲裕桂拉倒拖，我们就不会有米庆舜他们的牺牲！我们就会给张玉琳更沉重的打击！”

蒲和生低着头说：“是！蒲裕桂不听我的嘱咐，反其道而行之，他是死有余辜！我蒲和生也罪该不赦！”

直到此时，蒲和生才算全身放松下来，大家也开始有了一丝笑颜。

姜老板立即下楼来走进罗健西所在的房间。罗健西正屏声静气地将枪口对准楼梯口，见了姜老板便迫不及待地问：“如何？”姜老板说：“转入正常。你可以把枪放下。”

姜老板说着把手枪从裤袋里抽出来插进了壁上枪匣内，然后走出去对着厨房高兴地叫道：“快送茶点到楼上！”

“四益”的人都在为这场见面担惊，伙房里也不例外，现在好消息一下子传出了，伙房里就忙碌起来。

喝过茶，叙过旧，谈了一阵湘西的形势后，陈策跟蒲和生说：“望你记住我们以前说过的话，记住今天这个见面！”

蒲和生说：“我永世不忘！”

陈策说：“你要好好抓紧部队训练，维持纪律，服从命令，爱护人民！”

谌鸿章说："你可要好好记住这些话！"

蒲和生说："我记住了！"

蒲和生感到自己的内衣汗湿得难受，他站起来向陈策和谌鸿章行了礼说："陈司令，谌先生，我告辞了。"然后转身下楼，往谌志锦的公馆走去。

陈策下楼站在门外，见蒲和生独自一人走在田畈间弯弯曲曲的路上，又似乎是自己少了份人情味，便对肖守谦和刘本禄说："你们俩送送他。他既有这份诚心，我们就要给他脸面。我们一定要赏罚分明！"

肖守谦和刘本禄跑步跟上蒲和生，带着稻香的风把他们三人谈笑的声音吹回到了"四益"的门口。

姜老板站在门口说："大家该吃点东西了！"

罗健西说："我想喝点酒！"

姜老板笑着说："那就喝吧！"

于是，伙房做了几个菜要端上楼去，谌鸿章却说："就到伙房吃！"

大家就在伙房的桌子上围成一个圈，酒都满上后，谌鸿章对陈策说："你的痔疮刚刚好，就不喝算了。"

陈策说："喝！今天狠狠地骂了一顿蒲麻雀，也算替米庆舜出了一口气！"

大家都笑了起来。

一边喝酒，一边谈着各种话题，谌鸿章看见伙房的人不断从各处收来碗筷堆放在灶台上，就忍不住问道："姜老板，你这个'国际饭店'到底有多大个砂罐？"

姜老板说："为了解放事业，我和我的妻子谌华商量好了，仓里的谷吃完为止！店里的货物现金用完为止！"

谌鸿章说："你会耍笔杆子，等到革命成功了，大湘西解放了，大西南解放了，全国解放了，你一定要写一本书，把我们今天这些事都写进书里面去。"

陈策说："只有你了解我们的内幕最多，你写书最有条件啊！"

罗健西说："你姜老板的书写成了，可别忘了给我们分稿费啊！"

姜老板说："真要到了那一天，我一定写一本《我记忆中的湘西纵队》。我把稿费全部拿出来请大家喝酒！"

肖洪量说："不知道到了那一天，我是个人还是座坟！若是成了坟堆，你们就别忘了给我往坟头上倒一杯啊！"

大家笑了一阵，又举起酒杯来干了一杯。

谌鸿章说："肖团长说的也是，黎明前的黑暗往往是最黑！现在湘西的局势最为复杂，麻烦事儿还多哪！说不定什么时候我们就为革命两手傍腿了！"

远处走来一个人，姜老板远远看出好像是"五老爷"来了，就说："看看，真是说麻烦，麻烦就来了！"

76 / 请你一定要理解我

果然是“五老爷”来了。

姜老板故意走到柜台里面坐着，做出一副不搭理人的样子，但“五老爷”走到柜台前从衣袋里抓出一把大洋“嗵”的一声扔在木板台面上，然后翻开手掌跟姜老板说：“这是十块大洋！总指挥给你做盘缠的！”

姜老板视而不见、听而不闻地说：“做什么呢？”

“五老爷”诡谲地一笑，“前两天，驻防新华的保安第五团来了位副官与我们联系，说是他们团愿与我们雪峰部队结为生死兄弟，总指挥要你到他们团取得联系，让他们团向我们靠拢。”

自从谌鸿章策反雪峰部队以来，“五老爷”就一直在拉倒犁，尤其是上次为湘西纵队制符号的事，姜老板更加看清了“五老爷”那几根花花肠子。今天“五老爷”得了总指挥的口令，拉虎皮做大衣，颐指气使的样子更让姜老板瞧不起。姜老板毫不客气地回他说：“看你那样子！好像我姜定耀从来没有见过这些敲得响的金属板板！我不缺钱，谁想这十块大洋谁去！”

“五老爷”说：“这可是总指挥的命令！”

姜老板的调门更高了，“你们这些人别给总指挥帮倒忙！总指挥还不觉醒过来，总有一天会栽倒在你们这些人手心里！”

“五老爷”说：“姜老板，你此话怎讲？”

姜老板说：“上次制湘西纵队符号的事，我想你不会忘了吧！总指挥已经被你们弄得反复无常、出尔反尔、朝令夕改、失信于人！就凭你们这种做派，自己的事都做不了主，神魂不定，人鬼不辨，还想要别人的部队向你们靠拢？莫白日做梦！”

“五老爷”拍着柜台说：“我再重申一遍：这可是总指挥的命令！”

姜老板说：“谁的命令我也不去！”

“五老爷”担心自己完不成任务回去遭总指挥的责骂，只得又软下来说：“总指挥要你去完成这趟差事是有理由的。总指挥知道这个团的军需主任是你在溆浦中学读书时的同班同学，所以才派你去。”

姜老板说：“可我知道，这位军需主任后来也是你的同学，你为何不去？”

“五老爷”说：“这可是总指挥对你的信任！”

姜老板说：“信任？制湘西纵队符号不信任，上次派人到长沙去‘接头’不信任，为什么现在要进狼窝虎穴就这么信任我姜某人了？我还不知道你说的信任是个什么东西！”

“五老爷”无言以答，赌着气一转身就走出了“四益”店门。

“五老爷”前脚出，谌鸿章后脚就跟了进来说：“姜老板，你平日待人总是非常有耐心，今天为何火气这么大？为何这样不给人留情面？”

姜老板说：“我最恨这些人，拿别人当猴耍！我早就想刮他的胡子！”

谌鸿章说：“不过，你不去也好。我看，这个团是既不想跟黄杰走，也不想跟程潜走，他们恐怕是想拉雪峰部队入伙，继续做山大王的梦！”

“五老爷”回到司令部如实地向总指挥回报办差情况，把姜定耀说过的话添油加醋地转给总指挥听。他只想激起总指挥对姜老板的怨怒，没想到总指挥却跟“五老爷”说：“人无信用，万事皆休！不怪他姜定耀，只怪我们自己。现在连怀化的硬汉蒲和生都来龙潭向陈策请罪了，也该我们作出行动、取信于人了，如再犹豫不决，就不仅是姜老板瞧不起我们，谌鸿章也会失去耐心，到那时恐回头无路啊！”

此后不过几天，雪峰部队各支队就都从雪峰山区的邵阳、黔阳、武冈、隆回等各边境调回龙潭集结待命，龙潭及其周围的张家圹、岩湾、黄茅园一线，无处不是雪峰部队。消息灵通的官兵都在相互传言：雪峰部队就要打出湘西纵队的红旗。很多官兵一听说部队是要跟共产党走，帮穷人翻身闹革命，以为自己找到了出路，将来回家也有脸面跟父老乡亲们说话了，就都精神抖擞起来。谌鸿章、陈策、罗健西见雪峰部队有这样好的精神状态，也都十分高兴，尤其谌鸿章为自己多年来策反雪峰部队有了这样一个结果而欣慰不已，马上派罗健西去长沙汇报这一情况。

正在罗健西前往长沙向省工委报告雪峰部队准备起义这一喜讯的时候，“五老爷”满脸得意地将一张湖南版的国民党《中央日报》展开放在向承祖的桌上，点着一段文字说：“总指挥，你看看，这上面可有好消息！”

向承祖拿起报纸，果然就看到：“白崇禧将军已飞抵衡阳，坐镇督师，青树一役，歼灭共匪千余，残敌已向湘乡、宁乡方向逃窜，我正乘胜追击。”向承祖将这段文字反复看过几遍，一直没有出声。“五老爷”知道他内心重又掀起了波澜，趁势又说：“总指挥，我一辈子读书做官只以一人为师，那就是曾文正公！修身齐家治国平天下，立功、立德、立言，我都敬佩他！以我之见，近代以来，无论读书做官治学，凡学曾文正公者，皆前途无量；凡不学曾文正公者，都难有好下场！”

向承祖抬起头来认真地说：“愿闻其详。”

“五老爷”说：“你一定要学曾文正公，要忠于党国，不事二主，这才是忠义之士，这才有前途可言。眼下，白健公已由衡阳飞抵芷江坐镇，你若与共党有染，有违白健公之意，到时共党会以你反复无常而处置你，国民党也会以你私通共匪而灭绝你，你将无栖身之地！”

向承祖内心为之一惊，他故作冷静地笑了一下，但“五老爷”看见他拿茶杯的手已在微微发抖。向承祖说：“难得你如此忠言！最近听说白长官要来芷江，你可多给我提供些这方面的消息。我会审时度势的。”

“五老爷”说：“如果我不估计错的话，不出几天，你就会接到白健公请你去芷江开会的通知。”

向承祖摇了摇头说：“这不可能！贵人多忘事！他白长官哪能记得我区区一个向某人！”

“五老爷”说：“你等着好消息吧。”

果如“五老爷”所言，向承祖接到了华中军政公署长官白崇禧的电令，要他去芷江参加“军政联席会议”。

自程潜、陈明仁领衔发出由37名将领签名的起义通电后，国民党湖南省政府在长沙已无立足之地，广州行政院已立即任命黄杰为湖南省政府主席、湖南绥靖司令及第一兵团司令，并将省府临时改设在芷江。

省府临时改设到芷江，向承祖对此并非没有看法，这难道不是逃亡政府吗？但往深处一想，芷江有著名的机场，抗日战争时期，中、美两国人民对日作战时，两国空军就驻在芷江机场。中、美、英三国发表了限令日本无条件投降的波茨坦公告后，中国军方代表也是在芷江接受日方无条件投降。芷江又与贵州省毗邻，古有“滇黔门户”之称，今是中南地区进入大西南的重要通道之一，尤其眼下湘西和整个大西南正日益成为国、共之争的重地，就各方面局势和条件而言，省府设在芷江应该是不错的选择，至少军政首长们便于在空中速来速往。

在共军正通过大迂回、大包围进军大西南，大军已直逼湘西的日子里，要在芷江开好这个军政联席会议，也实在不易。会前，白崇禧为了寻找信心，和黄杰驱车前往城郊七里桥参观了受降纪念坊。两人看得非常仔细：四柱三拱门的牌坊正中领额为蒋委员长所题“震古烁今”四个大字，下题“受降纪念坊”坊名，左拱额“武德长昭”为于右任所题，右拱额“布昭神武”为孙科题写，坊柱上有题联两幅，主联“克敌受降威加万里，名城揽胜地重千秋”为蒋委员长所题，副联“得道胜强权百万敌军齐解甲，受降行大典千秋战史记名城”为李宗仁所题。

黄杰说："这些额、联题得真好啊！"

白崇禧说："题在这上面的还有不好的？"

黄杰马上纠正自己："这倒也是！"

白崇禧长叹一声说："可惜啊！和当年的设计相差甚远！原计划是要建受降公园，园内要设受降堂、无名英雄铜像和凯旋门两座，白石纪念碑一座，还有配套设施的管理室、休息室、警察室等。政府拨款是九亿四千万法币，无奈战乱年代，货币贬值，更兼人心不定，仅建起这么一座砖石纪念坊。于无数死难抗日将士，我们愧疚啊！"

两人又走到当年洽降签字的木屋里看了看，然后返回城内，在刚刚收拾好的黄杰办公室里，两人面对着墙上的地图，以闲谈的口气讨论了一番。首先对整个战局进行了深入分析，又对这次军、政联席会议的与会人员进行认真摸底，两人的共同心愿都是一定要通过本次会议，使整个湘西成为抗共基地！

白崇禧说："七月以来，共军四野及二野的一部在取得宜昌、湘赣战役胜利后，分中、西、东三路进军湖南。你知道，现在湖南临湘、岳阳、平江、浏阳、醴陵、华容、澧县、石门、湘阴、慈利、桃源、南县、安乡、常德等十余县市为共军占有之后，实际上已切断了我与宋希濂部的军事联盟，加之程潜、陈明仁他们背叛党国投共，长沙也拱手送给了共军，战局已经对我们非常不利！但是，我军四大兵团都已布防完毕，正以逸待劳。我们只要以湘西和大西南为基地，与共军背水一战，这一战的胜利必将属于我们！"

黄杰主席说："蒋总裁的意思是还要利用湘西的十万土匪武装筑成千里'人防长城'，阻止共军向大西南进军！"

白崇禧说："利用好本地十万土匪，这将使我军如虎添翼！"

黄杰说："有了这些条件，我们一定要把这次会议开成一个充满信心的会议！"

白崇禧很赞成地说："是，关键就是要树立信心！因此，这个会上，我们不作全面战局和形势分析，只讲我们的兵力部署和有利条件。"

黄杰说："这个基调很好！另外，我们要大谈建设湘西、安定湘西。人无远虑必有近忧嘛！只有大谈建设湘西、安定湘西，才能稳定湘西民心。民心一稳，军心自然就稳！"

白崇禧说："黄主席所言极是。"

说不上一切准备就绪，到了会议召开的那天，虽然芷江县城早已在抗日战争时期就被日本飞机炸得千疮百孔，但街头上还是打扫得干干净净，到处挂满了横幅和标语。沅郡中学里里外外都布满了岗哨和真枪实弹的士兵，校园里十分森严。

会议在学校礼堂里举行，孙中山的遗像和青天白日旗都挂得整整齐齐，会台上的对联也意旨鲜明。上联为"团结第一，安定第一"；下联为"力量集中，意志集中”。会台后面挂的横幅就是黄杰主席说过也是他很得意的那句话：“建设湘西，安定湘西。”

上午八时，会议正式开始，华中军政公署长官白崇禧、兵团司令谷正伦、省府主席黄杰、暂二军军长张中宁等踏着雄壮的军乐健步走上主席台就座。参加这次会议的有驻守大湘西的各部军政要员和芷江当地军政头脑人物，共计达四百余人。闻风而来的各路记者以不断闪烁的摄影灯光把这次会议甚至整个芷江县城一下带进了历史的重要节点。

为突出华中军政长官白崇禧的讲话，黄杰主席只讲了个开场白：“各位同仁，今天这个会议是省府移设芷江后的一个最为重要的会议。现在，我们正处党国前途命运的非常时期，在这个非常时期，我们一定要精诚团结，精忠报国！下面请白长官训话。”

会场上为数众多的基层官兵们都是第一次见到如此之多又如此之大的官员，于是，响起了热烈的掌声。掌声也振奋了白长官，他已经有些日子没有听到这么有士气的掌声了，还是湘西这块地方好啊！

他说：“各位同仁，考验我们的时候到了！众所周知，前不久，程潜、陈明仁背叛了党国，是我党之败类！最终也是不得人心的！忠孝节义都不要了，还算什么军政官员？还算什么堂堂男子汉？”

白崇禧越讲越慷慨激昂，“现在是大敌当前，我第十一兵团、第十兵团、第三兵团、第一兵团以及川湘鄂边区绥靖公署宋希濂之一部，还有我们新近收编的湘西本地三个暂编军一十三个暂编师，拿蒋总裁的话说，我们已形成了一道‘人防长城’！共军再厉害，也别想打进湘西！别想打进大西南！”

黄杰忍不住插话说：“我将把十七兵团也调来湘西，誓死捍卫湘西！绝不让湘西落入共军之手！”

白崇禧趁黄杰插话之机喝了口茶，于是声音更加洪亮，“这样一来，大西南拥有三百万国军，仅是湘西就有我们一百万大军。算起来，共军现在也不过只占领巴掌大的几个小县城，有什么可怕的？湘西以及大西南的大片土地都还牢牢地掌控在我们手里。为此，我们要树立信心，誓死坚守湘西这个大西南的‘桥头堡’！大家千万不要小看湘西！”说到这里，白崇禧想起自己在抗战时期积极给蒋总裁建议，国军要学习打游击，以小胜积大胜，最后得到蒋总裁的赞扬，被誉为“小诸葛”。于是，他精神更为饱满起来，“这里地形险要，为西南咽喉。说远点，明代吴三桂扼守神龙关击溃清军十万大军；说近点，抗战末期历时五十五天的湘西会战，我军毙伤日军二万八千余人，成为打败日寇的最后一战、大胜之战！那时候，我们真高兴！今天，我军有着优良的美式装备，又有雪峰山和武陵山为天然屏障，即使共军全面进攻，我们也要坚持战斗到底！破小家才能保大家，拼命才能保命！万不得已，我们就实行坚壁清野，誓与湘西共存亡！”为振奋人心，白崇禧又宣读了一批委任状和嘉奖令，芷江的杨永清在嘉奖令中被誉为“革命宿将”。接下来，就是黄杰宣布在湘西阻击共军的方案。

大会之后，暂二军军长张中宁根据黄杰宣布的方案，要张玉琳做了详细部署。张玉琳电令石玉湘的暂七师与独一旅、独二旅防守烟溪与溆浦分水界一线，以阻击解放军西渡资水。

白崇禧和黄杰还单独约见了一批地方武装首领，约见张平时白崇禧说：“你将是我党放在湘西的一颗重型炸弹。”

张平受宠若惊地说：“我一定不辜负白长官的期望，誓与共党干到底，不成功便成仁！”

约见向承祖时，白崇禧和黄杰都要他为党国忠贞不渝、尽职尽责。

向承祖在这些高官面前受宠之余，又把陈策所部的区区几百人的湘西纵队和白崇禧所讲的国军布防图一比，湘西纵队简直是不值一提。

回到龙潭，向承祖不再像往日那样与谌鸿章保持密切联系，一连多天也不见他再要求打出湘西纵队的红旗。

谌鸿章已经感到情况有变，但他只是暗里观察，耐心等待。

萤火虫歪歪斜斜地在天空飞舞，肖守谦趁黑悄悄来到了陈策的房间，有些急切地说：“陈司令，我有句话不知当说不当说。”

陈策说：“你怎么变得如此啰唆？什么当说不当说啊？说！”

肖守谦说：“现在龙潭已有人传出话来，说雪峰部队的向总指挥从芷江开会回来就要对‘辰溪部队’下手。”

陈策联想到向承祖新近的突变，心里不禁吃紧，他找到谌鸿章和姜定耀商量：“向承祖这个人变幻莫测，我们还是趁早离开龙潭，上山打游击为好。”

谌鸿章也说：“向承祖这个人太反复无常了，为争取他这支队伍，简直是让我的耐心经受了极限的考验！既然国民党已将政治、军事中心移到了湘西，我们也不能不做最坏的准备。在适当的时候，我们就上山打游击，牵制敌人，协助解放大军进攻湘西。”

陈策做好了打游击的准备之后，像是一块悬在心里的石头落了地。而谌鸿章就不一样了，省工委曾交代过他，如果辰溪的起义部队遇到危急情况转移到龙潭后，要他一定尽力支援。现在国民党的军政重心向大湘西卷压过来，向承祖发生了逆转，湘西纵队这支来之不易的部队要从龙潭拖出去打游击，其前途和命运与他此时的决策将有着极其重要的关系。

部队秘密决定了离开龙潭上雪峰山区打游击之后，谌鸿章找到陈策说：“我想在我们离开龙潭之前，再找向承祖长谈一次。”

陈策以不抱希望的口气说："我真佩服你的耐心！"

谌鸿章只身一人又冒险深入到雪峰部队司令部里住了下来，每日和向承祖推心置腹地谈心。向承祖说："我在未去芷江之前，的确是要打算撤销雪峰部队的番号，打出湘西纵队的旗帜，但芷江会议之后，特别是白长官和我谈话之后，我觉得现在时机还未成熟。我们现在所处的龙潭一带，完全夹在芷江与邵阳之间，公路沿线都有国民党重兵驻防，其兵力数倍于我，仅凭我们这点人马，何以御敌？龙潭是我的胞衣之地，祖宗庐墓所在，多少身家性命系我一身，我岂敢轻举妄动？我们私人关系甚好，还望你能够理解。"

谌鸿章说："此言似也不无道理，可时不我待啊！国民党虽在湘西甚至大西南增兵布阵，表面上还在西南一带坚守，其实心里都各怀鬼胎。在整个中国，国民党败局已定！何去何从你可要当机立断！脚踏两只船的前提是两只船都并排前行，现在是一只船要沉没，一只船正加快行进，你可再也无法脚踏两只船！摆在你面前的现实是，如再踏两只船必落水无疑！难道你还愿意睁着眼跟着沉船葬身？"

向承祖想了想说："我们是老朋友了，你的这番话也的确是推心置腹。这样吧，为助你们一臂之力，表明雪峰部队愿意跟随你们行动，同时也考虑到芷江会议对我的压力，为稳妥起见，我先派我部最为得力的谌志华支队加入你们队伍，算我的先行部队，待时机成熟，我再率全部随你们行动，你看如何？"

谌鸿章说："这算是总指挥最后的答复吗？"

向承祖说："我想，目前没有比这个更好的答复了。"

谌鸿章深知向承祖多疑善变，他马上从向承祖面前的坐椅里站起来说："那好，事不宜迟，今天晚上请你到'四益'来。我们共同商量一下具体方案。"

谌鸿章带着这样一个答复回到"四益"。

晚上，向承祖带着谌志锦、"五老爷"等人如约而至，但在"四益"楼上开会研究具体问题时，向承祖却说："我上午说过派谌志华支队先加入你们的队伍，可是现在情况有变。国军一百军的一个师，今天已有一部驻进圹湾一带，先头部队已到达洗马潭，形势对我们极为不利。志华支队是我部人数最多、武器最好、力量最强的支队，面对这种情况，这个支队已不能走了。如志华支队跟你们走，国军必轻而易举地吃掉我们！但我说话还是算数的，我决定改派向桂元大队随你们行动，并将这个大队的人枪配足！"

向承祖的口令改变得如此之快，大出谌鸿章所料，但谌鸿章沉默不语，让向承祖也看不出他有什么恼怒。倒是陈策有些忍不住，但考虑到谌鸿章的面子，他只得尽量把话说得委婉一些："派一个支队也好，派一个大队也好，或者一个不派也好，这是个态度问题，是你们的事，我们不能强求！派来的，我们真诚欢迎；

不派，我们也不勉强！”

向承祖自然听出了陈策话里的火药味，连忙说：“派！当然要派嘛！不派谌志华支队，向桂元大队是一定要派的！这表明我们的态度是鲜明的！我们的心意是真诚的！”

谌鸿章微笑一下说：“好吧，一个大队也好，我们也欢迎！”

姜老板实在听不下去了，插了一句：“总指挥，你真能派一个大队随我们行动？”

向承祖尽量克服自己内心的愧慌，显得平和地说：“是！真能派。”

姜老板调侃道：“这一回该不再有变了吧？”

向承祖说：“还变什么，不变了！”

姜老板将脸色严正了一下说：“那好！就请总指挥写个手令吧！”

向承祖明白，姜老板是在讥讽他说话不算数。但面对你死我活、天翻地覆、胜败难料的时局，向承祖并不后悔自己的多疑和善变。相反，他认为自己这样做才是稳妥、智慧和精明，是对自己以及弟兄们身家性命的负责！他举重若轻地说：“我今天当着这么多人说了这个话，就用不着下手令。如果还要下个手令，那反而显得我说话不算数了。”

谌鸿章情感复杂地笑了一下，陈策顺着向承祖的话将了一军：“军人嘛，说话就是命令！如果要不算数的话，手令也照样可以不算数！要个手令又有何用？”

陈策这句话似乎让向承祖有些坐立不安，好在会议很快结束，向承祖站起来跟谌鸿章和陈策说：“三天之内，我会把一切事情安排妥当。”

陈策说：“为何还要三天？”

向承祖说：“要调动人员武器，要安置家小，没有三天时间不行。”

谌鸿章说：“行！那我们就等你三天。”

从向承祖离开时的神色和脚步，陈策就看出他不是真心想跟纵队一起行动，而是另有打算，在等待观望。谌鸿章当然也看出了，不过，他总以非常好的耐心等待着。

第二天天一亮就有人敲“四益”的店门。姜老板赶紧起来开门一看，竟是“五老爷”来了。

“五老爷”说：“昨晚在你店里开会，总指挥不是答应派向桂元大队先加入你们的队伍吗？他回家一想，还是不妥。向桂元是总指挥的心腹，他一走，没有了心腹，总指挥还是觉得心里发虚。”

姜老板已经不为此变感到惊异，他冷笑一下说：“总指挥又变卦了？”

“五老爷”说：“不！总指挥要另派！”

姜老板很反感，他忍不住逼着问道：“那么，又打算派谁？”

“五老爷”说：“改天总指挥派一个加强中队来，由张望宏率领。你看行否？”

姜老板说："你们在一天多时间里，由一个支队变成一个大队，由一个大队又变成一个中队。陈策的态度早就不强求你了，只是谌鸿章还对你抱有希望！你还想问谁行否？"

"五老爷"见姜老板的话很生硬，就说："你只管把总指挥的意思转告给他们就是！"

姜老板把情况转告给陈策和谌鸿章后，谌鸿章沉默不语，陈策却说："如此一日三变，分明是对我们不抱信心！我看，一兵一卒也不要他的！看他把这些人带到死路上去！"

这天下午，"五老爷"又走进店来跟谌鸿章说："总指挥要我来通知你们，加强中队的人一时调不拢来，也就不派了。但同意给你们配发些子弹，你们可以派人去拿。""五老爷"说过这话，好像毫不在意谌鸿章的态度，转身就扬长而回。

陈策气得眉毛和胡子都翘了起来，说："我们不是来当乞丐的！让他跟着国民党升官发财去！一粒子弹也不要他的！"

姜老板说："陈司令这句话才解我心头之恨！"

但谌鸿章仍保持耐心，他秘密交代谌炽："我担心我们上山打游击后，向承祖的队伍狗急跳墙走向反面。你们要继续留下做向承祖的工作，要劝他认清时局，不要听信谗言，轻举妄动，害人害己！起码要保持中立，不与解放大军为敌，不要与人民为敌！"

谌炽说："姜定耀要跟你们走了，我也要跟你们一起走！"

谌鸿章说："不行！他跟我们走是工作需要，你留下来也是工作需要！你要重点做好谌志锦的工作，通过谌志锦来影响向承祖。对于'五老爷'这种人也要利用好，只要能劝说他们保持中立，那也是天大的好事！"

77 / 我们这支队伍是人民的队伍

云和雾在天空中漫舞了一早晨，太阳一出来，蓝蓝的天幕下是静谧的山水和田地。这是一个保密的日子，但在天亮的时候，跟着红旗前进的长长的队伍还是让一路上的乡亲们看到了他们的雄姿。这支队伍以辰溪龙头庵起义的几百人为主体，现在又新增了谌鸿章手下的一批工作人员。

部队进入雪峰山区后，第一个晚上宿营在小沙江村。村里男女老少一见背枪的就全都拖儿带女地逃进深山躲了起来。第二天凌晨派了几人回村探望才明白，这些官兵都没有进老百姓家里住宿，只坐在屋檐下的壁脚相互倚靠着过夜；关着的门、锁着的门都没有开过；见了老百姓不仅不抓夫，不抢东西，用他们的灶煮过饭、炒过菜还放了火钱，写了感谢信在灶台上。回村探视的人马上返回深山把大家叫回了村里。一位饱受兵匪之苦的老人坐在家门口捋着胡子说："从来兵匪进村都如洪水猛兽！这回真是怪事！"

湘西纵队的人告诉村民说："我们湘西纵队是人民的军队，绝不会伤害人民！"

于是，部队离村时，一些年轻人加入了这支队伍，很多村民放鞭炮送行。

谌鸿章深有感慨地说："这到底是我党领导的队伍，就是不一样啊！"

陈策说："这支队伍本来还可以更整齐一些、更强大一些。但从辰溪县城紧急拖出在龙头庵起义后，一切都匆匆忙忙，准备赶来起义的队伍没有到齐，又被张玉琳的暂二军穷追猛击，看看大家，连个帽徽领章都没有！"

谌鸿章笑了一下说："我已经要姜老板将红旗和徽章都带上了。选个适当时候，举行一个佩戴仪式。"

陈策高兴地说："老谌，你真是个细心人啊！"

走过三十几里路程，部队到了预定目的地。

陈策问姜老板："你带来多少徽章？"

姜老板说："带了两千套。"

陈策哈哈大笑说："好兆头啊！红旗带了多少？"

姜老板说："十多面。"

陈策很满意地连连点头说：“好啊！好啊！明天我们这支队伍就更加威风了！”

陈策将一字条儿递给谌鸿章说：“你看看这个。”

谌鸿章一看，是有关湘西纵队的人事安排。看完后他笑了笑说：“别的人选，我没意见，政委是否还有更合适的人选？”

陈策说：“这个政委非你莫属！从这支队伍转移到龙潭，你就已经是我们最好的政委！”

谌鸿章说：“我这个人有点婆婆妈妈。”

陈策说：“这不是婆婆妈妈，而是慈母之心！是耐心！是韧劲！在对待向承祖的问题上，我俩的性格都充分体现出来了。我这个人就是粗直急暴，恰恰需要你这种性格来补充。”

谌鸿章说：“你能这么想，我就宽心了。”

陈策说：“部队深入山区后，侦察工作显得更重要，我建议任命李涛为侦察大队长。”

谌鸿章说：“很有必要，我同意！”

第二天早晨，队伍集中在村前的草坪里，陈策一看，大家的头上都闪亮着红红的五星，胸前都亮闪着“湘西纵队”的徽章！仿佛是一支崭新的队伍！举得高高的红旗在朝阳里飘荡，嘹亮高昂的歌声划破幽蓝的山谷，在悬崖上回荡。

谌鸿章宣读完调整、充实后的湘西纵队的领导成员后，陈策跟大家作报告说：“同志们，我要再一次强调，我们这支队伍是人民的队伍，人民的队伍就是要消灭人民的敌人！往后，不管我们这支队伍走到哪里，不仅要高唱《三大纪律八项注意》这首歌，更为重要的是要按三大纪律八项注意去做！做到了，才称得上是人民的军队！只有受人民爱戴的军队才是无敌于天下的军队！我们湘西人民饱受兵匪之苦，我们的每一个支队、每个指战员，都要和老百姓建立鱼水之情。只有这样，我们这支军队才能完成我们的神圣使命：配合解放大军，解放湘西人民！”

陈策讲完话，谌鸿章向各大队授了军旗，村子上空就响起震撼山谷的口号：

“人民军队万岁！”

“解放大湘西！”

“解放全中国！”

很多村民都把家里好吃的东西拿出来送给湘西纵队，纵队里的陈显荣、向阳、李涛、赵志等人就去村里张贴标语和《告湘西人民书》。陈策和谌鸿章看着这种生气勃勃的局面，很是高兴地站在草坪里交谈起来。

陈策说：“谌政委，烂草田这一次军人大会，是湘西纵队开始新征程的第一次重大活动，是一次完善部队建制和领导班子的大会！现在我们这支队伍才像一支正规部队。”

谌鸿章说：“队伍是像个样子了，只是人数还少了些。有机会，我们还是要尽快扩大我们的力量。”

陈策说：“可惜向承祖不听你的话啊！要是他跟我们来了，那多好啊！”

谌鸿章说：“我想，他迟早会投靠我们！这是大局决定的！”

部队在山区驻下后，司令部决定，抽调姜定耀、肖守训、朱成先三人进东山区，肖守谦带领三人进西山区进行饥荒情况调查。

姜定耀一行来到半山腰时，一棵老栗树下的石板上坐着一位中年妇女，她衣衫破烂如网，全身多处裸露着肉皮，一见到陌生人就背上背篓下坡躲进了密林。

姜定耀问带路的向导：“这位大嫂你认得吗？”

向导说：“认得，就是山那边村里的人。”

姜定耀说：“你带我去她家里看看。”

姜定耀一行走进这位大嫂家时，未见大嫂。家是用石头片子堆砌而成的石窟，门是木棒夹着高粱杆用王老藤捆扎起来的。因为没有窗子，屋内很黑，一些木桶、陶罐和没有油星的铁锅都摊在地上，一张摇摇晃晃的笨床上，只有一床破竹簟和一床烂棉絮。姜定耀揭开棉絮才发现里面还躺着一个奄奄一息的小男孩。当眼睛适应了屋子的黑暗后，他们又发现火塘边还蹲着两个小女孩。她们不哭也不笑，只将身子缩成一团，痴静得如泥塑木雕，连两眼都一动不动。

从这个家里走出来，到这小村子各家各户看了，情况也都相差无几，饭罐里都只见绿色的菜糊。小村十几户人家，只有一户还藏有一土钵稻种。

让姜定耀一行感到更为奇怪的是，这些人家的门户都敞开着，都只有老弱病残在家里，没见一个青壮年。姜定耀问向导：“这村里怎么都不见有青壮年？”

向导说：“这里人被兵匪害苦了，又是抓夫，又是奸污掳掠。所以，见你们来，青壮男女都跑了、躲了。”

姜定耀一行把带着的《告湘西人民书》和布告、标语贴在屋壁石墙上，同时跟向导说：“你去告诉老乡们，我们是为穷人打江山的军队！我们不做伤害老百姓的事，还要帮助他们度过饥荒。你叫他们都回来。”

向导到山里转了一会儿，躲藏在深山里的乡亲们就都跟着回到村里。

肖守训问老乡：“你们家里都快饿死人了，山下的谷子都收完了，你们为什么不去借点来？”

一个老乡说：“没人担保，谁愿意借给我们？”

另一个老乡说：“就是肯借，也要翻两倍地加息，谁还得起？”

朱成先说：“还不起就不还嘛！”

一个老乡说：“那就要坐牢！”

谌鸿章带上罚来的钱粮去赈济乡民。

姜定耀说："我们一定会想办法来救济大家，让大家度过饥荒！"

回到司令部汇报情况时，朱成先说："这个社会制度不推翻真的不行了！"说到动情处就哭了起来。

东山区和西山区了解到的情况差不多。陈策和谌鸿章听过汇报，只想马上赈济这些乡亲们，可是，哪里来钱粮物资呢？

这时有人前来报告说，有一个排三十多人现在全部上吐下泻，卧床不起，不能行走。陈策和谌鸿章大吃一惊。谌鸿章说："要是染了瘴气也不会是这种情况啊。"

陈策说："该不是被人投了毒吧？"

正在疑惑难解时，侦察大队长李涛前来报告，情况弄清了，是一户姓郑的人家故意将桐油当作茶油高价卖给这个排炒菜吃。

谌鸿章问："这姓郑的是一户什么人家？"

李涛说："是新华县水车乡乡长。"

陈策说："这就难怪了！马上将他拘押起来！"

谌鸿章的沉脸一下子轻松起来说："正好！罚他二百块大洋、二十石稻谷！就拿这些钱粮来赈济山上的饥民。这也是对他为富不仁的惩罚！"

湘西纵队派人去罚了钱粮回来时跟陈策汇报说，当地很多乡民都欠着姓郑的债，他家放账不论钱粮，都按翻倍的利息计算。陈策深有感慨地说："是啊，穷人不是天生要闹革命，穷人要革命都是被没有良心的富人逼的！"

第二天，陈策留守在司令部，谌鸿章带上罚来的钱粮去赈济乡民。走进第一户人家，只见几个小孩蹲在火塘边。谌鸿章要随行的人往她家的烂簸箕里倒米，簸箕里很快堆起一个小米堆。几个泥木般的小孩一见大米就都立刻活动起来，每人抓了一把就往嘴里塞，嚼得嘴角直流白浆。躺在床上的那个奄奄一息的小男孩伸出手，也想来抓把米，但是，他的手不够长，他往床外爬了几下，就栽倒下来。朱成先赶快将小男孩抱起来放进那一堆烂棉絮里说："不要急！吃生米会肚子疼的！你们煮了饭再吃。"

那个大一点的女孩马上往门外跑，一边跑一边喊着："阿娘——阿娘——有人送米来了——"女孩往深山里越跑越远。

不一会儿，一位大嫂回来了，一见簸箕里有了一堆米，米上面又有几块大洋，就跪在地上哭着说："大好人啊，老天保佑你们高升啊！"

谌鸿章说："大嫂，你快起来给孩子们煮饭吃。这几块大洋是给你买米度过饥荒的。"

姜定耀又嘱咐她说："孩子们饿久了，暂时还不能给他们煮硬饭吃，要先吃两天稀饭，一天多吃几餐。过几天才能煮硬饭吃。"

从这户人家走出来，再走村里另一些人家，情况就完全不一样了，家家户户都站在门口迎接，见了面亲热得像是一家人。

谌鸿章一边给他们发大米和大洋，一边宣传政策，宣传人民解放军就要解放全中国，宣传湘西纵队的主要任务就是配合解放大军解放湘西人民，让湘西人民翻身过上好日子。

一个村赈济完了，又去另一个村子，几个村子赈济完了，谌鸿章才带着大家回营。

回营一看，来了很多乡亲们在司令部里。陈策跟谌鸿章说："谌政委，你们下去了，他们这些年轻人上来了！这么多人在我面前夸赞湘西纵队救了他们的命，他们都要求加入湘西纵队啊！"

谌鸿章说："那好嘛！"

陈策说："大家说还有很多乡亲们等着我们去赈济啊。"

姜定耀说："这地方这么穷，我们到哪儿去弄那么多粮钱啊？"

谌鸿章说："我们可去找奉家山的奉老八嘛！"

湘西纵队在奉家山访贫济困的面儿越来越扩大，影响遍及雪峰山区。村寨的穷人们都奔走相告：山上来了救穷人的好军队！奉老八当然也知道湘西纵队进山来了。他作为奉家山的"竹木大王"，有些坐立不安了。穷人喜欢的军队，自然就不是他喜欢的军队！穷人的救星来了，肯定是他的克星到了！这个湘西纵队总有一天会找他的麻烦。

其实，湘西纵队并不想与奉老八过不去，只是派政治部罗副主任到他家里，向他做耐心细致的工作，跟他说："雪峰山区的竹木资源十分丰富，我们也知道你奉老八的竹木生意已经做到了南京、汉口，长江中、下游各个口岸都有你的竹木生意，大家都说你已是富甲一方。我们没有别的意思，只想你深明大义，安心在家为我们部队筹点粮款以救济穷人。"

奉老八因为在山外和一些有头有脸的人结有关系，就有恃无恐地回罗副主任说："要我赈济这些穷鬼？他们有脚有手有脑壳，不会自己去赚钱？凭什么要我赈济他们？万万不可能！"

罗副主任说："你们现在把这里的土地和竹木资源都占有了还不算，还廉价使用他们的劳力，重息重租地剥削他们，你要他们还怎么生活？我们不允许这种人吃人的制度继续存在！你听明白了吗？"

奉老八说："你别给我绕弯子，我听不懂！要钱要粮我没有！"

罗副主任最后说："赈济穷人也就是救赎你自己！这句话的深刻道理，你自己应该能想明白！"

奉老八说："我想不明白！"

罗副主任说："一种社会制度，如果它让老年人没有幸福、年轻人没有出路，多数人都过不下去了，那它就该推翻了！这句话你听明白了吗？”

奉老八知道这几句话的分量很重，新化县水车乡的郑乡长因“桐油案”已被湘西纵队罚款，现在湘西纵队的人找上门来了，他如果继续强硬，必会给自己带来难以料想的损失。于是，他嘴上还是答应筹粮筹钱赈济穷人，心里却另有一个九九算盘。

罗副主任在他家里看了看，完全看出了奉老八即将要使出的招数，但他大智若愚地说：“既然奉老板答应筹粮筹钱，我也就放心回营了。”

罗副主任回到司令部，见谌鸿章正在教育那位将桐油做茶油卖给湘西纵队而受重罚的郑乡长，就立即到陈策那里汇报：“奉老八对筹粮筹钱赈济穷人毫无诚意。他已将手下的武装人员集中在家里，家中男女也都在忙忙碌碌地收拾东西，一些装细软金银的木箱篾笼也都集中了起来，看样子他是准备明天武装逃跑。逃跑的路线应该是往新化的水车乡方向。我们的部队如果及时采取行动，很有可能在半路上遇上他！”

陈策说：“那好！我们的部队明天一早就朝奉老八家行进。如果他逃出得早，我们就在半路上收拾他；如果他还在家里，我们就在他家里解决问题！”

高寒山区的清晨凉意袭人，部队在羊肠小道上向奉家山急速行军。

山区小路把部队拉得太长，先头部队行进到双林江村时，果然遇上了奉老八的武装。但被截住的只有奉老八的儿媳、女儿和一些行李，奉老八已逃得不见踪影。

大队伍进村作暂时休息，谌鸿章深入乡亲们家里一聊，得知村里有不少人家是奉老八的佃户。谌鸿章就跟佃户们说：“眼下，湘西就要解放了，全中国都要解放了，天下将是人民的天下，他奉老八还能往哪儿逃？我们随时随地都能把他抓回来！何况他儿媳和女儿都在我们手里！不过，我们还是想他能自己回来，你们赶快去给他报个信，就说我们要开上奉家山，带着他儿媳和女儿，驻进他奉家大院等着他回来。他要是自己回来了，交出他的武器和弹药，一切都好说。”谌鸿章又把奉老八的儿媳和女儿叫来跟那些佃户说，要佃户们转告，湘西纵队的人待她们很好，要父亲赶快回家交出武器。

因路程太远，湘西纵队在一个小村里宿营一夜。奉家儿媳和女儿一见为自己安排了最好的住房，就猜定夜里必受欺辱。她们一夜未睡，抱成一团看着门口。直到天亮，没有任何人来打搅她们，只见门外设了通宵不撤的岗哨，站岗的人正眼儿都不瞧她们。于是，她们开始议论起来：

“他们不是坏人！”

“爸爸不该逃跑！”

“我们带信叫爸爸回家。”

第二天上午，部队到达奉老八的奉家大院。

高高的院墙全为当地所取的石头砌成，朱漆大门，浮雕石柱。院内几十间大小房屋，全为上好木质结构。高高的木房围成一个口字，中间一个大天井。正面全为雕花门窗和楼栏，中堂两边各为七根合抱梓木巨柱，柱上皆挂有木刻楹联。中堂里除供奉列祖列宗外，还供奉有武财神关公的金丝楠木雕像。壁板为双层隔音屏风，木工精致，又以桐油油得琥珀一样锃亮。地面为一色青石板铺成，守大门的是双狮门墩。据奉家儿媳和女儿介绍，整个工程都是父亲从汉口请来的木工、石工匠所完成。

部队驻下后，陈策叫人和奉家的儿媳、女儿们一道对奉家财产进行清理登记。粮仓里的稻谷一时无法称量，只见堆积如山，仅菜油、茶油就有二十大缸，茶油大缸里浸有陈年腊肉数百斤，埋在谷里的禾花干鲤鱼数百斤；又在二楼房间清得冰糖一桶、雪糖杨梅一缸和来自景德镇的碗、碟、杯、盘数件，还有装满细软的木箱数口。通过调查核实，寄存在庄户那儿的还有三十多头耕牛、五十多头肥猪、上千只鸡鸭鹅……

奉老八收到了儿媳和女儿带去的口信，但他一直不敢回家。不过，几天后，他派人将带走的重机枪一挺、快慢机两支、手枪一支、步枪六支、子弹若干以及五百块银元送回到奉家大院。奉老八也托送枪支银元的人带来一信，要求换回他的儿媳和女儿。信中还说，考虑自己民愤太大，此时回家实在害怕，求请湘西纵队首长容他日后慢慢回去赎罪。

谌鸿章见他言辞诚恳，送回枪支弹药也算及时，也就饶了他一回，放了他儿媳和女儿，并召开盛大的军民联欢大会。一时间，湘西纵队在雪峰山上开展的访贫济困和群众宣传工作日益扩大。

一支队伍打着红旗上奉家山来与湘西纵队会合，他们是由李浑、王悠然等人率领的安（化）新（化）邵（阳）溆（浦）边区游击队。

不过几天，又一支队伍打着红旗上奉家山来与湘西纵队会合，他们是由中共地下工作者刘光理控制的贺幼农部的武装。

队伍很快壮大，整个奉家大院简直沸腾起来。

会师大会后，陈策站在奉家大院的楼廊上远眺莽莽林海，手里玩着一只随身携带的竹笔筒。谌鸿章从走廊上走来说：“拿着个什么宝贝？”

陈策笑笑说：“一个记着恩仇的竹笔筒。”

谌鸿章说：“是夫人给你的信物吗？”

陈策笑笑，不作解释。

谌鸿章说：“知道你想家人了！”

陈策说："是啊，想家人了！这么多天和家里人失去联系了，不知她们的下落，也不知张玉琳对她们是否下了毒手，张玉琳手下的那帮人，是什么事都干得出来的！"

谌鸿章说："快了！不要多久，我们湘西纵队就会和解放大军会师。到了那一天，我们就可以知道一切，就能高高兴兴地和家人见面团聚！"

78 / 更艰苦的工作在等待我们

月亮像银盘一样挂在楼廊外的树尖上，从树叶间泻下来的碎碎的月光照在陈策和谌鸿章身上，像是给人披上一层盔甲。他们的话题一直集中在石玉湘身上。

陈策说："我看，石玉湘是个聪明人，在张中宁未回辰溪之前，他又曾私下跟我说过，时机一到，他要举红旗，所以，我们还有可能争取他驻防在溆浦的部队就地起义。"

谌鸿章说："如石玉湘能就地起义，很有可能带动雪峰部队及早起义。这是一箭双雕的大好事！我们要趁早用劲，越快越好！"

陈策说："我现在就写信给石玉湘。"

谌鸿章说："好，我也修书一封给向承祖。"

两封信送出去之后，在等待佳音的日子里，侦察大队长李涛却给司令部带回了一个不好的消息：国民党省政府主席指派刘焕理在洗马潭召开了雪峰部队支队长以上人员的紧急会议，会议内容一时还弄不太清。

谌鸿章分析说："刘焕理是国民党特务头子，这个会议不在雪峰部队所在地龙潭召开，说明他们心里很虚。会议放在洗马潭召开，也说明他们在死死依靠驻扎在这一带的国民党一百军的势力。国民党还在抓住雪峰部队不放啊！"

陈策说："我最担心他们是不是要集中兵力吃掉我们湘西纵队。要李涛他们尽快弄清楚他们这个紧急会议的具体内容。"

谌鸿章说："李涛他们对这一带情况不熟悉，这个任务只有'四益'的姜老板才能完成！"

陈策说："那就请姜老板出马，我给他派四名警卫！"

姜定耀接受任务后，按照谌鸿章和陈策商定的意见，深入到上团、两丫坪、九溪江、白斗溪至龙潭一线侦察武装布防情况。

湘西纵队虽已建立了根据地，但要从根据地走出来确实不易，因为北面是张玉琳所辖的第二旅把守，南面有曾与共产党和红军结下死仇的国民党隆回县县长执掌的一千多人枪，东面是国民党驻防水东的周不让部，西面是早就要吃掉湘西纵队的刘忠部。

这一次刘焕理在洗马潭召开紧急会议，如果是决定马上向湘西纵队扑过来，陈策的意见就是首先吃掉刘忠部，打开这个缺口冲出去！于是，姜定耀就重点侦察了刘忠部的布防情况。

刘忠的三道防线对姜定耀一行进行了严加盘查，好在姜定耀对雪峰部队的内情了如指掌，应对自如，总算顺利到达了龙潭。

到达龙潭已是第四天上午。为了避免引起雪峰部队的不安，姜定耀毫不张扬，悄悄潜回到“四益”自己家中，然后托人把一直留在雪峰部队进行策反工作的谌炽找来密商。

姜定耀跟谌炽说：“我这次回来是受陈策和谌鸿章之托，了解洗马潭紧急会议的内容。”

谌炽说：“这个会议的内容我基本上了解，就是逼着向承祖的雪峰部队去打湘西纵队。尤其是刘忠和‘五老爷’两人完全和刘焕理一个鼻子出气，三番五次地要向承祖当场下令围攻湘西纵队，但向承祖始终不表态。逼到最后他才说，等回了龙潭研究好具体部署再上报。”

姜定耀心里一热，说：“这个向承祖啊！要他跟我们走，他又不走；要他打我们，他又还能坚持不打。真是摸他不透！”

谌炽说：“据我观察，他确有难言之苦。”

姜定耀说：“他作为雪峰部队的总指挥，有何难言之苦？”

谌炽说：“这个内情向承祖从未透过风，我们目前还无法知道。不过副总指挥谌志锦从洗马潭一回到龙潭，就派人把我找去，要我以他的名义给驻防两丫坪刘忠部的第二大队易大仕大队长写信说，别人打湘西纵队他不能参加！信写好后，谌志锦连夜派人将信送到了两丫坪。这件事向承祖肯定知道。只要驻防两丫坪的易大仕部不打湘西纵队，其他各路也就不便攻打湘西纵队。”

姜定耀说：“谌志锦还算是个明白人！他这样做，肯定是取得了向承祖的默许。我想，既然在洗马潭会上有那么多人逼着向承祖出兵；回来后，向承祖总得有个答复吧，不然，他如何交差？”

谌炽说：“向承祖回来后要了一个花招。因为刘忠积极主张打湘西纵队，他也就将计就计，在司令部的会上说：‘兵法有道，不战而屈人之兵，上之上也。刘忠，你和谌鸿章、姜定耀这些人都很熟，我看，最好的办法是，你亲自去劝降他们。’刘忠被向承祖这一软扫帚给打趴了，弄得他哭笑不得！”

姜定耀回来把侦察到的这些情况作了汇报。陈策一听说刘忠部又要进攻湘西纵队，就新仇旧怨一起涌上心头，“对这个刘忠，我们丝毫不能客气！我正想拿他来下山试刀哪！”

刚把姜定耀去龙潭的情况研究完，侦察大队长李涛又来报告：刘忠的一部正在西山区一带的几个村庄奸污掳掠、为非作歹。

谌鸿章仔细问明情报后说："这是一块送到嘴边的肥肉！"

陈策说："吃掉他们！杀下山去！"

谌鸿章说："好！"

两人一拍即合。

第二天一早，部队通过急行军之后，神速到达作战地点，占领了高地，把住了要卡，然后隐蔽起来。当满载而归的刘忠一部落入包围圈时，陈司令一声令下，势如破竹，取得了湘西纵队下山的第一个胜利。

湘西纵队尽获财物后又叫当地百姓前来认领，还在认领现场召开了军民胜利大会。陈策异常高兴地在大会上跟乡亲们说："今天，我们湘西纵队取得了下山的第一个小胜利！一个刘忠算得了什么？即便张玉琳的暂二军也是注定要失败的！我们就要和解放大军会合，我们的面前还有更大的胜利在迎接我们！"

谌鸿章也忍不住激动地插话："我们一定要争取更大的胜利！"

此时，谌炽满头大汗地跑来向谌鸿章报告：请他们率部马上向溆浦县城进发，与解放大军会合！

谌鸿章说："真没有想到解放大军会这么快就进了溆浦县城！"

谌炽说："石玉湘在烟溪一带阻击解放军，一接火，没打几下就扯脚跑了！"

谌鸿章说："终于把我们自己的大军盼来了！"

这时候，谌炽悄悄交给谌鸿章一封秘信。谌鸿章一看信，内心大喜！

陈策命令部队马上集合，向溆浦县城进发！

湘西纵队于九月二十一日到达溆浦县城。这一天，广播里正播出，北京召开全国政协第一次会议，确定中华人民共和国的国旗和国徽。溆浦县城到处挂满横幅，贴满标语，县城各个口岸到处都有解放军站岗放哨，在街道两旁各界群众的热烈欢迎下，湘西纵队开进县城与中国人民解放军四野十三兵团三十八军一一三师胜利相会。

解放军师首长和陈策、谌鸿章见面时，真是激动得难于言表。陈策说："没想到你们来得这么快啊！"

师首长说："这要多谢你们的有力配合，把地方武装拖垮了！"

谌鸿章说："多少年了，我们就盼着这一天！"

师首长说："我们知道你们为我们进军大湘西做了很多工作，上级首长跟我们说，你们是可靠的力量！"

陈策、谌鸿章刚和解放军首长接过头，将部队安顿下来，正好这一天，在乡下养病的米庆轩也赶到溆浦县城向陈策和谌鸿章报到，并开始工作。

患难之后的重逢让大家无比高兴，夜深了，大家还不愿睡去。

大家谈兴正浓时，雪峰部队的谌宗汉急匆匆地走进湘西纵队司令部说：“陈司令、谌政委，我是向承祖特命全权代表赶来溆浦县城拜见二位，请求给雪峰部队以新的名义。雪峰部队表示无条件地起义接受改编。”

坐着的谌鸿章一下子站起来，他很激动，但又抑制着自己的激动对谌宗汉说：“好！你先出去，我们马上给你一个答复！”

纵队司令部马上研究决定：为让雪峰部队不再犹豫，由陈策唱花脸，谌鸿章打圆场，让谌宗汉回去规劝向承祖尽早来投湘西纵队。

于是，谌宗汉回头接受司令部指示时，陈策跟谌宗汉说：“这个向承祖乃桀骜不驯之人，办事反复无常、朝令夕改、出尔反尔，在我们困难时期，他对我们失去信心。我不同意接受他！这不是我们不讲情义，在此之前，我们已做到仁至义尽！是他自己不讲信用！”

谌鸿章说：“雪峰部队内外情况复杂。但这回向承祖应是决心已定。我们湘西纵队大战罗子山之后转移到龙潭，雪峰部队虽没有给我们补充过兵员，但在粮食、被服供应和弹药补充方面还是给了一定的帮助。特别是洗马潭会议之后，向总指挥在国民党省主席威逼下，顶住了巨大的压力，没有向我们湘西纵队下手。陈司令，人之为善，迟亦不晚！我们还是接受吧。”

谌宗汉亲耳听过此番对话，忍不住一再代向承祖跟陈策道歉，请求陈司令网开一面，同意接受雪峰部队改编。陈策最后才表态同意。

谌宗汉回到雪峰部队后，雪峰部队即在龙潭舒家湾谌氏宗祠正式宣布起义，按湘西纵队司令部要求改编为湘西纵队第二支队。向承祖为湘西纵队副司令员兼第二支队司令员，谌志锦为第二支队副司令员。

夜深了，溆浦县城的人们仍很兴奋。得到雪峰部队举旗投诚，已改编成湘西纵队第二支队的喜讯之后，姜定耀激动得夜不成寐，他起来走到县政府院子里。刚刚成立的县政府里到处灯火通明，他找到谌鸿章的办公室门口敲了敲门，谌鸿章开门一看是姜定耀来了，高兴得手舞足蹈地说：“哎呀，正在想着你，你就到了！”

姜定耀说：“谌政委，你的非凡耐心终于开花结果了！”

谌鸿章说：“你是说雪峰部队的事？”

姜定耀说：“对于雪峰部队，我曾经真的失去过信心，今天才说明，你才是最后的胜利者！”

谌鸿章说：“你不知道，雪峰部队内部真很复杂！直到他们起义投诚之前，向承祖才给我一封密信，他在密信里说，国民党一百军的两个特务一直潜藏在雪峰部队司令部，监控着他的一切行踪。国民党一百军可就在雪峰部队附近啊！”

姜定耀说："这两个特务现在在哪儿？"

谌鸿章说："志锦他会处理好的！定耀，我们不说这些老事了！解放大军到达后，后勤供应、清剿国民党残余部队和土匪、维护地方治安、收编地方武装，等等，大量地方工作需要我们去做。你要是今天不来，我就找你来了。"

姜定耀说："有什么新任务，谌政委你说。"

谌鸿章说："解放军第二梯队一一七师要向国民党一百军防区进军，打通溆浦至安江一带的雪峰山区要道。要打通这个要道，雪峰部队至关重要。雪峰部队虽已投诚起义，改编为湘西纵队第二支队，但内部情况如何，还不是很清楚，师参谋长要我找一名得力人员掩护他们的侦察参谋到龙潭去了解雪峰部队近况。我想来想去，这个任务非你莫属！请你和我一起去见师首长，首长们都正在司令部研究工作。"

姜定耀跟着谌鸿章来到一一七师司令部所在的一栋小洋楼里。一进门，师参谋长就问谌鸿章："人找到了吗？"

谌鸿章把姜定耀介绍给师参谋长说："找到了，就是他。他是龙潭本地人，抗战初期就曾奔赴山西前线参加抗日，回乡后一直在我地下党领导下开展工作。受地下党委派，在雪峰部队担任过督导官，对于龙潭的情况和雪峰部队的情况都非常熟悉。"

师参谋长满意地点了点头，就叫一位年轻的军官过来和姜定耀见面，并介绍说："这是我们的侦察参谋杨昆山同志。我们派他同你一道去龙潭了解雪峰部队的情况。他的人身安全就交给你了！"

谌鸿章嘱咐姜定耀说："你多带几个人去，把杨参谋混在你们里头，以免引起别人的怀疑。"

姜定耀说："雪峰部队刚刚起义投诚，内部还很不安定，对外乡人特别敏感，一旦出事就难以收场，所以，请杨参谋换上溆浦的便衣，不要在公开场合下说话。有事请个别交代给我。"

杨参谋换好衣服回头时，师参谋长说："好！你们要尽快赶到龙潭，完成侦察任务。我们大部队将随后出发！"

姜定耀和杨参谋一行第二天下午就赶到了龙鼻桥谌志华防区。路边到处都有成群的军人聚会和议论，沿途的田坎地边到处都有被丢弃的"青天白日"帽徽。当他们看到姜定耀一行时，立刻把他们围了起来，不停地问："解放军要从我们这里经过吗？"

"谌鸿章要同解放军一起来吗？"

"湘西纵队和陈策司令现在到哪里了？"

姜定耀把城里的好消息一一转告诉他们，他们都欢呼起来。

第二天下午，姜定耀一行赶到了龙潭。为保证安全，姜定耀把杨参谋安排在自己岳丈家里住下，然后只身来到雪峰部队司令部里会见了谌志锦。

雪峰部队起义后，向承祖以湘西纵队副司令和湘西纵队第二支队司令的身份已在溆浦县城随解放大军行动，只有谌志锦在龙潭坐镇。谌志锦一见姜定耀就非常歉疚地说："上次我们没有一兵一卒随你们上奉华山，现在想起来真是惭愧至极！"

姜定耀说："既往不咎，我们朝前看！解放大军已经到了，大湘西就要解放了，还有很多工作需要我们去做，为革命做贡献的机会还多的是！"

谌志锦非常好奇地问道："解放军的队伍到底是个什么样子啊？"

姜定耀说："你想见见解放军吗？"

谌志锦说："当然想！"

姜定耀说："行！那我就去请解放军来！"

姜定耀到岳丈家把详细情况同杨参谋一一说清后，杨参谋很高兴地同姜定耀一起来到谌志锦的军营。

杨参谋和谌志锦握手问好过后，谌志锦说："杨参谋，我今天要送你一件特殊的见面礼！"

杨参谋还没弄清是怎么回事，谌志锦对门外下令："把两个特务押上来！"

姜定耀一看这两个五花大绑的国民党军人，都非常面熟，一个是雪峰部队司令部的情报参谋，一个是是雪峰部队司令部的作战参谋。

谌志锦说："他们是受国民党一百军派遣，一直潜伏在我司令部的两个特务！我们一直没有惊动他们，今天我把他们捆了交给解放军作为见面礼！"

姜定耀不禁一惊，他没有想到这两人是特务！杨参谋马上答复道："这个礼我收了！"

押走两个特务后，谌志锦又请示："杨参谋，对我们部队还有何指示？"

杨参谋说："请你立即命令你的部队配合我大军行动，严密封锁龙潭各要道隘口，无论何人，只准进，不准出！"

谌志锦非常乐意地接受了任务。

两个特务被马上押送到解放军参谋处。通过审问两个活舌头，解放大军获得了大量急需的情报，于是，消灭国民党一百军残余势力的作战计划，在白岩桥战前会议上形成：在解放大军进攻时，湘西纵队第二支队（即原雪峰部队）发挥人熟地熟的优势，派出得力干部紧急动员，组织担架一百部、向导一百名、精干武装三百人协同作战。

因为情报准确，因为谌志锦领队堵住了国民党一百军夏日长师的退路，解放大军进攻时，一举取得全线胜利。顺利解放了黔阳一带，打通了雪峰山区的军事要道。

79 / 他们都还活着

杨俊正梦到和肖洪量在河边码头洗衣聊天时，一对喜鹊落在窗外一棵杨树上，叽叽喳喳地叫个不停。杨俊被吵醒后仍沉浸在甜蜜的梦境里。她推开窗户，站在窗台边看着晨曦像慢慢流溢的蛋黄，从远处开始，在不知不觉中把辰河港铺得满目金黄。看着那些上洪江下常德的大小船只正起锚远航，她有了强烈的思念和向往，她想念她的洪量，如果洪量还活着，他现在又在何方……

忽然，楼下临街的前门传来了敲门声，杨俊下楼开门一看，竟是向瑚带着女子刺绣店的姑娘们站在门外。她们拥进门来，一个个都打扮得十分漂亮，仿佛战乱已经结束，已进入了另一种崭新的生活……

一大堆笑声把杨俊的家搅得非常热闹，向瑚拉了杨俊的手说："看你这邋遢样子！赶快收拾一下！洪量他们的队伍要打回来了！"

杨俊高兴得跳了起来，"真的？"

向瑚说："这还能说假？"

杨俊问："他们都还活着？"

向瑚说："都还活得好好儿的！"

杨俊说："你从哪里得到的消息？"

向瑚说："陈策在溆浦给我打了电话！"

杨俊说："暂二军的人不是在县城里宣传说，湘西纵队的人被他们打死不少吗？不是说还活着的都跑到雪峰山上当了土匪吗？"

向瑚说："鬼话！罗子山一仗，我们的人牺牲了米庆舜、舒大培、米金龙、米仁满、夏国钦和周老满几个人，其他人活得好好的！倒是张玉琳的人被湘西纵队打死了很多！悄悄地运了十几船尸体下来还不让人知道，还故意在中南门码头上大张旗鼓地庆贺胜利。"

杨俊一把搂住向瑚热泪盈眶地说："我说喜鹊怎么一早就在窗外叫个不停呢！"

向瑚说："解放大军要进城了，湘西纵队就要来辰溪和解放大军会合。我们得抓紧好好准备一下，组织一个腰鼓队、一个彩旗队、一个唢呐队，好好儿庆贺

向瑚说："解放大军要进城了，湘西纵队就要来辰溪和解放大军会合。"

庆贺！”

杨俊说：“张玉琳的人还在城里吗？”

向瑚说：“他们早就逃命到茶田垅了！”

杨俊将女子刺绣店的姐妹们带到楼上房里说：“你们快坐下来，好好喝杯茶，我去烧开水！”

姐妹们都站在临窗一面遥望，指着对面的丹山寺，说那里曾是国民党李司令审讯过陈策的地方，也是辰溪地下党工作人员聚会的地方；指着梅花村，说马公武真是一位深明大义的人；指着塔湾潭，说那里是地下党员和进步人士被装入麻袋、绑上石头活活沉潭的地方……山水还是这些山水，但今天望着这些山水，她们感慨万千！

杨俊烧好开水提上楼来说：“我们现在要好好打听张玉琳的人都在干些什么，以便我们自己的队伍回来把他们消灭干净！”

向瑚说：“前些天，他们正忙着分银行的钱哪！听说是分过钱就逃到茶田垅张玉琳的老家去顽抗了。”

杨俊说：“现在我们湘西纵队回来，我们解放大军也到了，看他张玉琳在茶田垅还能待得几天！”

大湘西的县城一个接着一个被解放，张玉琳知道自己应该谋算后路了。于是，趁谢行长不在家，他命令将辰溪银行所有的钱都提到司令部，准备连同枪支一起运往茶田垅！

谢行长匆忙从外面赶回来找到张玉琳说：“军座，你这样把银行的钱一包袱卷走，那捏在老百姓手里的大量存票我怎么交代？”

张玉琳解释说：“谢行长，我现在是泥菩萨过河——自身难保！老百姓要咒要骂，我也无可奈何！朝代都要改了，谁还能怪我张玉琳？”

张玉琳原以为带着一大笔钱和一大批人枪回到大山密集、树林茂密的茶田垅安营扎寨后，会有一份安宁，没想到，往日在老家时留下的那些伤痛，复又如煎如灼。

早饭过后，行营里的电话声突然响得似乎比平日急骤。张玉琳马上抓起话筒一听，竟是张中宁的声音。他心里才踏实了一下说：“老叔啊，听到您的声音，我心里就一下子平稳了许多！”

张中宁说：“玉琳啊，总裁命令我和你一起去重庆聆听训示！你务必于明天中午赶到芷江！”

张中宁明白，张玉琳听完电话必要问个究竟，而他实在是不能跟他说出其中的究竟！他没等张玉琳问话就挂断了电话，张玉琳再打过去，也没有人接听。张玉琳有些怅然若失，将话筒贴在耳边好一会儿才放下。凭他多年死里逃生和化险为夷的经验，这个电话尽管张中宁声音非常平实，但有不祥之兆！

第二天，张玉琳正忙着处理军务，准备行囊要出门往芷江与张中宁会晤时，司令部突然将一份急电递到他手上。

电报是张中宁发来的，称因情况紧急，他偕夫人已提前在芷江机场乘专机前往香港。

电报虽没有说张玉琳下一步怎么办，但最后还是不忘带上一句"后会有期"。

张玉琳看完电报，周身一软，顿觉靠山突然崩塌陷落，出现在面前的是脚空目眩！但他不恨张中宁，张中宁肯定是急不可待才临时动念匆匆离开。他倒怪自己反应迟钝、行动迟缓，舍不得这些人枪。此时此刻怎么不知道和自己的顶头上司形影不离呢？

张玉琳把那些高官的话都一一回忆起来，越想越不愉快：什么"反共基地""反共长城"……都不过是拉别人做自己的牺牲品，都不过是哄郎上树再抽梯的鬼话！

于是，一种受骗上当的感觉又隐隐地袭上心头。辰溪"三・五事变"前后，他也很想听陈策的话跟共党走，只因有恩于自己的张中宁回到了辰溪，他才出现反复。是自己选择错了吗？他又不愿承认！他最后想出的结论是：天有病，人奈何？

司令部里一帮师爷们见张玉琳看完电报后痴如木石，也在他身旁帮腔叹惋，以示同感。张玉琳马上感到自己有失临危不惧、举重若轻和喜怒不形于色的长官风范，迅即变脸，将微曲的身子挺直了说："你们哀叹什么？看到共军来了吗？我们不是好好儿的吗？即使共军来了又如何？我们还可以打败他们嘛！我告诉你们：蒋总裁还在重庆坐镇，他不会不管我们！你们都去好好休息。我也要好好静一静！"

既然张中宁已去香港，张玉琳就没有必要再去芷江。大家散去休息后，张玉琳回到自己的行营卧室，在木沙发上坐下，往后一靠，闭上眼想了一会儿，他在心里安慰自己：别人哄我，我也只好哄哄别人！

时局已让张玉琳坐立不安！无论是在张中宁身上得到的启示或是他以前的经验，都告诉他只有一个字适合自己，那就是"逃"！但他不能说出这个字来，甚至一丝破绽都不能让身边人发现！

门外突然有嘈杂声近来，警卫马上进门来报："报告军座，你的大夫人带着孩子来了。"

张玉琳抑制着内心的惊慌和伤感，缓缓地站起来。这时候他真的不想见到向金金，但又特别想见到两个孩子。丢下他们这么多日子不管不问，还让向金金东躲西闪，甚至不让她说是他张玉琳的老婆，她现在来找他，本也不错，但来得真不是时候！但张玉琳想了想，整理了一下自己的穿戴说："让她进来。"

穿得还算讲究的向金金和一儿一女风尘仆仆地走进门来。向金金含着泪叫了一声“玉琳”就倒在张玉琳怀里哭了。

张玉琳扶着向金金在沙发上坐下，然后将一儿一女搂紧在怀里，将自己的脸贴在他们脸上，也忍不住热泪洗脸地说：“都是爸爸不好！”

向金金哭诉起来，“玉琳，我们再也不离开你了！你到哪儿我们娘儿母子跟你到哪儿！哪怕喝盐水汤，我们也心甘情愿！”

张玉琳抚摸着两个孩子的头，记起他们一个六岁、一个八岁了，将两个孩子养这么大也不容易！他说：“金金，你向来是个深明大义的女人，你应该明白我是身在军营。在这里，你不能哭！”

向金金说：“正因为我深明大义，正因为我知道你现在的处境，我才冒死赶来找你，要跟着你走！”张玉琳没有回答她，她继续诉说：“现在，到处都是解放军了，你杀过那么多人，这地方上一解放，共产党的人能不找你算账？他们找不到你还能不找我们算账？我们娘儿母子哪还得了这个账？”

张玉琳内心里一颤，知道自己曾造下的孽现在要有报应了！但他反问道：“金金，我杀了别家的人，别人应该找我算账。但别人杀了我家的人，我找谁算账？我年轻时本是不想拖队玩枪的，也是世事把我逼上了这条路！多怪世事少怪人嘛！我现在是家仇未报、私恨未除！你是知道我为人处世的个性的，我可是从来不认输！你们来了倒也好，不过，一定要听我的安排！如果你不听安排，我狠起心来，你也是知道的！”

此话一出，向金金瞪着张玉琳插在腰上的手枪不敢再哭，不得不含着泪点了头。

张玉琳面对墙上的地图再一次仔细核实了选定的逃匿路线之后，他走进行营卧室那边和周召薇进行了沟通，然后就把副官刘华锋一人叫来，又把向金金和一儿一女叫到身边，悄悄地嘱咐刘华锋：“刘副官，昨夜里接急电，我明天要去重庆领一批美式武器，很快就会回来。现在时局复杂，我离开这里之后，你要好好管住军营，照顾好我的家属！”

刘华锋一听这话，自然感到异常，一看张玉琳两眼有了浅浅的汪亮，他知道这是怎么回事了：张玉琳把向金金和孩子留在军营，也许是想安定军心。但他不能道破天机，无论如何，张玉琳临危托孤于他也是对他的信任。刘华锋只是一语双关地说：“军座，你放心去吧！”

张玉琳转身又对向金金说：“你要带好我们的孩子，有事难决时只管找刘副官。”

向金金自然也知道张玉琳这是要别她而去，她知道带上他们母子三人当然行动不便，要带也只能带上周召薇。再说，如果要她丢下两个孩子只身跟着玉琳走，她也不愿意！为了不让张玉琳难受，也为了留在孩子身边，向金金硬心地装出若无其事的样子点点头说：“我知道！”

张玉琳很满意向金金当众做得如此慷慨大气！

安排妥家事之后已是凌晨，张玉琳在行营司令部里召开了一个军官紧急会议，跟众军官说："昨天深夜接重庆急电，蒋总裁说我们在罗子山剿共有力，特拨给我们一批美式武器，令我带人前去重庆办理接领手续。我们少则三五天，多则七八天就会回来。我们离开后，这里的一切军务暂由刘华锋主持！"

刘华锋端坐着一言不发，表示默认。他不是没有想法，但对他来说，张玉琳在倒不如不在。张玉琳一走，他就能出人头地，到时候共军来了，要战要降，他刘华锋就能讨价还价，最后一锤定音。既然刘华锋不说破，别人就更不好说破，谁都知道，此时说破天机，必遭杀身之祸！于是，大家都只用眼神说话。

众多眼神告诉张玉琳，这些人都明白他的所为，等他走后，很可能就会各显神通，刘华锋还坐不稳这把交椅。于是，他只有驱车去大明溪面见石玉湘，要把军务大事相托于这位拜把兄弟。

因疲于慌乱应对，张玉琳和石玉湘已有数日未能见面。两人见面小叙过后，张玉琳说："老兄，蒋总裁论功行赏，说我们剿共有力，奖给我们三个师的美式装备，要我和米昭英去重庆接领。我离开这里后，暂二军的军务就要烦劳你老兄了！"张玉琳本想跟石玉湘说实话，但此时有些话真是任何人都不能说，否则，必坏大事！

石玉湘自然知道张玉琳是在玩金蝉脱壳，然而，他不想离开本土，他虽与张玉琳是拜把兄弟，但与张中宁并无特殊关系。宽平处常互让为礼，窄险地总挤足抢生！眼下这局面，跟着他们跑又能如何？倒不如看看形势，相机行事。张玉琳一走，这片天下就非他石玉湘莫属，到时候，能战则战，不能战则降，也不失为上策。于是，他也一语双关地说："你放心去吧！"

张玉琳离开大明溪时，车子跑过一个山湾爬上一座山岭时，他突然叫司机说："小张，你停一下车！"

车停后，他也不下车，就在车上坐着，浅浅的泪水使他的视线越来越模糊，最后变成一团黑影。

从大明溪返回后，张玉琳换上商人服装，带上周召薇和米昭英走了。为把自己的行踪弄复杂，他们首先来到靖县，然后绕道洪江到柳州。初以为柳州可为避难之地，没有料到此处已不是他们的容身之处，便立即前往湖北恩施。对恩施，张玉琳似乎情有独钟，他年轻时遇难到这里投奔刘嘉树后来得以东山再起，如今他仍想在恩施寻到转机，然而，此时的恩施已非往日恩施，已不是他的生存之地，只得投奔重庆。

一到重庆才知道，国民党湘川鄂边区绥靖公署主任宋希濂已败逃，重庆已经建立人民政府，在重庆居住的人，都要由政府发放一张"解放证"。如果拿不到“解放证”，他们很快会被清理出来。于是，他灵机一动，找到一位在重庆教书的老乡，说他们四人是结伴来重庆找教书职业的。这位老乡听他们都说的一口辰溪话，且四人面相温文尔雅，刚刚解放的重庆又正缺少教师，就带他们到了学校，于是，每人一张“解放证”就顺利地拿到了手里。

当晚就寝时，周召薇如释重负地跟张玉琳说：“玉琳，我们别再东躲西藏了，有了这个‘解放证’，我们就在重庆安下心来过日子吧。”

张玉琳抚摸着周召薇的脸蛋说：“召薇啊，你想得好简单啊！谁不想过安定日子啊？但人生像一道算式，前面的加、减、乘、除都由你自己，而得数可就不由自己了！你以为有了这个‘解放证’就是长久的护身符？你错了！辰溪一解放，他们肯定就要追查我们的下落。到时候，别说我们在重庆，就是在上海、北京也都在他们的手心里捏着！”

召薇说：“那我们怎么办？”

张玉琳毫不犹豫地说：“逃！一定要逃到香港去，然后由香港转到台湾去找张中宁！”

召薇说：“那我们什么时候离开重庆？”

张玉琳说：“待我把目标再缩小一些，熟悉一下交通工具和路线再说。”

召薇说：“就我们四个人了，你还要缩小目标？你不会把我也丢下吧？”

张玉琳拉住周召薇的手说：“如果要丢你，那你早就和向金金一样了！放心吧，我到哪儿，你到哪儿！在生愿作比翼鸟，到死也是连理枝！”

周召薇一把将张玉琳搂紧了。

第二天，张玉琳在重庆一个僻静火锅店里要了一个包房，单独请司机张廷求吃饭。以其情性，他是要和张廷求猛喝几杯的，但处境特别，不敢随意松懈，只小酌一杯。张玉琳端起酒杯说：“小张师傅，你给我开车以来，对我忠心耿耿，而我对你深有愧疚啊！”

张廷求说：“军座今天为何说起这话来了？”

张玉琳说：“天下无不散的筵席。我们之间的缘分到此为止。你还这么年轻，从今天起，你不用跟着我提心吊胆，你回老家好好侍候父母，养育儿女，过自己的安逸日子去。”

张廷求放下酒杯，不无沮丧地说：“军座是要丢下我了？”

张玉琳眼圈有些红湿地说：“不是我要丢下你，而是时局不容许我再拖累你！”

张廷求说：“自从跟上军座，我就从没有想过自己的得失和死活！”

张玉琳说：“这我清楚！不过，你现在要明白：我就是在人生路上错走了一步！当时我如果跟陈策走，现在就不用这么东躲西藏！你们也不会是这个下场！你不要向我学习！我就因为太重感情，才跟了张中宁越走越远，现在只有远走高飞，尚可保得性命！”张玉琳忍不住又喝了一小口酒。

张廷求抢了他的杯子说：“军座，你今天别喝了！”

张玉琳眨眨眼，把泪水挤出眼眶继续说：“常道是贤臣不事二主，但你更要记住良禽择木而栖！你不能重蹈我之覆辙！事到如今，我也不必讳言：共党现在已经全面胜利，而国民党已经败北！这些日子我一直在想这里面的原因，我终于想通了：纵观古今中外，帝王将相、政党集团、家庭个人，概莫能外，都难逃‘善始者实繁，克终者盖寡’这一规律。‘在殷忧，必竭诚以待下；既得志，则纵情以傲物！’凡执政者当权之后，大都只注重代表官僚自身利益，所以，统治者的坟墓都是自己挖好的！唉——任何不代表人民利益的执政者都注定要倒台！我非愚人，张中宁也非愚人，蒋总裁更非愚人，岂能不懂？但在世事这个大转盘里，任何人，甚至蒋总裁似乎都无能为力！这就是时势啊！共党建立新政权后，肯定需要你这样的技术人才，你虽给我开过车，但你从未杀人害命，只要你回到老家后顺势行事，定也没有多大民愤！我这些天经常彻夜不眠地想些事：这么多年来，大湘西各路武装首领纷纷举旗称军，划地为王，为争势力范围，相互残杀不止，弄得大湘西遍地枪炮，动乱不止。我家的人杀过别人，也被别人杀过！我自童年起就是受害者，长大成人后又成了害人者！世事如梦啊！自己吐的口水，最后还是要转到自己面前让自己舔干净！回想自己一生，我报了不少仇，杀了不少人，但我唯有一大遗憾，那就是未与我最大仇敌陈渠珍一决雌雄！”

张廷求紧紧捏着酒杯，他可从来没有听过张玉琳如此说话。

张玉琳也放下酒杯，长长地哀叹一声，又说：“廷求啊，直到今天我才想通，这些年在大湘西拖枪杀人、呼风唤雨的英雄好汉，都只是黑夜的小星星，太阳出来了，星星都该走了！你回老家后，要寻找机会做点实事，图谋生路。”

张廷求说：“既如此，我听军座的。”

张玉琳说：“这就让我高兴了！你跟我这么些年，我本该给你一笔安家费用，但我现在还有很长的路要走，手头拮据，只有请你将这辆小车卖掉，做你回家的盘缠之用。”

张廷求说：“这怎么行呢？这可是你心爱的坐骑啊！”

张玉琳说：“此后，我就再也用不上这坐骑！明天，我就不在重庆了。我只能把这台车子给你卖掉，好歹你也是给军座开车的人，我岂能让你空手而归，让地方人蔑视和耻笑？我已经对不起曾两次救我生命的细个子叔叔，至今我还没有给他任何报答，我再也不能对不起你！你要听我一言，我心里才得一分安宁！”

张廷求想了想说：“那好，我就听军座最后一言！”

过了一夜，张廷求早早地起来，坐在小车里等候张玉琳用车，但直到中午仍无任何人来叫唤，张廷求到住地一问，张玉琳一行三人已于凌晨退房离开。既这样，张廷求只得将小车卖掉，带着卖车的钱回到老家修溪乡下。

张玉琳夫妇和米昭英几经周折，逃到了台湾，从此，他们在大陆消失。

张玉琳走后，石玉湘有喜也有忧。喜的是，他终于顺理成章地成了暂二军的当家人，坐上了暂二军的头把交椅；忧的是解放大军进逼湘西后，势如破竹，无法抵挡。在溆浦烟溪一仗，他已饱尝了解放军枪子儿像长眼睛的厉害！

解放大军已相继解放了沅陵县城、溆浦县城。在解放辰溪县城时，不仅一枪未放，还受到腰鼓队、彩旗队和唢呐队载歌载舞地热烈欢迎。陈策、米庆轩和肖洪量他们也带着湘西纵队第一支队从溆浦赶到辰溪县城和解放大军会合，全城人日夜放鞭炮欢迎，整个县城天天像在过年！

喜出望外的杨俊在自己家筹办了一个喜宴，举行“迎解”活动，请陈策、米庆轩、罗健西、谢斐然、肖守训、肖守资、李涛、米西成、向阳、罗副主任、赵志、余致韩等人和女子刺绣店的人欢聚一堂，大家畅谈南庄坪夺枪、龙头庵举旗、罗子山激战、奉华山济贫、县城里会师……一个个无不精神焕发！说张玉琳和石玉湘要是跟着共产党，现在不是就好了！

石玉湘正把地图展开在桌上谋划后路时，刘华锋进门来报告说：“军座，怀化的蒲和生部已经起义，向湘西纵队投诚，被编为湘西纵队独立第一旅，全体官兵都佩戴上了红边边的湘西纵队符号。蒲和生被任命为湘西纵队第一旅旅长，扶勋被任命为参谋长。”

石玉湘说：“蒲麻雀倒聪明！他算个角色！”

刘华锋不服：“蒲麻雀算个什么角色？一枪未放就投降了，简直是个窝囊废！”

石玉湘深感眼下的日子如坐针毡，他断定，湘西纵队与解放大军会合后，暂二军的日子必然会更加难过！他不得不广泛收集有关湘西的军政信息，认真谋划自己的出路。因此，对于刘华锋这种狂妄自大，石玉湘冷冷一笑，非常平静地说：“蒲和生是早就身在曹营心在汉！自从他的队伍和胡震的队伍为争防区干了那一仗之后，他就很明显和暂二军不是一条船上的人！在我们抢辰溪兵工厂的时候，他就和陈策有过来往。在罗子山打湘西纵队时，他为什么不亲自去督阵？罗子山一仗打死了米庆舜他们之后，蒲麻雀还亲自跑到龙潭向陈策搞‘负荆请罪’！现在解放大军到了，湘西纵队和解放大军会合了，他怎能不投靠他们？他早就等着这一天！”

刘华锋说：“老子要是再有机会见到他，一定叫枪子儿跟他说话！”

石玉湘又是一笑，他知道刘华锋现在没有坐到暂二军的第一把交椅心情不好。石玉湘说：“不要互相不服气，你要多注意蒲和生的行动，有本事你去把他打败！”

蒲和生旅刚到泸阳驻防，解放军三十八军就向怀化进军，由于蒲和生旅的有力配合，一举歼灭了国民党军驻守花桥的一个团。

石玉湘把刘华锋叫到面前说：“你现在对蒲和生服气了吗？一个团让他和解放军给吃掉了！”

石玉湘还想教训一下刘华锋，情报人员又来报告：“军座，驻防在火马冲的张承栋团向湘西纵队投诚。还……还……”

刘华锋忍不住抢过话骂道：“败类！都是败类！”

石玉湘说：“让他报告完毕。还有什么？”

情报人员继续报告说：“还将我们一批运被服的车辆扣下了！”

天气日渐秋凉，官兵就等着换装！石玉湘咬着牙说：“张承栋真是何其毒也！”他脸上简直有了筋皮绷断的声音！

地方上的小股武装都陆续向湘西纵队投诚，不久，湘西纵队已发展到将近六千人枪。

这让石玉湘的心病日甚一日，他不得不移防退守到麻阳县吕家坪镇。

80 / 那就再擒他一次

吕家坪镇坐落在锦江河边，山环水绕，与辰溪、麻阳、怀化、铜仁等多县城相邻，河边山上的古枫下有一块石头一个庙宇，坐在那块石头上，叫作一屁股坐四县。这里交通方便，社情复杂，一些国民党溃散军队也退守在这附近。石玉湘认定，据此有利条件，不谈壮大，至少可与敌长期周旋。

可是，就在他忙于安营扎寨时，他收到了陈策的一封亲笔密信："玉湘先生：在溆浦时已予你一信，但无消息。现又第二次联系，望能成功。你的情况我已向四十七军（三十八军过境后，即是四十七军到达湘西）李义处长汇报，他望你速来辰溪县城一谈。诚望你明辨时务，毋忘前言。人身安全之事由我全权负责。"

读完信，石玉湘如突然泄气的皮球软瘫在座椅上。如果陈策为报罗子山之仇，前来刀枪相见，他自然会与之一决雌雄。然而，这封信如无前嫌，平静坦然，没有想到已处绝对优势的陈策真会如此豁达！张玉琳走后，暂二军何去何从，就全在他石玉湘一言。与共军对抗到底必败无疑，但若投诚，结果又有谁能料定？

答应去或是不去？虽然陈策之信写得大度，石玉湘还是不敢全信，疑是骗君入瓮之计。但若不去，必显得自己鸡肠小肚，缺少雅量，更何况如果共党真是宽大为怀，他岂不坐失良机？思虑再三，石玉湘还是决定秘密去一趟辰溪，看看清浊深浅。

他带上一名副官和四名警卫，直奔交通便利的山塘驿。随行副官问他："军座，你不是去辰溪县城吗？怎么到山塘驿来了？"

石玉湘笑了笑，跟副官讲起故事来："明朝有一位怪臣叫满朝荐，就是这附近的人，他得罪了皇帝后要被贬官充军，皇帝问他想到何处去，他知道皇帝要为难他，就说别的地方都乐意去，唯独不要让他到山塘驿。皇帝问他何故，他说，那地方是交通要道，一天到晚有扫不完的马粪！果然皇帝就偏要他去山塘驿！其实满朝荐就是想到山塘驿来安度晚年，这里离他家乡较近，交通又便利。所以，这里有句俗话叫做：正充山塘驿！争战之道亦如满朝荐戏皇帝，需要亦虚亦实！到了山塘驿我再打电话与陈策联系，要他亲自带车来接，这才能万无一失！你想想，如果我们直接去县城，路上如有陈策的埋伏怎么办，我们被搞掉了，他陈策还可以说他不知道。而让陈策亲自带车到火马冲来接我们，我们的安全责任就完全落在他陈策身上，他想推也推不脱！如路遇不测，他也必将陷于不义之地！何况有他在我们身边，要安全，大家都安全；要遇险，大家同归于尽！”

随行的副官和警卫不得不佩服军座想得深远周全，到底是高人一着。

陈策毫不犹豫地带车来将石玉湘一行接进县城，并设宴热情接待。席上，石玉湘很是感动地跟四十七军政治处处长说：“我乃戴罪之人，不配共产党这么热情款待。”

李处长说：“不计前嫌，宽宏大量，是我们共产党人的一贯作风。只要你真正归顺人民，我们热烈欢迎！”

石玉湘深知自己罪恶难赦，对谈判难除疑虑，现见李处长如此言辞恳切、神情坦然，不禁心里一热，说：“听君一席话，方知心胸大！我回去后，一定把队伍带到火马冲来集中，接受解放军改编。”

李处长说：“好！那我们拭目以待！”

石玉湘难以抑制内心的激动，返回吕家坪后，顾不得路途疲劳，即与驻守麻阳的八师师长胡震商定，立即召开连以上的军官会议，说服大家投诚。

暂六师师长米昭英已随张玉琳逃跑，石玉湘的暂七师又在溆浦烟溪分水界一带被解放军打败，损失惨重，现在就只有胡震的暂八师还没受过挫伤，麻阳又是胡震的老巢，所以，胡震表态至关重要。

军官会开得很顺利，胡震同意顺势而动，率部向解放军投诚，其他军官也都表示顺应。石玉湘很高兴地命令各部按照他与李处长预约的时间赶到火马冲听从解放军命令。

为示诚意，石玉湘先将他手下的暂七师人枪带到火马冲交给解放军，然后带着警卫人员赶到辰溪县城，住在城交通旅社等着胡震带人去火马冲投诚的好消息。

可是，石玉湘等来的是他的师参谋长从火马冲打电话告诉他：“事情有变，胡震他们不来请降。”

石玉湘查问下去后，才明白，他一走人，胡震就仗势发令：“暂停去火马冲集合！”

石玉湘放下电话刚往李处长那儿去汇报，走不远，他的参谋长又来了电话告急：“部分已投诚的营、团长也开始拖走人枪。”

石玉湘马上向李处长汇报了这一情况，请求马上收缴已投诚人员的枪支。李处长安慰石玉湘说：“你不要着急！这些人员，留者我们欢迎，走者我们发给路费和还乡证明。”

于是，石玉湘部一千余人枪在火马冲山塘驿缴枪投诚。

有了胡震这个明服暗叛的教训，石玉湘关于投诚的想法复杂起来。他知道，那些不愿随他投诚而拖走队伍的人，必会继续作乱各地，如此下去，他在解放军面前无法自圆其说。

果然，让他不安的消息一个接一个地传来。

先是易国英团在龙泉岩占据有利地形，伏击解放军和湘西纵队，打死五十余名解放军和纵队战士；紧接着，谌鸿章又从溆浦给他打来电话说，溆浦的大江口有不少暂二军的人马扛着机枪到处抢劫；没过几天，解放军多辆军车又在花桥被暂二军的人劫击，抢走大部分军粮，还打死了一名解放军战士……

石玉湘无法跟李处长解释清楚这些事情。

这一天，李处长邀他一起去医院里看望伤员。医院负责人向李处长报告说："近日伤病员送不过来，铜仁、玉屏那边的公路被暂二军的残部破坏了。"

石玉湘内心越来越不安宁。

从医院里回来，石玉湘坐下来认真一想：如此下去，我迟早会被怀疑！

事又凑巧，湘西纵队的肖守训率二大队一部赶到黄溪口、龙头庵一带迫使石玉湘部下的特务连缴械投诚。肖守训收缴特务连的枪支时，在石玉湘岳父家也搜到了一些枪支弹药。消息传到了石玉湘耳里，石玉湘认定是共党对他产生了怀疑，对他采取了行动！

老友陈庆东得知这一消息后，又私下找到他，讽劝他说："你投诚这么些日子，得个什么官？你这样投诚真是太不值钱！不如回长田湾去拖队伍，等他们封你个像样的官你再风风光光地来！"

陈庆东早年奉辰溪县长之命欲杀张玉琳，是辰溪的老议员，在看风使舵方面是知名人物。石玉湘将利弊得失细细比过之后，决定还是走为上计。

李处长去沅陵开会那天夜里，石玉湘支开身边人员，努力平静下自己的心情，伏案写下一信："李处长，你看到这封信时，我已离开县城。唯望我这次回去能劝说所部停止一切敌对活动，投靠人民。承蒙优厚招待。谢谢！谢谢！"

写毕即起身至柳树湾陡码头上船逆辰河而上，到装粮埠下船后，避开大道，翻山越岭，在深山密林间日夜兼程，于次日天亮时到达暂二军老巢长田湾。

石玉湘听到一声接着一声口令散失在雾岚里，他站住了。这里是暂二军暂七师雷镇远团的防区，他现在独自一人回到这个熟悉的地方，一种非常复杂的情感袭上心头：落寞？羞愧？歉疚？悔恨？悲哀？畏惧？解脱？庆幸？忧虑？……似乎什么情感都有，但又似乎什么都不是！

当他突然出现在操练场上时，正在操练士兵的副团长米建平顿时愣了一下，但马上就像是什么事都未曾发生过，他亦如往常，跑过来立正，行了军礼："报告，不知军座驾到，有失远迎，请训示！"

这一声来自下级的报告把石玉湘所有的复杂情感都一下子刷新了，像是被注射了一针强心剂，他不由自主地挺直了腰杆，又恢复到了他未曾投诚之前的状态，一挥手道：“继续操练！”

米建平当然知道石玉湘已经向解放军投诚，所以突然见到他，才那样愣了一下，才不敢多言。米建平赶紧将石玉湘护送到雷镇远的住所。

天还早，还躺在床上的雷镇远一听有人报告石玉湘到，懵懵懂懂地爬起来，容颜不整又带着几分惊讶地拉开门，见石玉湘就站在自己面前，急不择言地说：“你怎么回来的？”

石玉湘很不高兴，他怕雷镇远对自己无礼，就压住他说：“怎么，不欢迎我回来？”

雷镇远马上清醒过来说：“军座，您误解了！我是听人说他们已经把你软禁了。”

石玉湘朝雷镇远伸出一只手掌说：“人总会想办法的！你看看，这五个指头并得再紧，不也还有缝隙嘛？”

石玉湘为了不让雷镇远萌发更多的想法，坐下来就说：“你马上通知我们暂二军团以上军官来长田湾开会！我这么些天不在家，有很多军务要急着研究和处理！”

雷镇远马上照办。

因为石玉湘的回来，司令部的人把会议室好好地整理了一番，军用桌布也都换了崭新的。

开会时，石玉湘一一清理了应到人员，他要看看哪些人没有来，是什么原因没有来，这些没有来的人该怎么对付。他首先关注的是胡震，好在胡震来了，还坐在前排。如果胡震不来，今天这个会将大为逊色，胡震来了，他就放下了一半忧心。

清过人头，发现其余师团的人都到了，暂六师只来了二团团长张玉久。暂六师师长米昭英已随张玉琳走了，石玉湘知道，这是树倒猢狲散，应该不是对他石玉湘不满。但石玉湘还是以军座的口气故意问道：“暂六师的师部为何不来人？”

张玉久回道：“我们暂六师的人由辰溪撤出后，跑到了铜仁、玉屏一带，已经完全失去联系。部队现在没有人管，靠抢劫过路车辆过日子，还挖断过公路，袭击共军伤病员车子。”

石玉湘想起自己在辰溪县城医院里和李处长一起看望伤病员时，医院负责人说过此事。他马上控制住自己的情绪，为取得部下的信任，他拿出几分深沉说：“米师长随张军长去重庆领武器之后，师部就没人管事了？”

下面有人议论：“领武器？说得好听！领武器还能这么久不回来？”

石玉湘不无幽默地加重了语气说：“这有什么奇怪的？时局复杂，蒋总裁要留他们多住些日子就不可以？”

下面不再敢说话，石玉湘这才像是开始说他的正题："各位，我是虎口脱身，又回到了暂二军！我上当了，给解放军白送了上千的人枪！首先我要肯定你们坚持按白长官的指示办事，与共军玩游击战术是对的。与此同时，我也要跟大家说，你们有些具体行动也还不够妥当。有些情况只有我这些天在他们那边才听得到，你们在这边是听不到的。现在我们要明白自己面临的严峻形势：所谓'鱼游沸鼎，燕巢帷幕'是也！我们只有从长计议，保存实力，不能再同共军硬拼硬打。上次易国英团和共军在龙泉岩打了一仗，打死他们一些人，我们难道就没有伤亡？"

下面有人应道："我们死伤两百余人，超过共军四倍！"

石玉湘说："是嘛！像这样打下去，一次打掉两百，我们还经得起几次打？这是保存实力吗？挖断公路、公开抢劫车辆也不好嘛！名声弄坏了会被人民怨恨，目标搞大了会被共军注意，要是惹怒了共军，他们派大部队来围剿，我们日后退路又在哪里？"

"讲得好！"石玉湘话音刚落，八师刘副师长就站起来抢过话说，"人家共军为什么得到老百姓拥护？就是有规矩！以后我们也要立个规矩，不能再这样由着性子乱来！"

不管刘副师长是出于自己对前途的担心还是讨好石玉湘，他的话一讲完，就得到了在座的各位军官的赞同。于是，石玉湘心里从虚怯一下子变得稳实起来。他明白，大多数弟兄们现在没有怀疑他！只要军心还归属于他，不说东山再起，起码可以相安无事。

有了这个底数，石玉湘的言行也就自如起来。他心里是非常怨恨胡震在投诚一事上中途变卦的，但自己既然也离开解放军返回了暂二军，这些事也就不宜再提。他就对胡震说："胡师长，请你安排秘书，根据大家刚才的意见归纳几点，拟成制度，以便执行。"

胡震最担心的是石玉湘追究他不按约定投诚，现在既然军座不提不说这件事，他也就当没有过这回事。他没有推辞，点点头答应了。

石玉湘继续说："按照白长官的指示，放弃城市，占领农村，我们已经做到了；现在我们还要把部队化整为零，以连、排为单位，分散驻扎到各个村、乡、镇。让共军打不着我们，而我们可以随时打着共军！"

胡震坐在会场上一直不敢说话，直到此时，石玉湘对他并无半句责怨，他才站起来出谋划策说："还应该划一个防区，各部按既定防区以连、排为单位分散活动，这样能散能聚，聚散灵活！"

于是，会上成立了"辰、溆、怀、麻边区指挥部"，胡震又首先提出推举石玉湘为总指挥、雷镇远为副总指挥，通过了五条军纪：第一，部队散于农村，保存实力，待机反攻；第二，如与共军遭遇，小胜不打，不胜不打；第三，以保为单位统筹军粮，每月按数上交；第四，非战斗人员一律遣散回家，外省和边远县的连、排长亦可请长假回原籍；第五，以麻阳、铜仁、晃县、芷江相毗邻的西晃大山为暂二军最后的战略转移地区。

石玉湘走后的第二天，李处长从沅陵开会回到辰溪，看过他留下的书信，就找到陈策说："石玉湘走了，这是他留下的书信。"

陈策接过书信看完后笑笑说："这个石玉湘啊，真是花招不少！"

李处长说："我也觉得不对劲！他要真想回暂二军去劝降，何不跟我们说一声呢？从他的行为来看，这分明是逃走嘛！"

陈策说："你说得很对。"

李处长说："是不是这几天我们的人对待石玉湘有什么地方做得不妥，让他不好受了？"

陈策说："石玉湘这个人，我和他打了这么多年的交道，我是太了解他了！不是我们对他不好，是他向来疑心多端。现在还不是他真正想向我们投诚的时候。"

李处长说："是不是他也要学三国里的孟获？也要让我们学学诸葛亮来他个擒了再放、放了再擒？"

陈策笑笑说："现在也只有这样了！"

李处长笑笑说："好，那就再擒他一次！"

进入腊月，解放军以四个营的兵力分别从辰溪县城、沙堆、辰怀公路、溆浦、大江口等地出发，数路合围长田湾。一路上，暂二军各部虽组织过还击，但都兵败如泥，纷纷逃散进了大山密林。

农历腊月二十八，暂二军的军营里抢来些猪、牛正在宰杀，正有了浓浓的年味，潜伏在辰溪县城的暂二军情报人员却给司令部打来紧急电话，说是解放军在湘西纵队的配合下，要趁过年时围攻茶田垅，端掉暂二军的老巢，进而捉拿石军座。

这个情报并不让石玉湘感到意外，他现在要做的事就是按照刚刚开过的会议要求，尽量不拼消耗。

要围攻茶田垅必先攻克塘坳守军，而塘坳守军是暂二军的警卫营，营长是张玉琳亲侄儿张文祥。石玉湘急令张文祥：为保存实力，避免发生战事，令火速撤离塘坳！

张文祥并不想违令，只是他正忙于为自己的儿子办满月酒席，接了请柬的客人都来大笔大笔赠送贺喜的礼金，他一离开，谁还上门来白送这个人情？他想等大家散了席，明早再行动也不迟。即使敌军来了，他这个营也不是好惹的，他的兵力对外只称一个警卫营，实际上有七八百官兵，尤其装备精良，又大都是本地人，熟悉这里的山山水水，打起仗来，完全可以神出鬼没。即使要撤，也要像湘西纵队在罗子山和暂二军拼死一战那样，把解放军打败了再撤。

解放军在湘西纵队人员的配合下，神速而到，张文祥还在为撤退问题较劲，解放军的枪就响到了家门口。

既然交上了火，石玉湘就只好亲自赶到塘坳和张文祥一起督阵。

在阵地上，张文祥说："军座，你放心！我的战士都是本地人，在这个地方打仗可以神出鬼没！"

石玉湘一边观阵一边提醒张文祥说："你不要忘记，湘西纵队也是本地人！你看看，解放军在湘西纵队的引领下，已经把地形地貌利用到了极致！虽然我们警卫营占领着高地，但解放军不以大队冲锋，却以两三人一小队，迂回包抄摸到了山顶！"

石玉湘还没有把话说完，附近一声枪响，手里的望远镜"嗵"的一声就掉在地上，手受伤了。张文祥赶快拾起望远镜，掩护石玉湘往后撤。刚走两步，一颗子弹斜斜地穿过张文祥胸膛，张文祥倒在石玉湘脚下。石玉湘抓住张文祥的手说："文祥，都怪你不听我的话！你若撤退了，哪会有这个下场呢！罗子山打得那么激烈，你一直冲锋在前，都活得好好的，今天你却倒在了自己的家门口！"

一场激战之后，警卫营几乎全军覆没！

石玉湘从长田湾逃生下山后，只得带着余部按照长田湾军官会议之规定，又转移到西晃山。

在西晃山刚安营下来，参谋部的人向石玉湘报告："军座，入川作战四十七军主力，解放重庆后又受命返回湘西了，已集中优势兵力准备进击我西晃山！"

石玉湘深知自己已成瓮中之鳖，只得紧急布防，叫别人死防严守，而他自己为了安全，开始居无定所、眠无定时。

这天他来到了刘家坡宿夜，放在手心里的一截檀香将他烧醒时，他睁眼一看，天还没有全亮。他起来站在屋楼上分析今天又会发生什么危险情况时，警卫递给他一封信，说是刚才有人连夜送来的。

石玉湘接信一看，竟然是解放军四十七军一四零师师长刘子荣、政委陈郁宏的联名信。他禁不住双手一颤。

信中写道："当前大局我们已不必赘言。我们曾与你有过多次联系，但都未解决问题。现望你速到沅陵、辰溪或者芷江进行谈判，如谈判不好，你要回到何处，我们一定将你安全送到。我们讲话一诺千金！绝不食言！如你拒绝谈判，我们就只好出兵剿灭。诚望三思！"

石玉湘将信看过数遍，又摸了摸自己手上未愈的枪伤，特别那句"谈不好，你要回到何处，我们一定将你安全送到。"的确大气服人！他轻轻地念道；"山穷水尽疑无路，柳暗花明又一村啊！”心里莫名地冒出一丝轻松，知道这是需要自己最后作出抉择的时刻。

谁不明白生比死好？他也明白自己该如何选择，但他也深知自己的处境决定他不能操之过急，如他立刻决定要各部投诚，如各部误以为他是共党派回劝降的，群起而攻之，那他岂不要命归西晃山区？尤其八师师长胡震最为难防！石玉湘灵机一动，决定把这个烫手山芋先让别人捧着。

他马上召集团以上的军官开会，把这封信在会上进行公开宣读，又讲了时下双方兵力的悬珠，然后要各位先拿主意。

易国英因为在茶田垅和解放军打过一次恶仗，所以至今余怒未息，报仇心切。他第一个站起来说：“不信他们那一套！我们干脆冲出去！”

张玉德团长说：“到处都是层层包围，还能往哪儿冲出去？拼死算了！”

张玉久团长说：“黄狗打到门角落还掉头咬人一口呢！”

一直在揣摸石玉湘内心的胡震这时候站起来说：“大家用不着这么争争吵吵。我们还是要听听军座的意见。”

胡震又把这个烫手山芋丢了回来。

石玉湘无法静听下去，他不愿意说的话，现在也只得说了。不过，胡震逼着他说，比他自己主动说还是要好了许多。

石玉湘说：“我也想过冲出去，但到处都是解放军，我们还能冲出去多远？要打嘛，我们的粮食最多只能打三四天，超过四天，我们就得在西晃山区里饿肚子，我们不具备久打的条件。往后想想，我心里非常难过，难道弟兄们舍生忘死跟着我这么多年，就只为了这么个下场？程潜和陈明仁率众多军政要员都起义了，统治湘西几十年的‘湘西王’陈渠珍也投诚起义了，雪峰部队向承祖投诚起义了，蒲麻雀投诚起义了，张承栋也投诚起义了，大湘西很多地方武装都投诚起义了。我想，他们这些久经世事的人不会都是蠢蛋吧！”

大家都已经听出石玉湘的话味了，但都没有出声。

胡震说：“看来，这封信是最后通牒了。军座，还是你决定吧！各位都要明白，我们军人以服从为天职。一旦军座有了决定，我们都不得有异议！”

胡震是最没有资格说这个话的，上次军座的决定就是他带头不执行，但他今天却表现得积极，不知他这话是否出于真心，石玉湘反问了一句胡震：“我倒是很想听听胡师长的高见。”

胡震犹豫了一下说：“我的意见是不能到辰溪去谈判，在辰溪我们结怨太多！但可以到沅陵、芷江去，把我们的要求提出来。能达到要求，我们就放下武器；要达不到要求嘛，那就再和他们拼！”

石玉湘说：“你能不能把要求再说得具体些？”

刘师长一笑说：“这本来也是我们的政策嘛！”

胡震说：“最为重要的一条，就是要保证我们全家生命财产安全！”

坐在一旁的雷镇远忍不住补充说：“还有一条，就是不能算老账！”

胡震又说：“是的！只有不算老账才能保证我们的生命财产安全嘛！只要他们答应，我们就投降。”

会场上大家又讨论一番谈判地点，认为到沅陵太远，又要经过辰溪，还是到芷江为好。

石玉湘扫了一眼在场各位的神色，知道大家默认了这些意见。此刻，他完全可以拍板定案，但他还是转个弯跟胡震说：“现在请胡师长归纳一下大家的意见，代写一信给共军。在信的最后写明：由他们在怀化花桥备车接我们去芷江谈判。”

胡震知道石玉湘是为了自己的言行不留痕迹，也是要用这种办法把他胡震的脚手捆住，但此刻，胡震只得屈从。

至此，石玉湘觉得自己的意见已经完全变成了别人的意见，他可以行动了。

但去花桥时，石玉湘还是不敢走大路，他翻山越岭如期到达花桥后，果见解放军已如约备好车辆在等他上车。来接他的是解放军一位姓吕的营长。

刘子荣师长和陈郁宏政委在芷江县城热情接待了石玉湘，陪他共进晚餐。席间言谈丝毫不计他之前嫌，也不勉强要他表态。石玉湘思前想后，不能不自惭形秽。凭解放军现在的实力，完全可以只字不提谈判就能把暂二军残部彻底消灭在西晃山区，但却对他们如此有耐心。席间，石玉湘缓缓地举起酒杯说：“刘师长、陈政委，你们对我石玉湘、对暂二军的人如此宽宏大度，请接受我对你们的敬意！上次投诚有变，现已不堪回首。此次投诚日月可鉴，绝不反悔！”

刘师长和陈政委深表欢迎。干杯后又问石玉湘还有何要求。石玉湘这时才带着几分愧疚地说：“我本已没有资格再提任何要求，只是弟兄们在我行前议了两条，我必须转达。第一，我们投诚后，要保我们官兵全家生命财产安全；第二，就是不算老账。”

刘师长一笑说：“这本来就是我们的政策嘛！”

陈政委说：“如果你还存有疑虑的话，我们马上向军长和军政委汇报。”

当晚刘师长和陈政委即向在沅陵的四十七军军长曹里怀、军政委周赤萍作了电话汇报，曹军长和周政委相继和石玉湘通话，欢迎他领军投诚，并保证投诚人员的生命财产安全。曹军长还说，湘西土匪大部已消灭，只剩些残匪仍凭高山岩洞继续与人民为敌，下一步解放军要完成的艰巨任务是根除顽匪，希望得到他的配合。

石玉湘想不到自己还能得到四十七军军长和军政委的信任。返回西晃山的路上，他一直感到曹军长、周政委和刘师长、陈政委的慰勉之辞感人至深！于是疑虑消去，回营后，他立即召开了师、团长会议，把自己受到的尊重和热情接待一一复述一遍，又把解放军军、师首长的讲话照实传达给各位。暂二军的师、团长们都顿感绝处逢生，想自己还能活下去和家人相见，无不喜出望外。

石玉湘见大家情绪不错，更加振作起精神说：“好！今天散会后，我为各位准备了特别的晚餐。我们要好好聚一聚！”

师、团长们坐上席一看，桌上全是狗肉。石玉湘举起酒杯说：“弟兄们，我们辰溪人有句俗话，叫作‘打狗散场’！今天我要宣布：暂二军到此结束！张玉琳、米昭英他们是不会回来了，我们就是暂二军的谢幕人！历史的经验告诉我们：凡识时务者皆为俊杰！此后，各位要顺时而动，人人自新！”

于是，继雪峰部队、张承栋团和蒲和生团等数股武装先后向湘西纵队起义投诚后，以石玉湘为首的暂二军余部皆向解放军投诚。

81 / 大家的灵堂

湘西纵队与解放大军会合后，一直在大湘西各县配合解放军与国民党余部作战。至一九四九年十一月，全体军官集中在沅陵县城，由管辖沅陵军分区、会同军分区和永顺军分区的湘西军区即四十七军负责进行整编。四十七军首长在整编大会上说：“湘西纵队的指战员在党的领导下，为党和人民的革命事业出生入死，坚持敌后武装斗争，打乱了敌人的部署，挫败了敌人的种种阴谋，完成了接应我大军南下解放湘西和解放大西南的阶段性任务，为中国人民的解放事业、尤其为湘西人民的解放事业立下了汗马功劳，完成了它光荣的历史使命，它将永远载入中国人民解放事业的伟大史册！”

湘西纵队司令部撤销后，第一支队改编为沅陵军分区直属大队；驻防溆浦的第二支队编入中国人民解放军第四十七军独立二十一团；驻防在怀化的独立旅改为中国人民解放军第四十七军独立二十二团，直属第一大队改为溆浦公安大队。陈策调任沅陵军分区副司令员，谌鸿章调任溆浦县县长，李浑、米庆轩、向承祖、肖洪量、姜定耀、谌志华、谌炽等湘西纵队的一大批骨干充实到军、地各个领导工作岗位上。

整编之后，湘西纵队的官兵们开始了配合解放军剿匪、建立地方政权和抗美援朝的新征程。

中华人民共和国成立了，已到沅陵军分区就任的陈策终于有时间读读书、看看报了。这一天，他坐在楼廊上，太阳从沅水河那边的凤凰山巅上升起来，阳光就照在他翻动的《湘西日报》上。一个名字让他眼前突然一亮，他看到了石玉湘撰写的那篇《从旧我到新我》的忏悟文章。他看完后站起来说：“现在，我陈策也可以告慰湘西纵队的全体指战员了！”

进入冬天后，下了一场雪，院子里白亮亮一片。中午刚过，陈策走下楼来，一位全身孝服的女人突然跪在他面前哭着大喊一声：“陈司令，洪量他牺牲了！”

陈策两眼一定，没想到面前这位一身孝服的人竟是杨俊！他马上扶她起来说：“杨俊，你快起来！有话好好说嘛！洪量不是在会同县平村煤矿任军代表吗？

昨天他在沅陵开会，还在我这里笑谈激战罗子山哪！”

陪杨俊的人说，就是从沅陵散会后回会同经过黔阳县兰冲村时遭土匪伏击而被杀害。

陈策想起肖洪量多年来一直投身革命斗争，把他的生命和全部家产都献给了革命事业……好一会儿他才用颤抖的声音沉沉地说：“洪量，我的好战友啊！——”

陈策和米庆轩陪同杨俊一起回到辰溪。

走进肖洪量的灵堂，只见湘西纵队的老队员们来了不少，女子刺绣店的人也都到了。香烟缭绕的灵堂里，蜡烛溢泪的灵桌上还放置了长长的一排灵位，有肖洪量、向石宇、米庆舜、舒大培、米金龙、米仁满、夏国钦、周老满、向绍轩、米月娥、曹和尚……

陈策和米庆轩站在这一排熟悉的名字前，一个个鲜活的生命在潮热而模糊的视域里复活起来。两人禁不住涕泣着点燃了一把香、一对烛，对着英灵深深三鞠躬后，将香烛插进灵位前的米斗里……

请来的八仙乐师将锣鼓唢呐一齐奏响，如泣如诉的湘西道教哀乐如悲至极、如壮至极、如戚至极！又有道师在灵堂里作法诵经，超度亡灵，隆重庄严而又肃穆！

陈策致哀完毕，以袖拭泪，抱拳向大家致礼：“革命已经胜利，大家在洪量的灵堂里共祭英灵，算是完成了我陈策的一大心愿！”

陈策扶起杨俊说：“杨俊啊，过去，你家是大家的家，今天，洪量的灵堂又是大家的灵堂！真是不知道该怎样感谢你和你的家人啊！”

陈策含泪走出灵堂，他有解放之后的欣慰，有怀念战友的伤痛，有对未来的憧憬……

他沿着那条窄窄的柳树湾街道向东走，来到沅水河边石咀上的伏波庙前凭栏远望着湖南大学的旧址、丹山寺、梅花村、塔湾潭、熊首山和滚滚而去的沅水……当年那些师友和开明人士，尤其是含冤而死的马公武，都在他心里复活起来，往事又浮现在他的眼前：一九三八年受贺龙派遣潜回辰溪从事地下革命，组建地下武装，成立湘西纵队，直到今天与解放大军会合一举解放湘西……

陈策默默无言！

走过遍地枪炮的岁月，“湘西剿匪胜利纪念塔”于一九五三年七月一日在沅陵建成，用水磨石砌成的纪念塔前耸立着一位持枪战士的威武塑像，塔座正中间镌刻着纪念碑文。参加完纪念塔落成的隆重典礼之后，陈策站在塔下久久不愿离开。

一个瘦高个子走到他身边，向他伸出手来说：“石玉湘向你问好！”

陈策握着石玉湘的手，一种复杂的情感涌上心头。

两人的眼神都在深刻地阅读着对方，似乎是什么情感都有。于是，他们谁也没有再说话，好像是不愿再翻动人世间那凝结着鲜血的沉重而复杂的岁月！他们只是点了点头，表示相互祝好的意思。

很多学生扛着红旗来到纪念塔下整队参观，凭吊英雄，学习英雄。讲解员在给学生们诵读纪念塔碑文“……我中国人民解放军四十七军……为拯救我湘西三百五十万人民于水深火热之中……经年余艰苦剿匪，全歼土匪八万有余，解放了湘西二十二县，创造了湘西历史上未有的奇迹，为人民立下了不可磨灭的功勋……”

讲解员接着就讲述起湘西地方各股武装的头领，在解放大军到来后的有关的故事和他们的归宿：“随着解放大军进逼湘西，能认清形势、自动起义投诚、走光明大道的有凤凰的陈渠珍、辰溪的石玉湘、溆浦的向承祖、龙山的瞿波平、怀化的蒲和生……他们都得到了党和政府给予的出路；而负隅顽抗的古丈张平被击毙于李家洞稻田；芷江杨永清被擒以后，经公审处决；泸溪徐汉章在晃县被擒，在浦市镇公判大会上被处决；麻阳龙飞天被高村民团击毙；晃县姚大榜被剿匪解放军击伤后溺水而亡……”

陈策站在一旁听着这些，当需要鲜血和生命来完成的工作变成了可以由讲解员平静讲解的故事时，他觉得自己已经没有必要再站在这里听完……

让陈策没有想到的是自己活到七十八岁那年，中国大陆的事情突然变得令人不可捉摸，一代元勋贺龙和许许多多的革命功臣都被关进监狱，因为他与贺龙关系密切，不断来人迫使他这位湖南省军区副参谋长揭发贺龙的“罪行”。他用毛笔写了三十二页“自传”交给了他一生拥戴的党，然后，与世长辞！三十二页检讨书全为蝇头小楷，字字句句都是他的“坦白交代”。他还是辰溪人的脾气不改，宁愿自己受折磨而死，绝不诬陷贺龙！绝不佛头着粪！

陈策归葬于他的故乡辰溪县城东面的一座山头上。一座平凡的坟丘，任草木年年蓬勃生长。直到中国大陆结束“文化大革命”十年之后的一九八七年，远在台湾的张中宁得知辰溪县人民政府要为陈策建墓，他主动写信与辰溪县政府联系，言辞恳切地定要为自己的恩师修墓出资。辰溪县政府为其真情所感，受捐尽意，在建成的墓碑上镌刻了“恩师陈策之墓”和“张中宁率全家敬立”。

修墓后又过九年，一日夜里，陈策之孙见张中宁来到陈策墓前，先是三鞠躬，然后，从衣袋里取出一个老布袋说：“恩师，学生对不起您啊！您在武汉养伤时，我去看您，您把这个布袋里的钱全都给了我，让我去南京考学。这么多年，我一直将这个布袋随身携带！今天，我要将它还给您！”陈策说：“好，我也有一样东西要还给你。一九四九年七月，你带着夫人黄文桢到大伏潭我家里来看我，给我带了一件竹雕笔筒，我也随身带了这么多年。今天，我也要将它还给你。从此，我们师徒就两清了！”垂垂老矣的张中宁一骨碌跪下去说：“恩师，没有您就没有我张中宁的今天！学生欠您的永远也还不清啊！”陈策还是严肃着脸孔说：“你若真是我的学生，你就要教育后人为两岸统一尽力！不要再做仇者快亲者痛的事情！”张中宁哭诉着：“学生过去所做，那是世事所迫。倘若内无党争，外无敌侵，我们师生岂不会共谋国是，哪有今天之隔海分离？恩师所嘱，亦是学生所念……”张中宁的哭诉使陈策之孙惊醒……

从未有过的一场大梦如白昼所历，使陈策之孙深感惊奇。第二天早饭后，他赶到爷爷坟前一看，一头牛和一条蛇静静地躺在坟前，它们的身子挨得很近，真像是在诉说和倾听。这让他百思不得其解。

几天后他在广播里听到消息，张中宁在台湾病逝，终年九十二岁。广播里公布张中宁的去世时刻，正好是他做梦的时刻。他拿来《百年民俗历书》一查：张中宁正好属蛇，他爷爷正好属牛。他不得不惊叹：世事真是无奇不有啊！

初稿完成于2010年9月至2011年2月28日

第六稿改毕于2014年5月3日

图书在版编目（CIP）数据

铁血湘西 / 邓宏顺 著. -- 北京：作家出版社，2015. 1
ISBN 978-7-5063-7711-9

Ⅰ. ①铁… Ⅱ. ①邓… Ⅲ. ①长篇小说 - 中国 - 当代
Ⅳ. ①I247. 5

中国版本图书馆CIP数据核字（2014）第301255号

铁血湘西

作　　者：邓宏顺
责任编辑：郑建华　李　雯
装帧设计：连鸿宾　朱文宗
出版发行：作家出版社
社　　址：北京农展馆南里10号　　　　邮　　编：100125
电话传真：86-10-65930756（出版发行部）
86-10-65004079（总编室）
86-10-65015116（邮购部）
E-mail:zuojia@zuojia.net.cn
http://www.haozuojia.com（作家在线）
印　　刷：三河市北燕印装有限公司
成品尺寸：170×240
字　　数：680千
印　　张：36. 25
版　　次：2015年1月第1版
印　　次：2015年7月第2次印刷
ISBN 978-7-5063-7711-9
定　　价：42.00元